NAWAŁNICA MIECZY

Cykl
PIEŚŃ LODU I OGNIA

GRA O TRON

STARCIE KRÓLÓW

NAWAŁNICA MIECZY

Część I. Stal i śnieg
Część II. Krew i złoto

UCZTA DLA WRON

Część I. Cienie śmierci
Część II. Sieć spisków

TANIEC ZE SMOKAMI

Część I

Część II

George R.R. Martin

NAWAŁNICA MIECZY

Krew i złoto

Tłumaczył Michał Jakuszewski

ZYSK I S-KA
WYDAWNICTWO

Tytuł oryginału
A Storm of Swords
vol. II: Blood and Gold

Wydanie I w tej edycji

ISBN 978-83-7785-300-9 (twarda)
ISBN 978-83-7785-447-1 (miękka)

Zysk i S-ka Wydawnictwo
ul. Wielka 10, 61-774 Poznań
tel. (61) 853 27 51, 853 27 67, fax 852 63 26
Dział handlowy, tel./fax (61) 855 06 90
sklep@zysk.com.pl
www.zysk.com.pl

Dla Phyllis,
która namówiła mnie na wprowadzenie smoków

NOTATKA NA TEMAT CHRONOLOGII

Pieśń Lodu i Ognia jest opowiadana z punktu widzenia postaci, które dzielą od siebie setki, a niekiedy nawet tysiące mil. Wydarzenia opisywane w pewnych rozdziałach trwają dzień bądź tylko godzinę, te zaś, o których mowa w innych, dwa tygodnie, miesiąc czy pół roku. Przy takiej kompozycji narracja nie może być ściśle chronologiczna. Niekiedy ważne rzeczy dzieją się jednocześnie tysiące mil od siebie.

W przypadku obecnego tomu czytelnik powinien wiedzieć, że pierwsze rozdziały *Nawałnicy mieczy* rozgrywają się nie po ostatnich rozdziałach *Starcia królów*, lecz raczej jednocześnie z nimi. Zaczynam książkę od przedstawienia wydarzeń, do których doszło na Pięści Pierwszych Ludzi, w Riverrun, Harrenhal i na Tridencie podczas stoczonej pod Królewską Przystanią bitwy nad Czarnym Nurtem, oraz wypadków, które nastąpiły po niej...

George R.R. Martin

JAIME

Choć gorączka uparcie się utrzymywała, kikut goił się czysto i Qyburn powiedział, że reszcie jego kończyny nic już nie grozi. Jaime pragnął jak najszybciej ruszyć w drogę, zostawić za sobą Harrenhal, Krwawych Komediantów i Brienne z Tarthu. W Czerwonej Twierdzy czekała na niego prawdziwa kobieta.

— Wysyłam z tobą Qyburna, by zapewnił ci opiekę po drodze do Królewskiej Przystani — oznajmił Roose Bolton rankiem tego dnia, gdy odjeżdżali. — On gorąco liczy na to, że twój ojciec na znak wdzięczności zmusi Cytadelę, by oddała mu łańcuch.

— Wszyscy na coś gorąco liczymy. Jeśli sprawi, by odrosła mi ręka, mój ojciec zrobi go wielkim maesterem.

Eskortą Jaime'a dowodził Walton Nagolennik, prostolinijny, małomówny, brutalny mężczyzna, który w głębi duszy był prostym żołnierzem. Jaime całe życie służył z takimi jak on. Ludzie w rodzaju Waltona zabijali na rozkaz swego lorda, gwałcili, gdy bitwa rozgrzała im krew, i plądrowali, kiedy tylko zdarzyła się okazja, lecz po wojnie wracali do domów, zamieniali włócznie na motyki, żenili się z córkami sąsiadów i dorabiali się czeredki rozwrzeszczanych dzieciaków. Wykonywali rozkazy bez dyskusji, lecz głębokie, złośliwe okrucieństwo Dzielnych Kompanionów nie leżało w ich naturze.

Obie grupy opuściły Harrenhal tego samego ranka, gdy zimne, szare niebo zapowiadało deszcz. Ser Aenys Frey wymaszerował trzy dni wcześniej. Ruszył na północny wschód, w kierunku królewskiego traktu. Bolton zamierzał podążyć w jego ślady.

— Trident wystąpił z brzegów — oznajmił Jaime'owi. — Nawet przy rubinowym brodzie trudno będzie się przez niego przeprawić. Czy przekażesz moje najserdeczniejsze pozdrowienia twojemu ojcu?

— Pod warunkiem, że ty przekażesz moje Robbowi Starkowi.

— Nie omieszkam tego uczynić.

Niektórzy z Dzielnych Kompanionów zebrali się na dziedzińcu, by popatrzeć na ich odjazd. Jaime podjechał do nich kłusem.

— Zollo. Jak to miło, że przyszedłeś mnie pożegnać. Pyg, Timeon, będzie wam mnie brak? Nie przygotowałeś na tę okazję żadnego żartu, Shagwell? Czegoś, co poprawiłoby mi humor po drodze? A ty, Rorge, przyszedłeś mnie pocałować na do widzenia?

— Odpierdol się, kaleko — rzucił Rorge.

— Jeśli nalegasz. Możesz być jednak pewien, że wrócę. Lannister zawsze płaci swe długi.

Jaime zawrócił konia i podjechał do Waltona Nagolennika oraz jego dwustu ludzi.

Lord Bolton ubrał go jak rycerza, ignorując brak dłoni, który czynił z wojennego rynsztunku niesmaczny żart. Jaime miał za pasem miecz i sztylet, u jego siodła wisiały hełm i tarcza, a pod ciemnobrązową opończę założył kolczugę. Nie był jednak taki głupi, by obnosić się z tarczą ozdobioną lwem Lannisterów albo z czysto białą, do której miał prawo jako zaprzysiężony brat Gwardii Królewskiej. Znalazł w zbrojowni starą tarczę, spękaną i poobtłukiwaną. Choć farba z niej obłaziła, można jeszcze było rozpoznać wielkiego czarnego nietoperza rodu Lothstonów na srebrno-złotym polu. Lothstonowie władali Harrenhal przed Whentami i byli w swoim czasie potężną rodziną, lecz dawno już wymarli, nikt więc nie mógł mu zabronić używać ich herbu. Nie będzie niczyim kuzynem, niczyim wrogiem, niczyim zaprzysiężonym człowiekiem... krótko mówiąc, będzie nikim.

Opuścili Harrenhal przez mniejszą, wschodnią bramę i po sześciu milach rozstali się z Roose'em Boltonem i jego zastępem, skręcając na południe, by przez pewien czas podążać brzegiem jeziora. Walton chciał tak długo, jak to tylko będzie możliwe, unikać królewskiego traktu, wybierając wiejskie dróżki i wydeptane przez zwierzynę ścieżki w pobliżu Oka Boga.

— Królewskim traktem jechalibyśmy szybciej.

Jaime pragnął jak najprędzej wrócić do Cersei. Jeśli się pośpieszą, może nawet zdążą na ślub Joffreya.

— Nie chcę żadnych kłopotów — odparł Nagolennik. — Bogowie wiedzą, kogo możemy spotkać na trakcie.

— Z pewnością nie musisz się nikogo bać? Masz dwustu ludzi.

— To prawda. Ale inni mogą mieć więcej. Jego lordowska mość rozkazał oddać cię bezpiecznie twemu panu ojcu i właśnie to zamierzam uczynić.

Jechałem już tędy — pomyślał Jaime kilka mil dalej, gdy mijali stojący nad jeziorem opuszczony młyn. Chwasty zarosły miejsce, w którym ongiś córka młynarza uśmiechnęła się do niego nieśmiało, a sam młynarz zawołał: „Na turniej w tamtą stronę, ser". *Jakbym o tym nie wiedział.*

Aerys zrobił z jego inwestytury wielkie widowisko. Jaime wypowiedział słowa przysięgi przed królewskim namiotem, na oczach połowy królestwa klęknął na zielonej trawie obleczony w białą zbroję. Gdy ser Gerold Hightower pomógł mu wstać i zarzucił na jego ramiona biały płaszcz, rozległ się ryk, który Jaime pamiętał jeszcze po tylu latach. Tej samej nocy Aerys zmienił jednak nutę i oznajmił mu, że nie potrzebuje w Harrenhal aż siedmiu rycerzy Gwardii Królewskiej. Rozkazał Jaime'owi wrócić do Królewskiej Przystani, gdzie miał strzec królowej i małego księcia Viserysa. Nawet gdy Biały Byk zaproponował, że on podejmie się tego obowiązku, żeby Jaime mógł wziąć udział w turnieju lorda Whenta, Aerys odmówił.

— Nie zdobędzie tu chwały — oznajmił. — Należy teraz do mnie, nie do Tywina. Będzie mi służył tak, jak uznam to za stosowne. Ja jestem królem i wydaję rozkazy, a on będzie ich słuchał.

Wtedy po raz pierwszy Jaime zrozumiał, że białego płaszcza nie zawdzięcza biegłości we władaniu mieczem i kopią ani bohaterskim czynom, których dokonał w walce z Bractwem z Królewskiego Lasu. Aerys wybrał go na złość jego ojcu. Chciał pozbawić lorda Tywina dziedzica.

Nawet po tylu latach ta myśl wciąż była dla niego gorzka. A owego dnia, gdy zmierzał na południe w nowym białym płaszczu, by strzec pustego zamku, niemal nie mógł się z nią pogodzić. Gdyby mógł, zdarłby z siebie ten płaszcz, było już jednak za późno. Wypowiedział przysięgę na oczach połowy królestwa, a w Gwardii Królewskiej służyło się dożywotnio.

Dogonił go Qyburn.

— Dokucza ci ręka?

— Dokucza mi brak ręki.

Najgorsze były poranki. W snach Jaime był cały. Co dzień o świcie leżał pogrążony w półśnie i poruszał palcami dłoni. *To był koszmar* — szeptała jakaś część jego jaźni, nadal nie chcąc uwierzyć w to, co się stało. *Tylko koszmar.* Potem jednak otwierał oczy.

— Jak rozumiem, ktoś cię w nocy odwiedził — ciągnął Qyburn. — Mam nadzieję, że dobrze się zabawiłeś?

Jaime obrzucił go chłodnym spojrzeniem.

— Nie powiedziała, kto ją przysłał.

Maester uśmiechnął się skromnie.

— Gorączka już ci prawie minęła i pomyślałem, że dobrze by było, żebyś się trochę rozruszał. Pia jest bardzo zręczna, nieprawdaż? I taka... chętna.

To z pewnością była prawda. Wśliznęła się do sypialni i wyśliznęła z ubrania tak szybko, że Jaime'owi zdawało się, iż nadal śni. Obudził się dopiero wtedy, gdy wsunęła się pod koc i położyła jego jedyną dłoń na swej piersi. *Do tego była ładniutka.*

— Kiedy przyjechałeś na turniej lorda Whenta i król dał ci ten płaszcz, byłam jeszcze małą dziewczynką — wyznała. — Byłeś taki przystojny, cały w bieli, i wszyscy powtarzali, że jesteś bardzo dzielnym rycerzem. Czasami, kiedy jestem z jakimś mężczyzną, zamykam oczy i wyobrażam sobie, że to ty leżysz na mnie, z twoją gładką skórą i złotymi lokami. Ale nigdy nie myślałam, że naprawdę będę cię miała.

Po tym wszystkim niełatwo mu było ją odesłać, Jaime uczynił to jednak. *Mam już kobietę* — powiedział sobie.

— Czy przysyłasz dziewczyny wszystkim, którym przystawiasz pijawki? — zapytał Qyburna.

— Częściej lord Vargo przysyła je mnie. Chce, żebym je zbadał, zanim... wystarczy, jak powiem, że kiedyś kochał nierozsądnie i nie chce, żeby to się powtórzyło. Nie obawiaj się. Pia jest zdrowa. Tak samo jak ta twoja dziewica z Tarthu.

Jaime przeszył go ostrym spojrzeniem.

— Brienne?

— Tak. To silna dziewczyna. I jej dziewictwo nadal jest nienaruszone. A przynajmniej było ostatniej nocy.

Qyburn zachichotał.

— Kazał ci ją zbadać?

— Oczywiście. Jest... jakby to powiedzieć... wybredny.

— Czy chodziło o okup? — zapytał Jaime. — Czy jej ojciec zażądał dowodu, że nadal jest dziewicą?

— Nic nie słyszałeś? — Qyburm wzruszył ramionami. — Przyleciał ptak od lorda Selwyna. Z odpowiedzią na list, który do niego wysłałem. Gwiazda Wieczorna oferuje trzysta smoków za bezpieczny powrót swej córki. Mówiłem lordowi Vargo, że na Tarthu nie ma szafirów, ale on nie chciał mnie słuchać. Jest przekonany, że Gwiazda Wieczorna próbuje go oszukać.

— Trzysta smoków to godziwy okup za rycerza. Kozioł powinien wziąć to, co mu dają.

— Kozioł jest lordem Harrenhal, a lord Harrenhal się nie targuje.

Jaime'a poirytowała ta wiadomość, choć pewnie powinien się tego spodziewać. *Kłamstwo uratowało cię na krótką chwilę, dziewko. Ciesz się choć z tego.*

— Jeśli jej dziewictwo jest równie twarde jak cała reszta, kozioł połamie sobie kutasa — zażartował. Doszedł do wniosku, że Brienne jest wystarczająco silna, by przeżyć kilka gwałtów, choć jeśli będzie się opierała zbyt mocno, Vargo Hoat może przejść do obcinania dłoni i stóp. *A jeśli nawet, to co mnie to obchodzi? Gdyby dała mi miecz mojego kuzyna, zamiast się wygłupiać, mógłbym nadal mieć rękę.* Sam omal nie uciął jej nogi tym pierwszym ciosem, potem jednak otrzymał od niej więcej, niż się spodziewał. *Hoat może nie wiedzieć, że jest nienaturalnie silna. Lepiej niech uważa, bo inaczej skręci mu ten chudy kark. Czy to nie byłoby słodkie?*

Jaime'a zmęczyło już towarzystwo Qyburna, ruszył więc kłusem na przód kolumny. Przed Nagolennikiem jechał niski, pękaty człowiek z północy o imieniu Nage, który niósł sztandar pokoju, tęczową flagę o siedmiu długich proporcach, osadzoną na drzewcu ukoronowanym siedmioramienną gwiazdą.

— Czy na północy nie powinniście używać innego sztandaru pokoju? — zapytał Nagolennika. — Czym jest dla was Siedmiu?

— Bogami południowców — odparł Walton — a to południowców musimy prosić o pokój, by dostarczyć cię bezpiecznie do twego ojca.

Do mojego ojca. Jaime zastanawiał się, czy lord Tywin dostał już od kozła list z żądaniem okupu, z gnijącą ręką albo bez niej. *Ile wart jest szermierz bez ręki? Połowę złota Casterly Rock? Trzysta smoków? Czy nic?* Jego ojciec nigdy nie ulegał sentymentom. Ojciec Tywina Lannistera, lord Tytos, uwięził kiedyś nieposłusznego chorążego, lorda Tarbecka. Straszliwa lady Tarbeck wzięła w odpowiedzi do niewoli trzech Lannisterów, w tym również młodego Stafforda, którego siostra była narzeczoną Tywina. *Odeślij mi mojego pana i ukochanego, bo inaczej ci trzej odpowiedzą za krzywdę, która mu się stanie* — napisała w liście do Casterly Rock. Młody Tywin zasugerował, by ojciec odesłał jej lorda Tarbecka w trzech kawałkach, lord Tytos był jednak łagodniejszym rodzajem lwa i w ten sposób lady Tarbeck zdobyła dla swego tępogłowego męża jeszcze kilka lat życia, a Stafford ożenił się, dochował dzieci i dokonał głupiego żywota dopiero pod Oxcross. Tywin Lannister żył jednak dalej, wieczny jak Casterly Rock. *A teraz, oprócz syna karła, masz również syna kalekę, panie. Ależ się wściekniesz…*

Droga wiodła przez spaloną wioskę. Odkąd puszczono ją z dymem, minął co najmniej rok. Wszystkie chaty były osmalone i pozbawione dachów, lecz zielsko na okolicznych polach sięgało już pasa. Nagolennik zarządził postój, by napoić konie. *To miejsce też znam* — pomyślał Jaime, czekając przy studni. Była tu ongiś mała gospoda, po której został tylko komin i kilka kamieni fundamentów. Wstąpił tu na kufel ale i ciemnooka dziewka służebna dała mu sera i jabłek, a oberżysta nie chciał przyjąć od niego pieniędzy.

— To zaszczyt gościć pod swym dachem rycerza Gwardii Królewskiej, ser — powiedział mu. — Będę miał o czym opowiadać wnukom.

Jaime popatrzył na sterczący z zielska komin i zadał sobie pytanie, czy oberżysta doczekał się wnuków. *Czy opowiedział im, że Królobójca pił kiedyś jego ale i jadł ser oraz jabłka, czy też wstydził się przyznać, że gościł kogoś takiego jak ja?* Nigdy nie pozna odpowiedzi na to pytanie. Ten, kto spalił gospodę, zapewne pozabijał też wnuki.

Poczuł, że zaciskają się jego fantomowe palce. Gdy Nagolennik stwierdził, że powinni rozpalić ogień i coś zjeść, Jaime potrząsnął głową.

— Nie podoba mi się tutaj. Jedziemy dalej.

O zmierzchu oddalili się od jeziora i podążyli zrytą koleinami dróżką przez dębowo-wiązowy las. Kiedy Walton postanowił wreszcie rozbić obóz, do kikuta Jaime'a powrócił pulsujący ból. Na szczęście Qyburn zabrał ze sobą bukłak sennego wina. Nagolennik wyznaczył straże, a Jaime rozciągnął się przy ognisku, opierając o pniak zwiniętą niedźwiedzią skórę, która służyła mu jako poduszka. Dziewka powiedziałaby mu, by zjadł coś przed snem, żeby zachować siły, czuł się jednak bardziej zmęczony niż głodny. Zamknął oczy w nadziei, że przyśni mu się Cersei. Sny w gorączce były takie jaskrawe...

Stał nagi i otoczony wrogami, a ze wszystkich stron miał kamienne mury. *To skała Casterly Rock* — zrozumiał. Czuł nad głową jej gigantyczny ciężar. Wrócił do domu. Wrócił do domu i znowu był cały.

Uniósł prawą dłoń i zgiął palce, by poczuć ich siłę. To było równie dobre jak seks. Jak walka na miecze. *Pięć palców dłoni.* Śniło mu się, że jest kaleką, ale okazało się, że to nieprawda. Zakręciło mu się w głowie od ulgi. *Moja dłoń, moja zdrowa dłoń.* Dopóki ją miał, nie musiał się bać niczego.

Otaczało go dwanaście wysokich, mrocznych postaci, odzianych w szaty o zasłaniających twarze kapturach. W dłoniach trzymały włócznie.

— Kim jesteście? — zapytał. — Czego chcecie w Casterly Rock?

Nie odpowiedziały mu, a tylko wymierzyły weń włócznie. Nie miał innego wyjścia, jak ruszyć w dół. Szedł krętym przejściem, po wąskich, wykutych w skale stopniach. Droga wiodła wciąż w dół.

Muszę iść do góry — powtarzał sobie. *Do góry, nie w dół. Czemu schodzę w dół?* Wiedział ze zrodzoną ze snu pewnością, że pod ziemią czeka go zguba. Czaiło się tam coś mrocznego i strasznego, co chciało go dopaść. Spróbował się zatrzymać, lecz włócznie zmusiły go do dalszego schodzenia. *Gdybym tylko miał miecz, nie musiałbym się bać niczego.*

Schody skończyły się nagle w pełnej ech ciemności. Jaime wyczuwał, że przed nim otwiera się rozległa pustka. Zatrzymał się gwałtownie, chwiejąc się na skraju nicości. Włócznia ukłuła go w krzyż i zepchnęła w czeluść. Krzyknął, lecz upadek trwał krótko. Wylądował na rękach i kolanach w płytkiej wodzie i miękkim piasku. Głęboko pod Casterly Rock znajdowały się wypełnione wodą jaskinie, tej jednak nie znał.

— Co to za miejsce?

— Twoje miejsce.

Głos niósł się echem, był setką, tysiącem głosów, głosami wszystkich Lannisterów od czasów Lanna Sprytnego, który żył w zaraniu dziejów. Najdonośniej brzmiał jednak głos jego ojca, a u boku lorda Tywina stała siostra Jaime'a, blada i piękna. W dłoni trzymała płonącą pochodnię. Był tam również Joffrey, syn, którego wspólnie spłodzili, a za nimi tuzin ciemniejszych postaci o złotych włosach.

— Siostro, dlaczego ojciec nas tu sprowadził?

— Nas? To twoje miejsce, bracie.

Jej pochodnia była jedynym źródłem światła w jaskini. Cersei odwróciła się, by odejść.

— Zostań ze mną — błagał Jaime. — Nie zostawiaj mnie tu samego. — Wszyscy już jednak odchodzili. — Nie zostawiajcie mnie w ciemności! — Na dole czaiło się coś strasznego. — Dajcie mi chociaż miecz.

— Już ci go dałem — oznajmił lord Tywin.

Oręż leżał u jego stóp. Jaime szukał go ręką w wodzie, aż wreszcie wyczuł rękojeść. *Dopóki mam miecz, nie muszę się niczego bać.* Kiedy go uniósł, na sztychu broni zapłonął blady, wąski jak palec płomień, który popełzł wzdłuż klingi, zatrzymując się na dłoń przed rękojeścią. Następnie ogień przybrał kolor samej stali. Płonął srebrnobłękitnym blaskiem, który rozproszył czerń. Jaime krążył pochylony wokół, nasłuchując uważnie, gotowy na spotkanie z wszystkim, co mogło wychynąć z mroku. Przejmująco zimna woda wlewała się mu do butów, sięgając kostek. *Strzeż się wody* — powtarzał sobie. *W głębinach mogą się kryć różne stwory...*

Za jego plecami rozległ się głośny plusk. Jaime odwrócił się błyskawicznie w tamtą stronę... i ujrzał w bladym świetle Brienne z Tarthu. Jej ręce skuwały ciężkie łańcuchy,

— Przysięgłam, że będę cię strzegła — powtarzała uparcie dziewka. — Przysięgłam uroczyście. — Naga, wyciągnęła dłonie ku Jaime'owi. — Ser. Proszę. Gdybyś był taki łaskaw.

Stalowe okowy ustąpiły łatwo jak jedwab.

— Miecz — błagała Brienne i nagle znalazł się w jej ręku, z pochwą, pasem i całą resztą. Zapięła sobie pas na grubej talii. W półmroku Jaime ledwie ją widział, choć dzieliło ich od siebie zaledwie kilka stóp. *W tym świetle można by ją niemal wziąć za piękność* — pomyślał. *W tym świetle można by ją niemal wziąć za rycerza.* Miecz Brienne również rozjarzył się srebrnobłękitnym ogniem. Ciemność cofnęła się nieco dalej.

— Dopóki ogień będzie się palił, będziesz żył — usłyszał wołanie Cersei. — Kiedy zgaśnie, będziesz musiał umrzeć.

— Siostro! — krzyknął. — Zostań ze mną. Zostań!

Jedyną odpowiedzią był cichy dźwięk oddalających się kroków.

Brienne poruszała mieczem w obie strony, śledząc migotanie srebrzystych płomieni. Na dole, w płaskiej, czarnej tafli wody lśniło gorejące odbicie. Była tak samo wysoka i silna, jak ją zapamiętał, wydawało mu się jednak, że nabrała bardziej kobiecych kształtów.

— Czy trzymają tu na dole niedźwiedzia? — Poruszała się powoli i ostrożnie, ściskając miecz w dłoni. Po każdym kroku odwracała się i nasłuchiwała uważnie. — Lwa jaskiniowego? Wilkory? Jest tu niedźwiedź? Powiedz mi, Jaime. Co się tu czai? Co żyje w mroku?

— Zguba. — *To nie niedźwiedź* — pomyślał. *Ani nie lew.* — Po prostu zguba.

W chłodnym srebrnobłękitnym blasku mieczy wysoka dziewka wydawała się blada i wojownicza.

— Nie podoba mi się tutaj.

— Mnie też nieszczególnie. — Ich miecze utworzyły małą wyspę światła, lecz ze wszystkich stron otaczało ich bezkresne morze nocy. — Mam mokre nogi.

— Moglibyśmy wrócić tą samą drogą, którą nas tu przyprowadzili. Gdybyś wspiął się na moje ramiona, z pewnością byś dosięgnął wylotu tego tunelu.

Wtedy mógłbym pójść za Cersei. Poczuł, że stanął mu na samą myśl o tym. Odwrócił się, nie chcąc, by Brienne to zauważyła.

— Posłuchaj. — Położyła mu dłoń na ramieniu. Zadrżał od tego dotyku. *Jest ciepła.* — Coś się zbliża. — Brienne uniosła miecz, by wskazać nim w lewo. — Tam.

Wbił spojrzenie w mrok i po chwili również zauważył, że coś tam się rusza, choć nadal nie był w stanie dostrzec co...

— Człowiek na koniu. Nie, dwóch. Dwóch jeźdźców podążających obok siebie.

— Tu, pod Skałą?

To nie miało sensu. Mimo to już dostrzegał dwóch mężczyzn na jasnych koniach. Jeźdźcy nosili zbroje, podobnie jak ich wierzchowce. Rumaki wychynęły z mroku, idąc stępa. *Nic nie słychać* — zdał sobie nagle sprawę Jaime. *Ani plusku wody, ani szczęku zbroi, ani tętentu kopyt.* Przypomniał sobie Eddarda Starka, który jechał przez salę tronową Aerysa, spowity w ciszę. Mówiły tylko jego oczy, oczy lorda, zimne, szare i wyrażające osąd.

— Czy to ty, Stark? — zawołał Jaime. — Chodź tu. Nie bałem się ciebie, kiedy żyłeś, i nie mam zamiaru bać się, gdy jesteś umarły.

Brienne dotknęła jego ramienia.

— Jest ich więcej.

On również ich widział. Wydawało mu się, że wszyscy mają zbroje ze śniegu, a z ramion spływają im pasma mgły. Zasłony hełmów mieli opuszczone, lecz Jaime Lannister nie musiał widzieć twarzy, żeby ich rozpoznać.

Pięciu z nich było ongiś jego braćmi. Oswell Whent i Jon Darry.

Lewyn Martell, książę Dorne. Biały Byk, Gerold Hightower. Ser Arthur Dayne, Miecz Poranka. A obok nich, w koronie z mgły i żałoby, jechał powiewający długimi włosami Rhaegar Targaryen, książę Smoczej Skały i prawowity dziedzic Żelaznego Tronu.

— Nie boję się was — zawołał, obracając się wokół, gdy rozdzielili się na dwie grupy, by go otoczyć. Nie wiedział, w którą stronę patrzeć. — Mogę walczyć z wami po kolei albo ze wszystkimi razem. Kto jednak stoczy bój z dziewką? Będzie zła, jeśli ją pominiecie.

— Przysięgłam go strzec — zawołała do cienia Rhaegara. — Złożyłam świętą przysięgę.

— Wszyscy złożyliśmy przysięgi — odparł z wielkim smutkiem ser Arthur Dayne.

Cienie zsiadły z widmowych koni i bezszelestnie wydobyły miecze.

— Chciał spalić miasto — bronił się Jaime. — Zostawić Robertowi tylko popioły.

— Był twoim królem — odparł Darry.

— Przysiągłeś dbać o jego bezpieczeństwo — rzekł Whent.

— I o bezpieczeństwo dzieci — dorzucił książę Lewyn.

Książę Rhaegar gorzał zimnym blaskiem, to białym, to czerwonym, to znowu ciemnym.

— Zostawiłem w twoich rękach żonę i dzieci.

— Nie przypuszczałem, że zrobi im krzywdę. — Miecz Jaime'a płonął teraz słabiej. — Byłem z królem...

— Zabijałeś króla — wskazał ser Arthur.

— Podrzynałeś mu gardło — uściślił książę Lewyn.

— Króla, za którego przysiągłeś zginąć — dodał Biały Byk.

Ogień przebiegający po jego mieczu przygasał już. Jaime przypomniał sobie słowa Cersei. *Nie.* Na jego gardle zacisnęła się dłoń przerażenia. Potem jego miecz zgasł i palił się już tylko oręż Brienne. Duchy rzuciły się do ataku.

— Nie — zawołał — nie, nie, nie. Nieeeeeeee!

Ocknął się z walącym sercem pośród gwiaździstej nocy. Leżał w gaju. Czuł w ustach smak żółci i drżał, zlany potem. Było mu gorąco, a zarazem zimno. Gdy spojrzał na rękę, w której zwykł trzymać miecz, zobaczył, że kończy się brzydkim kikutem, ciasno owiniętym skórą i płótnem. Zdał sobie sprawę, że w oczach wezbrały mu nagłe łzy. *Czułem ją. Czułem siłę w palcach i szorstką skórę rękojeści miecza. Moja dłoń...*

— Panie. — Qyburn uklęknął u jego boku. Jego ojcowską twarz pokrywały zmarszczki niepokoju. — Co się stało? Słyszałem twój krzyk.

Stał nad nimi Walton Nagolennik, wysoki i ponury.

— O co chodzi? Czemu krzyczałeś?

— To był sen... tylko sen. — Jaime popatrzył na otaczający go obóz. Przez chwilę czuł się zagubiony. — Znalazłem się w ciemnościach, ale odzyskałem rękę.

Spojrzał na kikut i znowu ogarnęły go mdłości. *Pod Skałą nie ma takiego miejsca* — pomyślał. Żołądek miał pusty i czuł w nim kwas. Głowa bolała go w miejscu, gdzie wspierał ją o pniak.

Qyburn dotknął jego czoła.

— Masz jeszcze ślad gorączki.

— Majaczenia w gorączce. — Jaime wyciągnął rękę. — Pomóż mi wstać.

Nagolennik złapał go za jedyną dłoń i podźwignął na nogi.

— Chcesz jeszcze kielich sennego wina? — zapytał Qyburn.

— Nie. Dość już mam na dziś snów.

Zastanawiał się, ile jeszcze czasu zostało do świtu. Wiedział skądś, że jeśli zamknie oczy, natychmiast wróci w to mroczne, wilgotne miejsce.

— To może makowego mleka? I coś na gorączkę? Jesteś jeszcze słaby, panie. Potrzebujesz snu. Musisz wypocząć.

To ostatnia rzecz, którą zamierzam robić. Pniak, o który wspierał głowę, lśnił blado w blasku księżyca. Mech porastał go tak grubą warstwą, że Jaime do tej pory nie zauważył, iż drewno jest białe. Pomyślał o Winterfell i o drzewie sercu Neda Starka. *To nie był on* — pomyślał. *To nigdy nie był on.* Pniak jednak był martwy, tak samo jak Stark i wszyscy pozostali. Książę Rhaegar, ser Arthur i dzieci. *I Aerys. Aerys jest najbardziej martwy ze wszystkich.*

— Wierzysz w duchy, maesterze? — zapytał Qyburna.

Twarz mężczyzny nabrała dziwnego wyrazu.

— Kiedyś, jeszcze w Cytadeli, wszedłem do pustego pokoju i ujrzałem w nim puste krzesło. Wiedziałem jednak, że przed chwilą siedziała na nim kobieta. Na poduszce widziało się jeszcze zagłębienie, tkanina była ciepła, a w powietrzu unosił się jej zapach. Jeśli opuszczając pokój, zostawiamy po sobie woń, to z pewnością po naszych duszach również coś zostaje, kiedy opuszczamy to życie. — Qyburn rozpostarł dłonie. — Arcymaesterom nie spodobało się jednak moje rozumowanie. To znaczy Marwynowi się spodobało, ale był w tym osamotniony.

Jaime przesunął palcami po włosach.

— Walton — nakazał — siodłaj konie. Wracamy.

— Wracamy?

Nagolennik popatrzył na niego nieufnie.

Myśli, że oszalałem. Być może ma rację.

— Zostawiłem coś w Harrenhal.

— Ten zamek należy teraz do lorda Vargo i jego Krwawych Komediantów.

— Masz dwa razy więcej ludzi od niego.

— Jeśli nie oddam cię ojcu, tak jak mi rozkazano, lord Bolton obedrze mnie ze skóry. Jedziemy do Królewskiej Przystani.

Kiedyś Jaime mógłby mu odpowiedzieć uśmiechem i groźbą, jednoręcy kalecy nie budzili jednak zbyt wielkiego strachu. Zadał sobie pytanie, co zrobiłby w takiej sytuacji jego brat. *Tyrion znalazłby jakiś sposób.*

— Lannisterowie kłamią, Nagolennik. Czy lord Bolton ci o tym nie mówił?

Mężczyzna zmarszczył podejrzliwie brwi.

— A gdyby nawet mówił, to co?

— Jeśli nie zabierzesz mnie do Harrenhal, piosenka, którą zaśpiewam ojcu, może nie przypominać tej, którą chciałby usłyszeć lord Dreadfort. Mogę nawet powiedzieć, że to Bolton kazał uciąć mi rękę, a miecz trzymał Walton Nagolennik.

Walton wytrzeszczył oczy.

— To nieprawda.

— Masz rację, ale komu uwierzy mój ojciec? — Jaime uśmiechnął się, tak jak zwykł to robić wtedy, gdy nie bał się niczego na świecie. — Wszystko będzie wyglądało znacznie prościej, jeśli wrócimy. Wkrótce znowu ruszymy w drogę, a ja zaśpiewam w Królewskiej Przystani piosenkę tak słodką, że nie uwierzysz własnym uszom. Dostaniesz dziewczynę, a na dodatek mieszek pełen złota.

— Złota? — To spodobało się Waltonowi. — A ile go będzie?

Mam go.

— A ile byś chciał?

Gdy słońce wzeszło, przebyli już połowę drogi do Harrenhal. Jaime zmuszał wierzchowca do jazdy znacznie szybszej niż wczoraj, a Nagolennik i jego ludzie nie mieli innego wyjścia, jak dotrzymywać mu kroku. Mimo to, nim dotarli do zamku nad jeziorem, było już południe. Na tle ciemniejącego, zapowiadającego deszcz nieba rysowały się — czarne i złowrogie — ogromne mury oraz pięć gigantycznych wież. *Zamek wygląda na martwy.* Mury były opustoszałe, a bramy zamknięte i zaryglowane. Wysoko nad barbakanem zwisała jednak bezwładnie chorągiew. *Czarny kozioł z Qohoru* — pomyślał Jaime. Otoczył usta dłońmi i zawołał.

— Hej, wy! Otwierajcie bramy albo wywalę je kopniakiem!

Dopiero gdy Qyburn i Nagolennik wsparli go swymi głosami, na szczycie murów pojawiła się czyjaś głowa. Mężczyzna popatrzył na nich z góry, a potem zniknął. Po krótkiej chwili usłyszeli dźwięk podnoszonej kraty. Jaime Lannister spiął konia i wjechał do środka, ledwie spoglądając na otwory machikułów na suficie. Obawiał się, że kozioł może ich nie wpuścić, wyglądało jednak na to, że Dzielni Kompanioni nadal uważają ich za sojuszników. *Durnie.*

Zewnętrzny dziedziniec był opustoszały. Tylko w długich, krytych dachówką stajniach dawało się zauważyć jakieś oznaki życia, w tej chwili Jaime'a nie obchodziły jednak konie. Ściągnął wodze i rozejrzał się wokół. Słyszał głosy dobiegające zza Wieży Duchów. Ludzie wrzeszczeli w sześciu różnych językach. Po obu bokach miał Nagolennika i Qyburna.

— Zabieraj to, po co przyjechałeś, i znikamy stąd — odezwał się Nagolennik. — Nie chcę żadnych kłopotów z Komediantami.

— Powiedz swoim ludziom, żeby trzymali dłonie na rękojeściach mieczy, a Komedianci nie będą chcieli żadnych kłopotów z tobą. Dwa do jednego, pamiętasz? — Jaime odwrócił głowę, słysząc odległy ryk, słaby, ale gwałtowny. Odbił się echem od murów Harrenhal i nagle śmiech wezbrał niczym morskie fale. Jaime w jednej chwili zrozumiał, co się dzieje. *Czy przyjechaliśmy za późno?* Dopadły go mdłości. Wbił ostrogi w końskie boki i pocwałował przez zewnętrzny dziedziniec. Potem przeniknął pod łukiem kamiennego mostu, okrążył Jęczącą Wieżę i wreszcie wpadł na Dziedziniec Stopionego Kamienia.

Wrzucili ją do dołu z niedźwiedziem.

Król Harren Czarny nawet szczucie niedźwiedzia chciał urządzać w wielkim stylu. Dół miał dziesięć jardów średnicy i pięć głębokości, był obmurowany kamieniami, wysypany piaskiem i otoczony sześcioma poziomami kamiennych ław. Gdy Jaime zsunął się niezgrabnie z siodła, zauważył, że Dzielni Kompanioni zajmują tylko jedną czwartą miejsc na ławach. Najemnicy byli tak skupieni na rozgrywającym się w nim widowisku, że intruzów zauważyli tylko ci, którzy siedzieli po przeciwnej stronie dołu.

Brienne miała na sobie tę samą niedopasowaną suknię, którą włożyła na kolację z Roose'em Boltonem. Nie osłaniała jej tarcza, napierśnik, kolczuga ani nawet utwardzana skóra, a jedynie różowy atłas i myrijskie koronki. Być może kozioł uważał, że zabawniej będzie, jeśli ubierze ją jak kobietę. Połowa sukni zwisała w strzępach, a po lewym, draśniętym pazurami ramieniu ściekała krew.

Przynajmniej dali jej miecz. Dziewka trzymała oręż w jednej ręce i poruszała się bokiem, starając się trzymać na dystans od zwierza. *To nic jej nie da, krąg jest za mały.* Powinna zaatakować, szybko skończyć walkę. Dobra stal powinna sobie poradzić z każdym niedźwiedziem. Wyglądało jednak na to, że dziewka boi się podejść bliżej. Komedianci zasypywali ją obelgami i obscenicznymi sugestiami.

— To nie nasza sprawa — ostrzegł go Walton. — Lord Bolton powiedział, że dziewka należy do nich i mogą z nią zrobić, co chcą.

— Ma na imię Brienne. — Jaime zszedł po schodach, mijając

kilkunastu zaskoczonych najemników. Vargo Hoat zasiadał w lordowskiej loży w pierwszym szeregu.

— Lordzie Vargo — zawołał, przekrzykując gapiów.

Qohorik omal nie rozlał wina.

— Królobójca?

Lewą połowę twarzy zasłaniał mu nieudolnie zawiązany bandaż. Nad uchem miał plamę krwi.

— Wyciągnij ją stamtąd.

— Nie miesaj się do tego, Królobójco, chyba ze chces zarobić drugi kikut. — Hoat machnął kielichem. — Twoja klempa odgryzła mi ucho. Nic dziwnego, że ojciec nie chce zapłacić okupu za takiego dziwoląga.

Jaime odwrócił się, słysząc donośny ryk. Niedźwiedź miał osiem stóp wysokości. *Gregor Clegane w futrze* — pomyślał. *Tyle że pewnie jest bystrzejszy.* Bestia nie miała jednak takiego zasięgu, jak Góra ze swym monstrualnym mieczem.

Rozwścieczony niedźwiedź ryknął po raz kolejny, odsłaniając wypełniające paszczę żółte zęby. Potem opadł na cztery łapy i ruszył prosto na Brienne. *To twoja szansa* — pomyślał Jaime. *Uderz! Teraz!*

Machnęła jednak tylko nieudolnie mieczem. Zwierz wzdrygnął się, po czym z głośnym pomrukiem ponowił atak. Brienne odskoczyła w lewo i cięła mieczem w pysk zwierza. Tym razem niedźwiedź uniósł łapę, by odtrącić oręż na bok.

Jest ostrożny — zrozumiał Jaime. *Walczył już z ludźmi. Wie, że miecze i włócznie mogą mu wyrządzić krzywdę. Ale to nie powstrzyma go długo.*

— Zabij go! — zawołał, lecz jego głos zagłuszyły inne krzyki. Jeśli nawet Brienne go usłyszała, nie okazała tego w żaden sposób. Krążyła po dole, cały czas mając ścianę za plecami. *Za blisko. Jeśli to bydlę przyprze ją do ściany...*

Bestia odwróciła się niezgrabnie, zbyt daleko od przeciwnika. Brienne zmieniła kierunek, szybka jak kot. *To jest dziewka, którą pamiętam.* Podskoczyła do niedźwiedzia, by ciąć go w grzbiet. Zwierz z rykiem podniósł się na tylne łapy. Brienne oddaliła się pośpiesznie. *Gdzie jest krew?* Wtem Jaime zrozumiał.

— Dałeś jej turniejowy miecz — naskoczył na Hoata.

Kozioł ryknął śmiechem, opryskując go winem i plwociną.

— Ocywiście.

— Zapłacę ten cholerny okup. Złoto, szafiry, czego tylko chcesz. Wyciągnij ją stamtąd.

— Chces ją dostać, to skac.

Jaime skoczył.

Oparł jedyną dłoń na marmurowym murku, przesadził go i przetoczył się po piasku. Niedźwiedź odwrócił się, słysząc łoskot, i powęszył, spoglądając nieufnie na nowego intruza. Jaime podźwignął się na jedno kolano. *I co mam teraz zrobić, na siedem piekieł?* Nabrał w garść piasku.

— Królobójca? — usłyszał głos zdumionej Brienne.

— Jaime.

Wyprostował się, sypiąc piaskiem w pysk niedźwiedzia. Zwierz zamachał wściekle łapami, rycząc jak szalony.

— Co tu robisz?

— Coś głupiego. Schowaj się za mną.

Ruszył pod murem w jej stronę, by własnym ciałem osłonić ją przed niedźwiedziem.

— To ty schowaj się za mnie. Mam miecz.

— Ale tępy. Schowaj się!

Zobaczył coś na wpół zagrzebanego w piasku i złapał to jedyną dłonią. Okazało się, że to ludzka żuchwa. Było na niej jeszcze trochę zielonkawego mięsa, w którym roiło się od czerwi. *Urocze* — pomyślał, zastanawiając się, czyją twarz trzyma. Niedźwiedź był coraz bliżej, Jaime zamachnął się więc i cisnął kością, mięsem i czerwiami w głowę bestii. Chybił co najmniej o jard. *Lewą dłoń też powinienem sobie odrąbać. I tak nie ma z niej żadnego pożytku.*

Brienne próbowała się wymknąć zza jego pleców, lecz podciął jej nogi. Runęła na piasek, ściskając bezużyteczny miecz. Jaime usiadł na niej okrakiem, niedźwiedź rzucił się do szarży.

Rozległ się głośny brzęk i pod lewym okiem bestii wyrosły nagle opierzone drzewce. Z otwartej paszczy popłynęła krew i ślina. Drugi bełt trafił w nogę. Niedźwiedź ryknął i stanął na tylne łapy. Znowu zobaczył Jaime'a oraz Brienne i powlókł się w ich kierunku. Zagrały kolejne kusze. Bełty przeszyły futro i mięśnie. Z tak bliska kusznicy raczej nie mogli chybić. Pociski uderzały z siłą buzdyganów, lecz niedźwiedź postawił kolejny krok. *Biedne, głupie, odważne bydlę.* Gdy bestia zamachnęła się na Jaime'a, odsunął się na bok tanecznym krokiem, wzbijając nogami w górę fontanny piasku. Niedźwiedź ruszył za swym dręczycielem i w grzbiet wbiły mu się dwa kolejne bełty. Warknął basowo po raz ostatni, osunął się na zad, padł na zbroczony krwią piasek i zdechł.

Brienne podniosła się na kolana, ściskając miecz. Oddychała szybko i nierówno. Ludzie Nagolennika ładowali na nowo kusze, a Komedianci obrzucali ich przekleństwami i groźbami. Jaime zauważył, że Rorge i Trzypalca Noga wyciągnęli miecze, a Zollo rozwija bicz.

— Zabiliście mojego niedźwiedzia! — wrzasnął Vargo Hoat.

— Z tobą zrobimy to samo, jeśli będziesz się stawiał — ostrzegł go Nagolennik. — Zabieramy dziewkę.

— Nazywa się Brienne — poprawił go Jaime. — Brienne, dziewica z Tarthu. Mam nadzieję, że nadal jesteś dziewicą?

Jej brzydka, szeroka twarz zapłonęła szkarłatnym rumieńcem.

— Tak.

— To bardzo dobrze — stwierdził Jaime. — Ratuję tylko dziewice. Dostaniesz swój okup — dodał, zwracając się do Hoata. — Za nas oboje. Lannister zawsze płaci swe długi. A teraz przynieście jakieś sznury i wydostańcie nas stąd.

— W dupę z tym — warknął Rorge. — Zabij ich, Hoat. Jak tego nie zrobisz, to pożałujesz.

Qohorik zawahał się. Połowa jego najemników była pijana, a ludzie z północy byli zupełnie trzeźwi, a do tego mieli dwukrotną przewagę liczebną. Niektórzy z kuszników zdążyli już naładować broń.

— Wyciągnijcie ich — rozkazał Hoat. — Postanowiłem okazać łaskawość — dodał, zwracając się do Jaime'a. — Powiedz o tym swemu panu ojcu.

— Nie omieszkam, wasza lordowska mość.

Ale i tak nic to ci nie pomoże.

Walton Nagolennik okazał gniew dopiero wtedy, gdy oddalili się półtorej mili od Harrenhal i znaleźli się poza zasięgiem stojących na murach łuczników.

— Odjęło ci rozum, Królobójco? Czy szukałeś śmierci? Nikt nie zdoła pokonać niedźwiedzia gołymi rękami!

— Jedną gołą ręką i jednym gołym kikutem — uściślił Jaime. — Miałem nadzieję, że zabijecie bestię, nim ona zdąży wykończyć mnie. W przeciwnym razie lord Bolton obdarłby cię ze skóry jak pomarańczę, nieprawdaż?

Nagolennik przeklął go, nazywając go lannisterskim durniem, po czym spiął konia i pocwałował na czoło kolumny.

— Ser Jaime? — Nawet w brudnym, różowym atłasie i podartych koronkach Brienne wyglądała raczej jak mężczyzna w sukni niż jak prawdziwa kobieta. — Jestem ci wdzięczna, ale... byłeś już daleko. Dlaczego wróciłeś?

Przyszedł mu do głowy tuzin złośliwych odpowiedzi, każda okrutniejsza od poprzedniej, wzruszył jednak tylko ramionami.

— Przyśniłaś mi się — odparł.

CATELYN

Robb trzykrotnie żegnał się ze swą młodą królową. Raz w bożym gaju, pod drzewem sercem, na oczach bogów i ludzi. Drugi raz pod bramą, gdzie Jeyne ofiarowała mu na drogę długi uścisk i jeszcze dłuższy pocałunek. I wreszcie godzinę później nad Kamiennym Nurtem. Dziewczyna przycwałowała tam na spienionym koniu, by błagać swego młodego króla, żeby zabrał ją ze sobą.

Catelyn widziała, że Robb jest tym wzruszony, lecz również zażenowany. Dzień był szary i wilgotny, zaczęła siąpić mżawka i ostatnie, czego chciał, to wstrzymywać marsz po to, by mógł stać na deszczu i pocieszać młodą, zapłakaną żonę na oczach połowy armii. *Przemawia do niej czule, ale pod jego słowami kryje się gniew* — pomyślała, spoglądając na syna.

Gdy król i królowa byli zajęci rozmową, Szary Wicher krążył wokół nich, zatrzymując się tylko po to, by otrzepać się z wody i warknąć na deszcz. Kiedy wreszcie Robb dał Jeyne pożegnalny pocałunek, odesłał ją z eskortą dwunastu ludzi do Riverrun i ponownie dosiadł konia, wilkor popędził naprzód niczym zwolniona z cięciwy strzała.

— Widzę, że królowa Jeyne ma kochające serce — zauważył Kulawy Lothar Frey. — Całkiem jak moje siostry. Idę o zakład, że Roslin tańczy już po Bliźniakach, podśpiewując „lady Tully, lady Tully, lady Roslin Tully". Jutro będzie sobie przykładała do policzka materiał w czerwono-niebieskich barwach Riverrun, żeby sprawdzić, jak będzie się prezentowała w płaszczu żony. — Odwrócił się w siodle i uśmiechnął do Edmure'a. — Jesteś czemuś dziwnie cichy, lordzie Tully. Zastanawiam się, jak ty się czujesz?

— Mniej więcej tak, jak pod Kamiennym Młynem na chwilę przed tym, nim zabrzmiały rogi — odpowiedział Edmure tylko półżartem.

Lothar roześmiał się dobrodusznie.

— Módlmy się o to, by twoje małżeństwo ułożyło się równie szczęśliwie, panie.

Niech bogowie mają nas w swej opiece, jeśli tak się nie stanie. Catelyn wcisnęła pięty w boki konia, zostawiając brata i Kulawego Lothara samym sobie.

To ona nalegała, by Jeyne została w Riverrun, choć Robb wolałby mieć ją przy sobie. Lord Walder z łatwością mógł uznać brak królowej na ślubie za kolejny kamień obrazy, jej obecność byłaby jednak inną formą zniewagi, solą sypaną na jego rany.

— Walder Frey ma kąśliwy język i długą pamięć — ostrzegła syna Catelyn. — Nie wątpię, że wystarczy ci sił, by znosić jego złośliwości w zamian za jego wierność, ale masz w sobie zbyt wiele z ojca, by siedzieć spokojnie, gdy będzie obrażał Jeyne prosto w oczy.

Robb musiał przyznać, że brzmi to rozsądnie. *Ale i tak ma do mnie żal* — pomyślała ze znużeniem Catelyn. *Już tęskni za Jeyne i ja-*

kąś częścią jaźni oskarża mnie o jej nieobecność, mimo że wie, iż udzieliłam mu dobrej rady.

Z sześciu Westerlingów, którzy przybyli z jej synem z Turni, u jego boku został tylko jeden. Ser Raynald, brat Jeyne, który nosił królewską chorągiew. Tego samego dnia, gdy Robb otrzymał od lorda Tywina zgodę na wymianę jeńców, wysłał wuja Jeyne, Rolpha Spicera, do Złotego Zęba z Martynem Lannisterem. Było to zręczne posunięcie. Jej syn nie musiał się obawiać o bezpieczeństwo Martyna, Galbart Glover z radością usłyszał, że jego brat wsiadł na statek w Duskendale, ser Rolph otrzymał ważne i honorowe zadanie... a Szary Wicher znowu był u królewskiego boku. *Tam, gdzie jest jego miejsce.*

Lady Westerling została w Riverrun z dziećmi: Jeyne, jej młodszą siostrą Eleyną oraz małym Rollamem, giermkiem Robba, który głośno protestował przeciw temu, że go nie zabrano. To jednak również było rozsądne. Poprzednim giermkiem Robba był Olyvar Frey, który z pewnością będzie obecny na ślubie siostry. Kłując go w oczy widokiem następcy, postąpiliby nieuprzejmie i nieroztropnie. Jeśli zaś chodzi o ser Raynalda, był on młodym, wesołym rycerzem, który przysięgał, że nie da się sprowokować żadnej obeldze Waldera Freya. *Miejmy nadzieję, że skończy się na obelgach.*

Catelyn poważnie się jednak obawiała, że tak nie będzie. Po Tridencie jej pan ojciec nigdy już nie ufał Walderowi Freyowi i ona świetnie o tym pamiętała. Królowa Jeyne będzie najbezpieczniejsza za wysokimi, grubymi murami Riverrun, pod opieką Blackfisha. Robb stworzył nawet dla niego nowy tytuł — namiestnik południowego pogranicza. Jeśli ktokolwiek mógł obronić dorzecze, to właśnie ser Brynden.

Mimo to Catelyn będzie brakowało widoku pooranej bruzdami twarzy stryja, a Robbowi będzie brakowało jego rad. Ser Brynden miał swój udział w każdym zwycięstwie odniesionym przez jej syna. Jako dowódca zwiadowców zastąpił go Galbart Glover, który był wiernym i godnym zaufania człowiekiem, lecz brakowało mu błyskotliwości Blackfisha.

Osłaniana przez zwiadowców Glovera linia sił Robba ciągnęła

się kilka mil. Strażą przednią dowodził Greatjon. Catelyn jechała w głównej kolumnie, otoczona rumakami dźwigającymi na grzbietach zakutych w stal mężczyzn. Za nią podążały tabory, kolumna wozów wypełnionych żywnością, paszą, zapasami, darami ślubnymi oraz rannymi zbyt słabymi, by mogli chodzić. Nad wszystkim tym czuwał ser Wendel Manderly i jego rycerze z Białego Portu. Dalej wlokły się stada kóz, owiec i chudego bydła, a za nimi garstka markietanek o obolałych stopach. Na samym końcu jechała ariergarda Robina Flinta. Za nimi, w promieniu setek mil, nie było żadnych wrogów, Robb nie zamierzał jednak podejmować ryzyka.

Było ich trzy tysiące pięciuset, trzy tysiące pięciuset ludzi, którzy posmakowali krwi w Szepczącym Lesie, zbroczyli miecze w Bitwie Obozów, pod Oxcross, Ashemark oraz Turnią i wszędzie pośród bogatych w złoto wzgórz lannisterskiego zachodu. Pomijając skromną świtę jej brata Edmure'a, lordowie Tridentu pozostali na miejscu, by bronić dorzecza, dopóki król nie odzyska północy. Czekała na nich narzeczona Edmure'a i następna bitwa Robba… *a na mnie czeka dwóch martwych synów, puste łoże i zamek pełen duchów.* Nie była to wesoła perspektywa. *Brienne, gdzie jesteś? Przyprowadź mi moje dziewczynki, Brienne. Przyprowadź je bezpiecznie.*

Towarzysząca ich odjazdowi mżawka przerodziła się około południa w miarowy deszcz, który padał aż do później nocy. Następnego dnia w ogóle nie widzieli słońca. Jechali pod zachmurzonym niebem, postawiwszy kaptury, by rzęsisty opad nie zalewał im oczu. Drogi zmieniły się w błoto, a pola w trzęsawiska. Ulewa wypełniła rzeki wodą i postrącała liście z gałęzi. Nieustanny szum deszczu sprawiał, że nikomu nie chciało się prowadzić niezobowiązujących rozmówek, ludzie odzywali się więc tylko wtedy, gdy mieli coś ważnego do powiedzenia, to znaczy rzadko.

— Jesteśmy silniejsi, niżby się zdawało, pani — oznajmiła jej w pewnej chwili lady Maege Mormont. Catelyn polubiła lady Maege i jej najstarszą córkę Dacey. Obie okazały jej w sprawie Jaime'a Lannistera więcej zrozumienia niż większość. Córka była wysoka i szczupła, a matka niska i krępa, lecz obie ubierały się podobnie, w zbroje i skóry, a na tarczach i opończach nosiły czarnego niedźwiedzia rodu Mormontów. Zdaniem Catelyn był to dziwny strój dla dam, lecz Dacey i lady Maege czuły się jako kobiety-wojowniczki jeszcze swobodniej niż dziewczyna z Tarthu.

— Walczyłam u boku Młodego Wilka we wszystkich bitwach — oznajmiła radośnie Dacey Mormont. — Jeszcze żadnej nie przegrał.

To prawda, ale stracił wszystko inne — pomyślała Catelyn. Nie mogła jednak powiedzieć tego na głos. Ludziom z północy nie brakowało odwagi, lecz byli daleko od domu i jedynym, co podtrzymywało ich na duchu, była wiara w młodego króla. Tej wiary należało bronić za wszelką cenę. *Muszę być silniejsza* — powtarzała sobie. *Muszę być silna dla Robba. Jeśli wpadnę w rozpacz, żałoba mnie zniszczy.* Wszystko zależało od mającego się odbyć ślubu. Jeśli Edmure i Roslin przypadną sobie do gustu, jeśli lord Frey Spóźnialski pozwoli się ubłagać i ponownie połączy swe siły z Robbem... *Nawet wtedy, jakie będziemy mieli szanse, uwięzieni między Lannisterami a Greyjoyami?* Nie odważyła się zastanawiać nad tym pytaniem, choć Robb myślał o nim niemal bez przerwy. Widziała, jak na postojach wpatruje się w mapy, szukając jakiegoś sposobu, który pozwoliłby mu odzyskać północ.

Jej brat Edmure miał inne troski.

— Ale chyba nie wszystkie córki lorda Waldera są podobne do niego? — zastanawiał się, siedząc w wysokim, pasiastym namiocie z Catelyn i przyjaciółmi.

— Przy tak wielu różnych matkach niektóre z nich muszą się okazać urodziwe — stwierdził ser Marq Piper — ale z jakiego powodu ten stary nędznik miałby ci dać ładną dziewczynę?

— Nie ma żadnego powodu — przyznał ponurym tonem Edmure.

Catelyn nie mogła już tego znieść.

— Cersei Lannister jest urodziwa — oznajmiła ostro. — Gdybyś był mądry, modliłbyś się o to, by Roslin była silna i zdrowa, miała wierne serce i nieźle poukładane w głowie.

Wyszła z namiotu.

Edmure nie przyjął tego dobrze. Następnego dnia unikał jej konsekwentnie, woląc towarzystwo Marqa Pipera, Lymonda Goodbrooka, Patreka Mallistera i młodych Vance'ów. *Oni nie czynią mu wymówek, chyba że żartem* — powiedziała sobie Catelyn, gdy po południu przemknęli obok niej niemal bez słowa. *Zawsze byłam zbyt surowa dla Edmure'a, a teraz żałoba dodaje ostrości każdemu mojemu słowu.* Żałowała swego wybuchu. Wystarczał deszcz padający z nieba. Nie musiała sprowadzać go więcej. Czy to naprawdę takie straszne pragnąć ładnej żony? Przypomniała sobie dziecinne rozczarowanie, które poczuła, gdy po raz pierwszy ujrzała na oczy Eddarda Starka. Wyobrażała go sobie jako młodszą wersję jego brata Brandona, prawda wyglądała jednak inaczej. Ned był niższy, miał brzydszą twarz i był bardzo poważny. Przemawiał do niej uprzejmie, lecz pod jego słowami wyczuwała chłód zupełnie nieprzypominający Brandona, którego ataki wesołości były równie szalone jak napady gniewu. Nawet gdy zabrał jej dziewictwo, w ich miłości było więcej obowiązku niż namiętności. *Ale spłodziliśmy tej nocy Robba, daliśmy życie królowi. A po wojnie, w Winterfell, znalazłam tyle miłości, że wystarczyłoby jej dla każdej kobiety. Musiałam tylko odkryć dobre, słodkie serce ukryte za poważną twarzą Neda. Nie ma powodu, by Edmure nie mógł znaleźć tego samego ze swą Roslin.*

Zrządzeniem bogów ich droga wiodła przez Szepczący Las, gdzie Robb odniósł swe pierwsze wielkie zwycięstwo. Jechali wzdłuż krętego strumienia dnem wąskiej doliny, tak samo jak ludzie Jaime'a Lannistera owej pamiętnej nocy. *Wtedy było cieplej* — przypomniała sobie. *Drzewa były jeszcze zielone, a strumień nie występował z brzegów.* Nurt potoku spowalniały teraz spadłe z drzew liście, które gromadziły się w wilgotnych stertach pośród głazów i korzeni, a drzewa, między którymi ukryła się ongiś armia Robba, zamieniły zielony strój na matowe złoto usiane brązowymi cętkami albo czerwień, która przywodziła jej na myśl rdzę albo zakrzepłą krew. Tylko świerki i żołnierskie sosny wciąż były zielone. Ich wierzchołki wysuwały się ku chmurom niczym wysokie, ciemne włócznie.

Od tego czasu zginęły nie tylko drzewa — pomyślała. Podczas bitwy w Szepczącym Lesie Ned siedział jeszcze żywy w celi pod Wielkim Wzgórzem Aegona, Bran i Rickon byli zaś bezpieczni za murami Winterfell. *A Theon Greyjoy walczył u boku Robba i przechwalał się, że omal nie skrzyżował mieczy z Królobójcą. Gdybyż tylko tak się stało. Ile zła udałoby się uniknąć, gdyby to Theon zginął zamiast synów lorda Karstarka?*

Gdy przejeżdżali przez pole bitwy, Catelyn zauważała gdzieniegdzie ślady dawnej rzezi: odwrócony, wypełniony deszczówką hełm, odłamek kopii, końskie kości. Dla niektórych z poległych usypano kamienne kurhany, lecz dobrały się już do nich padlinożerne zwierzęta. Między zwalonymi głazami dostrzegała strzępki jaskrawej tkaniny i kawałki lśniącego metalu. Raz ujrzała nawet spoglądającą na nią twarz. Spod gnijącego, zbrązowiałego ciała wyłaniała się już czaszka.

Zadała sobie pytanie, gdzie spoczywa Ned. Milczące siostry zabrały jego kości na północ, eskortowane przez Hallisa Mollena i nieliczną straż honorową. Czy jej mąż dotarł do Winterfell i leżał teraz u boku swego brata Brandona w mrocznych kryptach pod zamkiem, czy też drzwi w Fosie Cailin zatrzasnęły się, nim Hal i siostry zdążyli przejechać?

Przez serce Szepczącego Lasu jechało trzy tysiące pięciuset jeźdźców, lecz Catelyn Stark rzadko czuła się bardziej samotna. Z każdą przebytą milą oddalała się od Riverrun i zadawała sobie pytanie, czy jeszcze kiedyś ujrzy ten zamek, czy też utraciła go na zawsze, tak jak wiele innych rzeczy?

Po pięciu dniach zwiadowcy ostrzegli ich, że wezbrane wody zerwały drewniany most w Fairmarket. Galbart Glover i dwóch jego najśmielszych ludzi próbowało sforsować konno wzburzone Niebieskie Widły w Baranim Brodzie. Dwa konie utonęły, a wraz z nimi jeden z jeźdźców. Sam Glover zdołał się wdrapać na skałę, z której potem go ściągnięto.

— Poziom wód nie był tak wysoki od wiosny — stwierdził Edmure. — A jeśli deszcz nie przestanie padać, podniesie się jeszcze wyżej.

— W górę rzeki, nieopodal Starych Kamieni, jest drugi most — przypomniała sobie Catelyn, która często jeździła tędy z ojcem. — Jest starszy i mniejszy, ale jeśli nadal stoi…

— Już go nie ma, pani — przerwał jej Galbart Glover. — Wody zmyły go razem z tym w Fairmarket.

Robb popatrzył na Catelyn.

— Czy jest tu więcej mostów?

— Nie ma. A brody będą nie do przebycia. — Zastanowiła się. — Jeśli nie możemy przejść Niebieskich Wideł, będziemy musieli je ominąć, pojechać przez Siedem Strumieni i Bagno Jędzy.

— Tam są tylko mokradła i złe drogi albo zupełne bezdroża — ostrzegł ich Edmure. — Będziemy się posuwać naprzód powoli, ale pewnie prędzej czy później dotrzemy na miejsce.

— Lord Walder zaczeka — stwierdził Robb. — Lothar wysłał mu z Riverrun ptaka i spodziewa się naszego przybycia.

— Tak, ale jest z natury drażliwy i podejrzliwy — zauważyła Catelyn. — Może uznać tę zwłokę za celową zniewagę.

— Proszę bardzo, będę go błagał o wybaczenie także i za to. Będę bardzo skruszonym królem, przepraszającym co drugi oddech. — Robb skrzywił się z przekąsem. — Mam nadzieję, że Bolton przeprawił się przez Trident, nim zaczęły się deszcze. Królewski trakt biegnie prosto na północ i nie ma po drodze żadnych przeszkód. Nawet na piechotę powinien dotrzeć do Bliźniaków przed nami.

— A co zrobisz, gdy już połączysz z nim siły, a ślub mojego brata się odbędzie? — zapytała go Catelyn.

— Ruszę na północ.

Robb podrapał Szarego Wichra za uchem.

— Groblą? Prosto na Fosę Cailin?

Uśmiechnął się do niej enigmatycznie.

— To jedna z możliwych dróg — odparł. Z jego tonu zrozumiała, że nie powie jej już nic więcej. *Mądry król nikomu nie wyjawia swych zamiarów* — pomyślała.

Po ośmiu dniach nieustannego deszczu dotarli do Starych Kamieni i rozbili obóz na wzgórzu górującym nad Niebieskimi Widłami, w ruinach twierdzy starożytnych królów rzeki. Pośród zielska sterczały kamienie fundamentów wskazujące, gdzie ongiś stały mury i donżony, lecz miejscowi prostaczkowie dawno wywieźli stąd większość budulca na swe stodoły, septy i warownie. Pośrodku tego, co ongiś było zamkowym dziedzińcem, w jesionowym gaju krył się jednak wielki, rzeźbiony grobowiec, na wpół schowany w sięgającej pasa brązowej trawie.

Płytę nagrobną wyrzeźbiono na podobieństwo człowieka, którego kości spoczywały w środku, lecz deszcz i wiatr wykonały już swą robotę. Widzieli, że król nosił brodę, lecz poza tym jego twarz była zupełnie gładka, z drobnym tylko zaznaczeniem ust, nosa, oczu i osadzonej na skroniach korony. Dłonie splótł na rękojeści kamiennego młota, który przecinał jego pierś. Oręż pokrywały ongiś runy, którymi zapisano jego nazwę i historię, stulecia zatarły je jednak bez śladu. Sam kamień był popękany i kruszył się, a tu i ówdzie widniały na nim białe plamy porostów. Stopy króla obrosły dzikimi różami, które sięgały mu aż do piersi.

Tam właśnie Catelyn znalazła Robba. Jej syn stał z poważną miną w gęstniejącym mroku. Towarzyszył mu tylko Szary Wicher. Deszcz przestał na chwilę padać i Robb miał odkrytą głowę.

— Czy ten zamek na jakąś nazwę? — zapytał cicho, gdy do niego podeszła.

— Kiedy byłam mała, wszyscy prostaczkowie mówili na niego Stare Kamienie, ale gdy jeszcze mieszkali w nim królowie, z pewnością nazywał się jakoś inaczej.

Obozowała tu kiedyś z ojcem, po drodze do Seagardu. *Był wtedy z nami Petyr…*

— Jest taka piosenka — przypomniał sobie. — *Jenny ze Starych Kamieni, co miała we włosach kwiaty.*

— Wszyscy na koniec stajemy się piosenkami. Jeśli mieliśmy szczęście.

Bawiła się tamtego dnia w Jenny, wplotła sobie nawet kwiaty we włosy. Jej Księciem Ważek był Petyr. Był jeszcze chłopcem, gdyż Catelyn nie mogła mieć wówczas więcej niż dwanaście lat.

Robb przyjrzał się kamiennej płycie.

— Czyj to grobowiec?

— Tu leży król Tristifer, Czwarty Tego Imienia, Król Rzek i Wzgórz. — Ojciec opowiadał jej kiedyś jego historię. — Władał ziemiami od Tridentu po Przesmyk, tysiące lat przed czasami Jenny i jej księcia, gdy królestwa Pierwszych Ludzi padały jedno po drugim pod ciosami Andalów. Zwali go Młotem Sprawiedliwości. Stoczył sto bitew i zwyciężył w dziewięćdziesięciu dziewięciu, tak przynajmniej utrzymują minstrele. I wybudował ten zamek, najpotężniejszy wówczas w całym Westeros. — Położyła dłoń na ramieniu syna. — Zginął w setnej bitwie, gdy siedmiu andalskich królów połączyło przeciw niemu swe siły. Piąty Tristifer mu nie dorównywał i królestwo wkrótce upadło, a wraz z nim zamek i ród. Na Tristiferze Piątym skończyła się dynastia Muddów, którzy władali dorzeczem przez tysiąc lat przed nadejściem Andalów.

— Zawiódł go jego dziedzic — stwierdził Robb, przesuwając dłonią po szorstkim, zwietrzałym kamieniu. — Miałem nadzieję, że zostawię Jeyne przy nadziei... próbowaliśmy wiele razy, ale nie jestem pewien...

— Nie zawsze udaje się za pierwszym razem. — *Ale z tobą się udało.* — Ani nawet za setnym. Jesteś jeszcze bardzo młody.

— Ale jestem królem — odparł. — A król potrzebuje dziedzica. Gdybym zginął w następnej bitwie, królestwo nie może zginąć razem ze mną. Zgodnie z prawem następna w linii sukcesji jest Sansa, więc Winterfell i północ przeszłyby w jej ręce. — Zacisnął usta. — I w ręce jej pana męża Tyriona Lannistera. Nie mogę na to pozwolić i nie pozwolę. Północ nie może się dostać temu karłowi.

— Nie może — zgodziła się Catelyn. — Musisz wskazać innego dziedzica na czas, nim Jeyne da ci syna. — Zastanawiała się chwilę. — Ojciec twojego ojca nie miał rodzeństwa, ale jego ojciec miał siostrę, która wyszła za młodszego syna lorda Raymara Royce'a, z bocznej gałęzi rodu. Mieli trzy córki i wszystkie z nich wyszły za paniątka z Doliny. Na pewno za Waynwooda i za Corbraya, a najmłodsza... to mógł być Templeton, ale...

— Mamo. — Głos Robba brzmiał ostro. — Zapominasz, że mój ojciec miał czterech synów.

Nie zapomniała. Po prostu nie chciała o tym myśleć.

— Snow to nie Stark.

— Jon jest bardziej Starkiem niż jakieś paniątka z Doliny, które nigdy w życiu nie widziały Winterfell na oczy.

— Jon jest bratem z Nocnej Straży. Przysiągł, że nie weźmie sobie żony i nie będzie miał ziemi. Ci, którzy przywdziewają czerń, służą dożywotnio.

— Tak samo jak rycerze z Gwardii Królewskiej. To jednak nie powstrzymało Lannisterów przed zabraniem białych płaszczy ser Barristanowi Selmy'emu i ser Borosowi Blountowi, gdy już przestali im być potrzebni. Idę o zakład, że jeśli dam Straży w zamian za Jona stu ludzi, znajdą jakiś sposób na to, by zwolnić go z przysięgi.

Jest zdecydowany to zrobić. Catelyn wiedziała, jak uparty potrafi być jej syn.

— Bękart nie może dziedziczyć.

— Chyba że zostanie zalegitymizowany królewskim dekretem — przypomniał jej Robb. — Jest na to więcej precedensów niż na zwolnienie zaprzysiężonego brata z przysięgi.

— Precedensy — stwierdziła z goryczą. — Aegon Czwarty zalegitymizował na łożu śmierci wszystkie swe bękarty i wynikły z tego jedynie ból, żal, wojny i morderstwa. Wiem, że ufasz Jonowi. Czy jednak będziesz mógł zaufać jego synom? Albo ich synom? Pretendenci z rodu Blackfyre'ów prześladowali Targaryenów przez pięć pokoleń, nim wreszcie Barristan Śmiały zabił ostatniego z nich na Stopniach. Jeśli uczynisz Jona prawowitym spadkobiercą, nie będziesz już mógł zamienić go z powrotem w bękarta. Jeśli się ożeni i spłodzi dzieci, synowie, których będziesz miał z Jeyne, nigdy nie będą bezpieczni.

— Jon nigdy by nie skrzywdził moich dzieci.

— Tak samo jak Theon Greyjoy nigdy nie skrzywdziłby Brana i Rickona?

Szary Wicher skoczył na szczyt grobowca króla Tristifera, obnażając groźnie zęby. Twarz Robba zionęła chłodem.

— To było okrutne i niesprawiedliwe. Jon nie jest Theonem.

— A przynajmniej o to się modlisz. A czy pomyślałeś o siostrach? Zgadzam się, że północ nie może się dostać Krasnalowi, ale co z Aryą? Zgodnie z prawem ona jest następna po Sansie... to twoja rodzona siostra, z prawego łoża...

— ...która nie żyje. Nikt jej nie widział ani o niej nie słyszał, odkąd ścięli ojcu głowę. Po co się okłamywać? Aryi już nie ma, tak samo jak Brana i Rickona, a Sansę też zgładzą, gdy tylko urodzi karłowi dziecko. Jon jest jedynym bratem, który mi pozostał. Gdybym zginął bezpotomnie, chcę, żeby został po mnie królem północy. Miałem nadzieję, że poprzesz mój wybór.

— Nie mogę — odparła. — We wszystkim innym, Robb. We wszystkim. Ale nie w tym... w tym szaleństwie. Nie proś mnie o to.

— Nie muszę prosić. Jestem królem.

Odwrócił się i odszedł. Szary Wicher zeskoczył z grobowca i popędził za nim.

Cóż uczyniłam? — pomyślała ze znużeniem Catelyn, stojąc samotnie na kamiennym grobowcu Tristifera. *Najpierw rozgniewałam Edmure'a, a teraz Robba, a przecież tylko mówiłam prawdę. Czy mężczyźni są aż tak delikatni, że nie mogą jej znieść?* Mogłaby się rozpłakać, gdyby niebo nie zaczęło robić tego za nią. Pozostało jej tylko wrócić do namiotu i siedzieć tam w ciszy.

W następnych dniach Robba było widać wszędzie. Jechał na czele straży przedniej u boku Greatjona, ruszał na zwiady z Szarym Wichrem, zawracał do straży tylnej Robina Flinta. Ludzie powtarzali z dumą, że Młody Wilk pierwszy zrywa się o świcie i ostatni zasypia po zmierzchu, Catelyn jednak zadawała sobie pytanie, czy jej syn w ogóle kładzie się spać. *Zrobił się tak samo chudy i głodny jak jego wilkor.*

— Pani — odezwała się do niej pewnego dnia Maege Mormont, gdy jechały w padającym nieustannie deszczu — jesteś taka smutna. Czy coś ci dolega?

Mój pan mąż nie żyje i mój ojciec też. Dwaj moi synowie zostali zamordowani, córkę oddano zdradliwemu karłowi, żeby wydawała na świat jego ohydne dzieci, druga córka zniknęła i zapewne nie żyje, a ostatni syn i jedyny brat pogniewali się na mnie. Cóż mogłoby mi dolegać?

Lady Maege z pewnością jednak nie chciałaby usłyszeć tak wiele prawdy.

— Ten deszcz jest zły — powiedziała tylko Catelyn. — Wycierpieliśmy bardzo wiele, a oczekują nas nowe niebezpieczeństwa i nowy żal. Powinniśmy śmiało stawić im czoło z graniem rogów i chorągwiami łopoczącymi na wietrze. Ale ten deszcz nas przytłacza. Mokre proporce zwisają bezwładnie, a ludzie owinęli się w płaszcze i niemal się do siebie nie odzywają. Tylko zły deszcz wychłodziłby nasze serca w chwili, gdy najbardziej potrzebują gorąca.

Dacey Mormont spojrzała na niebo.

— Wolę, żeby padała na mnie woda niż strzały.

Catelyn uśmiechnęła się mimo woli.

— Obawiam się, że jesteś odważniejsza ode mnie. Czy wszystkie kobiety z Wyspy Niedźwiedziej są takimi wojowniczkami?

— Tak, jesteśmy niedźwiedzicami — zgodziła się lady Maege. — Nie miałyśmy innego wyjścia. W dawnych czasach ciągle napadali na nas żelaźni ludzie w swych drakkarach albo dzicy z Lodowego Brzegu. Mężczyźni często wypływali na połów, ich żony musiały więc same bronić siebie i swych dzieci, bo inaczej by je porwano.

— Na naszej bramie jest płaskorzeźba — dodała Dacey. — Przedstawia odzianą w niedźwiedzią skórę kobietę, która w jednej ręce trzyma dziecko u piersi, a w drugiej topór. To nie jest dama, ale zawsze ją lubiłam.

— Mój bratanek Jorah przywiózł kiedyś do domu damę — opowiadała lady Maege. — Wygrał ją na turnieju. Strasznie nienawidziła tej płaskorzeźby.

— I całej reszty też — zgodziła się Dacey. — Ta Lynesse miała włosy jak złote nici, a skórę barwy śmietanki. Jej miękkie dłonie nie były jednak stworzone do topora.

— Ani jej cycki do karmienia — stwierdziła prosto z mostu starsza z kobiet.

Catelyn wiedziała, o kim mówią. Jorah Mormont przywoził swą drugą żonę na święta do Winterfell. Raz zatrzymali się tam na całe dwa tygodnie. Pamiętała, jaka piękna i zarazem nieszczęśliwa była młoda lady Lynesse. Pewnej nocy, po kilku kielichach wina wyznała Catelyn, że północ nie jest miejscem dla córki Hightowerów ze Starego Miasta.

— Była kiedyś córka Tullych z Riverrun, która myślała tak samo — odpowiedziała wówczas z delikatnością w głosie, starając się ją pocieszyć — lecz z czasem znalazła tu wiele rzeczy, które mogła pokochać.

Ale wszystko to straciłam — pomyślała. *Winterfell i Neda. Brana i Rickona, Sansę i Aryę. Został mi tylko Robb.* Czyżby mimo wszystko było w niej zbyt wiele z Lynesse Hightower, a za mało ze Starków? *Gdybym umiała władać toporem, może potrafiłabym ich ustrzec.*

Mijał dzień za dniem, a deszcz wciąż nie przestawał padać. Jechali w górę Niebieskich Wideł, mijając Siedem Strumieni, gdzie rzeka dzieliła się, tworząc labirynt potoków, a potem Bagno Jędzy, na którym połyskliwe, zielone sadzawki były gotowe połknąć nieostrożnych wędrowców, a miękki grunt mlaskał pod kopytami koni niczym głodne niemowlę ssące pierś matki. Posuwali się naprzód bardzo powoli. Połowę wozów musieli zostawić w błocie, przeniósłszy ich ładunek na grzbiety jucznych koni i mułów.

W sercu tych bagien dogonił ich lord Jason Mallister. Gdy dołączyła do nich jego kolumna, została jeszcze ponad godzina do zachodu słońca, lecz Robb natychmiast zarządził postój. Ser Raynald Westerling odprowadził Catelyn do królewskiego namiotu. Jej syn siedział przy koksowym piecyku, a na kolanach rozpostarł mapę. Szary Wicher spał u jego stóp. Byli tam też Greatjon, Galbart Glover, Maege Mormont, Edmure i tłusty, łysiejący mężczyzna, którego Catelyn nie znała. Jego twarz miała odrobinę służalczy wyraz. *To nie jest żaden lord* — pojęła, gdy tylko go ujrzała. *Ani nawet nie wojownik.*

Jason Mallister wstał, by ustąpić Catelyn miejsca. Lord Seagardu miał na głowie prawie tyle samo białych, co brązowych włosów, lecz mimo to nadal był przystojnym mężczyzną o rzeźbionej, wygolonej twarzy, wysoko osadzonych kościach policzkowych i niebieskoszarych oczach o gwałtownym wyrazie.

— Lady Stark, zawsze z radością cię widzę. Mam nadzieję, że przynoszę ci dobre wieści.

Robb zaczekał, aż ser Raynald zasunie połę namiotu.

— Bogowie wysłuchali naszych modlitw, panowie. Lord Jason

przywiózł nam kapitana „Myraham”, statku kupieckiego ze Starego Miasta. Kapitanie, przekaż im wieści, które nam przywiozłeś.

— Tak jest, Wasza Miłość. — Mężczyzna nerwowo oblizał pulchne wargi. — Nim zawinąłem do Seagardu, odwiedziłem Lordsport na Pyke. Żelaźni ludzie przetrzymywali mnie tam z górą pół roku. Tak rozkazał król Balon. Tyle że... no, krótko mówiąc, on nie żyje.

— Balon Greyjoy? — Serce Catelyn zatrzymało się na chwilę. — Chcesz nam powiedzieć, że Balon Greyjoy nie żyje?

Mały, obdarty kapitan pokiwał głową.

— Wiecie, że Pyke jest zbudowane na przylądku, a niektóre części zamku wzniesiono na przybrzeżnych wysepkach i skałach, połączone z nim mostami? Sądząc z tego, co słyszałem w Lordsporcie, z zachodu nadeszła burza, z ulewą i piorunami, a gdy stary lord Balon lazł jednym z tym mostów, rozszalał się nagły wicher, który rozerwał most na strzępy. Staruszek wypłynął po dwóch dniach, poobijany i rozdęty. Słyszałem, że kraby wyżarły mu oczy.

Greatjon ryknął śmiechem.

— Mam nadzieję, że to królewskie kraby pożywiły się taką królewską galaretką, hę?

Kapitan pokiwał głową.

— Tak, ale to nie wszystko, nie, nie! — Pochylił się. — Jego brat wrócił.

— Victarion? — zapytał zaskoczony Galbart Glover.

— Euron. Ten, którego zwą Wronim Okiem. Najstraszniejszy pirat, jaki kiedykolwiek żeglował po morzach. Nie widziano go od lat, ale ledwie lord Balon zdążył ostygnąć, wpłynął do Lordsportu na swojej „Ciszy”. Czarne żagle, czerwony kadłub i załoga złożona z niemych. Słyszałem, że wrócił z Asshai. Gdziekolwiek jednak był, teraz jest już w domu. Poszedł prosto do Pyke i usadził dupę na Tronie z Morskiego Kamienia. Gdy lord Botley się temu sprzeciwił, utopił go w beczce morskiej wody. Wtedy właśnie uciekłem na „Myraham” i podniosłem kotwicę, mając nadzieję, że w zamieszaniu uda mi się wymknąć z portu. Tak też się stało i widzicie mnie teraz przed sobą.

— Kapitanie — odezwał się Robb, gdy mężczyzna skończył — serdecznie ci dziękuję. Nie minie cię nagroda. Kiedy skończymy, lord Jason odprowadzi cię na statek. Zaczekaj, proszę, na zewnątrz.

— Oczywiście, Wasza Miłość. Oczywiście.

Gdy tylko żeglarz wyszedł z namiotu, Greatjon zaczął się śmiać, lecz Robb uciszył go ostrym spojrzeniem.

— Jeśli choć połowa z tego, co opowiadał Theon o Euronie Greyjoyu, jest prawdą, nikt nie chciałby mieć takiego króla. Prawowitym dziedzicem jest Theon, chyba że nie żyje... ale Żelazną Flotą dowodzi Victarion. Nie wierzę, by pozostał w Fosie Cailin, gdy na Tronie z Morskiego Kamienia zasiada Euron Wronie Oko. Musi wrócić.

— Jest jeszcze córka — przypomniał mu Galbart Glover. — Ta, która zdobyła Deepwood Motte, a także wzięła do niewoli żonę i syna Robetta.

— Jeśli tam zostanie, nie zdobędzie nic więcej — stwierdził Robb. — Jest w takiej samej sytuacji jak bracia Balona. Musi popłynąć do domu, żeby obalić Eurona i zdobyć tron dla siebie. — Spojrzał na lorda Jasona Mallistera. — Masz w Seagardzie flotę?

— Flotę, Wasza Miłość? Pół tuzina drakkarów i dwie galery. To wystarczy, by bronić moich brzegów przed łupieżcami, ale nie ma mowy, bym mógł się zmierzyć w boju z Żelazną Flotą.

— Nie żądam tego od ciebie. Sądzę, że żelaźni ludzie wkrótce pożeglują na Pyke. Theon opowiadał mi, jak myślą jego rodacy. Każdy kapitan jest królem na własnym pokładzie i wszyscy będą chcieli mieć głos w sprawie sukcesji. Panie, chcę, żeby dwa twoje drakkary opłynęły Przylądek Orłów i dotarły do Strażnicy nad Szarą Wodą.

Lord Jason zawahał się.

— Z mokrego lasu wypływa tuzin strumieni. Wszystkie są płytkie, muliste i nie zaznaczono ich na mapach. Nie nazwałbym ich rzekami. Koryta wiecznie zmieniają bieg. Są tam niezliczone ławice, pułapki i zatory z butwiejących pni drzew. Do tego Strażnica nad Szarą Wodą się przemieszcza. Jak moje statki mają ją odszukać?

— Popłyń w górę rzeki pod moim sztandarem. Wyspiarze sami

cię znajdą. Chcę wysłać dwa statki, by zwiększyć szanse, że wiadomość dotrze do Howlanda Reeda. Na pierwszym popłynie lady Maege, a na drugim Galbart. — Zwrócił się ku ludziom, których wymienił. — Zabierzecie listy do tych moich lordów, którzy zostali na północy, lecz wszystkie zawarte w nich rozkazy będą fałszywe, na wypadek, gdybyście wpadli w ręce wrogów. Gdyby do tego doszło, musicie im rzec, że żeglowaliście na północ. Na Niedźwiedzią Wyspę albo na Kamienny Brzeg. — Popukał palcem w mapę. — Kluczem jest Fosa Cailin. Lord Balon o tym wiedział i dlatego wysłał tam swego brata Victariona z jądrem sił Greyjoyów.

— Bez względu na walkę o sukcesję, żelaźni ludzie z pewnością nie okażą się takimi głupcami, by opuścić Fosę Cailin — wskazała lady Maege.

— Masz rację — przyznał Robb. — Przypuszczam, że Victarion zostawi tam większą część swego garnizonu. Ale każdy człowiek, którego ze sobą zabierze, to jeden przeciwnik dla nas mniej. Możecie też być pewni, że weźmie wielu swych kapitanów. Przywódców. Jeśli ma nadzieję zasiąść na Tronie z Morskiego Kamienia, będzie mu potrzebne poparcie takich ludzi.

— Z pewnością nie zamierzasz atakować wzdłuż grobli, Wasza Miłość? — sprzeciwił się Galbart Glover. — Droga jest zbyt wąska. Nie ma miejsca, by rozwinąć wojska. Nikt dotąd nie zdobył Fosy.

— Od południa — uściślił Robb. — Jeśli jednak zaatakujemy jednocześnie od północy oraz zachodu i uderzymy na tyły żelaznych ludzi, gdy będą odpierać natarcie nadciągających groblą oddziałów, które uznają za moje główne siły, będziemy mieli szansę. Kiedy połączę się z lordem Boltonem i z Freyami, będę miał ponad dwanaście tysięcy ludzi. Zamierzam podzielić ich na trzy części i wysłać groblą pół dnia jedną po drugiej. Jeśli Greyjoyowie mają oczy na południe od Przesmyku, zobaczą, że wszystkie moje oddziały pomaszerowały prosto na Fosę Cailin. Tylną strażą będzie dowodził Roose Bolton, a środkowym zastępem ja. Greatjonie, ty poprowadzisz straż przednią wprost na Fosę Cailin. Twój atak musi być tak gwałtowny, by żelaźni ludzie nie mieli czasu zadać sobie pytania, czy nikt nie zakrada się ku nim od północy.

Greatjon zachichotał.

— Lepiej skradajcie się szybko, bo inaczej moi ludzie wtargną na mury i zdobędą Fosę, nim zdążycie się tam dowlec.

— Z takiego daru bardzo bym się ucieszył — stwierdził Robb.

Edmure zmarszczył brwi.

— Mówisz o zaatakowaniu żelaznych ludzi od tyłu, panie, ale jak zamierzasz się dostać na północ od nich?

— Przez Przesmyk prowadzą drogi, których nie ma na żadnej mapie, wuju. Drogi znane tylko wyspiarzom, wąskie ścieżki biegnące między mokradłami albo ukryte wśród trzcin wodne szlaki, które można pokonać jedynie łodzią. — Spojrzał na dwoje swych wysłanników. — Powiedzcie Howlandowi Reedowi, że ma mi przysłać przewodników dwa dni po tym, jak ruszę wzdłuż grobli. Do środkowej grupy, nad którą będzie powiewała moja chorągiew. Z Bliźniaków wymaszerują trzy zastępy, lecz do Fosy Cailin dotrą tylko dwa. Mój rozproszy się na Przesmyku i skupi z powrotem na Gorączce. Jeśli zaczniemy działać zaraz po ślubie mojego wuja, pod koniec roku powinniśmy już zająć pozycje. Uderzymy na Fosę z trzech stron pierwszego dnia nowego stulecia, kiedy żelaźni ludzie będą się dopiero budzić, a pod czaszkami będą im waliły młoty od miodu, który wyżłopią poprzedniego dnia.

— Ten plan mi się podoba — oznajmił Greatjon. — Bardzo podoba.

Galbart Glover otarł usta.

— Istnieje pewne ryzyko. Jeśli wyspiarze zawiodą…

— Będziemy w takiej samej sytuacji jak przedtem. Ale oni nie zawiodą. Mój ojciec dobrze wiedział, ile jest wart Howland Reed. — Robb zwinął mapę i dopiero wtedy spojrzał na Catelyn. — Mamo.

Poczuła nagłe napięcie.

— Przewidujesz w tym jakąś rolę dla mnie?

— Twoją rolą jest się nie narażać. Przejście przez Przesmyk będzie niebezpieczne, a na północy nie czeka nas nic poza bitwą. Lord Mallister zaproponował, że zapewni ci opiekę w Seagardzie aż do końca wojny. Wiem, że będziesz się tam dobrze czuła.

Czy to kara za to, że sprzeciwiłam się mu w sprawie Jona Snow? Czy może za to, że jestem kobietą albo, co gorsza, matką? Minęła chwila, nim zdała sobie sprawę, że wszyscy patrzą na nią. Nie zyskała sobie przyjaciół, uwalniając Jaime'a Lannistera, i nieraz już słyszała, jak Greatjon mówił, że pole bitwy to nie miejsce dla kobiety.

Na jej twarzy musiał wyraźnie malować się gniew, gdyż Galbart Glover odezwał się, nim zdążyła powiedzieć choć słowo.

— Pani, Jego Miłość jest mądry. Lepiej, żebyś nam nie towarzyszyła.

— Twoja obecność doda Seagardowi blasku, lady Catelyn — poparł go lord Jason Mallister.

— Chcecie zrobić ze mnie więźnia — zaprotestowała.

— Honorowego gościa — sprzeciwił się lord Jason.

Catelyn zwróciła się w stronę syna.

— Nie chcę urazić lorda Jasona — oznajmiła sztywno — ale jeśli nie mogę jechać z wami, wolałabym wrócić do Riverrun.

— Zostawiłem tam żonę. Chcę, żeby moja matka była gdzie indziej. Jeśli ktoś trzyma wszystkie swe skarby w jednej sakiewce, ułatwia tylko zadanie tym, którzy chcą go obrabować. Po ślubie udasz się do Seagardu. To mój królewski rozkaz. — Robb wstał i jej los w jednej chwili został przypieczętowany. Wyjął kartę pergaminu. — Jeszcze jedno. Żywimy nadzieję, że lord Balon zostawił po sobie chaos. Nie chcę, by w moim przypadku stało się tak samo, nie mam jednak jak dotąd syna, moi bracia Bran i Rickon nie żyją, a moja siostra wyszła za Lannistera. Zastanawiałem się długo i intensywnie nad tym, kto ma być moim następcą. Rozkazuję wam teraz, jako mym wiernym i lojalnym lordom, byście przystawili swe pieczęcie na tym dokumencie jako świadkowie mojej decyzji.

Rzeczywiście jest królem — pomyślała pokonana Catelyn. Mogła tylko mieć nadzieję na to, że pułapka, którą zastawił na Fosę Cailin, okaże się równie skuteczna jak ta, w którą ją zwabił.

SAMWELL

Białedrzewo — pomyślał Sam. *Proszę, niech to będzie Białedrzewo.* Pamiętał tę wioskę. Umieścił ją na mapach, które rysował po drodze na północ. Jeśli to było Białedrzewo, to wiedział, gdzie się znajdują. *Proszę, to musi być ono.* Pragnął tego tak mocno, że na moment zapomniał o własnych stopach, o bólu w łydkach i w krzyżu oraz o sztywnych, zgrabiałych palcach, których prawie nie czuł. Zapomniał nawet o lordzie Mormoncie i Crasterze, o upiorach i Innych. *Białedrzewo* — modlił się Sam do wszelkich bogów, którzy mogli go słuchać.

Wszystkie wioski dzikich wyglądały jednak bardzo podobnie. W centrum osady rosło olbrzymie czardrzewo… ale białe drzewo wcale nie musiało znaczyć, że jest w Białymdrzewie. Czy tamto czardrzewo nie było większe? A może niedokładnie je zapamiętał? Twarz wyrzeźbiona w białym jak kość pniu była pociągła i smutna, a z jej oczu ściekały smętne, czerwone łzy zaschniętej żywicy. *Czy tak wyglądało, gdy szliśmy na północ?* Nie potrafił sobie tego przypomnieć.

Wokół drzewa rozrzucona była garstka jednoizbowych, krytych darnią chat, długi dom z porośniętych mchem kłód, kamienna studnia, zagroda dla owiec… ale nie było tu owiec ani ludzi. Dzicy powędrowali do Mroźnych Kłów, by przyłączyć się do Mance'a Raydera i zabrali ze sobą wszystko oprócz domów. Sam cieszył się z tego. Zbliżała się noc i przyjemnie będzie choć raz przespać się pod dachem. Był straszliwie zmęczony. Wydawało mu się, że idzie już pół życia. Buty mu się rozpadały, a wszystkie pęcherze na stopach popękały, zmieniając się w stwardniałą skórę. Czuł jednak teraz pod nią nowe pęcherze, a do tego powoli odmrażał sobie palce nóg.

Wiedział jednak, że musi iść albo zginie. Goździk była jeszcze słaba po porodzie, a do tego niosła dziecko. Potrzebowała wierzchowca bardziej niż on. Drugi koń padł trzy dni po tym, jak opuścili Twierdzę Crastera. To dziwne, że biedna, wycieńczona głodem kobyła wytrzymała tak długo. Zapewne wykończył ją ciężar Sama. Mogliby spróbować jechać we dwoje na jednym koniu, bał się jednak, że znowu stanie się to samo. *Lepiej będzie, jak pójdę na piechotę.*

Zostawił Goździk w długim domu, by rozpaliła ogień, i poszedł zbadać chaty. Potrafiła rozniecać ogień lepiej od niego. Jemu drewno do rozpałki nigdy jakoś nie chciało zapłonąć, a gdy ostatnio próbował skrzesać iskrę, uderzając stalą o krzemień, udało mu się skaleczyć własnym nożem. Goździk owiązała mu ranę, lecz rękę miał sztywną i obolałą, jeszcze bardziej niezgrabną niż przedtem. Wiedział, że powinien obmyć ranę i zmienić opatrunek, bał się jednak na nią spojrzeć. Poza tym było tak zimno, że nie mógł znieść myśli o zdjęciu rękawic.

Nie wiedział, co spodziewa się znaleźć w pustych chatach. Może dzicy zostawili tam coś do jedzenia. Musiał się temu przyjrzeć. Kiedy jechali na północ, Jon przeszukał chaty w Białymdrzewie. W jednym z budynków Sam usłyszał szelest kryjących się w ciemnym kącie szczurów, lecz poza tym znalazł tam tylko starą słomę, zatęchłe wonie i odrobinę popiołu pod odprowadzającym dym otworem w dachu.

Wrócił do czardrzewa i przez chwilę przyglądał się wyrzeźbionej w nim twarzy. *To nie ta sama, którą widzieliśmy* — przyznał w końcu. *To drzewo jest co najmniej dwukrotnie mniejsze od tego w Białymdrzewie.* Czerwone oczy płakały tu krwią, czego również sobie nie przypominał. Opadł ciężko na kolana.

— Starzy bogowie, wysłuchajcie mojej modlitwy. Bogami mojego ojca było Siedmiu, ale gdy wstąpiłem do Straży, wypowiedziałem słowa przed wami. Pomóżcie nam. Boję się, że zabłądziliśmy. Jesteśmy też głodni i dręczy nas zimno. Nie wiem, w jakich bogów teraz wierzę, ale... proszę, jeśli jesteście, pomóżcie nam. Goździk ma małego synka.

Nie przychodziło mu do głowy nic więcej. Było coraz ciemniej, a liście czardrzewa szeleściły cicho, kołysząc się niczym tysiąc krwawoczerwonych dłoni. Nie miał pojęcia, czy bogowie Jona go usłyszeli.

Kiedy wrócił do długiego domu, Goździk rozpaliła już ogień.

Siedziała blisko niego z rozchylonym futrem i karmiła dziecko. *Jest tak samo głodne jak my* — pomyślał Sam. Staruszki wyniosły dla nich trochę żywności z Twierdzy Crastera, ale zjedli już prawie wszystko. Sam był beznadziejnym myśliwym nawet w Horn Hill, gdzie zwierzyny było pod dostatkiem, a on miał do pomocy psy i naganiaczy. Tutaj, w bezkresnej, pustej puszczy, nie miał właściwie szans czegokolwiek znaleźć. Próby łapania ryb w jeziorach i na wpół zamarzniętych strumieniach również zakończyły się katastrofalnym niepowodzeniem.

— Jak długo jeszcze, Sam? — zapytała Goździk. — Czy jeszcze daleko?

— Nie tak bardzo. Bliżej niż przedtem. — Sam zrzucił plecak i siadł ciężko na klepisko, próbując skrzyżować nogi. Po długiej wędrówce plecy bolały go tak okrutnie, że najchętniej oparłby się o jeden z rzeźbionych drewnianych słupów, które podtrzymywały dach. Ogień jednak płonął pośrodku, pod dziurą w dachu, a Sam pragnął ciepła jeszcze bardziej niż wygody. — Za kilka dni powinniśmy być na miejscu.

Miał swoje mapy, jeśli jednak wioska, do której trafili, nie była Białymdrzewem, nie zdadzą mu się na wiele. *Zawędrowaliśmy za daleko na wschód, omijając to jezioro* — martwił się. *Albo za daleko na zachód, kiedy próbowałem zawrócić.* Znienawidził jeziora i rzeki. Nie było tu mostów ani promów, co znaczyło, że jeziora musieli okrążać, a do przebycia rzek szukali brodów. Łatwiej było podążać wydeptanymi przez zwierzynę ścieżkami, niż przedzierać się przez chaszcze, łatwiej okrążyć grań, niż się na nią wspiąć. *Gdyby byli z nami Bannen albo Dywen, siedzielibyśmy już w Czarnym Zamku, grzejąc stopy we wspólnej sali.* Bannen jednak nie żył, a Dywen poszedł z Grennem, Eddem Cierpiętnikiem i całą resztą.

Mur ma trzysta mil długości i siedemset stóp wysokości — powtarzał sobie Sam. Jeśli cały czas będą iść na południe, prędzej czy później go znajdą. Był pewien, że zmierzają na południe. Za dnia drogę wskazywało im słońce, a w pogodne noce kierowali się na ogon Lodowego Smoka, choć odkąd padł drugi koń, rzadko wędrowali nocą. Nawet gdy księżyc był w pełni, pod drzewami było zbyt ciemno i Sam albo ich ostatni konik z łatwością mogliby złamać nogę. *Na pewno zawędrowaliśmy już daleko na południe. Na pewno.*

Nie wiedział jednak, jak daleko zboczyli na wschód albo na zachód. Dotrą do Muru... jutro albo za dwa tygodnie... z pewnością nie mogli być dalej, nie mogli, nie mogli... ale w którym miejscu? Musieli znaleźć bramę w Czarnym Zamku. To było jedyne przejście przez Mur na odcinku trzystu mil.

— Czy Mur rzeczywiście jest taki wielki, jak mówił Craster? — zapytała Goździk.

— Większy. — Sam starał się nadać swemu głosowi radosne brzmienie. — Jest tak wysoki, że nawet nie widać ukrytych za nim zamków. Ale one tam są. Mur jest cały z lodu, ale zamki wzniesiono z kamienia i drewna. Są tam wysokie wieże, głębokie podziemia i długa sala, gdzie na kominku dniem i nocą pali się ogień. Nie uwierzyłabyś, jak tam jest gorąco, Goździk.

— A czy mogłabym stanąć z chłopcem przy ogniu? Nie na długo, tylko na chwilę, żeby się ogrzać?

— Będziesz mogła tam stać, jak długo zechcesz. Dostaniesz jeść i pić. Grzane wino z korzeniami i miskę dziczyzny gotowanej z cebulą, a do tego chleb Hobba prosto z pieca, taki gorący, że poparzysz sobie palce. — Sam zdjął rękawicę, żeby poruszać palcami w pobliżu ognia, lecz wkrótce tego pożałował. Były znieczulone z zimna, ale gdy wróciło mu w nich czucie, omal nie krzyknął z bólu. — Czasami któryś z braci śpiewa — kontynuował, by zapomnieć o cierpieniu. — Najlepszy głos miał Dareon, ale wysłali go do Wschodniej Strażnicy. Jest jeszcze Halder. I Ropucha. Naprawdę nazywa się Todder, ale wygląda jak ropucha, więc tak go przezwaliśmy. Lubi śpiewać, ale ma fatalny głos.

— A czy ty umiesz śpiewać?

Goździk poprawiła futra i przesunęła niemowlę od jednej piersi do drugiej.

Sam zaczerwienił się.

— No więc... znam trochę piosenek. Kiedy byłem mały, lubiłem śpiewać. I tańczyć też, ale panu ojcu to się nie podobało. Mówił, że jeśli chcę się kręcić w kółko, powinienem to robić na dziedzińcu, z mieczem w ręku.

— A czy mógłbyś zaśpiewać jakąś południową piosenkę? Dla dziecka?

— Jeśli chcesz. — Sam zastanawiał się chwilę. — Pamiętam piosenkę, którą nasz septon śpiewał mnie i siostrom, kiedy byliśmy mali i pora było iść spać. Nazywa się *Pieśń o Siedmiu*.

Odchrząknął i zaczął cicho śpiewać:

Ojciec osądza nasze czyny,
waży zasługi oraz winy,
I mimo bardzo srogiej miny
kocha swe małe dzieci.

Matka dar życia nam daruje,
każdą się żoną opiekuje,
Uśmiechem spory powstrzymuje
i kocha małe dzieci.

Wojownik przeciw wrogom stoi,
niczego w ogóle się nie boi,
Z mieczem i z tarczą, w hełmie, w zbroi
strzeże swych małych dzieci.

Starucha panią jest mądrości,
wie, co przyniesie los w przyszłości,
Z jej złotej lampy snop jasności
oświetla drogę małym dzieciom.

Kowal się dniem i nocą trudzi,
by ład wprowadzić w świecie ludzi.
Ani na chwilę go nie nudzi
praca dla małych dzieci.

Dziewica wśród gwiazd tańczy bosa,
usłyszysz ją w kochanków głosach.
Lotu uczy ptaki na niebiosach
i sny zsyła małym dzieciom.

Tych Siedmiu Bogów byt nam dało
i zawsze naszych słów słuchało.
Zamknijcie oczy, śpijcie śmiało
oni was widzą, małe dzieci.
Zamknijcie oczy, śpijcie śmiało,
oni was widzą, małe dzieci.

Sam przypomniał sobie, jak po raz ostatni śpiewał tę piosenkę razem z matką, żeby uśpić małego Dickona. Ojciec usłyszał ich głosy i wpadł rozgniewany do komnaty.

— Nie będę już tego dłużej tolerował — oznajmił ostro żonie lord Randyll. — Zmarnowałaś już jednego chłopaka tymi zniewieściałymi piosenkami septonów. Chcesz zrobić to samo z tym dzieckiem? — Popatrzył na Sama. — A ty, jeśli już musisz śpiewać, wracaj do sióstr. Nie chcę, żebyś się zbliżał do mojego syna.

Dziecko Goździk zasnęło. Chłopczyk był tak maleńki i cichy, że Sam bał się o niego. Nie miał nawet imienia. Grubas pytał o to jego matkę, lecz odpowiedziała mu, że nadawanie imienia dziecku przed drugim rokiem życia przynosi pecha. Zbyt wiele z nich umierało. Schowała pierś pod futrem.

— To było ładne, Sam. Masz niezły głos.

— Szkoda, że nie słyszałaś Dareona. Jego śpiew jest słodki jak miód.

— Dnia, gdy Craster zrobił mnie żoną, piliśmy najsłodszy miód na świecie. To było latem i nie było wtedy tak zimno. — Popatrzyła na niego ze zdziwioną miną. — Czemu śpiewałeś tylko o sześciu bogach? Craster zawsze mówił, że południowcy mają siedmiu.

— Siedmiu — potwierdził Sam. — Ale o Nieznajomym się nie śpiewa. — Twarz tego boga była twarzą śmierci. Już wymieniając jego imię, Sam poczuł się nieswojo. — Powinniśmy coś zjeść. Kęs albo dwa.

Nie zostało im nic poza kilkoma czarnymi kiełbasami, twardymi jak drewno. Sam odpiłował dla nich obojga po kilka plasterków. Zabolał go od tego nadgarstek, był jednak głodny i nie zamierzał ustąpić. Jeśli żuło się tę kiełbasę wystarczająco długo, robiła się miękka i była całkiem smaczna. Żony Crastera dodawały do niej czosnku.

Kiedy skończyli, Sam przeprosił dziewczynę i wyszedł się załatwić oraz zadbać o konia. Z północy dął zimny wicher, potrząsający liśćmi na gałęziach. Żeby kobyła mogła się napić, musiał skruszyć cienką warstwę lodu, która pokryła strumień. *Lepiej wprowadzę ją do środka.* Nie chciałby rankiem przekonać się, że nocą biedna chabeta zamarzła na śmierć. *Goździk i tak szłaby dalej.* Dziewczyna była bardzo odważna, nie to, co on. Chciałby wiedzieć, co z nią zrobi, gdy już wróci do Czarnego Zamku. Powtarzała, że jeśli będzie tego chciał, zostanie jego żoną, ale czarni bracia nie zawierali małżeństw, a poza tym był Tarlym z Horn Hill i nigdy nie mógłby się ożenić z dziką. *Będę musiał coś wymyślić. Najważniejsze, byśmy dotarli do Muru żywi. Reszta się nie liczy. Zupełnie nie liczy.*

Wprowadzenie kobyły do długiego domu okazało się prostym zadaniem. Trudniej było przeprowadzić ją przez drzwi, Sam był jednak nieustępliwy. Gdy chabeta wreszcie znalazła się w środku, Goździk już spała. Spętał konia w kącie, dołożył drew do ognia, zdjął ciężką kapotę i wsunął się pod futra tuż obok dzikiej. Jego płaszcz był taki wielki, że mógł okryć wszystkich troje, chroniąc ich przed utratą ciepła.

Goździk pachniała mlekiem, czosnkiem i starym, stęchłym futrem, zdążył już jednak się do tego przyzwyczaić. Jego zdaniem były to dobre zapachy. Lubił spać obok niej. Przypominało mu to dawne czasy, gdy w Horn Hill dzielił wielkie łoże z dwiema siostrami. Skończyło się to wówczas, gdy lord Randyll doszedł do wniosku, że jego syn robi się od tego miękki jak dziewczyna. *Od samotnego spania w zimnej celi nie zrobiłem się ani twardszy, ani odważniejszy.* Zastanawiał się, co by powiedział ojciec, gdyby zobaczył go teraz.

Wyobraził sobie, że mówi mu: „Zabiłem jednego z Innych, panie. Wbiłem w niego obsydianowy sztylet i moi zaprzysiężeni bracia zwą mnie teraz Samem Zabójcą". Nawet jednak wtedy w jego marzeniach lord Randyll tylko wykrzywiał z niedowierzaniem twarz.

W nocy nawiedziły go dziwne sny. Wrócił do zamku Horn Hill, ale nie było tam jego ojca. To on był teraz lordem. Towarzyszył mu Jon Snow, a także lord Mormont, a oprócz Starego Niedźwiedzia również Grenn, Edd Cierpiętnik, Pyp, Ropucha i reszta jego braci ze straży. Wszyscy mieli na sobie barwne stroje zamiast czarnych. Sam zasiadał za stołem na podwyższeniu i gościł ich wszystkich, odkrawając grube plastry pieczeni mieczem ojca, Jadem Serca. Podano słodkie ciasteczka, wino z miodem, były śpiewy i tańce, i wszystkim było ciepło. Po uczcie poszedł spać na górę, nie do sypialni rodziców, lecz do komnaty, którą ongiś dzielił z siostrami. Tyle że zamiast sióstr na wielkim, miękkim łożu czekała na niego Goździk, ubrana jedynie w wielkie kosmate futro. Z jej piersi sączyło się mleko.

Obudził się nagle, przemarznięty i przerażony.

Z ognia zostały jedynie tlące się, czerwone węgielki. Było tak zimno, jakby samo powietrze zamarzło. Spętana chabeta rżała i kopała kłody tylnymi nogami. Goździk siedziała przy ogniu, tuląc dziecko. Sam usiadł. Kręciło mu się w głowie, a z otwartych ust buchała biała para. W długiej sali pełno było cieni, mrocznych i jeszcze mroczniejszych. Zjeżyły mu się włoski na ramionach.

To nic — powiedział sobie. *Jest mi zimno, to wszystko.*

Nagle, przy drzwiach, jeden z cieni poruszył się. Wielki.

To ciągle sen — modlił się Sam. *Och, sprawcie, żebym jeszcze spał, żeby to był koszmar. On nie żyje, nie żyje. Widziałem, jak zginął.*

— Przyszedł po dziecko — łkała Goździk. — Wyczuł jego zapach. Nowo narodzone dziecko pachnie życiem. Przyszedł po życie.

Wielki, ciemny kształt pochylił się pod nadprożem, wszedł do środka i powlókł się ku nim. W słabym świetle dogasającego ognia przerodził się w Małego Paula.

— Idź stąd — wychrypiał Sam. — Nie chcemy cię tutaj.

Ręce Paula były czarne niczym węgiel, twarz biała jak mleko, a oczy gorzały jaskrawym błękitem. W brodzie miał szron, a na jednym ramieniu przycupnął mu kruk, który wydziobywał z policzka martwe białe mięso. Pęcherz Sama nie wytrzymał. Grubas poczuł, że po nogach spływa mu strumyczek ciepła.

— Goździk, uspokój konia i wyprowadź go stąd. I to zaraz.

— A ty... — zaczęła.

— Mam nóż. Obsydianowy sztylet. — Wyciągnął go i podźwignął się na nogi. Pierwszy nóż oddał Grennowi, na szczęście jednak pamiętał, żeby przed ucieczką z Twierdzy Crastera zabrać sztylet lorda Mormonta. Ścisnął go mocno w dłoni, oddalając się od ognia, Goździk i dziecka. — Paul? — Starał się być odważny, lecz z jego ust wydobył się zaledwie pisk. — Mały Paulu. Słyszysz mnie? Jestem Sam, Sam grubas, bojaźliwy Sam. Uratowałeś mnie w lesie. Niosłeś mnie, kiedy nie mogłem już postawić ani kroku. Nikt inny nie zdołałby tego zrobić. — Sam cofnął się z nożem w ręku, pociągając nosem. *Jestem takim tchórzem.* — Nie rób nam krzywdy, Paul. Proszę. Czemu miałbyś nam zrobić krzywdę?

Goździk wycofywała się na czworakach po klepisku. Upiór odwrócił głowę, by na nią spojrzeć, ale Sam krzyknął: „NIE!", ponownie przyciągając jego uwagę. Kruk wyrwał z rozdartego policzka kolejny skrawek mięsa. Chłopak wyciągnął sztylet przed siebie, sapiąc jak miech kowalski. Goździk dotarła już do klaczy. *Bogowie, dajcie mi odwagę. Tylko na chwilę, żeby zdążyła uciec.*

Mały Paul ruszył w jego stronę. Sam cofał się, aż wreszcie oparł się plecami o szorstką ścianę z kłód. Ściskał sztylet w obu dłoniach, żeby nie drżał. Nic nie wskazywało na to, by upiór bał się smoczego szkła. Być może nie wiedział, co to takiego. Poruszał się powoli, lecz Mały Paul nigdy nie był szybki, nawet za życia. Za jego plecami Goździk szeptała coś, by uspokoić kobyłę i wyprowadzić ją na zewnątrz. Zwierzę jednak z pewnością wyczuło już niezwykłą, zimną woń upiora. Spłoszyło się nagle i stanęło dęba, młócąc kopytami w mroźnym powietrzu. Paul zwrócił się w stronę dźwięku. Wydawało się, że zapomniał o Samie.

Nie było czasu myśleć, modlić się ani bać. Samwell Tarly rzucił się naprzód i uderzył sztyletem w plecy Małego Paula. Odwrócony do niego plecami upiór dał się zaskoczyć. Kruk wrzasnął przeraźliwie i poderwał się do lotu.

— Nie żyjesz! — wrzeszczał Sam, dźgając nożem. — Nie żyjesz, nie żyjesz.

Tłukł i krzyczał, raz za razem, zostawiając w grubym czarnym płaszczu Paula wielkie rozdarcia. Nóż uderzył o ukrytą pod wełną żelazną kolczugę i rozprysnął się, sypiąc na wszystkie strony odłamkami smoczego szkła.

Jęk Sama wypełnił czarne powietrze białą mgłą. Chłopak wypuścił z rąk bezużyteczną rękojeść i postawił pośpiesznie krok do tyłu. Mały Paul odwrócił się w jego stronę. Nim zdążył wydobyć drugi nóż, stalowy sztylet, który nosili wszyscy bracia, czarne dłonie upiora zacisnęły się pod jego licznymi podbródkami. Palce Paula były tak zimne, że zdawały się go parzyć. Wpiły się głęboko w miękkie gardło Sama. *Uciekaj, Goździk, uciekaj* — chciał krzyknąć, lecz gdy otworzył usta, wydobył się z nich tylko zdławiony jęk.

Jego palce odnalazły wreszcie sztylet, lecz gdy uderzył nim w brzuch upiora, sztych odbił się od żelaznych ogniw i nóż wypadł Samowi z rąk. Palce Małego Paula zaciskały się nieubłaganie, a po chwili upiór zaczął nimi obracać. *Chce mi urwać głowę* — pomyślał zdesperowany Sam. W gardle miał lód, a jego płuca płonęły. Tłukł i szarpał nadgarstki upiora, nic jednak to nie dało. Kopnął Paula między nogi, również bez żadnego efektu. Jego świat skurczył się do dwóch niebieskich gwiazd, potwornego, miażdżącego bólu oraz zimna tak straszliwego, że łzy zamarzały mu w oczach. Chłopak wił się i szarpał rozpaczliwie… a potem pchnął napastnika.

Mały Paul był wysoki i silny, lecz Sam i tak ważył więcej od niego, a do tego upiory były niezgrabne, widział to na Pięści. Nagłe poruszenie pozbawiło Paula równowagi. Zatoczył się do tyłu i martwy oraz żywy runęli razem na klepisko. Jedna z rąk upiora straciła uchwyt pod wpływem wstrząsu i chłopak zdołał szybko pochwycić haust powietrza, nim lodowate, czarne palce wróciły. Usta wypełnił mu smak krwi. Wykręcił szyję, szukając noża, i ujrzał bladą, pomarańczową łunę. *Ogień!* Został tylko węgielek i popioły, ale… nie mógł oddychać ani myśleć… szarpnął się w bok, pociągając Paula za sobą... miotał rękami po klepisku, wyciągał je, szukał, rozrzucał popioły, aż wreszcie wymacał coś gorącego... kawałek zwęglonego drewna, tlący się jeszcze pod czernią czerwonopomarańczowym blaskiem... zacisnął na nim palce i wepchnął go Paulowi w usta, tak silnie, że poczuł, jak łamią się zęby.

Upiór nawet wtedy nie zwolnił uścisku. Sam zdążył jeszcze pomyśleć o matce, która go kochała, i o ojcu, którego zawiódł. Wnętrze długiego domu zawirowało wokół niego i nagle ujrzał, że spomiędzy połamanych zębów Paula wydobywa się smużka dymu. Potem twarz umarłego eksplodowała ogniem, a jego uścisk zniknął.

Sam wessał powietrze w płuca i odtoczył się resztką sił na bok. Upiór stanął w płomieniach. Szron na jego brodzie topniał, a ciało pod nią czerniało. Sam usłyszał wrzask kruka, lecz Paul nie wydał z siebie żadnego dźwięku. Gdy otworzył usta, buchnęły z nich jedynie płomienie. A oczy... *Zgasł. Niebieski blask zgasł.*

Poczołgał się ku drzwiom. Powietrze było tak zimne, że oddychanie sprawiało mu ból, było to jednak słodkie cierpienie. Wystawił głowę na zewnątrz.

— Goździk? — zawołał. — Goździk, zabiłem go. Goź...

Stała przyciśnięta plecami do czardrzewa, trzymając chłopca w ramionach. Ze wszystkich stron otaczały ją upiory. Było ich dziesięć, dwadzieścia, więcej... niektóre były ongiś dzikimi i wciąż miały na sobie skóry... większość jednak była jego braćmi. Sam zauważył Larka Siostrzanina, Cichą Stopę, Rylesa. Liszaj na szyi Chetta zrobił się czarny, a jego czyraki pokrywała cienka warstewka lodu. Inny upiór wyglądał jak Hake, lecz Sam nie był tego pewien, gdyż umarłemu została tylko połowa głowy. Trupy rozerwały biedną chabetę na strzępy i szarpały jej trzewia ociekającymi krwią łapskami. Z końskiego brzucha buchała jasna para.

Sam zaskomlał cicho.

— Nie zasłużyła na taki los...

— Los. — Kruk wylądował mu na ramieniu. — Los, cios, głos.

Ptaszysko łopotało skrzydłami, wrzeszcząc razem z Goździk. Upiory niemal już dopadły dziewczyny. Słyszał szelest ciemnoczerwonych liści czardrzewa, szepczących do siebie w języku, którego nie znał. Wtem wydało mu się, że blask gwiazd zamigotał. Rosnące wokół drzewa jęknęły i zaskrzypiały. Twarz Sama Tarly'ego przybrała kolor zsiadłego mleka, a jego oczy zrobiły się wielkie jak talerze. *Kruki!* Siedziały na czardrzewie, setki, tysiące ptaków przycupnęły na białych jak kość gałęziach i wyglądały spomiędzy liści. Widział, jak otwierają dzioby, wrzeszcząc głośno, jak rozpościerają czarne skrzydła. Drąc się i łopocząc, opadły w gniewnych chmurach na upiory. Rzuciły się na twarz Chetta i wydziobały mu niebieskie oczy, obsiadły Siostrzanina niczym muchy, wyrywały kawałki mięsa z roztrzaskanej głowy Hake'a. Było ich tak wiele, że przesłoniły Samowi księżyc.

— Idź — odezwał się ptak na jego ramieniu. — Idź, idź, idź.

Sam rzucił się do ucieczki. Z jego ust buchały mroźne obłoczki. Wszędzie wokół upiory wymachiwały wściekle kończynami, starając się osłonić przed czarnymi skrzydłami i ostrymi dziobami napastników. Padały na ziemię w niesamowitym milczeniu, bez krzyków czy stęknięć. Sama ptaki jednak ignorowały. Chłopak złapał Goździk za rękę i odciągnął ją od czardrzewa.

— Musimy uciekać.

— Ale dokąd? — Biegła za nim, ściskając dziecko. — Zabili naszego konia, jak mamy...

— Bracie! — Krzyk przeszył noc, zagłuszając wrzaski tysiąca kruków. Pod drzewami ujrzeli opatulonego od stóp do głów w plamisty, czarno-szary strój mężczyznę, który dosiadał łosia. — Tutaj — zawołał jeździec. Twarz skrywał mu kaptur.

Jest odziany w czerń. Sam poprowadził Goździk w jego stronę. Łoś był olbrzymi, miał w kłębie dziesięć stóp wysokości, a rozpiętość jego łopat była niemal równie wielka. Stworzenie opadło na kolana, by pozwolić im się dosiąść.

— Chodź — rzucił jeździec, wyciągając urękawicznioną dłoń, by pomóc Goździk wdrapać się na grzbiet. Potem przyszła kolej na Sama.

— Dziękuję — wydyszał chłopak. Dopiero gdy chwycił wyciągniętą dłoń, zdał sobie sprawę, że jeździec nie nosi rękawicy. Rękę miał czarną i zimną, a palce twarde jak kamień.

ARYA

Gdy wjechali na szczyt grani i zobaczyli rzekę, Sandor Clegane ściągnął mocno wodze i zaklął szpetnie.

Deszcz lał z czarnego, zachmurzonego nieba, siekąc zielonobrązowy nurt dziesięcioma tysiącami mieczy. *Ma pewnie z milę szerokości* — pomyślała Arya. Ze wzburzonej wody sterczały wierzchołki około pół setki drzew, których konary wyciągały się ku niebu niczym ręce tonących. Brzeg pokrywały gęste dywany wilgotnych liści, a nieco dalej dostrzegła coś białego i rozdętego — martwego jelenia, czy może konia, który spływał z prądem. Słychać też było dźwięk, niski, ledwie słyszalny łoskot podobny do odgłosu, który wydaje z siebie pies, nim zacznie warczeć.

Arya wierciła się w siodle, czując, jak w plecy wbijają się jej ogniwa kolczugi Ogara. Otaczał ją ramionami. Lewe, poparzone, osłaniał stalowym zarękawiem, widziała jednak, jak zmieniał opatrunek, i zauważyła, że skóra w tym miejscu wciąż jest czerwona i sączy się z niej posoka. Jeśli jednak oparzenia sprawiały mu ból, Sandor Clegane niczym tego po sobie nie okazywał.

— Czy to Czarny Nurt?

Jechali tak długo w deszczu i ciemności, przez leśne bezdroża i bezimienne wioski, że Arya całkowicie straciła orientację.

— To rzeka, którą musimy sforsować. Nie musisz wiedzieć nic więcej. — Clegane od czasu do czasu odpowiadał na jej pytania, ostrzegł ją jednak, by nie pyskowała. Pierwszego dnia udzielił jej całego mnóstwa ostrzeżeń. — Jeśli jeszcze raz mnie uderzysz, zwiążę ci ręce za plecami — oznajmił. — Jeśli jeszcze raz spróbujesz ucieczki, skrępuję ci nogi. Jeśli jeszcze raz krzykniesz albo mnie ugryziesz, zaknebluję cię. Możemy jechać na jednym siodle albo mogę przerzucić cię przez koński grzbiet jak świnię na rzeź. Co wolisz.

Wolała jechać z nim, ale gdy po raz pierwszy rozbili obóz, zaczekała chwilę i kiedy wydawało się jej, że już zasnął, znalazła wielki kanciasty kamień, by rozwalić nim jego brzydki łeb. *Cicha jak cień* — powiedziała sobie, skradając się ku niemu, okazało się jednak, że nie była wystarczająco cicha. Albo Ogar wcale nie spał. Albo się obudził. Tak czy inaczej, otworzył oczy, wykrzywił usta i wyrwał jej kamień z rąk, jakby była małym dzidziusiem. Mogła jedynie go kopnąć.

— Tym razem ci daruję — oświadczył, wyrzucając kamień w krzaki. — Ale jeśli będziesz taka głupia, że spróbujesz jeszcze raz, to zdrowo dostaniesz.

— Czemu mnie po prostu nie zabijesz, tak jak Mycaha? — krzyknęła Arya. Była jeszcze wtedy wojowniczo nastawiona i czuła więcej gniewu niż strachu.

W odpowiedzi złapał ją za przód bluzy i przyciągnął na odległość cala od poparzonej twarzy.

— Jeśli jeszcze raz wypowiesz to imię, to stłukę cię tak, że pożałujesz, iż cię nie zabiłem.

Od tego czasu każdej nocy, nim położył się spać, zawijał ją w końską derkę, którą następnie związywał od góry i od dołu, tak że była bezradna jak dziecko w pieluchach.

To na pewno Czarny Nurt — doszła do wniosku Arya, spoglądając na sieczoną ulewą rzekę. Ogar był psem Joffreya i z pewnością wiózł ją do Czerwonej Twierdzy, do swego pana i królowej. Chciałaby, żeby słońce już wzeszło. Wtedy wiedziałaby, w którą stronę zmierzają. Im dłużej przyglądała się mchowi na pniach, tym bardziej była zbita z tropu. *Czarny Nurt w Królewskiej Przystani nie był taki szeroki, ale to było jeszcze przed deszczami.*

— Wszystkie brody na pewno zalało — stwierdził Sandor Clegane — a nie mam ochoty próbować tego przepłynąć.

Nie ma drogi przejścia — pomyślała. *Lord Beric na pewno nas złapie.* Clegane mocno poganiał swego wielkiego karego ogiera, trzykrotnie zawracał, by zmylić pościg, a raz nawet przejechał jakieś pół mili środkiem wezbranego strumienia... lecz Arya nadal za każdym razem, gdy spoglądała za siebie, spodziewała się ujrzeć banitów. Próbowała im pomóc, wydrapując swe imię na pniach drzew, gdy szła w krzaki się załatwić, lecz za czwartym razem ją przyłapał i na tym się skończyło. *Nic nie szkodzi* — powtarzała sobie. *Thoros znajdzie mnie w swoich płomieniach.* Tyle że jej nie znalazł. Przynajmniej do tej pory, a kiedy już przejdą rzekę...

— Niedaleko stąd powinno być miasteczko Harrowaya — stwierdził Ogar. — Tam właśnie lord Roote trzyma w stajniach dwugłowego wodnego konia starego króla Andahara. Może uda nam się na nim przejechać.

Arya nigdy nie słyszała o starym królu Andaharze. Nigdy też nie widziała dwugłowego konia, a już zwłaszcza takiego, który potrafiłby biegać po wodzie. Wiedziała jednak, że lepiej nie zadawać pytań. Trzymała język za zębami i siedziała sztywno, podczas gdy Ogar odwrócił głowę ogiera i pokłusował wzdłuż grani, kierując się w dół rzeki. W ten sposób przynajmniej deszcz siekł ich w plecy. Miała już dość tego, że zalewał jej oczy i spływał po policzkach, jakby płakała. *Wilki nigdy nie płaczą* — powtórzyła sobie po raz kolejny.

Południe minęło dopiero niedawno, lecz niebo było ciemne jak o zmroku. Nie potrafiła zliczyć, od ilu już dni nie widziała słońca. Przemokła do szpiku kości, uda bolały ją od siodła, a do tego pociągała nosem. Miała też gorączkę, a czasami drżała niepowstrzymanie, lecz gdy oznajmiła Ogarowi, że jest chora, warknął tylko na nią.

— Wytrzyj sobie nos i zamknij gębę — rozkazał. Często spał teraz w siodle, ufając, że ogier nie zboczy z wiejskiej drogi czy wydeptanej przez zwierzynę ścieżki, którą akurat zmierzali. Był to ciężki koń, prawie tak wielki jak rycerski rumak, lecz znacznie od niego szybszy. Ogar nazwał go Nieznajomym. Raz spróbowała go ukraść, gdy Clegane oddawał mocz pod drzewem, sądząc, że zdąży odjechać, nim ją dogoni. Nieznajomy omal nie rozszarpał zębami jej twarzy. Dla swego pana był łagodny jak stary wałach, lecz wobec innych demonstrował charakter równie czarny jak jego maść. Nigdy nie widziała konia, który tak często gryzł i kopał.

Jechali wzdłuż rzeki całymi godzinami, przejeżdżając w bród dwa wpadające do niej muliste strumienie, aż wreszcie dotarli w miejsce, o którym mówił Sandor Clegane.

— Miasteczko lorda Harrowaya — oznajmił. — Do siedmiu piekieł! — dorzucił, gdy mu się przyjrzał. Zalała je rzeka i było opuszczone. Wezbrane wody wystąpiły z brzegów. Jedyne, co zostało z całej mieściny, to górne piętro gospody zbudowanej z połączonej gliną wikliny, siedmioboczna kopuła zatopionego septu, dwie trzecie kamiennej wieży, trochę butwiejących strzech oraz las kominów.

Arya zauważyła jednak, że z wieży bije dym, a pod jednym z łuków okien widać umocowaną łańcuchem szeroką, płaskodenną łódź. Było na niej dwanaście dulek, a z obu końców umieszczono wielkie, drewniane końskie łby. *Dwugłowy koń* — zrozumiała. Pośrodku pokładu stał drewniany domek o krytym darnią dachu. Gdy tylko Ogar otoczył usta dłońmi i krzyknął, wynurzyło się z niego dwóch ludzi. Trzeci pojawił się w oknie wieży, trzymając w rękach gotową do strzału kuszę.

— Czego chcesz? — krzyknął nad zmąconą brązową wodą.

— Przewieźcie nas na drugi brzeg — odpowiedział, również krzykiem, Ogar.

Ludzie w łodzi naradzili się ze sobą. Jeden z nich, posiwiały, zgarbiony mężczyzna o masywnych ramionach, podszedł do relingu.

— To będzie cię kosztowało.

— W takim razie zapłacę.

Czym? — zastanowiła się Arya. Banici zabrali złoto Clegane'a, być może jednak lord Beric zostawił mu trochę srebra i miedziaków. Przeprawa promem nie powinna kosztować więcej niż kilka miedziaków…

Przewoźnicy znowu się naradzili. Po chwili przygarbiony staruszek odwrócił się i krzyknął głośno. Pojawiło się sześciu nowych mężczyzn, którzy unieśli kaptury, by osłonić się przed deszczem. Jeszcze inni przeciskali się przez okno warowni i skakali na pokład. Połowa z nich wyglądała wystarczająco podobnie do staruszka, by mogli być jego krewnymi. Niektórzy z nich zdjęli łańcuchy i wzięli w ręce długie tyczki, inni zaś wsunęli w dulki ciężkie wiosła o szerokich piórach. Prom zawrócił i skierował się powoli ku płyciznom. Sandor Clegane zjechał ze wzgórza, zmierzając mu na spotkanie.

Gdy rufa łodzi uderzyła o stok, przewoźnicy otworzyli szerokie wrota umieszczone pod rzeźbioną końską głową i rzucili na ziemię ciężką dębową deskę. Tuż nad wodą Nieznajomy się spłoszył, lecz Ogar wbił pięty w jego boki i zmusił go do wejścia na trap. Na pokładzie czekał już na nich przygarbiony mężczyzna.

— Lubisz wilgoć, ser? — zapytał z uśmiechem.

Usta Ogara zadrżały w typowym dla niego tiku.

— Potrzebna mi twoja łódź, nie twój cholerny dowcip. — Zsiadł z konia i ściągnął z siodła Aryę. Jeden z przewoźników sięgnął po uzdę Nieznajomego. — Nie radzę — rzucił Ogar w tej samej chwili, gdy koń spróbował kopnąć. Mężczyzna uskoczył do tyłu, poślizgnął się na mokrym od deszczu pokładzie i z głośnym przekleństwem runął na tyłek.

Przewoźnik o przygarbionych plecach już się nie uśmiechał.

— Możemy cię przewieźć na drugi brzeg — oznajmił kwaśno. — Ale to będzie cię kosztowało sztukę złota. Drugą za konia. I trzecią za chłopca.

— Trzy smoki? — Clegane roześmiał się ochryple. — Za trzy smoki mógłbym kupić cały ten cholerny prom.

— W zeszłym roku może byś i mógł. Ale przy takiej rzece potrzebuję dodatkowych rąk przy tyczkach i wiosłach, żeby nie zniosło nas sto mil ku morzu. Trzy smoki albo będziesz musiał nauczyć tego piekielnego ogiera chodzić po wodzie.

— Lubię uczciwy rozbój. Niech będzie, jak chcesz. Trzy smoki... ale dopiero wtedy, gdy wysadzisz nas bezpiecznie na północnym brzegu.

— Dasz mi je teraz albo nigdzie nie popłyniemy.

Mężczyzna podsunął Ogarowi pokrytą stwardniałą skórą dłoń.

Clegane poruszył mieczem, by poluzować go w pochwie.

— Wybieraj. Złoto na północnym brzegu albo stal na południowym.

Przewoźnik przyjrzał się twarzy Ogara. Arya widziała, że nie spodobało mu się to, co w niej wyczytał. Miał za sobą dwunastu silnych mężczyzn z wiosłami i tyczkami w rękach, lecz żaden z nich nie śpieszył mu z pomocą. Wspólnie z pewnością powaliliby Sandora Clegane'a, choć zapewne zdążyłby zabić trzech albo czterech.

— Skąd mamy wiedzieć, czy nam zapłacisz? — zapytał po chwili przewoźnik.

Nie zapłaci — chciała krzyknąć Arya, przygryzła jednak tylko wargę.

— Słowo honoru rycerza — odparł Ogar bez uśmiechu.

Nawet nie jest rycerzem. Tego również nie powiedziała.

— To wystarczy. — Przewoźnik splunął. — No to ruszajmy, musimy cię przewieźć, zanim się ściemni. Jeśli chcecie się z synem ogrzać, w kajucie jest piecyk koksowy.

— Nie jestem jego głupim synem! — zawołała rozwścieczona Arya. To było jeszcze gorsze, niż być wziętą za chłopca. Była taka wściekła, że mogłaby im powiedzieć, kim naprawdę jest, gdyby nie to, że Sandor Clegane złapał ją za kołnierz i uniósł jedną ręką nad pokład.

— Trzymaj język za zębami, do cholery! Ile razy mam ci to powtarzać? — Potrząsnął nią tak mocno, że aż zadzwoniły jej zęby, a potem upuścił ją na deski. — Idź tam i się wysusz, tak jak ci mówił ten człowiek.

Arya wykonała polecenie. Wielki żelazny piecyk był rozżarzony do czerwoności i wypełniał kajutę posępnym, dławiącym żarem. Przyjemnie było stanąć obok niego, ogrzać dłonie i trochę się podsuszyć, lecz gdy tylko poczuła, że pokład poruszył się pod jej stopami, wymknęła się na zewnątrz przez przednie drzwi.

Dwugłowy koń sunął powoli przez płycizny, mijając kominy i dachy zatopionego Harroway. Dwunastu ludzi trudziło się przy wiosłach, a czterech trzymało w rękach długie tyczki, którymi odpychali się od mijanych skał, drzew czy zatopionych domów. Steru pilnował przygarbiony przewoźnik. Deszcz stukał o płaskie deski pokładu i rozpryskiwał się na wysokich końskich łbach. Arya znowu przemokła, nie przejmowała się tym jednak. Chciała wszystko widzieć. Zauważyła, że mężczyzna z kuszą nadal stoi w oknie wieży, śledząc wzrokiem przepływający dołem prom. Zadała sobie pytanie, czy to właśnie jest lord Roote, o którym wspominał Ogar. *Nie wygląda na lorda.* Ale z drugiej strony, ona również nie wyglądała na damę.

Gdy już zostawili za sobą miasteczko i wypłynęli na właściwą rzekę, nurt stał się znacznie silniejszy. Przez szarą zasłonę deszczu wypatrzyła na drugim brzegu kamienną kolumnę, która z pewnością oznaczała przystań, gdy tylko jednak ją zauważyła, natychmiast zdała sobie sprawę, że prąd znosi ich w dół. Wioślarze pracowali teraz z większym wigorem, walcząc z wściekłym naporem rzeki. Liście i połamane gałęzie przemykały obok nich z taką szybkością, jakby wystrzelono je ze skorpiona. Mężczyźni z tyczkami odpychali na bok wszystko, co zanadto się zbliżyło. Wiatr również był tu silniejszy. Gdy tylko Arya spoglądała w górę rzeki, niesiony wichrem deszcz zalewał jej twarz. Nieznajomy kwiczał i wierzgał, przerażony kołysaniem się pokładu.

Gdybym skoczyła za burtę, rzeka zniosłaby mnie daleko, nim Ogar zdążyłby zauważyć, że mnie nie ma. Obejrzała się za siebie i zobaczyła, że Sandor Clegane szarpie się z wystraszonym koniem, usiłując go uspokoić. Nie będzie już miała lepszej szansy ucieczki. *Ale nie wiadomo, czy nie utonę.* Jon zawsze powtarzał, że Arya pływa jak ryba, lecz w tej rzece nawet ryba mogłaby mieć kłopoty. Z drugiej strony, utonięcie mogło być lepsze od tego, co czekało ją w Królewskiej Przystani. Pomyślała o Joffreyu i ruszyła ukradkiem w stronę dziobu. Ciemnobrązowa od mułu, smagana ulewą woda przypominała raczej zupę. Arya zastanawiała się, jak bardzo może być zimna. *Nie mogę już zrobić się bardziej mokra niż teraz.* Dotknęła ręką relingu.

Nim jednak zdążyła skoczyć, usłyszała nagły krzyk. Odwróciła głowę. Przewoźnicy biegli na dziób, trzymając w rękach tyczki. Przez chwilę nie wiedziała, co się dzieje, potem jednak zauważyła wyrwane z korzeniami drzewo, wielkie, ciemne i płynące prosto na nich. Wystająca z wody plątanina korzeni i gałęzi przywodziła na myśl wyciągnięte macki wielkiego krakena. Ludzie gorączkowo poruszali wiosłami, próbując uniknąć zderzenia, które skończyłoby się wywróceniem łodzi albo przedziurawieniem kadłuba. Staruszek szarpał za ster i koń na dziobie kierował się w dół rzeki, jednakże zbyt wolno. Lśniące, brązowoczarne drzewo mknęło prosto na nich niczym taran.

Gdy było już tylko jakieś dziesięć stóp od dziobu, dwóm przewoźnikom udało się zahaczyć je długimi tyczkami. Jedna z nich pękła i rozległ się przeciągły trzask, zupełnie jakby prom rozpadał się pod ich stopami. Drugi mężczyzna zdołał jednak pchnąć mocno pień, co wystarczyło, by zapobiec zderzeniu. Drzewo przemknęło kilka cali od nich. Jego gałęzie drapały końską głowę niczym pazury. Gdy wydawało się, że niebezpieczeństwo już minęło, jeden z monstrualnych konarów uderzył w łódź z ukosa. Prom zadrżał. Arya pośliznęła się i upadła boleśnie na jedno kolano. Człowiek ze złamaną tyczką miał jednak mniej szczęścia. Usłyszała jeszcze, jak krzyknął, wypadając za burtę. Potem zamknęła się nad nim wzburzona brązowa woda. Zniknął, nim Arya zdążyła się podnieść. Jeden z jego towarzyszy złapał za zwój sznura, lecz nie było komu go rzucić.

Może wypłynie gdzieś w dole rzeki — pocieszała się Arya, brakowało w tym jednak przekonania. Odechciało się jej pływać. Kiedy Sandor Clegane krzyknął, że ma się schować, bo inaczej stłucze ją do krwi, usłuchała go bez słowa. Prom wciąż usiłował powrócić na poprzedni kurs, podczas gdy rzeka uparcie chciała znieść go do morza.

Gdy wreszcie przybili do brzegu, znajdowali się dobre dwie mile poniżej przystani. Łódź wbiła się w ziemię tak mocno, że złamała się jeszcze jedna tyczka i Arya omal nie przewróciła się po raz drugi. Sandor Clegane wsadził ją na grzbiet Nieznajomego, jakby ważyła nie więcej niż lalka. Przewoźnicy obrzucili ich wyczerpanym, pozbawionym wyrazu wzrokiem, wszyscy poza przygarbionym staruszkiem, który wyciągnął rękę.

— Sześć smoków — zażądał. — Trzy za przeprawę i trzy za człowieka, którego straciliśmy.

Sandor Clegane pogrzebał w mieszku i wepchnął mężczyźnie zmięty skrawek pergaminu.

— Proszę. Weź dziesięć.

— Dziesięć? — zapytał zbity z tropu przewodnik. — A co to takiego?

— Kwit od umarlaka wart jakieś dziewięć tysięcy smoków. — Ogar skoczył na siodło za Aryą i uśmiechnął się złowieszczo do mężczyzny. — Dziesięć należy do ciebie. Pewnego dnia wrócę po resztę, więc jej nie wydaj.

Mężczyzna popatrzył na świstek.

— Pismo. Co mi po piśmie? Obiecałeś mi złoto. Dałeś rycerskie słowo honoru.

— Cholerni rycerze nie mają honoru. Pora, byś to zrozumiał, starcze. — Ogar spiął Nieznajomego ostrogami i oddalił się cwałem w deszcz. Przewoźnicy obrzucili ich przekleństwami, a jeden czy dwóch cisnął również kamień, Clegane jednak zignorował pociski i słowa, a po chwili zniknęli w mroku między drzewami, zostawiając za sobą huczącą rzekę.

— Prom nie wróci na drugi brzeg wcześniej niż rano — stwierdził — a ta banda nie przyjmie papierowych obietnic od następnych głupców, którzy tu dotrą. Jeśli ścigają nas twoi przyjaciele, będą musieli się okazać cholernie dobrymi pływakami.

Arya skuliła się, nie odzywając się ani słowem. *Valar morghulis* — pomyślała przybita. *Ser Ilyn, ser Meryn, król Joffrey, królowa Cersei. Dunsen, Polliver, Raff Słodyczek, ser Gregor i Łaskotek. I Ogar, Ogar, Ogar.*

Gdy deszcz przestał padać i pokazało się czyste niebo, kichała i drżała tak okropnie, że Clegane urządził postój na noc, a nawet spróbował rozpalić ogień. Drewno, które zebrali, okazało się jednak zbyt wilgotne i za nic nie chciało zająć się ogniem. W końcu poirytowany Ogar rozrzucił je kopniakiem.

— Niech to siedem cholernych piekieł — zaklął. — Nienawidzę ognia.

Usiedli pod dębem na mokrych kamieniach, słuchając powolnego kapania ściekającej z liści wody i zjedli zimną kolację złożoną z sucharów, nadpleśniałego sera i wędzonej kiełbasy. Ogar kroił wędlinę sztyletem. Gdy zauważył, że Arya spogląda na nóż, przymrużył groźnie oczy.

— Nawet o tym nie myśl.

— Nie myślałam — skłamała.

Prychnął pogardliwie, by okazać, co sądzi o podobnych zapewnieniach, dał jej jednak gruby plaster kiełbasy. Arya szarpała go zębami, nie spuszczając wzroku z Clegane'a.

— Nigdy nie zbiłem twojej siostry — oznajmił Ogar. — Ale ciebie stłukę, jeśli mnie do tego zmusisz. Przestań się zastanawiać nad tym, jak mnie zabić. Nic ci to nie da.

Nie potrafiła na to odpowiedzieć. Żuła kiełbasę, wpatrując się w niego chłodno. *Twarda jak kamień* — pomyślała.

— Przynajmniej patrzysz mi w twarz. Muszę ci to przyznać, mała wilczyco. I jak ci się ona podoba?

— Nie podoba się. Jest poparzona i brzydka.

Clegane podsunął jej kawałek sera nadziany na sztylet.

— Jesteś małą idiotką. Co by ci dało, gdybyś uciekła? Złapałby cię tylko ktoś gorszy.

— Niemożliwe — upierała się. — Nie ma nikogo gorszego.

— Nie znasz mojego brata. Gregor zabił kiedyś człowieka tylko za to, że chrapał. Własnego człowieka.

Kiedy się uśmiechał, skóra na poparzonej połowie twarzy naciągała się, wykrzywiając usta w nieprzyjemny sposób. Nie miał po tej stronie warg, a z ucha został tylko strzęp.

— Dobrze znam twojego brata. — Jak się nad tym zastanowić, to może Góra rzeczywiście był gorszy. — Jego, Dunsena, Pollivera, Raffa Słodyczka i Łaskotka.

— A gdzie kochana córeczka Neda Starka poznała takich jak oni? — zapytał wyraźnie zdziwiony Ogar. — Gregor nigdy nie sprowadza swoich szczurów na dwór.

— W wiosce. — Jedząc ser, sięgnęła po kawałek suchara. — W wiosce nad jeziorem, gdzie złapali Gendry'ego, mnie i Gorącą Bułkę. Złapali też Lommy'ego Zieloną Łapkę, ale Raff Słodyczek go zabił, bo Lommy był ranny w nogę.

Usta Clegane'a zadrżały.

— Złapali cię? Mój brat cię złapał? — Ryknął ostrym śmiechem, przypominającym nieco warczenie psa. — Gregor nie miał pojęcia, kogo schwytał, prawda? Na pewno nie miał, bo w przeciwnym razie zaciągnąłby cię przemocą do Królewskiej Przystani i oddał Cersei.

Och, to cholernie słodkie. Na pewno mu o tym opowiem, zanim wytnę mu serce.

Nie po raz pierwszy wspominał, że zabije Górę.

— Przecież to twój brat — zdziwiła się Arya.

— A ty nigdy nie miałaś brata, którego chciałabyś zabić? — Znowu wybuchnął śmiechem. — Albo może siostry? — Z pewnością wyczytał coś w jej twarzy, gdyż nagle pochylił się nad nią. — Sansa. O niej pomyślałaś, zgadza się? Wilczyca chce zabić ładną ptaszynę.

— Nieprawda — warknęła. — Chcę zabić ciebie.

— Dlatego, że przerąbałem na pół twojego młodego przyjaciela? Zapewniam cię, że ukatrupiłem znacznie więcej ludzi. Wydaje ci się, że to robi ze mnie potwora. Może i tak, ale uratowałem też twojej siostrze życie. Tego dnia, gdy motłoch ściągnął ją z konia, wyrąbałem sobie do niej drogę i odprowadziłem ją do zamku. Gdyby nie ja, spotkałoby ją to samo co Lollys Stokeworth. A potem zaśpiewała dla mnie. Nie wiedziałaś o tym, prawda? Twoja siostra zaśpiewała dla mnie słodką pioseneczkę.

— Kłamiesz — odpowiedziała natychmiast.

— Wiesz znacznie mniej, niż ci się zdaje. Czarny Nurt? Gdzie, do siedmiu piekieł, twoim zdaniem jesteśmy? Jak myślisz, dokąd cię wiozę?

Pogarda brzmiąca w jego głosie kazała jej się zastanowić.

— Do Królewskiej Przystani — odparła. — Do Joffreya i królowej.

Ton, jakim zadał te pytania, uświadomił jej nagle, że to nieprawda. Musiała jednak coś powiedzieć.

— Głupia, ślepa, mała wilczyca. — Jego głos był twardy i ochrypły jak zgrzyt żelaza. — W dupę z Joffreyem, w dupę z królową i w dupę z tym małym, pokręconym potworkiem, którego zwie bratem. Skończyłem z ich miastem i z ich Gwardią Królewską. Skończyłem z Lannisterami. Powiedz mi, co pies ma wspólnego z lwami? — Sięgnął po bukłak, pociągnął długi łyk, otarł usta i podał naczynie Aryi. — Ta rzeka to był Trident, dziewczynko. Nie Czarny Nurt. Wyobraź sobie mapę, jeśli potrafisz. Jutro powinniśmy dotrzeć do królewskiego traktu. Potem pojedziemy już szybko, prosto do Bliźniaków. To ja oddam cię tej całej twojej matce. Nie szlachetny lord błyskawica czy ten szarlatański kapłan od płomieni, ale potwór. — Uśmiechnął się, widząc jej minę. — Wydaje ci się, że tylko twoi wyjęci spod prawa przyjaciele potrafią zwęszyć okup? Dondarrion zabrał mi złoto, a ja zabrałem mu ciebie. Jesteś warta pewnie ze dwa razy więcej niż to, co mi ukradli. Może nawet więcej, gdybym sprzedał cię Lannisterom, jak się obawiasz, ale tego nie zrobię. Nawet pies może mieć dość kopniaków. Jeśli ten cały Młody Wilk ma choć tyle rozumu, ile bogowie dali ropusze, zrobi mnie lordem i będzie mnie błagał, bym wstąpił do niego na służbę. Potrzebuje mnie, choć pewnie jeszcze o tym nie wie. Być może nawet zabiję dla niego Gregora. To by mu się spodobało.

— Nigdy cię nie przyjmie — warknęła. — Nie ciebie.

— W takim razie wezmę od niego tyle złota, ile zdołam unieść, zaśmieję mu się w twarz i odjadę. Jeśli mnie nie przyjmie, to najrozsądniej postąpiłby, gdyby mnie zabił, ale tego nie zrobi. Z tego, co słyszałem, za bardzo przypomina swojego ojca. No i bardzo dobrze. Tak czy inaczej, będę wygrany. I ty też, wilczyco, więc przestań jęczeć i warczeć na mnie. Mam już tego dosyć. Trzymaj gębę na kłódkę i rób, co ci każę, to może nawet zdążymy na ten cholerny ślub twojego wuja.

JON

Klacz była wykończona, lecz Jon nie mógł jej pozwolić na odpoczynek. Musiał dotrzeć do Muru przed magnarem. Spałby w siodle, gdyby tylko je miał. Bez siodła nawet na jawie trudno mu się było utrzymać na końskim grzbiecie. Ból w rannej nodze nasilał się coraz bardziej. Nie było mowy o odpoczynku wystarczająco długim, by rana się zagoiła, i dosiadając konia, za każdym razem otwierał ją na nowo.

Gdy wjechał na wzniesienie, ujrzał przed sobą brązowy, zryty koleinami królewski trakt, który wił się na północ przez wzgórza i równiny.

— Teraz wystarczy, jak pojedziemy drogą, dziewczynko — rzekł, klepiąc klacz po szyi. — Mur już niedaleko.

Nogę miał teraz sztywną jak drewno, a od gorączki mieszało mu się w głowie do tego stopnia, że dwukrotnie złapał się na tym, iż jechał w niewłaściwym kierunku.

Mur już niedaleko. Wyobraził sobie przyjaciół, popijających we wspólnej sali grzane wino. Hobb krzątał się przy garach, Donal Noye w kuźni, a maester Aemon siedział w swych pokojach pod ptaszarnią. *A Stary Niedźwiedź? Sam, Grenn, Edd Cierpiętnik, Dywen ze swymi drewnianymi zębami...* Jon mógł jedynie modlić się o to, by niektórym z nich udało się uciec z Pięści.

Myślał też wiele o Ygritte. Pamiętał zapach jej włosów, ciepło jej ciała... i jej minę w chwili, gdy poderżnęła staruszkowi gardło. *Źle zrobiłeś, że ją pokochałeś* — szeptał mu jeden głos. *Źle zrobiłeś, że ją opuściłeś* — odpowiadał mu inny. Zastanawiał się, czy jego ojciec czuł się podobnie rozdarty, gdy porzucał jego matkę, by poślubić lady Catelyn. *On złożył przysięgę lady Stark, a ja Nocnej Straży.*

Omal nie minął Mole's Town. Gorączka dręczyła go tak bardzo, że nie wiedział, gdzie się znajduje. Większa część wioski kryła się pod ziemią i w bladym świetle księżyca widać było tylko garstkę małych chat. Burdel był szopą nie większą niż wychodek, a jego czerwona, poskrzypująca na wietrze latarnia przypominała przekrwione oko wpatrujące się w mrok. Jon zsunął się z klaczy pod przylegającą do burdelu stajnią i obudził krzykiem dwóch chłopców.

— Potrzebny mi świeży wierzchowiec, z siodłem i uzdą — oznajmił im niedopuszczającym sprzeciwu tonem. Wykonali jego polecenie i przynieśli mu też bukłak wina oraz pół bochna brązowego chleba. — Obudźcie ludzi — rozkazał. — Ostrzeżcie ich. Na południe od Muru są dzicy. Zbierzcie cały dobytek i ruszajcie do Czarnego Zamku.

Zaciskając zęby z powodu rozrywającego nogę bólu, wspiął

się na karego wałacha, którego mu przyprowadzili, i popędził na północ.

Gdy gwiazdy na wschodzie zaczęły już przygasać, ujrzał przed sobą Mur, który wznosił się nad drzewami i pasmami porannej mgły. W lodzie odbijał się blady blask księżyca. Jon popędzał ostro wałacha, jadąc śliską od błota drogą, aż wreszcie ujrzał kamienne wieże i drewniane zabudowania Czarnego Zamku, które przycupnęły niczym zepsute zabawki pod wielkim, lodowym urwiskiem. Mur lśnił już różem i purpurą w świetle brzasku.

Gdy mijał pierwsze przybudówki, nie zatrzymali go wartownicy. Nikt nie próbował zastąpić mu drogi. Czarny Zamek wyglądał na równie opustoszały, co Szara Warta. Spomiędzy spękanych kamieni dziedzińców wyrastało wątłe, zbrązowiałe zielsko. Dach Koszar Flinta pokrywał stary śnieg, który gromadził się również po północnej stronie Wieży Hardina, gdzie sypiał Jon, nim został zarządcą Starego Niedźwiedzia. Na Wieży Lorda Dowódcy, w miejscach, gdzie z okien buchnął dym, widać było długie smugi sadzy. Mormont przeniósł się po pożarze do Wieży Królewskiej, tam jednak Jon również nie zauważył świateł. Z dołu nie widział, czy po szczycie Muru, siedemset stóp nad nim, chodzą wartownicy, nie wypatrzył jednak nikogo na wielkich serpentynowych schodach, które wspinały się na południową powierzchnię lodu niczym ogromna, drewniana błyskawica.

Z komina zbrojowni buchał jednak dym — zaledwie smużka, niemal niewidoczna na tle szarego, północnego nieba, ale to wystarczyło. Jon zsiadł z konia i pokuśtykał w tamtym kierunku. Płynące z otwartych drzwi ciepło przypominało gorący oddech lata. Wewnątrz, przy miechach, trudził się jednoręki Donal Noye, który podniósł głowę, słysząc niespodziewany hałas.

— Jon Snow?

— Nie kto inny.

Mimo gorączki, zmęczenia, bólu w nodze, magnara, staruszka, Ygritte, Mance'a, mimo tego wszystkiego, Jon uśmiechnął się. Dobrze było wrócić, zobaczyć Noye'a z jego wielkim brzuszyskiem, podwiniętym rękawem i szczęką porośniętą czarnym zarostem.

Kowal puścił miechy.

— Twoja twarz…

Jon niemal zapomniał o twarzy.

— Zmiennoskóry próbował wydrapać mi oko.

Noye zmarszczył brwi.

— Gładka czy naznaczona blizną, nie spodziewałem się już jej zobaczyć. Słyszeliśmy, że przyłączyłeś się do Mance'a Raydera.

Jon złapał za drzwi, żeby się nie przewrócić.

— Kto wam to powiedział?

— Jarman Buckwell. Wrócił dwa tygodnie temu. Jego zwiadowcy twierdzą, że widzieli cię na własne oczy, jak jechałeś w kolumnie dzikich odziany w baranicę. — Noye popatrzył na niego. — Widzę, że to ostatnie jest prawdą.

— Wszystko jest prawdą — przyznał Jon.

— Czy to znaczy, że powinienem teraz wyciągnąć miecz i wypruć ci flaki?

— Nie. Wykonywałem rozkaz. Ostatni rozkaz Qhorina Półrękiego. Noye, gdzie jest garnizon?

— Broni Muru przed twoimi dzikimi przyjaciółmi.

— Tak, ale gdzie?

— Wszędzie. Pod Leśną Strażnicą widziano Harmę Psi Łeb, pod Długim Kurhanem Grzechoczącą Koszulę, pod Icemarkiem Płaczkę. Na całym Murze… są tu, są tam, wspinają się na lód w pobliżu Bramy Królowej, rozwalają bramy w Szarej Warcie, zbierają się pod Wschodnią Strażnicą… ale gdy tylko ujrzą czarny płaszcz, natychmiast znikają i następnego dnia pokazują się gdzie indziej.

Jon stłumił jęk.

— Wszystko to zmyłka. Mance chce, żebyśmy rozproszyli siły, nie rozumiesz? — *A Bowen Marsh spełnił jego życzenie.* — Brama jest tutaj i tu nastąpi atak.

Noye podszedł do niego.

— Noga broczy ci krwią.

Jon spuścił otępiały wzrok. Rzeczywiście. Rana znowu mu się otworzyła.

— Oberwałem strzałą…

— Strzałą dzikich. — To nie było pytanie. Noye miał tylko jedną rękę, lecz za to bardzo muskularną. Wsunął ją Jonowi pod pachę, by pomóc mu utrzymać równowagę. — Jesteś biały jak mleko i do tego masz piekielną gorączkę. Zabieram cię do Aemona.

— Nie ma na to czasu. Dzicy są na południe od Muru. Idą tu od Korony Królowej, żeby otworzyć bramę.

— Ilu ich jest?

Noye na wpół wyniósł Jona na dwór.

— Stu dwudziestu, i to dobrze uzbrojonych, jak na dzikich. Mają zbroje z brązu, a niektórzy nawet stalowe. Ilu ludzi tu zostało?

— Czterdziestu paru — odparł Donal Noye. — Kalecy, chorzy i część zielonych chłopaków, którzy jeszcze nie ukończyli szkolenia.

— Jeśli Marsh opuścił zamek, to kogo mianował kasztelanem?

Płatnerz roześmiał się.

— Ser Wyntona, niech bogowie mają go w swej opiece. To ostatni rycerz w zamku i tak dalej. Rzecz w tym, że Stout chyba o tym zapomniał i nikomu nieśpieszno mu o tym przypominać. Jeśli ktoś w ogóle tu dowodzi, to chyba ja, jako najgroźniejszy z kalek.

To przynajmniej była dobra wiadomość. Jednoręki płatnerz miał sporo rozsądku i był twardym, zahartowanym w bojach wojownikiem. Z drugiej strony, ser Wynton Stout... no cóż, wszyscy się zgadzali, że kiedyś był wiele wart, lecz służył osiemdziesiąt lat jako zwiadowca i opuściły go już siły oraz rozum. Kiedyś zasnął przy kolacji i omal nie utonął w misce grochówki.

— Gdzie twój wilk? — zapytał Noye, gdy szli przez dziedziniec.

— Duch? Musiałem go zostawić, gdy wspinaliśmy się na Mur. Miałem nadzieję, że trafi tutaj.

— Przykro mi, chłopcze. Tu go nie widzieliśmy. — Dowlekli się do drzwi maestera w długim drewnianym budynku pod ptaszarnią. Płatnerz kopnął w nie mocno. — Clydas!

Po chwili zza drzwi wyjrzał przygarbiony człowieczek w czerni, który wybałuszył różowe oczka na widok Jona.

— Połóż chłopaka. Przyprowadzę maestera.

Na kominku palił się ogień i w pomieszczeniu było niemal duszno. Gdy tylko Noye położył Jona na plecach, chłopak zamknął oczy, by świat przestał wokół niego wirować. Słyszał kruki, które powtarzały *quork* i użalały się głośno w ptaszarni na górze.

— Snow — mówił jeden z ptaków. — Snow, snow, snow.

Jon wiedział, że to robota Sama. Zadał sobie pytanie, czy Samwell Tarly również wrócił bezpiecznie do domu, czy też udało się to tylko ptakom?

Wkrótce zjawił się maester Aemon. Poruszał się powoli, małymi, ostrożnymi kroczkami, wsparty pokrytą wątrobowymi plamami dłonią o ramię Clydasa. Na jego chudej szyi błyszczał ciężki łańcuch, złote i srebrne ogniwa razem z żelaznymi, ołowianymi, cynowymi i wykonanymi z innych poślednich metali.

— Jonie Snow — odezwał się. — Kiedy już odzyskasz siły, musisz mi opowiedzieć o wszystkim, co widziałeś i czego dokonałeś. Donalu, postaw na ogniu kociołek wina i ogrzej też moje żelaza. Chcę, żeby były rozżarzone do czerwoności. Clydasie, będzie mi potrzebny ten twój dobry, ostry nóż.

Maester miał już przeszło sto lat. Był skurczony, słaby, łysy i ślepy. Choć pokryte bielmem oczy Aemona nic nie widziały, jego umysł wciąż był bystry jak niegdyś.

— Nadchodzą dzicy — oznajmił mu Jon, gdy Clydas rozciął nożem grubą, czarną tkaninę nogawki, chrupiącą od zakrzepłej krwi i wilgotną od świeżo wypływającej. — Z południa. Wspięliśmy się na Mur...

Gdy Clydas zdjął prowizoryczny bandaż Jona, maester Aemon obwąchał starannie tkaninę.

— My?

— Byłem z nimi. Qhorin Półręki rozkazał mi się do nich przyłączyć. — Jon skrzywił się, gdy maester wsunął palce w jego ranę, obmacując ją ze wszystkich stron. — Magnar Thennu... aaaaaj, to boli. — Zacisnął zęby. — Gdzie Stary Niedźwiedź?

— Jon... mówię to z przykrością, ale lord dowódca Mormont zginął w Twierdzy Crastera, zamordowany przez swych zaprzysiężonych braci.

— Bra... przez naszych ludzi? — Słowa Aemona sprawiły mu sto razy więcej bólu niż jego palce. Jon przypomniał sobie chwilę, gdy widział Starego Niedźwiedzia po raz ostatni. Lord dowódca stał przed swym namiotem, a kruk siedział mu na ramieniu, domagając się głośno ziarna. *Mormont nie żyje?* Obawiał się tego już od chwili, gdy ujrzał pobojowisko na Pięści, niemniej jednak cios był dotkliwy. — Kto to zrobił? Kto go zabił?

— Garth ze Starego Miasta, Ollo Obcięta Ręka, Dirk... sami złodzieje, tchórze i mordercy. Powinniśmy byli to przewidzieć. Straż nie jest już taka jak w dawnych czasach. Za mało jest uczciwych ludzi, którzy pilnowaliby łotrzyków. — Donal Noye obracał nad ogniem narzędzia maestera. — Dwunastu wiernych ludzi zdołało wrócić. Edd Cierpiętnik, Gigant, twój przyjaciel Żubr. To oni nam o wszystkim opowiedzieli.

Tylko dwunastu? Czarny Zamek opuściło z lordem dowódcą dwustu ludzi, najlepszych ludzi w Straży.

— Czy to znaczy, że Marsh jest teraz lordem dowódcą?

Stary Granat był sympatycznym człowiekiem i obowiązkowym pierwszym zarządcą, lecz zupełnie się nie nadawał do dowodzenia walką z hordą dzikich.

— Tymczasowo, nim będziemy mogli urządzić głosowanie — wyjaśnił maester Aemon. — Clydasie, podaj mi manierkę.

Głosowanie. Qhorin Półręki i ser Jaremy Rykker nie żyli, a Ben Stark nadal się nie odnalazł. Kto im pozostał? Z pewnością nie Bowen Marsh ani nie ser Wynton Stout. Czy z Pięści wrócili Thoren Smallwood bądź ser Ottyn Wythers? *Nie, to musi być Cotter Pyke albo ser Denys Mallister. Ale który z nich?* Dowódcy Wieży Cieni i Wschodniej Strażnicy byli ludźmi dobrymi, lecz bardzo różnymi od siebie. Ser Denys był dworny i ostrożny, rycerski i postarzały. Pyke był młodszy, pochodził z nieprawego łoża, miał niewyparzoną gębę i słynął ze śmiałości. Co gorsza, obaj serdecznie się nie znosili. Stary Niedźwiedź zawsze trzymał ich z dala od siebie, na przeciwnych końcach Muru. Jon wiedział, że wszyscy Mallisterowie cechują się głęboko zakorzenioną nieufnością do żelaznych ludzi.

Ukłucie bólu przypomniało mu o własnych kłopotach. Maester uścisnął jego dłoń.

— Clydas zaraz przyniesie makowe mleko.

Jon spróbował wstać.

— Nie potrzebuję...

— Potrzebujesz — zaprzeczył stanowczo Aemon. — To będzie bolało.

Donal Noye podszedł do Jona i przewrócił go z powrotem na plecy.

— Leż spokojnie albo cię zwiążę.

Nawet jedną ręką kowal radził sobie z nim tak łatwo, jakby miał do czynienia z dzieckiem. Wrócił Clydas z zieloną manierką i okrągłym kamiennym kubkiem. Maester Aemon napełnił naczynie.

— Wypij to.

Jon przed chwilą przygryzł sobie wargę i pijąc gęsty, przypominający kredę eliksir, czuł smak mieszającej się z nim krwi. Tylko z najwyższym trudem zdołał powstrzymać się od zwymiotowania.

Clydas przyniósł też miskę ciepłej wody, by maester Aemon mógł zmyć z rany ropę i krew. Choć robił to delikatnie, nawet przy najlżejszym dotknięciu Jon miał ochotę krzyczeć.

— Ludzie magnara są zdyscyplinowani i mają zbroje z brązu — ostrzegł ich. Mówienie pomagało mu zapomnieć o bólu.

— Lord Skagos nazywa się Magnar — stwierdził Noye. — Kiedy po raz pierwszy przybyłem na Mur, we Wschodniej Strażnicy było trochę Skagossonów. Słyszałem, jak o nim opowiadali.

— Mam wrażenie, że Jon używa tego słowa w dawnym sensie — wtrącił maester Aemon. — Nie jako nazwiska, lecz tytułu. Ono pochodzi ze starego języka.

— I znaczy lord — zgodził się Jon. — Styr jest magnarem jakiegoś miejsca o nazwie Thenn, które leży daleko na północ od Mroźnych Kłów. Prowadzi stu własnych ludzi i dwudziestu łupieżców, którzy znają Dar prawie tak samo dobrze jak my. Mance jednak nie znalazł rogu, to już coś. Rogu Zimy. To jego szukał nad Mleczną Wodą.

Maester Aemon zatrzymał się ze szmatką w ręku.

— Róg Zimy to starożytna legenda. Czy król za Murem naprawdę wierzy, że coś takiego istnieje?

— Wszyscy oni w to wierzą — odparł Jon. — Ygritte mówiła, że otworzyli sto grobów... grobów królów i bohaterów, w całej dolinie Mlecznej Wody, ale nie...

— Kto to jest Ygritte? — zapytał z naciskiem Donal Noye.

— Kobieta z wolnych ludzi. — Jak mógł im wytłumaczyć, kim jest Ygritte? *Jest ciepła, bystra i zabawna i potrafi pocałować człowieka albo poderżnąć mu gardło.* — Jest ze Styrem, ale nie... jest młoda, to właściwie jeszcze dziewczyna, dzika, ale... — *Zabiła staruszka za to, że rozpalił ogień.* Zdrętwiał mu język. Makowe mleko mieszało mu w głowie. — Złamałem z nią przysięgę. Nie chciałem tego zrobić, ale... — *Źle zrobiłem. Źle, że ją pokochałem, i źle, że ją opuściłem.* — ...byłem za słaby. Półręki kazał mi być ich towarzyszem i mieć oczy otwarte. Musiałem spełniać wszystkie ich polecenia...

Wydawało mu się, że jego głowę wypełnia wilgotna wełna.

Maester Aemon ponownie obwąchał jego ranę i wrzucił mokrą szmatę do miski.

— Donalu, podaj mi gorący nóż, jeśli łaska. Będziesz musiał przytrzymać pacjenta.

Nie będę krzyczał — obiecał sobie Jon, gdy ujrzał rozżarzony do czerwoności nóż. Tę przysięgę jednak również złamał. Donal Noye go trzymał, a Clydas kierował ręką maestera. Jon nie ruszał się, poza tym, że raz za razem walił pięścią w stół. Ból był tak potężny, że czuł się przy nim mały, słaby i bezradny niczym dziecko płaczące w ciemności. *Ygritte* — pomyślał, gdy nos wypełnił mu smród przypalanego mięsa, a uszy echa własnego krzyku. *Ygritte, musiałem.* Wydawało się, że cierpienie osłabło na pół uderzenia serca, potem jednak nóż dotknął go znowu i Jon zemdlał.

Gdy znowu uchylił powieki, leżał półprzytomny, opatulony w grubą wełnę. Nie mógł się ruszyć, nie przeszkadzało mu to jednak. Przez pewien czas wyobrażał sobie, że jest z nim Ygritte, która pielęgnuje go delikatnymi dłońmi. W końcu zamknął oczy i zasnął.

Następne przebudzenie nie było już tak przyjemne. W izbie było ciemno, a pod kocami powrócił ból. Tępy i pulsujący, przy najdrobniejszym poruszeniu zmieniał się w ukłucie rozżarzonego noża. Jon przekonał się o tym na własnej skórze, gdy spróbował sprawdzić, czy jeszcze ma nogę. Dysząc ciężko, stłumił krzyk i znowu zacisnął pięść.

— Jon? — Pojawiła się świeca. Z góry spoglądała nań dobrze znana twarz o odstających uszach. — Nie powinieneś się ruszać.

— Pyp?

Jon wyciągnął rękę i przyjaciel uścisnął ją mocno.

— Myślałem, że pojechałeś...

— ...ze Starym Granatem? Nie, on uważa, że jestem za mały i zbyt zielony. Jest tu też Grenn.

— Ja też tu jestem. — Grenn podszedł do łoża z drugiej strony. — Zasnąłem.

Jonowi zaschło w gardle.

— Wody — wydyszał. Grenn przyniósł naczynie i podsunął mu je do ust. — Widziałem Pięść — ciągnął po dłuższym łyku. — Krew i martwe konie... Noye mówił, że wróciło dwunastu... kto?

— Dywen wrócił. Gigant, Edd Cierpiętnik, Słodki Donnel Hill, Ulmer, Leworęczny Lew, Garth Szare Pióro. Czterech czy pięciu innych. I ja.

— Sam?

Grenn odwrócił wzrok.

— Zabił jednego z Innych, Jon. Widziałem to na własne oczy. Dźgnął go tym nożem ze smoczego szkła, który dla niego zrobiłeś. Potem zaczęliśmy na niego mówić Sam Zabójca. Nie znosił tego.

Sam Zabójca. Jon nie potrafił sobie wyobrazić gorszego kandydata na wojownika niż Sam Tarly.

— Co się z nim stało?

— Zostawiliśmy go. — W głosie Grenna brzmiało przygnębienie. — Potrząsałem nim i krzyczałem na niego, a nawet go spoliczkowałem. Gigant próbował dźwignąć go na nogi, ale był zbyt ciężki. Pamiętasz, jak podczas szkolenia potrafił zwinąć się w kłębek i jęcząc, leżeć na ziemi? U Crastera nawet nie jęczał. Dirk i Ollo rozwalali ściany, szukając żywności, Garth i Garth walczyli ze sobą, a niektórzy z pozostałych gwałcili żony Crastera. Edd Cierpiętnik doszedł do wniosku, że banda Dirka wymorduje wszystkich wiernych ludzi, żebyśmy nikomu nie powiedzieli, co zrobili, a było ich dwa razy więcej niż nas. Zostawiliśmy Sama ze Starym Niedźwiedziem. Nie mogliśmy go ruszyć, Jon.

Byłeś jego bratem — omal nie powiedział. *Jak mogłeś go zostawić pośród dzikich i morderców?*

— Może jeszcze żyje — pocieszał go Pyp. — Może nas zaskoczy i jutro przyjedzie.

— Ehe, z głową Mance'a Raydera. — Jon wiedział, że Grenn tylko udaje wesołego. — Sam Zabójca!

Jon znowu spróbował usiąść. Okazało się to takim samym błędem, jak za pierwszym razem. Zaklął głośno.

— Grenn, idź obudzić maestera Aemona — odezwał się Pyp. — Powiedz mu, że Jonowi potrzeba więcej makowego mleka.

Tak — pomyślał ranny.

— Nie — powiedział na głos. — Magnar...

— Wiemy — przerwał mu Pyp. — Wartownikom na Murze polecono zwracać jedno oko na południe, a Donal Noye skierował trochę ludzi na Zwietrzałe Wzgórza, żeby obserwowali królewski trakt. Maester Aemon wysłał ptaki do Wschodniej Strażnicy i Wieży Cieni.

Maester Aemon podszedł do łoża i położył jedną dłoń na ramieniu Grenna.

— Jon, nie przeciążaj się. To dobrze, że się ocknąłeś, ale daj sobie czas na powrót do zdrowia. Zalaliśmy ranę wrzącym winem i zamknęliśmy ją okładami z pokrzywy, nasienia gorczycy oraz spleśniałego chleba, ale jeśli nie wypoczniesz...

— Nie mogę. — Jon zdołał usiąść mimo bólu. — Wkrótce będzie tu Mance... tysiące ludzi, olbrzymy, mamuty... czy zawiadomiono Winterfell? Króla?

Pot spływał mu z czoła. Zamknął na chwilę oczy.

Grenn popatrzył dziwnie na Pypa.

— On o niczym nie wie.

— Jon — zaczął maester Aemon — pod twoją nieobecność wiele się wydarzyło i mało w tym było dobrego. Balon Greyjoy znowu włożył koronę i wysłał na północ swe drakkary. Gdzie tylko spojrzeć, jak zielsko plenią się królowie. Wysłaliśmy wezwania do wszystkich, lecz żaden z nich nie raczył się zjawić. Mają pilniejsze zadania dla swych mieczy. My jesteśmy daleko i wszyscy o nas zapomnieli. A Winterfell... Jon, bądź silny... Winterfell już nie ma...

— Jak to, nie ma? — Ranny spojrzał na zakryte bielmem oczy i pomarszczoną twarz Aemona. — Tam są moi bracia. Bran i Rickon...

Maester dotknął jego czoła.

— Jest mi bardzo przykro, Jon. Twoi bracia zginęli na rozkaz Theona Greyjoya, który zdobył Winterfell w imię swego ojca. Gdy chorążowie twojego ojca próbowali odzyskać zamek, Theon puścił go z dymem.

— Twoi bracia zostali pomszczeni — dorzucił Grenn. — Syn Boltona zabił wszystkich żelaznych ludzi. Powiadają, że obdziera Theona Greyjoya cal po calu ze skóry za to, co uczynił.

— Przykro mi, Jon. — Pyp uścisnął jego ramię. — Tak jak nam wszystkim.

Jon nigdy nie lubił Theona Greyjoya, był on jednak podopiecznym jego ojca. Jego nogą szarpnął kolejny paroksyzm bólu. Kiedy się ocknął, znowu leżał na plecach.

— Zaszła jakaś pomyłka — upierał się. — Pod Koroną Królowej widziałem szarego wilkora... szarego... on mnie znał.

Czy to możliwe, by po śmierci Brana jakaś jego część nadal żyła w wilku, tak jak Orell żył w swym orle?

— Wypij to.

Grenn podsunął mu kubek do warg i Jon przełknął płyn. Głowę miał pełną wilków i orłów, brzmienia śmiechu braci. Otaczające go twarze zaczęły zamazywać się i zanikać. *To niemożliwe. Theon nigdy by tego nie zrobił. A Winterfell... szary granit, dąb i żelazo, wrony krążące wokół wież, para buchająca z gorących źródeł w bożym gaju, kamienni królowie siedzący na tronach... jak Winterfell mogło spłonąć?*

Kiedy nadeszły sny, wrócił w nich do domu. Pluskał się w gorących źródłach pod wielkim białym czardrzewem, które miało twarz jego ojca. Była z nim Ygritte. Śmiała się z niego, ściągała skórzane stroje, aż wreszcie zrobiła się naga jak w dzień imienia. Próbowała go pocałować, ale nie mógł na to pozwolić, nie na oczach ojca. W jego żyłach płynęła krew Winterfell i był człowiekiem z Nocnej Straży. *Nie spłodzę bękarta* — powiedział jej. *Nie spłodzę. Nie spłodzę.*

— Nic nie wiesz, Jonie Snow — wyszeptała. Jej skóra rozpuściła się w gorącej wodzie, a mięso odeszło od kości. Po chwili zostały z niej tylko czaszka i szkielet, a źródło bulgotało gęstą czerwienią.

CATELYN

Usłyszeli Zielone Widły na długo przed tym, nim je zobaczyli. Ich bezustanny szum brzmiał jak warczenie jakiejś wielkiej bestii. Rzeka przerodziła się we wzburzoną topiel, o połowę szerszą niż w zeszłym roku, gdy Robb podzielił nad nią swą armię i przysiągł poślubić córkę Freyów w zamian za pozwolenie przejścia. *Potrzebował wtedy lorda Waldera i jego mostu, a teraz potrzebuje go jeszcze bardziej.* Gdy Catelyn spoglądała w mętne zielone wody, jej serce wypełniały złe przeczucia. *Nie ma mowy, żebyśmy przeszli tę rzekę w bród albo ją przepłynęli, a minie księżyc, nim wody znowu opadną.*

Gdy zbliżali się do Bliźniaków, Robb włożył na głowę koronę i wezwał Catelyn oraz Edmure'a, nakazując im jechać obok siebie. Ser Raynald Westerling niósł jego chorągiew, wilkora na białym jak lód polu.

Wieże bramne wyrastały z mgły niczym duchy, niewyraźne, szare widma, które z każdą chwilą stawały się bardziej dotykalne. Twierdza Freyów była nie jednym, lecz dwoma zamkami, zwierciadlanymi odbiciami z mokrego kamienia, które stały na przeciwnych brzegach rzeki, połączone wielkim łukiem mostu. Pośrodku jego długości stała Wodna Wieża, a pod spodem płynął wartki nurt rzeki. Po obu stronach odchodziły od niej kanały tworzące fosy, dzięki którym obydwa bliźniaki były wyspami. Deszcze zamieniły obie fosy w płytkie jeziora.

Za wzburzonymi wodami Catelyn widziała kilka tysięcy ludzi, którzy obozowali pod wschodnim zamkiem. Chorągwie na zatkniętych przed namiotami kopiach zwisały smętnie niczym utopione koty. Deszcz uniemożliwiał rozpoznanie barw i herbów. Większość proporców wydawała się jej szara, aczkolwiek przy takiej pogodzie cały świat miał ten kolor.

— Stąpaj ostrożnie, Robb — ostrzegła syna. — Lord Walder ma cienką skórę i ostry język, a niektórzy z jego synów z pewnością wdali się w ojca. Nie możesz pozwolić, żeby cię sprowokowali.

— Znam Freyów, mamo. Wiem, jak strasznie ich skrzywdziłem i jak bardzo ich potrzebuję. Będę słodki niczym septon.

Catelyn poruszyła się niespokojnie.

— Jeśli po przybyciu zaoferują ci jakąś przekąskę, w żadnym wypadku nie odmawiaj. Weź, co ci dadzą, jedz i pij, tak żeby wszyscy cię widzieli. Jeśli nie oferują ci nic, sam poproś o chleb, ser i kielich wina.

— Bardziej dokucza mi wilgoć niż głód...

— Robb, wysłuchaj mnie. Kiedy już zjesz jego chleb i sól, będą ci przysługiwały prawa gościa. Prawo gościnności ochroni cię pod jego dachem.

Jej syna raczej to rozbawiło, niż przestraszyło.

— Ochroni mnie armia, mamo. Nie muszę liczyć na chleb i sól. Jeśli jednak lordowi Walderowi spodoba się podać mi wronę gotowaną z czerwiami, zjem ją i poproszę o dokładkę.

Z zachodniej bramy wyłoniło się czterech Freyów, opatulonych w grube płaszcze z szarej wełny. Catelyn rozpoznała ser Rymana, syna nieżyjącego już ser Stevrona, pierworodnego lorda Waldera. Po śmierci ojca Ryman został dziedzicem Bliźniaków. Twarz, którą widziała pod kapturem, była tłusta, szeroka i głupia. Pozostali trzej byli zapewne jego synami, prawnukami lorda Waldera.

Edmure potwierdził jej przypuszczenia.

— Najstarszy to Edwyn. Ten blady i chudy, który wygląda, jakby miał zaparcie. Ten żylasty, z brodą, to Czarny Walder, wyjątkowo wredny typ. A ten chłopak, który siedzi na gniadoszu, to Petyr. Bracia mówią na niego Petyr Pryszcz. Ma tylko rok albo dwa więcej od Robba, ale lord Walder ożenił go z kobietą trzy razy starszą od niego. Bogowie, mam nadzieję, że Roslin nie przypomina go z wyglądu.

Zatrzymali się, by zaczekać na gospodarzy. Chorągiew Robba zwisała bezwładnie na tyczce, a nieustanny szelest deszczu mieszał się z szumem wezbranych Zielonych Wideł. Szary Wicher ruszył przed siebie z wyprostowanym ogonem, wbijając we Freyów spojrzenie ciemnozłotych ślepiów. Gdy zbliżył się do nich na jakieś sześć jardów, z jego gardła wyrwało się niskie warczenie, które niemal zlewało się z szumem rzeki. Zaskoczony Robb podniósł wzrok.

— Szary Wicher, do mnie. Do mnie!

Zamiast go posłuchać, wilkor skoczył naprzód z głośnym warknięciem.

Koń ser Rymana spłoszył się, rżąc ze strachu, a wierzchowiec Petyra Pryszcza stanął dęba i zrzucił go na ziemię. Tylko Czarny Walder zapanował nad swym koniem. Sięgnął po miecz.

— Nie! — krzyczał Robb. — Szary Wicher, chodź tu! Chodź tu!

Catelyn spięła wierzchowca i przemknęła między wilkorem a Freyami. Błoto tryskające spod kopyt jej klaczy obryzgało Szarego Wichra, który zawrócił nagle. Wydawało się, że dopiero teraz usłyszał wołanie Robba.

— Czy tak wyglądają przeprosiny Starków? — ryknął Czarny Walder, ściskając w dłoni nagi miecz. — Marne to przywitanie poszczuć nas wilkiem. Czy po to tu przybyliście?

Ser Ryman zsunął się z konia, by pomóc Petyrowi Pryszczowi się podnieść. Chłopak był cały ubłocony, lecz nic mu się nie stało.

— Przybyłem po to, by przeprosić za krzywdę, jaką wyrządziłem waszemu rodowi, i być obecnym na ślubie mego wuja. — Robb zeskoczył z siodła. — Petyrze, weź mojego konia. Twój już prawie wrócił do stajni.

— Mogę pojechać z którymś z braci — odparł chłopak, spojrzawszy najpierw na ojca.

Żaden z Freyów nie złożył mu należnych hołdów.

— Spóźniliście się — oznajmił ser Ryman.

— Opóźniły nas deszcze — wyjaśnił Robb. — Wysłałem ptaka.

— Nie widzę tej kobiety.

Wszyscy wiedzieli, że „tą kobietą" była Jeyne Westerling. Lady Catelyn uśmiechnęła się przepraszająco.

— Królowa Jeyne czuła się wyczerpana po tak długich podróżach, panowie. Z pewnością odwiedzi was, gdy nastaną spokojniejsze czasy.

— Mój dziadek nie będzie zadowolony. — Choć Czarny Walder schował miecz, nadal przemawiał nieprzyjaznym tonem. — Wiele mu opowiadałem o owej damie i zapragnął ujrzeć ją na własne oczy.

Edwyn odchrząknął.

— Przygotowaliśmy dla ciebie komnaty w Wodnej Wieży, Wasza Miłość — oznajmił z ostrożną uprzejmością — dla lorda Tully'ego i lady Stark też. Wasi lordowie chorążowie również otrzymają schronienie pod naszym dachem i będą zaproszeni na ucztę weselną.

— A moi ludzie? — zapytał Robb.

— Mój pan dziadek z żalem oznajmia, że nie może zakwaterować ani wykarmić tak wielkiego zastępu. Trudno nam było znaleźć żywność i paszę dla własnych oddziałów. Niemniej jednak zadbamy o twoich ludzi. Jeśli przejdą przez rzekę i rozbiją obóz obok naszego, wyniesiemy im tyle beczek wina i ale, że wszyscy będą mogli wypić za zdrowie lorda Edmure'a oraz jego żony. Rozbiliśmy na drugim brzegu trzy wielkie namioty, które zapewnią im schronienie przed deszczem.

— Twój pan dziadek jest nadzwyczaj uprzejmy. Moi ludzie będą mu wdzięczni. Mają za sobą długą, mokrą podróż.

Podjechał do nich Edmure Tully.

— Kiedy spotkam swą narzeczoną?

— Czeka na ciebie w zamku — zapewnił Edwyn Frey. — Z pewnością jej wybaczysz, jeśli wyda ci się zbyt nieśmiała. Biedna dziewczyna oczekiwała tego dnia z wielkim niepokojem. Może jednak kontynuowalibyśmy tę rozmowę w bardziej suchym miejscu?

— W rzeczy samej. — Ser Ryman ponownie dosiadł konia i pomógł Petyrowi Pryszczowi ulokować się za sobą. — Jedźcie za mną. Mój ojciec czeka.

Zwrócił głowę swego wierzchowca w stronę Bliźniaków.

Edmure podjechał do Catelyn.

— Lord Frey Spóźnialski mógłby raczyć przywitać nas osobiście — poskarżył się. — Jestem jego seniorem i mam zostać jego synem, a Robb jest jego królem.

— Zobaczymy, czy tobie będzie się chciało jeździć po deszczu, kiedy będziesz miał dziewięćdziesiąt jeden lat, bracie.

Nie była jednak pewna, czy chodziło tylko o to. Lord Walder zwykle podróżował krytą lektyką, która osłoniłaby go przed deszczem. *Celowa zniewaga?* Jeśli tak, mogło ich spotkać jeszcze wiele podobnych.

Pod wieżą bramną znowu mieli kłopoty. Szary Wicher zatrzymał się pośrodku zwodzonego mostu, otrzepał z wody i zawył do podnoszonej kraty. Robb zagwizdał niecierpliwie.

— Szary Wicher. O co chodzi? Szary Wicher, do mnie.

Wilkor jednak obnażył tylko zęby. *Nie lubi tego miejsca* — pomyślała Catelyn. Robb musiał się pochylić i przemówić delikatnie do zwierzęcia, by zgodziło się przejść pod kratą. Do tego czasu zdążyli ich dogonić Kulawy Lothar i Walder Rivers.

— To szumu wody się boi — stwierdził Rivers. — Zwierzęta wiedzą, że wezbranej rzeki trzeba się wystrzegać.

— Sucha psiarnia i barania noga poprawią mu humor — dodał radosnym głosem Lothar. — Czy mam wezwać naszego psiarczyka?

— Wilkor to nie pies — ostrzegł go Robb. — Jest niebezpieczny dla ludzi, którym nie ufa. Ser Raynaldzie, zostań z nim. Nie zabiorę go do komnaty lorda Waldera, gdy tak się zachowuje.

Zręcznie to rozegrał — pomyślała Catelyn. *W ten sposób nie pokaże lordowi Walderowi również Westerlinga.*

Podagra i kruchość kości wywarły wpływ na starego Waldera Freya. Siedział na swym ustawionym na podwyższeniu tronie z poduszką pod sobą i gronostajowym płaszczem na kolanach. Mebel był wykonany z czarnego dębu, a jego oparcie wyrzeźbiono na podobieństwo dwóch grubych wież połączonych łukowatym mostem. Było ono tak masywne, że starzec wydawał się na jego tle groteskowym dzieckiem. Lord Walder miał w sobie coś z sępa, lecz jeszcze więcej z łasicy. Łysa, pokryta starczymi plamami głowa sterczała z chudych ramion na długiej różowej szyi. Pod cofniętym podbródkiem zwisała luźna skóra, mętne oczy łzawiły, a bezzębne usta poruszały się bezustannie, ssąc powietrze, tak jak niemowlę ssie pierś matki.

Obok tronu lorda Waldera stała ósma lady Frey, a u jego stóp zasiadała młodsza wersja jego samego, przygarbiony, chudy mężczyzna w wieku około pięćdziesięciu lat. Okrywający go kosztowny strój z niebieskiej wełny i szarego atłasu dziwnie kontrastował z koroną i kołnierzem ozdobionym maleńkimi, mosiężnymi dzwoneczkami. Był uderzająco podobny do swego lorda, pomijając oczy. U Waldera Freya były one małe, mętne i podejrzliwe, u niego zaś wielkie, miłe i puste. Catelyn przypomniała sobie, że któryś z licznego pomiotu lorda Waldera spłodził przed laty głupka. Podczas wszystkich jej poprzednich wizyt lord Przeprawy ukrywał go starannie. *Czy zawsze nosi błazeńską koronę, czy miała to być drwina z Robba?* Nie odważyła się zadać tego pytania.

W komnacie tłoczno było od synów, córek, wnucząt, mężów, żon i służby Freyów, przemówił jednak do nich sam starzec.

— Z pewnością wybaczysz mi, że nie klękam. Moje nogi nie służą mi już tak jak ongiś, chociaż to, co wisi między nimi, nadal sprawuje się bez zarzutu, he. — Rozciągnął usta w bezzębnym uśmiechu, spoglądając na koronę Robba. — Niektórzy powiedzieliby, że tylko ubogi król koronuje się brązem, Wasza Miłość.

— Brąz i żelazo są silniejsze niż złoto i srebro — odparł Robb. — Dawni królowie zimy nosili właśnie taką mieczową koronę.

— I dużo im ona pomogła, gdy nadeszły smoki. He. — To „he" sprawiło wyraźną przyjemność głupkowi, który zakołysał głową z boku na bok, pobrzękując zdobiącymi koronę dzwonkami. — Panie — ciągnął lord Walder — wybacz mojemu Aegonowi ten hałas.

Ma jeszcze mniej rozumu od wyspiarza i nigdy dotąd nie widział króla. To jeden z chłopaków Stevrona. Zwiemy go Dzwoneczkiem.

— Ser Stevron o nim wspominał, panie. — Robb uśmiechnął się do głupka. — Cieszę się, że cię poznałem, Aegonie. Twój ojciec był odważnym człowiekiem.

Dzwoneczek zadźwięczał swymi ozdobami. Gdy się uśmiechnął, z kącika ust pociekła mu wąska strużka śliny.

— Nie marnuj swego królewskiego oddechu. Równie dobrze mógłbyś gadać do nocnika. — Lord Walder przeniósł spojrzenie na pozostałych gości. — No cóż, lady Catelyn, widzę, że do nas wróciłaś. I młody ser Edmure, zwycięzca spod Kamiennego Młyna. Jesteś teraz lordem Tullym, muszę o tym pamiętać. Piątym lordem Tullym, jakiego znałem. Poprzednich czterech przeżyłem, he. Twoja narzeczona gdzieś tu jest. Pewnie chciałbyś rzucić na nią okiem.

— Chciałbym, panie.

— W takim razie spełnimy twoje życzenie. Ale będzie ubrana. Jest skromną panną i jeszcze dziewicą. Nie zobaczysz jej nagiej przed pokładzinami. — Lord Walder zachichotał. — He. Już niedługo, już niedługo. — Wykręcił szyję, spoglądając za siebie. — Benfreyu, idź po swoją siostrę. Tylko się pośpiesz, lord Tully przybył tu aż z Riverrun. — Młody rycerz w podzielonej na cztery pola opończy pokłonił się i wyszedł. Starzec ponownie spojrzał na Robba. — A gdzie twoja żona, Wasza Miłość? Piękna królowa Jeyne. Podobno to córka Westerlingów z Turni, he.

— Zostawiłem ją w Riverrun, panie. Była zbyt zmęczona, by znowu wyruszać w podróż. Wspomnieliśmy o tym ser Rymanowi.

— To mnie okrutnie zasmuca. Chciałem ją ujrzeć na własne, słabe oczy. Wszyscy tego pragnęliśmy, he. Nieprawdaż, pani?

Blada drobna lady Frey wydawała się zdumiona tym, że pyta się ją o zdanie.

— T... tak, panie. Wszyscy bardzo chcieliśmy złożyć hołd królowej Jeyne. Z pewnością jest urodziwa.

— Jest bardzo urodziwa, pani.

W głosie Robba dał się słyszeć lodowaty spokój, który przypominał Catelyn jego ojca.

Starzec albo tego nie dosłyszał, albo postanowił to zignorować.

— Ładniejsza od moich dziewcząt, he? Gdyby nie to, Jego Miłość nie zapomniałby dla jej twarzy i figury o swej solennej obietnicy.

Robb zniósł ten zarzut z godnością.

— Wiem, że słowa nic nie naprawią, ale przybyłem tu przeprosić za krzywdę, którą wyrządziłem waszemu rodowi i błagać cię o wybaczenie, panie.

— Przeprosiny, he. Tak, przypominam sobie, że obiecywałeś przeprosiny. Jestem stary, ale takich rzeczy nie zapominam. Nie tak, jak niektórzy królowie. Młodzi nie pamiętają o niczym, gdy tylko zobaczą śliczną buzię i ładną parę jędrnych cycków. Mam rację? Sam kiedyś taki byłem. Niektórzy mogliby powiedzieć, że nadal taki jestem, he, he. To jednak byłby błąd, taki sam jak ten, który ty popełniłeś. Przybyłeś tu złożyć przeprosiny, ale to moimi dziewczętami wzgardziłeś. Może to one powinny posłuchać, jak błagasz o wybaczenie, Wasza Miłość. Moje dziewicze córki. Proszę, popatrz sobie na nie.

Kiedy zamachał palcami, spod ścian popłynął potok kobiecości. Wszystkie dziewczęta ustawiły się pod podwyższeniem. Dzwoneczek również zaczął się podnosić z brzękiem swych ozdób, lecz lady Frey złapała go mocno za rękaw i pociągnęła w dół.

Lord Walder przystąpił do wyliczania imion.

— Moja córka Arwyn — przedstawił czternastoletnią dziewczynę. — Shirei, moja najmłodsza córka z prawego łoża. Ami i Marianne to wnuczki. Ami wydałem za ser Pate'a z Siedmiu Strumieni, ale tego głąba zabił Góra, więc dostałem ją z powrotem. To jest Cersei, ale nazywamy ją Pszczółką. Jej matka jest z domu Beesbury. A to dalsze córki, jedna nazywa się Walda, a inne... no, mają jakieś imiona...

— Jestem Merry, panie dziadku — odezwała się jedna z nich.

— Skoro tak mówisz. Ta obok to moja córka Tyta. Potem następna Walda. Alyx, Marissa... jesteś Marissa? Tak mi się zdawało. Nie zawsze była łysa. Maester zgolił jej włosy, ale przysięga, że niedługo odrosną. Bliźniaczki to Serra i Sarra. — Przymrużył oczy, spoglądając na jedną z młodszych dziewcząt. — He, ty jesteś kolejną Waldą!

Dziewczynka nie mogła mieć więcej niż cztery lata.

— Jestem Walda ser Aemona Riversa, panie pradziadku.

Dygnęła.

— Od kiedy to umiesz mówić? Zresztą i tak nigdy nie będziesz miała nic sensownego do powiedzenia, tak samo jak twój ojciec. Do tego to bękart, he. Idź stąd. Zapraszałem tu tylko Freyów. Króla północy nie interesują nisko urodzone panny. — Lord Walder zerknął na Robba, a Dzwoneczek pokiwał z brzękiem głową. — Wszystkie są dziewicami. No, jedna jest wdową, ale niektórzy lubią, gdy kobieta jest napoczęta. Mogłeś mieć każdą z nich.

— To byłby niewiarygodnie trudny wybór, panie — odparł Robb z ostrożną uprzejmością. — Wszystkie są bardzo piękne.

Lord Walder prychnął pogardliwie.

— A mówią, że to ja mam zły wzrok. No, niektóre pewnie ujdą. Za to inne... ale to już nieważne. Nie były wystarczająco dobre dla króla północy, he. I co masz do powiedzenia?

— Panie. — Robb był rozpaczliwie skrępowany, wiedział jednak, że ten moment z pewnością nadejdzie, i nie wzdrygnął się przed nim. — Wszyscy ludzie powinni dotrzymywać słowa, a już szczególnie królowie. Przysiągłem poślubić jedną z was i złamałem tę obietnicę. Nie jest to waszą winą. Nie uczyniłem tego po to, by was obrazić, lecz dlatego, że pokochałem inną. Wiem, że słowa nie mogą tego naprawić, lecz mimo to przyszedłem tu błagać was o wybaczenie, by Freyowie z Przeprawy i Starkowie z Winterfell mogli znowu zostać przyjaciółmi.

Młodsze dziewczęta wierciły się nerwowo. Ich starsze siostry czekały na reakcję lorda Waldera, zasiadającego na czarnym dębowym tronie. Dzwoneczek kołysał się w przód i w tył z głośnym brzękiem.

— Znakomicie — odezwał się lord Przeprawy. — To było dobrze powiedziane, Wasza Miłość. „Słowa nie mogą tego naprawić, he". Dobrze powiedziane, dobrze powiedziane. — Pokiwał pomarszczoną różową głową w taki sam sposób, jak jego głupkowaty wnuk, aczkolwiek lord Walder nie nosił dzwoneczków. — A oto i ona, lordzie Edmure. Moja córka Roslin, mój najukochańszy kwiatuszek, he.

Ser Benfrey wprowadził ją do komnaty. Byli do siebie tak podobni, że mogli być pełnym rodzeństwem. Sądząc z wieku, oboje zapewne byli dziećmi szóstej lady Frey. Catelyn miała wrażenie, że nazywała się ona z domu Rosby.

Roslin była mała, jak na swój wiek. Cerę miała białą, jakby przed chwilą kąpała się w mleku, twarz ładną, o małym podbródku, delikatnym nosie i wielkich brązowych oczach. Gęste, kasztanowate włosy opadały luźnymi falami aż do talii, tak wąskiej, że Edmure mógłby objąć ją dłońmi. Pod koronkowym gorsecikiem jasnoniebieskiej sukni rysowały się małe, lecz kształtne piersi.

— Wasza Miłość. — Dziewczyna opadła na kolana. — Lordzie Edmure, mam nadzieję, że nie jestem dla ciebie rozczarowaniem.

Z pewnością nie — pomyślała Catelyn. Twarz jej brata rozpromieniła się na widok dziewczyny.

— Twój widok mnie zachwyca, pani — rzekł Edmure. — I wiem, że nigdy nie przestanie mnie zachwycać.

Roslin miała wąską szczelinę między przednimi zębami i dlatego nie przesadzała z uśmiechami, choć ta niewielka skaza dodawała jej tylko uroku. *Jest ładna, ale bardzo drobna, a do tego pochodzi z Rosbych* — pomyślała Catelyn. Ta rodzina nigdy nie słynęła z dobrego zdrowia. Znacznie bardziej podobały się jej figury niektórych starszych dziewcząt w komnacie. Nie była pewna, czy to córki, czy wnuczki. Ich wygląd kojarzył się z rodem Crakehallów, z którego pochodziła trzecia żona lorda Waldera. *Szerokie biodra, żeby rodzić dzieci, duże piersi, żeby je wykarmić, i mocne ramiona, żeby je nosić. Crakehallowie zawsze byli silną, grubokościstą rodziną.*

— Jesteś nadzwyczaj uprzejmy, panie — odpowiedziała Edmure'owi lady Roslin.

— A ty nadzwyczaj piękna, pani. — Edmure ujął ją za rękę i pomógł wstać. — Czemu płaczesz?

— Z radości — wyjaśniła Roslin. — Płaczę z radości, panie.

— Dość tego — przerwał im lord Walder. — Będziecie sobie

mogli płakać i szeptać po ślubie, he. Benfreyu, odprowadź siostrę do jej komnat. Musi się przygotować do ślubu. I do pokładzin, he. To najsłodsza część. Dla wszystkich, dla wszystkich. — Wciągnął i wysunął wargi. — Będzie muzyka, taka słodka muzyka, i wino, he, poleje się czerwona struga i naprawimy niektóre krzywdy. Jesteście zmęczeni i mokrzy. Zmoczyliście mi całą podłogę. Czekają na was ogień na kominkach, gorące wino z korzeniami i kąpiel, jeśli jej zapragniecie. Lotharze, odprowadź gości do komnat.

— Muszę nadzorować przeprawę moich ludzi przez rzekę, panie — sprzeciwił się Robb.

— Na pewno nie zabłądzą — odparł lord Walder. — Przecież już tędy przechodzili, prawda? Kiedy przybyliście tu z północy. Prosiłeś o prawo przejścia, a ja ci je przyznałem i nie powiedziałem „być może", he. Ale rób, co chcesz. Jeśli sobie życzysz, przeprowadź każdego żołnierza za rączkę. To dla mnie obojętne.

— Panie! — Catelyn omal o tym nie zapomniała. — Z chęcią byśmy coś zjedli. Przejechaliśmy wiele mil w deszczu.

Walder Frey wciągnął i wysunął wargi.

— Zjedli, he. Bochen chleba, kawałek sera i być może kiełbasę.

— I trochę wina do popicia — dodał Robb. — A także sól.

— Chleb i sól. He. Oczywiście, oczywiście. — Starzec klasnął w dłonie. Do komnaty weszli słudzy z butlami wina i tacami pełnymi chleba, sera oraz masła. Lord Walder sam nalał sobie kielich czerwonego wina i wzniósł go wysoko w pokrytej starczymi cętkami dłoni. — Moi goście — oznajmił. — Moi czcigodni goście. Witajcie pod moim dachem i u mego stołu.

— Dziękujemy ci za twą gościnność, panie — odrzekł Robb. Edmure powtórzył jego słowa, podobnie jak Greatjon, ser Marq Piper i pozostali. Wypili jego wino i zjedli jego chleb oraz masło. Catelyn spróbowała wina i skubnęła trochę chleba. Od razu poczuła się znacznie lepiej. *Teraz powinniśmy być bezpieczni* — pomyślała.

Wiedząc, jak małostkowy potrafi być starzec, spodziewała się, że ich komnaty będą surowe i ponure. Wyglądało jednak na to, że Freyowie zadbali o wszystkie ich potrzeby. Komnata nowożeńców była przestronna i bogato urządzona. Dominowało w niej wielkie puchowe łoże. Słupki jego baldachimu wyrzeźbiono na kształt zamkowych wież, a zasłony w czerwono-niebieskich barwach Tullych stanowiły uprzejmy gest. Podłogę z desek pokrywały słodko pachnące dywany, a wysokie okno o zamkniętych okiennicach wychodziło na południe. Komnata Catelyn była mniejsza, lecz pięknie umeblowana i wygodna, a na kominku palił się ogień. Kulawy Lothar zapewniał, że Robb dostanie cały apartament, jak przystoi królowi.

— Gdybyście czegoś potrzebowali, wystarczy, jeśli poprosicie któregoś z wartowników.

Pokłonił się i odszedł, utykając ciężko, gdy schodził po krętych schodach.

— Powinniśmy wystawić własnych strażników — oznajmiła bratu Catelyn. Będzie lepiej spała, jeśli pod drzwiami staną ludzie Starków i Tullych. Audiencja u lorda Waldera nie była tak bolesna, jak się tego obawiała, cieszyła się jednak, że ma ją już za sobą. *Jeszcze kilka dni i Robb wyruszy na wojnę, a ja do wygodnej niewoli w Seagardzie.* Nie wątpiła, że lord Jason będzie ją traktował z najwyższą uprzejmością, lecz mimo to przygnębiała ją ta perspektywa.

Z dołu dobiegał tętent końskich kopyt. Długa kolumna jeźdźców przejeżdżała mostem z zamku do zamku. Ciężko wyładowane wozy sunęły z turkotem po kamieniach. Catelyn podeszła do okna i wyjrzała, by ujrzeć, jak zastęp Robba wyłania się ze wschodniego bliźniaka.

— Deszcz chyba słabnie.

— Odkąd jesteśmy pod dachem. — Edmure stanął przy kominku, grzejąc się w jego cieple. — I jak ci się spodobała Roslin?

Jest za mała i zbyt delikatna. Porody będą dla niej trudne. Dziewczyna wyraźnie jednak przypadła do gustu jej bratu, Catelyn powiedziała więc tylko:

— Jest słodka.

— Chyba ja też się jej podobam. Dlaczego płakała?

— Jest panną w przeddzień zamęścia. Ma prawo do odrobiny łez.

Lysa w ranek ich wspólnego zamążpójścia wylała całe jeziora

łez, choć w chwili, gdy Jon Arryn zarzucił jej na ramiona swój kremowo-niebieski płaszcz, zdołała już wysuszyć oczy i wyglądała promiennie.

— Nawet nie śmiałem marzyć, że będzie taka ładna. — Edmure uniósł dłoń, nie pozwalając, by mu przerwała. — Wiem, że są ważniejsze rzeczy, oszczędź mi kazania, septo. Mimo to... czy widziałaś niektóre z tych dziewcząt, które zademonstrował nam Frey? Tę z tikiem? Czy to była padaczka? I te bliźniaczki, które miały na twarzach więcej gruzłów i kraterów niż Petyr Pryszcz. Kiedy zobaczyłem tę bandę, pomyślałem sobie, że Roslin na pewno będzie łysa i jednooka, z rozumem Dzwoneczka i charakterem Czarnego Waldera. Wydaje się jednak, że jest nie tylko ładna, lecz również łagodna. — Miał zdziwioną minę. — Dlaczego stara łasica nie chciała mi pozwolić na wybór, jeśli nie chodziło o to, by wepchnąć mi jakąś paskudę?

— Wszyscy wiedzą, że lubisz ładne buzie — przypomniała mu Catelyn. — Być może lord Walder naprawdę pragnie, byś był ze swoją żoną szczęśliwy. — *Ale raczej nie chce, żebyś pokrzyżował wszystkie jego plany z powodu czyraka.* — Albo też Roslin jest ulubienicą staruszka. Większość jego córek raczej nie może liczyć na taką dobrą partię jak lord Riverrun.

— To prawda. — Jej brat wciąż jednak miał niepewną minę. — Czy to możliwe, żeby była bezpłodna?

— Lord Walder chce, żeby jego wnuk odziedziczył Riverrun. Jaką korzyść by mu to przyniosło, gdyby dał ci bezpłodną żonę?

— Pozbyłby się córki, której nikt inny by nie chciał.

— Ale nie miałby z tego żadnego pożytku. Walder Frey jest złośliwy, lecz nie głupi.

— Ale... czy to możliwe?

— Tak — przyznała z niechęcią Catelyn. — Istnieją choroby, po których przebyciu w dzieciństwie dziewczyna nie może począć. Nie ma jednak powodu sądzić, że lady Roslin cierpiała na którąś z nich. — Rozejrzała się po komnacie. — Szczerze mówiąc, Freyowie przyjęli nas lepiej, niż się obawiałam.

Edmure parsknął śmiechem.

— Kilka ostrych słów i trochę nieprzystojnego napawania się triumfem. Jak na niego, to prawdziwa uprzejmość. Spodziewałem się, że stara łasica naszcza nam do wina i każe wychwalać rocznik.

Ten żart dziwnie zaniepokoił Catelyn.

— Jeśli mi wybaczysz, chciałabym zmienić to mokre ubranie.

— Jak sobie życzysz. — Edmure ziewnął. — Chyba się godzinkę zdrzemnę.

Wróciła do swej komnaty. U podnóża jej łoża ustawiono kufer z ubraniami, który przywiozła z Riverrun. Rozebrała się, rozwiesiła mokre stroje w pobliżu ognia i przebrała się w ciepłą wełnianą suknię w czerwono-niebieskich barwach Tullych. Potem umyła i uczesała włosy, zaczekała, aż wyschną, i ruszyła na poszukiwanie Freyów.

Gdy weszła do komnaty, czarny, dębowy tron lorda Waldera był pusty, lecz niektórzy z jego synów pili przy kominku. Kulawy Lothar podniósł się niezgrabnie na jej widok.

— Lady Catelyn, myślałem, że zechcesz odpocząć. Czym mogę ci służyć?

— Czy to twoi bracia?

— Rodzeni i przyrodni bracia, dobrzy bracia i bratankowie. Raymund i ja mieliśmy wspólną matkę. Lord Lucias Vypren jest mężem mojej przyrodniej siostry Lythene, a ser Damon to ich syn. Mojego przyrodniego brata, ser Hosteena, chyba już znasz. To zaś jest ser Leslyn Haigh i jego synowie, ser Harys i ser Donnel.

— Cieszę się, że was poznałam, panowie. Czy jest tu ser Perwyn? Pojechał ze mną do Końca Burzy i z powrotem, kiedy Robb wysłał mnie na rozmowy z lordem Renlym. Radowałam się na myśl, że znowu go ujrzę.

— Perwyna nie ma — poinformował ją Kulawy Lothar. — Przekażę mu twoje pozdrowienia. Wiem, że będzie żałował, iż cię nie zobaczył.

— Ale z pewnością przybędzie na ślub lady Roslin?

— Miał taką nadzieję — wyjaśnił Kulawy Lothar — ale przy tym deszczu... widziałaś, jak bardzo wezbrały rzeki, pani.

— Widziałam — przyznała Catelyn. — Czy byłbyś tak uprzejmy i wskazał mi drogę do waszego maestera?

— Źle się czujesz, pani? — zapytał ser Hosteen, potężnie zbudowany mężczyzna o silnej, kwadratowej żuchwie.

— To kobiece dolegliwości. Nie musisz się tym niepokoić, ser.

Zawsze uprzejmy Lothar wyprowadził ją z komnaty. Potem wspięli się na schody i przeszli po krytym moście na następne.

— Powinnaś znaleźć maestera Brenetta w wieżyczce na górze, pani.

Catelyn po cichu się spodziewała, że maester okaże się kolejnym synem Waldera Freya, Brenett nie miał jednak ich charakterystycznego wyglądu. Był wysokim grubasem o łysej głowie i podwójnym podbródku, a do tego niezbyt dbał o czystość, sądząc po kruczych odchodach na rękawach jego szat. Mimo to robił sympatyczne wrażenie. Kiedy mu powiedziała, że Edmure niepokoi się o płodność lady Roslin, zachichotał tylko.

— Twój pan brat nie ma powodów do obaw, lady Catelyn. Przyznaję, że dziewczyna jest drobna i wąska w biodrach, ale jej matka, lady Bethany, była taka sama, a mimo to co roku dawała lordowi Walderowi dziecko.

— A ile z nich przeżyło wiek niemowlęcy? — zapytała bez ogródek Catelyn.

— Pięcioro. — Zaczął odliczać na grubych jak kiełbasy palcach. — Ser Perwyn. Ser Benfrey. Maester Willamen, który w zeszłym roku złożył przysięgę i teraz służy lordowi Hunterowi w Dolinie. Olyvar, który był giermkiem twojego syna. I lady Roslin, najmłodsza. Czwórka chłopców i tylko jedna dziewczynka. Lord Edmure będzie miał tylu synów, że nie będzie wiedział, co z nimi zrobić.

— Jestem pewna, że to go ucieszy.

A więc dziewczyna była zapewne równie płodna, jak i urodziwa. *To powinno uspokoić Edmure'a.* Wyglądało na to, że lord Walder nie dał jej bratu żadnych powodów do skarg.

Gdy opuściła maestera, nie wróciła do własnej komnaty, lecz udała się do Robba. Z jej synem siedzieli Robin Flint i ser Wendel Manderly, a także Greatjon i jego syn, którego wciąż zwano Smalljonem, mimo że wyglądało na to, iż wkrótce przerośnie ojca. Wszyscy byli mokrzy. Inny mężczyzna, jeszcze bardziej przemoczony, stał przy kominku w jasnoróżowym płaszczu obszytym białym futrem.

— Lordzie Bolton — przywitała go.

— Lady Catelyn — odpowiedział cichym głosem — to przyjemność znowu cię ujrzeć, nawet w tak trudnych czasach.

— Jesteś nadzwyczaj uprzejmy. — Catelyn wyczuła panujące w komnacie przygnębienie. Nawet Greatjon wydawał się przybity. — Co się stało? — zapytała, spoglądając na ich ponure twarze.

— Lannisterowie są nad Tridentem — odparł ze smutkiem ser Wendel. — Mój brat znowu dostał się do niewoli.

— A lord Bolton przywiózł nam nowe wieści z Winterfell — dodał Robb. — Ser Rodrik nie był jedynym dobrym człowiekiem, który zginął. Polegli również Cley Cerwyn i Leobald Tallhart.

— Cley Cerwyn był jeszcze chłopcem — rzekła zasmucona. — A więc to prawda? Wszyscy zginęli, a Winterfell spłonęło?

Bolton skierował na nią spojrzenie jasnych oczu.

— Żelaźni ludzie spalili zamek i zimowe miasto. Część waszych ludzi zabrał do Dreadfort mój syn Ramsay.

— Twego bękarta oskarżono o straszliwe zbrodnie — przypomniała mu ostrym tonem Catelyn. — O morderstwo, gwałt i jeszcze gorsze uczynki.

— Tak — zgodził się Roose Bolton. — Nie sposób zaprzeczyć, że jego krew jest skażona. Jest jednak dobrym wojownikiem, sprytnym i nieustraszonym. Gdy żelaźni ludzie powalili ser Rodrika, a po nim Leobalda Tallharta, Ramsay musiał przejąć dowodzenie i poradził sobie z tym zadaniem. Przysięga, że nie schowa miecza, dopóki na północy pozostanie choć jeden Greyjoy. Być może takie zasługi zadośćuczynią w jakimś niewielkim stopniu za zbrodnie, do popełnienia których skłoniła go bękarcia krew. — Wzruszył ramionami. — A może nie. Po wojnie Jego Miłość będzie musiał zważyć i osądzić tę sprawę. Mam nadzieję, że do tego czasu doczekam się z lady Waldą syna z prawego łoża.

To zimny człowiek — zrozumiała nie po raz pierwszy Catelyn.

— Czy Ramsay wspominał o Theonie Greyjoyu? — zapytał Robb. — Czy on również zginął, czy też udało mu się zbiec?

Roose Bolton wydobył z mieszka, który miał u pasa, poszarpany kawałek skóry.

— Mój syn przesłał wraz ze swym listem to.

Ser Wendel odwrócił tłustą twarz. Robert Flint i Smalljon Umber wymienili spojrzenia, a Greatjon prychnął niczym byk.

— Czy to… skóra? — zapytał Robb.

— Skóra z małego palca lewej dłoni Theona Greyjoya. Przyznaję, że mój syn jest okrutny. Ale… cóż znaczy kawałek skóry wobec życia dwóch młodych książąt? Byłaś ich matką, pani. Czy mogę ci ofiarować ten… mały symbol zemsty?

Częścią jaźni Catelyn pragnęła przycisnąć makabryczne trofeum do serca, zdołała się jednak oprzeć tej pokusie.

— Schowaj to. Proszę.

— Obdarcie Theona ze skóry nie przywróci życia moim braciom — zauważył Robb. — Chcę jego głowy, nie skóry.

— To jedyny żyjący syn Balona Greyjoya — rzekł cicho lord Bolton, jakby o tym zapomnieli — i obecnie prawowity król Żelaznych Wysp. Wzięty do niewoli monarcha ma wielką wartość jako zakładnik.

— Zakładnik? — To słowo mocno zaniepokoiło Catelyn. Zakładników często się wymieniało. — Lordzie Bolton, mam nadzieję, że nie sugerujesz, byśmy uwolnili człowieka, który zamordował moich synów.

— Każdy, kto zasiądzie na Tronie z Morskiego Kamienia, będzie chciał śmierci Theona Greyjoya — wskazał Bolton. — Nawet zakuty w łańcuchy, ma lepsze prawa do korony niż jego stryjowie. Uważam, że powinniśmy go zatrzymać i wytargować od żelaznych ludzi ustępstwa w zamian za jego egzekucję.

Robb z niechęcią rozważył tę możliwość, po chwili jednak skinął głową.

— Tak. Zgadzam się. Na razie darujemy mu życie. Trzymajcie go bezpiecznie w Dreadfort aż do czasu, gdy odzyskamy północ.

Catelyn ponownie spojrzała na Roose'a Boltona.

— Ser Wendel wspominał coś o Lannisterach nad Tridentem?

— To prawda, pani. Mam do siebie pretensję o to, że za długo zwlekałem z opuszczeniem Harrenhal. Aenys Frey wyruszył stamtąd kilka dni przede mną i przeszedł Trident rubinowym brodem, aczkolwiek nie bez trudności. Gdy dotarliśmy do rzeki, była już nie do przebycia. Nie miałem innego wyboru, jak przetransportować moich ludzi na drugi brzeg w niewielkich łodziach, których jednak było zbyt mało. Gdy dwie trzecie moich sił znajdowały się już na północnym brzegu, Lannisterowie zaatakowali tych, którzy wciąż jeszcze czekali na południowym. Byli to głównie ludzie Norreyów, Locke'ów i Burleyów, a tylną straż stanowili ser Wylis Manderly i jego rycerze z Białego Portu. Byłem po niewłaściwej stronie Tridentu i nie mogłem im pomóc. Ser Wylis poderwał naszych ludzi do boju, lecz Gregor Clegane uderzył na nich ciężką kawalerią i zepchnął do rzeki. Tyle samo naszych ludzi utonęło, co zginęło od mieczy. Jeszcze więcej uciekło, a reszta dostała się do niewoli.

Catelyn pomyślała, że Gregor Clegane zawsze oznacza złe wieści. Czy Robb będzie musiał znowu pomaszerować na południe, żeby się z nim rozprawić? A może to Góra ciągnie na nich?

— Czy Clegane przekroczył rzekę?

— Nie. — Głos Boltona był cichy, lecz pobrzmiewała w nim pewność. — Zostawiłem przy brodzie sześciuset ludzi. To włócznicy ze Strumieniska, z gór i znad Białego Noża, setka łuczników Hornwoodów, trochę wolnych i wędrownych rycerzy oraz silny oddział ludzi Stoutów i Cerwynów, którzy mają wzmocnić ich kręgosłup. Dowodzą nimi Ronnel Stout i ser Kyle Condon. Ser Kyle był prawą ręką nieżyjącego lorda Cerwyna. Z pewnością o tym wiesz, pani. Lwy nie pływają lepiej od wilków. Dopóki wody w rzece nie opadną, ser Gregor nie przedostanie się na drugi brzeg.

— Ostatnie, czego nam potrzeba, to Góra za naszymi plecami, kiedy ruszymy groblą — stwierdził Robb. — Dobrze się spisałeś, panie.

— Wasza Miłość jest zbyt uprzejmy. Poniosłem nad Zielonymi Widłami straszliwe straty, a Glover i Tallhart jeszcze gorsze w Duskendale.

— Duskendale. — W ustach Robba to słowo brzmiało jak przekleństwo. — Zapewniam cię, że Robett Glover odpowie mi za to, kiedy go znowu zobaczę.

— To było szaleństwo — zgodził się lord Bolton — ale Glover zapomniał o wszelkiej rozwadze, gdy się dowiedział o upadku Deepwood Motte. Żałoba i strach mają niekiedy takie skutki.

Duskendale było już zamkniętą kartą. Catelyn niepokoiła się bitwami, które miały dopiero nadejść.

— Ilu ludzi przyprowadziłeś mojemu synowi? — zapytała z naciskiem Roose'a Boltona.

Jego dziwne, bezbarwne oczy przyglądały się przez moment jej twarzy, nim wreszcie odpowiedział:

— Około pięciuset konnych i trzy tysiące piechoty, pani. To głównie ludzie z Dreadfort, a niektórzy z Karholdu. Ponieważ wierność Karstarków stała się teraz wątpliwa, uważałem, że lepiej będzie mieć ich na oku. Żałuję, że nie mam większych sił.

— Te powinny wystarczyć — stwierdził Robb. — Obejmiesz dowództwo mojej tylnej straży, lordzie Bolton. Zamierzam wyruszyć w stronę Przesmyku natychmiast po ślubie i pokładzinach mojego wuja. Wracamy do domu.

ARYA

Zwiadowcy zauważyli ich w odległości godziny drogi od Zielonych Wideł. Ich wóz wlókł się ciężko błotnistym traktem.

— Spuść głowę i trzymaj gębę na kłódkę — rozkazał jej Ogar, gdy trójka jeźdźców pomknęła w ich stronę. Rycerz i dwaj giermkowie mieli na sobie lekkie zbroje i dosiadali szybkich, zwrotnych koników. Clegane strzelił z bicza, popędzając zaprzęg, parę starych pociągowych chabet, które widziały lepsze dni. Wóz kołysał się i skrzypiał, a jego dwa wielkie drewniane koła przy każdym obrocie wygniatały błoto z głębokich kolein. Nieznajomy szedł z tyłu, przywiązany do wozu.

Wielki, złośliwy ogier nie miał na sobie zbroi, czapraka ani uprzęży, a sam Ogar był ubrany w poplamioną, zieloną wełnę oraz ciemnoszary płaszcz z zasłaniającym głowę kapturem. Dopóki trzymał oczy spuszczone, nie było widać twarzy, a tylko łypiące spod kaptura białka. Wyglądał jak jakiś zabiedzony wieśniak. Tyle że wysoki. Arya wiedziała też, że pod wełną kryje się kaftan z utwardzanej skóry i naoliwiona kolczuga. Sama wyglądała na syna wieśniaka albo może świniopasa. Na wozie jechały cztery przysadziste beczułki solonej wołowiny i jedna marynowanych świńskich nóżek.

Jeźdźcy rozdzielili się i okrążyli ich wkoło, nim podjechali bliżej, by im się przyjrzeć. Clegane zatrzymał wóz i czekał cierpliwie. Rycerz miał włócznię i miecz, a obaj giermkowie łuki. Herby na ich kaftanach były mniejszymi wersjami godła wyszytego na opończy ich pana: czarne widły na złotym bękarcim pasie na rdzawym polu. Arya planowała ujawnić się przed pierwszymi zwiadowcami, jakich napotkają, zawsze jednak wyobrażała sobie ludzi w szarych płaszczach z wilkorem na piersiach. Mogłaby podjąć to ryzyko, nawet gdyby nosili olbrzyma Umberów albo pięść Gloverów, nie znała jednak tego rycerza od wideł i nie wiedziała, komu służy. Najbardziej podobnym do wideł herbem, jaki widziała w Winterfell, był trójząb w ręku trytona lorda Manderly'ego.

— Masz jakiś interes w Bliźniakach? — zapytał rycerz.

— Wiozę soloną wieprzowinę na ucztę weselną, jeśli łaska, ser — wymamrotał Ogar, spuszczając wzrok, by ukryć twarz.

— Solona wieprzowina to żadna łaska. — Rycerz obrzucił Clegane'a pobieżnym spojrzeniem, na Aryę w ogóle nie zwrócił uwagi, Nieznajomemu jednak przyglądał się długo i uważnie. Już na pierwszy rzut oka było widać, że wielki kary ogier nie jest koniem od pługa. Jeden z giermków omal nie zleciał w błoto, gdy rumak Clegane'a spróbował ugryźć jego konia. — Skąd masz to zwierzę? — zapytał rycerz.

— Moja pani kazała mi je przyprowadzić, ser — odparł pokornie Clegane. — To ślubny podarunek dla młodego lorda Tully'ego.

— Co za pani? Komu służysz?

— Stara lady Whent, ser.

— Wydaje się jej, że odzyska Harrenhal w zamian za konia? — zapytał rycerz. — Bogowie, czy wszyscy na starość głupieją? — Skinął jednak dłonią, każąc im jechać dalej. — No to ruszajcie.

— Już się robi, panie.

Ogar strzelił z bicza i stare, znużone chabety ruszyły naprzód. Podczas postoju koła głęboko ugrzęzły w błocie i minęło kilka chwil, nim zaprzęg zdołał je wyciągnąć. Zwiadowcy zdążyli tymczasem odjechać. Clegane spojrzał na nich raz jeszcze i prychnął pogardliwie.

— Ser Donnel Haigh — stwierdził. — Wygrałem od niego na turniejach tyle koni, że nie potrafię ich zliczyć. I zbroi też. Raz omal go nie zabiłem w walce zbiorowej.

— To czemu cię nie poznał? — zdziwiła się Arya.

— Dlatego, że rycerze są głupi i byłoby poniżej jego godności spoglądać dwa razy na jakiegoś francowatego wieśniaka. — Smagnął konie biczem. — Wystarczy trzymać wzrok spuszczony, przemawiać z szacunkiem i co chwila powtarzać „ser", a większość rycerzy w ogóle człowieka nie zauważa. Więcej uwagi poświęcają koniom niż prostaczkom. Mógłby rozpoznać Nieznajomego, gdyby widział, jak na nim jeździłem.

Ale twoją twarz na pewno by poznał. Arya w to nie wątpiła. Oparzenia Sandora Clegane'a trudno by było zapomnieć. Nie mógł też ukryć blizn pod hełmem, jeśli widniała na nim podobizna warczącego psa.

Dlatego właśnie potrzebowali wozu i marynowanych świńskich nóżek.

— Nie pozwolę, by zawleczono mnie do twojego brata w łańcuchach — oznajmił jej Ogar — a nie mam ochoty przebijać się przez szyki jego ludzi. Dlatego wskazany będzie mały podstęp.

Spotkany na królewskim trakcie chłop oddał im wóz, konie, strój i beczki, aczkolwiek nie dobrowolnie. Ogar zagroził mu mieczem. Gdy wieśniak przeklął go, nazywając zbójcą, Clegane odparł:

— Mylisz się, jestem furażerem. Ciesz się, że nie zabrałem ci bielizny. A teraz ściągaj te buty albo odrąbię ci nogi. Wybór należy do ciebie.

Chłop dorównywał wzrostem Clegane'owi, lecz mimo to wolał zdjąć buty i zachować nogi.

O zmierzchu nadal wlekli się ku Zielonym Widłom i bliźniaczym zamkom lorda Freya. *Jestem już prawie na miejscu* — pomyślała Arya. Wiedziała, że powinna się cieszyć, lecz czuła tylko silny ucisk w brzuchu. Może to przez gorączkę, z którą od dłuższego czasu walczyła, a może nie. Ostatniej nocy miała zły sen. Okropny. Nie pamiętała, co się jej śniło, lecz wrażenie nie opuszczało jej przez cały dzień, a nawet z każdą chwilą przybierało na sile. Strach tnie głębiej niż miecze. Musiała być silna, tak jak kazał jej ojciec. Od matki dzieliły ją tylko zamkowa brama, rzeka i armia… ale to była armia Robba, więc nie musiała się jej bać, nieprawdaż?

Jednym z jego ludzi był jednak Roose Bolton. Lord pijawka, jak zwali go banici. Niepokoiła ją ta myśl. Uciekła z Harrenhal nie tylko przed Krwawymi Komediantami, lecz również przed Boltonem, i musiała w tym celu poderżnąć gardło jednemu z jego strażników. Czy wiedział, że ona to zrobiła, czy może myślał, że to Gendry albo Gorąca Bułka? Czy powie o tym jej matce? Co zrobi, jeśli ją zobaczy? *Pewnie nawet mnie nie pozna.* Przypominała teraz raczej utopionego szczura niż lordowskiego podczaszego. Utopionego szczurzego chłopca. Przed zaledwie dwoma dniami Ogar uciął jej całe garści włosów. Był jeszcze gorszym balwierzem niż Yoren i po jednej stronie była teraz prawie łysa. *Założę się, że Robb też mnie nie pozna. Ani nawet mama.* Kiedy ostatnio ich widziała, była małą dziewczynką. To było tego dnia, gdy lord Eddard Stark opuścił Winterfell.

Nim jeszcze zobaczyli zamek, usłyszeli muzykę: odległy łoskot bębnów, blaszane dźwięki trąb i cienkie głosiki piszczałek, przebijające się z trudem przez huk wzburzonej rzeki oraz bębnienie padającego im na głowy deszczu.

— Spóźniliśmy się na ślub — stwierdził Ogar — ale wygląda na to, że wesele jeszcze trwa. Wkrótce się od ciebie uwolnię.

Nie, to ja uwolnię się od ciebie — pomyślała Arya.

Do tej pory trakt przeważnie biegł na północny zachód, teraz jednak zawrócił prosto ku zachodowi i prowadził między jabłkowym sadem a polem zalanej przez deszcz kukurydzy. Minęli ostatnie jabłonie, wspięli się na wzniesienie i w jednej chwili ujrzeli przed sobą zamki, rzekę oraz obozy. Były tam setki koni i tysiące ludzi. Większość z nich kręciła się wokół trzech wielkich gościnnych namiotów, które ustawiono obok siebie, naprzeciwko zamkowych bram, niczym trzy wielkie komnaty z płótna. Robb rozbił obóz daleko od murów, na wyżej położonym, suchszym gruncie, lecz Zielone Widły wystąpiły z brzegów i zalały nawet kilka nierozstropnie ulokowanych namiotów.

Dobiegająca z zamków muzyka była tu głośniejsza. Nad obozem niósł się dźwięk bębnów i rogów. Muzycy w bliższym zamku grali inną pieśń niż ci po drugiej stronie rzeki, choć dźwięki przypominały raczej odgłosy bitwy niż muzykę.

— Nie są zbyt dobrzy — zauważyła Arya.

Ogar wydał z siebie dźwięk, który mógł być śmiechem.

— Idę o zakład, że nawet głuche staruszki w Lannisporcie skarżą się na hałas. Słyszałem, że oczy Waldera Freya nie są już takie jak kiedyś, ale nikt nic nie mówił o jego cholernych uszach.

Arya żałowała, że nie przybyli tu za dnia. Gdyby świeciło słońce i wiał wiatr, łatwiej by jej było rozpoznać chorągwie. Wypatrzyłaby wilkora Starków albo może topór Cerwynów czy pięść Gloverów. W mroku nocy wszystkie kolory wydawały się jednak szare. Deszcz osłabł, przechodząc w lekką mżawkę, niemal mgiełkę, lecz po niedawnej ulewie sztandary były mokre niczym szmaty i nie sposób było ich rozróżnić.

Wokół obozu ustawiono w szereg wozy, tworząc prostą, drewnianą barierę chroniącą przed atakiem. Tam właśnie zatrzymali ich wartownicy. Sierżant trzymał lampę, która dawała wystarczająco dużo światła, by Arya mogła dostrzec, że płaszcz mężczyzny jest jasnoróżowy, upstrzony czerwonymi łzami. Jego podkomendni mieli wyszyty na piersi herb lorda pijawki, obdartego ze skóry człowieka z Dreadfort. Sandor Clegane opowiedział im tę samą historyjkę, co zwiadowcom, lecz sierżanta Boltonów trudniej było nabrać niż ser Donnela Haigha.

— Solona wieprzowina to nie potrawa na lordowskie wesele — oznajmił ze wzgardą.

— Mam też marynowane świńskie nóżki, ser.

— Nie na wesele. Ono niedługo się skończy. A ja jestem człowiekiem z północy, nie jakimś nieopierzonym południowym rycerzem.

— Kazali mi się zgłosić do zarządcy albo kucharza…

— Zamek jest zamknięty. Ich lordowskim mościom nie wolno przeszkadzać. — Sierżant zastanawiał się chwilę. — Wyładuj to tam, przy gościnnych namiotach. — Wskazał kierunek zakutą w stal dłonią. — Od ale ludzie robią się głodni, a stary Frey nie zauważy braku paru świńskich nóżek. Zresztą i tak nie ma na nie zębów. Zapytaj o Sedgekinsa, on będzie wiedział, co z tobą zrobić.

Wydał warknięciem rozkaz i jego ludzie odtoczyli na bok jeden z wozów, by pozwolić im przejechać.

Ogar strzelił z bicza i ruszyli w stronę obozowiska. Nikt nie zwracał na nich uwagi. Mijali szeregi wielobarwnych namiotów. Ich ściany z mokrego jedwabiu jarzyły się niczym latarnie magiczne od ognia zapalonych wewnątrz lamp i piecyków koksowych: różowe, złote i zielone, pasiaste, w zygzaki i w kratkę, wyszywane w ptaki i inne zwierzęta, w szewrony i gwiazdy, w koła i oręże. Arya wypatrzyła żółty namiot ozdobiony sześcioma żołędziami, trzy były nad dwoma i te dwa nad jednym. *Lord Smallwood* — pomyślała, wspominając odległy Żołędziowy Dwór i panią, która uznała ją za ładną.

Na każdy rozświetlony jedwabny namiot przypadały jednak dwa tuziny filcowych albo płóciennych, ciemnych i nieprzejrzystych. Były tam również koszarowe namioty, wystarczająco duże, by pomieścić czterdziestu pieszych żołnierzy, lecz nawet one wydawały się maleńkie przy trzech ogromnych namiotach gościnnych. Wyglądało na to, że pito w nich już od wielu godzin. Arya słyszała głośne toasty i brzęk kielichów, mieszające się z typowymi obozowymi odgłosami, rżeniem koni, szczekaniem psów, turkotem jadących przez ciemność wozów, śmiechem i przekleństwami, stukotem oraz brzękiem stali i drewna. W miarę jak zbliżali się do zamku, muzyka stawała się coraz donośniejsza, lecz przebijał się przez nią niższy, mroczniejszy dźwięk: huk wezbranych Zielonych Wideł przypominający warkot ukrytego w swym legowisku lwa.

Arya wierciła się nerwowo, próbując spoglądać we wszystkie strony naraz. Miała nadzieję, że ujrzy kogoś z wilkorem na piersi, szaro-biały namiot albo jakąś twarz, którą znała z Winterfell. Widziała jednak tylko nieznajomych. Gapiła się przez chwilę na jakiegoś załatwiającego potrzebę w trzcinie mężczyznę, nie był to jednak Alebelly. Potem zauważyła na wpół rozebraną dziewczynę, która wypadła ze śmiechem z któregoś namiotu, był on jednak jasnoniebieski, nie szary, jak się jej z początku zdawało, a goniący dziewczynę mężczyzna miał na wamsie drzewokota, nie wilkora. Pod drzewem czterej łucznicy przytwierdzali nawoskowane cięciwy do swych łuków, lecz nie byli to ludzie jej ojca. Drogę przeciął im maester, był jednak za młody i zbyt chudy, by mógł być Luwinem. Spojrzała na Bliźniaki. Okna w wysokich wieżach lśniły delikatnym blaskiem wszędzie, gdzie wewnątrz paliło się światło. Przesłonięte mglistą zasłoną deszczu zamczyska wydawały się niesamowite i tajemnicze, jak w opowieściach Starej Niani, ale nie były Winterfell.

Przy gościnnych namiotach ciżba była jeszcze gęstsza. Ich wielkie poły uniesiono i podwiązano. Ludzie wchodzili i wychodzili, trzymając w rękach kufle bądź rogi do picia. Niektórym towarzyszyły markietanki. Gdy Ogar przejeżdżał obok pierwszego namiotu, Arya zajrzała do środka i zobaczyła setki ludzi, którzy tłoczyli się na ławach, podając sobie po kolei beczułki z miodem, ale i winem. Było tam tak ciasno, że niemal nie można było się ruszyć, lecz nikomu to nie zawadzało. Przynajmniej było im ciepło i sucho. Zmokła i przemarznięta Arya zazdrościła im. Niektórzy nawet śpiewali. Delikatna mżawka mieszała się z parą buchającą z ciepłego wnętrza.

— Za lorda Edmure'a i lady Roslin — usłyszała czyjś okrzyk.

— Za Młodego Wilka i królową Jeyne — zawołał ktoś inny, gdy wszyscy już wypili.

Kto to jest królowa Jeyne? — zadała sobie pytanie Arya. Jedyną królową, którą znała, była Cersei.

Przed namiotami gościnnymi wykopano doły na ogień. Proste osłony z plecionki z drewna i skóry chroniły je przed deszczem, pod warunkiem, że padał pionowo z góry. Wiejący od rzeki wiatr niósł jednak ze sobą mżawkę, ogień syczał więc głośno i migotał od wilgoci. Służący obracali udźce na rożnach. Od tej woni ślinka podeszła Aryi do ust.

— Czy nie powinniśmy się zatrzymać? — zapytała Sandora Clegane'a. — W tych namiotach są ludzie z północy. — Poznała ich po brodach i twarzach, po niedźwiedzich i foczych futrach, po ledwie słyszalnych toastach i pieśniach, które śpiewali. Karstarkowie, Umberowie i ludzie z górskich klanów. — Założę się, że są wśród nich żołnierze z Winterfell.

Ludzie jej ojca i Młodego Wilka, wilkory Starków.

— W zamku jest twój brat — wskazał. — I twoja matka. Chcesz do nich wrócić czy nie?

— Chcę — odpowiedziała. — Ale co z Sedgekinsem? Sierżant kazał nam o niego zapytać.

— Sedgekins może się wyruchać w dupę gorącym pogrzebaczem. — Clegane wydobył bicz i strzelił nim w siąpiącym deszczu, uderzając w bok jednego z koni. — To z twoim cholernym bratem chcę pogadać.

CATELYN

Bębny dudniły, dudniły, dudniły, a ją dręczył pulsujący ból głowy. Piszczałki zawodziły, a flety świstały na galerii dla muzyków umieszczonej na początku komnaty, skrzypki kwiliły, rogi dęły, dudy grały żwawą melodię, wszystko jednak zagłuszały bębny. Dźwięki odbijały się echem od krokwi, a poniżej goście jedli, pili i krzyczeli do siebie. *Walder Frey musi być głuchy jak pień, jeśli zwie to muzyką.* Catelyn sączyła wino z kielicha i przyglądała się, jak Dzwoneczek pląsa do dźwięków *Alysanne*. Przynajmniej wydawało się jej, że to miała być *Alysanne*. Przy takich muzykach równie dobrze mógł to być *Niedźwiedź i dziewica cud*.

Na dworze deszcz nie przestawał padać, lecz wewnątrz Bliźniaków było gorąco i duszno. Na palenisku gorzał potężny ogień, a z szeregów zatkniętych w żelazne uchwyty na ścianach pochodni buchał gęsty dym. Najwięcej ciepła wydzielały jednak ciała weselnych gości, którzy byli upchnięci na ławach tak gęsto, że każdy, kto próbował unieść do ust kielich, dawał sąsiadowi kuksańca w żebro.

Nawet na podwyższeniu było zbyt tłoczno dla Catelyn. Posadzono ją między ser Rymanem Freyem a Roose'em Boltonem i nawąchała się obu do syta. Ser Ryman pił tak, jakby w Westeros miało zabraknąć wina, i wszystko wypacał pod pachami. Doszła do wniosku, że z pewnością wykąpał się w cytrynowej wodzie, cytryny nie zdołały jednak zagłuszyć odoru tak wielkiej ilości kwaśnego potu. Zapach Roose'a Boltona był słodszy, lecz równie nieprzyjemny. Popijał hipokras, nie wino albo miód i jadł bardzo mało.

Nie mogła mieć do niego pretensji o brak apetytu. Uczta weselna zaczęła się od cienkiej zupy z porów, po której podano sałatkę z zielonej fasoli, cebuli i buraków, rzecznego szczupaka duszonego w migdałowym mleku, góry tłuczonych rzep, które wystygły, nim zdołały dotrzeć na stół, móżdżki cielęce i włóknistą wołowinę gotowaną w mleku. Nie były to potrawy godne królewskiego stołu, a od móżdżków Catelyn zrobiło się niedobrze. Robb jednak jadł wszystko bez słowa skargi, a jej brat był zbyt pochłonięty panną młodą, by zwracać uwagę na potrawy.

Nikt by nie pomyślał, że Edmure skarżył się na Roslin przez całą drogę od Riverrun do Bliźniaków. Mąż i żona jedli ze wspólnego talerza, pili z jednego pucharu, a pomiędzy łykami wina wymieniali niewinne pocałunki. Większość dań Edmure odsyłał skinieniem dłoni. Nie mogła go za to ganić. Nie zapamiętała zbyt wielu potraw, które podano na jej uczcie weselnej. *Czy w ogóle czegoś skosztowałam, czy też cały czas gapiłam się na twarz Neda, zastanawiając się, kim jest?*

Uśmiech biednej Roslin wyglądał cały czas tak samo, jakby ktoś przykleił go do jej twarzy. *No cóż, jest już po ślubie, ale pokładziny do-*

piero mają się odbyć. Na pewno boi się tak samo, jak ja wtedy. Robb siedział między Alyx Frey i Piękną Waldą, dwiema kolejnymi córkami Freyów na wydaniu.

— Mam nadzieję, że na weselu raczysz zatańczyć z moimi córkami — oznajmił Walder Frey. — To uradowałoby moje starcze serce.

Jego sercu z pewnością nie zabrakło powodów do radości. Robb w pełni wykonał królewski obowiązek. Zatańczył z obiema dziewczynami, z panną młodą, z ósmą lady Frey, z wdową Ami, z żoną Roose'a Boltona Grubą Waldą, z pryszczatymi bliźniaczkami Serrą i Sarrą, a nawet z Shirei, najmłodszą córką lorda Waldera, która miała najwyżej sześć lat. Catelyn zastanawiała się, czy lord Przeprawy poczuje się usatysfakcjonowany, czy też znajdzie powód do skargi w postaci wszystkich córek i wnuczek, które nie miały okazji zatańczyć z królem.

— Twoje siostry bardzo dobrze tańczą — powiedziała do ser Rymana Freya, starając się okazać uprzejmość.

— To ciotki i kuzynki.

Ser Ryman pociągnął łyk wina. Pot ściekał mu po policzku, zwilżając brodę.

To ponury człowiek, i do tego podpity — pomyślała Catelyn. Lord Frey Spóźnialski mógł wykazać się skąpstwem, gdy chodziło o potrawy, nie żałował jednak gościom trunków. Ale, wino i miód lały się strumieniem szerokim jak rzeka płynąca pod murami zamku. Greatjon już był kompletnie pijany. Syn lorda Waldera Merrett dzielnie starał się go przepić, lecz ser Whalen Frey stracił już przytomność, próbując dotrzymać im kroku. Catelyn wolałaby, żeby lord Umber raczył pozostać trzeźwy, ale gdyby spróbowali zabronić Greatjonowi picia, to tak, jakby zakazali mu na kilka godzin oddychać.

Smalljon Umber i Robin Flint siedzieli obok Robba, po przeciwnych bokach Pięknej Waldy i Alyx. Żaden z nich nie pił. Wspólnie z Patrekiem Mallisterem i Dacey Mormont byli dziś strażnikami jej syna. Uczta weselna nie była bitwą, lecz pijani mężczyźni zawsze oznaczali niebezpieczeństwo, a król nigdy nie powinien pozostawać niestrzeżony. Catelyn cieszyła się z ich obecności, a jeszcze bardziej z tego, że pasy z mieczami zawieszono na kołkach wbitych w ściany. *Nikt nie potrzebuje miecza do tego, by kroić cielęcy móżdżek.*

— Wszyscy się spodziewali, że mój pan mąż wybierze Piękną Waldę — opowiadała lady Walda Bolton ser Wendelowi, krzycząc głośno, by jej słów nie zagłuszała muzyka. Była pękatą, różową dziewczyną o łzawiących, niebieskich oczach, zwisających w strąkach blond włosach i wielkich piersiach. Mimo to jej głos brzmiał jak nerwowy pisk. Trudno było ją sobie wyobrazić w Dreadfort z tymi różowymi koronkami i futrem z popielic. — Ale mój pan dziadek zaoferował Roose'owi w posagu tyle srebra, ile będzie ważyła panna młoda, więc oczywiście lord Bolton wybrał mnie. — Podbródki dziewczyny zakołysały się, gdy się roześmiała. — Ważę sześć kamieni więcej od Pięknej Waldy i po raz pierwszy w życiu byłam z tego rada. Jestem teraz lady Bolton, a moja kuzynka ciągle jest panną, chociaż biedactwo niedługo skończy dziewiętnaście lat.

Catelyn zauważyła, że lord Dreadfort nie zwraca na to gadanie najmniejszej uwagi. Od czasu do czasu kosztował kawałek tego czy łyżeczkę tamtego albo urywał sobie kawałek chleba krótkimi, silnymi palcami, lecz posiłek nie przyciągał jego uwagi. Gdy zaczęła się uczta, Bolton wzniósł toast na cześć wnuków lorda Waldera, nie zapominając napomknąć, że Walder i Walder przebywają obecnie pod opieką jego bękarta. Starzec spojrzał wtedy na niego, mrużąc oczy i wsysając powietrze ustami. Catelyn zrozumiała, że usłyszał niewypowiedzianą groźbę.

Czy był kiedyś mniej radosny ślub? — zastanawiała się, nagle jednak przypomniała sobie o biednej Sansie i jej małżeństwie z Krasnalem. *Matko, zmiłuj się nad nią. Ona ma taką łagodną duszę.* Od gorąca, dymu i hałasu robiło się jej niedobrze. Muzycy na galerii byli liczni i głośni, lecz nieszczególnie utalentowani. Catelyn wypiła kolejny łyk wina i pozwoliła, by paź napełnił jej kielich. *Jeszcze kilka godzin i najgorsze będzie za nami.* Jutro o tej porze Robb ruszy na kolejną bitwę, tym razem z żelaznymi ludźmi pod Fosą Cailin. To dziwne, ale ta perspektywa przynosiła jej niemal ulgę. *Wygra tę bitwę. Wygrywa wszystkie, a żelaźni ludzie nie mają króla. Poza tym Ned dobrze go wyszkolił.* Bębny dudniły. Dzwoneczek ponownie przebiegł, skacząc, obok niej, lecz hałas był tak głośny, że prawie nie słyszała brzęku.

Przez rejwach przebiło się nagłe warczenie. Dwa psy rzuciły się na siebie, walcząc o kawałek mięsa. Toczyły się, kąsając, po podłodze przy akompaniamencie głośnego śmiechu. Ktoś wylał na nie dzban ale i zwierzęta rozdzieliły się. Jedno z nich pokuśtykało potem ku podwyższeniu. Gdy mokry pies otrzepał się, opryskując piwem trzech wnuków lorda Waldera, starzec otworzył bezzębne usta i ryknął głośnym śmiechem.

Widok psów sprawił, że Catelyn znowu zatęskniła za Szarym Wichrem. Wilkora nigdzie jednak nie było widać. Lord Walder nie zgodził się go wpuścić do komnaty.

— Słyszałem, że ta twoja dzika bestia gustuje w ludzkim mięsie, he — stwierdził starzec. — Rozszarpuje ludziom gardła. Nie pozwolę, by taki zwierz pojawił się na weselu Roslin. Tam będą kobiety i dzieci, wszystkie moje słodkie niewiniątka.

— Szary Wicher nie jest dla nich niebezpieczny, panie — sprzeciwił się Robb. — Będę przy nim.

— Byłeś też pod moimi bramami, prawda? Kiedy ten wilk zaatakował mych wnuków, których wysłałem ci na przywitanie? Niech ci się nie zdaje, że o tym nie słyszałem, he.

— Nic się nikomu nie stało...

— Król mówi, że nic się nie stało? Nic się nie stało? Petyr spadł z konia. Spadł. W ten sam sposób straciłem kiedyś żonę. Od upadku. — Wciągnął i wysunął wargi. — A może to była tylko jakaś ladacznica? Tak, teraz sobie przypominam, matka Waldera Bękarta. Zleciała z konia i rozbiła sobie głowę. A co by Wasza Miłość zrobił, gdyby Petyr skręcił sobie kark, he? Dał mi kolejne przeprosiny w zamian za wnuka? Nie, nie, nie. Może i jesteś królem, nie mówię, że nie jesteś, królem północy, ale pod moich dachem obowiązuje moje prawo. Albo wilk, albo wesele, panie. Nie możesz mieć obu naraz.

Catelyn widziała, że jej syn jest wściekły, okazał jednak tyle uprzejmości, na ile tylko potrafił się zdobyć. Powiedział jej niedawno: „Jeśli lordowi Walderowi spodoba się podać mi wronę gotowaną z czerwiami, zjem ją i poproszę o dokładkę". Dotrzymał słowa.

Greatjon doprowadził do osunięcia się pod stół kolejnego z pomiotu lorda Waldera. Tym razem był to Petyr Pryszcz. *Czego się spodziewał? Chłopak ma trzykrotnie mniejszą pojemność od niego.* Lord Umber otarł usta, wstał i zaczął śpiewać:

— Był sobie niedźwiedź, wierz, jeśli chcesz, czarno-brązowy, kudłaty ZWIERZ!

Jego głos nie był taki zły, choć ochrypły od nadmiaru trunku. Niestety, skrzypkowie, bębniarze i fleciści na górze grali akurat *Kwiaty wiosny*, która to melodia pasowała do słów *Niedźwiedzia i dziewicy cud* mniej więcej tak samo, jak ślimaki do miski owsianki. Nawet biedny Dzwoneczek zasłonił sobie uszy, by nie słyszeć tej kakofonii.

Roose Bolton wymamrotał kilka słów zbyt cichych, by dało się je zrozumieć, po czym oddalił się w poszukiwaniu wychodka. W tłocznej komnacie panował nieustanny zgiełk. Wciąż przychodzili i wychodzili goście oraz służba. Druga uczta, dla rycerzy i lordów niższej rangi, odbywała się w sąsiednim zamku. Lord Walder wygnał swe dzieci z nieprawego łoża oraz ich potomstwo na drugą stronę rzeki i dlatego ludzie Robba zaczęli używać określenia „bękarcia uczta". Niektórzy z gości z pewnością wymykali się tam, by sprawdzić, czy bękarty nie bawią się lepiej od nich. Niektórzy mogli nawet zapuścić się do obozów. Freyowie dostarczyli tam całe wozy wina, ale i miodu, by zwykli żołnierze również mogli opić zaślubiny Riverrun i Bliźniaków.

Robb usiadł na miejscu Boltona.

— Za kilka godzin będzie po tej farsie, mamo — powiedział cicho, gdy Greatjon śpiewał o dziewicy, co miała we włosach miód. — Czarny Walder choć raz był łagodny jak baranek. A wuj Edmure wygląda na zadowolonego ze swej żony. — Pochylił się nad nią. — Ser Rymanie?

Ser Ryman Frey zamrugał powiekami.

— Słucham, panie?

— Miałem nadzieję poprosić Olyvara, by służył mi jako giermek, gdy pomaszerujemy na północ — rzekł Robb — ale nigdzie go tu nie widzę. Czy jest na drugiej uczcie?

— Olyvar? — Ser Ryman potrząsnął głową. — Nie. Nie ma go. Wyjechał. Wyjechał z zamków. Obowiązki.

— Rozumiem. — Ton Robba sugerował coś dokładnie przeciwnego. Ser Ryman nie powiedział już nic więcej, król wstał więc z krzesła. — Zatańczysz ze mną, mamo?

— Dziękuję, ale nie. — Taniec był ostatnią rzeczą, na co miałaby ochotę przy takim bólu głowy. — Z pewnością któraś z córek lorda Waldera chętnie dotrzyma ci towarzystwa.

— Och, z pewnością — zgodził się ze zrezygnowanym uśmiechem.

Muzycy grali teraz *Żelazne kopie*, a Greatjon śpiewał *Chłopaka na schwał. Ktoś powinien ich sobie przedstawić. To mogłoby poprawić harmonię.* Catelyn zwróciła się w stronę ser Rymana.

— Słyszałam, że jeden z waszych kuzynów jest minstrelem.

— Alesander. Syn Symonda. Alyx to jego siostra.

Wskazał pucharem na dziewczynę tańczącą z Robinem Flintem.

— A czy Alesander dziś dla nas zagra?

Ser Ryman przymrużył oczy.

— Nie. Nie ma go tu. — Otarł pot z czoła i podniósł się ciężko. — Wybacz mi, pani. Wybacz.

Catelyn spoglądała w ślad za nim, gdy wlókł się w stronę drzwi.

Edmure całował Roslin i ściskał jej dłoń. Gdzieś w sali ser Marq Piper i ser Danwell Frey urządzili sobie pijackie zawody, Kulawy Lothar powiedział coś zabawnego ser Hosteenowi, jeden z młodszych Freyów popisywał się żonglowaniem sztyletami przed grupką rozchichotanych dziewcząt, a Dzwoneczek siedział na podłodze, zlizując wino z palców. Słudzy wnosili wielkie srebrne tace pełne kawałków różowej, soczystej jagnięciny — najbardziej apetycznego dania, jakie do tej pory podano. A Robb prowadził w tańcu Dacey Mormont.

Kiedy najstarsza córka lady Maege zamiast kolczugi włożyła

suknię, okazało się, że jest całkiem ładna. Była wysoka i gibka, a nieśmiały uśmiech sprawiał, że jej pociągła twarz promieniała. Przyjemnie było ujrzeć, że na parkiecie porusza się z taką samą gracją, jak podczas ćwiczeń na dziedzińcu. Catelyn zastanawiała się, czy lady Maege dotarła już na Przesmyk. Pozostałe córki zabrała ze sobą, lecz Dacey, jako jedna z towarzyszy broni Robba, postanowiła zostać u jego boku. *Ma dar budzenia lojalności, tak samo jak Ned.* Olyvar Frey również był oddany jej synowi. Czy Robb nie wspominał, że chłopak chciał zostać u jego boku nawet po ślubie z Jeyne?

Zasiadający między czarnymi dębowymi wieżami lord Przeprawy zaklaskał w plamiste dłonie. Towarzyszący temu dźwięk był tak cichy, że nawet na podwyższeniu ledwie było go słychać, lecz ser Aenys i ser Hosteen zauważyli to i zaczęli walić kielichami w blat stołu. Za ich przykładem podążył Kulawy Lothar, a po nim Marq Piper, ser Danwell i ser Raymund. Wkrótce robiła to już połowa gości. W końcu nawet stłoczeni na galerii muzycy zauważyli, co się dzieje. Piszczałki, bębny i skrzypki zamilkły stopniowo.

— Wasza Miłość — zawołał do Robba lord Walder — septon odmówił swe modlitwy, wypowiedziano pewne słowa i lord Edmure owinął moją słodziutką rybim płaszczem, ale to jeszcze nie czyni ich mężem i żoną. Miecz potrzebuje pochwy, he, a wesele wymaga pokładzin. Co na to powiesz, panie? Czy czas już położyć ich do łoża?

Co najmniej dwudziestu synów i wnuków Waldera Freya zaczęło stukać kielichami o kielichy, krzycząc:

— Do łoża, do łoża, do łoża z nimi!

Roslin zbielała. Catelyn zastanawiała się, czy dziewczyna boi się perspektywy utraty dziewictwa, czy też samych pokładzin. Mając tak wiele rodzeństwa, z pewnością dobrze poznała ten zwyczaj, lecz pokładziny zupełnie inaczej wyglądały z punktu widzenia panny młodej. Na weselu Catelyn Jory Cassell rozerwał jej suknię, chcąc jak najszybciej ją z niej wydostać, a pijany Desmond Grell przepraszał za każdy zbereźny żart tylko po to, by zaraz powiedzieć następny. Kiedy lord Dustin zobaczył ją nagą, powiedział Nedowi, że jej piersi wystarczą, by żałował, iż nie można całe życie być oseskiem. *Biedak* — pomyślała. Wyruszył z Nedem na południe i nigdy już nie wrócił. Zadała sobie pytanie, ilu z obecnych tu dziś ludzi zginie, nim nadejdzie koniec roku. *Obawiam się, że zbyt wielu.* Robb uniósł rękę.

— Jeśli uważasz, że czas jest odpowiedni, lordzie Walderze, to proszę bardzo, zróbmy to.

Jego oświadczenie wywołało ryk aprobaty. Muzycy na galerii znowu złapali za piszczałki, rogi oraz skrzypce i zaczęli grać *Królowa zdjęła sandał, król zdjął koronę*. Dzwoneczek przeskakiwał z nogi na nogę, a jego korona pobrzękiwała.

— Słyszałam, że mężczyźni Tullych mają między nogami pstrągi zamiast kutasów! — zawołała śmiało Alyx Frey. — Czy potrzebny jest robak, żeby je podnieść?

— A ja słyszałem, że kobiety Freyów mają dwie bramy zamiast jednej! — odciął się Marq Piper.

— Tak, ale obie są zamknięte dla takich maluszków jak ty! — zawołała Alyx. Goście ryknęli śmiechem, który ucichł dopiero wtedy, gdy Patrek Mallister wgramolił się na stół i wzniósł toast za jednooką rybę Edmure'a.

— A potężny to szczupak! — zakończył.

— Nie, idę o zakład, że to płotka! — zawołała siedząca obok Catelyn Gruba Walda Bolton. Potem wszyscy zaczęli krzyczeć:

— Pokładziny, pokładziny!

Goście wdarli się tłumnie na podwyższenie. Jak zwykle, pierwsi byli ci najbardziej pijani. Mężczyźni i chłopcy otoczyli Roslin i unieśli ją w górę, a dziewice i matki podniosły Edmure'a z krzesła i zaczęły zdzierać z niego ubranie. Śmiał się i wykrzykiwał do nich sprośne żarty, choć muzyka była tak głośna, że Catelyn nic nie słyszała. Usłyszała jednak Greatjona.

— Dajcie mi tę małą pannę młodą — ryknął Umber. Przepchnął się między pozostałymi mężczyznami i przerzucił sobie Roslin przez ramię — Spójrzcie na to maleństwo! W ogóle nie ma na sobie mięsa!

Catelyn było żal dziewczyny. Większość panien młodych próbowała się odwdzięczać pięknym za nadobne albo przynajmniej udawała, że dobrze się bawi, Roslin jednak zesztywniała z przerażenia i uczepiła się Greatjona, jakby się bała, że mógłby ją wypuścić. *I do tego płacze* — zauważyła Catelyn, przyglądając się, jak ser Marq Piper ściąga pannie młodej jeden z butów. *Mam nadzieję, że Edmure będzie delikatny dla biednego dziecka.* Z galerii ciągle płynęła wesoła, sprośna piosenka. Królowa zdejmowała teraz spódnicę, a król bluzę.

Wiedziała, że powinna się przyłączyć do tłumu kobiet otaczających jej brata, lecz tylko popsułaby im zabawę. Sprośności były ostatnią rzeczą, na którą miałaby teraz ochotę. Nie wątpiła, że Edmure wybaczy jej nieobecność. Znacznie zabawniej jest być rozebranym i zawleczonym do łoża przez dwadzieścia roześmianych, pełnych wigoru kobiet Freyów niż przez skwaszoną, pogrążoną w żałobie siostrę.

Gdy pana młodego i pannę młodą wywleczono z sali, zostawiając za nimi ślad z ubrań, Catelyn zauważyła, że Robb również został na miejscu. Walder Frey był do tego stopnia drażliwy, że mógł się w tym dopatrzyć zniewagi dla swej córki. *Powinien przyłączyć się do pokładzin Roslin, ale czy moją rolą jest mu o tym mówić?* Zaniepokoiło ją to, lecz po chwili zauważyła, że w sali zostali też inni. Petyr Pryszcz i ser Whalen Frey spali z głowami na stole, Merrett Frey nalewał sobie kolejny kielich wina, a Dzwoneczek kręcił się po komnacie, podkradając kąski z talerzy tych, którzy wyszli. Ser Wendel Manderly zabrał się z zapałem za barani udziec. No i oczywiście lord Walder był za słaby, by mógł opuścić swój tron bez pomocy. *Ale będzie chciał, żeby Robb tam poszedł.* Słyszała uszami wyobraźni, jak starzec pyta, czemu Jego Miłość nie chce zobaczyć jego córki nagiej. Bębny znowu dudniły, dudniły i dudniły.

Dacey Mormont, która była chyba jedyną poza Catelyn kobietą w komnacie, podeszła od tyłu do Edwyna Freya, dotknęła lekko jego ramienia i wyszeptała mu coś do ucha. Edwyn wyrwał się jej z gorszącą gwałtownością.

— Nie — odpowiedział zbyt głośno. — Mam już na dziś dość tańców.

Dacey pobladła i odwróciła się. Catelyn podniosła się powoli z krzesła. *Co tu się przed chwilą wydarzyło?* Jej sercem zawładnęły wątpliwości, choć przed chwilą czuła jedynie znużenie. *To nic* — przekonywała sama siebie. *Widzisz grumkiny w stosie drewna. Stałaś się głupią, starą kobietą, chorą z żalu i strachu.* Coś jednak musiało się uwidocznić na jej twarzy. Zauważył to nawet ser Wendel Manderly.

— Czy coś się stało? — zapytał, trzymając w rękach baranią nogę.

Zamiast mu odpowiedzieć, poszła za Edwynem Freyem. Muzycy na galerii rozebrali w końcu króla i królową do strojów noszonych w dzień imienia. Niemal bez chwili przerwy zaczęli grać zupełnie inną pieśń. Nikt nie śpiewał słów, lecz Catelyn potrafiła rozpoznać *Deszcze Castamere*. Edwyn szedł pośpiesznie ku drzwiom. Pobiegła za nim, ścigana przez muzykę. Sześć szybkich kroków i udało się jej go dogonić. *A kim to jesteś, rzekł dumny lord, że muszę ci się kłaniać?* Złapała Edwyna za ramię, chcąc go odwrócić, i przeszył ją nagły chłód. Poczuła pod jedwabnym rękawem żelazną kolczugę.

Spoliczkowała go tak mocno, że rozbiła mu wargę. *Olyvar* — pomyślała. *Perwyn i Alesander. Żadnego z nich tu nie ma. A Roslin płakała...*

Edwyn Frey odepchnął ją na bok. Muzyka zagłuszała wszystkie inne dźwięki, odbijała się echem od ścian, jakby grały same kamienie. Robb spojrzał gniewnie na Edwyna i spróbował zastąpić mu drogę... lecz zachwiał się nagle, gdy w bok, tuż pod łopatką, wbił mu się bełt. Jeśli nawet wtedy krzyknął, jego głos zagłuszyły flety, rogi i bębny. Catelyn zobaczyła, że drugi pocisk przeszył mu nogę i Robb runął na posadzkę. Połowa muzyków na galerii zamiast bębnów i lutni miała kusze. Pobiegła w stronę syna, lecz coś uderzyło ją w krzyż i obaliło na twarde kamienie.

— Robb! — krzyknęła. Smalljon Umber zerwał stół z kozłów. Jeden, dwa, trzy bełty trafiły w blat, którym osłonił swego króla. Freyowie otoczyli Robina Flinta, zadając ciosy sztyletami. Ser Wendel Manderly dźwignął się ciężko na nogi, wciąż trzymając w rękach barani udziec. Bełt wbił mu się w otwarte usta i wydostał na zewnątrz przez kark. Ser Wendel runął na twarz, strącając stół z kozłów. Kielichy, dzbany, wydrążone bochny chleba, tace, rzepy, buraki i wino zwaliły się z hukiem na posadzkę.

Plecy Catelyn płonęły. *Muszę do niego dotrzeć.* Smalljon zdzielił w twarz baranią nogą ser Raymunda Freya, gdy jednak sięgnął po wiszący na ścianie pas z mieczem, bełt obalił go na kolana. *W płaszczu czerwonym albo złotym, lew zawsze ma pazury.* Zobaczyła, że ser Hosteen Frey powalił Lucasa Blackwooda. Gdy jeden z Vance'ów mocował się z ser Harysem Haighem, Czarny Walder ciął go od tyłu mieczem po nogach. *Lecz moje równie ostre są i sięgną twojej skóry.* Kusze załatwiły Donnela Locke'a, Owena Norreya i sześciu innych mężczyzn. Młody ser Benfrey chwycił Dacey Mormont za ramię, lecz dziewczyna złapała drugą ręką dzban wina, zdzieliła go nim w twarz i pobiegła w stronę drzwi. Te rozwarły się, nim zdążyła do nich dobiec, i do komnaty wszedł ser Ryman Frey, od stóp do głów zakuty w stal. Za nimi podążało dwunastu zbrojnych z ciężkimi toporami w rękach.

— Łaski! — krzyknęła Catelyn, lecz rogi, bębny i szczęk stali zagłuszyły jej błaganie. Ser Ryman ciął toporem w brzuch Dacey. Przez wszystkie wejścia do komnaty napływali odziani w kosmate futra i kolczugi mężczyźni trzymający w rękach stalową broń. *Ludzie z północy!* Przez pół uderzenia serca myślała, że nadszedł ratunek, lecz nagle jeden z nich odrąbał Smalljonowi głowę dwoma potężnymi uderzeniami topora. Nadzieja zgasła niczym świeczka na burzy.

Lord Przeprawy siedział na rzeźbionym dębowym tronie, przypatrując się chciwie tej rzezi.

W odległości kilku stóp od niej na podłodze leżał sztylet. Być może pomknął tu, gdy Smalljon przewrócił stół albo wypadł z ręki któremuś z zabitych. Catelyn poczołgała się ku niemu. Kończyny miała ciężkie jak ołów, a usta wypełniał jej smak krwi. *Zabiję Waldera Freya* — obiecała sobie. Bliżej do noża miał Dzwoneczek, który schował się pod stołem, lecz przygłup wzdrygnął się trwożnie, gdy złapała sztylet. *Zabiję starca. Mogę uczynić przynajmniej tyle.*

Wtem blat, którym Smalljon osłonił Robba, poruszył się i jej syn dźwignął się na kolana. Jeden bełt sterczał mu z boku, drugi z nogi, a trzeci z piersi. Lord Walder uniósł rękę i muzyka ucichła. Grał tylko jeden bęben. Catelyn słyszała łoskot odległej bitwy, a gdzieś bliżej szaleńcze wycie wilka. *Szary Wicher* — przypomniała sobie poniewczasie.

— He — zachichotał lord Walder — król północy wstaje. Wygląda na to, że zabiliśmy trochę twoich ludzi, Wasza Miłość. Och, ale jeśli cię przeproszę, na pewno wyzdrowieją, he.

Catelyn złapała Dzwoneczka Freya za długie, siwe włosy i wyciągnęła go z ukrycia.

— Lordzie Walderze! — krzyknęła. — LORDZIE WALDERZE! — Bęben uderzał miarowo i dźwięcznie, *bum, bum, bum*. — Dość już tego — wołała. — Powiedziałam, dość. Odpłaciłeś zdradą za zdradę i poprzestańmy na tym. — Gdy przycisnęła sztylet do gardła Dzwoneczka, przypomniała sobie leżącego w łożu boleści Brana i stal dotykającą jej szyi. Bęben wciąż dudnił *bum bum bum bum bum bum*. — Proszę — ciągnęła. — To mój syn. Mój pierwszy i ostatni syn. Pozwól mu odejść. Pozwól mu odejść, a przysięgam, że o tym zapomnimy, o tym... o tym, co tu uczyniłeś. Przysięgam na bogów starych i nowych, że... że nie będziemy się mścić...

Lord Walder popatrzył na nią nieufnie.

— Tylko głupiec uwierzyłby w takie gadanie. Masz mnie za głupca, pani?

— Mam cię za ojca. Weź mnie jako zakładnika. Edmure'a też, jeśli go jeszcze nie zabiliście. Ale wypuść Robba.

— Nie. — Głos jej syna brzmiał słabo jak szept. — Mamo, nie...

— Tak. Robb, wstań, wstań i wyjdź stąd, proszę, proszę. Ratuj siebie... jeśli nie dla mnie, to dla Jeyne.

— Jeyne? — Robb złapał za brzeg stołu i podniósł się z wysiłkiem. — Mamo — powiedział. — Szary Wicher...

— Idź do niego. Natychmiast, Robb. Wyjdź stąd.

Lord Walder prychnął pogardliwie.

— A czemu miałbym mu na to pozwolić?

Wbiła ostrze głębiej w gardło Dzwoneczka. Głupek zatoczył oczyma w niemym błaganiu. Jej nozdrza wypełnił paskudny smród, lecz nie zwracała na to uwagi. Ser Ryman i Czarny Walder zachodzili ją od tyłu, lecz to również przestało ją obchodzić.

Mogli z nią zrobić, co zechcą; uwięzić ją, zgwałcić, zabić, to nie miało znaczenia. Żyła już zbyt długo i czekał na nią Ned. Bała się tylko o Robba.

— Na honor Tullych — mówiła lordowi Walderowi — na honor Starków, przysięgam, że zamienię życie twojego chłopca za życie Robba. Syn za syna.

Ręka drżała jej tak bardzo, że pobrzękiwała głową Dzwoneczka. Starzec wciągnął i wysunął usta. Nóż drżał w dłoni Catelyn, śliski od potu.

— Syn za syna, he — powtórzył. — Ale to jest wnuk... i nigdy nie było z niego wielkiego pożytku.

Do Robba podszedł mężczyzna w ciemnej zbroi i jasnoróżowym, splamionym krwią płaszczu.

— Jaime Lannister przesyła pozdrowienia.

Przebił mieczem serce jej syna i obrócił ostrze w ranie.

Robb złamał słowo, lecz Catelyn go dotrzymała. Pociągnęła mocno za włosy półgłówka i zaczęła piłować mu szyję, aż ostrze zgrzytnęło o kość. Po jej palcach spływała gorąca krew. Jego dzwoneczki dźwięczały, dźwięczały, dźwięczały, a bęben grzmiał *bum bum bum*.

Wreszcie ktoś wyrwał nóż z rąk Catelyn. Spływające po policzkach łzy paliły ją niczym ocet. Dziesięć oszalałych kruków rozdzierało jej twarz ostrymi pazurami, wyrywało z niej pasma mięsa, pozostawiając głębokie bruzdy, które broczyły krwią. Czuła w ustach jej smak.

To tak strasznie boli — myślała. *Nasze dzieci, Ned, wszystkie nasze słodkie dzieci. Rickon, Bran, Arya, Sansa, Robb... Robb... proszę, Ned, proszę, niech to się wreszcie skończy, zrób coś, żeby przestało mnie boleć...* Białe i czerwone łzy mieszały się ze sobą, aż jej twarz, twarz, którą kochał Ned, przerodziła się w krwawiącą, rozszarpaną maskę. Catelyn Stark uniosła dłonie, spoglądając na krew, która ściekała po jej długich palcach i nadgarstkach, spływając pod rękawy sukni. Czerwone robaki pełzły powoli po jej ramionach i pod ubraniem. *To łaskocze.* Roześmiała się na tę myśl tak gwałtownie, że aż zaczęła krzyczeć.

— Oszalała — powiedział ktoś. — Straciła rozum.

— Skończcie z nią — dodał ktoś inny. Czyjaś dłoń złapała ją za włosy, tak jak ona zrobiła to z Dzwoneczkiem. *Nie, nie obcinajcie mi włosów* — pomyślała. *Ned tak je kocha.* Potem poczuła na gardle stal, której dotyk był zimny i czerwony.

ARYA

Zostawili już za sobą namioty gościnne. Posuwając się po wilgotnej, mlaszczącej glinie i zdeptanej trawie, opuścili oświetlony obszar i ponownie skryli się w mroku. Przed nimi majaczyła wieża bramna zamku. Widziała poruszające się na murach pochodnie, których płomienie tańczyły w podmuchach wiatru. Ich światło odbijało się matowym blaskiem w wilgotnych kolczugach i hełmach. Na mrocznym, kamiennym moście łączącym ze sobą Bliźniaki widać było dalsze pochodnie. Cała ich kolumna przemieszczała się z zachodniego brzegu na wschodni.

— Zamek nie jest zamknięty — odezwała się nagle Arya. Sierżant powiedział, że będzie, mylił się jednak. Krata unosiła się właśnie w górę, a nad wezbraną fosą opuszczono już most zwodzony. Bała się, że strażnicy lorda Freya nie zechcą wpuścić ich do środka. Przez pół uderzenia serca przygryzała wargę, zbyt zaniepokojona, by się uśmiechnąć.

Ogar zatrzymał wóz tak nagle, że omal z niego nie zleciała.

— Do siedmiu w dupę jebanych piekieł — zaklął, gdy lewe koło pojazdu zaczęło pogrążać się w miękkim błocie. Wóz przechylał się powoli. — Złaź — ryknął na nią Clegane. Walnął ją otwartą dłonią w ramię tak mocno, że aż zleciała na bok. Wylądowała miękko, tak jak uczył ją Syrio, i natychmiast zerwała się na nogi z pochlapaną błotem twarzą.

— Czemu to zrobiłeś! — krzyknęła. Ogar również zeskoczył z wozu, zerwał siedzenie i sięgnął po pas z mieczem, który pod nim ukrył.

Dopiero wtedy usłyszała wypadających przez bramę rycerzy, rzekę stali i ognia. Tętent kopyt pędzących przez most zwodzony rumaków ledwie się przebijał przez dobiegający z obu zamków łoskot bębnów. Ludzie i wierzchowce mieli na sobie płytowe zbroje. Co dziesiąty mężczyzna niósł pochodnię. Reszta dzierżyła topory, najeżone kolcami berdysze i ciężkie miecze przeznaczone do rozbijania zbroi.

Gdzieś w oddali rozległo się wycie wilka. Nie było zbyt głośne w porównaniu z dobiegającym z obozów hałasem, muzyką i niskim, złowieszczym łoskotem wezbranej rzeki, lecz mimo to je usłyszała. Być może nie uszami. Ten pełen żalu i gniewu głos przeszył ją niczym nóż. Z zamku wypadali wciąż nowi jeźdźcy. Jechali szeroką na czterech mężczyzn kolumną, której nie było końca. Rycerze, giermkowie i wolni, pochodnie i topory. Ze środka również dobiegały hałasy.

Gdy Arya rozejrzała się wokół, zobaczyła, że z trzech wielkich gościnnych namiotów zostały tylko dwa. Środkowy się zawalił. Przez chwilę nie potrafiła zrozumieć, co widzi. Potem leżący namiot ogarnęły płomienie. Pozostałe dwa również runęły na ziemię. Ciężka, impregnowana tkanina przygniotła siedzących w środku ludzi, a w powietrze pomknęły płonące strzały. Drugi namiot stanął w płomieniach, a po chwili także trzeci. Ludzie krzyczeli tak głośno, że mimo muzyki potrafiła rozróżnić słowa. Na tle płomieni poruszały się ciemne postacie. Ich stalowe zbroje lśniły w oddali pomarańczowym blaskiem.

To bitwa — zrozumiała Arya. *Doszło do bitwy. A jeźdźcy...*

Nie miała już więcej czasu patrzeć na namioty. Rzeka występowała z brzegów i ciemne, wzburzone wody sięgały na końcach zwodzonego mostu końskich brzuchów, lecz mimo to jeźdźcy przedostali się przez nie, gnani muzyką. Po raz pierwszy z obu zamków dobiegała ta sama pieśń. *Znam ją* — pojęła nagle Arya.

Tom Siódemka śpiewał ją dla nich tej deszczowej nocy, gdy banici schronili się w browarze razem z braćmi. *A kim to jesteś* — rzekł dumny lord — *że muszę ci się kłaniać?*

Jeźdźcy Freyów przedzierali się przez błoto i trzciny, niektórzy z nich zauważyli jednak wóz. Trzej zbrojni odłączyli się od głównej kolumny i ruszyli ku nim przez płycizny. *Jedynie kotem innej maści, takiego jestem zdania.*

Clegane jednym cięciem miecza uwolnił Nieznajomego i skoczył na jego grzbiet. Ogier wiedział, czego się od niego oczekuje. Nastawił uszu i zwrócił się w stronę szarżujących rumaków. *W płaszczu czerwonym albo złotym lew zawsze ma pazury. Lecz moje równie ostre są i sięgną twojej skóry.* Arya setki razy modliła się o śmierć Ogara, ale w tej chwili... trzymała w ręku śliski od błota kamień. Nawet nie pamiętała, w której chwili go podniosła. *W kogo mam nim rzucić?*

Podskoczyła w górę, słysząc nagły szczęk metalu. Clegane odbił cios pierwszego topora. Gdy walczył z jednym napastnikiem, drugi zaszedł go od tyłu i wymierzył cios w krzyż. Nieznajomy zataczał właśnie krąg, topór odbił się więc rykoszetem, rozdarł workowatą, chłopską bluzę i odsłonił ukrytą pod spodem kolczugę. *Walczy z trzema przeciwnikami.* Arya wciąż ściskała w ręku kamień. *Na pewno go zabiją.* Pomyślała o Mycahu, chłopaku od rzeźnika, który na krótką chwilę został jej przyjacielem.

Wtem zauważyła, że trzeci jeździec zmierza w jej stronę. Schowała się za wozem. *Strach tnie głębiej niż miecze.* Słyszała bębny, rogi i piszczałki, rżenie ogierów i szczęk stali uderzającej o stal, lecz wszystkie te dźwięki wydawały się bardzo odległe. Istniał jedynie zbliżający się jeździec i topór w jego dłoni. Na zbroję miał narzuconą opończę, na której widniały dwie wieże świadczące, że jest Freyem. Nic z tego nie rozumiała. Jej wuj żenił się z córką lorda Freya. Freyowie byli przyjaciółmi jej brata.

— Nie rób tego! — krzyknęła, gdy okrążał wóz, nie zwrócił jednak uwagi na jej słowa.

Gdy ruszył do szarży, Arya cisnęła w niego kamieniem, tak samo, jak kiedyś jabłkiem w Gendry'ego. Wtedy jednak trafiła prosto między oczy, a tym razem celność ją zawiodła i kamień odbił się rykoszetem od skroni napastnika. Powstrzymało to na chwilę jego atak, lecz nic więcej. Arya umknęła, śmigając na palcach po błotnistym gruncie i znowu znalazła się po drugiej stronie wozu. Rycerz ścigał ją kłusem. Za szczeliną jego hełmu widać było jedynie ciemność. Nawet nie wgniotła mu hełmu. Okrążyli wóz raz, drugi i trzeci. Napastnik przeklął ją.

— Nie możesz uciekać wiecznie...

Topór trafił go prosto w tył głowy, miażdżąc hełm i czaszkę. Mężczyzna zleciał z siodła. Za nim ukazał się Ogar, wciąż dosiadający Nieznajomego. *Skąd wziąłeś topór?* — chciała go zapytać, nagle jednak ujrzała odpowiedź na własne oczy. Jeden z pozostałych Freyów został przygnieciony konającym koniem i tonął w głębokiej na stopę wodzie. Trzeci leżał bez ruchu na plecach. Jego zbroja nie miała naszyjnika i teraz spod brody sterczał mu fragment złamanego miecza długości stopy.

— Bierz mój hełm — warknął do niej Clegane.

Był on schowany na dnie worka suszonych jabłek w tyle wozu, za marynowanymi świńskimi nóżkami. Arya wysypała jabłka i rzuciła mu hełm. Ogar złapał go jedną ręką w locie i włożył sobie na głowę. Tam gdzie przed chwilą był człowiek, pojawił się teraz warczący na pożary stalowy pies.

— Mój brat...

— Nie żyje — krzyknął do niej. — Myślisz, że wyrżnęliby jego ludzi, a jemu pozwolili żyć? — Ponownie spojrzał na obóz. — Popatrz. Popatrz, do cholery.

Obóz przerodził się w pole bitwy. *Nie, w jatkę.* Płomienie buchające z gościnnych namiotów sięgały ku niebu. Niektóre z namiotów koszarowych również płonęły, podobnie jak pół setki jedwabnych lordowskich namiotów. Wszędzie słychać było szczęk mieczy. *Dziś w jego zamku płacze deszcz i nie ma kto go słuchać.* Widziała, jak dwóch rycerzy stratowało uciekającego mężczyznę. Na jeden z płonących namiotów spadła drewniana beczka. Gdy pękła, ognie strzeliły dwukrotnie wyżej. *Katapulta* — zrozumiała. Z zamku strzelano olejem, smołą albo czymś w tym rodzaju.

— Chodź. — Sandor Clegane wyciągnął do niej rękę. — Musimy stąd natychmiast uciekać.

Nieznajomy podrzucił niecierpliwie łbem, rozdymając nozdrza podrażnione zapachem krwi. Pieśń dobiegła końca. Słychać było już tylko jeden bęben. Jego powolny, monotonny werbel niósł się echem nad rzeką niczym bicie jakiegoś monstrualnego serca. Czarne niebo płakało, rzeka huczała, ludzie przeklinali i ginęli. Arya czuła między zębami błoto, a twarz miała mokrą. *Deszcz. To tylko deszcz. Nic więcej.*

— Jesteśmy na miejscu — zawołała słabym, piskliwym głosikiem małej dziewczynki. — Robb jest w zamku i moja matka też. Brama jest otwarta. — Freyowie przestali już wyjeżdżać z zamku. *Pokonałam tak daleką drogę.* — Musimy zabrać moją matkę.

— Głupia mała wilczyca. — Ognie odbijały się w psim hełmie. Zęby lśniły w ich blasku. — Jeśli tam wejdziesz, już się stamtąd nie wydostaniesz. Może Freyowie pozwolą ci pocałować jej trupa...

— Może uda się nam ją uratować...

— Może tobie się uda. Ja chcę jeszcze trochę pożyć. — Ruszył w jej stronę, zaganiając ją do wozu. — Zostań albo odejdź, wilczyco. Żyj albo zgiń. Wybór należy...

Arya odwróciła się błyskawicznie i pobiegła ku bramie. Krata opuszczała się już, ale powoli. *Muszę biec szybciej.* Przeszkadzało jej jednak błoto, a potem woda. *Biec szybko jak wilczyca.* Most zwodzony zaczął się unosić. Spływała z niego tafla wody, spadały ciężkie grudy błota. *Szybciej.* Usłyszała głośny plusk. Obejrzała się za siebie i zobaczyła, że Nieznajomy pędzi za nią, przy każdym kroku rozpryskując wodę. Ujrzała też topór, wciąż mokry od krwi i mózgu. Rzuciła się do ucieczki. Nie myślała już o bracie ani nawet o matce, a tylko o sobie. Biegła szybciej niż kiedykolwiek w życiu. Spuściła głowę i machała wściekle nogami, uciekając przed nim, tak jak z pewnością robił to Mycah.

Topór trafił ją w tył głowy.

TYRION

Jedli kolację sami, co zdarzało im się często.

— Groch jest przegotowany — odezwała się w pewnej chwili jego żona.

— Nie szkodzi — odparł. — Baranina też.

Miał to być żart, ale Sansa uznała jego słowa za krytykę.

— Przykro mi.

— Dlaczego? To jakiemuś kucharzowi powinno być przykro, nie tobie. Nie ty jesteś odpowiedzialna za groch, Sanso.

— Przykro... przykro mi, że mój pan mąż jest niezadowolony.

— Moje niezadowolenie nie ma nic wspólnego z grochem. Mam na głowie Joffreya, siostrę, pana ojca i trzystu cholernych Dornijczyków.

Zakwaterował księcia Oberyna i jego lordów w skrzydle zwróconym w stronę miasta, tak daleko od Tyrellów, jak tylko mógł to zrobić, nie wyganiając ich całkowicie z Czerwonej Twierdzy. To jednak nie wystarczyło. W garkuchni w Zapchlonym Tyłku doszło już do bijatyki, w której zginął jeden ze zbrojnych Tyrellów, a dwóch ludzi lorda Gargalena zostało poparzonych, oraz do nieprzyjemnej konfrontacji na dziedzińcu, gdzie mała pomarszczona matka Mace'a Tyrella nazwała Ellarię Sand „wężową kurwą". Gdy tylko Tyrion spotykał Oberyna Martella, książę zawsze pytał go, kiedy zostanie wymierzona sprawiedliwość. Przegotowany groch był najmniejszym z jego kłopotów, nie widział jednak powodu, by opowiadać o tym wszystkim swej młodej żonie. Sansa dosyć miała własnych zmartwień.

— Groch ujdzie — oznajmił jej krótko. — Jest zielony i okrągły. Czegóż więcej można oczekiwać od tej jarzyny? Poproszę o dokładkę, jeśli moja pani pozwoli. — Skinął dłonią i Podrick Payne nałożył mu na talerz tyle grochu, że Tyrion stracił z oczu baraninę. *To była głupota* — powiedział sobie. *Teraz będę musiał to wszystko zjeść albo znowu zrobi się jej przykro.*

Kolacja zakończyła się w pełnej napięcia ciszy, co również zdarzało się nadzwyczaj często. Potem, gdy Pod zbierał tace i puchary, Sansa poprosiła męża o pozwolenie na pójście do bożego gaju.

— Jak sobie życzysz.

Przyzwyczaił się już do conocnych modlitw żony. Odwiedzała również zamkowy sept, gdzie zapalała świece dla Matki, Dziewicy i Staruchy. Szczerze mówiąc, uważał taką pobożność za przesadną, lecz na jej miejscu również mógłby zapragnąć bożej opieki.

— Przyznaję, że niewiele wiem o starych bogach — odezwał się, próbując okazać uprzejmość. — Może pewnego dnia mogłabyś mnie oświecić? Mógłbym ci nawet towarzyszyć.

— Nie — sprzeciwiła się natychmiast Sansa. — To... to bardzo uprzejme z twojej strony, panie, ale... tam nie ma nabożeństw. Nie ma kapłanów, pieśni ani świec. Tylko drzewa i bezgłośna modlitwa. To by cię znudziło.

— Na pewno masz rację. — *Zna mnie lepiej, niż mi się zdawało.* — Chociaż szum liści mógłby być przyjemną odmianą w porównaniu z jakimś septonem przynudzającym o siedmiu aspektach łaski. — Tyrion odesłał ją skinieniem dłoni. — Nie będę ci przeszkadzał. Ubierz się ciepło, pani, wiatr jest dziś silny.

Miał ochotę zapytać ją, o co się modli, lecz Sansa była tak posłuszna, że mogłaby wyznać mu prawdę, a nie sądził, by chciał ją usłyszeć.

Kiedy wyszła, wrócił do pracy, próbując wyśledzić garstkę złotych smoków w labiryncie ksiąg Littlefingera. Petyr Baelish z całą pewnością nie pozwalał, by złoto leżało sobie spokojnie i pokrywało się kurzem. Im bardziej Tyrion zagłębiał się w jego zapiski, tym mocniej bolała go głowa. Łatwo było mówić o rozmnażaniu smoków zamiast zamykaniu ich w skarbcu, lecz niektóre z tych inwestycji śmierdziały gorzej niż śnięta przed tygodniem ryba. *Gdybym wiedział, ilu tych Rogatych pożyczało pieniądze od korony, nie pozwoliłbym tak łatwo Joffreyowi wystrzelić skurwysynów za mury.* Będzie teraz musiał wysłać Bronna na poszukiwanie ich spadkobierców, podejrzewał jednak, że da to tyle samo pożytku, ile próby wyciśnięcia złota ze złotej rybki.

Tyrion chyba po raz pierwszy w życiu ucieszył się na widok ser Borosa Blounta, który przyniósł mu wezwanie od jego pana ojca. Zamknął z ulgą księgi, zdmuchnął płomień lampy oliwnej, zawiązał sobie płaszcz na ramionach i powlókł się do Wieży Namiestnika. Wiatr rzeczywiście był silny, tak jak mówił Sansie, i niósł ze sobą zapach deszczu. Być może gdy lord Tywin już z nim skończy, pójdzie po żonę do bożego gaju i odprowadzi ją do domu, żeby nie zmokła.

Gdy jednak znalazł się w samotni namiestnika, natychmiast o tym wszystkim zapomniał. Ujrzał tam Cersei, ser Kevana i wielkiego maestera Pycelle'a, którzy zgromadzili się wokół lorda Tywina i króla. Joffrey omal nie podskakiwał w górę, a Cersei rozciągnęła usta w pełnym samozadowolenia uśmieszku, lecz lord Tywin był ponury jak zawsze. *Ciekawe, czy potrafiłby się uśmiechnąć, gdyby chciał?*

— Co się stało? — zapytał Tyrion.

Ojciec podał mu zwój pergaminu. Ktoś go wcześniej rozprostował, lecz mimo to nadal się zwijał. *Roslin złapała pięknego pstrąga, a bracia podarowali jej w ślubnym prezencie dwie wilcze skóry* — brzmiał tekst. Tyrion odwrócił zwój, by przyjrzeć się złamanej pieczęci. W srebrzystoszarym wosku odciśnięto dwie bliźniacze wieże rodu Freyów.

— Czyżby lord Przeprawy uważał się za poetę? A może chciał nas zbić z tropu? — Tyrion prychnął pogardliwie. — Pstrąg to pewnie Edmure Tully, a skóry...

— On nie żyje!

Joffrey był tak dumny i szczęśliwy, że mogłoby się wydawać, iż sam obdarł Robba Starka ze skóry.

Najpierw Greyjoy, a teraz Stark. Tyrion pomyślał o swej będącej jeszcze dzieckiem żonie, która w tej właśnie chwili modliła się w bożym gaju. *Z pewnością modli się do bogów ojca o to, by dali jej bratu zwycięstwo, a matce zapewnili bezpieczeństwo.* Wyglądało na to, że starzy bogowie zwracali równie mało uwagi na modlitwy, co nowi. Być może powinno to być dla niego pocieszeniem.

— Tej jesieni królowie sypią się jak liście z drzew — zauważył. — Wygląda na to, że nasza mała wojenka wygrywa się sama.

— Wojny nie wygrywają się same, Tyrionie — oznajmiła Cersei z jadowitą słodyczą. — Tę wojnę wygrał nasz pan ojciec.

— Dopóki wrogowie są w polu, nie ma mowy o zwycięstwie — ostrzegł ich lord Tywin.

— Lordowie dorzecza nie są głupcami — sprzeciwiła się królowa. — Bez ludzi z północy nie mają szans oprzeć się połączonej potędze Wysogrodu, Casterly Rock i Dorne. Z pewnością będą woleli kapitulację od zagłady.

— Większość z nich tak — zgodził się lord Tywin. — Zostaje jeszcze Riverrun, ale dopóki Walder Frey trzyma Edmure'a Tully'ego jako zakładnika, Blackfish nie odważy się nam zagrozić. Jason Mallister i Tytos Blackwood będą walczyli dalej ze względu na honor, ale Freyowie zamkną Mallisterów w Seagardzie, a przy odpowiedniej zachęcie przekonamy Jonosa Brackena, by przeszedł na naszą stronę i zaatakował Blackwoodów. Prędzej czy później wszyscy ugną kolan. Zamierzam zaoferować im wspaniałomyślne warunki. Każdy zamek, który się podda, zostanie oszczędzony, poza jednym.

— Harrenhal? — domyślił się Tyrion, który znał swego ojca.

— Pora uwolnić królestwo od tych Dzielnych Kompanionów. Rozkazałem ser Gregorowi wyrżnąć wszystkich w zamku.

Gregor Clegane. Wyglądało na to, że jego pan ojciec zamierza wydobyć z Góry ostatni samorodek rudy, nim odda go sprawiedliwości Dornijczyków. Dzielni Kompanioni skończą jako głowy zatknięte na piki, a Littlefinger wkroczy do Harrenhal bez najmniejszej plamki krwi na swym pięknym stroju. Zastanawiał się, czy Petyr Baelish dotarł już do Doliny. *Jeśli bogowie są łaskawi, nadział się na sztorm i utonął.* Kiedyż to jednak bogowie byli szczególnie łaskawi?

— Wszystkich powinno się stracić — oznajmił nagle Joffrey. — Mallisterów, Blackwoodów, Brackenów... wszystkich. To zdrajcy. Chcę, żeby zginęli, dziadku. — Król zwrócił się do wielkiego maestera Pycelle'a. — Chcę też dostać głowę Robba Starka. Napisz w tej sprawie do lorda Freya. To królewski rozkaz. Podam ją Sansie na mojej weselnej uczcie.

— Panie — zaprotestował wstrząśnięty ser Kevan — lady Sansa jest teraz twoją ciotką poprzez małżeństwo.

— To żart. — Cersei uśmiechnęła się. — Joff nie mówił poważnie.

— Mówiłem — upierał się Joffrey. — Był zdrajcą i chcę dostać jego głupią głowę. Każę Sansie ją pocałować.

— Nie. — Głos Tyriona brzmiał ochryple. — Nie wolno ci już znęcać się nad Sansą. Zapamiętaj to sobie, potworze.

Joffrey uśmiechnął się szyderczo,

— To ty jesteś potworem, wuju.

— Naprawdę? — Tyrion uniósł głowę. — W takim razie może powinieneś przemawiać do mnie łagodniej. Potwory są niebezpieczne, a ostatnio królowie giną jak muchy.

— Mógłbym ci za to kazać wyrwać język — oznajmił młodociany monarcha, czerwieniejąc na twarzy. — Jestem królem.

Cersei położyła rękę na barku syna w opiekuńczym geście.

— Niech karzeł sobie grozi do woli, Joff. Chcę, żeby mój pan ojciec i stryj zobaczyli, jaki jest naprawdę.

Lord Tywin zignorował jej słowa, zwracając się do Joffreya.

— Aerys również czuł potrzebę przypominania ludziom, że jest królem. Lubił też wyrywać im języki. Mógłbyś o to zapytać ser Ilyna Payne'a, chociaż nie usłyszysz od niego odpowiedzi.

— Ser Dyn nigdy nie odważył się prowokować Aerysa tak, jak ten twój Krasnal prowokuje Joffa — sprzeciwiła się Cersei. — Słyszałeś go. Powiedział „potworze". Do Jego Królewskiej Miłości. I groził mu…

— Bądź cicho, Cersei. Joffrey, kiedy twoi wrogowie ci się sprzeciwiają, musisz im odpowiedzieć stalą i ogniem. Gdy jednak padną na kolana, musisz im pomóc się podnieść. W przeciwnym razie nikt nigdy nie ugnie przed tobą kolan. Ponadto każdy, kto musi powtarzać „jestem królem", nie jest nim naprawdę. Aerys nie potrafił tego zrozumieć, ale ty zrozumiesz. Kiedy wygram dla ciebie tę wojnę, przywrócimy królewski pokój i królewską sprawiedliwość. Zamiast pozbawiać ludzi głów, myśl o tym, jak pozbawić Margaery Tyrell dziewictwa.

Joffrey zrobił typową dla siebie naburmuszoną minę. Cersei złapała go mocno za bark, być może jednak powinna chwycić go za gardło. Chłopak zaskoczył wszystkich. Zamiast czmychnąć pod kamień, wyprostował się wyzywająco i oznajmił:

— Mówisz tak o Aerysie, dziadku, ale sam się go bałeś.

Ojej, to się zaczyna robić ciekawe — pomyślał Tyrion.

Lord Tywin popatrzył w milczeniu na wnuka. W jego jasnozielonych oczach lśniły plamki złota.

— Joffrey, przeproś dziadka — zażądała Cersei.

Wyrwał się jej.

— A dlaczego? Wszyscy wiedzą, że to prawda. To mój ojciec wygrał wszystkie bitwy. Zabił księcia Rhaegara i zdobył koronę, a twój ojciec cały czas ukrywał się pod Casterly Rock. — Chłopak przeszył dziadka aroganckim spojrzeniem. — Silny król działa śmiało, zamiast tylko gadać.

— Dziękuję, że podzieliłeś się ze mną tą mądrością, Wasza Miłość — rzekł lord Tywin z uprzejmością tak lodowatą, że wszyscy bali się, iż odmrożą sobie uszy. — Ser Kevanie, widzę, że król jest zmęczony. Odprowadź go, proszę, do sypialni. Pycelle, może wskazany byłby jakiś łagodny eliksir, który pozwoliłby Jego Miłości zasnąć?

— Senne wino, panie?

— Nie chcę sennego wina — upierał się Joffrey.

Lord Tywin więcej uwagi poświęciłby popiskującej w kącie myszy.

— Senne wino będzie w sam raz. Cersei, Tyrionie, wy zostańcie.

Ser Kevan ujął stanowczo Joffreya za ramię i wyprowadził go z komnaty. Za drzwiami czekali dwaj rycerze Gwardii Królewskiej. Wielki maester Pycelle popędził za nimi tak szybko, jak tylko pozwalały na to jego drżące, stare nogi. Tyrion został na miejscu.

— Ojcze, przepraszam — odezwała się Cersei, gdy drzwi się zamknęły. — Ostrzegałam cię, że Joff zawsze był samowolny...

— Wiele mil dzieli samowolę od głupoty. „Silny król działa śmiało". Od kogo to usłyszał?

— Zapewniam cię, że nie ode mnie — odparła Cersei. — Pewnie Robert powiedział mu kiedyś coś takiego...

— Ten kawałek o tym, że ukrywałeś się pod Casterly Rock, rzeczywiście wygląda mi na Roberta.

Tyrion nie chciał, żeby lord Tywin zapomniał o tych słowach.

— Tak, teraz sobie przypominam — zgodziła się Cersei. — Robert często mu powtarzał, że król musi być śmiały.

— A co ty mu mówiłaś? Nie toczę tej wojny po to, żeby posadzić na Żelaznym Tronie Roberta Drugiego. Zapewniałaś mnie, że ojciec nic go nie obchodził.

— A czemu miałby go obchodzić? Robert go ignorował. Biłby go, gdybym na to pozwoliła. Ten bydlak, za którego mnie wydałeś, uderzył kiedyś chłopca tak mocno, że wybił mu dwa mleczne zęby za jakąś psotę z kotem. Powiedziałam mu, że jeśli jeszcze kiedyś coś takiego zrobi, zabiję go w czasie snu, i to już się nie powtórzyło, ale czasami mówił takie rzeczy…

— Wygląda na to, że trzeba było je powiedzieć. — Lord Tywin machnął dwoma palcami, odsyłając obcesowo córkę. — Idź już.

Cersei wyszła rozwścieczona.

— Nie Robert Drugi — stwierdził Tyrion. — Aerys Trzeci.

— Chłopak ma dopiero trzynaście lat. Jest jeszcze czas. — Lord Tywin podszedł do okna. To było do niego niepodobne. Był podenerwowany i nie chciał tego okazać. — Potrzebna mu surowa nauczka.

Tyrion również otrzymał surową nauczkę, gdy miał trzynaście lat. Było mu niemal żal siostrzeńca. Z drugiej strony, nie było nikogo, kto zasłużyłby na to bardziej.

— Dość już o Joffreyu — rzekł. — Czy nie wspominałeś mi kiedyś, że wojny wygrywają kruki i gęsie pióra? Muszę ci pogratulować. Jak długo knuliście to z Walderem Freyem?

— Nie podoba mi się to słowo — odparł sztywno lord Tywin.

— A mnie się nie podoba, gdy nic mi się nie mówi.

— Nie było powodu cię w to wtajemniczać. Nie grałeś w tej sprawie żadnej roli.

— A czy Cersei wiedziała? — zainteresował się Tyrion.

— Nie wiedział nikt poza tymi, którzy mieli jakąś rolę do odegrania, a im również powiedziano tylko tyle, ile musieli wiedzieć.

Powinieneś zrozumieć, że inaczej nie sposób utrzymać tajemnicy. Zwłaszcza tutaj. Moim celem było jak najtańszym kosztem uwolnić się od niebezpiecznego wroga, a nie zaspokajać twoją ciekawość czy sprawić, by twoja siostra poczuła się ważna. — Zamknął okiennice, marszcząc głęboko brwi. — Masz trochę sprytu, Tyrionie, ale prawda wygląda tak, że po prostu za dużo gadasz. Ten twój długi język kiedyś cię zgubi.

— To trzeba było pozwolić Joffreyowi go wyrwać — zasugerował Tyrion.

— Lepiej mnie nie kuś — odparł lord Tywin. — Nie chcę już o tym więcej słyszeć. Zastanawiałem się nad tym, jak najlepiej ugłaskać Oberyna Martella i jego świtę.

— Tak? Czy to jest coś, o czym wolno mi wiedzieć, czy też powinienem wyjść, byś mógł omówić tę kwestię sam ze sobą?

Jego ojciec zignorował tę zaczepkę.

— Obecność księcia Oberyna jest bardzo niefortunna. Jego brat to człowiek ostrożny, rozsądny, subtelny, roztropny, a nawet do pewnego stopnia opieszały. Waży konsekwencje każdego słowa i czynu. Oberyn jednak zawsze był na wpół obłąkany.

— Czy to prawda, że próbował wywołać w Dorne bunt na rzecz Viserysa?

— Nikt o tym nie mówi, ale tak. Wysyłano kruki i jeźdźców. Nie mam pojęcia, jakie tajne wiadomości wymieniano. Jon Arryn popłynął do Słonecznej Włóczni odwieźć kości księcia Lewyna, porozmawiał z księciem Doranem i położył kres gadaniu o wojnie. Mimo to Robert nigdy już nie odwiedził Dorne, a książę Oberyn rzadko je opuszczał.

— No, ale teraz jest tutaj i towarzyszy mu połowa dornijskiej szlachty. Do tego z dnia na dzień robi się coraz bardziej nieszczęśliwy — dodał Tyrion. — Być może powinienem pokazać mu burdele Królewskiej Przystani. To mogłoby odwrócić jego uwagę. Odpowiednie narzędzie do każdego zadania. Czy tak to miało być? Moje narzędzie należy do ciebie, ojcze. Niech nikt nie ośmieli się powiedzieć, że ród Lannisterów zadął w trąby, a ja nie odpowiedziałem na wezwanie.

Lord Tywin zacisnął usta.

— Bardzo zabawne. Czy mam kazać ci wyszykować błazeński strój i czapkę z dzwoneczkami?

— A czy jeśli go założę, będzie mi wolno mówić, co chcę, o Jego Miłości królu Joffreyu?

Lord Tywin usiadł.

— Musiałem znosić szaleństwa mojego ojca, ale twoich znosić nie zamierzam. Dość już tego.

— Skoro tak uprzejmie prosisz. Obawiam się jednak, że Czerwona Żmija nie będzie tak uprzejmy... i nie zadowoli się tylko głową ser Gregora.

— To jeszcze jeden powód, by mu jej nie dać.

— Nie dać? — Tyrion był wstrząśnięty. — Myślałem, że zgodziliśmy się, iż w lasach pełno jest bestii.

— Ale nie tak straszliwych. — Lord Tywin splótł palce pod brodą. — Ser Gregor dobrze nam służył. Żaden inny rycerz w królestwie nie wzbudza w naszych wrogach podobnej grozy.

— Oberyn wie, że to Gregor...

— Nic nie wie. Słyszał tylko opowieści. Stajenne plotki i kuchenne kalumnie. Nie ma ani okrucha dowodów. Ser Gregor z pewnością nie wyzna mu swych win. Zamierzam trzymać go z dala od Królewskiej Przystani, dopóki będą tu Dornijczycy.

— A gdy Oberyn zażąda sprawiedliwości, po którą tu przybył?

— Powiem mu, że to ser Amory Lorch zabił Elię i jej dzieci — odparł spokojnie lord Tywin. — Ty zrobisz to samo, jeśli cię zapyta.

— Ser Amory Lorch nie żyje — wskazał Tyrion pozbawionym wyrazu głosem.

— Dokładnie. Po upadku Harrenhal Vargo Hoat rzucił go niedźwiedziowi na pożarcie. To powinno być wystarczająco makabryczne nawet dla Oberyna Martella.

— Można by to nazwać sprawiedliwością...

— To była sprawiedliwość. Jeśli koniecznie musisz to wiedzieć, to właśnie ser Amory przyniósł mi zwłoki dziewczynki. Znalazł ją pod łóżkiem jej ojca. Schowała się tam, jakby wierzyła, że Rhaegar nadal może ją obronić. Księżna Elia i niemowlę byli w pokoju dziecinnym, piętro niżej.

— No cóż, to opowieść równie dobra jak każda inna, a ser Amory już jej nie zaprzeczy. A co powiesz Oberynowi, kiedy zapyta, kto wydał Lorchowi rozkazy?

— Ser Amory działał na własną rękę, chcąc wkupić się w łaski nowego króla. Nie było tajemnicą, że Robert nienawidził Rhaegara.

To może odnieść zamierzony skutek — pomyślał Tyrion. *Ale wąż nie będzie zadowolony.*

— Daleko mi do tego, by kwestionować twój spryt, ojcze, sądzę jednak, że na twoim miejscu pozwoliłbym, by to Robert Baratheon splamił sobie ręce krwią.

Lord Tywin popatrzył na syna, jakby ten stracił rozum.

— W takim razie rzeczywiście zasługujesz na ten błazeński strój. Późno poparliśmy sprawę Roberta i musieliśmy dowieść swej lojalności. Gdy położyłem przed tronem te ciała, nikt już nie mógł wątpić, że na zawsze zerwaliśmy z rodem Targaryenów. Ulga Roberta była niemal dotykalna. Nawet taki głupiec jak on wiedział, że jeśli jego tron ma być bezpieczny, dzieci Rhaegara muszą umrzeć. Uważał się jednak za bohatera, a bohaterowie nie zabijają dzieci. — Lord Tywin wzruszył ramionami. — Przyznaję, że uczyniono to zbyt brutalnie. Elii w ogóle nie trzeba było krzywdzić. To było szaleństwo. Sama w sobie nic nie znaczyła.

— To dlaczego Góra ją zabił?

— Dlatego, że nie kazałem mu jej oszczędzić. Wątpię, bym w ogóle o niej wspominał. Miałem na głowie pilniejsze sprawy. Straż przednia Neda Starka gnała z Tridentu na południe i bałem się, że wybuchną między nami walki. Ponadto Aerys był w stanie zamordować Jaime'a z czystej złośliwości. Tego właśnie bałem się najbardziej. I tego, co może uczynić sam Jaime. — Zacisnął dłoń w pięść. — Nie pojmowałem też jeszcze, kim jest Gregor Clegane. Wiedziałem tylko, że jest olbrzymi i straszliwy w walce. Gwałt... mam nadzieję, że nawet ty nie oskarżysz mnie o to, iż wydałem taki rozkaz. Ser Amory potraktował Rhaenys niemal równie bestialsko. Zapytałem go potem, dlaczego potrzebował aż pół setki pchnięć, by zabić dziewczynkę… dwu? Trzyletnią? Odpowiedział mi, że kopnęła go i nie chciała przestać krzyczeć. Gdyby miał choć tyle rozumu, ile bogowie dali rzepie, uspokoiłby dziecko kilkoma słodkimi słówkami i użył miękkiej jedwabnej poduszki. — Wykrzywił usta w wyrazie niesmaku. — Miał w sobie krew.

Nie to, co ty, ojcze. W Tywinie Lannisterze nie ma ani kropli krwi.

— A czy to miękka jedwabna poduszka była przyczyną śmierci Robba Starka?

— To miała być strzała na weselu Edmure'a Tully'ego. W polu chłopak był zbyt ostrożny. Dbał o porządek wśród swoich ludzi i otaczał się zwiadowcami oraz osobistymi strażnikami.

— To znaczy, że lord Walder zabił go pod własnym dachem, u własnego stołu? — Tyrion zacisnął pięść. — A co z lady Catelyn?

— Zapewne również zginęła. „Dwie wilcze skóry". Frey planował wziąć ją do niewoli, ale być może coś poszło nie tak.

— Szlag trafił prawo gościnności.

— To Walder Frey splamił ręce krwią, nie ja.

— Walder Frey to małostkowy starzec, który żyje tylko po to, by pieścić młodą żonę i wspominać zniewagi, które mu wyrządzono. Nie wątpię, że wysiedział to brzydkie kurczątko, ale nigdy nie odważyłby się na coś podobnego, gdyby nie obiecano mu ochrony.

— Ty pewnie oszczędziłbyś chłopaka i odpowiedziałbyś lordowi Freyowi, że go nie potrzebujesz. W ten sposób zagoniłbyś tego starego durnia z powrotem w ramiona Starka i załatwił sobie kolejny rok wojny. Wytłumacz mi, czemu szlachetniej jest zabić dziesięć tysięcy ludzi w bitwie niż kilkunastu podczas kolacji. — Na to Tyrion nie potrafił odpowiedzieć. — Jakkolwiek by liczyć, cena nie była wysoka — podjął po chwili jego ojciec. — Kiedy Blackfish się podda, korona przyzna Riverrun ser Emmonowi Freyowi. Lancel i Daven muszą poślubić córki Freyów, Joy wyjdzie za jednego z naturalnych synów lorda Waldera, gdy tylko osiągnie odpowiedni wiek, a Roose Bolton zostanie namiestnikiem północy i zabierze do domu Aryę Stark.

— Aryę Stark? — Tyrion uniósł głowę. — I Bolton? Mogłem się

domyślić, że Frey nie odważyłby się na coś takiego na własną rękę. Ale Arya... Varys i Jacelyn szukali jej przez z górą pół roku. Arya Stark z pewnością nie żyje.

— Renly też nie żył, aż do bitwy nad Czarnym Nurtem.

— Nie rozumiem.

— Być może Littlefingerowi powiodło się tam, gdzie ty i Varys nic nie zdziałaliście. Lord Bolton wyda dziewczynę za swego bękarciego syna. Pozwolimy, by Dreadfort walczyło przez kilka lat z żelaznymi ludźmi i zobaczymy, czy Bolton zdoła zmusić do posłuchu innych chorążych Starków. Kiedy nadejdzie wiosna, wszyscy powinni już być u kresu sił, gotowi ugiąć kolana. Północ przypadnie synowi twemu i Sansy Stark... pod warunkiem, że okażesz się wreszcie mężczyzną i go spłodzisz. Nie zapominaj, że nie tylko Joffrey musi się martwić o pozbawienie dziewictwa.

Nie zapomniałem, choć miałem nadzieję, że ty zapomnisz.

— A kiedy twoim zdaniem Sansa będzie bardziej płodna? — zapytał Tyrion ojca ociekającym jadem głosem. — Zanim jej opowiem, jak zamordowaliśmy jej matkę i brata, czy raczej później?

DAVOS

Przez chwilę wydawało się, że król go nie usłyszał. Stannis nie okazał na tę wieść zadowolenia, gniewu czy niedowierzania ani nawet ulgi. Wpatrywał się w Malowany Stół, zaciskając mocno zęby.

— Jesteś pewien? — zapytał.

— Nie widziałem ciała, nie, Wasza Królewskość — odparł Salladhor Saan. — Ale lwy w mieście pysznią się i tańczą. Prostaczkowie mówią na to Krwawe Gody. Przysięgają, że lord Frey kazał odrąbać chłopakowi głowę, przyszyć w jej miejsce łeb jego wilkora i przybić do niego gwoździami koronę. Jego panią matkę również zabito i nagą wrzucono do rzeki.

Na weselu — pomyślał Davos. *Siedział za stołem swego zabójcy, jako gość pod jego dachem. Ci Freyowie są przeklęci.* Znowu poczuł woń płonącej krwi, usłyszał, jak pijawka syczy i skwierczy na gorących węglach.

— To gniew Pana go zabił — oznajmił ser Axell Florent. — To była ręka R'hllora!

— Chwała Panu Światła! — zaśpiewała królowa Selyse, wychudzona kobieta o twardych rysach, odstających uszach i owłosionej górnej wardze.

— Czy ręka R'hllora jest sparaliżowana i pokryta plamami wątrobowymi? — zapytał Stannis. — To robota Waldera Freya, a nie żadnego boga.

— R'hllor wybiera sobie takie instrumenty, jakich potrzebuje. — Rubin u gardła Melisandre lśnił czerwonym blaskiem. — Jego drogi są niezbadane, lecz nikt nie oprze się jego płomiennej woli.

— Nikt mu się nie oprze! — zawtórowała jej królowa.

— Cicho, kobieto. Nie jesteśmy przy nocnym ognisku. — Stannis znowu popatrzył na Malowany Stół. — Wilk nie zostawił żadnych dziedziców, a kraken zbyt wielu. Lwy ich pożrą, chyba że... Saan, będą mi potrzebne twoje najszybsze statki. Wyślę posłów na Żelazne Wyspy i do Białego Portu. Zaoferuję ułaskawienie. — Zgrzytanie zębów dobitnie świadczyło, jak bardzo nie lubi tego słowa. — Pełne ułaskawienie dla wszystkich, którzy okażą skruchę i przysięgną wierność prawowitemu królowi. Muszą zrozumieć...

— Nie zrozumieją — przerwała mu cichym głosem Melisandre. — Przykro mi, Wasza Miłość. To jeszcze nie koniec. Pojawią się nowi fałszywi królowie i przejmą korony tych, którzy zginęli.

— Nowi? — Stannis wyglądał tak, jakby miał ochotę ją udusić. — Nowi uzurpatorzy? Nowi zdrajcy?

Królowa Selyse podeszła do króla.

— Pan Światła zesłał Melisandre po to, by powiodła cię ku chwale. Błagam cię, wysłuchaj jej rady. Święte płomienie R'hllora nie kłamią.

— Są kłamstwa i kłamstwa, kobieto. Wydaje mi się, że nawet gdy płomienie mówią prawdę, pełno jest w nich podstępów.

— Mrówka, która słyszy słowa króla, może nie zrozumieć tego, co powiedział — stwierdziła Melisandre. — A przed gorejącym obliczem boga wszyscy ludzie są mrówkami. Jeśli czasami błędnie brałam ostrzeżenie za proroctwo albo proroctwo za ostrzeżenie, winien jest czytelnik, nie książka. Jedno wiem jednak na pewno. Posłowie i ułaskawienia w niczym ci teraz nie pomogą, tak samo jak pijawki. Musisz dać królestwu znak. Znak, który dowiedzie twej mocy!

— Mocy? — Król prychnął pogardliwie. — Mam tysiąc trzystu ludzi na Smoczej Skale i jeszcze trzystu w Końcu Burzy. — Przesunął dłonią nad Malowanym Stołem. — Reszta Westeros pozostaje w rękach moich wrogów. Nie mam żadnej floty oprócz statków Salladhora Saana. Nie mam pieniędzy na opłacenie najemników. Nie mam szans na łupy czy chwałę, która zwabiłaby w me szeregi wolnych.

— Panie mężu — wtrąciła królowa Selyse — masz więcej ludzi niż Aegon przed trzystu laty. Brak ci tylko smoków.

Stannis przeszył ją mrocznym spojrzeniem.

— Dziewięciu magów przypłynęło zza morza, by wysiedzieć skrzynkę jaj należącą do Aegona Trzeciego. Baelor Błogosławiony modlił się nad swymi przez pół roku. Aegon Czwarty budował smoki z drewna i żelaza. Aerion Jasny Płomień wypił dziki ogień, by się przeobrazić. Magowie nic nie wskórali, modlitwy króla Baelora pozostały bez odpowiedzi, drewniane smoki spłonęły, a książę Aerion skonał z głośnym krzykiem na ustach.

Królowa Selyse pozostała niewzruszona.

— Żaden z nich nie był wybrańcem R'hllora. Czerwona kometa nie przeszyła nieba, by zwiastować ich nadejście. Żaden z nich nie dzierżył Światłonoścy, czerwonego miecza bohaterów. I żaden z nich nie zapłacił ceny. Lady Melisandre ci to powie, panie. Tylko śmierć może zapłacić za życie.

— Chłopiec?

Król niemal wypluł to słowo.

— Chłopiec — zgodziła się królowa.

— Chłopiec — powtórzył po niej ser Axell.

— Miałem powyżej uszu tego przeklętego chłopca, nim jeszcze się narodził — poskarżył się król. — Jego imię wypełnia mi uszy rykiem i leży na mej duszy ciemną plamą.

— Oddaj go mnie, a nigdy już nie usłyszysz jego imienia — obiecała Melisandre.

Ale usłyszysz jego krzyki, gdy będzie go paliła. Davos trzymał jednak język za zębami. Rozsądniej było się nie odzywać, dopóki król tego nie nakaże.

— Oddaj mi chłopca, bym mogła złożyć go w ofierze R'hllorowi — ciągnęła kobieta w czerwieni — a starożytne proroctwo się spełni. Twój smok obudzi się i rozwinie kamienne skrzydła. Królestwo będzie należało do ciebie.

Ser Axell opadł na jedno kolano.

— Błagam cię, klęcząc przed tobą, panie. Obudź kamiennego smoka. Niech zadrżą zdrajcy. Podobnie jak Aegon zaczynasz jako lord Smoczej Skały i podobnie jak Aegon zwyciężysz. Niech fałszywi i niezdecydowani poczują twe płomienie.

— Twa żona również cię błaga, panie mężu. — Królowa Selyse opadła przed królem na oba kolana, łącząc dłonie jak w modlitwie. — Robert i Delena zhańbili twe łoże i na nasz związek spadła klątwa. Ten chłopiec jest plugawym owocem ich cudzołóstwa. Jeśli usuniesz jego cień z mej macicy, dam ci wielu synów z prawego łoża. Wiem o tym. — Objęła jego nogi. — To tylko jeden chłopiec, zrodzony z żądzy twego brata i hańby mojej kuzynki.

— Jest z mojej krwi. Przestań mnie ściskać, kobieto. — Król Stannis położył dłoń na jej ramieniu, z zażenowaniem uwalniając się z jej objęć. — Być może Robert rzeczywiście rzucił klątwę na nasze małżeńskie łoże. Co prawda, przysięgał, że nie chciał mnie zawstydzić, że był pijany i nie wiedział, do czyjej sypialni wchodzi. Co to ma jednak za znaczenie? Bez względu na to, jak wyglądała prawda, chłopiec nie był niczemu winien.

Melisandre położyła dłoń na ramieniu króla.

— Pan Światła miłuje niewinnych. Nie ma cenniejszej ofiary. Z jego królewskiej krwi i jego nieskalanego ognia narodzi się smok.

Stannis nie wzdrygnął się przed dotykiem Melisandre, tak jak przed własną żoną. Kobieta w czerwieni posiadała wszystko to, czego brakowało Selyse. Była młoda, kształtna i niezwykle piękna. Miała twarz o kształcie serca, miedziane włosy i nieziemskie, czerwone oczy.

— Cudownie byłoby ujrzeć, jak kamień ożywa — przyznał z niechęcią. — I dosiąść smoka... pamiętam, jak ojciec po raz pierwszy zabrał mnie na królewski dwór. Robert musiał mnie trzymać za rękę. Miałem najwyżej cztery lata, co znaczy, że on miał pięć albo sześć. Obaj się potem zgadzaliśmy, że król wyglądał szlachetnie, a smoki były straszne. — Stannis żachnął się. — Po latach ojciec powiedział nam, że rankiem tego dnia Aerys skaleczył się na tronie, musiał go więc zastąpić namiestnik. To Tywin Lannister tak nam zaimponował. — Musnął palcami powierzchnię stołu, przebiegając nimi po pociągniętych pokostem wzgórzach. — Kiedy Robert włożył koronę, kazał zdjąć czaszki ze ściany, ale nie zdobył się na to, by je zniszczyć. Smocze skrzydła nad Westeros... To byłoby...

— Wasza Miłość! — Davos podszedł bliżej. — Czy mogę coś powiedzieć?

Stannis zamknął usta tak gwałtownie, że aż kłapnął zębami.

— Lordzie Deszczowego Lasu, po co twoim zdaniem uczyniłem cię namiestnikiem, jeśli nie po to, byś mówił? — Król skinął dłonią. — Słucham.

Wojowniku, daj mi odwagę.

— Niewiele wiem o smokach, a jeszcze mniej o bogach... królowa wspominała jednak o klątwach. Nikt nie jest bardziej przeklęty w oczach bogów i ludzi niż zabójca krewnych.

— Nie ma żadnych bogów poza R'hllorem i Innym, którego imienia nie wolno wypowiadać. — Zaciśnięte usta Melisandre przerodziły się w wąską czerwoną linię. — A mali ludzie przeklinają to, czego nie potrafią pojąć.

— Jestem małym człowiekiem — przyznał Davos — wytłumacz mi więc, dlaczego potrzebujesz Edrica Storma, żeby obudzić wielkiego kamiennego smoka, pani.

Był zdecydowany powtarzać imię chłopaka tak często, jak tylko będzie to możliwe.

— Za życie można zapłacić tylko śmiercią, panie. Wielki dar wymaga wielkiej ofiary.

— Co jest wielkiego w dziecku z nieprawego łoża?

— W jego żyłach płynie królewska krew. Widziałeś, czego potrafi dokonać choćby odrobina takiej krwi...

— Widziałem, że spaliłaś kilka pijawek.

— I dwóch fałszywych królów nie żyje.

— Robba Starka zamordował lord Walder z Przeprawy. Doszły nas też słuchy, że Balon Greyjoy spadł z mostu. Kogo więc zabiły twoje pijawki?

— Wątpisz w moc R'hllora?

Nie wątpię. Davos aż za dobrze pamiętał żywy cień, który wydostał się nocą z jej macicy pod Końcem Burzy, jego czarne dłonie na jej udach. *Muszę być ostrożny, by po mnie też nie przyszedł jakiś cień.*

— Nawet przemytnik cebuli potrafi odróżnić dwóch królów od trzech. Brakuje ci jednego monarchy, pani.

Stannis parsknął śmiechem.

— Tu cię ma, pani. Dwóch to nie trzech.

— To prawda, Wasza Miłość. Jeden król mógłby zginąć przypadkowo, a nawet dwóch... ale trzech? Gdyby Joffrey stracił życie, będąc u szczytu władzy, otoczony swymi armiami i Gwardią Królewską, czyż nie dowiodłoby to mocy Pana?

— Być może.

Król sprawiał wrażenie, że z niechęcią wypowiada każde słowo.

— Albo i nie.

Davos ze wszystkich sił starał się ukryć strach.

— Joffrey umrze — oznajmiła królowa Selyse ze spokojną pewnością siebie.

— Być może już nie żyje — dorzucił ser Axell.

Stannis popatrzył na nich z irytacją.

— Czy jesteście tresowanymi wronami, że kraczecie na mnie jedno po drugim? Dość już tego.

— Mężu, wysłuchaj mnie — błagała go królowa.

— A po co? Dwóch to nie trzech. Królowie potrafią liczyć równie dobrze jak przemytnicy. Możecie odejść.

Stannis odwrócił się do nich plecami.

Melisandre pomogła królowej podnieść się z kolan i Selyse opuściła sztywnym krokiem komnatę. Kobieta w czerwieni podążyła za nią. Ser Axell zdążył jeszcze obrzucić Davosa pożegnalnym spojrzeniem. *Brzydki wyraz na brzydkiej twarzy* — pomyślał przemytnik.

Gdy wszyscy już wyszli, Davos odchrząknął. Król podniósł wzrok.

— Czemu jeszcze tu jesteś?

— Panie, chodzi o Edrica Storma...

Stannis skinął krótko dłonią.

— Oszczędź mi tego.

Davos nie ustępował.

— Twoja córka pobiera z nim nauki. Codziennie bawią się razem w Ogrodzie Aegona.

— Wiem o tym.

— Serce jej pęknie, jeśli coś złego...

— O tym również wiem.

— Gdybyś go tylko zobaczył...

— Widziałem go. Jest podobny do Roberta. I do tego go uwielbia. Czy mam mu powiedzieć, jak często jego ukochany ojciec o nim myślał? Mój brat lubił robić dzieci, ale po przyjściu na świat zaczynały mu zawadzać.

— Codziennie o ciebie pyta...

— Nie gniewaj mnie, Davosie. Nie chcę już nic więcej słyszeć o tym bękarcie.

— Nazywa się Edric Storm, panie.

— Wiem, jak się nazywa. Czy ktoś kiedykolwiek nosił lepiej dobrane nazwisko? Świadczy o jego nieprawym pochodzeniu i o zaburzeniach, jakie ze sobą przynosi. Edric Storm. Proszę bardzo, powiedziałem to. Jesteś usatysfakcjonowany, lordzie namiestniku?

— Edric... — zaczął Davos.

— ...to tylko jeden chłopiec! Może być najlepszym chłopcem, jaki kiedykolwiek zaczerpnął oddechu, ale to i tak nic nie zmienia.

Mam obowiązki wobec królestwa. — Przesunął dłonią nad Malowanym Stołem. — Ilu chłopców mieszka w Westeros? Ile dziewcząt? Ilu mężczyzn i kobiet? Ona zapewnia, że ciemność pożre ich wszystkich. Noc, która nie ma końca. Mówi o proroctwach... o bohaterze ponownie narodzonym w morzu, żywych smokach wyklutych z martwego kamienia... mówi o znakach i przysięga, że te znaki wskazują na mnie. Nie prosiłem o to, tak samo jak nie chciałem być królem. Czy jednak odważę się zlekceważyć jej słowa? — Zazgrzytał zębami. — Nie wybieramy swego przeznaczenia, niemniej jednak musimy... musimy spełnić obowiązek, tak? Musimy spełnić obowiązek, czy to wielki, czy mały. Melisandre przysięga, że widziała w płomieniach, jak stawiam czoło ciemności, unosząc wysoko Światłonoścę. Światłonoścę! — Stannis prychnął pogardliwie. — Przyznaję, że ten magiczny miecz ładnie się świeci, ale nad Czarną Wodą nie okazał się wcale lepszy od zwykłej stali. Smok z pewnością odwróciłby losy tej bitwy. Aegon ongiś stał w tym samym miejscu, co ja teraz, i spoglądał na ten sam stół. Wydaje ci się, że zwalibyśmy go dziś Aegonem Zdobywcą, gdyby nie miał smoków?

— Wasza Miłość — zaczął Davos — koszt...

— Znam koszt! Dziś w nocy, spoglądając w ten kominek, również ujrzałem w płomieniach wizję. Zobaczyłem króla, noszącego na czole koronę z ognia, która płonęła... płonęła, Davosie. Własna korona strawiła jego ciało i obróciła go w popiół. Wydaje ci się, że potrzebuję wyjaśnień Melisandre, by zrozumieć, co to znaczyło? Albo twoich? — Stannis poruszył się tak, że jego cień padł na Królewską Przystań. — Gdyby Joffrey umarł... cóż znaczy życie jednego bękarta wobec królestwa?

— Wszystko — odparł cicho Davos.

Stannis popatrzył na niego, zaciskając zęby.

— Lepiej odejdź — rzekł po chwili — nim gadanie zaprowadzi cię z powrotem do lochu.

Czasami sztorm bywa tak silny, że człowiek nie ma innego wyboru, tylko zwinąć żagle.

— Tak jest, Wasza Miłość.

Davos pokłonił się, wydawało się jednak, że Stannis już o nim zapomniał.

Gdy opuścił Kamienny Bęben, na dziedzińcu było zimno. Wiał silny wiatr ze wschodu i chorągwie na murach łopotały głośno. Davos czuł w powietrzu zapach soli. Morze. Kochał tę woń. Czując ją, chciał znowu wejść na pokład, rozwinąć żagle i popłynąć na południe, do Maryi i ich dwojga najmniejszych dzieci. Myślał o nich każdego dnia, a nocami jeszcze częściej. Częścią jaźni najbardziej ze wszystkiego pragnął zabrać Devana i pożeglować do domu. *Nie mogę tego zrobić. Jeszcze nie teraz. Zostałem lordem i królewskim namiestnikiem. Nie mogę zawieść króla.*

Podniósł wzrok, by spojrzeć na mury. Zamiast blanków były tam tysiące maszkaronów i chimer, które spoglądały na niego z góry. Każdy z nich był inny: wiwerny, gryfy, demony, mantykory, minotaury, bazyliszki, piekielne ogary, kuroliszki i tysiące innych, jeszcze dziwniejszych stworów wyrastały z zamkowych murów niczym niezwykłe rośliny. Wszędzie widziało się też smoki. Wielka Komnata była leżącym na brzuchu potworem. Wchodziło się do niej przez otwartą paszczę. Kuchnie były gadem zwiniętym w kłębek. Dym i para uchodziły na zewnątrz przez jego nozdrza. Wieże były smokami przycupniętymi na murach bądź gotowymi się zerwać do lotu. Wietrzny Żmij wydawał się krzyczeć wyzywająco, a Wieża Morskiego Smoka spoglądała spokojnie na morze. Bramy otoczone były przez mniejsze smoki. Z murów wyrastały smocze pazury, które ściskały pochodnie, kuźnię i zbrojownię otulały kamienne skrzydła, łuki mostów i zewnętrzne schody były ogonami.

Davos często słyszał, że valyriańscy czarodzieje zamiast kuć i rzeźbić kamień jak zwykli murarze, obrabiali go ogniem i magią, jak garncarz glinę. Teraz jednak zaczął się nad tym zastanawiać. *A jeśli to prawdziwe smoki, w jakiś sposób zamienione w kamień?*

— Tak mi się zdaje, że jeśli kobieta w czerwieni przywróci je do życia, cały zamek się zawali. Co za pożytek ze smoków pełnych komnat, schodów i mebli? I okien. I kominów. I wychodków.

Davos odwrócił się i zobaczył, że obok niego stoi Salladhor Saan.

— Czy to znaczy, że wybaczyłeś mi zdradę, Salla?

Stary pirat pogroził mu palcem.

— Wybaczyłem, tak, zapomniałem, nie. Całe to piękne złoto na Szczypcowej Wyspie mogło należeć do mnie. Na myśl o tym czuję się stary i zmęczony. Kiedy umrę w biedzie, moje żony i konkubiny przeklną cię, cebulowy lordzie. Lord Celtigar ma wiele beczek wspaniałego wina, którego teraz nie piję, morskiego orła, którego nauczył siadać sobie na ręce, oraz magiczny róg przywołujący z głębin krakeny. Taki róg bardzo by mi się przydał, by zatopić Tyroshijczyków i inne irytujące stworzenia. Czy jednak mogę w niego zadąć? Nie mogę, ponieważ król zrobił mojego przyjaciela swym namiestnikiem. — Ujął Davosa pod rękę. — Ludzie królowej nie darzą cię miłością, stary przyjacielu. Słyszałem, że pewien namiestnik szuka sobie własnych przyjaciół. To prawda, tak?

Za dużo słyszysz, stary piracie. Przemytnik powinien znać się na ludziach równie dobrze jak na pływach. W przeciwnym razie nie pożyje długo. Ludzie królowej mogli być gorącymi wyznawcami Pana Światła, lecz mniej znaczący mieszkańcy Smoczej Skały ponownie zwracali się do bogów, których czcili przez całe życie. Twierdzili, że Melisandre rzuciła na Stannisa urok, by odwrócił się od Siedmiu i pokłonił jakiemuś demonowi z cienia rodem, a także... co było najgorszym grzechem... że ona i jej bóg go zawiedli. Niektórzy rycerze i pomniejsi lordowie byli tego samego zdania. Davos nawiązał z nimi kontakt, wybierając ich tak samo ostrożnie, jak zwykł kompletować załogę. Ser Gerald Gower walczył dzielnie nad Czarną Wodą, potem jednak słyszano, jak mówił, że R'hllor musi być słabym bogiem, jeśli pozwolił, by jego wyznawców przegnali karzeł i nieboszczyk. Ser Andrew Estermont był kuzynem króla i przed laty służył mu jako giermek. Bękart z Nocnej Pieśni dowodził tylną strażą, która pozwoliła Stannisowi dotrzeć bezpiecznie na galery Salladhora Saana, darzył jednak Wojownika czcią równie gwałtowną, co jego własny charakter. *To ludzie króla, nie królowej.* Lepiej jednak było się nimi nie przechwalać.

— Pewien lyseński pirat powiedział mi kiedyś, że dobry przemytnik stara się nie rzucać w oczy — odparł ostrożnie Davos. —

Czarne żagle, wytłumione wiosła i załoga, która umie trzymać język za zębami.

Lyseńczyk ryknął śmiechem.

— Jeszcze lepsza jest załoga bez języków. Wielkie, silne niemowy, które nie umieją ani pisać, ani czytać. — Nagle jednak spoważniał. — Cieszę się, że ktoś strzeże twych pleców, stary przyjacielu. Jak sądzisz, czy król odda chłopca czerwonej kapłance? Jeden mały smok mógłby położyć kres tej wielkiej wojnie.

Stary nawyk kazał mu sięgnąć po amulet, lecz na szyi nie wisiały mu już kości palców. Nie znalazł tam nic.

— Nie zrobi tego — zapewnił Davos. — Nie skrzywdziłby kogoś, kto jest z jego krwi.

— Lord Renly usłyszałby to z radością.

— Renly był zdrajcą, który podniósł zbrojny bunt. Edric Storm nie popełnił żadnej zbrodni. Jego Miłość jest sprawiedliwy.

Salla wzruszył ramionami.

— Zobaczymy. Czy raczej ty zobaczysz. Ja wracam na morze. Nawet w tej chwili łajdaccy przemytnicy mogą żeglować przez Czarną Zatokę, licząc na to, że unikną płacenia prawnie należnych jej lordowi ceł. — Poklepał Davosa po plecach. — Uważaj na siebie. Ty i ci twoi niemi przyjaciele. Zrobiłeś się teraz bardzo wielki, ale im wyżej człowiek się wespnie, tym boleśniejszy jest upadek.

Davos zastanawiał się nad tymi słowami, wchodząc po schodach Wieży Morskiego Smoka do położonych pod ptaszarnią komnat maestera. Salla nie musiał mu mówić, że zaszedł za wysoko. *Nie umiem pisać, nie umiem czytać, lordowie mną gardzą i nic nie wiem o sprawowaniu władzy. Jak mogę być królewskim namiestnikiem? Moje miejsce jest na pokładzie, nie w zamkowej wieży.*

Niedawno powiedział to maesterowi Pylosowi.

— Jesteś znakomitym kapitanem — rzekł mu maester. — Kapitan sprawuje rządy na swym statku, czyż nie tak? Musi pływać po zdradzieckich wodach, rozwijać żagle, by złapały wzmagający się wiatr, wiedzieć, kiedy nadchodzi sztorm, i jak najlepiej go przetrwać. To mniej więcej to samo.

Pylos chciał dobrze, lecz jego zapewnienia nie zabrzmiały przekonująco.

— To coś zupełnie innego! — sprzeciwił się Davos. — Królestwo to nie statek... i całe szczęście, bo to królestwo zaraz by zatonęło. Znam się na drewnie, linach i wodzie, ale w czym mi to teraz pomoże? Gdzie mam znaleźć wiatr, który zaniesie króla Stannisa na należny mu tron?

Maester parsknął śmiechem na te słowa.

— Sam widzisz, panie. Słowa są jak wiatr, a ty zdmuchnąłeś moje swym zdrowym rozsądkiem. Jestem przekonany, że Jego Miłość wie, co potrafisz zdziałać.

— Przemycać cebule — odparł ponurym głosem Davos. — Królewski namiestnik powinien być szlachetnie urodzonym lordem, kimś mądrym i uczonym, dowódcą wojsk albo wielkim rycerzem...

— Ser Ryam Redwyne był największym rycerzem swej epoki i jednym z najgorszych namiestników, jacy kiedykolwiek pełnili tę funkcję. Modlitwy septona Murmisona sprawiały cuda, lecz gdy został namiestnikiem, całe królestwo szybko zaczęło się modlić o jego śmierć. Lord Butterwell słynął z rozumu, Myles Smallwood z odwagi, a ser Otto Hightower z wykształcenia, wszyscy oni jednak zawiedli jako namiestnicy. Jeśli zaś chodzi o pochodzenie, smoczy królowie często wybierali namiestników spomiędzy ludzi własnej krwi, z rezultatami tak różnymi, jak Baelor Złamana Włócznia i Maegor Okrutny. Z drugiej strony, masz septona Bartha, kowalskiego syna, którego Stary Król znalazł w bibliotece Czerwonej Twierdzy i który zapewnił królestwu czterdzieści lat pokoju oraz dobrobytu. — Pylos uśmiechnął się. — Postudiuj historię, lordzie Davosie, a przekonasz się, że twe obawy są nieuzasadnione.

— Jak mogę studiować historię, jeśli nie umiem czytać?

— Każdy może się tego nauczyć, panie — zapewnił go maester Pylos. — Nie potrzeba do tego magii ani szlachetnego urodzenia. Na rozkaz króla uczę tej sztuki twego syna. Pozwól, bym nauczył jej i ciebie.

Była to wielkoduszna propozycja i Davos nie mógł jej odrzucić. Dlatego wspinał się teraz co dzień do komnat maestera, położonych u szczytu Wieży Morskiego Smoka, gdzie wpatrywał się w zwoje, pergaminy i wielkie, oprawne w skórę tomy, by nauczyć się kilku nowych słów. Od tych wysiłków bolała go głowa. Niekiedy odnosił wrażenie, że jest głupi jak Plama. Jego syn Devan nie miał jeszcze dwunastu lat, a mimo to znacznie prześcignął ojca, a księżniczce Shireen i Edricowi Stormowi czytanie przychodziło z równą łatwością jak oddychanie. Gdy chodziło o książki, Davos był większym dzieckiem niż każde z nich. Mimo to nie zamierzał dać za wygraną. Był teraz królewskim namiestnikiem, a królewski namiestnik powinien umieć czytać.

Gdy maester Cressen złamał biodro, wąskie, kręte schody Wieży Morskiego Smoka stały się dla niego straszliwą udręką. Davosowi wciąż brakowało staruszka. Sądził, że Stannis czuje to samo. Pylos sprawiał wrażenie bystrego, pilnego i przepełnionego dobrymi chęciami, był jednak bardzo młody i król nie zwierzał mu się tak jak Cressenowi. Stary był ze Stannisem bardzo długo... *aż wreszcie naraził się Melisandre i zginął.*

U wierzchołka schodów Davos usłyszał cichy brzęk dzwoneczków, który świadczył, że w pobliżu jest Plama. Błazen księżniczki czekał na nią pod drzwiami maestera niczym wiemy pies. Miał ciało o ciastowatej konsystencji, przygarbione barki, szeroką twarz wytatuowaną w czerwono-zielony błazeński wzór, a głowę przystrojoną jelenim porożem, przywiązanym do blaszanego wiadra. Z łopat zwisało dwanaście dzwoneczków, które pobrzękiwały, kiedy się ruszał... to znaczy nieustannie, gdyż błazen rzadko zamierał w bezruchu. Dokądkolwiek by podreptał, zawsze towarzyszyło mu brzęczenie. Nic dziwnego, że Pylos nie wpuszczał go na lekcje Shireen.

— W podmorskiej krainie stare ryby zjadają młode — wymamrotał błazen do Davosa. Pokiwał głową i jego dzwoneczki zadźwięczały głośno. — Wiem to, wiem, tra-la-lem — zaśpiewał.

— A na górze młode ryby uczą stare — odparł Davos, który nigdy nie czuł się tak staro jak wtedy, gdy spróbował zgłębić sztukę czytania. Gdyby uczył go wiekowy maester Cressen, sprawy zapewne wyglądałyby inaczej, Pylos jednak mógłby być jego synem.

Maester siedział za swym długim drewnianym stołem, pełnym ksiąg i zwojów. Naprzeciwko niego przysiadło troje dzieci, Shireen między dwoma chłopcami. Nawet w tej chwili Davosowi wielką radość sprawiał widok własnego syna w towarzystwie księżniczki i królewskiego bękarta. *Devan będzie teraz lordem, nie tylko rycerzem. Lordem Deszczowego Lasu.* To napawało Davosa dumą większą niż jego własny tytuł. *On też umie czytać. Czyta i pisze tak biegle, jakby urodził się z tą umiejętnością.* Pylos nie mógł się nachwalić jego pilności, a dowódca zbrojnych zapewniał, że Devan dobrze sobie radzi również z mieczem i kopią. *Do tego chłopak jest pobożny.*

— Moi bracia poszli do Komnaty Światła, by zasiąść u boku Pana — oznajmił, gdy ojciec opowiedział mu o śmierci czterech starszych braci. — Będę się za nich modlił przy nocnych ogniskach i za ciebie także, ojcze, byś mógł kroczyć w Świetle Pana aż po kres swych dni.

— Dzień dobry, ojcze — przywitał go teraz chłopiec. *Wygląda zupełnie jak Dale w jego wieku* — pomyślał Davos. Co prawda, jego najstarszy syn nigdy nie nosił ubrań tak pięknych jak strój giermka, który miał na sobie Devan, mieli jednak taką samą twarz, kwadratową i pospolitą, podobne szczere, brązowe oczy i delikatne włosy identycznego koloru. Policzki i podbródek Devana porastał złocisty meszek, którego wstydziłaby się porządna brzoskwinia, chłopak był jednak straszliwie dumny ze swej „brody". *Podobnie jak Dale był kiedyś dumny ze swojej.*

Jego syn był najstarszy z trojga siedzących za stołem dzieci, lecz Edric Storm przerastał go o trzy cale, miał też szerszą pierś i ramiona. Wdał się pod tym względem w ojca i podobnie jak on nigdy nie zapominał o porannych ćwiczeniach z mieczem i tarczą. Ci, którzy mieli wystarczająco wiele lat, by znać Roberta i Renly'ego jako dzieci, mówili, że bękart przypomina ich obu znacznie bardziej niż Stannis. Miał takie same czarne niczym węgiel włosy, ciemnoniebieskie oczy, usta, szczękę i kości policzkowe. Tylko uszy świadczyły, że jego matka pochodziła z rodu Florentów.

— Tak, dzień dobry, panie — powtórzył po Devanie Edric. Chłopak mógł być porywczy i dumny, lecz maesterzy, kasztelani i dowódcy zbrojnych, którzy go wychowywali, nauczyli go uprzejmości. — Czy przychodzisz od mojego stryja? Jak się czuje Jego Miłość?

— Czuje się dobrze — skłamał Davos. Szczerze mówiąc, król miał wynędzniałą, udręczoną twarz, namiestnik nie widział jednak powodu, by obciążać chłopaka swymi obawami. — Mam nadzieję, że nie przeszkodziłem wam w lekcji.

— Właśnie skończyliśmy, panie — uspokoił go maester Pylos.

— Czytaliśmy o królu Daeronie Pierwszym. — Księżniczka Shireen była smutnym, słodkim, łagodnym dzieckiem, lecz z pewnością nie można jej było zwać ładną. Po Stannisie odziedziczyła kwadratową szczękę, po Selyse uszy Florentów, a bogowie w swej okrutnej mądrości uznali za stosowne wzmocnić jej brzydotę, zsyłając na nią w kołysce szarą łuszczycę. Skóra na jednym policzku i na połowie szyi dziewczynki była szara, twarda i spękana, choć choroba nie odebrała jej życia ani wzroku. — On wyruszył na wojnę i podbił Dorne. Zwano go Młodym Smokiem.

— Czcił fałszywych bogów — wtrącił Devan — ale poza tym był wielkim królem, bardzo odważnym w bitwie.

— To prawda — zgodził się Edric Storm — ale mój ojciec był odważniejszy od niego. Młody Smok nie wygrał trzech bitew jednego dnia.

Księżniczka wytrzeszczyła oczy z zachwytu.

— A czy stryj Robert tego dokonał?

Bękart pokiwał głową.

— To było wtedy, gdy wrócił do domu, by zwołać chorągwie. Lordowie Grandison, Cafferen i Fell planowali połączyć swe siły pod Summerhall i pomaszerować na Koniec Burzy, lecz informator uprzedził go o ich zamiarach i mój ojciec natychmiast ruszył w pole ze wszystkimi rycerzami i giermkami. Gdy spiskowcy przybywali jeden po drugim do Summerhall, pokonał ich wszystkich, nim zdążyli połączyć siły. Sam zabił lorda Fella i wziął do niewoli jego syna, zwanego Srebrnym Toporem.

Devan zerknął na Pylosa.

— Rzeczywiście tak było?

— Przecież ci mówię — obruszył się Edric Storm, nim maester zdążył odpowiedzieć. — Zmiażdżył wszystkich trzech i walczył tak dzielnie, że lord Grandison i lord Cafferen zostali potem jego ludźmi. Srebrny Topór też. Nikt nigdy nie pokonał mojego ojca.

— Edric, nie powinieneś tak się przechwalać — skarcił go maester Pylos. — Król Robert znał smak porażki tak samo, jak każdy człowiek. Lord Tyrell pokonał go pod Ashford. Przegrał też wiele walk na turniejach.

— Ale więcej wygrał. I zabił księcia Rhaegara nad Tridentem.

— To prawda — przyznał maester. — Teraz jednak muszę się zająć lordem Davosem, który czekał tak cierpliwie. Jutro znowu poczytamy *Podbój Dorne* autorstwa króla Daerona.

Księżniczka Shireen i chłopcy pożegnali się uprzejmie. Kiedy już wyszli, maester Pylos podszedł do Davosa.

— Panie, może my też przeczytalibyśmy fragment z *Podboju Dorne*? — Przesunął po blacie cienką, oprawną w skórę książeczkę. — Król Daeron pisał z elegancką prostotą, a jego historia pełna jest krwi, bitew i bohaterskich czynów. Twój syn jest nią zachwycony.

— Mój syn nie ma jeszcze dwunastu lat. Ja jestem królewskim namiestnikiem. Daj mi, proszę, kolejny list.

— Jak sobie życzysz, panie. — Maester Pylos przeszukał leżącą na stole stertę, rozwijając, a potem odrzucając na bok kolejne zwoje. — Nie mamy nowych listów. Czy może być stary?

Davos lubił dobre opowieści tak samo jak każdy, uważał jednak, że Stannis nie mianował go namiestnikiem po to, by dostarczyć mu rozrywki. Jego podstawowym obowiązkiem było pomaganie królowi w sprawowaniu rządów, a w tym celu musiał rozumieć słowa przynoszone przez kruki. Przekonał się, że najłatwiej jest się czegoś nauczyć, robiąc to. Dotyczyło to zarówno żagli, jak i zwojów.

— Ten mógłby się nadać.

Pylos wręczył mu list.

Davos rozwinął niewielki kwadrat pomarszczonego pergaminu i przymrużył oczy, próbując odcyfrować niewyraźne literki. Szybko się przekonał, że czytanie szkodzi mu na oczy. Czasami zastanawiał się, czy Cytadela oferuje mieszek zwycięzcy maesterowi, który potrafi pisać najdrobniej. Pylos zaśmiał się na tę sugestię, niemniej jednak...

— Do... pięciu królów — przeczytał Davos, wahając się chwilę przy słowie „pięciu", które rzadko widywał na piśmie. — Król... za... król za... Morem?

— Za Murem — poprawił go maester.

Davos skrzywił się.

— Król za Murem ciągnie... ciągnie na południe. Prowadzi wielki... na... następ...

— Zastęp.

— ...wielki zastęp dz... dzi... dzikich. Lord M... Mmmor... Mormont przysłał... kruka z... na... na...

— Nawiedzanego. Nawiedzanego lasu.

Pylos podkreślił słowa palcem.

— ...nawiedzanego lasu. Za... zaatakowano go?

— Tak.

Zadowolony Davos ciągnął dalej.

— Od tego... Od tego czasu wróciło więcej kruków, lecz żaden z nich nie przyniósł listu. Oba... obawiamy się, że Mormont zginął wraz ze... wszystkimi swymi... budźmi... nie, ludźmi. Obawiamy się, że Mormont zginął wraz ze wszystkimi swymi ludźmi. — Davos zdał sobie nagle sprawę, że czyta. Odwrócił list i zauważył, że lak, którym go zapieczętowano, był czarny. — To list od Nocnej Straży. Maesterze, czy król Stannis go widział?

— Zaniosłem go lordowi Alesterowi, gdy tylko go otrzymałem. On był wówczas namiestnikiem. Wydawało mi się, że mówił o nim z królową. Kiedy go zapytałem, czy mam wysłać odpowiedź, powiedział, żebym nie gadał głupstw. Rzekł mi: „Jego Miłość nie ma ludzi, by toczyć własne bitwy, i nie może nikogo marnować na dzikich".

Była to prawda. A ta wzmianka o pięciu królach z pewnością rozgniewałaby Stannisa.

— Tylko człowiek konający z głodu błaga żebraka o chleb — mruknął.

— Słucham, panie?

— To coś, co powiedziała mi kiedyś żona. — Davos zabębnił o blat skróconymi palcami. Gdy po raz pierwszy ujrzał Mur, był młodszy niż Devan. Służył na „Kocim Łbie", pod dowództwem Roro Uhorisa, Tyroshijczyka znanego na całym wąskim morzu jako Ślepy Bękart, choć wcale nie był ślepy ani nie pochodził z nieprawego łoża. Roro opłynął Skagos i pożeglował na Morze Dreszczy, odwiedzając setkę maleńkich wysepek, na których nigdy dotąd nie widziano kupieckiego statku. Miał na sprzedaż stal. Oferował miecze, topory, hełmy i solidne kolczugi w zamian za futra, kość słoniową, bursztyn i obsydian. Gdy „Koci Łeb" zawrócił na południe, jego ładownie były pełne, lecz w Zatoce Fok statek dopadły trzy czarne galery, które zapędziły go do Wschodniej Strażnicy. Stracili ładunek, a Bękart stracił głowę za zbrodnię sprzedawania dzikim broni.

Za swych przemytniczych czasów Davos handlował we Wschodniej Strażnicy. Czarni bracia byli groźnymi wrogami, lecz dobrymi klientami dla statku, który miał odpowiedni ładunek. Choć jednak brał od nich pieniądze, nigdy nie zapomniał głowy Ślepego Bękarta, która potoczyła się po pokładzie „Kociego Łba".

— Kiedy byłem chłopcem, spotkałem trochę dzikich — oznajmił maesterowi Pylosowi. — Nieźle kradną, ale kiepsko się targują. Jeden z nich porwał naszą dziewczynkę okrętową. Zważywszy na wszystko razem, to ludzie jak inni, niektórzy dobrzy, a niektórzy źli.

— Ludzie są ludźmi — zgodził się maester Pylos. — Wrócimy do czytania, lordzie namiestniku?

Tak, jestem królewskim namiestnikiem. Stannis mógł być z nazwy królem Westeros, w rzeczywistości jednak był tylko królem Malowanego Stołu. Panował nad Smoczą Skałą oraz Końcem Burzy i miał coraz bardziej niepewny sojusz z Salladhorem Saanem, na tym jednak koniec. Jak Straż mogła zwracać się do niego o pomoc? *Może nie wiedzą, jaki jest słaby, jak beznadziejna jest jego sprawa.*

— Jesteś pewien, że król Stannis nie widział tego listu? Ani Melisandre?

— Nie. Czy powinienem im go pokazać? Choćby i w tej chwili?

— Nie — odparł natychmiast Davos. — Spełniłeś już swój obowiązek, przedstawiając go lordowi Alesterowi.

Gdyby Melisandre wiedziała o tym liście... Jak to powiedziała? „Ten, którego imienia nie wolno wypowiadać, gromadzi swą moc, Davosie Seaworth. Wkrótce nadejdzie zimno i noc, która nie ma końca...". A Stannis ujrzał w płomieniach wizję, pierścień pochodni na śniegu, ze wszystkich stron otoczony grozą.

— Źle się czujesz, panie? — zapytał maester Pylos.

Boję się, maesterze — mógłby mu odpowiedzieć. Davos przypomniał sobie usłyszaną od Salladhora Saana opowieść o tym, jak Azor Ahai zahartował Światłonoścę, przebijając nim serce ukochanej żony. *Zabił ją po to, by walczyć z ciemnością. Jeśli Stannis jest ponownie narodzonym Azorem Ahai, czy znaczy to, że Edric Storm musi odegrać rolę Nissy Nissy?*

— Wybacz mi, maesterze. Zamyśliłem się. — *Co złego się stanie, jeśli jakiś król dzikich podbije północ?* W końcu Stannis i tak nad nią nie panował. Trudno było wymagać od Jego Miłości, by bronił ludzi, którzy nie chcieli uznać go za króla. — Daj mi inny list — zażądał nagle. — Ten jest zbyt...

— ...trudny? — zasugerował Pylos.

Wkrótce nadejdzie zimno i noc, która nie ma końca — przypomniał sobie szept Melisandre.

— Niepokojący — wyjaśnił Davos. — Zbyt niepokojący. Daj mi, proszę, jakiś inny.

JON

Obudził ich dym bijący z płonącego Mole's Town.

Stojący na szczycie Wieży Królewskiej Jon Snow patrzył na szare kłęby, wspierając się na wyściełanej materiałem kuli, którą dostał od maestera Aemona. Ucieczka Jona pozbawiła Styra szans na zaskoczenie Czarnego Zamku, magnar nie musiał jednak oznajmiać swego nadejścia aż tak dobitnie. *Możecie nas zabić, ale nikogo nie zarżniecie w łożu* — pomyślał Jon. *Tyle przynajmniej zdołałem osiągnąć.*

Noga wciąż okrutnie go bolała, gdy wspierał na niej swój ciężar. Potrzebował dziś rano pomocy Clydasa, by ubrać się w świeżo wyprany czarny strój i zasznurować buty. Kiedy skończyli, miał ochotę utopić się w makowym mleku. Zadowolił się jednak połową kielicha sennego wina, kawałkiem wierzbowej kory do żucia oraz kulą. Na Zwietrzałych Wzgórzach rozniecono ognie i Nocna Straż potrzebowała wszystkich swych ludzi.

— Mogę walczyć — upierał się Jon, gdy próbowali go przed tym powstrzymać.

— Noga ci się zagoiła, co? — prychnął pogardliwie Noye. — To mogę dać ci w nią lekkiego kopa?

— Wolałbym, żebyś tego nie robił. Jest sztywna, ale dam radę na niej kuśtykać. Mogę walczyć, jeśli mnie potrzebujecie.

— Potrzebujemy każdego, kto wie, którym końcem włóczni dźgać dzikich.

— Ostrym.

Jon przypomniał sobie, że powiedział kiedyś coś takiego swej najmłodszej siostrze.

Noye potarł zarost na podbródku.

— W takim razie może się nadasz. Postawimy cię na wieży z łukiem w ręku, ale jeśli się z niej zwalisz, to lepiej później nie przychodź do mnie z płaczem.

Widział stąd królewski trakt, który wił się na południe przez brązowe, kamieniste pola i wietrzne wzgórza. Nim skończy się dzień, nadciągnie tędy magnar. Jego Thennowie będą maszerowali za nim z toporami i włóczniami w dłoniach, a tarczami z brązu i skóry na plecach. *Grigg Kozioł, Quort, Wielki Czyrak i cała reszta również tędy nadejdą. I Ygritte.* Dzicy nie stali się jego przyjaciółmi, nie pozwolił im na to, ale ona...

Nadal czuł ból w miejscu, w którym jej strzała przeszyła mięśnie jego uda. Pamiętał też oczy staruszka i czarną krew, która trysnęła mu z gardła przy akompaniamencie bijących piorunów. Najlepiej jednak zapamiętał grotę, widok nagiej dziewczyny w świetle pochodni, smak jej ust, które otworzyły się pod jego pocałunkiem. *Ygritte, nie przychodź tu. Idź na południe, po łupy, albo ukryj się w jednej z tych okrągłych wież, które tak ci się spodobały. Tu znajdziesz tylko śmierć.*

Po drugiej stronie dziedzińca jeden z łuczników stojących na dachu starych Koszar Flinta rozwiązał troki spodni i odlewał się przez blanki. *Mully.* Jon poznał go po przetłuszczonych, pomarańczowych włosach. Na innych dachach i wieżach również widać było ludzi w czarnych płaszczach, choć na każdych dziesięciu dziewięciu było zrobionych ze słomy. Donal Noye zwał ich „strachami na wróble". *Ale my jesteśmy wronami, nie wróblami* — pomyślał Jon. *A większość z nas i tak boi się wystarczająco.*

Bez względu na nazwę, słomiani żołnierze byli pomysłem maestera Aemona. W magazynach Czarnego Zamku było więcej spodni, kurtek i bluz, niż mogli potrzebować. Czemu nie mieliby więc wypchać części z nich słomą, zarzucić im na ramiona czarnych płaszczy i ustawić na warcie? Noye rozmieścił kukły na każdej wieży i w połowie okien. Niektórzy trzymali nawet włócznie albo ściskali pod pachami kusze. Bracia liczyli na to, że Thennowie, ujrzawszy z daleka ten widok, dojdą do wniosku, że Czarny Zamek jest zbyt dobrze broniony, by opłacało się go atakować.

Jonowi na dachu Wieży Królewskiej towarzyszyło sześć strachów na wróble, a także dwóch prawdziwych braci. Głuchy Dick Follard siedział na murze, spokojnie czyszcząc i smarując mechanizm swej kuszy, by koło gładko się obracało, natomiast chłopak ze Starego Miasta krążył nerwowo wokół, ciągle poprawiając ubranie słomianych manekinów. *Może wydaje mu się, że będą lepiej walczyli, jeśli ustawi ich jak trzeba. A może czekanie działa mu na nerwy tak samo jak mnie.*

Chłopak twierdził, że ma osiemnaście lat, więcej od Jona, lecz mimo to był zielony jak letnia trawa. Mówili na niego Atłas, mimo że ubierał się w wełnę, kolczugi i utwardzaną skórę Nocnej Straży. To imię nadano mu w burdelu, w którym się urodził i wychowywał. Był ładny jak dziewczyna. Miał ciemne oczy, miękką skórę i krucze loki. Pół roku pobytu w Czarnym Zamku wystarczyło jednak, by stwardniały mu dłonie, i Noye orzekł, że całkiem dobrze radzi sobie z kuszą. Czy jednak starczy mu odwagi, by stawić czoło temu, co miało się wydarzyć...

Jon pokuśtykał na drugą stronę dachu, wspierając się na kuli. Wieża Królewska nie była najwyższa w zamku — ten zaszczyt przypadał wysokiej, smukłej, kruszącej się Kopii, aczkolwiek Othell Yarwyck powiedział kiedyś, że lada dzień może się ona zawalić. Nie była też najpotężniejsza. Wieża Strażników, stojąca przy królewskim trakcie, będzie twardszym orzechem do zgryzienia. Była jednak wystarczająco wysoka i solidna, a poza tym zbudowano ją w dogodnej pozycji, tuż obok bramy i wejścia na drewniane schody.

Gdy Jon po raz pierwszy ujrzał na własne oczy Czarny Zamek, zadał sobie pytanie, jak ktoś mógł być tak głupi, by wybudować zamek bez murów. Jak można było go bronić?

— Nie można — wyjaśnił mu stryj. — W tym właśnie rzecz. Nocna Straż przysięga nie mieszać się w spory toczące się w królestwie. Jednakowoż w ciągu stuleci niektórzy lordowie dowódcy, u których pycha przeważyła nad rozsądkiem, zapominali o tych ślubach i omal nie zniszczyli nas wszystkich przez swą ambicję. Lord dowódca Runcel Hightower usiłował oddać Straż swemu bękartowi. Lord dowódca Rodrik Flint chciał się obwołać królem za Murem. Tristan Mudd, Szalony Marq Rankenfell, Robin Hill... czy wiesz, że przed sześciuset laty dowódcy Śnieżnej Bramy i Nocnego Fortu toczyli ze sobą wojnę? A kiedy lord dowódca spróbował ich powstrzymać, połączyli swe siły, by go zamordować? W sprawę musiał się wmieszać Stark z Winterfell... który pozbawił obydwu głów. Nie sprawiło mu to trudności, gdyż ich twierdze nie nadawały się do obrony. Przed Jeorem Mormontem Nocna Straż miała dziewięciuset dziewięćdziesięciu sześciu lordów dowódców. Większość z nich wiedziała, co to honor i odwaga... lecz mieliśmy też swych tchórzy i głupców, tyranów i szaleńców. Przetrwaliśmy dlatego, że lordowie i monarchowie Siedmiu Królestw wiedzą, iż bez względu na to, kto nami dowodzi, nie jesteśmy dla nich żadnym zagrożeniem. Nasi jedyni wrogowie są na północy, a od tej strony chroni nas Mur.

Tyle że teraz ci wrogowie przekroczyli Mur, by uderzyć na nas od południa — pomyślał Jon. *Znaleźliśmy się między młotem a kowadłem.* Bez murów Czarny Zamek nie miał szans się obronić i Donal Noye świetnie o tym wiedział.

— Zamek nic im nie da — oznajmił płatnerz swemu nielicznemu garnizonowi. — Kuchnie, wielka sala, stajnie, nawet wieże... niech sobie to wszystko zdobędą. Opróżnimy zbrojownię i przeniesiemy jak najwięcej zapasów na szczyt Muru, a bronić się będziemy przy bramie.

Czarny Zamek miał więc teraz coś w rodzaju murów, półkolistą barykadę wysoką na dziesięć stóp, zbudowaną ze skrzynek z gwoździami, beczułek solonej baraniny, skrzyń, bel czarnego materiału, kłód, desek, utwardzanych w ogniu pali oraz niezliczonych worków zboża. Ten prowizoryczny szaniec otaczał dwa najbardziej godne obrony miejsca: bramę wiodącą na północ oraz wejście na wielkie, drewniane serpentynowe schody, które wspinały się na Mur niczym pijana błyskawica, podtrzymywane wbitymi głęboko w lód drewnianymi belkami, wielkimi jak pnie drzew.

Jon zauważył, że ostatni uciekinierzy z Mole's Town wspinają się jeszcze na górę, poganiani przez jego braci. Grenn niósł w ramionach małego chłopca, a Pyp, dwie kondygnacje niżej, prowadził wspierającego mu się na ramieniu staruszka. Jakaś matka ciągnęła za ręce dwoje dzieci, a starszy chłopiec biegł przed nią. Dwieście stóp wyżej Modra Su i lady Meliana (o której wszystkie jej przyjaciółki mówiły, że nie jest damą) stały na pomoście, spoglądając na południe. Z pewnością widziały dym lepiej od niego. Jon zastanawiał się, jaki los czeka wieśniaków, którzy nie chcieli uciec. Zawsze znajdowała się garstka takich, którzy byli zbyt uparci, głupi albo odważni, by salwować się ucieczką, którzy woleli walczyć, ukryć się bądź ugiąć kolana. Może Thennowie ich oszczędzą.

Najlepiej byłoby, gdybyśmy zaatakowali pierwsi — pomyślał. *Pięćdziesięciu konnych zwiadowców mogłoby ich zmasakrować na trakcie.* Nie mieli jednak pięćdziesięciu zwiadowców ani nawet połowy tej liczby koni. Ludzie z garnizonu nie wrócili. Nikt tu nie miał pojęcia, gdzie się podziewają ani nawet, czy dotarli do nich wysłani przez Noye'a posłańcy.

To my jesteśmy garnizonem — pomyślał Jon. *Żal na nas patrzeć.* Tak jak mówił mu Donal Noye, w zamku zostali tylko starcy, kaleki i zieloni chłopcy. Niektórzy z nich taszczyli teraz na Mur beczułki, a inni stali na barykadzie. Stary, solidny Baryła, powolny jak zawsze, Zapasowy But, skaczący dziarsko na swej drewnianej nodze, na wpół obłąkany Luźny, który uważał się za nowe wcielenie Floriana Błazna, Dornijczyk Dilly, Czerwony Alyn z Różanego Lasu, Młody Henly (dobrze po pięćdziesiątce), Stary Henly (dobrze po siedemdziesiątce), Kudłaty Hal, Pate Plama ze Stawu Dziewic. Paru z nich zauważyło spoglądającego na nich z góry Jona i pomachało mu ręką. Inni odwracali się od niego. *Nadal uważają mnie za renegata.* Miało to gorzki smak, lecz Jon nie mógł mieć do nich pretensji. Ostatecznie był bękartem, a wszyscy wiedzieli, że bękarty są z natury rozpustne i zdradzieckie, jako że zrodziły się z chuci i kłamstwa. Zdobył też sobie w Czarnym Zamku tyle samo wrogów, co i przyjaciół... jednym z nich był Rast. Jon zagroził mu kiedyś, że każe Duchowi rozszarpać mu gardło, jeśli nie przestanie dręczyć Samwella Tarly'ego, a Rast nie zapominał podobnych rzeczy. Zmiatał właśnie suche liście na stosy u podstawy schodów, od czasu do czasu przerywał jednak na chwilę robotę, by obrzucić Jona złowrogim spojrzeniem.

— Nie — ryknął z góry Donal Noye na trzech ludzi z Mole's Town. — Smoła ma iść do podnośnika, olej na szczyt schodów, bełty na czwarty, piąty i szósty pomost, a włócznie na pierwszy i drugi. Smalec składajcie pod schodami, tak, tutaj, za deskami. Skrzynki z mięsem na barykadę. Szybciej, wy francowate kmiotki, SZYBCIEJ!

Ma lordowski głos — pomyślał Jon. Ojciec zawsze mu powtarzał, że podczas bitwy płuca dowódcy są równie ważne jak siła jego ramienia.

— Jeśli nikt nie słyszy głosu wodza, nic mu nie pomogą bystry umysł i odwaga — tłumaczył swym synom lord Eddard. Dlatego

Robb i Jon często wspinali się na wieże Winterfell, by krzyczeć do siebie ponad dziedzińcem. Donal Noye z łatwością mógłby zagłuszyć obu. Ludzie z Mole's Town bali się go panicznie i nie bez powodu, gdyż ciągle groził, że urwie im głowy.

Trzy czwarte mieszkańców wioski wzięło sobie do serca ostrzeżenia Jona i schroniło się w Czarnym Zamku. Noye zarządził, że każdy mężczyzna, który ma jeszcze siłę udźwignąć włócznię bądź topór, ma pomagać w obronie barykady. W przeciwnym razie mogli wynosić się do domu i sprawdzić, jak ich przyjmą Thennowie. Opróżnił zbrojownię, by dać im w ręce dobrą stal: wielkie, obusieczne topory, ostre jak brzytwa sztylety, miecze, buzdygany i kolczaste morgenszterny. Odziani w nabijane ćwiekami skórzane kurty i kolczugi, z nagolennikami na nogach i naszyjnikami stalowych osłon głowy, niektórzy z nich przypominali nawet żołnierzy. *Przy kiepskim świetle. Jeśli przymrużyć oczy.*

Noye zagonił do pracy również kobiety i dzieci. Te, które były za małe, by walczyć, miały nosić wodę i gasić pożary, położna z Mole's Town miała pomagać Clydasowi i maesterowi Aemonowi zajmować się rannymi, a Trzypalcy Hobb pozyskał nagle tylu pomocników do obracania rożnów, mieszania w garnkach i krojenia cebuli, że nie wiedział, co z nimi zrobić. Dwie kurwy oznajmiły nawet, że chcą walczyć, i okazało się, że radzą sobie z kuszą na tyle dobrze, iż otrzymały miejsce na schodach, czterdzieści stóp nad ziemią.

— Zimno tu.

Atłas schował sobie dłonie pod pachy pod płaszczem. Policzki miał żywo zaczerwienione. Jon uśmiechnął się.

— W Mroźnych Kłach jest zimno. Tutaj to tylko pogodny, jesienny dzień.

— W takim razie mam nadzieję, że nigdy nie zobaczę Mroźnych Kłów. Znałem kiedyś w Starym Mieście dziewczynę, która lubiła pić wino z lodem. Moim zdaniem to jest najlepsze miejsce dla lodu. W winie. — Atłas popatrzył na południe, marszcząc brwi. — Myślisz, że przestraszyli się tych strachów na wróble, panie?

— Możemy mieć taką nadzieję.

Jon pomyślał, że to niewykluczone... ale bardziej prawdopodobne jest, że dzicy zatrzymali się na chwilę w Mole's Town, by trochę pogwałcić i poplądrować. Albo może Styr czekał, aż nadejdzie noc, by ruszyć do ataku pod osłoną ciemności.

Nadeszło i minęło południe, a na królewskim trakcie nadal nie było widać Thennów. Jon usłyszał jednak wewnątrz wieży kroki. Po chwili klapa się podniosła i pojawiła się zaczerwieniona z wysiłku twarz Owena Przygłupa, który pod jedną pachą dźwigał kosz słodkich bułek, pod drugą krąg sera, a w dłoni trzymał torbę cebuli.

— Hobb kazał przynieść wam żarcie, bo pewnie jeszcze tu trochę posiedzicie.

Możliwe, że to nasz ostatni posiłek.

— Podziękuj mu w naszym imieniu, Owen.

Dick Follard był głuchy jak pień, lecz z jego nosem wszystko było w porządku. Wsadził łapę do kosza i wziął sobie jedną ze świeżo upieczonych, jeszcze ciepłych bułek. Znalazł też garnuszek masła i rozsmarował je sztyletem.

— Rodzynki — oznajmił radośnie. — I orzeszki też.

Jego głos brzmiał nieco bełkotliwie, lecz jeśli się do tego przyzwyczaić, można go było zrozumieć.

— Weź też moje — zaproponował Atłas. — Nie jestem głodny.

— Jedz — polecił mu Jon. — Nie wiadomo, kiedy będziesz miał następną okazję.

Sam wziął sobie dwie bułki. Orzeszki były sosnowe, a oprócz rodzynków zdarzały się też kawałki suszonych jabłek.

— Czy dzicy dzisiaj przyjdą, lordzie Snow? — zapytał Owen.

— Jeśli to zrobią, dowiesz się o tym — odparł Jon. — Uważaj na dźwięk rogu.

— Dwa dźwięki. Dwa to znaczy dzicy.

Owen był wysokim, sympatycznym mężczyzną o włosach jasnoblond, niestrudzonym robotnikiem, który zaskakująco dobrze radził sobie z obróbką drewna, naprawianiem katapult i podobnymi zadaniami, sam jednak chętnie wszystkim opowiadał, że w dzieciństwie matka upuściła go na główkę i połowa rozumu wyciekła mu przez ucho.

— Pamiętasz, dokąd masz iść? — zapytał go Jon.

— Donal Noye mówi, że na schody. Mam wejść na trzeci pomost i strzelać z kuszy do dzikich, jeśli spróbują przejść przez barierę. Trzeci pomost, raz, dwa, trzy. — Pokiwał głową w górę i w dół. — Jeśli dzicy zaatakują, król przybędzie nam z pomocą, prawda? Król Robert to potężny wojownik. Na pewno przybędzie. Maester Aemon wysłał do niego ptaka.

Nie miało sensu mu mówić, że Robert Baratheon nie żyje. Zapomniałby o tym, tak samo jak zapominał przedtem.

— Maester Aemon wysłał do niego ptaka — zgodził się Jon. To wyraźnie zadowoliło Owena.

Maester Aemon wysłał mnóstwo ptaków... nie do jednego króla, ale do czterech. Wiadomość brzmiała: *Dzicy u bram. Królestwo w niebezpieczeństwie. Wyślijcie wszelką możliwą pomoc do Czarnego Zamku.* Ptaki poleciały nawet do dalekiego Starego Miasta i Cytadeli, a także do połowy setki potężnych lordów w ich zamkach. Północni lordowie wydawali się rokować najwięcej nadziei, do nich więc Aemon wysłał po dwa ptaki. Do Umberów i Boltonów, do Zamku Cerwyn i Torrhen's Square, Karholdu i Deepwood Motte, na Wyspę Niedźwiedzią, do Starego Zamku, Wdowiej Strażnicy, Białego Portu, Barrowton i Strumieniska, do górskich warowni Liddle'ów, Burleyów, Norreyów, Harclayów i Wullów. Wszędzie tam czarne ptaki zaniosły ich błaganie. *Dzicy u bram. Północ w niebezpieczeństwie. Przybywajcie ze wszystkimi swymi siłami.*

No cóż, kruki miały skrzydła, ale lordowie i królowie nie. Jeśli nawet pomoc nadejdzie, to z pewnością nie dzisiaj.

Gdy ranek przeszedł w popołudnie, wiatr rozwiał bijący z Mole's Town dym i niebo na południu znowu zrobiło się czyste. *Nie ma chmur* — pomyślał Jon. To była dobra wiadomość. Deszcz albo śnieg mogłyby ich wszystkich zgubić.

Clydas i maester Aemon pojechali klatką na szczyt Muru. Wraz z nimi schroniła się tam większość kobiet z Mole's Town. Mężczyźni z czarnych płaszczach chodzili niespokojnie po dachach wież i pokrzykiwali do siebie na dziedzińcach. Septon Cellador odmawiał modlitwę z ludźmi zgromadzonymi na barykadzie, prosząc

Wojownika, by dał im siłę. Głuchy Dick Follard zwinął się pod płaszczem i zasnął, Atłas zaś pokonał już chyba ze trzysta mil, chodząc w kółko po szczycie wieży. Mur płakał, a na intensywnie błękitnym niebie świeciło słońce. Przed zmierzchem wrócił Owen Przygłup z bochnem czarnego chleba i kociołkiem najlepszej baraniny Hobba, ugotowanej w gęstym rosole z ale i cebulą. Nawet Dick się wtedy obudził. Zjedli wszystko do końca, wycierając kawałkami chleba dno naczynia. Kiedy skończyli, słońce stało już nisko na zachodzie, a cienie były czarne i ostro odgraniczone.

— Rozpal ogień — rozkazał Jon Atłasowi — i wypełnij kociołek olejem.

Zszedł na dół, by zaryglować drzwi i trochę rozprostować zesztywniałą nogę. Wkrótce zrozumiał, że był to błąd, ścisnął jednak kulę i zrobił to, co sobie zamierzył. Drzwi do Wieży Królewskiej były dębowe, wzmacniane żelaznymi ćwiekami. Mogły utrudnić zadanie Thennom, nie powstrzymają ich jednak, jeśli zechcą wedrzeć się do środka. Jon zasunął rygiel, skorzystał z wychodka — to mogła być ostatnia okazja w życiu — po czym pokuśtykał z powrotem na dach, krzywiąc się z bólu.

Niebo na zachodzie przybrało kolor krwawego siniaka, wyżej jednak było ciemnoniebieskie, przechodzące w fioletowe. Pokazywały się już pierwsze gwiazdy. Jon usiadł między dwoma blankami, mając za towarzystwo jedynie stracha na wróble i wpatrzył się w galopującego po niebie Ogiera. A może był to Rogaty Lord? Zastanawiał się, gdzie jest teraz Duch. Pomyślał też o Ygritte, powiedział sobie jednak, że ta droga wiedzie prosto do szaleństwa.

Rzecz jasna, nadeszli nocą. *Jak złodzieje* — pomyślał Jon. *Jak mordercy.*

Gdy zagrały rogi, Atłas zlał się w portki, Jon udał jednak, że tego nie zauważył.

— Potrząśnij Dicka za ramię — rozkazał chłopakowi ze Starego Miasta — bo inaczej prześpi całą bitwę.

— Boję się.

Twarz Atłasa zbielała makabrycznie.

— Oni też. — Jon oparł kulę o blanki i ujął w ręce łuk, wyginając grube i gładkie łuczysko z dornijskiego cisu, by umocować cięciwę. — Nie marnuj bełtów, jeśli nie jesteś pewien, że masz szansę trafić — polecił Atłasowi, gdy ten już obudził Dicka. — Mamy tu spory zapas, ale spory nie znaczy niewyczerpalny. Pamiętaj też, żeby skryć się za murem, kiedy będziesz ładował. Nie próbuj się chować za strachem na wróble. One są zrobione ze słomy i strzała łatwo je przebije.

Dickowi Follardowi nawet nie próbował nic mówić. Co prawda potrafił on odczytać słowa z ruchu warg, jeśli było wystarczająco jasno i chciało mu się to robić, ale i tak wszystko to wiedział.

Zajęli w trójkę pozycje z trzech różnych stron okrągłej wieży. Jon zawiesił sobie kołczan u pasa i wyciągnął z niego strzałę. Drzewce miała czarne, a pierzysko szare. Nakładając ją na cięciwę, przypomniał sobie coś, co usłyszał kiedyś od Theona Greyjoya.

— Dzik może sobie zachować swe kły, a niedźwiedź pazury — oznajmił mu on wówczas z tym swoim uśmiechem. — Nie ma nic groźniejszego niż szare gęsie pióro.

Jon nigdy nie był nawet w połowie tak dobrym myśliwym jak Theon, potrafił jednak posługiwać się łukiem. Wokół zbrojowni przemykały się mroczne postacie, zwrócone plecami do muru, lecz nie widział ich wystarczająco wyraźnie, by marnować strzały. Słyszał odległe krzyki i szyjących w dół z łuków ludzi z Wieży Strażników. Wszystko to działo się zbyt daleko, by miał się tym niepokoić, gdy jednak zobaczył trzy cienie, które oderwały się od starej stajni w odległości pięćdziesięciu jardów, oparł nogę na blankach, uniósł łuk i naciągnął cięciwę. Biegli w jego stronę, pozwolił im więc na to i czekał…

Wypuścił strzałę z cichym sykiem. Po chwili rozległo się stęknięcie i nagle przez dziedziniec pędziły tylko dwa cienie. Biegły jednak teraz jeszcze szybciej, lecz Jon zdążył już wyciągnąć z kołczanu drugą strzałę. Tym razem zbyt się pośpieszył z jej wypuszczeniem i chybił. Nim zdążył nałożyć trzecią, dzicy już zniknęli. Poszukał innego celu i znalazł czterech nieprzyjaciół okrążających biegiem wypaloną skorupę Wieży Lorda Dowódcy. Ich włócznie i topory lśniły w blasku księżyca, podobnie jak makabryczne godła zdobiące okrągłe tarcze: czaszki i piszczele, węże, niedźwiedzie pazury, wykrzywione oblicza demonów. *Wolni ludzie* — pomyślał Jon. Thennowie używali tarcz z czarnej, utwardzanej skóry, z okuciami i ćwiekami z brązu, te jednak były lżejsze, wiklinowe tarcze łupieżców.

Jon naciągnął łuk, przysuwając strzałę z gęsim pierzyskiem aż do ucha, i wystrzelił. Potem wziął drugą strzałę i ją również wypuścił. Pierwszy pocisk przebił tarczę ozdobioną niedźwiedzim pazurem, a drugi wbił się w gardło wroga. Dziki krzyknął, padając na ziemię. Jon usłyszał po lewej stronie niski brzęk kuszy Głuchego Dicka, a po chwili również kuszy Atłasa.

— Trafiłem jednego! — krzyknął ochrypłym głosem chłopak. — Trafiłem go w pierś!

— To traf następnego — zawołał Jon.

Nie musiał już szukać celów. Mógł w nich przebierać. Załatwił dzikiego łucznika, który właśnie nakładał strzałę na cięciwę, a potem wystrzelił do topornika rąbiącego drzwi Wieży Hardina. Tym razem chybił, lecz strzała, która wbiła się w dębinę, spłoszyła napastnika. Dopiero gdy rzucił się on do ucieczki, Jon rozpoznał Wielkiego Czyraka. Pół uderzenia serca później dzikiemu wbiła się w udo strzała wypuszczona przez starego Mully'ego z dachu Koszar Flinta. Wielki Czyrak odczołgał się, krwawiąc, na bok. *Wreszcie przestanie się skarżyć na ten swój czyrak* — pomyślał Jon.

Gdy jego kołczan był już pusty, poszedł po następny i przeniósł się do innej strzelnicy, tuż obok Głuchego Dicka Follarda. Jon wypuszczał trzy strzały na każdy bełt Głuchego Dicka, lecz na tym właśnie polegała wyższość długiego łuku nad kuszą. Niektórzy utrzymywali, że pociski wystrzelone z tej ostatniej mają większą siłę przebicia, lecz broń ta była nieporęczna i trudno ją było ładować. Słyszał pokrzykujących do siebie dzikich, a gdzieś na zachodzie zagrał róg. Świat wypełniały księżycowy blask i cienie, a czas przerodził się w nieustanny rytm nakładania, naciągania i wypuszczania. Wystrzelony przez dzikiego pocisk przebił gardło słomianego strażnika tuż obok niego, lecz Jon niemal tego nie zauważył. *Dajcie mi tylko jedną szansę trafienia magnara Thennu* — modlił się do bogów ojca. To przynajmniej był wróg, którego mógł nienawidzić. *Dajcie mi Styra.*

Palce mu sztywniały, a kciuk krwawił, lecz Jon nie przestawał nakładać, naciągać i wypuszczać. Jego wzrok przyciągnęła nagła eksplozja płomieni. Odwrócił się i zobaczył, że drzwi do wspólnej sali płoną. Po chwili w ogniu stanęło całe wielkie, drewniane pomieszczenie. Wiedział, że Trzypalcy Hobb i jego pomocnicy z Mole's Town są bezpieczni na szczycie Muru, lecz mimo to poczuł się, jakby uderzono go w brzuch.

— JON! — wrzasnął swym bełkotliwym głosem Głuchy Dick. — Zbrojownia!

Dostrzegł, że dzicy dostali się na dach budynku. Jeden z nich miał pochodnię. Dick wskoczył na strzelnicę, by móc lepiej wycelować, uniósł kuszę do ramienia i wystrzelił do człowieka z żagwią, lecz chybił.

Ale łucznik z dołu trafił.

Follard zwalił się bezgłośnie z wieży. Dziedziniec był sto stóp na dole. Jon usłyszał łoskot i wyjrzał zza słomianego manekina, starając się dojrzeć, skąd nadleciała strzała. Niespełna dziesięć stóp od ciała Głuchego Dicka zauważył skórzaną tarczę, wystrzępiony płaszcz i gęstą rudą czuprynę. *Pocałowana przez ogień* — pomyślał. *Ma szczęście.* Uniósł łuk, ale jego palce nie chciały się poruszyć. Dziewczyna zniknęła równie nagle, jak się pojawiła. Odwrócił się z przekleństwem na ustach i wystrzelił do ludzi na dachu zbrojowni, lecz w żadnego z nich również nie trafił.

Wschodnie stajnie też już płonęły. Z boksów buchał czarny dym i unosiły się nad nimi kawałki płonącego siana. Gdy dach runął, płomienie strzeliły ku niebu z hukiem tak donośnym, że niemal zagłuszyły rogi Thennów. Pięćdziesięciu dzikich zbliżało się traktem królewskim w zwartej kolumnie, unosząc tarcze nad głowy. Inni szli przez ogród warzywny, przez brukowany dziedziniec i wokół starej, wyschniętej studni. Trzech rozwaliło toporami drzwi kwatery maestera Aemona w drewnianym donżonie, a na szczycie Milczącej Wieży trwała rozpaczliwa walka, miecze przeciw toporom z brązu. Nic z tego nie miało jednak znaczenia. *Taniec przeniósł się w inne miejsce* — pomyślał Jon.

Pokuśtykał do Atłasa i złapał go za ramię.

— Za mną — krzyknął. Razem przeszli na północną stronę wieży, skąd widać było strzegącą bramy Wieżę Królewską oraz prowizoryczną barykadę, wzniesioną przez Donala Noye'a z kłód, beczek i worków kukurydzy. Thennowie dotarli tam pierwsi. Na głowach mieli półhełmy, a na długie skórzane koszule ponaszywali sobie cienkie krążki z brązu. Wielu z nich miało topory z tego samego metalu, choć niektórzy musieli się zadowolić kamiennymi. Większość dzikich dzierżyła jednak krótkie włócznie z grotami w kształcie liści, które lśniły czerwono w blasku trawiącego stajnie ognia. Napastnicy wrzeszczeli do siebie w starym języku, szturmując barykadę, uderzali włóczniami, wymachiwali toporami, z jednakowym zapamiętaniem rozsypywali kukurydzę i przelewali krew, nie zważając na deszcz bełtów i strzał, którymi zasypywali ich łucznicy wystawieni przez Donala Noye'a na schodach.

— I co teraz zrobimy? — zapytał krzykiem Atłas.

— Zabijemy ich — odpowiedział równie głośno Jon, trzymając w dłoni czarną strzałę.

Żaden łucznik nie mógłby prosić o lepszy cel. Szarżujący na sierp barykady Thennowie odwrócili się plecami do Wieży Królewskiej, wspinając się na worki i beczułki, by dobrać się do ludzi w czerni. Jon i Atłas wybrali ten sam cel. Gdy mężczyzna wdarł się na szczyt barykady, w szyję trafiła go strzała, a między łopatki bełt. Pół uderzenia serca później w brzuch wbił mu się miecz i dziki runął na wspinającego się za nim towarzysza. Jon sięgnął do kołczana i przekonał się, że znowu jest on pusty. Pozwolił Atłasowi spokojnie nakręcać kuszę i pobiegł po następny. Gdy jednak postawił trzy kroki, klapa na dachu odskoczyła gwałtownie trzy stopy przed nim. *Niech to szlag. Nie słyszałem, jak wyłamali drzwi.*

Nie miał czasu zastanawiać się, układać planów ani wzywać pomocy. Wypuścił łuk, wyciągnął z pochwy na plecach Długi Pazur i zatopił ostrze w pierwszej głowie, która wyłoniła się z otworu.

Brąz nie mógł się oprzeć valyriańskiej stali. Miecz rozpłatał hełm Thenna i zagłębił się w jego czaszce. Dziki runął z łoskotem w dół. Rozległy się krzyki świadczące, że podążają za nim następni. Jon cofnął się i zawołał Atłasa. Drugi mężczyzna, który wysunął głowę, oberwał bełtem w policzek. On również zniknął.

— Olej — zawołał Jon. Atłas skinął głową. We dwóch włożyli grube rękawice, które zostawili przy ogniu, dźwignęli ciężki kociołek wrzącego oleju i wylali go na wspinających się w górę Thennów. Jon nigdy w życiu nie słyszał okropniejszych wrzasków. Atłas sprawiał wrażenie, że zaraz zwymiotuje. Jon zamknął kopniakiem zapadnię, postawił na niej ciężki żelazny kociołek i mocno uściskał pięknolicego chłopca.

— Rzygał będziesz później — wrzasnął do niego. — Chodź.

Opuścili strzelnice tylko na kilka chwil, lecz na dole wszystko się tymczasem zmieniło. Tuzin czarnych braci i kilku ludzi z Mole's Town stało jeszcze na skrzyniach i beczkach, lecz dzicy wdarli się już na półokrąg barykady, spychając ich do tyłu. Jon zauważył, że jeden z napastników wbił włócznię w brzuch Rasta z taką siłą, że aż uniósł go w powietrze. Młody Henly zginął, a Stary Henly dogorywał, otoczony przez wrogów. Luźny kręcił się w kółko i wymachiwał mieczem, śmiejąc się jak szalony. Płaszcz łopotał mu, gdy przeskakiwał ze skrzyni na skrzynię. Wtem topór z brązu trafił go w nogę poniżej kolana i śmiech przeszedł we wrzask bólu.

— Pękają — zauważył Atłas.

— Nie — sprzeciwił się Jon. — Już pękli.

Wszystko to przebiegało niesamowicie szybko. Najpierw uciekł jeden wieśniak, potem drugi i nagle wszyscy rzucali broń i porzucali barykadę. Braci było za mało, by mogli utrzymać się sami. Spróbowali ustawić się w linię i wycofać w uporządkowanym szyku, lecz Thennowie zalali ich lasem włóczni i toporów, zmuszając ich do bezładnej ucieczki. Dornijczyk Dilly poślizgnął się i runął na twarz. Dziki wbił mu włócznię między łopatki. Baryła, powolny i zdyszany, prawie już dobiegł do podstawy schodów, gdy jakiś Thenn złapał go za płaszcz i odwrócił szarpnięciem... bełt powalił jednak dzikiego, nim ten zdążył uderzyć toporem.

— Trafiłem — wychrypiał Atłas. Baryła dotarł chwiejnym krokiem na schody i zaczął się po nich wspinać na rękach i kolanach.

Brama padła. Donal Noye zamknął ją i zabezpieczył łańcuchami, lecz nie miał jej już kto bronić. Żelazne zasuwy lśniły czerwono w blasku ognia, a za nimi widać było zimny, czarny tunel. Wszyscy obrońcy szukali bezpiecznego schronienia siedemset stóp wyżej, na szczycie Muru, na który wiodły drewniane serpentynowe schody.

— Do jakich bogów się modlisz? — zapytał Jon Atłasa.

— Do Siedmiu — odparł chłopak ze Starego Miasta.

— W takim razie módl się do swych nowych bogów, a ja będę się modlił do starych.

Nadeszła rozstrzygająca chwila.

Zamieszanie, które wybuchło przy wejściu na dach, sprawiło, że zapomniał napełnić kołczan. Pokuśtykał na drugą stronę dachu, by to zrobić. Podniósł też po drodze łuk. Kociołek stał sobie spokojnie tam, gdzie go zostawili, wyglądało więc na to, że na razie nic im nie grozi. *Taniec przeniósł się w inne miejsce, a my przyglądamy mu się z galerii* — pomyślał, wracając. Atłas strzelał z kuszy do włażących na schody dzikich, a potem chował się za blanki, by naładować broń. *Może i jest ładny, ale jest też szybki.*

Prawdziwa bitwa toczyła się na schodach. Noye ustawił na dwóch najniższych pomostach włóczników, lecz uciekający wieśniacy zarazili ich paniką i wszyscy pognali w stronę trzeciego pomostu. Tych, którzy zostali z tyłu, zabijali Thennowie. Łucznicy i kusznicy na wyższych platformach starali się strzelać nad ich głowami. Jon zwolnił cięciwę i z zadowoleniem zauważył, że jeden z dzikich stoczył się ze schodów. Mur płakał z powodu bijącego od pożarów gorąca, a lód lśnił w blasku tańczących płomieni. Schody trzęsły się pod krokami uciekających przed śmiercią ludzi.

Jon wypuścił kolejną strzałę, było ich jednak z Atłasem tylko dwóch, a na schody wdarło się sześćdziesięciu albo siedemdziesięciu Thennów, którzy zabijali wszystkich po drodze, pijani zwycięstwem. Na czwartym pomoście trzej bracia w czarnych płaszczach stanęli obok siebie z mieczami w dłoniach i na chwilę rozgorzała walka. Było ich jednak tylko trzech. Wkrótce obrońców zalała fala dzikich, a ich krew spłynęła po schodach.

— Podczas bitwy najbardziej zagrożeni są ci, którzy uciekają — tłumaczył kiedyś Jonowi lord Eddard. — Pierzchający wróg jest dla żołnierza jak ranne zwierzę. Wzmaga w nim żądzę krwi.

Łucznicy na piątym pomoście czmychnęli, nim jeszcze bitwa do nich dotarła. To była klęska, krwawa klęska.

— Dawaj pochodnie — rozkazał Atłasowi Jon. Mieli ich cztery. Stały w pobliżu ognia, owinięte nasączonymi olejem szmatami. Był tam też tuzin zapalających strzał. Chłopak ze Starego Miasta wepchnął jedną z nich w płomienie, aż rozgorzała jasno, a resztę położył sobie pod ręką. Znowu miał wystraszoną minę. Nic w tym dziwnego. Jon też się bał.

Wtedy właśnie zobaczył Styra. Magnar wspinał się na barykadę, przełażąc po rozprutych workach z kukurydzą, rozbitych beczkach oraz ciałach wrogów i własnych ludzi. Łuskowa zbroja z brązu lśniła ciemno w blasku płomieni. Styr zdjął hełm, by przyjrzeć się scenie swego triumfu. Łysy, bezuchy skurwysyn uśmiechał się szeroko. W dłoni trzymał długą włócznię z czardrewna ze zdobnym grotem z brązu. Gdy ujrzał bramę, wskazał na nią orężem i warknął coś w starym języku do grupki otaczających go Thennów. *Za późno* — pomyślał Jon. *Trzeba było przeprowadzić swych ludzi przez barykadę. Może udałoby ci się część uratować.*

Z góry dobiegł niski, przeciągły dźwięk rogu. Nie ze szczytu Muru, lecz z dziewiątego pomostu, jakieś dwieście stóp nad ziemią, gdzie stał Donal Noye.

Jon nałożył na łuk strzałę, a Atłas przytknął do niej pochodnię. Jon podszedł do strzelnicy, naciągnął cięciwę, wycelował i wystrzelił. Pocisk pomknął w dół, ciągnąc za sobą wstęgi płomieni i wbił się w cel.

Nie w Styra. W schody. A dokładniej w skrzynie, beczułki i worki, które Donal Noye złożył pod stopniami, aż po pierwszy pomost; beczułki ze smalcem i olejem do lamp, worki liści i nasączonych olejem szmat, rozszczepione kłody, korę i trociny.

— Znowu — powiedział Jon. — Znowu. Znowu.

Inni łucznicy również wzięli się do roboty, na wszystkich wieżach, które były w zasięgu. Wystrzelone przez nich pociski zataczały w powietrzu wysokie łuki, a potem opadały pod Mur. Gdy Jonowi zabrakło strzał, zapalili z Atłasem pozostałe pochodnie i zrzucili je z blanków.

Na górze rozszalał się inny ogień. Stare drewniane schody wchłonęły olej niczym gąbka. Donal Noye nasączył je od dziewiątego pomostu aż po siódmy. Jon mógł jedynie żywić nadzieję, że większość ich ludzi zdołała się dowlec w bezpieczne miejsce, nim Noye rzucił pochodnie. Czarni bracia przynajmniej znali plan, lecz wieśniacy o niczym nie wiedzieli.

Resztę zrobiły wiatr i ogień. Jon musiał jedynie się przyglądać. Dzicy mieli ogień na dole i ogień w górze. Nie mieli dokąd uciekać. Niektórzy parli dalej w górę i zginęli. Inni zawrócili na dół i zginęli. Jeszcze inni zostali na miejscu. Oni również zginęli. Wielu skakało ze schodów, nim pochłonęły ich płomienie, i ginęło od upadku. Dwudziestu kilku Thennów wciąż kuliło się między dwiema ścianami ognia, gdy lód pękł z gorąca i cała dolna trzecia część schodów runęła w dół, wraz z kilkoma tonami lodu. Jon nigdy już nie ujrzał Styra, magnara Thennu. *Mur broni się sam* — pomyślał.

Poprosił Atłasa o pomoc w zejściu na dziedziniec. Ranna noga bolała go tak bardzo, że ledwie był w stanie chodzić, nawet o kuli.

— Weź pochodnię — polecił chłopakowi ze Starego Miasta. — Muszę kogoś poszukać.

Na schodach zginęli przede wszystkim Thennowie. Z pewnością niektórym wolnym ludziom udało się umknąć. Ludziom Mance'a, nie magnara. Mogła być wśród nich. Schodząc na dół, mijali ciała dzikich, którzy próbowali wedrzeć się na dach. Jon pod jedną ręką ściskał kulę, a drugą obejmował ramiona chłopca, który był ongiś kurwą w Starym Mieście.

Ze stajni i głównej sali zostały tylko dymiące popioły, lecz pod Murem wciąż szalał ogień, który wspinał się w górę stopień po stopniu i pomost po pomoście. Od czasu do czasu słyszeli jęk, a potem głośny trzask i od Muru odrywał się kolejny fragment. W powietrzu pełno było popiołu i kryształków lodu.

Znalazł martwego Quorta i umierającego Kamiennego Kciuka. Znalazł trochę martwych bądź konających Thennów, których właściwie nie zdążył poznać. Znalazł Wielkiego Czyraka, osłabionego upływem krwi, lecz nadal żywego.

Ygritte znalazł leżącą na starym śniegu pod Wieżą Lorda Dowódcy. Między piersi miała wbitą strzałę. Na jej twarzy osadzały się kryształki lodu. W blasku księżyca wyglądało to tak, jakby nosiła błyszczącą, srebrną maskę.

Jon zauważył, że strzała jest czarna, lecz ma pierzysko z białych kaczych piór. *Nie moja* — pomyślał. *To nie jest moja strzała.* Czuł się jednak tak, jakby tak było.

Gdy uklęknął w śniegu obok niej, otworzyła oczy.

— Jon Snow — rzekła bardzo cicho. Wydawało się, że strzała przebiła jej płuco. — Czy to jest prawdziwy zamek? Nie tylko wieża?

— Tak.

Jon ujął jej dłoń.

— To dobrze — wyszeptała. — Chciałam zobaczyć prawdziwy zamek, nim... nim...

— Zobaczysz jeszcze sto zamków — obiecał. — Bitwa skończona. Zajmie się tobą maester Aemon. — Dotknął jej włosów. — Jesteś pocałowana przez ogień, pamiętasz? Masz szczęście. Potrzeba czegoś więcej niż strzały, żeby cię zabić. Aemon wyciągnie ją i załata cię. Damy ci trochę makowego mleka na ból.

Uśmiechnęła się na te słowa.

— Pamiętasz tę jaskinię? Mówiłam, że trzeba było w niej zostać.

— Wrócimy do niej — zapewnił. — Nie umrzesz, Ygritte. Nie umrzesz.

— Och. — Objęła dłonią jego policzek. — Nic nie wiesz, Jonie Snow — westchnęła i skonała.

BRAN

— To tylko jeszcze jeden pusty zamek — stwierdziła Meera Reed, spoglądając na gruzy, ruiny i zielsko.

Nieprawda — pomyślał Bran. *To jest Nocny Fort. Koniec świata.* Kiedy byli w górach, myślał tylko o tym, by dotrzeć na Mur i znaleźć trójoką wronę, teraz jednak, gdy już znaleźli się na miejscu, przepełniały go obawy. Sen, który mu się przyśnił… który przyśnił się Lacie… *Nie. Nie mogę myśleć o tym śnie.* Nie opowiedział o nim nawet Reedom, choć wydawało się, że przynajmniej Meera wyczuwa, iż coś jest nie w porządku. Jeśli nie będzie mówił o tym śnie, może uda mu się o nim zapomnieć. Wtedy będzie tak, jakby to się nie wydarzyło, a Robb i Szary Wicher wciąż będą…

— Hodor.

Chłopiec stajenny zachwiał się lekko, a Bran razem z nim. Był zmęczony. Szli już od wielu godzin. *On przynajmniej nie czuje strachu.* Bran obawiał się tego miejsca i prawie w takim samym stopniu bał się przyznać do tego Reedom. *Jestem księciem północy, Starkiem z Winterfell, prawie dorosłym mężczyzną. Muszę być odważny jak Robb.*

Jojen skierował na niego spojrzenie ciemnozielonych oczu.

— Nie ma tu nic, co mogłoby nam zagrozić, Wasza Miłość.

Bran nie był tego taki pewien. O Nocnym Forcie wspominały niektóre najstraszniejsze opowieści Starej Niani. Tu właśnie panował Nocny Król, nim jego imię wymazano z ludzkiej pamięci. Tu Szczurzy Kucharz podał andalskiemu królowi pasztet z księcia z plasterkami boczku, tu siedemdziesięciu dziewięciu wartowników pełniło straż, a młody dzielny Danny Flint został zgwałcony i zamordowany. To był zamek, w którym król Sherrit rzucił klątwę na dawnych Andalów, gdzie uczniowie cechowi spotkali się ze stworem, który przychodzi nocą, gdzie ślepy Symeon Gwiezdnooki widział walczące ze sobą piekielne ogary. Szalony Topornik chodził ongiś po tych dziedzińcach i wdrapywał się na te wieże, mordując po ciemku swych braci.

Wszystko to jednak wydarzyło się setki albo tysiące lat temu, a niektóre z tych rzeczy być może nie wydarzyły się w ogóle. Maester Luwin zawsze mówił, że w opowieści Starej Niani nie należy wierzyć bez zastrzeżeń. Gdy jednak jego stryj przyjechał w odwiedziny do ojca i Bran zapytał go o Nocny Fort, Benjen nie powiedział, że owe historie mówią prawdę ani że są fałszywe. Wzruszył tylko ramionami i rzekł:

— Opuściliśmy Nocny Fort przed dwustu laty.

To była cała jego odpowiedź.

Bran rozejrzał się wokół. Ranek był zimny, ale pogodny, a na jaskrawobłękitnym niebie świeciło słońce. Nie podobały mu się jednak dźwięki, które tu słyszał. Wiatr świstał nerwowo w zburzonych wieżach, donżony to jęczały, to uspokajały się na chwilę. Słyszał też szczury biegające pod podłogą wielkiej komnaty. Dzieci Szczurzego Kucharza uciekają przed ojcem. Dziedzińce były małymi lasami, w których wrzecionowate drzewa stykały się ze sobą gałęziami, a zeschłe liście pierzchały po starym śniegu niczym karaluchy. Drzewa rosły tam, gdzie kiedyś były stajnie, a z wielkiej dziury w kopulastym dachu kuchni wyrastało powyginane, białe czardrzewo. Nawet Lato czuł się tu nieswojo. Bran wśliznął się na krótką chwilę w jego skórę, by poczuć wypełniające to miejsce zapachy. One również mu się nie spodobały.

A przejścia na drugą stronę nie było.

Bran ostrzegał ich, że tak będzie. Powtarzał im to wiele razy, ale Jojen Reed uparł się, że musi się o tym przekonać na własne oczy. Twierdził, iż miał zielony sen, a zielone sny nie kłamią. *Ale nie otwierają też bram* — pomyślał Bran.

Brama, której strzegł Nocny Fort, była zamknięta od dnia, gdy czarni bracia objuczyli swe muły oraz koniki i odjechali w stronę Głębokiego Jeziora. Żelazna Krata została opuszczona, podnoszące ją łańcuchy zabrano, a tunel wypełniono kamieniami i gruzem, które lód połączył ze sobą tak ściśle, że stały się nieprzebyte niczym sam Mur.

— Trzeba było podążyć za Jonem — stwierdził Bran, gdy to zobaczył. Często myślał o swym bękarcim bracie od nocy, gdy Lato widział, jak Jon odjechał w burzę. — Trzeba było znaleźć królewski trakt i ruszyć do Czarnego Zamku.

— Nie ośmielimy się tego zrobić, mój książę — sprzeciwił się Jojen. — Tłumaczyłem ci już dlaczego.

— Ale to są dzicy. Zamordowali jakiegoś człowieka i chcieli zabić też Jona. Jojen, ich było stu.

— Już mówiłeś. Nas jest czworo. Pomogliśmy twemu bratu, jeśli to rzeczywiście był on, ale omal nie straciłeś przez to Laty.

— Wiem — przyznał przygnębiony Bran. Wilkor zabił trzech dzikich, może więcej, było ich jednak zbyt wielu. Gdy otoczyli ciasnym pierścieniem wysokiego, bezuchego mężczyznę, spróbował wymknąć się w deszcz, lecz trafiła go jedna z ich strzał i nagłe ukłucie bólu wygnało Brana ze skóry zwierzęcia. Kiedy burza wreszcie minęła, skulili się w ciemności, nie rozpalając ognia. Rozmawiali szeptem bądź milczeli, wsłuchując się w ciężki oddech Hodora i zastanawiając się, czy rano dzicy spróbują przejść przez jezioro. Bran raz za razem próbował sięgać ku Lacie, lecz ból, który w nim wyczuwał, zmuszał go do odwrotu. To było tak, jakby spróbował dotknąć ręką rozżarzonego do czerwoności kociołka. Tylko Hodor przespał całą noc, miotając się przez sen i mamrocząc: „Hodor, hodor". Bran był przerażony myślą, że Lato kona gdzieś w ciemności. *Błagam was, starzy bogowie* — modlił się. *Zabraliście mi Winterfell, ojca i nogi, proszę was, nie zabierajcie Laty. Czuwajcie też nad Jonem Snow i sprawcie, żeby dzicy sobie poszli.*

Na kamienistej wyspie na jeziorze nie rosły czardrzewa, lecz mimo to starzy bogowie widać w jakiś sposób go usłyszeli. Rano dzikim nigdzie się nie śpieszyło. Rozebrali ciała swych towarzyszy i staruszka, którego zabili, a nawet złapali w jeziorze trochę ryb. Potem nadeszła chwila grozy, gdy trzech dzikich znalazło groblę i ruszyło na jezioro... ale droga zakręciła, a oni nie i dwaj z nich omal się nie utopili, dopóki pozostali ich nie wyciągnęli. Wysoki, łysy mężczyzna zrugał ich w jakimś języku, którego nie znał nawet Jojen. Jego słowa niosły się echem nad wodą. Po chwili dzicy zebrali tarcze i włócznie, a potem pomaszerowali na północny wschód, w tę samą stronę, w którą uciekł Jon. Bran również chciał ruszyć w drogę, żeby poszukać Laty, lecz Reedowie nie chcieli się na to zgodzić.

— Zostaniemy tu jeszcze jedną noc — oznajmił Jojen — żeby dzicy oddalili się od nas parę mil. Nie chciałbyś znowu ich spotkać, prawda?

Późnym popołudniem Lato wrócił z miejsca, w którym się ukrywał, powłócząc zranioną łapą. Pożarł kawałki porzuconych w gospodzie ciał, odpędzając od nich wrony, a potem popłynął na wyspę. Meera wyciągnęła mu z nogi złamaną strzałę i posmarowała ranę sokiem jakiejś rośliny, którą znalazła u podstawy wieży. Wilkor nadal utykał, lecz Branowi wydawało się, że z dnia na dzień jest z nim coraz lepiej. Bogowie go wysłuchali.

— Może powinniśmy spróbować w innym zamku — powiedziała bratu Meera. — Może gdzie indziej udałoby się nam przejść przez bramę. Jeśli chcesz, mogę pójść na zwiady. Sama będę szła szybciej.

Bran potrząsnął głową.

— Na wschód stąd znajdziesz Głębokie Jezioro, a jeszcze dalej Bramę Królowej. Na zachód Icemark. Są takie same, tylko mniejsze. Wszystkie bramy są zamknięte, oprócz Czarnego Zamku, Wschodniej Strażnicy i Wieży Cieni.

— Hodor — rzekł na to Hodor. Reedowie wymienili spojrzenia.

— Powinnam przynajmniej wspiąć się na szczyt Muru — zdecydowała Meera. — Może stamtąd coś zobaczę.

— A co niby mogłabyś zobaczyć? — zapytał Jojen.

— Coś — odparła Meera, która tym razem okazała się nieustępliwa.

To ja powinienem to zrobić. Bran uniósł głowę, by spojrzeć na Mur. Wyobraził sobie, że wspina się nań cal po calu, wciskając palce w szczeliny w lodzie i wykopując nogami punkty oparcia. Uśmiechnął się na tę myśl bez względu na sny, dzikich, Jona i całą resztę. Kiedy był małym chłopcem, wspinał się na mury Winterfell i także na wszystkie wieże, lecz żadna z nich nie była taka wysoka, a do tego były zbudowane z kamienia. Mur był cały szary i pokryty wyżłobieniami, mógł więc również wyglądać na kamienny, gdy jednak chmury się rozstępowały i promienie słońca padały na niego pod innym kątem, rozjarzał się białoniebieskim blaskiem. Stara Niania zawsze mówiła, że to koniec świata. Po drugiej stronie były potwory, olbrzymy i ghule, dopóki jednak Mur był mocny, nie mogły się przezeń przedostać. *Chcę stanąć na szczycie z Meerą* — pomyślał. *Chcę tam wejść i zobaczyć ten widok.*

Był jednak kalekim chłopcem o bezużytecznych nogach i mógł jedynie przyglądać się z dołu, jak Meera wspina się na Mur zamiast niego.

Właściwie nie wspinała się, jak zwykł to kiedyś robić Bran, lecz wchodziła po schodach wyrąbanych przez Nocną Straż setki albo tysiące lat temu. Pamiętał, że maester Luwin opowiadał mu kiedyś, iż Nocny Fort jest jedynym zamkiem, w którym schody wykuto w lodzie samego Muru. A może to był stryj Benjen. W nowszych zamkach były schody — drewniane albo kamienne — bądź też długie ziemne rampy posypane żwirem. *Lód jest zbyt zdradliwy.* To stryj mu o tym mówił. Bran usłyszał od niego, że zewnętrzna powierzchnia Muru płacze czasem lodowatymi łzami, choć zamarznięte wnętrze jest twarde jak skała. Schody z pewnością topiły się i zamarzały na nowo już tysiąc razy od czasu, gdy ostatni czarni bracia opuścili zamek. Za każdym razem robiły się gładsze, bardziej zaokrąglone i zdradliwe.

I mniejsze. *To prawie tak, jakby Mur stopniowo wchłaniał je w siebie.* Meera Reed stąpała bardzo pewnie, lecz nawet ona posuwała się naprzód powoli, przechodząc z jednej wypukłości na drugą. W dwóch miejscach, gdzie schody były ledwie widoczne, opadła na cztery kończyny. *Zejść będzie trudniej* — pomyślał Bran, obserwując ją. Mimo to żałował, że nie jest na jej miejscu. Dotarła na szczyt, czołgając się po lodowych wypukłościach, które były wszystkim, co zostało z najwyżej położonych stopni, i zniknęła mu z oczu.

— Kiedy zejdzie na dół? — zapytał Bran Jojena.

— Kiedy będzie gotowa. Na pewno zechce dokładnie się przyjrzeć... Murowi i temu, co leży poza nim. Powinniśmy zrobić to samo na dole.

— Hodor? — zapytał z powątpiewaniem Hodor.

— Może coś znajdziemy — nie ustępował Jojen.

Albo coś znajdzie nas. Bran nie mógł jednak powiedzieć tego na głos. Nie chciał, żeby Jojen uznał go za tchórza.

Ruszyli zatem na zwiady. Jojen Reed szedł przodem, Bran jechał w koszu na plecach Hodora, a Lato lazł u ich boku. W pewnej chwili wilkor wpadł przez jedne z mrocznych drzwi i po chwili wrócił, trzymając w paszczy szarego szczura. *Szczurzy Kucharz* — pomyślał Bran, szczur był jednak innego koloru i tylko wielkości kota. Szczurzy Kucharz miał białe futro i rozmiarami prawie dorównywał świni...

W Nocnym Forcie było bardzo dużo mrocznych drzwi i całe mnóstwo szczurów. Bran słyszał, jak biegają po kryptach i piwnicach oraz w labiryncie czarnych jak smoła tuneli, które łączyły je ze sobą. Jojen miał ochotę do nich zajrzeć, lecz Hodor powiedział na to „Hodor", a Bran powiedział „Nie". W mroku pod Nocnym Fortem czaiły się rzeczy gorsze niż szczury.

— Mam wrażenie, że to stara forteca — stwierdził Jojen, gdy szli zakurzoną galerią, do której przez powybijane okna wpadały snopy słonecznego światła.

— Dwa razy starsza od Czarnego Zamku — przypomniał sobie Bran. — To był pierwszy zamek na Murze. Jest również największy. Był też jednak pierwszym, który porzucono, jeszcze w czasach Starego Króla. Nawet wtedy był już w trzech czwartych pusty i jego utrzymanie kosztowało zbyt wiele. Dobra królowa Alysanne zasugerowała, by Nocna Straż zastąpiła go nowym, mniejszym zamkiem, zbudowanym tylko siedem mil na wschód stąd, w miejscu, gdzie Mur biegnie wzdłuż brzegu pięknego, zielonego jeziora. Budowę Głębokiego Jeziora opłaciła swymi klejnotami królowa, a wznieśli je ludzie przysłani na północ przez Starego Króla oraz czarni bracia, którzy zostawili Nocny Fort na pastwę szczurów.

To jednak było dwa wieki temu. Obecnie Głębokie Jezioro stało puste, tak samo jak zamek, który zastąpiło, a Nocny Fort...

— Tu są duchy — stwierdził Bran. Hodor znał wszystkie opowieści, niewykluczone jednak, że Jojen nigdy ich nie słyszał. — Stare duchy, jeszcze sprzed czasów Starego Króla, a nawet Aegona

Smoka, siedemdziesięciu dziewięciu dezerterów, którzy udali się na południe, by wieść żywot ludzi wyjętych spod prawa. Jeden z nich był najmłodszym synem lorda Ryswella i dlatego, gdy dotarli do krainy kurhanów, poszukali schronienia w jego zamku. Lord Ryswell wziął ich jednak do niewoli i odesłał do Nocnego Fortu. Lord dowódca kazał wykuć w szczycie Muru otwory, a potem wsadził w nie dezerterów i uwięził ich żywcem w lodzie. Mają włócznie i rogi i wszyscy spoglądają na północ. Zwą ich siedemdziesięcioma dziewięcioma wartownikami. Za życia opuścili stanowiska i za karę po śmierci ich warta będzie trwała wiecznie. Po wielu latach, gdy lord Ryswell był już stary i stał nad grobem, kazał się zawieźć do Nocnego Fortu, by mógł przywdziać czerń i stanąć u boku syna. Odesłał go na Mur, gdyż tak nakazywał honor, nie przestał go jednak kochać i chciał pełnić straż razem z nim.

Poświęcili na eksplorację zamku pół dnia. Niektóre z wież się zawaliły, a inne wyglądały na zagrożone, wspięli się jednak na wieżę dzwonną (dzwonów już tam nie było) i do ptaszarni (ptaków już tam nie było). Pod browarem znaleźli podziemie wypełnione wielkimi, dębowymi beczkami, które dźwięczały głucho, gdy Hodor w nie walił. Trafili na bibliotekę (półki i skrzynie rozleciały się, książek nie było i wszędzie roiło się od szczurów). Trafili na wilgotny, mroczny loch, w którego celach pomieściłoby się z pięciuset jeńców. Gdy jednak Bran złapał jeden z przerdzewiałych prętów, złamał mu się w ręku. Z wielkiej komnaty została tylko jedna waląca się ściana, łaźnia zdawała się zapadać pod ziemię, a dziedziniec pod zbrojownią, gdzie ongiś czarni bracia ćwiczyli z włóczniami, tarczami i mieczami, podbiły potężne cierniowe krzewy. Zbrojownia i kuźnia wciąż jednak stały, choć miejsce mieczy, miecha i kowadła zajęły pajęczyny, szczury oraz kurz. Lato czasami zdawał się słyszeć dźwięki, na które Bran był głuchy, albo obnażał kły bez widocznego powodu, jeżąc sierść na karku… lecz Szczurzy Kucharz się nie pokazał, podobnie jak siedemdziesięciu dziewięciu wartowników czy Szalony Topornik. Bran poczuł wyraźną ulgę. *Może to rzeczywiście tylko opustoszałe ruiny.*

Gdy wróciła Meera, słońce wisiało już tylko o szerokość miecza nad wzgórzami na zachodzie.

— Co widziałaś? — zapytał dziewczynę jej brat Jojen.

— Nawiedzany las — odparła tęsknym głosem. — Dzikie wzgórza ciągnące się jak okiem sięgnąć, porośnięte drzewami, których nigdy nie tknął topór. Taflę jeziora lśniącą w promieniach słońca i chmury nadciągające z wiatrem z zachodu. Połacie starego śniegu i sople długie niczym piki. Wypatrzyłam nawet krążącego w górze orła. Wydaje mi się, że on też mnie zauważył. Pomachałam do niego ręką.

— A czy znalazłaś drogę zejścia? — zapytał Jojen.

Potrząsnęła głową.

— Nie. Ściana jest pionowa, a lód bardzo gładki... może udałoby mi się zleźć na dół, gdybym miała dobrą linę i toporek, żeby wyrąbywać sobie punkty oparcia, ale...

— ...my nie mamy szans — dokończył za nią Jojen.

— Nie macie — zgodziła się jego siostra. — Jesteś pewien, że to jest miejsce, które widziałeś we śnie? Może to nie ten zamek.

— Nie. Na pewno ten. Jest tu brama.

Jest — pomyślał Bran. *Tyle że zablokowana kamieniami i lodem.*

Gdy nadszedł zachód słońca, cienie wież się wydłużyły, a wiatr zaczął dąć silniej, niosąc po dziedzińcach stosy zeschłych liści. Gęstniejący mrok przypomniał Branowi inną opowieść Starej Niani, historię o Nocnym Królu. Był on ponoć trzynastym z kolei dowódcą Nocnej Straży, wojownikiem, który nie znał strachu.

— I to właśnie było jego słabością, albowiem wszyscy ludzie muszą znać strach — dodawała zawsze. Do zguby doprowadziła go kobieta, którą ujrzał ze szczytu Muru. Skórę miała białą jak księżyc, a oczy jak błękitne gwiazdy. Ponieważ nie bał się niczego, rzucił się za nią w pogoń, złapał i kochał się z nią, choć skórę miała zimną jak lód, a gdy oddał jej swe nasienie, razem z nim oddał też duszę.

Sprowadził ją ze sobą do Nocnego Fortu i ogłosił królową, a siebie królem. Niezwykłymi czarami zmusił swych zaprzysiężonych braci do posłuchu. Nocny Król i jego trupia królowa władali wspólnie przez trzynaście lat, aż wreszcie Stark z Winterfell i władca dzikich Joramun połączyli swe siły, by uwolnić Straż z niewoli. Po jego upadku, gdy się okazało, że składał ofiary Innym, wszystkie zapiski o Nocnym Królu zostały zniszczone. Zabroniono nawet wymieniać jego imię.

— Niektórzy mówią, że był Boltonem — kończyła zawsze Stara Niania. — Inni, że Magnarem ze Skagos, Umberem, Flintem albo Norreyem. Jeszcze inni twierdzą, że pochodził z rodu Woodfootów, który władał Niedźwiedzią Wyspą przed nadejściem żelaznych ludzi. Ale to nieprawda. Był Starkiem, bratem człowieka, który przywiódł go do upadku. — Zawsze wtedy szczypała Brana w nos, żeby nigdy nie zapomniał jej słów. — Był Starkiem z Winterfell i kto wie, może miał na imię Brandon? Może spał w tej samej komnacie, w tym samym łożu.

Nie spał — pomyślał Bran. *Ale mieszkał w zamku, w którym spędzimy dzisiejszą noc.* W najmniejszym stopniu nie podobała mu się ta myśl. Stara Niania zawsze powtarzała, że Nocny Król za dnia był tylko człowiekiem, lecz nocą władał niepodzielnie. *A zapada zmierzch.*

Reedowie postanowili, że będą spać w kuchni, która była kamiennym ośmiokątem nakrytym rozbitą kopułą. Oferowała pewniejsze schronienie niż większość pozostałych budynków, mimo że obok wielkiej centralnej studni przez łupkową posadzkę przebiło się czardrzewo, które następnie wygięło się w bok, by dosięgnąć dziury w dachu i wyciągnąć białe jak kość gałęzie ku słońcu. Wyglądało dziwnie. Było chudsze niż inne czardrzewa, które widział Bran, i nie wyrzeźbiono w nim twarzy. Mimo to poczuł, że starzy bogowie są przy nim.

To jednak była jedyna rzecz, która mu się tu podobała. Większa część dachu była na miejscu, co znaczyło, że jeśli znowu spadnie deszcz, nie zmokną, nie sądził jednak, by kiedykolwiek robiło się tu ciepło. Łatwo było wyczuć przenikający przez posadzkę chłód. Branowi nie przypadły też do gustu cienie ani wielkie ceglane piece, które otaczały ich niczym rozdziawione paszcze, a także przerdzewiałe haki na mięso oraz blizny i plamy, które zauważył na rzeźnickim pniaku stojącym pod jedną ze ścian. *Tu właśnie Szczurzy Kucharz porąbał księcia na kawałki* — pomyślał. *A pasztet upiekł w jednym z tych pieców.*

Najbardziej ze wszystkiego niepokoiła go jednak studnia. Była kamienna i miała dobre dwanaście stóp szerokości, a w jej ścianę wbudowano schody, które prowadziły po spirali w ciemność. Kamienie były wilgotne i pokryte plamami saletry, żadne z nich nie wypatrzyło jednak na dnie wody. Nawet Meera, która miała bystry wzrok łowcy.

— Może to studnia bez dna — odezwał się niepewnym głosem Bran.

Hodor przyklęknął przy sięgającym kolan obmurowaniu studni i zajrzał do środka.

— HODOR! — zawołał. Jego głos spłynął echem w głąb studni. — Hodorhodorhodorhodor — brzmiał coraz ciszej i ciszej — hodorhodorhodorhodor.

Wreszcie stał się czymś mniej niż szept. Chłopiec stajenny miał zdziwioną minę. Nagle schylił się i podniósł z podłogi kawałek ukruszonego łupku.

— Hodor, nie! — zawołał Bran, było już jednak za późno. Sługa wrzucił kamienną płytkę do środka. — Nie trzeba było tego robić. Nie wiesz, co jest tam na dole. Mogłeś coś uderzyć albo... albo coś obudzić.

Olbrzym popatrzył na niego niewinnie.

— Hodor?

Daleko, daleko w dole rozległ się dźwięk wpadającego do wody kamienia. Nie był to właściwie plusk, lecz raczej odgłos połykania, jakby coś ukrytego w głębinach otworzyło drżącą, lodowatą paszczę i pochłonęło ciśniętą przez Hodora płytkę. Ze studni dobiegły ich ciche echa i przez chwilę Branowi wydawało się, że coś tam się porusza, brnąc mozolnie przez wodę.

— Może nie powinniśmy tu nocować — rzekł niepewnym głosem.

— Przy studni? — zapytała Meera. — Czy w Nocnym Forcie?

— Tak — odparł Bran.

Parsknęła śmiechem i wysłała Hodora po drewno. Lato poszedł razem z nim. Było już niemal zupełnie ciemno i wilkor miał ochotę wybrać się na polowanie.

Hodor wrócił sam z wielkim naręczem gałęzi. Jojen Reed wziął w ręce krzemień oraz nóż i zabrał się do rozpalania ognia. Meera oczyściła rybę, którą złapała w ostatnim z mijanych przez nich strumieni. Bran zastanawiał się, ile lat minęło, odkąd ostatnio ktoś jadł kolację przyrządzoną w kuchni Nocnego Fortu. Zadał też sobie pytanie, kto ją przyrządził, choć może lepiej było tego nie wiedzieć.

Gdy ogień płonął już wesoło, Meera wzięła się do pieczenia ryby. *Dobrze chociaż, że to nie pasztet.* Szczurzy Kucharz zrobił z syna andalskiego króla wielki pasztet z cebulą, marchewką, grzybami, mnóstwem pieprzu i soli, plasterkami boczku i ciemnym, czerwonym dornijskim winem. Następnie podał pasztet ojcu chłopca, który pochwalił jego smak i poprosił o drugi kawałek. Potem bogowie zamienili kucharza w monstrualnego, białego szczura, który mógł się żywić jedynie własnymi młodymi. Od tego czasu krążył po Nocnym Forcie, pożerając swe dzieci, a jego głód wciąż nie był zaspokojony.

— To nie za morderstwo przeklęli go bogowie — mówiła Stara Niania. — Ani nawet nie za to, że podał andalskiemu królowi jego własnego syna jako pasztet. Człowiek ma prawo do zemsty. On jednak zabił gościa pod swoim dachem, a tego bogowie nie mogą wybaczyć.

— Powinniśmy się przespać — oznajmił z powagą Jojen, gdy już się nasycili. Poruszył patykiem ledwie się tlące ognisko. — Może znowu przyśni mi się zielony sen, który wskaże nam drogę.

Hodor położył się już i pochrapywał cicho. Od czasu do czasu miotał się gwałtownie pod płaszczem i mamrotał coś, co mogło brzmieć: „Hodor". Bran podczołgał się bliżej ognia. Przyjemnie było poczuć ciepło, a ciche potrzaskiwanie płomieni uspokajało go, lecz mimo to sen nie chciał nadejść. Na dworze wiatr wysyłał do boju armie zeschłych liści, które maszerowały przez dziedzińce, by drapać cicho o drzwi i okna. Te dźwięki przypominały mu opowieści Starej Niani. Niemal widział widmowych wartowników nawołujących się na szczycie Muru i dmących w swe upiorne rogi. Przez dziurę w dachu do środka wpadało blade światło księżyca, które malowało swym blaskiem pnące się ku górze gałęzie czardrzewa.

Wyglądało to tak, jakby drzewo próbowało złapać księżyc i wciągnąć go do studni. *Starzy bogowie* — modlił się Bran. *Jeśli mnie słyszycie, nie zsyłajcie mi dziś snu. Albo niech to będzie dobry sen.* Bogowie nie odpowiedzieli.

Bran nakazał sobie zamknąć oczy. Może na chwilę zasnął, a może drzemał tylko, unosząc się na granicy snu i jawy i starając się nie myśleć o Szalonym Toporniku, Szczurzym Kucharzu czy stworze, który przychodzi nocą.

I nagle usłyszał dźwięk.

Otworzył oczy. *Co to było?* Wstrzymał oddech. *Czy to mi się przyśniło? Czy to jakiś głupi koszmar?* Nie chciał budzić Meery i Jojena z powodu złego snu, ale... znowu... ciche, odległe szuranie. *Liście, to liście ocierają się o mury... albo wiatr, to może być wiatr...* Dźwięk nie pochodził jednak z zewnątrz. Bran poczuł, że jeżą mu się włoski na ramionach. *Dobiega ze środka, jest tutaj z nami i robi się coraz głośniejszy.* Wsparł się na łokciu, wytężając słuch. Słychać było wiatr i szum liści, to jednak było coś innego. *Kroki.* Ktoś się zbliżał. Coś się zbliżało.

Wiedział, że to nie wartownicy. Oni nigdy nie opuszczali Muru. W Nocnym Forcie mogły być też jednak również inne, jeszcze straszniejsze duchy. Przypomniał sobie, jak Stara Niania opowiadała mu o Szalonym Toporniku, który zdejmował buty i nocą grasował boso po zamku. Jedynym dźwiękiem, który mógł go zdradzić, było kapanie kropelek krwi ściekających z jego topora, łokci oraz koniuszka wilgotnej rudej brody. A może to wcale nie był Szalony Topornik, tylko stwór, który przychodzi nocą. Stara Niania mówiła, że wszyscy uczniowie go widzieli, lecz potem każdy z nich podał lordowi dowódcy inny opis. *I trzech z nich umarło w ciągu roku, a czwarty oszalał, kiedy zaś po stu latach stwór pojawił się znowu, wlókł za sobą zakutych w łańcuchy chłopców.*

To jednak była tylko opowieść. Niepotrzebnie się bał. Maester Luwin powiedział, że nie ma żadnego stwora, który przychodzi nocą, a jeśli nawet kiedyś istniał, zniknął już ze świata, tak samo jak olbrzymy i smoki. *To nic* — tłumaczył sobie Bran.

Dźwięk stawał się jednak coraz głośniejszy.

Dobiega ze studni — zrozumiał Bran. To przeraziło go jeszcze bardziej. Coś wydostawało się spod ziemi, przychodziło z mroku. *Hodor to obudził. Obudził to tym głupim kamieniem, a teraz przyjdzie po nas.* Chrapanie Hodora i walenie serca Brana niemal zagłuszały odgłos. Czy tak brzmi dźwięk skapującej z topora krwi? A może było to słabe, odległe pobrzękiwanie widmowych łańcuchów? Bran wsłuchał się uważniej. *Kroki.* Z całą pewnością były to kroki, każdy następny odrobinę głośniejszy od poprzedniego. Nie potrafił jednak określić, ilu jest intruzów. W studni dźwięki niosły się echem. Nie słyszał żadnego kapania ani szczęku łańcuchów, było tam jednak coś innego... słabe, wysokie kwilenie, przypominające jęki bólu, i ciężkie, stłumione oddechy. Najgłośniejsze jednak były kroki, które wciąż się zbliżały.

Chłopiec za bardzo się bał, żeby krzyczeć. Ognisko przygasło już do kilku żarzących się słabo węgielków, a wszyscy przyjaciele Brana spali. Omal nie wymknął się ze swej skóry, by sięgnąć do wilka, lecz Lato mógł przebywać wiele mil stąd. Nie mógł zostawić przyjaciół w ciemności, sam na sam z tym, co gramoliło się ze studni. *Mówiłem im, żeby tu nie przychodzić* — myślał przygnębiony. *Mówiłem im, że tu są duchy. Że powinniśmy pójść do Czarnego Zamku.*

Kroki brzmiały ciężko. Powolne i ociężałe tarcie o kamień. *To coś wielkiego.* Według Starej Niani Szalony Topornik był potężnym mężczyzną, a stwór, który przychodzi nocą, był monstrualny. Sansa mówiła mu kiedyś, że demony ciemności nie znajdą go, jeśli schowa się pod kołdrą. Omal tego nie zrobił, przypomniał sobie jednak, że jest księciem i już prawie dorosłym mężczyzną.

Poczołgał się po podłodze, wlokąc za sobą bezwładne nogi, aż wreszcie mógł wyciągnąć rękę i dotknąć stopy Meery. Ocknęła się momentalnie. Nigdy nie znał nikogo, kto budziłby się tak szybko jak Meera Reed i tak błyskawicznie odzyskiwał pełnię świadomości. Bran przycisnął palec do ust, by wiedziała, że ma milczeć. Wyczytał z jej twarzy, że natychmiast usłyszała dźwięk, niosące się echem kroki, słabe kwilenie, ciężki oddech.

Dziewczyna podniosła się bez słowa i złapała za broń. W prawej dłoni trzymała trójząb, a z lewej zwisała zwinięta sieć. Ruszyła boso w stronę studni. Jojen drzemał spokojnie, nie zważając na nic, a Hodor miotał się i mamrotał niespokojnie przez sen. Meera trzymała się cieni, cicho jak kot okrążając snop księżycowego blasku. Bran obserwował ją przez cały czas, lecz nawet on ledwie dostrzegał słaby blask jej trójzęba. *Nie mogę pozwolić, by walczyła z tym czymś sama* — pomyślał. Lato był daleko, ale…

…Bran zrzucił swą skórę i sięgnął po Hodora.

Wsuwanie się w Latę przychodziło mu teraz z taką łatwością, że prawie w ogóle o tym nie myślał. To jednak było trudniejsze, jakby próbował wsunąć lewy but na prawą nogę. Nie dosyć, że but nie pasował, to jeszcze sam się bał, nie wiedział, co się dzieje, odpychał nogę od siebie. Bran czuł smak wymiocin w gardle Hodora. To niemal wystarczyło, by zmusić go do ucieczki. Zamiast tego pchnął mocno, usiadł, podwinął nogi — swe wielkie, silne nogi — i podniósł się. *Stoję.* Postawił krok naprzód. *Idę.* To było wrażenie tak dziwne, że omal nie upadł. Widział siebie na kamiennej posadzce: małego, bezwładnego kalekę. Teraz jednak nie był kaleką. Złapał za rękojeść miecza Hodora. Oddech był już głośny jak kowalski miech.

Ze studni dobiegł jęk, przenikliwy pisk, który przeszył go jak nożem. W półmrok wylazła wielka, czarna postać, która powlokła się w stronę księżycowego blasku. Na Brana padł strach tak wielki, że nim zdążył choćby pomyśleć o wyciągnięciu miecza z pochwy, tak jak zamierzał, znowu znalazł się na podłodze.

— Hodor hodor HODOR — ryknął chłopiec stajenny, tak samo jak w wieży na jeziorze, gdy huczały gromy. Stwór, który przychodzi nocą, również krzyczał, miotając się jak szalony w zarzuconej przez Meerę sieci. Dziewczyna uderzyła błyskawicznie trójzębem w ciemności. Intruz zachwiał się i upadł, szarpiąc się w sieci. Zawodzenie nadal dobiegało ze studni i było coraz głośniejsze. Czarny stwór miotał się rozpaczliwie na posadzce, wrzeszcząc:

— Nie, nie, nie, proszę, NIE…

Meera stanęła nad nim. Jej trójząb na żaby lśnił w świetle księżyca srebrzystym blaskiem.

— Kim jesteś? — zapytała.

— Jestem SAM — łkał czarny stwór. — Sam, Sam, jestem Sam, wypuść mnie, dźgnęłaś mnie...

Przetoczył się przez plamę księżycowego blasku, szarpiąc się w sieci zarzuconej przez Meerę. Hodor wciąż krzyczał:

— Hodor hodor hodor.

Wreszcie Jojen rzucił do ogniska garść patyków i płomienie strzeliły w górę. Zrobiło się jasno i Bran ujrzał bladą dziewczynę o chudej twarzy siedzącą na krawędzi studni. Cała była opatulona w futra i skóry, na które narzuciła jeszcze ogromny czarny płaszcz. Próbowała uspokoić trzymane w rękach niemowlę. Ten, kto leżał na podłodze, usiłował uwolnić rękę z sieci, by sięgnąć po nóż, był jednak zbyt zaplątany. Nie był żadną straszliwą bestią ani nawet zbroczonym krwią Szalonym Topornikiem, lecz wielkim grubasem odzianym w czarną wełnę, czarne futra, czarną skórę i czarną kolczugę.

— To czarny brat — stwierdził Bran. — Meero, on jest z Nocnej Straży.

— Hodor? — Chłopiec stajenny przykucnął, by przyjrzeć się zaplątanemu w sieć człowiekowi. — Hodor — powtórzył z głośnym śmiechem.

— Tak, z Nocnej Straży. — Grubas nadal dyszał jak miech. — Jestem bratem ze Straży. — Jeden sznur miał pod podbródkami, by głowa mu nie opadała, pozostałe zaś wpijały mu się głęboko w policzki. — Jestem wroną. Proszę, uwolnijcie mnie z tego.

Brana ogarnęła nagła niepewność.

— Czy jesteś trójoką wroną?

To niemożliwe, żeby nią był.

— Nie sądzę. — Grubas zatoczył oczyma, których miał tylko dwoje. — Jestem po prostu Sam. Samwell Tarly. Uwolnijcie mnie, to boli.

Znowu zaczął się szarpać.

Meera wydała z siebie pełen niesmaku dźwięk.

— Przestań się miotać. Jeśli rozerwiesz moją sieć, wrzucę cię z powrotem do studni. Leż spokojnie, to cię wyplączę.

— Jak się nazywasz? — zapytał Jojen dziewczynę z dzieckiem.

— Goździk — odpowiedziała. — Od kwiatu. On to Sam. Nie chcieliśmy was przestraszyć.

Kołysała dziecko, szepcząc coś do niego, aż wreszcie przestało płakać.

Meera wyplątywała grubego brata, a Jojen podszedł do studni i zajrzał do środka.

— Skąd przyszliście?

— Od Crastera — odparła dziewczyna. — Czy ty jesteś tym, o którego chodzi?

Jojen odwrócił się i spojrzał na nią.

— O którego chodzi?

— On powiedział, że Sam nim nie jest — wyjaśniła. — Że to ma być ktoś inny. Ten, którego miał odnaleźć.

— Kto tak powiedział? — zapytał Bran.

— Zimnoręki — odparła cicho Goździk.

Meera zdarła już jeden koniec sieci i grubas zdołał usiąść. Dygotał i nadal nie mógł złapać tchu.

— Mówił, że będą tu ludzie — wysapał. — To znaczy w zamku. Ale nie wiedziałem, że będziecie tuż przy wyjściu. Nie wiedziałem, że zarzucicie na mnie sieć i dźgniecie mnie w brzuch. — Dotknął się obleczoną w czarną rękawicę dłonią. — Czy krwawię? Nic nie widzę.

— To było tylko lekkie szturchnięcie, żeby zbić cię z nóg — odparła Meera. — Daj, niech się przyjrzę. — Opadła na jedno kolano i pomacała okolicę pępka grubasa. — Masz na sobie kolczugę. Nawet cię nie drasnęłam.

— Ale i tak mnie bolało — poskarżył się Sam.

— Naprawdę jesteś bratem z Nocnej Straży? — zdziwił się Bran.

Grubas skinął głową, kołysząc licznymi podbródkami. Skórę miał bladą i obwisłą.

— Tylko zarządcą. Opiekowałem się krukami lorda Mormonta. — Przez chwilę wydawało się, że się rozpłacze. — Ale straciłem je na Pięści. To była moja wina. Sam też się zgubiłem. Nie potrafiłem nawet znaleźć Muru. Ma trzysta mil długości i siedemset stóp wysokości, a ja nie potrafiłem go znaleźć!

— No, ale w końcu go znalazłeś — stwierdziła Meera. — Podnoś tyłek z podłogi, chcę odzyskać sieć.

— Jak przedostaliście się przez Mur? — zapytał Jojen, gdy Sam dźwignął się z wysiłkiem. — Czy ta studnia prowadzi do podziemnej rzeki? Czy tak właśnie przeszliście? Nie jesteście nawet mokrzy…

— Jest tam brama — wyjaśnił Sam. — Ukryta brama, stara jak Mur. On nazwał ją Czarną Bramą.

Reedowie wymienili spojrzenia.

— Czy znajdziemy ją na dnie studni? — dopytywał się Jojen.

Sam potrząsnął głową.

— Nie znajdziecie. Muszę was tam zaprowadzić.

— Dlaczego? — zdziwiła się Meera. — Jeśli jest tam brama…

— Nie odszukacie jej, a jeśli nawet wam się to uda, nie otworzy się przed wami. To Czarna Brama. — Sam szarpnął wyblakłą, czarną wełnę swego rękawa. — Mówił, że może ją otworzyć tylko człowiek z Nocnej Straży. Zaprzysiężony brat, który powiedział słowa.

— On tak mówił? — Jojen zmarszczył brwi. — Ten… Zimnoręki?

— To nie jest jego prawdziwe imię — wyjaśniła Goździk, kołysząc się w przód i w tył. — Nazwaliśmy go tak z Samem. Ręce miał zimne jak lód, ale uratował nas przed umarłymi, on i jego kruki, a potem przywiózł nas tu na łosiu.

— Na łosiu? — zapytał oszołomiony Bran.

— Na łosiu? — powtórzyła zdumiona Meera.

— Kruki? — zdziwił się Jojen.

— Hodor? — rzekł Hodor.

— Czy był zielony? — zainteresował się Bran. — Czy miał poroże?

— Łoś? — zapytał zbity z tropu grubas.

— Zimnoręki — wyjaśnił zniecierpliwiony Bran. — Stara Niania opowiadała, że zieloni ludzie jeżdżą na łosiach. Czasem mają też poroża.

— Nie był zielony. Nosił czarny strój, jak brat z Nocnej Straży, ale był blady jak upiór, a ręce miał takie zimne, że z początku się przestraszyłem. Upiory mają jednak niebieskie oczy i nie mają języków albo zapomniały, jak się ich używa. — Grubas spojrzał na Jojena. — On czeka. Powinniśmy już iść. Czy macie jakieś cieplejsze ubrania? W Czarnej Bramie jest zimno, a po tamtej stronie Muru jeszcze zimniej.

— Dlaczego nie przyszedł tutaj? — Meera wskazała na Goździk i jej dziecko. — Oni mogli tamtędy przejść, to czemu nie on? Dlaczego nie przeprowadziłeś przez Czarną Bramę i jego?

— To... to niemożliwe.

— Dlaczego?

— Chodzi o Mur. Powiedział, że Mur to coś więcej niż lód i kamień. Wpleciono w niego zaklęcia... stare i potężne. Nie może przejść na drugą stronę.

W zamkowej kuchni zrobiło się nagle bardzo cicho. Bran słyszał buzowanie płomieni, wiatr poruszający liśćmi, skrzypienie chudego czardrzewa, które sięgało ku księżycowi. Przypomniał sobie słowa Starej Niani. *Za bramami mieszkają potwory, olbrzymy i ghule, ale dopóki Mur jest mocny, nie mogą przejść na drugą stronę. Dlatego śpij, chłopcze, mój mały Brandonie. Nie trzeba się bać. Tu nie ma potworów.*

— To nie mnie kazał ci przyprowadzić — oznajmił Jojen Reed grubemu Samowi, odzianemu w wybrudzony, workowaty, czarny strój. — Chodziło o niego.

— Och. — Sam popatrzył niepewnie na Brana. Niewykluczone, że dopiero w tej chwili zauważył, iż ma do czynienia z kaleką. — Nie... Nie mam siły cię nieść, nie...

— Hodor mnie poniesie. — Bran wskazał na kosz. — Jeżdżę w tym na jego plecach.

Sam wbił w niego wzrok.

— Jesteś bratem Jona Snow. Tym, który spadł...

— Nie — przerwał mu Jojen. — Tamten chłopiec nie żyje.

— Nikomu nie mów — ostrzegł go Bran. — Proszę.

Sam przez chwilę wyglądał na zbitego z tropu, w końcu jednak rzekł:

— Potrafię... potrafię dochować tajemnicy. Goździk też. — Popatrzył na dziewczynę, która skinęła głową. — Jon... Jon był również moim bratem. Był najlepszym przyjacielem, jakiego w życiu miałem, ale poszedł z Qhorinem Półrękim na zwiady w Mroźne Kły i już nie wrócił. Czekaliśmy na niego na Pięści, kiedy... kiedy...

— Jon jest tutaj — przerwał mu Bran. — Lato go widział. Był z jakimiś dzikimi, ale kiedy zabili człowieka, zabrał jego konia i uciekł. Założę się, że pojechał do Czarnego Zamku.

Sam popatrzył na Meerę, szeroko wybałuszając oczy.

— Jesteś pewna, że to był Jon? Widziałaś go?

— Jestem Meera — odparła z uśmiechem dziewczyna. — Lato to...

Od dziury w dachu oderwał się nagle cień, który skoczył w dół w blasku księżyca. Mimo rannej łapy wilk wylądował cicho i miękko jak śnieg. Goździk pisnęła ze strachu i przycisnęła dziecko do piersi tak mocno, że znowu się rozpłakało.

— Nie zrobi wam krzywdy — uspokoił ich Bran. — To jest Lato.

— Jon mówił, że wszyscy macie wilki. — Sam zdjął rękawicę. — Znam Ducha.

Wyciągnął drżącą dłoń. Jego białe, miękkie, tłuste palce przypominały małe kiełbasy. Lato podszedł bliżej, powąchał dłoń i polizał ją.

Wtedy właśnie Bran podjął decyzję.

— Pójdziemy z tobą.

— Wszyscy?

Sam był tym wyraźnie zdziwiony.

Meera zmierzwiła włosy Brana.

— To nasz książę.

Lato okrążył studnię, obwąchując ją. Zatrzymał się przy pierwszym stopniu i popatrzył na Brana. Chce iść.

— Czy Goździk będzie bezpieczna, jeśli ją tu zostawię, dopóki nie wrócę? — zapytał Sam.

— Tak sądzę — odparła Meera. — Będzie miała nasze ognisko.

— W zamku nikogo nie ma — dodał Jojen.

Goździk rozejrzała się wokół.

— Craster opowiadał nam o zamkach, ale nie miałam pojęcia, że są aż tak wielkie.

To tylko kuchnia. Bran zastanawiał się, co powie dziewczyna, jeśli kiedyś zobaczy Winterfell.

Potrzebowali kilku minut, by zebrać swe rzeczy i wsadzić wiklinowy kosz z Branem na plecy Hodora. Gdy byli już gotowi do drogi, Goździk usiadła przy ognisku, by nakarmić dziecko.

— Wrócisz po mnie — powiedziała do Sama.

— Tak szybko, jak tylko zdołam — obiecał. — Potem pójdziemy gdzieś, gdzie jest ciepło.

Słysząc te słowa, Bran zadał sobie pytanie, co właściwie robi. *Czy ja kiedykolwiek dotrę gdzieś, gdzie jest ciepło?*

— Pójdę pierwszy. Znam drogę. — Sam zawahał się przy otworze studni. — Strasznie dużo tych schodów — westchnął i ruszył w dół. Za nim podążali Jojen, Lato i Hodor z Branem na plecach. Kolumnę zamykała Meera, trzymająca w rękach trójząb i sieć.

Droga była długa. Górna część studni była skąpana w blasku księżyca, który jednak słabł z każdym jej okrążeniem. Kroki odbijały się echem od wilgotnych kamieni, a szum wody z każdą chwilą stawał się głośniejszy.

— Czy nie trzeba było zabrać pochodni? — martwił się Jojen.

— Oczy przyzwyczają się wam do ciemności — uspokoił go Sam. — Dotykaj jedną dłonią ściany, a na pewno nie spadniesz.

Z każdym okrążeniem w studni było zimniej i ciemniej. Gdy Bran uniósł wreszcie głowę, by spojrzeć w górę, wylot był już nie większy niż księżyc w kwadrze.

— Hodor — szeptał Hodor.

— Hodorhodorhodorhodorhodorhodor — odpowiadała również szeptem studnia. Szum wody był już bardzo blisko, gdy jednak Bran spoglądał w dół, widział jedynie ciemność.

Jedno czy dwa okrążenia później Sam zatrzymał się nagle. Znajdował się w odległości jednej czwartej obrotu od Brana i Hodora i sześć stóp niżej od nich, lecz mimo to chłopiec ledwie go widział. Wrota jednak zauważył. Sam nazwał je „Czarną Bramą", wcale jednak nie były czarne.

Zrobiono je z białego czardrewna i widniała na nich twarz. Od drewna biła poświata, jasna jak mleko i księżycowy blask, tak delikatna, że wydawało się, iż niemal nie oświetla niczego poza samymi drzwiami, nawet Sama, który stał tuż obok. Twarz była stara i blada, zwiędła i skurczona. *Wygląda na martwą.* Usta miała zamknięte, oczy i policzki zapadnięte, czoło zmarszczone, a podbródek opadający. *Gdyby człowiek mógł żyć tysiąc lat i nie umrzeć, lecz cały czas się starzeć, jego twarz mogłaby wyglądać właśnie tak.*

Drzwi otworzyły oczy. One również były białe, a do tego ślepe.

— Kim jesteś? — padło pytanie.

— Kim-kim-kim-kim-kim-kim-kim — wyszeptała studnia.

— Jestem mieczem w ciemności — odparł Samwell Tarly. — Jestem strażnikiem na murach. Jestem ogniem, który odpędza zimno, światłem, które przynosi świt, rogiem, który budzi śpiących, tarczą, która osłania krainę człowieka.

— W takim razie możesz przejść — odpowiedziały drzwi. Ich usta rozchyliły się szeroko, coraz szerzej i szerzej, aż wreszcie pozostała jedynie wielka, rozwarta paszcza otoczona zmarszczkami. Sam odsunął się na bok i przepuścił Jojena skinieniem dłoni. Lato podążył za Reedem, węsząc uważnie po drodze. Potem przyszła kolej na Brana. Hodor pochylił się, lecz niewystarczająco nisko. Górna krawędź drzwi otarła się lekko o czubek głowy Brana i na chłopca spadła kropla wody, który spłynęła powoli po jego nosie. Była dziwnie ciepła i słona jak łza.

DAENERYS

Meereen dorównywało wielkością Astaporowi i Yunkai razem wziętym. Podobnie jak siostrzane miasta, zbudowano je z cegieł, gdy jednak Astapor był czerwony, a Yunkai żółte, cegły Meereen były różnobarwne. Mury miejskie były tu wyższe i w lepszym stanie niż w Yunkai, pełne bastionów i przy każdym załamaniu wzmocnione wielkimi, obronnymi wieżami. Za nimi, na tle nieba rysował się potężny wierzchołek Wielkiej Piramidy, monstrualnej budowli wysokości ośmiuset stóp, zwieńczonej wyniosłą harpią z brązu.

— Harpia to tchórzliwy stwór — oznajmił na jej widok Daario Naharis. — Ma serce kobiety i nogi kurczęcia. Nic dziwnego, że jej synowie chowają się za murami.

Bohater jednak się nie ukrywał. Wyjechał przez miejską bramę, obleczony w łuskową zbroję barwy miedzi i gagatu. Dosiadał białego rumaka, którego czaprak w różowo-białe paski harmonizował kolorem z jedwabnym płaszczem spływającym z ramion bohatera. Jego spowita w różowo-białą tkaninę kopia miała czternaście stóp długości, a pociągnięte lakierem włosy ukształtowano na podobieństwo dwóch krętych baranich rogów. Bohater jeździł w tę i we w tę pod murami z wielobarwnych cegieł, wzywając oblegających, by wysłali wojownika, który stawi mu czoło w pojedynku.

Jej bracia krwi pragnęli odpowiedzieć na to wyzwanie tak gorąco, że omal się nie pobili.

— Krwi mojej krwi — oznajmiła im Dany — wasze miejsce jest u mego boku. Ten człowiek jest zaledwie brzęczącą muchą, niczym więcej. Nie zwracajcie na niego uwagi. Wkrótce odjedzie.

Aggo, Jhogo i Rakharo byli dzielnymi wojownikami, byli też jednak młodzi i zbyt cenni, by ich narażać. To oni zapewniali spójność *khalasaru* Dany, a do tego byli jej najlepszymi zwiadowcami.

— Mądrze powiedziane — pochwalił ją ser Jorah, obserwując bohatera sprzed jej namiotu. — Niech ten głupiec sobie pojeździ i pokrzyczy, aż jego koń okuleje. W niczym nam nie zaszkodzi.

— Zaszkodzi — sprzeciwił się Arstan Białobrody. — Wojen nie wygrywa się tylko mieczami i włóczniami, ser. Dwie armie o równej sile mogą się spotkać na polu bitwy i jedna z nich załamie się i pierzchnie, podczas gdy druga wytrzyma. Ten bohater wzbudza odwagę w sercach ich ludzi i zasiewa ziarno wątpliwości w naszych.

Ser Jorah prychnął pogardliwie.

— A jeśli nasz wojownik przegra, jakie ziarno to posieje?

— Ten, kto boi się bitwy, nie odnosi zwycięstw, ser.

— Nie mówimy o bitwie. Bramy Meereen nie otworzą się przed nami, jeśli ten głupiec padnie. Po co ryzykować życie bez sensu?

— Powiedziałbym, że dla honoru.

— Dość już słyszałam.

Dany miała wystarczająco wiele kłopotów i nie potrzebowała jeszcze ich kłótni. W Meereen czyhały na nią niebezpieczeństwa znacznie poważniejsze niż wykrzykujący obelgi, różowo-biały bohater. Nie mogła pozwolić, by cokolwiek odwracało jej uwagę. Po Yunkai jej armia liczyła ponad osiemdziesiąt tysięcy ludzi, lecz mniej niż jedna czwarta z nich była żołnierzami. Reszta... no cóż, ser Jorah zwał ich gębami na nogach. Wkrótce zaczną głodować.

Wielcy Panowie z Meereen wycofali się przed wojskami Dany, zbierając z pól tyle, ile tylko zdołali, i paląc to, czego nie udało się zebrać. Na każdym kroku witały ją spopielone pola i zatrute studnie. Co najgorsze, do każdego słupa milowego nadmorskiego traktu biegnącego z Yunkai przybili żywcem niewolnicze dziecko. Wszystkie miały wyprute wnętrzności, a jedną ręką wskazywały na Meereen. Dowodzący jej strażą przednią Daario rozkazał zdejmować dzieci, nim Dany zdąży je ujrzeć, odwołała jednak ten rozkaz, gdy tylko jej o tym powiedziano.

— Zobaczę je — oznajmiła. — Zobaczę wszystkie. Policzę je i spojrzę w ich twarze. I będę pamiętała.

Nim dotarli do położonego przy ujściu rzeki do morza Meereen, naliczyła sto sześćdziesięcioro troje dzieci. *Dostanę to miasto* — przysięgła sobie po raz kolejny.

Różowo-biały bohater szydził z oblegających całą godzinę, drwiąc z ich męskości, matek, żon i bogów. Zgromadzeni na murach obrońcy Meereen nagradzali go głośnymi brawami.

— Nazywa się Oznak zo Pahl — poinformował ją Brązowy Ben Plumm, gdy tylko przybył na naradę wojenną. Plumm był nowym dowódcą Drugich Synów, wybranym przez głosowanie wszystkich najemników w kompanii. — Byłem kiedyś osobistym strażnikiem jego stryja, nim jeszcze przyłączyłem się do Drugich Synów. Ci Wielcy Panowie to jedna wielka kupa śmierdzącego robactwa. Kobiety nie były takie złe, ale jeśli spojrzało się na niewłaściwą w nieodpowiedni sposób, można było stracić życie. Znałem takiego człowieka, nazywał się Scarb. Ten Oznak wyciął mu wątrobę. Twierdził, że bronił czci damy. Oznajmił, że Scarb zgwałcił ją wzrokiem. Pytam się, jak można zgwałcić dziewkę wzrokiem? Ale jego stryj jest najbogatszym człowiekiem w Meereen, a ojciec dowodzi strażą miejską, musiałem więc uciekać jak szczur, żeby nie wykończył i mnie.

Oznak zo Pahl zsiadł z białego rumaka, wydobył męskość i skierował strumień moczu w stronę oliwnego gaju, w którym pośród spalonych drzew stał złoty namiot Dany. Nie skończył jeszcze lać, gdy nadjechał Daario Naharis z *arakhem* w dłoni.

— Czy mam mu to uciąć w twe imię i wepchnąć mu w gębę, Wasza Miłość? — zapytał. Jego złoty ząb kontrastował jaskrawo z niebieską, rozwidloną brodą.

— Chodzi mi o miasto, nie o jego żałosną męskość.

Ogarniał ją jednak coraz większy gniew. *Jeśli nadal będę go ignorowała, moi ludzie pomyślą, że jestem słaba.* Kogo jednak mogła wysłać? Potrzebowała Daaria tak samo, jak swych jeźdźców krwi. Bez ekstrawaganckiego Tyroshijczyka mogła stracić Wrony Burzy, wśród których było wielu zwolenników Prendahla na Ghezn i Sallora Łysego.

Wysoko na murach Meereen wrzaski przybierały na sile. Setki obrońców brały przykład z bohatera i szczały z murów, by okazać wzgardę oblegającym. *Sikają na niewolników, by pokazać, że się nas nie boją* — pomyślała. *Nigdy by się na to nie odważyli, gdyby pod ich bramami stał dothracki* khalasar.

— Musimy odpowiedzieć na to wyzwanie — powtórzył Arstan.

— Odpowiemy — zgodziła się Dany. Bohater schował penisa. — Powiedz Silnemu Belwasowi, że jest mi potrzebny.

Wielki, śniady eunuch siedział w cieniu jej namiotu, jedząc kiełbasę. Skończył ją w trzech kęsach, wytarł zatłuszczone dłonie o portki i wysłał Arstana Białobrodego po swój oręż. Stary giermek ostrzył co wieczór *arakh* Belwasa i smarował klingę jaskrawoczerwonym olejem.

Gdy Białobrody przyniósł miecz, Silny Belwas przyjrzał się uważnie ostrzu, wsunął oręż do pochwy i zapiął sobie pas na wielkim brzuszysku. Arstan podał mu też tarczę — okrągły stalowy dysk nie większy od talerza, który eunuch złapał w rękę, zamiast przytroczyć go sobie do przedramienia, jak robiono w Westeros.

— Znajdź mi wątróbkę z cebulą, Białobrody — polecił. — Nie na teraz, na potem. Od zabijania Silny Belwas robi się głodny.

Nie czekając na odpowiedź, ruszył w stronę gaju oliwnego i Oznaka zo Pahl.

— Dlaczego on, *khaleesi*? — zapytał Rakharo. — Jest gruby i głupi.

— Silny Belwas był niewolnikiem, który walczył tu na arenach. Jeśli szlachetnie urodzony Oznak padnie pod jego ciosami, Wielcy Panowie okryją się wstydem, a jeśli zwycięży... no cóż, marny to triumf dla kogoś tak wysoko postawionego. Meereen nie będzie miało powodów do dumy.

Ponadto w przeciwieństwie do ser Joraha, Daaria, Brązowego Bena i jej trzech braci krwi eunuch nie dowodził wojskami, nie układał strategicznych planów ani nie służył jej radą. *Nie robi nic poza jedzeniem, przechwalaniem się i wrzeszczeniem na Arstana.* Belwasa mogła bez większego żalu poświęcić. Czas też, by przekonała się, ile wart jest obrońca, którego przysłał jej magister Illyrio.

Gdy pojawił się człapiący ciężko ku miejskim murom Belwas, wśród oblegających dał się słyszeć szmer podniecenia, a na murach i wieżach Meereen rozległy się szydercze okrzyki. Oznak zo Pahl dosiadł rumaka i czekał, unosząc pionowo w górę pasiastą kopię. Koń podrzucał niecierpliwie łbem i drapał kopytami piaszczystą ziemię. Mimo swej masy eunuch wydawał się maleńki w porównaniu z bohaterem i jego wierzchowcem.

— Rycerski wojownik zsiadłby z konia — zauważył Arstan.

Oznak zo Pahl opuścił kopię i ruszył do szarży.

Belwas zatrzymał się na szeroko rozstawionych nogach. W jednej dłoni trzymał małą okrągłą tarczę, a w drugiej zakrzywiony *arakh*, który Arstan tak starannie pielęgnował. Wielki brązowy brzuch i obwisłą pierś miał nagie, a wokół pasa owiązał sobie żółtą jedwabną szarfę. Nie nosił żadnej zbroi poza swą nabijaną ćwiekami kamizelką, tak niedorzecznie małą, że nie zakrywała nawet sutków.

— Trzeba było dać mu kolczugę — odezwała się tknięta nagłym niepokojem Dany.

— Kolczuga tylko spowolniłaby jego ruchy — sprzeciwił się ser Jorah. — Na arenach nie noszą zbroi. Tłumy domagają się krwi.

Spod kopyt białego rumaka tryskał pył. Oznak mknął w stronę Silnego Belwasa, powiewając zarzuconym na ramiona pasiastym płaszczem. Całe miasto Meereen wspierało go swymi krzykami. Głosy oblegających brzmiały w porównaniu z nimi słabo. Nieskalani stali bez słowa w szeregach, spoglądając na wydarzenia z kamiennymi twarzami. Belwas również wyglądał jak zrobiony z kamienia. Stał na drodze konia z mocno naciągniętą kamizelką, ciasno opinającą szerokie plecy. Kopia Oznaka mierzyła w sam środek jego piersi. Jej stalowy koniuszek mrugał w blasku słońca. *Nadzieje go na nią* — pomyślała Dany... lecz eunuch zgrabnie odsunął się na bok. Jeździec w mgnieniu oka znalazł się za jego plecami. Zawrócił i uniósł kopię. Belwas nie próbował go atakować. Meereeńczycy na murach darli się jeszcze głośniej.

— Co on wyprawia? — zapytała Dany.

— Urządza przedstawienie dla tłumu — odparł ser Jorah.

Oznak zatoczył szeroki krąg wokół Belwasa, po czym spiął konia ostrogami i raz jeszcze ruszył do szarży. Eunuch ponownie zaczekał na ostatnią chwilę i nagłym ruchem odbił na bok kopię. Gdy bohater przemknął obok, nad równiną poniósł się gromki śmiech eunucha.

— Ta kopia jest za długa — stwierdził ser Jorah. — Belwas musi tylko unikać jej końca. Ten głupiec powinien stratować przeciwnika, zamiast próbować go efektownie nadziać.

Oznak zo Pahl runął do szarży po raz trzeci. Tym razem Dany wyraźnie widziała, że próbuje przemknąć obok rywala niczym westeroski rycerz na turnieju, zamiast jechać prosto na niego, jak Dothrak atakujący wroga. Płaski teren pozwalał rumakowi rozwinąć znaczną prędkość, lecz również ułatwiał eunuchowi uchylanie się przed nieporęczną, czternastostopową kopią.

Różowo-biały bohater Meereen spróbował tym razem uprzedzić ruch przeciwnika i w ostatniej chwili przesunął kopię w bok, by ugodzić uchylającego się przed ciosem Silnego Belwasa, eunuch jednak przewidział jego manewr i tym razem padł na ziemię, zamiast uskakiwać na bok. Kopia przemknęła nad jego głową. Eunuch potoczył się błyskawicznie po ziemi, kreśląc ostrym jak brzytwa *arakhem* srebrzysty łuk. Rumak zakwiczał głośno, gdy ostrze wbiło mu się w nogi, po czym runął gwałtownie, zrzucając bohatera z siodła.

Na ceglanych murach Meereen zapadła nagle głucha cisza. Tym razem to ludzie Dany krzyczeli radośnie.

Oznak zeskoczył zręcznie z konia i zdołał wyciągnąć miecz, nim rzucił się na niego Silny Belwas. Stal zadźwięczała o stal. Ciosy były zbyt szybkie i wściekłe, by była w stanie prześledzić je wzrokiem. Nim minęło dwanaście uderzeń serca, pierś Belwasa zbroczyła krew płynąca ze skaleczenia tuż poniżej sutków, a między baranie rogi Oznaka zo Pahl wbił się *arakh*. Eunuch wyszarpnął broń i trzema gwałtownymi uderzeniami oddzielił głowę bohatera od tułowia. Potem uniósł trofeum wysoko, pokazując je Meereeńczykom, a następnie cisnął ku miejskim bramom, pozwalając, by potoczyło się po piasku.

— No i po bohaterze Meereen — odezwał się ze śmiechem Daario.

— To triumf pozbawiony znaczenia — ostrzegł ich ser Jorah. — Nie zdobędziemy Meereen, zabijając jego obrońców jednego po drugim.

— Nie zdobędziemy — przyznała Dany — ale cieszę się ze śmierci tego obrońcy.

Ludzie stojący na murach zaczęli strzelać do Belwasa z kusz, lecz bełty spadały zbyt blisko lub odbijały się niegroźnie od ziemi. Eunuch odwrócił się plecami do deszczu pocisków, ściągnął spodnie, przykucnął i zesrał się na oczach obrońców. Potem podtarł tyłek pasiastym płaszczem Oznaka, obrabował spokojnie jego trupa, skrócił męki konającego konia i ruszył niespiesznie w stronę gaju oliwnego.

Gdy dotarł do obozu, oblegający urządzili mu hałaśliwe przywitanie. Jej Dothrakowie śmiali się i wrzeszczeli jak opętani, a Nieskalani narobili mnóstwo huku, tłukąc włóczniami o tarcze.

— Dobra robota — pochwalił go ser Jorah, a Brązowy Ben rzucił mu dojrzałą śliwkę.

— Słodki owoc za słodką walkę — oznajmił. Nawet dothrackie służące nie szczędziły eunuchowi pochwał.

— Zawiązałybyśmy ci włosy w warkocz i zawiesiły w nich dzwoneczek, Silny Belwasie — mówiła Jhiqui — ale, niestety, nie masz włosów.

— Silny Belwas nie potrzebuje brzęczących dzwoneczków. — Eunuch zjadł w czterech kęsach śliwkę Brązowego Bena i odrzucił na bok pestkę. — Silny Belwas potrzebuje wątróbki z cebulą.

— Dostaniesz ją — obiecała Dany. — Silny Belwas jest ranny.

Brzuch eunucha był czerwony od krwi wypływającej z płytkiej szramy tuż pod obwisłymi piersiami.

— To nic. Każdemu pozwalam skaleczyć się jeden raz, zanim zadam mu śmiertelny cios. — Poklepał się po okrwawionym brzuchu. — Jeśli policzysz skaleczenia, dowiesz się, ilu ludzi zabił Silny Belwas.

Dany straciła jednak *khala* Drogo z powodu podobnej rany i nie zamierzała pozwolić, by ta pozostała nieopatrzona. Wysłała Missandei po pewnego yunkijskiego wyzwoleńca, który słynął z biegłości w sztuce uzdrawiania. Belwas wył z bólu i skarżył się głośno, lecz Dany skarciła go surowo, zwąc go wielkim, łysym dzieckiem, aż wreszcie pozwolił uzdrowicielowi przemyć ranę octem, zaszyć ją i owiązać sobie pierś bandażem z płótna maczanego w ognistym winie. Dopiero potem poprowadziła swych kapitanów i dowódców do namiotu na naradę.

— Muszę zdobyć to miasto — oznajmiła, siedząc ze skrzyżowanymi nogami na stosie poduszek, otoczona trzema smokami. — Jego spichlerze są przepełnione, na tarasach piramid rosną figi, daktyle i oliwki, a w piwnicach kryje się mnóstwo beczułek solonych ryb i wędzonego mięsa.

— A także wielkich kufrów złota, srebra i klejnotów — wtrącił Daario. — Nie zapominajmy o klejnotach.

— Przyjrzałem się murom od strony lądu i nie widzę w nich słabego punktu — stwierdził ser Jorah Mormont. — Gdybyśmy mieli czas, może udałoby się nam zrobić podkop pod wieżą i doprowadzić do powstania wyłomu, co jednak mielibyśmy jeść, nim go wykopiemy? Nasze zapasy są już praktycznie wyczerpane.

— Nie widzisz słabego punktu w murach od strony lądu? — zapytała Dany. Meereen zbudowano na półwyspie z piasku i kamieni, w miejscu, gdzie leniwie toczący swe wody, brązowy Skahazadhan wpadał do Zatoki Niewolniczej. Od północy mury miasta biegły wzdłuż rzeki, a od zachodu brzegiem zatoki. — Czy to znaczy, że moglibyśmy zaatakować od rzeki albo od morza?

— Mając tylko trzy statki? Możemy poprosić kapitana Groleo, by przyjrzał się murom od strony rzeki, ale jeśli się nie rozsypują, będzie to oznaczało tylko bardziej mokry rodzaj śmierci.

— A gdybyśmy wznieśli wieże oblężnicze? Mój brat Viserys opowiadał mi o takich wieżach i wiem, że można je zbudować.

— Z drewna, Wasza Miłość — wskazał ser Jorah. — Handlarze niewolników spalili wszystkie drzewa w promieniu sześćdziesięciu mil od miasta. Bez drewna nie będziemy mieli trebuszy, żeby rozwalić mury, drabin, żeby się na nie wspiąć, wież oblężniczych, żółwi ani taranów. Możemy oczywiście szturmować bramy toporami, ale…

— Widziałeś te głowy z brązu nad bramami? — zapytał Brązowy Ben Plumm. — Szeregi głów harpii z otwartymi paszczami? Meereeńczycy mogą wylewać z nich wrzący olej i upiec naszych toporników.

Daario Naharis uśmiechnął się do Szarego Robaka.

— Być może powinniśmy dać te topory Nieskalanym. Słyszałem, że dla was wrzący olej nie znaczy więcej niż ciepła kąpiel.

— To fałsz. — Szary Robak nie odwzajemnił uśmiechu. — Te osoby nie czują oparzeń, tak jak zwykli ludzie, ale taki olej oślepia i zabija. Nieskalani nie boją się jednak śmierci. Dajcie tym osobom tarany, a rozwalimy te bramy albo zginiemy.

— Zginęlibyście — stwierdził Brązowy Ben. Pod Yunkai, gdy przejął dowodzenie nad Drugimi Synami, zapewniał, że jest weteranem stu bitew. — Chociaż nie twierdzę, że we wszystkich walczyłem dzielnie. Są starzy najemnicy i odważni najemnicy, ale nie ma starych, odważnych najemników.

Dany przekonała się już, że to prawda.

— Nie będę poświęcała na próżno życia Nieskalanych, Szary Robaku — rzekła z westchnieniem. — Może udałoby się wziąć miasto głodem.

Ser Jorah miał niezadowoloną minę.

— Sami umarlibyśmy z głodu znacznie szybciej, Wasza Miłość. Tu nie ma żadnej żywności ani paszy dla mułów i koni. Woda w tej rzece również mi się nie podoba. Już dochodzą do nas meldunki o chorobach w obozach, gorączce, sraczce i trzech przypadkach czerwonki. Jeśli tu zostaniemy, będzie tego więcej. Niewolnicy są osłabieni po marszu.

— Wyzwoleńcy — poprawiła go Dany. — Nie są już niewolnikami.

— Wolni czy niewolnicy, są głodni, a niedługo będą też chorzy. Miasto jest lepiej zaopatrzone od nas, a do tego można do niego dostarczać zapasy drogą wodną. Twoje trzy statki nie wystarczą, by zablokować Meereen i od strony rzeki, i od strony morza.

— Co w takim razie radzisz, ser Jorahu?

— To ci się nie spodoba.

— Chcę jednak usłyszeć twą radę.

— Jak sobie życzysz. Radzę, byś zostawiła to miasto w spokoju. Nie zdołasz uwolnić wszystkich niewolników na świecie, *khaleesi*. Twoja wojna czeka na ciebie w Westeros.

— Nie zapomniałam o Westeros. — Owa baśniowa kraina, której nigdy nie widziała na oczy, śniła się jej niekiedy. — Jeśli pozwolę, by stare ceglane mury Meereen zatrzymały mnie tak łatwo, to jak zdobędę wielkie kamienne zamki Westeros?

— Tak samo, jak zrobił to Aegon — odparł ser Jorah. —

Ogniem. Gdy dotrzemy do Siedmiu Królestw, twoje smoki będą już dorosłe. Będziemy też mieli wieże oblężnicze i trebusze, wszystko to, czego brak nam tutaj... droga przez Krainy Długiego Lata jest jednak długa i uciążliwa, czekają nas przy tym niebezpieczeństwa, których nie jesteśmy w stanie przewidzieć. Zatrzymałaś się w Astaporze po to, by kupić armię, nie zacząć wojnę. Zachowaj swe włócznie i miecze dla Siedmiu Królestw, moja królowo. Zostaw Meereen Meereeńczykom i pomaszeruj na zachód, do Pentos.

— Pokonana? — obruszyła się Dany.

— Kiedy tchórze chowają się za wielkimi murami, to oni są pokonani, *khaleesi* — wtrącił *ko* Jhogo.

Inni jej bracia krwi byli tego samego zdania.

— Krwi mojej krwi — rzekł Rakharo — kiedy tchórze chowają się i palą żywność oraz paszę, wielcy *khale* muszą poszukać odważniejszych wrogów. Wszyscy to wiedzą.

— Wszyscy to wiedzą — zgodziła się Jhiqui, nalewając jej wina.

— Ja nie wiem. — Dany bardzo się liczyła z radami ser Joraha, nie była jednak w stanie znieść myśli, że zostawi Meereen nietknięte. Nie potrafiła zapomnieć o przybitych do słupów dzieciach, ptactwie rozszarpującym ich wnętrzności, ich chudych ramionach wskazujących drogę. — Ser Jorahu, twierdzisz, że nie mamy już żywności. Jeśli pomaszeruję na zachód, jak zdołam nakarmić swoich wyzwoleńców?

— Nie zdołasz. Przykro mi, *khaleesi*. Muszą wykarmić się sami albo zginąć z głodu. Wielu umrze podczas marszu, to prawda. To będzie trudne, ale nie mamy szans ich uratować. Musimy jak najszybciej opuścić tę spaloną ziemię.

Wędrując przez czerwone pustkowie, Dany zostawiła za sobą ślad trupów. Był to widok, którego nie zamierzała oglądać już nigdy więcej.

— Nie — sprzeciwiła się. — Nie poprowadzę moich ludzi na śmierć. — *Moich dzieci.* — Musi istnieć jakieś wejście do miasta.

— Znam jedno. — Brązowy Ben Plumm pogłaskał się po plamistej, siwo-białej brodzie. — Kanały.

— Kanały? Nie rozumiem.

— Wielkie kanały z cegły uchodzą do Skahazadhanu. Spływają nimi nieczystości z całego miasta. To jest droga wejścia, ale tylko dla nielicznych. Tamtędy właśnie uciekłem z Meereen, gdy Scarb stracił głowę. — Brązowy Ben wykrzywił twarz w grymasie. — Nigdy nie zapomniałem tego smrodu. Wciąż śni mi się po nocach.

Ser Jorah miał niepewną minę.

— Wydaje mi się, że łatwiej wyjść na zewnątrz, niż wejść do środka. Mówisz, że te kanały uchodzą do rzeki? To znaczy, że wyloty muszą być pod samymi murami.

— I zamykają je żelazne kraty — przyznał Brązowy Ben. — Choć część do cna już przerdzewiała, bo w przeciwnym razie utonąłbym w gównie. Gdy już człowiek znajdzie się w środku, czeka go długa, ohydna wspinaczka w absolutnej ciemności poprzez ceglany labirynt, w którym łatwo jest zabłądzić na wieki. Plugastwo zawsze sięga tam co najmniej do pasa, a sądząc po śladach, które widziałem na ścianach, potrafi się wznieść powyżej poziomu głowy. Żyją tam różne stwory. Największe szczury, jakie w życiu widziałem, i gorsze stworzenia. Paskudne.

Daario Naharis ryknął śmiechem.

— Tak samo paskudne jak ty, kiedy już wylazłeś na zewnątrz? Jeśli nawet ktoś byłby na tyle głupi, by tego spróbować, każdy handlarz niewolników z Meereen poczułby jego smród, gdy tylko wygramoliłby się z kanału.

Brązowy Ben wzruszył ramionami.

— Jej Miłość pytała, czy znam drogę wejścia, więc opowiedziałem jej o tym… ale Ben Plumm nie wróci już do tych kanałów, nawet za całe złoto Siedmiu Królestw. Jeśli jednak inni zechcą spróbować, to proszę bardzo.

Aggo, Jhogo i Szary Robak jednocześnie chcieli coś powiedzieć, Dany jednak uniosła rękę, nakazując ciszę.

— Te kanały nie wyglądają zachęcająco. — Wiedziała, że Szary Robak poprowadzi do nich swych eunuchów, jeśli mu rozkaże, a jej bracia krwi nie okażą się gorsi. Nie byli to jednak ludzie odpowiedni do tego zadania. Dothrakowie byli jeźdźcami, a siłę Nieskalanych stanowiła dyscyplina na polu walki. *Czy mogę wysyłać ludzi na śmierć w ciemności dla tak wątłej nadziei?* — Muszę chwilę nad tym pomyśleć. Wracajcie do swych obowiązków.

Jej kapitanowie pokłonili się i wyszli, zostawiając ją ze służącymi i smokami. Gdy jednak Brązowy Ben opuszczał namiot, Viserion rozpostarł jasne skrzydła i pofrunął leniwie w stronę jego głowy. Jedno ze skrzydeł trafiło najemnika w twarz i biały smok wylądował niezgrabnie, z jedną nogą na jego głowie, a drugą na ramieniu. Wrzasnął przenikliwie i zerwał się do lotu.

— Lubi cię, Ben — zauważyła Dany.

— Nic w tym dziwnego. — Brązowy Ben wybuchnął śmiechem. — Mam w sobie kapkę smoczej krwi.

— Ty? — Dany była zdumiona. Ben był człowiekiem z wolnych kompanii, sympatycznym kundlem. Miał szeroką, śniadą twarz, złamany nos i kudłate, siwe włosy, a po dothrackiej matce odziedziczył wielkie, ciemne oczy kształtu migdałów. Twierdził, że w jego żyłach płynie krew Braavosów, Letniaków, Ibbeńczyków, Qohorików, Dothraków, Dornijczyków i ludzi z Westeros, lecz Dany nigdy dotąd nie słyszała, by wspominał o Targaryenach. — Jak to możliwe? — zapytała, przyglądając mu się uważnie.

— No więc — zaczął Brązowy Ben — w Królestwach Zachodzącego Słońca żył sobie kiedyś jakiś Plumm, który poślubił smoczą księżniczkę. Opowiadała mi o nim babcia. To było w czasach króla Aegona.

— Którego? — zapytała Dany. — Westeros władało pięciu Aegonów.

Syn jej brata byłby szósty, lecz ludzie uzurpatora roztrzaskali jego głowę o ścianę.

— Aż tylu? To ci dopiero zamieszanie. Nie potrafię ci podać numeru, moja królowo. Ten Plumm był jednak lordem i w swoim czasie musiał być sławny. Na pewno opowiadano o nim w całym kraju. Rzecz w tym, jeśli Wasza Miłość wybaczy, że miał kutasa długiego na sześć stóp.

Gdy Dany parsknęła śmiechem, trzy dzwoneczki w jej warkoczu zadźwięczały cicho.

— Chyba chciałeś powiedzieć „cali".

— Stóp — powtórzył stanowczo Brązowy Ben. — Gdyby to było sześć cali, kto dziś by o nim opowiadał, Wasza Miłość?

Dany zachichotała jak mała dziewczynka.

— A czy twoja babcia utrzymywała, że widziała ten cud na własne oczy?

— Starucha nic takiego nie powiedziała. Była pół Ibbenką i pół Qohoriczką. Nigdy w życiu nie odwiedziła Westeros. Na pewno opowiadał jej o tym dziadek. Jakiś Dothrak zabił go jeszcze przed moim urodzeniem.

— A skąd twój dziadek o tym wiedział?

— To pewnikiem jedna z tych opowieści zasłyszanych przy cycku. — Brązowy Ben wzruszył ramionami. — Obawiam się, że to wszystko, co mi wiadomo o Aegonie Bez Numeru albo o potężnej męskości starego lorda Plumma. Lepiej pójdę już do moich Synów.

— Do zobaczenia — pożegnała go Dany.

Po wyjściu Brązowego Bena wsparła się o poduszki.

— Gdybyś był dorosły — rzekła do Drogona, drapiąc go między rogami — przeleciałabym na tobie nad murami i stopiła tę harpię na żużel.

Miały jednak upłynąć jeszcze lata, nim jej smoki urosną na tyle, że można będzie na nich latać. *A gdy to się stanie, kto ich dosiądzie? Smok ma trzy głowy, ale ja mam tylko jedną.* Pomyślała o Daariu. *Jeśli kiedykolwiek istniał mężczyzna, który potrafiłby zgwałcić kobietę wzrokiem…*

Szczerze mówiąc, była tak samo winna jak on. Podczas rady przyłapała się na tym, że zerka ukradkiem na Tyroshijczyka, a nocą czasem przypominała sobie błysk złotego zęba widoczny, gdy się uśmiechał. A także jego oczy. *Jego jaskrawoniebieskie oczy.* Gdy maszerowali z Yunkai do Meereen, Daario co wieczór, składając meldunek, przynosił jej kwiat na gałązce jakiejś rośliny… twierdził, że chce jej pomóc zaznajomić się z okolicą. Osią wierzbę, ciemne róże, dziką miętę, wietlicę samiczą, jukę, janowiec, awokado, złoto harpii… *Próbował też oszczędzić mi widoku martwych dzieci.* Nie powinien był tego robić, chciał jednak dobrze. Ponadto przy Daario Naharisie często się śmiała, co przy ser Jorahu nie zdarzało się jej nigdy.

Spróbowała sobie wyobrazić, jak by to było, gdyby pozwoliła, by Daario ją pocałował, tak jak ser Jorah na statku. Ta myśl podekscytowała ją, lecz jednocześnie zaniepokoiła. *Ryzyko jest zbyt wielkie.* Nikt nie musiał jej mówić, że tyroshijski najemnik nie jest dobrym człowiekiem. Mimo swych uśmiechów i żarcików był niebezpieczny, a nawet okrutny. Sallor i Prendahl obudzili się pewnego ranka jako jego wspólnicy, a nocą tego samego dnia przyniósł jej ich głowy. *Khal Drogo również potrafił być okrutny, a nigdy nie było człowieka, który byłby bardziej niebezpieczny.* Mimo to potrafiła go pokochać. *Czy mogłabym pokochać Daaria? Co by to znaczyło, gdybym go wzięła do łoża? Czy zostałby wtedy jedną z głów smoka?* Wiedziała, że ser Jorah z pewnością by się na nią pogniewał, ale przecież sam jej powiedział, że powinna sobie wziąć dwóch mężów. *Może powinnam poślubić obu i tyle.*

To były głupie myśli. Musiała zdobyć miasto, a marzenia o pocałunkach czy niebieskich oczach pewnego najemnika nie pomogą jej w skruszeniu murów Meereen. *Jestem krwią smoka* — powtarzała sobie. Jej myśli krążyły w kółko niczym szczur ścigający własny ogon. Nagle poczuła, że nie wytrzyma już w ciasnym namiocie ani chwili dłużej. *Chcę poczuć wiatr na twarzy i zapach morza.*

— Missandei — zawołała. — Osiodłaj srebrzystą. I swojego konia też.

Mała skryba pokłoniła się.

— Wedle rozkazu, Wasza Miłość. Czy mam wezwać twych braci krwi, żeby cię strzegli?

— Zabierzemy Arstana. Nie zamierzam opuszczać obozów. Wśród swych dzieci nie miała wrogów, a stary giermek nie będzie gadał tyle, co Belwas, ani spoglądał na nią tak jak Daario.

Spalony gaj drzew oliwnych, w którym rozbiła swój namiot, znajdował się nad morzem, między obozami Dothraków i Nieskalanych. Gdy konie już osiodłano, Dany i jej towarzysze ruszyli wzdłuż brzegu, oddalając się od miasta. Mimo to wciąż słyszała za plecami drwiące okrzyki Meereeńczyków. Gdy obejrzała się za siebie, dostrzegła harpię z brązu, która stała na szczycie Wielkiej Piramidy, lśniąc w promieniach popołudniowego słońca. W Meereen handlarze niewolników wkrótce położą się do uczty w swych *tokarach*, by obżerać się jagniętami i oliwkami, nienarodzonymi szczeniętami, koszatkami w miodzie i innymi tego rodzaju smakołykami, podczas gdy na zewnątrz jej dzieci głodowały. Nagle wypełnił ją szalony gniew. *Zniszczę was* — poprzysięgła.

Gdy przejeżdżali obok palików i wykopów otaczających obóz eunuchów, Dany usłyszała Szarego Robaka i jego sierżantów, którzy gonili jedną z kompanii do ćwiczeń z tarczą, krótkim mieczem i ciężką włócznią. Druga kompania kąpała się w morzu, odziana jedynie w owiązane wokół bioder skrawki materiału. Zauważyła, że eunuchowie są bardzo czyści. Niektórzy z najemników śmierdzieli tak, jakby nie myli się ani nie zmieniali ubrań od czasów, gdy jej ojciec stracił Żelazny Tron, Nieskalani jednak kąpali się co wieczór, nawet po całodziennym marszu. Gdy nie mieli wody, czyścili się piaskiem jak Dothrakowie.

Na jej widok wszyscy uklękli, unosząc do piersi zaciśnięte pięści. Dany odwzajemniła ich salut. Nadchodził przypływ i pod nogami srebrzystej rozbijały się spienione fale. Widziała swe zakotwiczone na morzu statki. Najbliżej na falach unosił się „Balerion", wielka koga znana ongiś jako „Saduleon". Żagle statku były zwinięte. Dalej widać było galery „Meraxes" i „Vhagar", które ongiś zwały się „Żart Josa" i „Słońce Lata". Właściwie statki nie należały do niej, lecz do magistra Illyria, lecz mimo to bez chwili wahania nadała im nowe nazwy. Imiona smoków i nie tylko. W dawnej Valyrii, przed zagładą, Balerion, Meraxes i Vhagar byli bogami.

Na południe od uporządkowanego królestwa palików, dołów, musztry i kąpiących się eunuchów leżał obóz wyzwoleńców, znacznie bardziej hałaśliwy i chaotyczny. Dany dała byłym niewolnikom broń z Astaporu i Yunkai, a ser Jorah podzielił zdolnych do walki mężczyzn na cztery liczne kompanie, nie widziała jednak, by ktoś tu ćwiczył. Minęli ognisko, w którym płonęło wyrzucone na brzeg drewno. Około setki ludzi zebrało się tam wokół obracanego na rożnie konia. Czuła woń mięsa i słyszała skwierczenie tłuszczu, zasępiła się jednak tylko na ten widok.

Za ich końmi biegły dzieci, podskakując i śmiejąc się głośno. Zamiast salutów, ze wszystkich stron witały ją głosy w najrozmaitszych językach. Niektórzy wyzwoleńcy nazywali ją „matką", inni zaś błagali o jakieś dary bądź przysługi. Jedni modlili się do swych niezwykłych bogów o błogosławieństwo dla niej, a inni prosili, by to ona ich pobłogosławiła. Uśmiechała się do nich, skręcając to w prawo, to w lewo, dotykając ich dłoni, gdy je do niej wyciągali i pozwalając tym, którzy klęczeli, dotknąć jej strzemienia albo nogi. Wielu wyzwoleńców wierzyło, że jej dotyk przynosi szczęście. *Jeśli to daje im odwagę, to niech mnie dotykają* — pomyślała. *Czekają nas ciężkie próby…*

Gdy Dany zatrzymała się, by porozmawiać z ciężarną kobietą, która pragnęła, by Matka Smoków nadała imię jej dziecku, ktoś nagle wyciągnął rękę i złapał ją za lewy nadgarstek. Odwróciła się i ujrzała wysokiego, obdartego mężczyznę z ogoloną głową i ogorzałą od słońca twarzą.

— Nie tak mocno — zaczęła mówić, nim jednak zdążyła skończyć, szarpnął ją i zrzucił z siodła. Uderzyła o ziemię z taką siłą, że aż straciła dech w piersiach. Srebrzysta zarżała i cofnęła się trwożnie. Oszołomiona Dany przetoczyła się na bok, wsparła na łokciu…

…i zobaczyła miecz.

— Tu jest ta zdradziecka maciora — zawołał mężczyzna. — Wiedziałem, że pewnego dnia tu przyjdziesz, żeby dać się pocałować w stopy. — Głowę miał łysą jak melon, a na czerwonym nosie łuszczyła mu się skóra, Dany znała jednak ten głos i te jasnozielone oczy. — Najpierw utnę ci cycki. — Dany niejasno zdawała sobie sprawę, że Missandei wzywa krzykiem pomocy. Jakiś wyzwoleniec podszedł bliżej, lecz tylko o krok. Jedno szybkie cięcie i padł na kolana, a twarz zalała mu krew. Mero wytarł miecz o spodnie. — Kto następny?

— Ja.

Arstan Białobrody zeskoczył z konia i stanął nad nią. Jego

białymi włosami targał słony wiatr. W obu dłoniach trzymał swą laskę z twardego drewna.

— Dziadku — ostrzegł go Mero — zwiewaj stąd, zanim złamię ci ten kijek na pół i wyrucham nim w du…

Staruszek zamachnął się w jego stronę jednym końcem laski, cofnął ją i uderzył drugim końcem tak szybko, że Dany nie wierzyła własnym oczom. Bękart Tytana zatoczył się do tyłu, plując krwią i zębami z rozbitych ust. Białobrody zasłonił sobą Dany. Mero ciął mieczem w jego twarz, lecz staruszek odskoczył, szybki jak kot. Jego laska trafiła przeciwnika w żebra, aż zachwiał się na nogach. Arstan przesunął się w bok, rozpryskując fale, sparował uderzenie miecza, oddalił się na moment tanecznym krokiem i zablokował trzeci cios. Jego ruchy były tak szybkie, że ledwie mogła śledzić je wzrokiem. Gdy Missandei pomagała Dany się podnieść, rozległ się głośny trzask. Pomyślała, że to złamała się laska Arstana, zobaczyła jednak odłamek kości sterczący z łydki Mera. Padając, Bękart Tytana wykręcił ciało i rzucił się naprzód, uderzając sztychem prosto w pierś staruszka. Białobrody niemal z pogardą sparował cios i walnął drugim końcem laski w skroń przeciwnika. Mero runął na plecy. Z ust płynęła mu krew. Zalały go morskie fale, a po chwili również fala wyzwoleńców. Noże, kamienie i gniewne pięści uderzały w morderczym szale.

Dany odwróciła się. Dopadły ją mdłości. Bała się teraz bardziej niż w chwili ataku. *O mało mnie nie zabił.*

— Wasza Miłość. — Arstan przyklęknął obok niej. — Jestem starym człowiekiem i okryłem się wstydem. Nie powinienem był pozwolić, by podszedł tak blisko. To było niedbalstwo. Nie poznałem go bez brody i włosów.

— Ja też nie. — Dany zaczerpnęła głęboko tchu, by przestać dygotać. *Zewsząd otaczają mnie wrogowie.* — Zabierz mnie z powrotem do namiotu. Proszę.

Gdy zjawił się Mormont, siedziała już owinięta w lwią skórę, popijając wino z korzeniami.

— Przyjrzałem się nadrzecznym murom — zaczął ser Jorah. — Są o kilka stóp wyższe niż gdzie indziej i równie mocne.

Do tego Meereeńczycy cumują pod szańcami kilkanaście branderów...

Przerwała mu.

— Mogłeś mnie ostrzec, że Bękart Tytana uciekł.

Zmarszczył brwi.

— Nie widziałem powodu, by cię straszyć, Wasza Miłość. Wyznaczyłem nagrodę za jego głowę...

— Wypłać ją Białobrodemu. Mero towarzyszył nam przez całą drogę z Yunkai. Zgolił brodę i ukrył się wśród wyzwoleńców, czekając na szansę zemsty. Zabił go Arstan.

Ser Jorah przyjrzał się uważnie Białobrodemu.

— Giermek kijem pozbawił życia Mera z Braavos, tak?

— Kijem — potwierdziła Dany — ale już nie giermek. Ser Jorahu, chcę, by Arstan został pasowany na rycerza.

— Nie.

Głośny sprzeciw stanowił wystarczająco wielkie zaskoczenie. Jeszcze dziwniejszy był fakt, że obaj mężczyźni wypowiedzieli go jednocześnie.

Ser Jorah wyciągnął miecz.

— Bękart Tytana był wrednym skurczybykiem. I potrafił zabijać. Kim jesteś, starcze?

— Lepszym rycerzem od ciebie, ser — odparł zimno Arstan.

Rycerzem? — pomyślała zdziwiona Dany.

— Mówiłeś, że jesteś giermkiem.

— Byłem nim, Wasza Miłość. — Opadł na jedno kolano. — W młodości służyłem jako giermek lordowi Swannowi, a ostatnio, na żądanie magistra Illyria, również Silnemu Belwasowi. W międzyczasie jednak przez długie lata byłem westeroskim rycerzem. Nie usłyszałaś ode mnie żadnych kłamstw, królowo, ukryłem jednak przed tobą pewne prawdy. Mogę jedynie błagać cię o wybaczenie za to i za inne moje grzechy.

— Jakie prawdy ukryłeś? — Dany nie spodobało się to w najmniejszym stopniu. — Odpowiedz mi. Natychmiast.

Pochylił głowę.

— W Qarthu, gdy zapytałaś mnie o imię, odpowiedziałem ci, że zwą mnie Arstanem. Było to prawdą. Wielu ludzi zwracało się do mnie tym imieniem, gdy płynęliśmy z Belwasem na wschód. Moje prawdziwe imię brzmi jednak inaczej.

Była raczej zbita z tropu niż zła. *Okłamał mnie, tak jak twierdził Jorah, ale przed chwilą uratował mi życie.*

Ser Jorah zaczerwienił się nagle.

— Mero zgolił brodę, ale ty ją zapuściłeś, prawda? Nic dziwnego, że wydawałeś mi się tak cholernie znajomy...

— Znasz go? — zapytała wygnanego rycerza zdezorientowana Dany.

— Widziałem go pewnie z kilkanaście razy... zawsze z daleka, gdy stał na warcie ze swymi braćmi albo brał udział w jakimś turnieju. Wszyscy w Siedmiu Królestwach znali Barristana Śmiałego. — Dotknął sztychem miecza szyi staruszka. — *Khaleesi*, klęczy przed tobą ser Barristan Selmy, lord dowódca Gwardii Królewskiej, który zdradził twój ród, by służyć uzurpatorowi Robertowi Baratheonowi.

Stary rycerz nawet nie mrugnął.

— Przyganiała wrona krukowi. Ty śmiesz mówić o zdradzie?

— Po co tu przybyłeś? — zapytała Dany. — Jeśli Robert rozkazał ci mnie zabić, to dlaczego uratowałeś mi życie? — *Służył uzurpatorowi. Zdradził pamięć Rhaegara i pozwolił, by Viserys żył i umarł na wygnaniu. Gdyby jednak pragnął mojej śmierci, wystarczyłoby, żeby nie zrobił nic...* — Chcę usłyszeć całą prawdę. Na twój honor rycerza. Czy jesteś człowiekiem uzurpatora czy moim?

— Twoim, jeśli zechcesz mnie przyjąć. — Ser Barristan miał łzy w oczach. — To prawda, że przyjąłem ułaskawienie Roberta. Służyłem mu w Gwardii Królewskiej i w radzie, razem z Królobójcą i innymi niewiele lepszymi od niego, którzy splugawili biały płaszcz, noszony również przeze mnie. Nic nie może tego usprawiedliwić. Ze wstydem przyznaję, że gdyby nie wygnał mnie obmierzły chłopiec, który zasiada na Żelaznym Tronie, mógłbym po dziś dzień służyć w Królewskiej Przystani. Gdy jednak zabrał mi płaszcz, który włożył na moje ramiona Biały Byk, i tego samego dnia wysłał za mną zabójców, to było tak, jakby zerwał z mych oczu bielmo. Wtedy właśnie pojąłem, że muszę odnaleźć prawdziwego króla i zginąć w jego służbie...

— Mogę spełnić to życzenie — rzekł złowrogim głosem ser Jorah.

— Cisza — rozkazała Dany. — Chcę go wysłuchać.

— Być może rzeczywiście muszę umrzeć śmiercią zdrajcy — mówił dalej ser Barristan. — Nie powinienem jednak zginąć sam. Nim przyjąłem od Roberta ułaskawienie, walczyłem przeciw niemu nad Tridentem. Ty byłeś wówczas po przeciwnej stronie, nieprawdaż, Mormont? — Nie czekał na odpowiedź. — Wasza Miłość, przykro mi, że wprowadziłem cię w błąd, lecz w przeciwnym razie Lannisterowie natychmiast by się dowiedzieli, że przyłączyłem się do ciebie. Obserwują cię, tak jak obserwowali twego brata. Lord Varys od lat już składał meldunki o każdym ruchu Viserysa. Jako członek małej rady wysłuchałem chyba ze stu takich raportów. A od dnia, gdy wyszłaś za *khala* Drogo, miałaś u swego boku szpicla, który sprzedawał twe tajemnice Pająkowi w zamian za złoto i obietnice.

Nie może mu chodzić...

— Mylisz się. — Dany popatrzyła na Joraha Mormonta. — Powiedz mu, że się myli. Nie ma żadnego szpicla. Ser Jorahu, powiedz mu. Przekroczyliśmy razem morze Dothraków i czerwone pustkowie... — Jej serce trzepotało niczym ptak w pułapce. — Powiedz mu, Jorahu. Powiedz mu, że się pomylił.

— Niech cię Inni porwą, Selmy. — Ser Jorah rzucił miecz na dywan. — *Khaleesi*, to było tylko na początku, nim cię poznałem... nim cię pokochałem...

— Nie wypowiadaj tego słowa! — Odsunęła się od niego. — Jak mogłeś? Co ci obiecał uzurpator? Złoto, czy to było złoto? — Nieśmiertelni zapowiedzieli, że spotkają ją jeszcze dwie zdrady, jedna za złoto i jedna z miłości. — Powiedz mi, co ci obiecano?

— Varys powiedział... że będę mógł wrócić do domu.

Pochylił głowę.

Ja miałam cię zabrać do domu! Smoki wyczuły jej wściekłość. Viserion ryknął, a z jego paszczy buchnął szary dym. Drogon zamiótł czarnymi skrzydłami, Rhaegal zaś odwrócił głowę i wypuścił krótki płomień. *Powinnam wypowiedzieć słowo i spalić obydwu.* Czy nie było nikogo, komu mogłaby zaufać, przy kim mogłaby się czuć bezpieczna?

— Czy wszyscy westeroscy rycerze są tak samo fałszywi, jak wy dwaj? Wynoście się stąd, nim upieką was moje smoki. Jak pachnie pieczony kłamca? Czy równie obrzydliwie jak kanały Brązowego Bena? Wynocha!

Ser Barristan podniósł się sztywno i powoli. Po raz pierwszy wyglądał na swój wiek.

— Dokąd mamy pójść, Wasza Miłość?

— Do piekła, służyć królowi Robertowi. — Dany czuła na policzkach gorące łzy. Drogon wrzasnął przeraźliwie, uderzając ogonem na boki. — Niech Inni wezmą was obu. — *Odejdźcie obaj na zawsze, bo jeśli jeszcze raz ujrzę wasze twarze, każę wam ściąć te zdradzieckie głowy.* Nie była jednak w stanie wypowiedzieć tych słów. *Zdradzili mnie. Ale uratowali mi życie. Ale kłamali.* — Pójdźcie... — *Mój niedźwiedź, mój silny, gwałtowny niedźwiedź, cóż bez niego pocznę? I staruszek, przyjaciel mojego brata.* — Pójdźcie... pójdźcie...

Dokąd?

Nagle ją olśniło.

TYRION

Tyrion ubrał się po ciemku, słuchając cichego oddechu żony śpiącej w łożu, które ze sobą dzielili. *Coś jej się śni* — pomyślał, gdy Sansa wyszeptała jakieś słowo — być może imię, choć było zbyt ciche, by mógł być tego pewien — i odwróciła się na bok. Jako mąż i żona spali razem, lecz na tym był koniec. *Nawet łzy zachowuje dla siebie.*

Gdy opowiedział jej o śmierci brata, spodziewał się bólu i gniewu, lecz twarz Sansy była tak nieruchoma, że przez chwilę obawiał się, iż go nie zrozumiała. Dopiero potem, gdy oddzieliły ich od siebie grube dębowe drzwi, usłyszał jej łkanie. Chciał wówczas pójść do niej, by na miarę swych możliwości służyć jej pocieszeniem. *Nie* — musiał sobie powiedzieć. *Nie będzie chciała pociechy od Lannistera.* Mógł jedynie osłaniać ją przed co okropniejszymi szczegółami Krwawych Godów, o których wieści napływały z Bliźniaków. Doszedł do wniosku, że Sansa nie musi wiedzieć, iż ciało jej brata porąbano mieczami i okaleczono, a nagiego trupa matki wrzucono do Zielonych Wideł w okrutnej drwinie ze zwyczajów pogrzebowych rodu Tullych. Z pewnością nie potrzeba jej nowego materiału do koszmarów.

To jednak nie wystarczyło. Nałożył jej na ramiona swój płaszcz i poprzysiągł ją bronić, ale było to żartem równie okrutnym jak korona, którą Freyowie przybili do głowy wilkora Robba Starka, przyszywszy ją najpierw do bezgłowego trupa. Sansa również zdawała sobie z tego sprawę. To, jak na niego spoglądała, jak sztywno wchodziła do ich łoża… kiedy był z nią, ani na chwilę nie mógł zapomnieć, kim jest. Ona również o tym nie zapominała. Nadal co noc chodziła do bożego gaju. Tyrion zastanawiał się, czy to o jego śmierć się modli. Straciła dom, miejsce na świecie oraz wszystkich, których kochała i darzyła zaufaniem. *Nadchodzi zima* — ostrzegała dewiza Starków i rzeczywiście nadeszła ona dla nich z pełnym impetem. *Ale dla rodu Lannisterów nastał sam środek lata, czemu więc jest mi tak cholernie zimno?*

Wciągnął buty, zapiął płaszcz broszą w kształcie głowy lwa i wymknął się na oświetlony pochodniami korytarz. Jego małżeństwo miało przynajmniej tę dobrą stronę, że pozwoliło mu wynieść się z Warowni Maegora. Był teraz żonatym człowiekiem, jego pan ojciec zgodził się więc, iż trzeba mu znaleźć bardziej odpowiednie lokum i lord Gyles został nagle wykwaterowany z obszernych apartamentów nad Kuchennym Donżonem. A były one naprawdę luksusowe. Miały wielką sypialnię i nie najgorszą samotnię, łazienkę i garderobę dla jego żony, a także izdebki dla Poda i służących Sansy. Nawet położona przy schodach cela Bronna miała coś w rodzaju okna. *No, właściwie to raczej strzelnica, ale wpuszcza światło do środka.* Co prawda, po drugiej stronie dziedzińca znajdowała się główna zamkowa kuchnia, lecz Tyrion zdecydowanie wolał dobiegające z niej dźwięki i zapachy od towarzystwa siostry, na które był skazany u Maegora. Im rzadziej widywał Cersei, tym czuł się szczęśliwszy.

Przechodząc obok izby Brelli, usłyszał jej chrapanie. Shae uskarżała się na nie, wydawało się jednak, że nie jest to zbyt wygórowana cena. Tę kobietę podsunął mu Varys. Dawniej prowadziła w mieście dom lorda Renly'ego, dzięki czemu nabrała wielkiej wprawy w byciu ślepą, głuchą i niemą.

Tyrion zapalił świecę, ruszył ku schodom dla służby i zszedł nimi na dół. Na niższych kondygnacjach panowała cisza. Nie słyszał niczyich kroków poza własnymi. Schodził ciągle w dół, na parter i niżej, aż wreszcie znalazł się w posępnej piwnicy o kopulastym kamiennym sklepieniu. Większość zamkowych budynków była ze sobą połączona pod ziemią i Kuchenny Donżon nie stanowił wyjątku. Tyrion podreptał przez długi, ciemny korytarz, aż wreszcie znalazł drzwi, o które mu chodziło, i wszedł do środka.

Czekały tam na niego smocze czaszki oraz Shae.

— Myślałam, że mój pan o mnie zapomniał.

Suknię zarzuciła na czarny ząb, niemal dorównujący jej wysokością, i stała teraz naga wewnątrz smoczej paszczy. *To Balerion* — pomyślał Tyrion. A może Vhagar? Smocze czaszki nie różniły się zbytnio od siebie.

Stanął mu na sam jej widok.

— Wyłaź stamtąd.

— Nie wyjdę. — Uśmiechnęła się tak prowokująco, jak tylko ona potrafiła. — Wiem, że mój pan wyrwie mnie z paszczy smoka.

Gdy jednak podszedł bliżej, pochyliła się i zdmuchnęła świecę.

— Shae…

Wyciągnął rękę, lecz dziewczyna wywinęła się z jego uścisku.

— Musisz mnie złapać. — Jej głos rozbrzmiewał z lewej. — Mój pan na pewno bawił się w potwory i dziewice, kiedy był mały.

— Nazywasz mnie potworem?

— Taki sam z ciebie potwór, jak ze mnie dziewica. — Słyszał jej ciche kroki za swymi plecami. — Ale i tak będziesz musiał mnie złapać.

W końcu mu się udało, choć tylko dlatego, że mu na to pozwoliła. Kiedy wsunęła się w jego ramiona, był zgrzany i zdyszany od obijania się o smocze czaszki. Zapomniał jednak o tym natychmiast, gdy tylko poczuł w ciemności jej drobne piersi dotykające jego twarzy, małe, sztywne sutki ocierające się delikatnie o jego usta i bliznę pozostałą po nosie. Postawił Shae na podłodze.

— Mój olbrzym — wydyszała, gdy w nią wszedł. — Mój olbrzym przyszedł mnie uratować.

Potem, gdy leżeli objęci pośród smoczych czaszek, oparł o nią głowę, ciesząc się przyjemną, czystą wonią jej włosów.

— Powinniśmy już wracać — stwierdził z niechęcią. — Niedługo pewnie nadejdzie świt. Sansa się obudzi.

— Trzeba było dać jej sennego wina — stwierdziła Shae. — Lady Tanda podaje je Lollys. Kielich przed snem i moglibyśmy się pierdolić w łożu obok niej, i nic by nie zauważyła. — Zachichotała. — Może którejś nocy spróbujemy. Czy mój pan miałby na to ochotę? — Jej dłoń znalazła jego bark i zaczęła masować mięśnie. — Szyję masz twardą jak kamień. Co cię tak martwi?

Tyrion nie widział własnych palców, choć trzymał je tuż przed twarzą, lecz i tak odliczył na nich swe zgryzoty.

— Moja żona. Moja siostra. Mój siostrzeniec. Mój ojciec. Tyrellowie. — Musiał przejść do drugiej dłoni. — Varys. Pycelle. Littlefinger. Czerwona Żmija z Dorne. — Doszedł do ostatniego palca. — Twarz, którą codziennie widzę w wodzie, kiedy się myję.

Shae pocałowała go w naznaczony blizną kikut nosa.

— To odważna twarz. Dobra i miła. Chciałabym ją teraz zobaczyć.

W jej głosie pobrzmiewała cała słodka niewinność świata. *Niewinność? Ty durniu, ona jest kurwą. Jedyne, co zna w mężczyznach, to kawałek mięsa między ich nogami. Dureń, dureń.*

— Lepiej ty niż ja. — Tyrion usiadł. — Oboje nas czeka długi dzień. Niepotrzebnie zdmuchnęłaś tę świecę. Jak teraz znajdziemy ubranie?

Roześmiała się.

— Może będziemy musieli iść nago.

A jeśli ktoś nas zobaczy, mój pan ojciec każe cię powiesić. Odkąd przyjął Shae do pracy jako jedną ze służących Sansy, miał pretekst, który pozwalał mu czasem z nią porozmawiać, nie łudził się jednak, że są bezpieczni. Varys go ostrzegał.

— Dałem Shae fałszywą historię, ale była ona przeznaczona dla Lollys i lady Tandy. Twoja siostra jest bardziej podejrzliwa. Jeśli zapyta mnie, co wiem...

— Powiesz jej jakieś sprytnie wymyślone kłamstwo.

— Nie. Powiem jej, że dziewczyna jest zwykłą markietanką, którą znalazłeś sobie przed bitwą nad Zielonymi Widłami i sprowadziłeś do Królewskiej Przystani wbrew wyraźnemu rozkazowi swego pana ojca. Nie będę okłamywał królowej.

— Okłamałeś ją już nieraz. Mam jej o tym opowiedzieć?

Eunuch westchnął.

— To rani mnie boleśniej niż nóż, panie. Służyłem ci wiernie, lecz muszę również służyć królowej, gdy tylko leży to w moich możliwościach. Jak długo twoim zdaniem pozwoli mi żyć, gdy nie będzie już ze mnie miała żadnego pożytku? Nie mam groźnego najemnika, który by mnie bronił, ani dzielnego brata, który by mnie pomścił. Mam tylko stadko ptaszków, które szepczą mi do ucha i za te szepty co dzień muszę na nowo kupować sobie życie.

— Wybacz mi, jeśli nad tobą nie płaczę.

— Wybaczę, ale i ty musisz mi darować, że nie będę płakał nad Shae. Wyznaję, iż nie rozumiem, co ona ma w sobie takiego, że bystry człowiek, taki jak ty, zachowuje się dla niej jak głupiec.

— Mógłbyś to zrozumieć, gdybyś nie był eunuchem.

— A więc tak to wygląda? Mężczyzna może mieć rozum albo kawałek mięsa między nogami, ale nie obie te rzeczy naraz? — Varys zachichotał. — W takim razie może powinienem być wdzięczny za to, co mi zrobiono.

Pająk miał rację. Przygnębiony Tyrion obmacywał podłogę, szukając własnej bielizny. Na myśl o ryzyku, jakie podejmuje, dręczyło go paraliżujące napięcie, do którego dochodziło jeszcze poczucie winy. *Niech Inni porwą moje sumienie* — pomyślał, wciągając bluzę przez głowę. *Czemu miałbym czynić sobie wyrzuty? Moja żona nie chce mieć ze mną nic wspólnego, a już szczególnie z tą częścią mnie, która zdaje się jej pragnąć.* Być może powinien jej opowiedzieć o Shae. W końcu nie był pierwszym mężczyzną, który utrzymywał konkubinę. Wielce honorowy ojciec Sansy dał jej bękarciego brata. Całkiem możliwe, że zachwyciłaby ją myśl, że jej mąż pierdoli się z Shae, pod warunkiem, że oszczędzi jej swego niepożądanego dotyku.

Nie. Nie mogę się na to odważyć. Bez względu na przysięgi, jego żonie nie można było ufać. Między nogami mogła nadal być dziewicą, lecz kiedyś zdradziła plany swego ojca Cersei. Ponadto dziewczęta w jej wieku raczej nie słynęły z umiejętności dochowywania tajemnic.

Jedynym bezpiecznym rozwiązaniem było pozbycie się Shae. *Mógłbym ją odesłać do Chatayi* — pomyślał z niechęcią Tyrion. W tym burdelu miałaby tyle jedwabi i klejnotów, ile tylko by zapragnęła, a także miłych, szlachetnie urodzonych klientów. Byłoby to życie znacznie lepsze od tego, które wiodła, nim ją znalazł.

Albo, jeśli zmęczyło ją już zarabianie na chleb na plecach, mógłby znaleźć dla niej męża. *Może Bronn?* Najemnik nigdy nie wzdragał się jeść z talerza swego pracodawcy, a teraz został rycerzem i nigdzie nie znalazłaby lepszej partii. *Albo ser Tallad?* Tyrion nieraz widział, że młodzieniec spogląda tęsknie na Shae. *Czemu by nie? Jest wysoki, silny i niebrzydki. Młody, uzdolniony rycerz w każdym calu.* Rzecz jasna, Tallad znał Shae tylko jaką młodą, ładną służkę z zamku. *Gdyby po ślubie dowiedział się, że była kurwą...*

— Gdzie jesteś, panie? Czy pożarły cię smoki?

— Nie. Tu jestem. — Pomacał smoczą czaszkę. — Znalazłem jeden but, ale chyba jest twój.

— Mój pan przemawia bardzo poważnie. Czyżbym cię nie zadowoliła?

— Ależ skąd — odparł zbyt krótko. — Zawsze jestem z ciebie zadowolony.

Na tym właśnie polega niebezpieczeństwo. Mógł niekiedy marzyć o tym, że ją odeśle, lecz takie chwile szybko mijały. Ujrzał ją niewyraźnie w półmroku. Wciągała wełnianą pończochę na szczupłą nogę. *Widzę.* Przez szereg długich, wąskich okien umieszczonych wysoko na ścianie piwnicy do środka wlewało się blade światło. Wokół nich z mroku wyłaniały się czaszki targaryeńskich smoków, czarne na szarym tle.

— Dzień wstaje zbyt wcześnie.

Nowy dzień. Nowy rok. Nowe stulecie. *Przeżyłem Zielone Widły i Czarny Nurt, to przeżyję też wesele króla Joffreya, niech je szlag.*

Zdjęła suknię ze smoczego zęba i wciągnęła ją sobie przez głowę.

— Ja pójdę pierwsza. Brella będzie chciała, żebym pomogła jej z wodą do kąpieli. — Schyliła się, by pocałować go na pożegnanie w czoło. — Mój lannisterski olbrzym. Tak bardzo cię kocham.

I ja też cię kocham, słodziutka. Mogła być kurwą, lecz zasługiwała na coś lepszego niż to, co mógł jej dać. *Wydam ją za ser Tallada. Wydaje się, że to przyzwoity człowiek. I wysoki...*

SANSA

To był taki słodki sen — pomyślała na wpół rozbudzona Sansa. Wróciła do Winterfell i biegała z Damą po bożym gaju. Towarzyszył jej ojciec i bracia, było im ciepło i byli bezpieczni. *Gdyby tylko sny mogły się stać rzeczywistością...*

Zrzuciła kołdry. *Muszę być odważna.* Jej cierpienia wkrótce się skończą, w taki czy inny sposób. *Gdyby Dama była ze mną, nie musiałabym się bać.* Dama jednak nie żyła, podobnie jak Robb, Bran, Rickon, Arya, ojciec, matka, a nawet septa Mordane. *Zginęli wszyscy oprócz mnie.* Została na świecie sama.

Jej pana męża nie było, przywykła już jednak do tego. Tyrion źle sypiał i często wstawał przed świtem. Najczęściej znajdowała go w samotni, gdzie siedział zgarbiony przy świecy, pogrążony w lekturze jakiegoś starego zwoju albo oprawnej w skórę księgi. Czasami woń porannego chleba wabiła go do kuchni, a czasami wspinał się do ogrodu na dachu albo chodził samotnie Aleją Zdrajcy.

Otworzyła okiennice i zadrżała z zimna. Ramiona pokryła jej gęsia skórka. Na wschodzie zbierały się chmury, przeszywane gdzieniegdzie snopami słonecznego blasku. *Wyglądają jak dwa wielkie zamki, unoszące się na porannym niebie.* Oczyma wyobraźni dojrzała kamienne mury, potężne donżony i barbakany. Na szczytach wież powiewały wiotkie chorągwie, sięgające ku szybko gasnącym gwiazdom. Za nimi wschodziło już słońce. Sansa przyglądała się, jak przechodzą z czerni w szarość, a potem w tysiąc odcieni różu, złota i karmazynu. Wkrótce wiatr połączył je ze sobą i zamiast dwóch zamków widziała tylko jeden.

Usłyszała, że otwierają się drzwi. To służące przyniosły jej wodę do kąpieli. Obie były nowe. Tyrion powiedział, że wszystkie kobiety, które zajmowały się nią przedtem, szpiegowały dla Cersei, co Sansa podejrzewała już od samego początku.

— Chodźcie zobaczyć — powiedziała im. — Na niebie jest zamek.

Podeszły do okna.

— Jest cały ze złota. — Shae miała krótkie, czarne włosy i śmiałe spojrzenie. Robiła wszystko, co jej kazano, lecz niekiedy popatrywała na Sansę z wyjątkowo bezczelną miną. — Złoty zamek. Chciałabym kiedyś taki zobaczyć.

— Mówicie, zamek? — Brella musiała przymrużyć oczy. — Wieża wygląda, jakby się waliła. To ruiny i tyle.

Sansa nie chciała słuchać o walących się wieżach i ruinach zamków. Zamknęła okiennice.

— Zaproszono nas na śniadanie do królowej — oznajmiła. — Czy mój pan mąż jest w samotni?

— Nie, pani — odparła Brella. — Nie widziałam go.

— Może poszedł do swego ojca — zauważyła Shae. — Może królewski namiestnik potrzebował jego rady.

Brella pociągnęła nosem.

— Lady Sanso, lepiej wejdź do wody, zanim zrobi się zbyt chłodna.

Sansa pozwoliła, by Shae ściągnęła jej giezło przez głowę, po czym weszła do wielkiej drewnianej balii. Miała ochotę poprosić o kielich wina na uspokojenie nerwów. Ślub miał się odbyć w południe, w Wielkim Sepcie Baelora na drugim końcu miasta. O zmierzchu w sali tronowej rozpoczynała się uczta weselna — tysiąc gości, siedemdziesiąt siedem dań, minstrele, żonglerzy i komedianci. Najpierw jednak czekało ich śniadanie w Sali Balowej Królowej, na które zaproszono Lannisterów i mężczyzn Tyrellów — kobiety Tyrellów jadły śniadanie z Margaery — a także około setki rycerzy i lordów. *Ze mnie też zrobili jedną z Lannisterów* — pomyślała z goryczą Sansa.

Brella wysłała Shae po więcej gorącej wody i zabrała się do mycia pleców Sansy.

— Drżysz, pani.

— Woda nie jest tak ciepła, jak powinna — skłamała dziewczyna.

Gdy służące ją ubierały, pojawił się Tyrion, wlokący za sobą Podricka Payne'a.

— Pięknie wyglądasz, Sanso. — Zwrócił się do giermka. — Pod, bądź tak dobry i nalej mi kielich wina.

— Na śniadaniu będzie wino, mój panie — wtrąciła Sansa.

— Tutaj też jest. Chyba nie spodziewasz się, że pójdę trzeźwy na spotkanie z siostrą? Mamy nowe stulecie, pani. Trzysta lat od podboju Aegona. — Karzeł wziął z rąk Podricka kielich czerwonego wina i uniósł go wysoko. — Za Aegona. To ci dopiero był szczęściarz. Dwie siostry, dwie żony i trzy wielkie smoki. Czegóż więcej może pragnąć mężczyzna?

Otarł usta grzbietem dłoni.

Sansa zauważyła, że ubranie Krasnala jest brudne i wymiętoszone. Wyglądało, jakby w nim spał.

— Przebierzesz się w świeży strój, mój panie? Twój nowy wams jest bardzo ładny.

— Wams jest ładny, to prawda. — Tyrion odstawił kielich. — Chodź, Pod, zobaczymy, czy uda się nam znaleźć jakiś strój, w którym wydam się mniej karłowaty. Nie chcę zawstydzić swej pani żony.

Gdy po niedługiej chwili wrócił, wyglądał całkiem nieźle, a nawet wydawał się nieco wyższy. Podrick Payne również się przebrał. Choć raz wyglądał tak, jak powinien wyglądać giermek, aczkolwiek wielki czerwony pryszcz tuż obok nosa psuł efekt wywoływany przez wspaniałe fioletowo-biało-złote szaty. *To okropnie nieśmiały chłopak.* Z początku Sansa wystrzegała się giermka Tyriona. Był przecież Payne'em, kuzynem ser Ilyna Payne'a, który ściął głowę jej ojcu. Wkrótce jednak zdała sobie sprawę, że Pod boi się jej równie mocno, jak ona jego kuzyna. Gdy tylko się do niego odzywała, jego twarz nabierała koloru nader niepokojącej czerwieni.

— Czy fiolet, złoto i biel to barwy rodu Payne'ów, Podrick? — zapytała go uprzejmie.

— Nie. To znaczy tak. — Zaczerwienił się. — Barwy. Mamy w herbie fioletowo-białą szachownicę, pani. Ze złotymi monetami. Na polach. Fioletowych i białych. Obu kolorów.

Wbił wzrok w jej stopy.

— Za tymi monetami kryje się pewna historia — wtrącił Tyrion. — Z pewnością Pod pewnego dnia opowie ją palcom twoich nóg. Teraz jednak czekają na nas w Sali Balowej Królowej. Pójdziemy?

Sansa poczuła pokusę, by poszukać jakiegoś usprawiedliwienia. *Mogłabym mu powiedzieć, że boli mnie brzuszek albo że popłynęła mi miesięczna krew.* Najbardziej na świecie pragnęła wrócić do łoża i zaciągnąć za sobą zasłony. *Muszę być odważna jak Robb* — powiedziała sobie, ujmując sztywno pana męża pod ramię.

W Sali Balowej Królowej czekały na nich pierniczki z jeżynami i orzechami, stek z szynki, boczek, panierowane szpadelki, jesienne gruszki oraz dornijskie danie złożone z cebuli, sera, jajecznicy oraz palącej papryki.

— Nie ma jak porządne śniadanie, by pobudzić apetyt przed ucztą z siedemdziesięciu siedmiu dań — zauważył Tyrion, gdy napełniano im talerze. Do popicia mieli dzbany mleka, miodu oraz lekkiego wina, słodkiego i złotego. Między stołami krążyli muzykanci przygrywający na fletach, piszczałkach i skrzypcach, ser Dontos galopował na swej miotle, a Księżycowy Chłopiec wydymał policzki, udając, że pierdzi, i wyśpiewywał obraźliwe piosenki o gościach.

Sansa zauważyła, że Tyrion prawie nie tknął jedzenia, choć wypił już kilka kielichów wina. Sama skosztowała trochę dornijskiej jajecznicy, lecz papryka paliła ją w usta. Owoców, ryb i pierników ledwie spróbowała. Gdy tylko spojrzał na nią Joffrey, czuła w brzuszku nagłe poruszenie, jakby połknęła nietoperza.

Gdy już zabrano jedzenie, królowa z poważną miną wręczyła Joffreyowi płaszcz żony, który miał włożyć na ramiona Margaery.

— To ten sam płaszcz, który przywdziałam, gdy Robert uczynił mnie swą królową, a wcześniej moja matka lady Joanna, gdy wychodziła za mojego pana ojca.

Sansa pomyślała, że płaszcz rzeczywiście wygląda na wytarty. Być może nic w tym dziwnego, skoro liczył sobie tak wiele lat.

Nadszedł czas na prezenty. W Reach tradycją było wręczanie darów nowożeńcom rankiem w dzień ślubu. Następnego dnia otrzymywali podarunki jako para małżeńska, te jednak przeznaczone były dla każdego z nich oddzielnie.

Od Jalabhara Xho Joffrey dostał wielki łuk ze złocistego drewna oraz kołczan pełen długich strzał z zielonymi i szkarłatnymi pierzyskami; od lady Tandy parę miękkich butów do konnej jazdy; od ser Kevana wspaniałe siodło turniejowe z czerwonej skóry; od Dornijczyka, księcia Oberyna, broszę z czerwonego złota w kształcie skorpiona; od ser Addama Marbranda srebrne ostrogi; od lorda Mathisa Rowana turniejowy namiot z czerwonego jedwabiu. Lord Paxter Redwyne przyniósł piękny, drewniany model dwustuwiosłowej wojennej galery, którą właśnie budowano w Arbor.

— Jeśli Wasza Miłość pozwoli, będzie się nazywała „Odwaga Króla Joffreya" — rzekł. Joff odparł, że jest bardzo z tego zadowolony.

— Uczynię z niej swój okręt flagowy, kiedy popłynę na Smoczą Skałę zabić mojego zdradzieckiego stryja Stannisa — oznajmił.

Udaje dziś łaskawego króla. Sansa wiedziała, że Joffrey potrafi być szarmancki, kiedy ma na to ochotę, wyglądało jednak na to, że ma jej coraz mniej. Zapomniał o wszelkiej uprzejmości, gdy tylko Tyrion wręczył mu swój prezent: wielką, starą księgę o tytule *Żywoty czterech królów*, oprawną w skórę i pięknie iluminowaną. Król przekartkował ją bez śladu zainteresowania.

— A cóż to takiego, wuju?

Książka. Sansa zastanawiała się, czy Joffrey czytając, porusza grubymi, robakowatymi wargami.

— Spisana przez wielkiego maestera Kaetha historia panowania Daerona Młodego Smoka, Baelora Błogosławionego, Aegona Niegodnego i Daerona Dobrego — odpowiedział jej mały mąż.

— Księga, którą każdy król powinien przeczytać, Wasza Miłość — dodał ser Kevan.

— Mój ojciec nie miał czasu na książki. — Joffrey odsunął tom od siebie. — Gdybyś mniej czytał, wuju Krasnalu, być może lady Sansa nosiłaby już dziecko w brzuchu. — Roześmiał się… a gdy król się śmieje, dwór podąża za jego przykładem. — Nie smuć się, Sanso, gdy tylko dam dziecko królowej Margaery, odwiedzę twoją sypialnię i pokażę mojemu małemu wujowi, jak to się robi.

Sansa poczerwieniała. Zerknęła nerwowo na Tyriona, obawiając się, co powie. Mogło się zrobić równie nieprzyjemnie, jak podczas pokładzin na ich uczcie weselnej. Tym razem jednak karzeł utopił słowa w winie.

Lord Mace Tyrell wręczył swój prezent: złoty puchar wysokości trzech stóp, o dwóch zdobnie rzeźbionych uchwytach oraz siedmiu lśniących klejnotami bokach.

— Siedem boków symbolizuje Siedem Królestw Waszej Miłości — wyjaśnił ojciec panny młodej. Pokazał im widoczne na ściankach herby wielkich rodów: rubinowego lwa, szmaragdową różę, onyksowego jelenia, srebrnego pstrąga, sokoła z niebieskiego nefrytu, słońce z opali i wilkora z pereł.

— To wspaniały puchar — przyznał Joffrey — ale chyba będziemy musieli zeskrobać wilka i zastąpić go kałamarnicą.

Sansa udała, że tego nie słyszy.

— Margaery i ja będziemy mieli z czego pić na weselu, dobry ojcze.

Joffrey uniósł puchar wysoko nad głowę, by wszyscy mogli go podziwiać.

— To cholerstwo jest tak samo wysokie jak ja — wymamrotał cicho Tyrion. — Pół pucharu i Joff zwali się pijany pod stół.

Świetnie — pomyślała Sansa. *Może skręci sobie kark.*

Lord Tywin zaczekał do końca, nim wręczył królowi swój dar: miecz. Wykonaną z drewna wiśni, złota oraz impregnowanej czerwonej skóry pochwę zdobiły złote ćwieki o kształcie lwich głów. Sansa zauważyła, że wszystkie mają oczy z rubinów. Gdy Joffrey wydobył oręż i uniósł go nad głowę, w sali balowej zapadła cisza. Pokryta czerwonymi i czarnymi zmarszczkami stal lśniła w świetle poranka.

— Wspaniały — oznajmił Mathis Rowan.

— Miecz godny pieśni — rzekł lord Redwyne.

— Królewska broń — dodał ser Kevan Lannister.

Król Joffrey był tak podekscytowany, że wydawało się, iż ma ochotę natychmiast kogoś zabić. Ze śmiechem przeszył mieczem powietrze.

— Wspaniały oręż wymaga wspaniałego imienia, panowie! Jak mam go nazwać?

Sansa przypomniała sobie Lwi Kieł, miecz, który Arya wyrzuciła do Tridentu, oraz Pożeracza Serc, którego kazał jej pocałować przed bitwą. Zastanawiała się, czy Margaery też będzie musiała całować miecz.

Goście wykrzykiwali proponowane nazwy, lecz Joffrey odrzucił chyba z tuzin, nim wreszcie usłyszał taką, która przypadła mu do gustu.

— Wdowi Płacz! — krzyknął. — Tak jest! Wiele kobiet uczyni wdowami! — Znowu machnął mieczem. — A gdy spotkam stryja Stannisa, przetnę jego magiczny oręż wpół.

Joff spróbował wyprowadzić cięcie w dół, zmuszając ser Balona Swanna do pośpiesznego kroku w tył. Na widok miny ser Balona sala ryknęła śmiechem.

— Ostrożnie, Wasza Miłość — ostrzegł króla ser Addam Marbrand. — Valyriańska stal jest niebezpiecznie ostra.

— Pamiętam o tym. — Joffrey ujął Wdowi Płacz w obie dłonie i z całej siły ciął nim księgę, którą dostał od Tyriona, za pierwszym uderzeniem przecinając grubą skórzaną okładkę. — Ostra! Mówiłem wam, że znam valyriańską stal.

Potrzebował jeszcze sześciu uderzeń, by rozrąbać gruby tom. Zdyszał się przy tym z wysiłku. Sansa czuła, że jej mąż próbuje powstrzymać furię.

— Modlę się, byś nigdy nie zwrócił tego straszliwego ostrza przeciw mnie, panie — zawołał ser Osmund Kettleblack.

— Postaraj się nie dać mi powodu, ser.

Joffrey zrzucił koniuszkiem miecza ze stołu kawałek *Żywotów czterech królów*, po czym schował Wdowi Płacz do pochwy.

— Wasza Miłość — odezwał się ser Garlan Tyrell — być może nie wiedziałeś, że w całym Westeros były zaledwie cztery egzemplarze tej książki iluminowane własną ręką Kaetha.

— To teraz zostały tylko trzy. — Joffrey rozpiął stary pas do miecza i zastąpił go nowym. — Ty i lady Sansa jesteście mi dłużni lepszy prezent, wuju Krasnalu. Ten jest cały porąbany na kawałki.

Tyrion wpatrzył się w siostrzeńca różnobarwnymi oczyma.

— Być może nóż, panie. Do kompletu z twym mieczem. Sztylet z pięknej valyriańskiej stali... może z rękojeścią ze smoczej kości?

Joff przeszył go ostrym spojrzeniem.

— Tak... tak, sztylet do kompletu, świetnie. — Skinął głową. — Ze złotą rękojeścią ozdobioną rubinami. Smocza kość jest zbyt pospolita.

— Jak sobie życzysz, Wasza Miłość.

Tyrion wychylił kolejny kielich wina. Nie zwracał uwagi na Sansę, zupełnie jakby siedział we własnej samotni, pozbawiony towarzystwa. Gdy jednak nastał czas, by iść na wesele, ujął ją za rękę.

Kiedy ruszyli przez dziedziniec, podążył za nimi książę Oberyn z Dorne, trzymający pod rękę swą kruczowłosą faworytę. Sansa popatrywała z zaciekawieniem na ową kobietę, która pochodziła z nieprawego łoża, nie była zamężna i powiła księciu dwie bękarcie córki. Mimo to nie obawiała się patrzeć prosto w oczy nawet samej królowej. Shae opowiadała Sansie, że ta Ellaria jest wyznawczynią jakiejś lyseńskiej bogini miłości.

— Kiedy ją znalazł, była prawie kurwą, pani — wyznała jej służąca — a teraz jest prawie księżniczką.

Sansa nigdy dotąd nie widziała Dornijki z tak bliska. *Nie jest właściwie zbyt piękna* — pomyślała. *Ale coś w niej przyciąga wzrok.*

— Miałem kiedyś to wielkie szczęście ujrzeć na własne oczy egzemplarz *Żywotów czterech królów* będący własnością Cytadeli — mówił jej panu mężowi książę Oberyn. — Iluminacje wyglądały przepięknie, ale Kaeth potraktował króla Viserysa stanowczo zbyt wyrozumiale.

Tyrion przeszył go ostrym spojrzeniem.

— Zbyt wyrozumiale? Moim zdaniem lekceważy go skandalicznie. Książka powinna się zwać *Żywoty pięciu królów*.

Książę parsknął śmiechem.

— Viserys panował najwyżej dwa tygodnie.

— Panował ponad rok — sprzeciwił się Tyrion.

Oberyn wzruszył ramionami.

— Rok czy dwa tygodnie, co to ma za znaczenie? Otruł swego bratanka, by zdobyć tron, a kiedy już na nim zasiadł, nic nie zrobił.

— Baelor zagłodził się na śmierć postami — skontrował Tyrion. — Stryj służył mu wiernie jako namiestnik, tak samo jak Młodemu Smokowi przed nim. Viserys mógł panować tylko rok, lecz władał królestwem piętnaście lat, podczas gdy Daeron wojował, a Baelor się modlił. — Skrzywił się kwaśno. — A jeśli nawet rzeczywiście usunął swego bratanka, to czy możesz mieć o to do niego pretensję? Ktoś musiał uratować królestwo przed szaleństwami Baelora.

Sansa była wstrząśnięta.

— Baelor Błogosławiony był wielkim królem. Przeszedł boso Szlakiem Kości, by zawrzeć pokój z Dorne, i uratował Smoczego Rycerza z dołu z wężami. Był tak czysty i święty, że żmije nie chciały go ugryźć.

Książę Oberyn uśmiechnął się.

— Pani, czy gdybyś była żmiją, miałabyś ochotę kąsać bezkrwisty kawał drewna, jakim był Baelor Błogosławiony? Osobiście wolałbym zatopić kły w czymś bardziej soczystym...

— Książę dworuje sobie z ciebie, lady Sanso — wtrąciła Ellaria

Sand. — Septonowie i minstrele lubią zapewniać, że węże nie ugryzły Baelora, prawda jednak wyglądała zupełnie inaczej. Ukąsiły go z pół setki razy i powinien był od tego umrzeć.

— Gdyby tak się stało, Viserys panowałby dwanaście lat — stwierdził Tyrion. — I Siedem Królestw z pewnością wyszłoby na tym lepiej. Niektórzy uważają, że to od tego całego jadu Baelor popadł w obłęd.

— Tak — zgodził się książę Oberyn — ale w tej waszej Czerwonej Twierdzy nie widziałem żadnych węży. Jak więc tłumaczysz przypadek Joffreya?

— Wolę go nie tłumaczyć. — Tyrion pochylił głowę w sztywnym ukłonie. — Zechciej nam wybaczyć. Czeka na nas lektyka. — Karzeł pomógł Sansie wsiąść i wdrapał się niezgrabnie do środka w ślad za nią. — Bądź tak dobra, pani, i zasuń zasłony.

— Czy to konieczne, panie? — Nie chciała być uwięziona za zasłonami. — Dzień jest taki piękny.

— Jeśli dobrzy ludzie z Królewskiej Przystani zobaczą mnie w lektyce, będą rzucać w nią gnojem. Wyświadcz przysługę nam obojgu, pani, i zasuń zasłony.

Spełniła jego życzenie. Przez pewien czas siedzieli bez słowa, aż w lektyce zrobiło się ciepło i duszno.

— Przykro mi z powodu twojej książki, panie — nakazała sobie powiedzieć.

— To była książka Joffreya. Gdyby ją przeczytał, mógłby się z niej nauczyć paru rzeczy. — Wydawało się, że myśli Tyriona zaprząta coś innego. — Powinienem był wiedzieć lepiej. Powinienem był zrozumieć... wiele spraw.

— Byś może sztylet bardziej go zadowoli.

Gdy karzeł krzywił twarz, jego blizna wyginała się i rozciągała.

— Chłopak zasłużył sobie na sztylet, nieprawdaż? — Na szczęście Tyrion nie czekał na jej odpowiedź. — Joff pokłócił się w Winterfell z twoim bratem Robbem. Powiedz mi, czy między Branem a Jego Miłością również doszło do sporu?

— Branem? — Zbiło ją z tropu to pytanie. — To znaczy zanim spadł? — Musiała się zastanowić. To było tak dawno temu. —

Bran był słodkim chłopcem. Wszyscy go kochali. Pamiętam, że walczyli z Tommenem na drewniane miecze, ale to była tylko zabawa.

Tyrion ponownie pogrążył się w posępnym milczeniu. Sansa słyszała dobiegające z zewnątrz odległe pobrzękiwanie łańcuchów. Podnoszono kratę. Po chwili rozległ się krzyk i ich lektyka zakołysała się, po czym ruszyła z miejsca. Nie mogąc podziwiać widoków, Sansa wpatrywała się w swe złożone dłonie. Krępowało ją spojrzenie różnobarwnych oczu męża. *Dlaczego tak na mnie patrzy?*

— Kochałaś swoich braci, tak samo jak ja kocham Jaime'a.

Czy to jakaś lannisterska pułapka, mająca skłonić mnie do wypowiedzenia słów zdrady?

— Moi bracia byli zdrajcami i zginęli śmiercią zdrajców. Kochać zdrajcę to zdrada.

Jej mały mąż prychnął pogardliwie.

— Robb podniósł zbrojny bunt przeciw prawowitemu królowi. Zgodnie z prawem czyni go to zdrajcą. Pozostali zginęli zbyt młodo, by wiedzieć, co znaczy słowo zdrada. — Potarł nos. — Sanso, czy wiesz, co się stało Branowi w Winterfell?

— Spadł. Ciągle się gdzieś wspinał i w końcu zleciał. Zawsze się baliśmy, że tak się stanie. A później zabił go Theon Greyjoy.

— Theon Greyjoy. — Tyrion westchnął. — Twoja pani matka oskarżyła mnie kiedyś... no cóż, nie będę cię obciążał odrażającymi szczegółami. To oskarżenie było fałszywe. Nigdy nie skrzywdziłem twego brata Brana. I ciebie też nie chcę skrzywdzić.

Co pragnie ode mnie usłyszeć?

— Bardzo mnie to cieszy, panie.

Chciał czegoś od niej, lecz Sansa nie wiedziała czego. *Patrzy na mnie jak wygłodniałe dziecko, ale ja nie mam dla niego nic do jedzenia. Czemu nie zostawi mnie w spokoju?*

Tyrion znowu potarł przeszyty blizną kikut nosa. Ten brzydki nawyk przyciągał tylko uwagę do jego brzydkiej twarzy.

— Nigdy mnie nie pytałaś, jak zginęli Robb i twoja pani matka.

— Wolę... wolę tego nie wiedzieć. Miałabym od tego złe sny.

— W takim razie nie powiem już nic więcej.

— To... bardzo uprzejme z twojej strony.

— Och, tak — odparł Tyrion. — Jestem uosobieniem uprzejmości. I wiem wszystko na temat złych snów.

TYRION

Nowa korona, którą jego ojciec dał Wierze, była dwukrotnie wyższą feerią kryształu i złotych nici od tej roztrzaskanej przez tłum. Gdy tylko wielki septon poruszył głową, rozbłyskiwały tęczowe światła, Tyrion jednak nie mógł nie zadawać sobie pytania, jak można udźwignąć podobny ciężar. Nawet on musiał jednak przyznać, że Joffrey i Margaery wyglądają po królewsku, stojąc obok siebie między wysokimi, pozłacanymi posągami Ojca i Matki.

Panna młoda prezentowała się przepięknie w jedwabiach barwy kości słoniowej i myrijskich koronkach. Jej spódnice zdobiły kwietne wzory wyszywane drobnymi perełkami. Jako wdowa po Renlym mogła nosić barwy Baratheonów, złoto i czerń, przyszła do nich jednak jako córka Tyrellów, w płaszczu panny ozdobionym setką róż ze złotogłowiu przyszytych do zielonego aksamitu. Tyrion zadał sobie pytanie, czy panna młoda rzeczywiście jest dziewicą. Joffrey i tak nie zauważy różnicy.

Król wyglądał niemal równie wspaniale jak jego narzeczona. Miał na sobie ciemnoróżowy wams, na który zarzucił płaszcz z karmazynowego aksamitu ozdobiony jego herbem — jeleniem i lwem. Korona spoczywała swobodnie na jego lokach, złoto na złocie. *To ja uratowałem dla niego tę cholerną koronę.* Tyrion przestępował z nogi na nogę, nie mogąc ustać spokojnie. Za dużo wina. Powinien był iść za potrzebą, nim wyszli z Czerwonej Twierdzy. Dawała się też we znaki bezsenna noc, którą spędził z Shae, przede wszystkim jednak miał ochotę udusić swego cholernego, królewskiego siostrzeńca.

Znam valyriańską stal — przechwalał się chłopak. Septonowie zawsze powtarzali, że Ojciec Na Górze osądza wszystkich. *Gdyby Ojciec raczył łaskawie przewrócić się i zmiażdżyć Joffa jak żuka gnojaka, mógłbym nawet w to uwierzyć.*

Powinien był domyślić się już dawno. Jaime nigdy nie wysłałby kogoś innego, by dokonał za niego zabójstwa, a Cersei była zbyt sprytna, by użyć noża, który można było rozpoznać, ale taki arogancki, głupi, złośliwy nędznik jak Joff...

Przypomniał sobie pewien zimny poranek, gdy schodząc po stromych zewnętrznych schodach z biblioteki Winterfell, natknął się na księcia Joffreya, który żartował z Sandorem Clegane'em o zabijaniu wilków. Powiedział: „Wyślę psa, żeby zabił wilka". Nawet Joffrey nie mógłby być jednak tak głupi, by rozkazać Sandorowi Clegane'owi zamordować syna Eddarda Starka. Ogar natychmiast poszedłby z tym do Cersei. Chłopak znalazł sobie narzędzie pośród podejrzanej zgrai wolnych, kupców i czeladzi, która przyłączyła się do zmierzającego na północ królewskiego orszaku. *Jakiś francowaty przygłup zgodził się zaryzykować życie w zamian za książęcą łaskę i garść monet.* Tyrion zastanawiał się, który z nich wpadł na pomysł, by zaczekać, aż Robert opuści Winterfell, i dopiero potem poderżnąć Branowi gardło. *Z pewnością Joff. Idę o zakład, że wyobrażał sobie, iż to szczyt sprytu.*

Tyrion miał wrażenie, że sztylet należący do księcia miał wysadzaną klejnotami gałkę oraz inkrustowaną złotą klingę. Joff nie był jednak aż tak głupi, by skorzystać z niego. Zamiast tego pogrzebał w zapasach broni ojca. Robert Baratheon cechował się beztroską szczodrością i dałby synowi każdy sztylet, o który ten by go poprosił... Tyrion podejrzewał jednak, że chłopak po prostu sam wziął sobie nóż. Robert przybył do Winterfell z potężnym orszakiem rycerzy i służby, wielkim domem na kołach i całą karawaną bagaży. Niewątpliwie jakiś gorliwy sługa dopilnował, by broń króla pojechała razem z nim, na wypadek gdyby zapragnął zrobić z niej użytek.

Nóż, który wybrał Joff, był dobry i prosty. Nie zdobiło go złoto ani klejnoty, a klinga nie była inkrustowana srebrem. Król Robert nigdy go nie nosił i zapewne zapomniał nawet, że go posiadał. Valyriańska stal była jednak śmiertelnie ostra… wystarczająco ostra, by jednym szybkim ciosem przeciąć skórę i mięśnie. „Znam valyriańską stal". Okazało się jednak, że jej nie znał. W przeciwnym razie nie byłby tak głupi, by wybrać nóż pochodzący od Littlefingera.

Tyrion nadal nie był w stanie odgadnąć jego motywu. *Może zwykłe okrucieństwo?* Tego jego siostrzeniec miał aż w nadmiarze. Tyrion bał się, że zaraz zwymiotuje wszystko, co wypił, zleje się w portki albo i jedno, i drugie. Wiercił się niespokojnie. Powinien był przy śniadaniu trzymać język za zębami. *Teraz wie, że ja o tym wiem. Daję słowo, że ta wielka gęba przywiedzie mnie kiedyś do zguby.*

Złożono siedem przysiąg, wypowiedziano siedem błogosławieństw i wymieniono siedem obietnic. Gdy wybrzmiała już weselna pieśń i nikt nie odpowiedział na wyzwanie, nadeszła pora zamiany płaszczy. Tyrion przestępował z jednej karłowatej nogi na drugą, próbując coś zobaczyć między ojcem a stryjem Kevanem. *Jeśli bogowie są sprawiedliwi, Joffrey spartaczy robotę.* Pilnował się, by nie patrzeć na Sansę, żeby nie zauważyła goryczy w jego oczach. *Mogłaś uklęknąć, niech cię szlag. Czy tak trudno by ci było ugiąć te sztywne starkowskie kolana i pozwolić mi zachować odrobinę godności?*

Mace Tyrell z czułością zdjął ze swej córki płaszcz panny, a Joffrey przyjął z rąk swego brata Tommena płaszcz żony, który następnie rozłożył zamaszystym gestem. Trzynastoletni król dorównywał wzrostem szesnastoletniej pannie młodej i nie musiał się wdrapywać na plecy błazna. Nałożył Margaery karmazynowo-złoty płaszcz i pochylił się, by zapiąć broszę. W tej właśnie chwili przeszła spod opieki ojcowskiej pod mężowską. *Kto jednak obroni ją przed Joffem?* Tyrion zerknął na Rycerza Kwiatów, który stał obok innych rycerzy Gwardii Królewskiej. *Lepiej pamiętaj, żeby ten twój miecz był dobrze wyostrzony, ser Lorasie.*

— Tym pocałunkiem ślubuję ci miłość! — oznajmił dźwięcznym tonem Joffrey. Gdy Margaery powtórzyła te same słowa, przyciągnął ją do siebie i obdarzył długim, namiętnym pocałunkiem.

Tęczowe światła znowu zatańczyły w koronie wielkiego septona, który z namaszczeniem ogłosił, że Joffrey z rodu Baratheonów i Lannisterów oraz Margaery z rodu Tyrellów są odtąd jednym ciałem, jednym sercem i jedną duszą.

Bogowie, skończyło się. Teraz wracajmy do tego cholernego zamku, żebym mógł się wreszcie wyszczać.

Na czele wychodzącego z septu orszaku szli ser Loras i ser Meryn w białych zbrojach płytowych i śnieżnych płaszczach. Za nimi dreptał książę Tommen, który rozrzucał płatki róż z koszyka przed królem i królową. Za królewską parą kroczyli królowa Cersei i lord Tyrell, a potem matka panny młodej pod rękę z lordem Tywinem. Dalej szła Królowa Cierni, jedną ręką wsparta na ramieniu ser Kevana, a drugą na lasce. Jej dwaj strażnicy podążali tuż za nią, na wypadek, gdyby upadła. Potem ruszyli ser Garlan Tyrell oraz jego pani żona i wreszcie przyszła kolej na nich.

— Pani.

Tyrion wyciągnął ramię ku Sansie. Ujęła go za nie posłusznie, gdy jednak zmierzali razem do wyjścia, czuł, jaka jest sztywna. Nie spojrzała na niego ani razu.

Jeszcze nim dotarli do drzwi, usłyszał radosne okrzyki oczekujących na zewnątrz ludzi. Tłum uwielbiał Margaery tak bardzo, że dla niej był nawet gotów znowu pokochać Joffreya. Należała ongiś do Renly'ego, młodego, przystojnego księcia, który miłował ludzi z Królewskiej Przystani do tego stopnia, że wrócił zza grobu, by ich uratować. Do tego Margaery przywiozła ze sobą dostatek Wysogrodu, który napływał z południa różanym traktem. Ci głupcy nie pamiętali już, że to właśnie Mace Tyrell zamknął różany trakt i spowodował całą tę cholerną klęskę głodu.

Wyszli w chłodne, jesienne powietrze.

— Bałem się, że nigdy stamtąd nie uciekniemy — zażartował Tyrion.

Sansa nie miała innego wyboru, jak na niego spojrzeć.

— Ale... tak, mój panie. Skoro tak mówisz. — Miała smutną minę. — To był piękny ślub.

W przeciwieństwie do naszego.

— Z pewnością był długi. Muszę wrócić do zamku, żeby porządnie się odlać. — Potarł kikut nosa. — Szkoda, że nie wymyśliłem sobie jakiejś misji, która pozwoliłaby mi opuścić miasto, tak jak ten spryciarz Littlefinger.

Joffrey i Margaery stali na schodach prowadzących na rozległy, wykładany marmurem plac, otoczeni przez rycerzy z Gwardii Królewskiej. Ser Addam i jego złote płaszcze powstrzymywali napór tłumu. Posąg króla Baelora Błogosławionego spoglądał na nich dobrodusznie z góry. Tyrion nie miał innego wyboru, jak ustawić się razem z innymi w kolejce, by złożyć gratulacje. Ucałował palce Margaery, życząc jej mnóstwo szczęścia. Dzięki bogom, za nimi czekali następni, nie musieli więc zatrzymywać się na dłużej.

Ich lektyka stała w słońcu i za zasłonami było bardzo ciepło. Gdy ruszyli naprzód, Tyrion wsparł się na łokciu, podczas gdy Sansa wpatrywała się we własne dłonie. *Wcale nie ustępuje urodą córce Tyrellów.* Miała ciemnokasztanowate, jesienne włosy i intensywnie niebieskie oczy Tullych. Żałoba nadawała jej pełen bezbronnej udręki wygląd, który czynił ją jeszcze piękniejszą. Pragnął dotrzeć do niej, przebić się przez barierę uprzejmości. Czy dlatego się odezwał? A może po prostu chciał zapomnieć o pełnym pęcherzu?

— Pomyślałem sobie, że gdy drogi znowu będą bezpieczne, moglibyśmy się wybrać do Casterly Rock. — *To daleko od Joffreya i mojej siostry.* Im więcej myślał o tym, co Joffrey uczynił z *Żywotami czterech królów*, tym bardziej był zaniepokojony. *To była niedwuznaczna zapowiedź.* — Z przyjemnością pokazałbym ci Złotą Galerię, Lwią Paszczę i Komnatę Bohaterów, gdzie bawiliśmy się z Jaime'em jako chłopcy. Słychać w niej dobiegający z dołu huk fal wdzierających się do...

Uniosła powoli brwi. Wiedział, co widzi; wypukłe, zwierzęce czoło, czerwony kikut nosa, krzywą, różową bliznę i różnobarwne oczy. Jej oczy były wielkie, niebieskie i puste.

— Pojadę wszędzie tam, gdzie rozkaże mi pan mąż.

— Miałem nadzieję, że cię to ucieszy, pani.

— Cieszy mnie sprawianie przyjemności mojemu panu.

Zacisnął usta. *Ależ z ciebie żałosny karzełek. Zdawało ci się, że gadając o Lwiej Paszczy, przywołasz na jej usta uśmiech? Kiedy to kobieta uśmiechnęła się do ciebie z innego powodu niż złoto?*

— Nie, to był głupi pomysł. Tylko Lannisterowie mogą kochać Skałę.

— Tak, panie. Jak sobie życzysz.

Tyrion słyszał, że gmin wykrzykuje imię króla Joffreya. *Za trzy lata ten okrutny chłopiec zostanie mężczyzną i przejmie samodzielną władzę… a wtedy każdy karzeł, który ma choć ociupinę rozsądku, znajdzie się jak najdalej od Królewskiej Przystani.* Może w Starym Mieście. Albo nawet w Wolnych Miastach. Zawsze miał chętkę zobaczyć Tytana z Braavos. *Może to spodobałoby się Sansie.* Zaczął ostrożnie opowiadać o Wolnych Miastach, lecz napotkał na ścianę posępnej uprzejmości, tak samo zimną i nieustępliwą jak Mur, po którym ongiś chodził na północy. Znużyło go to. I wtedy, i teraz.

Reszta drogi minęła im w milczeniu. Po chwili Tyrion zaczął mieć nadzieję, że Sansa wreszcie coś powie, cokolwiek, choć jedno słowo, ona jednak uparcie milczała. Kiedy lektyka dotarła do zamku, pozwolił, by pomógł jej wysiąść jeden z chłopców stajennych.

— Za godzinę oczekują nas na weselu, pani. Wkrótce po ciebie przyjdę.

Oddalił się na sztywnych nogach. Z drugiej strony dziedzińca dobiegł go śmiech zdyszanej Margaery, której Joffrey pomagał zsiąść z siodła. *Chłopiec za parę lat będzie wysoki i silny jak Jaime* — pomyślał Tyrion. *Ja zaś nadal pozostanę karłem pod jego stopami. A któregoś dnia zapewne uczyni mnie jeszcze niższym…*

Znalazł wychodek i westchnął z ulgą, uwalniając się od wypitego rano wina. Zdarzały się chwile, gdy odlewanie się sprawiało mu niemal tyle przyjemności, co kobieta, i to właśnie była jedna z nich. Żałował, że nie potrafi z równą łatwością uwolnić się od wątpliwości i poczucia winy.

Pod jego pokojami czekał Podrick Payne.

— Położyłem twój nowy wams. Nie tutaj. Na łożu. W sypialni.

— Tak, tam właśnie trzymamy łoże. — Z pewnością będzie tam Sansa, ubierająca się na ucztę. *I Shae.* — Wina, Pod.

Tyrion wypił wino, siedząc na ławeczce w oknie wykuszowym i spoglądając z posępną miną na chaos panujący w kuchniach na dole. Słońce nie dotarło jeszcze do szczytu zamkowego muru, czuł jednak woń pieczonego chleba i mięsiwa. Wkrótce do sali tronowej zaczną napływać niecierpliwi goście. To będzie wieczór pełen pieśni i splendoru, mający nie tylko zjednoczyć Wysogród z Casterly Rock, lecz również rozgłosić ich bogactwo i potęgę, jako ostrzeżenie dla wszystkich, którzy chcieliby się sprzeciwiać władzy Joffreya.

Któż jednak mógłby być tak szalony po tym, co spotkało Stannisa Baratheona i Robba Starka? W dorzeczu trwały jeszcze walki, lecz pętla wszędzie już się zaciskała. Ser Gregor Clegane przekroczył Trident i opanował rubinowy bród, a potem niemal bez wysiłku zdobył Harrenhal. Seagard poddał się Czarnemu Walderowi Freyowi, lord Randyll Tarly panował nad Stawem Dziewic, Duskendale i królewskim traktem. Na zachodzie ser Daven Lannister połączył pod Złotym Zębem siły z ser Forleyem Presterem, by razem z nim pomaszerować na Riverrun. Ser Ryman Frey prowadził z Bliźniaków dwa tysiące włóczni, by się do nich przyłączyć. A Paxter Redwyne zapewniał, że jego flota wkrótce wyruszy z Arbor w długi rejs wokół Dorne i przez Stopnie. Lyseńscy piraci Stannisa staną w obliczu przeciwnika mającego dziesięciokrotną przewagę liczebną. Konflikt, który maesterzy zwali Wojną Pięciu Królów, dobiegał już końca. Słyszano, jak Mace Tyrell skarżył się, że lord Tywin nie zostawił dla niego żadnych zwycięstw.

— Panie? — Pod stał u jego boku. — Czy się przebierzesz? Położyłem wams. Na twoim łożu. Na ucztę.

— Ucztę? — zapytał kwaśno Tyrion. — Jaką ucztę?

— Ucztę weselną. — Pod oczywiście nie dostrzegł sarkazmu. — Króla Joffreya i lady Margaery. To znaczy królowej Margaery.

Tyrion postanowił, że urżnie się dziś do nieprzytomności.

— Proszę bardzo, młody Podricku, chodźmy przygotować mnie na ucztę.

Gdy weszli do sypialni, Shae pomagała Sansie uczesać włosy. *Radość i żałoba* — pomyślał, gdy ujrzał je razem. *Śmiech i łzy.* Sansa przywdziała suknię ze srebrzystego atłasu obszytą futrem z popielic, z rozciętymi, niemal sięgającymi podłogi rękawami i podszewką z miękkiego, fioletowego sukna. Shae wplotła zręcznie w jej włosy delikatną, srebrną siatkę, w której błyszczały ciemnofioletowe klejnoty. Tyrion nigdy nie widział, by wyglądała piękniej, na tych długich atłasowych rękawach nosiła jednak smutek.

— Lady Sanso — rzekł do niej — będziesz dziś najpiękniejszą kobietą w komnacie.

— Mój pan jest dla mnie zbyt uprzejmy.

— Pani — odezwała się tęsknym głosem Shae. — Czy mogłabym podawać do stołu? Tak bardzo bym chciała zobaczyć, jak z pasztetu wylecą gołębie.

Sansa popatrzyła na nią niepewnie.

— Całą służbę wybrała królowa.

— A w komnacie będzie wielki tłok. — Tyrion był zmuszony ukryć irytację. — Muzycy jednak będą łazić po całym zamku, a na zewnętrznym dziedzińcu zostaną wystawione stoły z jedzeniem i piciem dla wszystkich. — Przyjrzał się swemu nowemu wamsowi. Uszyto go z karmazynowego aksamitu. Miał wyściełane barki i bufiaste rękawy z rozcięciami odsłaniającymi czarną atłasową podszewkę. *Ładny strój. Potrzebuje do kompletu tylko ładnego mężczyzny.* — Chodź, Pod. Pomożesz mi to włożyć.

Ubierając się, wypił kolejny kielich wina, po czym ujął żonę pod rękę i wyprowadził ją z Kuchennego Donżonu, by wmieszać się w rzekę jedwabiu, atłasu i aksamitu płynącą ku sali tronowej. Niektórzy z gości weszli już do środka, chcąc zająć miejsce na ławach. Inni kręcili się przed drzwiami, ciesząc się niezwykle ciepłym, jak na tę porę roku, popołudniem. Tyrion poprowadził Sansę wokół dziedzińca, by dopełnić niezbędnych uprzejmości.

Jest w tym dobra — pomyślał, słuchając, jak mówi lordowi Gylesowi, że jego kaszel brzmi coraz mniej groźnie, komplementuje suknię Elinor Tyrell i wypytuje Jalabhara Xho o zwyczaje weselne na Wyspach Letnich. Jego kuzyn ser Lancel wspierał się na ramieniu ser Kevana. Opuścił łoże boleści po raz pierwszy od dnia bitwy. *Wygląda makabrycznie.* Był chudy jak patyk, a jego włosy zrobiły się białe i łamliwe. Bez pomocy ojca z pewnością by się przewrócił. Gdy jednak Sansa pochwaliła go za odwagę i powiedziała, że cieszy się z jego powrotu do zdrowia, Lancel i ser Kevan rozpromienili się radośnie. *Byłaby dla Joffreya dobrą królową i jeszcze lepszą żoną, gdyby miał odrobinę rozsądku i ją pokochał.* Zastanawiał się jednak, czy jego siostrzeniec jest w stanie pokochać kogokolwiek.

— Wyglądasz prześlicznie, dziecko — pochwaliła Sansę lady Olenna Tyrell. Staruszka miała na sobie suknię ze złotogłowiu, która musiała ważyć więcej niż ona sama. — Ale wiatr potargał ci włosy. — Wyciągnęła rękę, poprawiła luźne kosmyki, wsuwając je z powrotem na miejsce, i wyprostowała przekrzywioną siatkę. — Bardzo mi przykro z powodu strat, które poniosłaś — mówiła zajęta tą pracą. — Wiem, że twój brat był okropnym zdrajcą, ale jeśli zaczniemy zabijać mężczyzn na weselach, będą się bali małżeństwa jeszcze bardziej niż teraz. O, tak jest lepiej. — Lady Olenna uśmiechnęła się. — Z przyjemnością cię zawiadamiam, że pojutrze wyjeżdżam do Wysogrodu. Mam już po dziurki w nosie tego śmierdzącego miasta. Może zechciałabyś wybrać się do nas z małą wizytą, podczas gdy mężczyźni wyruszą na tę swoją wojnę? Będzie mi okropnie brak Margaery i jej pięknych dam. Twoje towarzystwo byłoby dla mnie słodką pociechą.

— Jesteś bardzo łaskawa, pani — odparła Sansa — ale moje miejsce jest u boku pana męża.

Lady Olenna uśmiechnęła się do Tyriona, rozciągając pomarszczone, bezzębne usta.

— Och? Wybacz głupiej staruszce, panie. Nie zamierzałam ukraść twej pięknej żony. Myślałam, że wyruszysz w pole, prowadząc zastęp Lannisterów przeciw jakimś niegodziwym wrogom.

— Zastęp smoków i jeleni. Starszy nad monetą musi zostać na dworze i dopilnować, by armie otrzymały żołd.

— Oczywiście. Smoki i jelenie, to bardzo dowcipne. I karle grosiki też. Słyszałam o tych grosikach. Z pewnością ich zbieranie jest bardzo uciążliwym obowiązkiem.

— Zostawiam go innym, pani.

— Och, naprawdę? Sądziłam, że będziesz wolał zająć się tym

osobiście. Nie możemy pozwolić, by koronę pozbawiono należnych jej karlich grosików, nieprawdaż?

— Bogowie brońcie. — Tyrion zaczął się zastanawiać, czy lord Luthor Tyrell nie zjechał z tego urwiska celowo. — Wybacz, lady Olenno, ale czas już, byśmy zajęli miejsca.

— Na mnie również czas. Siedemdziesiąt siedem dań, dobre sobie. Nie wydaje ci się to lekką przesadą, panie? Ja zjem najwyżej trzy albo cztery kęsy, ale przecież oboje jesteśmy bardzo mali, nieprawdaż? — Znowu pogłaskała Sansę po włosach. — No to do zobaczenia, dziecko. Postaraj się być weselsza. Gdzie to są moi strażnicy? Lewy, Prawy, gdzie się podziewacie? Chodźcie pomóc mi wejść na podwyższenie.

Choć do zmierzchu została jeszcze godzina, w sali tronowej było już jasno jak w dzień. W każdym uchwycie paliła się pochodnia. Goście ustawili się wzdłuż stołów, słuchając heroldów, którzy wykrzykiwali imiona oraz tytuły wchodzących do środka lordów i dam. Następnie paziowie w królewskich liberiach prowadzili gości szerokim centralnym przejściem. Na galerii pełno było muzyków grających na bębnach, piszczałkach, skrzypcach, lutniach, rogach i dudach.

Tyrion ujął mocno ramię Sansy i ruszył naprzód ciężkim, kaczkowatym krokiem. Czuł, że spojrzenia wszystkich obecnych padają na niego, zatrzymując się na świeżej bliźnie, od której zrobił się jeszcze brzydszy niż przedtem. *Niech sobie patrzą* — pomyślał, wskakując na krzesło. *Niech się gapią i szepczą do woli. Nie będę się przed nimi ukrywał.* Za nimi posuwała się drobniutkimi, powłóczystymi kroczkami Królowa Cierni. Tyrion zastanawiał się, które z nich dwojga wygląda bardziej niedorzecznie, on z Sansą czy maleńka, zasuszona staruszka między dwoma wysokimi na siedem stóp strażnikami.

Joffrey i Margaery wjechali do komnaty na dwóch identycznych białych rumakach. Przed nimi biegli paziowie sypiący pod kopyta płatki róż. Król i królowa również przebrali się na ucztę. Joffrey włożył spodnie w czarno-karmazynowe paski oraz wams ze złotogłowiu o czarnych atłasowych rękawach przypiętych onyksowymi spinkami. Margaery zamieniła skromną suknię, którą nosiła w sepcie, na znacznie śmielszą kreację z jasnozielonego brokatu o mocno ściśniętym gorseciku, który odsłaniał ramiona oraz górną część małych piersi. Miękkie, brązowe włosy opadały swobodnie na białe ramiona i niżej, sięgając niemal talii. Na czole nosiła delikatną złotą koronę. Uśmiechała się słodko i nieśmiało. *Piękna dziewczyna* — pomyślał Tyrion. *Mój siostrzeniec nie zasługuje na tak szczęśliwy los.*

Rycerze Gwardii Królewskiej zaprowadzili ich na podwyższenie. Królewska para miała zająć honorowe miejsca w cieniu Żelaznego Tronu, który na tę okazję przystrojono długimi jedwabnymi proporcami w złotej barwie Baratheonów, karmazynowej Lannisterów i zielonej Tyrellów. Cersei objęła Margaery i pocałowała ją w policzki. Lord Tywin podążył za jej przykładem, a po nim to samo zrobili Lancel i ser Kevan. Joffrey otrzymał serdeczne pocałunki od ojca panny młodej oraz dwóch nowych braci, Lorasa i Garlana. Nikomu jakoś nie śpieszyło się całować Tyriona. Gdy król i królowa już usiedli, wielki septon podniósł się, by odmówić modlitwę. *Przynajmniej nie przynudza tak jak jego poprzednik* — pocieszał się Tyrion.

Zasiedli z Sansą po prawej stronie króla, obok ser Garlana Tyrella i jego żony, lady Leonette. Bliżej Joffreya siedział tuzin innych ludzi. Ktoś bardziej drażliwy mógłby to uznać za zniewagę, biorąc pod uwagę, że jeszcze niedawno był królewskim namiestnikiem, Tyrion jednak ucieszyłby się, gdyby było ich stu.

— Napełnijmy kielichy! — zawołał Joffrey, gdy spełniono już obowiązek wobec bogów. Podczaszy wlał cały dzban ciemnoczerwonego wina z Arbor do złotego, weselnego pucharu, który rankiem król dostał w prezencie od lorda Tyrella. Żeby go unieść, Joffrey potrzebował obu dłoni.

— Za moją żonę! Za królową!

— Margaery! — odpowiedziała gromkim krzykiem sala. — Margaery! Margaery! Za królową!

Tysiąc pucharów zadźwięczało jednocześnie i uczta weselna zaczęła się na dobre. Tyrion Lannister spełnił toast razem z innymi. Wychylił kielich jednym haustem i gdy tylko usiadł, kazał gestem napełnić go na nowo.

Pierwszym daniem była doprawiona śmietaną zupa z grzybów ze smażonymi w maśle ślimakami, podana w pozłacanych czarkach. Tyrion niemal nie tknął śniadania, a wino uderzyło mu już do głowy, ucieszył się więc, że wreszcie może coś zjeść. Szybko pochłonął zupę. *Jedno danie z głowy, zostało jeszcze siedemdziesiąt sześć. Siedemdziesiąt siedem dań, podczas gdy w mieście są głodujące dzieci i mężczyźni gotowi zabić za rzodkiewkę. Gdyby nas teraz zobaczyli, mogłaby im przejść miłość do Tyrellów.*

Sansa skosztowała łyżkę zupy i odsunęła czarkę.

— Nie smakuje ci, pani? — zapytał Tyrion.

— Ma być tego tak dużo, panie. Mam mały brzuszek.

Poprawiła nerwowo włosy, spoglądając na Joffreya i jego królową. *Czyżby żałowała, że nie jest na miejscu Margaery?* Tyrion zmarszczył brwi. *Nawet dziecko powinno mieć więcej rozsądku.* Odwrócił się, szukając czegoś, co zajęłoby jego uwagę, wszędzie jednak dostrzegał kobiety, piękne, wspaniałe, szczęśliwe kobiety, które należały do innych mężczyzn. Rzecz jasna, Margaery, która uśmiechała się słodko, pijąc z Joffreyem z wielkiego, siedmiobocznego pucharu weselnego. Jej matkę, urodziwą lady Alerie o srebrnych włosach, nadal prezentującą się dumnie u boku Mace'a Tyrella. Trzy młode kuzynki królowej, barwne niczym ptaki. Ciemnowłosą myrijską żonę lorda Merryweathera o wielkich, czarnych, zmysłowych oczach. Ellarię Sand, siedzącą między Dornijczykami (Cersei umieściła ich za odrębnym stołem, tuż poniżej podwyższenia, w miejscu zaszczytnym, lecz zarazem tak odległym od Tyrellów, jak tylko na to pozwalały rozmiary sali), która śmiała się z czegoś, co powiedział jej Czerwona Żmija.

Była też pewna kobieta siedząca niemal u końca trzeciego stołu po lewej... miał wrażenie, że to żona któregoś z Fossowayów. Była w zaawansowanej ciąży. Wielki brzuch w niczym nie umniejszał jej delikatnej urody ani przyjemności, jaką sprawiały jej jedzenie i zabawa. Tyrion przyglądał się, jak mąż podaje jej smakołyki ze swego talerza. Pili z tego samego kielicha i całowali się często, w najmniej spodziewanych momentach. Zawsze trzymał wtedy dłoń na jej brzuchu w czułym, opiekuńczym geście.

Zastanawiał się, co zrobiłaby Sansa, gdyby nagle ją pocałował.

Zapewne odsunęłaby się ze wstrętem. Albo okazałaby odwagę i zniosła to cierpliwie, tak jak wymagał od niej obowiązek. *Moja żona jest bardzo obowiązkowa.* Gdyby jej oznajmił, że chce dziś w nocy zabrać jej dziewictwo, to również by zniosła, nie płacząc więcej, niż to konieczne.

Zażądał więcej wina. Kiedy je dostał, podano już drugie danie, ciasto faszerowane wieprzowiną, orzeszkami sosnowymi i jajami. Sansa przełknęła tylko maleńki kęs. W tej samej chwili heroldzi zapowiedzieli pierwszego z minstreli.

Siwobrody Hamish Harfiarz oznajmił, że wykona dla bogów i ludzi pieśń, której nigdy dotąd nie słyszano w całych Siedmiu Królestwach. Nadał jej tytuł *Powrót lorda Renly'ego*.

Poruszył palcami po strunach wysokiej harfy, wypełniając salę tronową słodkim dźwiękiem.

— Pan Śmierci na swym tronie z kości na lorda spojrzał zwłoki — zaczął Hamish, by opowiedzieć, jak Renly, dręczony wyrzutami sumienia z powodu tego, że próbował zagarnąć należną bratankowi koronę, sprzeciwił się samemu Panu Śmierci i wrócił do krainy żywych, by bronić królestwa przed swoim bratem.

I z tego powodu biedny Symon powędrował do michy gulachu — pomyślał Tyrion. Pod koniec pieśni, gdy cień dzielnego lorda Renly'ego uleciał do Wysogrodu, by po raz ostatni spojrzeć w twarz ukochanej, w oczach królowej Margaery pojawiły się łzy.

— Renly Baratheon nigdy w życiu nie miał wyrzutów sumienia — oznajmił Krasnal Sansie — ale śmiem twierdzić, że Hamish właśnie zdobył dla siebie pozłacaną lutnię.

Harfiarz wykonał również kilka bardziej znanych pieśni. *Róża ze złota* z pewnością była przeznaczona dla Tyrellów, *Deszcze Castamere* miały zaś być komplementem dla ojca Tyriona. *Dziewica, Matka i Starucha* zachwyciła wielkiego septona, a *Moja pani żona* młode dziewczęta o sercach pełnych romantycznych pragnień, a zapewne również niektórych młodych chłopców. Tyrion słuchał tylko jednym uchem, próbując naleśników ze słodkiej kukurydzy oraz gorącego owsianego chleba upieczonego z odrobiną daktyli, jabłek, pomarańczy, a potem ogryzając dzicze żebro.

Potem dania i przekąski następowały jedno po drugim. Ich zdumiewająca obfitość unosiła się na falach wina i ale. Hamish opuścił komnatę, a jego miejsce zajął mały, stary niedźwiedź, który tańczył niezgrabnie w rytm fletu i bębna, podczas gdy weselni goście zajadali pstrągi zapiekane w kraszonych migdałach. Księżycowy Chłopiec przypiął szczudła i kroczył między stołami, ścigając groteskowo grubego błazna lorda Tyrella, Butterbumpsa. Lordowie i damy delektowali się pieczonymi czaplami oraz pasztetami z serem i cebulą. Później wystąpiła trupa pentoshijskich akrobatów, którzy kręcili młynki, stawali na rękach, utrzymując półmiski bosymi stopami oraz włazili na siebie, tworząc piramidę. Ich wyczynom towarzyszyły kraby gotowane z palącymi wschodnimi przyprawami, wydrążone bochenki chleba wypełnione siekaną baraniną gotowaną w migdałowym mleku z marchewką, rodzynkami i cebulą, a także rybne placuszki prosto z pieca, tak gorące, że aż parzyły palce.

Następnie heroldzi wezwali kolejnego minstrela, Collio Quaynisa z Tyrosh, który miał cynobrową brodę i akcent tak groteskowy, jak mówił Symon. Collio zaczął od swej wersji *Tańca smoków*, który zasadniczo był pieśnią dla dwojga wykonawców, mężczyzny i kobiety. Tyrion jakoś to zniósł z pewną pomocą podwójnej porcji kuropatwy w miodzie i imbirze oraz kilku kielichów wina. Przejmująca ballada o śmierci dwojga kochanków podczas zagłady Valyrii mogłaby spodobać się bardziej, gdyby nie fakt, że Collio zaśpiewał ją po starovalyriańsku, a większość gości nie znała tego języka. *Szynkarka Bessa* zdobyła jednak ich sympatię swym rubasznym tekstem. Tymczasem podano pawie z piórami, upieczone w całości i faszerowane daktylami. Collio wezwał bębniarza, pokłonił się nisko lordowi Tywinowi i zaczął śpiewać *Deszcze Castamere*.

Jeśli będę musiał wysłuchać siedmiu wersji tej piosenki, to chyba pójdę do Zapchlonego Tyłka i przeproszę gulasz. Tyrion zwrócił się ku żonie.

— I którego wolałaś?

Sansa zamrugała.

— Słucham, panie?

— Pytałem o minstreli. Którego wolałaś?

— Przykro mi, panie. Nie słuchałam ich.

Jeść też nie chciała.

— Sanso, czy coś ci dolega? — zapytał bez zastanowienia i natychmiast poczuł się jak głupiec. *Całą jej rodzinę wymordowano i musiała mnie poślubić, a ja pytam, czy coś jej dolega.*

— Nic, panie.

Odwróciła od niego wzrok, niezbyt przekonująco udając zainteresowanie wyczynami Księżycowego Chłopca, który obrzucał ser Dontosa daktylami.

Czterech mistrzów piromantów wyczarowało bestie z żywego płomienia, które walczyły ze sobą ognistymi pazurami, a słudzy napełniali tymczasem czary mieszaniną wołowego rosołu z gotowanym, słodzonym miodem winem, z dodatkiem łuskanych migdałów oraz kawałków kapłona. Potem przyszła kolej na flecistów, tresowane psy i połykaczy mieczy oraz groch z masłem, siekane orzechy i kawałki łabędzia duszone w szafranowo-brzoskwiniowym sosie.

— Tylko nie znowu łabędź — mruknął Tyrion, wspominając kolację, którą zjadł z siostrą w przeddzień bitwy.

Gdy żongler podrzucał sześć wirujących w powietrzu mieczy i toporów, podano skwierczącą na rożnach krwawą kiszkę. Tyrion pomyślał, że to zestawienie jest dowcipne, choć być może w niezbyt dobrym guście.

Heroldzi zadęli w trąby.

— W turnieju o złotą lutnię zaśpiewa Galyeon z Cuy — krzyknął jeden z nich.

Galyeon był postawnym mężczyzną o beczkowatej klatce piersiowej i grzmiącym głosie, który docierał do najdalszych zakamarków sali tronowej. Minstrelowi akompaniowało aż sześciu muzyków.

— Szlachetni lordowie i piękne damy, zaśpiewam wam dziś tylko jedną pieśń — oznajmił. — Opowiada ona o bitwie nad Czarnym Nurtem i o tym, jak uratowano królestwo.

Bębniarz zaczął wybijać powolny, złowrogi rytm.

— Czarny lord siedział w wysokiej wieży — zaczął Galyeon — w swym zamku czarnym niczym noc.

— Czarne miał włosy i czarną miał duszę — zaśpiewali chórem muzycy. Zabrzmiał flet.

— Karmił się żądzą krwi i zazdrością, cały swój kielich wypełnił złością — śpiewał Galyeon. — Mój brat władał siedmioma królestwami, rzekł do swej jędzy żony. Wezmę sobie wszystko, co należało do niego, jego syn poczuje mój nóż naostrzony.

— Dzielny chłopiec o włosach ze złota — zaśpiewali muzycy. Odezwały się harfa i skrzypce.

— Jeśli kiedyś znowu zostanę namiestnikiem, pierwsze, co każę zrobić, to powiesić wszystkich minstreli — odezwał się zbyt głośno Tyrion.

Lady Leonette zachichotała cicho, a ser Garlan pochylił się w jego stronę.

— Odważne czyny, o których milczy pieśń, nie tracą przez to na wartości — rzekł.

— Czarny lord zwołał wojska swe, które zebrały się niczym wrony. Spragnione krwi wsiadły na okręty...

— I ucięły nos biednego Tyriona — dokończył Krasnal.

Lady Leonette zachichotała.

— Być może sam powinieneś zostać minstrelem, panie. Składasz rymy nie gorzej od tego Galyeona.

— Nie, pani — sprzeciwił się ser Garlan. — Tyrion jest stworzony do tego, by dokonywać wielkich czynów, nie śpiewać o nich. Gdyby nie jego łańcuch i dziki ogień, wróg przedostałby się na drugą stronę rzeki. A gdyby dzicy Tyriona nie wybili większości zwiadowców lorda Stannisa, nigdy nie udałoby się nam go zaskoczyć.

Te słowa wypełniły Tyriona absurdalną wdzięcznością i pomogły mu przetrwać niekończące się zwrotki pieśni Galyeona, mówiące o odwadze młodocianego króla i jego matki, złotej królowej.

— Nic takiego nie zrobiła — wygarnęła nagle Sansa.

— Nigdy nie wierz w nic, co usłyszysz w pieśni, pani.

Tyrion wezwał służącego, każąc mu napełnić ich kielichy.

Wkrótce za wysokimi oknami zapadła noc, a Galyeon nie przestawał śpiewać. Pieśń miała siedemdziesiąt siedem zwrotek, wydawało się jednak, że jest ich tysiąc. *Po jednej dla każdego gościa w sa-*

li. Przez jakieś dwadzieścia ostatnich Tyrion zajął się piciem, by oprzeć się pokusie zatkania uszu pieczarkami. Gdy minstrel pokłonił się słuchaczom, niektórzy goście byli już tak pijani, że zaczęli własne, niezapowiedziane występy. Wielki maester Pycelle zasnął, nie zważając na tancerki z Wysp Letnich, które pląsały w szatach z barwnych piór i półprzejrzystego jedwabiu. Kiedy podawano rondle z łosiną nadziewaną dojrzałym pleśniowym serem, któryś z rycerzy lorda Rowana pchnął nożem jakiegoś Dornijczyka. Złote płaszcze wywlokły obu mężczyzn. Jednego zabrano do celi, a drugiego miał pozszywać maester Ballabar.

Gdy Tyrion grzebał łyżką w salcesonie gotowanym z cynamonem, goździkami, cukrem i mlekiem migdałowym, król Joffrey zerwał się nagle na nogi.

— Pora na królewski turniej! — krzyknął głosem bełkotliwym od nadmiaru wina i klasnął w dłonie.

Mój siostrzeniec jest bardziej pijany ode mnie — pomyślał Tyrion, gdy złote płaszcze otworzyły wielkie drzwi na końcu komnaty. Ze swego miejsca widział jedynie czubki dwóch pasiastych kopii jadących obok siebie rycerzy. Gdy zmierzali środkowym przejściem w stronę króla, podążała za nimi fala śmiechu. *Na pewno jadą na kucykach* — pomyślał... potem jednak ich ujrzał.

Rycerze byli parą karłów. Jeden dosiadał brzydkiego, szarego psa o długich nogach i masywnym pysku. Drugi jechał na olbrzymiej, łaciatej maciorze. Obaj podskakiwali na siodłach w rytm kroku swych wierzchowców, czemu towarzyszył stukot malowanych drewnianych zbroi. Tarcze były wyższe od jeźdźców, którzy dzielnie ściskali kopie, zataczając się to w lewą, to w prawą stronę. Witały ich huragany śmiechu. Jeden rycerz był od stóp do głów obleczony w złoto, a na tarczy miał wymalowanego czarnego jelenia, drugi zaś miał szaro-biały strój, a jego herbem był wilk. Ich wierzchowce miały czapraki w podobnych barwach.

Tyrion przyjrzał się roześmianym twarzom siedzących na podwyższeniu ludzi. Joffrey był zaczerwieniony i zdyszany, Tommen zanosił się śmiechem, podskakując na krześle, Cersei chichotała uprzejmie, nawet lord Tywin sprawiał wrażenie lekko rozbawionego. Ze wszystkich osób, które siedziały za stołem na podwyższeniu, nie uśmiechała się tylko Sansa Stark. Mógłby ją za to pokochać, ale, szczerze mówiąc, oczy dziewczyny były skierowane gdzieś w dal, jakby w ogóle nie widziała karykaturalnych jeźdźców zmierzających w jej stronę.

Karły nie są niczemu winne — zdecydował Tyrion. *Kiedy skończą, powiem im jakiś komplement i rzucę mieszek pełen srebra. A jutro znajdę tego, kto wymyślił tę rozrywkę, i podziękuję mu w inny sposób.*

Gdy karły ściągnęły wodze u stóp podwyższenia, by pozdrowić króla, wilczy rycerz upuścił tarczę. Kiedy się schylił, by ją podnieść, jeleni rycerz stracił panowanie nad ciężką kopią i zdzielił go nią w plecy. Wilczy rycerz zleciał ze świni. Jego kopia przewróciła się i walnęła przeciwnika w głowę. Rycerze runęli z hukiem na podłogę, a gdy się podnieśli, obaj spróbowali dosiąść psa. Po licznych krzykach i przepychaniu się wspięli się wreszcie na siodła, lecz obaj dosiadali teraz niewłaściwego wierzchowca, trzymali w ręku niewłaściwą tarczę i byli zwróceni tyłem do przodu.

By to naprawić, trzeba było trochę czasu, w końcu jednak pomknęli na przeciwne końce sali i zawrócili, by stanąć do pojedynku. Lordowie rechotali, a damy chichotały, gdy maleńcy wojownicy runęli na siebie z trzaskiem i szczękiem. Kopia wilczego rycerza uderzyła w hełm jeleniego rycerza, strącając mu z barków głowę, która zawirowała w powietrzu, rozpryskując krew, i wylądowała na kolanach lorda Gylesa. Bezgłowy karzeł mknął chwiejnie między stołami, wymachując ramionami. Psy szczekały, kobiety krzyczały, a Księżycowy Chłopiec kołysał się ryzykownie na szczudłach, aż wreszcie lord Gyles wyrwał z roztrzaskanego hełmu ociekający czerwonym płynem melon. W tej samej chwili jeleni rycerz wysunął głowę ze zbroi i salą wstrząsnął kolejny huragan śmiechu. Rycerze zaczekali, aż widzowie się uspokoją, po czym zatoczyli krąg, obrzucając się barwnymi obelgami. Chcieli już oddalić się od siebie i przystąpić do ponownego starcia, gdy pies zrzucił nagle jeźdźca na podłogę i wlazł na maciorę. Wielka świnia piszczała ze strachu, a goście weselni ze śmiechu, zwłaszcza gdy jeleni rycerz skoczył na przeciwnika, spuścił drewniane portki i zaczął gorączkowo poruszać biodrami.

— Poddaję się, poddaję! — wrzeszczał karzełek leżący na dole. — Dobry rycerzu, schowaj miecz!

— Zrobiłbym to, gdybyś przestał ruszać pochwą! — odparł karzeł na górze, budząc powszechną wesołość.

Joffrey prychał winem z obu nozdrzy. Zerwał się zdyszany na nogi, omal nie przewracając wysokiego pucharu o dwóch uchwytach.

— Zwycięzca! — krzyknął. — Mamy zwycięzcę! — Goście uspokoili się, gdy tylko zauważyli, że król przemówił. Karły rozdzieliły się, z pewnością oczekując królewskiego podziękowania. — Ale to nie jest jeszcze prawdziwy zwycięzca — ciągnął Joff. — Prawdziwy zwycięzca musi pokonać wszystkich, którzy rzucą mu wyzwanie. — Król wdrapał się na stół. — Kto jeszcze rzuci wyzwanie naszemu maleńkiemu rycerzowi? — Z radosnym uśmiechem na ustach zwrócił się w stronę Tyriona. — Wuju! Z pewnością zechcesz bronić honoru mojego królestwa? Dosiądziesz świni!

Śmiech zamknął się nad nim niczym fala. Tyrion Lannister nie pamiętał, kiedy wstał i wspiął się na krzesło. Nagle zorientował się, że stoi na stole. Komnata była morzem uśmiechniętych szyderczo twarzy oświetlonych blaskiem pochodni. Skrzywił się w najobrzydliwszej parodii uśmiechu, jaką kiedykolwiek widziano w Siedmiu Królestwach.

— Wasza Miłość! — zawołał. — Dosiądę świni… ale pod warunkiem, że ty pojedziesz na psie!

Joff zasępił się, zbity z tropu.

— Ja? Nie jestem karłem. Dlaczego ja?

Wszedłeś prosto w pułapkę, Joff.

— Ależ dlatego, że jesteś jedynym mężczyzną w tej komnacie, którego z pewnością pokonam!

Nie potrafił powiedzieć, co było słodsze, chwila pełnej szoku ciszy, huragan śmiechu, który nastąpił po niej, czy wyraz ślepej wściekłości na twarzy siostrzeńca. Karzeł zeskoczył usatysfakcjonowany na podłogę. Gdy spojrzał na Joffa, zobaczył, że ser Osmund i ser Meryn pomagają zejść również jemu. Kiedy zauważył spoglądającą na niego wściekle Cersei, przesłał jej całusa.

Muzycy znowu zaczęli grać, przynosząc mu ulgę. Maleńcy rycerze wyprowadzili z sali psa i maciorę, a goście wrócili do wydrążonych bochenków chleba wypełnionych salcesonem. Tyrion zażądał, by znowu nalano mu wina, nagle jednak poczuł na rękawie dłoń ser Garlana.

— Panie, strzeż się — rzekł rycerz. — Król.

Tyrion odwrócił się na krześle. Joffrey był tuż obok. Twarz miał czerwoną i chwiał się na nogach. W obu dłoniach trzymał wielki złoty kielich weselny, z którego wino przelewało się przez brzegi.

— Wasza Miłość — zdążył tylko powiedzieć Tyrion, nim król wylał mu puchar na głowę. Wino spłynęło po jego twarzy czerwonym strumieniem. Zmoczyło włosy, szczypało w oczy, paliło ranę i ściekało po policzkach, plamiąc nowy aksamitny wams.

— Jak ci się to podoba, Krasnalu? — zadrwił Joffrey.

Oczy Tyriona zapłonęły. Otarł twarz rękawem i zamrugał powiekami, by świat odzyskał wyrazistość.

— To się nie godzi, Wasza Miłość — usłyszał cichy głos ser Garlana.

— Bynajmniej, ser Garlanie. — Tyrion nie mógł sobie pozwolić na to, by jeszcze zaostrzać sytuację. Patrzyło na nich pół królestwa. — Nie każdy król zaszczyciłby tak skromnego poddanego, osobiście nalewając mu wina z własnego kielicha. Szkoda tylko, że trunek się rozlał.

— Wcale się nie rozlał — warknął Joffrey, zbyt nietaktowny, by skorzystać z szansy odwrotu. — I wcale nie chciałem ci nalać wina.

U boku Joffreya pojawiła się nagle królowa Margaery.

— Mój słodki królu — błagała go córka Tyrellów — wracaj na miejsce. Następny minstrel już czeka.

— Alaric z Eysen — dodała wsparta na lasce lady Olenna Tyrell, która podobnie jak jej wnuczka zupełnie nie zwracała uwagi na oblanego winem karła. — Mam nadzieję, że zagra nam *Deszcze Castamere*. Minęła już godzina i zapomniałam, jak to idzie.

— Ser Addam chce też wznieść toast — mówiła Margaery. — Wasza Miłość, proszę.

— Nie mam wina — oznajmił Joffrey. — Jak mogę spełnić toast, jeśli nie mam wina? Wuju Krasnalu, możesz mi nalać. Skoro nie chcesz walczyć, zostaniesz moim podczaszym.

— Czuję się zaszczycony.

— To nie miał być zaszczyt! — wrzasnął Joffrey. — Schylaj się i podnoś ten puchar. — Tyrion wykonał polecenie, gdy jednak sięgnął po uchwyt, Joff przewrócił kielich kopniakiem. — Podnieś go! Czy jesteś tak samo niezdarny, jak brzydki? — Musiał wczołgać się pod stół, by znaleźć naczynie. — Świetnie, a teraz wlej do niego wina. — Tyrion wyrwał dzban przechodzącej obok służce i wypełnił puchar w trzech czwartych. — Nie, na kolana, karle. — Tyrion, klęcząc, uniósł ciężki kielich, zastanawiając się, czy czeka go ponowna kąpiel. Joffrey jednak uniósł puchar jedną ręką, pociągnął długi łyk i postawił naczynie na stole. — Możesz już wstać, wuju.

Gdy spróbował się podnieść, złapały go kurcze w łydkach. Omal nie przewrócił się znowu. Musiał przytrzymać się krzesła, by nie stracić równowagi. Ser Garlan posłużył mu ręką. Joffrey wybuchnął śmiechem, a Cersei razem z nim. Potem inni. Nie widział kto, słyszał ich jednak.

— Wasza Miłość. — Głos lorda Tywina brzmiał absolutnie spokojnie. — Przywieźli pasztet. Potrzebujemy twego miecza.

— Pasztet? — Joffrey ujął dłoń swej królowej. — Chodź, pani, to pasztet.

Goście wstali, krzycząc, bijąc brawo i stukając się kielichami. Wielki pasztet jechał powoli wzdłuż komnaty, popychany przez sześciu rozpromienionych kucharzy. Miał dwa jardy średnicy i pokrywała go złocistobrązowa skórka. Słychać było dobiegające ze środka piski i chroboty.

Tyrion wgramolił się z powrotem na krzesło. Do pełni szczęścia potrzebował jeszcze tylko tego, by narobił na niego gołąb. Wino wsiąknęło mu w wams i bieliznę, docierając do skóry. Powinien się przebrać, lecz nikomu nie wolno było opuszczać sali przed pokładzinami, a według jego oceny zostało do nich dobre dwadzieścia, trzydzieści dań.

Król Joffrey i jego królowa czekali na pasztet pod podwyższeniem. Joff wyciągnął miecz, lecz Margaery położyła dłoń na jego ramieniu, by go powstrzymać.

— Wdowiego Płaczu nie wykuto do przecinania pasztetów.

— To prawda. — Joffrey podniósł głos. — Ser Ilynie, twój miecz!

Z cienia w głębi sali wyłonił się ser Ilyn Payne. *Widmo na uczcie* — pomyślał Tyrion, spoglądając na wychudzonego, posępnego królewskiego kata. Był zbyt młody, by mógł znać ser Ilyna w czasach, gdy ten jeszcze nie stracił języka. *Mógł być wówczas innym człowiekiem, ale teraz milczenie stało się jego nieodłączną częścią, tak samo jak zapadnięte oczy, zardzewiała kolcza koszula oraz dwuręczny miecz na plecach.*

Ser Ilyn pokłonił się królowi i królowej, sięgnął ręką przez ramię i wydobył sześć stóp lśniącego srebrzyście metalu, ozdobionego jaskrawymi runami. Uklęknął, by podać miecz Joffreyowi, rękojeścią do przodu. Gałce ze smoczego szkła nadano kształt szczerzącej zęby czaszki o oczach ze lśniących krwawym blaskiem rubinów. Sansa poruszyła się niespokojnie.

— Co to za miecz?

Tyriona nadal piekły oczy od wina. Zamrugał i rozejrzał się wokół. Miecz ser Ilyna dorównywał rozmiarami Lodowi, był jednak zbyt jasny i srebrzysty. Valyriańska stal była ciemna jak jej mroczna dusza. Sansa złapała go za ramię.

— Co ser Ilyn zrobił z mieczem mojego ojca?

Trzeba było odesłać Lód Robbowi Starkowi — pomyślał Tyrion. Zerknął na ojca, lord Tywin jednak patrzył na króla.

Joffrey i Margaery wspólnymi siłami unieśli miecz, a potem opuścili go, zataczając srebrzysty łuk. Gdy skórka pękła, gołębie wyfrunęły na zewnątrz z furkotem białych skrzydeł i rozpierzchły się na wszystkie strony, siadając na oknach i krokwiach. Spoczywający na ławach goście wydali z siebie ryk zachwytu. Skrzypkowie i fleciści na galerii zaczęli grać żywą melodię. Joff objął Margaery i zakręcił nią radośnie wkoło.

Służący położył przed Tyrionem kawałek gorącego pasztetu z gołębi, na który wylał łyżkę cytrynowego kremu. Ptaki w tym pasztecie były ugotowane na dobre, nie wydały się jednak Krasnalowi bardziej apetyczne niż te białe, które latały po komnacie. Sansa również nie chciała jeść.

— Jesteś śmiertelnie blada, pani — zauważył Tyrion. — Musisz odetchnąć chłodnym powietrzem, a mnie przyda się nowy wams. — Wstał i posłużył jej ręką. — Chodźmy.

Nim jednak zdążyli dotrzeć do drzwi, Joffrey skończył tańczyć.

— Dokąd idziesz, wuju? Jesteś moim podczaszym, pamiętasz?

— Muszę się przebrać w świeży strój, Wasza Miłość. Czy mogę wyjść?

— Nie możesz. Podobasz mi się w tym ubraniu. Nalej mi wina.

Królewski puchar stał na stole, tam, gdzie go pozostawiono. Tyrion musiał się wdrapać na krzesło, by go dosięgnąć. Joff wyrwał mu naczynie z rąk i pociągnął długi łyk, poruszając mocno grdyką. Po podbródku spływało mu wino o lekko fioletowym odcieniu.

— Panie — odezwała się Margaery — powinniśmy wrócić na miejsce. Lord Buckler chce wznieść toast na naszą cześć.

— Mój wuj nie zjadł pasztetu z gołębi. — Trzymając puchar w jednej ręce, Joff wbił palce drugiej dłoni w porcję Tyriona. — Wzgardzenie pasztetem przynosi pecha — skarcił wuja, wypełniając usta gorącą, pikantną potrawą. — Zobacz, jest smaczny. — Wypluł kawałki skórki i kaszlnął, po czym uniósł do ust kolejną garść. — Ale suchy. Trzeba go popić. — Joff pociągnął łyk wina i znowu kaszlnął, tym razem gwałtowniej. — Chcę zobaczyć, *kof*, zobaczyć, jak będziesz jechał, *kof*, *kof*, na tej świni, wuju. Chcę...

Jego słowa przerwał gwałtowny atak kaszlu.

Zaniepokojona Margaery spojrzała na męża.

— Wasza Miłość?

— To, *kof*, pasztet. — Joff spróbował wypić jeszcze trochę wina, lecz cały trunek wylał mu się z ust, gdy zgiął się wpół w kolejnym ataku kaszlu. Twarz mu poczerwieniała. — Nie, *kof*, nie mogę, *kof kof kof kof*...

Puchar wypadł mu z rąk i ciemne wino spłynęło po podwyższeniu.

— Dusi się — wydyszała królowa Margaery.

Babcia podeszła do niej.

— Pomóżcie biednemu chłopcu! — wrzasnęła Królowa Cierni głosem dziesięciokrotnie potężniejszym niż jej postać. — Głupki! Czego się tak gapicie! Pomóżcie swemu królowi!

Ser Garlan odepchnął Tyriona na bok i zaczął walić Joffreya w plecy. Ser Osmund Kettleblack rozpruł mieczem królewski kołnierz. Z gardła chłopca wyrwał się przerażająco wysoki dźwięk, jakby Joffrey próbował wypić przez trzcinę całą rzekę. Potem ucichł, co było jeszcze bardziej przerażające.

— Odwróćcie go! — ryknął Mace Tyrell, zwracając się do wszystkich i do nikogo. — Unieście go głową na dół i potrząśnijcie za nogi!

— Wody, dajcie mu trochę wody! — wołał ktoś inny. Wielki septon zaczął się głośno modlić. Wielki maester Pycelle krzyczał wniebogłosy, by ktoś pomógł mu pójść do jego komnaty po lecznicze napoje. Joffrey zaczął szarpać dłonią gardło, zostawiając na skórze krwawe ślady paznokci. Mięśnie miał twarde niczym kamień. Książę Tommen krzyczał i płakał.

On umrze — zdał sobie sprawę Tyrion. Był dziwnie spokojny, choć wokół niego rozszalało się pandemonium. Znowu zaczęli okładać Joffa po plecach, lecz mimo to jego twarz robiła się coraz ciemniejsza. Psy szczekały, dzieci płakały, a mężczyźni wykrzykiwali do siebie nawzajem bezużyteczne rady. Połowa gości weselnych zerwała się z miejsc. Niektórzy przepychali się, by lepiej widzieć, inni zaś biegli ku drzwiom, chcąc jak najszybciej stąd uciec.

Ser Meryn rozchylił siłą usta króla, próbując mu wepchnąć łyżkę do gardła. W tej samej chwili chłopiec spojrzał Tyrionowi prosto w oczy. *Ma oczy Jaime'a.* Tyle że Tyrion nigdy nie widział, by jego brat tak się bał. *Chłopak ma dopiero trzynaście lat.* Joffrey wydał z siebie suchy, klekoczący odgłos, usiłując coś powiedzieć. Wybałuszył zbielałe z przerażenia oczy i uniósł rękę… wyciągając ją do wuja albo wskazując go… *Czy błaga mnie o przebaczenie, czy myśli, że mogę go uratować?*

— Nieeee — zawodziła Cersei. — Ojcze, pomóż mu, niech ktoś mu pomoże, mój syn, mój syn…

Tyrion pomyślał o Robbie Starku. *Spoglądając wstecz, mój ślub prezentuje się coraz lepiej.* Poszukał wzrokiem Sansy, chcąc sprawdzić, jak to przyjęła, lecz w sali wybuchło takie zamieszanie, że nigdzie nie mógł jej znaleźć. Zatrzymał spojrzenie na weselnym pucharze, który leżał zapomniany na podłodze. Podniósł go. Na dnie naczynia zostało jeszcze pół cala ciemnofioletowego trunku. Tyrion przyglądał mu się przez chwilę, po czym wylał go na podłogę.

Margaery Tyrell płakała w ramionach babci.

— Bądź dzielna, bądź dzielna — powtarzała staruszka. Większość muzyków uciekła, na galerii został jednak samotny flecista, który grał żałobny tren. Wokół wyjść z sali tronowej trwała przepychanka. Goście tratowali się nawzajem. Porządek próbowały przywrócić złote płaszcze ser Addama. Goście wybiegali jak szaleni w noc. Jedni płakali, inni chwiali się na nogach i wymiotowali, a jeszcze inni mieli twarze blade ze strachu. Tyrionowi poniewczasie przyszło do głowy, że postąpiłby rozsądnie, gdyby się również ulotnił.

Gdy usłyszał krzyk Cersei, zrozumiał, że to koniec.

Powinienem stąd zniknąć. Natychmiast. Zamiast tego poczłapał w stronę siostry.

Siedziała w kałuży wina, tuląc do siebie ciało Joffreya. Suknię miała rozdartą i splamioną, a twarz białą jak kreda. Podszedł do niej chudy, czarny pies, który obwąchał trupa.

— Chłopiec nie żyje, Cersei — rzekł lord Tywin, wspierając urękawicznioną dłoń na ramieniu córki. Jeden z jego strażników przegonił psa. — Puść go. Pozwól mu odejść.

Nie słyszała go. Potrzeba było dwóch rycerzy Gwardii Królewskiej, by rozewrzeć jej palce. Martwe, bezwładne ciało króla Joffreya Baratheona osunęło się na podłogę.

Wielki septon ukląkł obok niego.

— Ojcze Na Górze, osądź sprawiedliwie naszego dobrego króla Joffreya — zaintonował modlitwę za zmarłych. Margaery Tyrell zaczęła łkać. Tyrion usłyszał, jak jej matka, lady Alerie, mówi:

— Zadławił się, słodziutka. Zadławił się pasztetem. To nie twoja wina. Zadławił się. Wszyscy to widzieliśmy.

— Nie zadławił się. — Głos Cersei był ostry jak miecz ser Ilyna. — Mój syn został otruty. — Spojrzała na białych rycerzy, którzy stali bezradnie wokół niej. — Gwardio Królewska, spełnij swój obowiązek.

— Pani? — zapytał niepewnie ser Loras Tyrell.

— Aresztujcie mojego brata — rozkazała mu. — To on to uczynił, karzeł. On i jego mała żonka. Zabili mojego syna. Waszego króla. Zatrzymajcie ich! Zatrzymajcie oboje!

SANSA

Gdzieś daleko w mieście zabrzmiał dzwon.

Sansie wydawało się, że wszystko to jest snem.

— Joffrey nie żyje — powiedziała drzewom, by sprawdzić, czy w ten sposób się obudzi.

Gdy opuszczała salę tronową, żył jeszcze. Klęczał i szarpał sobie gardło paznokciami, usiłując zaczerpnąć oddechu. Nie mogąc znieść tego okropnego widoku, uciekła, łkając, z komnaty. Lady Tanda również stamtąd pierzchła.

— Masz dobre serce, pani — rzekła Sansie. — Nie każda dziewczyna płakałaby tak za człowiekiem, który ją odsunął na bok i wydał za karła.

Dobre serce. Mam dobre serce. W jej gardle wezbrał histeryczny śmiech, Sansa stłumiła go jednak. Dzwony biły, powoli i żałobnie. Biły, biły, biły. Tak samo, jak kiedyś dla króla Roberta. Joffrey nie żył, nie żył, nie żył, nie żył, nie żył. Czemu płakała, kiedy chciało jej się tańczyć? Czy to były łzy radości?

Znalazła ubranie tam, gdzie je ukryła poprzedniego wieczoru. Nie miała służących do pomocy i uwalnianie się z koronkowej sukni trwało stanowczo zbyt długo. Jej dłonie zrobiły się dziwnie niezgrabne, choć nie bała się tak, jak by należało.

— Bogowie są okrutni, jeśli zabrali tak młodego, przystojnego chłopca na jego uczcie weselnej — oświadczyła jej przed chwilą lady Tanda.

Bogowie są sprawiedliwi — pomyślała Sansa. Robb również zginął na weselu. To nad Robbem płakała. *Nad nim i nad Margaery.* Biedna Margaery, dwa razy wyszła za mąż i dwukrotnie została wdową. Sansa wyszarpnęła ramię z rękawa, pociągnęła suknię w dół i wyszła z niej. Następnie zwinęła strój w kłębek i wepchnęła do dziupli dębu, wyciągając szaty, które tam schowała. Ser Dontos powiedział jej: „Weź ciepłe, ciemne ubranie". Nie miała nic czarnego, wybrała więc grubą suknię z brązowej wełny. Jej gorsecik zdobiły jednak słodkowodne perły. Płaszcz je zakryje. Był ciemnozielony i miał wielki kaptur. Włożyła suknię przez głowę i owinęła się płaszczem, choć na razie nie podnosiła kaptura. Miała też buty, proste i mocne, o płaskich obcasach i kwadratowych noskach. *Bogowie wysłuchali mojej modlitwy* — pomyślała. Czuła się senna i odrętwiała. *Moja skóra zmieniła się w porcelanę, w kość słoniową, w stal.* Jej dłonie poruszały się sztywno i niezgrabnie, jakby nigdy dotąd nie rozpuszczała sobie włosów. Przez chwilę żałowała, że nie ma tu Shae, która pomogłaby jej zdjąć siatkę.

Gdy wreszcie ją ściągnęła, długie kasztanowate włosy opadły jej kaskadą na ramiona i plecy. Siatka ze srebrnych nici zwisła z jej palców. Metal lśnił delikatnym blaskiem, a kamienie w świetle księżyca wydawały się zupełnie czarne. *Czarne ametysty z Asshai.* Jednego brakowało. Uniosła siatkę, by lepiej się jej przyjrzeć. W srebrnej oprawce, z której wypadł kamień, została po nim ciemna, rozmazana plama.

Zawładnęła nią nagła groza. Serce waliło jej jak młotem. Wstrzymała na chwilę oddech. *Dlaczego tak się boję, to tylko ametyst, czarny ametyst z Asshai, nic więcej. Na pewno się poluzował i wypadł, a teraz leży gdzieś w sali tronowej albo na dziedzińcu, chyba że…*

Ser Dontos powiedział, że w tej siatce jest magia, która pozwoli jej wrócić do domu. Mówił, że musi ją włożyć na ucztę weselną

Joffreya. Srebrny drut rozciągnął się mocno na kostkach jej dłoni. Pocierała kciukiem otwór po kamieniu. Próbowała się powstrzymać, lecz palce nie chciały jej słuchać. Coś przyciągało jej kciuk do oprawki niczym język do dziury po zębie. *Jaka magia?* Król umarł, okrutny król, który przed tysiącem lat był jej rycerskim księciem. Jeśli Dontos nie powiedział jej prawdy o siatce, to czy reszta również była kłamstwem? *Co będzie, jeśli nie przyjdzie? Jeśli nie ma statku, nie ma czekającej na rzece łodzi, nie ma ucieczki?* Co się z nią wtedy stanie? Usłyszała cichy szelest liści i wepchnęła głęboko srebrną siatkę do kieszeni płaszcza.

— Kto idzie? — zawołała. — Kto tam?

W bożym gaju było zupełnie ciemno, a dźwięk dzwonów odprowadzał Joffa do grobu.

— Ja. — Wyłonił się chwiejnym krokiem spomiędzy drzew, kompletnie pijany. Złapał ją za ramię, by odzyskać równowagę. — Słodka Jonquil, przyszedłem. Twój Florian przyszedł, nie bój się.

Sansa cofnęła się przed jego dotykiem.

— Powiedziałeś, że muszę nałożyć siatkę na włosy. Srebrną siatkę z... co to były za kamienie?

— Ametysty. Czarne ametysty z Asshai, pani.

— To nie są ametysty. Prawda? Prawda? Okłamałeś mnie.

— Czarne ametysty — zarzekał się. — Miały w sobie magię.

— Miały w sobie morderstwo!

— Cicho, pani, cicho. To nie było morderstwo. Zadławił się pasztetem z gołębi. — Dontos zachichotał. — Och, to był pyszny pasztet. Srebro i kamienie, nie było w niej nic więcej, srebro, kamienie i magia.

Dzwony wciąż biły, a wiatr świstał przeraźliwie, jakby usiłował zaczerpnąć oddechu.

— Otrułeś go. Otrułeś. Wyjąłeś kamień z moich włosów...

— Sza, bo zgubisz nas oboje. Nic nie zrobiłem. Chodź, musimy stąd uciekać, będą cię szukać. Aresztowali twojego męża.

— Tyriona? — zapytała wstrząśnięta.

— Czy masz innego? Krasnala, karłowatego wuja, ona myśli, że to on jest winny. — Złapał ją za rękę i pociągnął. — Tędy, musimy szybko uciekać, nie bój się.

Sansa podążyła za nim, nie stawiając oporu. Joff powiedział jej kiedyś, że nie znosi wyjących kobiet, teraz jednak zawodziła tylko jego matka. W opowieściach Starej Niani grumkiny wytwarzały magiczne przedmioty, które potrafiły spełniać życzenia. *Czy to moje życzenie go zabiło?* — zadała sobie pytanie, zaraz jednak przypomniała sobie, że jest już za duża, żeby wierzyć w grumkiny.

— Tyrion go otruł?

Wiedziała, że jej karłowaty mąż nienawidził swego siostrzeńca. Czy to możliwe, by go zabił? *Czy wiedział o mojej siatce na włosy, o czarnych ametystach? To on nalewał Joffowi wina.* Jak można spowodować, by ktoś się udławił, wrzucając mu do wina ametyst? *Jeśli to rzeczywiście Tyrion, to na pewno pomyślą, że mu w tym pomogłam* — zrozumiała. Nagle ogarnął ją strach. Jakżeby inaczej? Byli mężem i żoną, a Joff zabił jej ojca i drwił z niej po śmierci brata. Jedno ciało, jedno serce, jedna dusza.

— Nic nie mów, słodziutka — ostrzegł ją Dontos. — Kiedy wyjdziemy z bożego gaju, będziemy musieli zachować ciszę. Postaw kaptur, żeby ukryć twarz.

Sansa skinęła głową i wykonała jego polecenie.

Był tak pijany, że niekiedy musiała go podtrzymywać, żeby się nie przewrócił. Dzwony grały już w całym mieście i z każdą chwilą dołączały się nowe. Spuściła głowę i trzymała się cieni, podążając tuż za Dontosem. Gdy schodzili po serpentynowych schodach, w pewnej chwili padł na kolana i zwymiotował. *Mój biedny Florian* — pomyślała, kiedy ocierał usta miękkim rękawem. Kazał jej ubrać się w ciemny strój, a sam pod brązowym płaszczem z kapturem miał dawną opończę w poziome czerwono-różowe pasy pod czarną głowicą z trzema złotymi koronami, herbem rodu Hollardów.

— Czemu nałożyłeś opończę? Joff zarządził, że jeśli złapią cię jeszcze kiedyś ubranego jak rycerz, czeka cię śmierć… och…

Nic, co zarządził Joff, nie miało już znaczenia.

— Chciałem być rycerzem. Przynajmniej w tej chwili. — Dontos podźwignął się chwiejnie i ujął jej ramię. — Chodź. Bądź teraz cicho, żadnych pytań.

Zeszli po serpentynowych schodach i przemierzyli mały, zapadnięty dziedziniec. Ser Dontos otworzył ciężkie drzwi i zapalił świecę. Znaleźli się w długiej galerii. Pod ścianami stały puste zbroje, ciemne i zakurzone. Na hełmach miały szeregi łusek, które biegły w dół wzdłuż pleców. Gdy przechodzili obok, cień każdej łuski wyciągał się i zniekształcał w blasku świecy. *Puści rycerze zamieniają się w smoki* — pomyślała.

Następne schody zaprowadziły ich pod dębowe drzwi o żelaznych okuciach.

— Bądź teraz silna, moja Jonquil. Jesteśmy już prawie na miejscu.

Dontos odsunął rygiel i otworzył drzwi. Poczuła na twarzy zimny powiew. Przeszła przez tunel w murze grubości dwunastu stóp i znalazła się na zewnątrz zamku. Stała na szczycie urwiska. W dole płynęła rzeka, tak samo czarna jak niebo na górze.

— Musimy zejść na dół — rzekł ser Dontos. — Czeka tam człowiek, który przewiezie nas łodzią na statek.

— Spadnę.

Bran spadł, a on przecież uwielbiał się wspinać.

— Nie spadniesz. Jest tu coś w rodzaju drabiny, ukrytej drabiny wykutej w skale. O, tutaj, wymacaj ją, pani. — Opadł razem z nią na kolana i kazał jej się wychylić za krawędź urwiska i wyciągnąć ręce, aż wreszcie znalazła wykuty w skale uchwyt. — To prawie tak samo dobre jak szczeble.

Na dół było jednak daleko.

— Nie mogę.

— Musisz.

— Czy nie ma innej drogi?

— Nie ma. To nie takie trudne dla tak młodej, silnej dziewczyny jak ty. Trzymaj się mocno i nie patrz w dół, a w parę chwil znajdziesz się na dole. — Oczy mu błyszczały. — Twój biedny Florian jest gruby, stary i pijany. To ja powinienem się bać. Kiedyś spadłem z konia, pamiętasz? Tak właśnie zaczęła się nasza znajomość.

Byłem pijany i zleciałem z konia, a Joffrey chciał mi ściąć tę głupią głowę, ale ty mnie ocaliłaś. Ocaliłaś mnie, słodziutka.

On płacze — zdała sobie sprawę.

— A teraz ty ocaliłeś mnie.

— Tylko pod warunkiem, że zejdziesz na dół.

To on — pomyślała. *To on zabił Joffreya.* Musiała uciekać, nie tylko ze względu na siebie, lecz również na niego.

— Ty pierwszy, ser.

Gdyby Dontos rzeczywiście miał spaść, nie chciałaby, żeby zleciał jej na głowę i strącił w przepaść ich oboje.

— Jak sobie życzysz, pani. — Obdarzył ją wilgotnym pocałunkiem i przesunął niezgrabnie nogi nad krawędzią urwiska, wymachując nimi na oślep, aż wreszcie wyszukał punkt oparcia. — Poczekaj, aż zejdę kawałek, a potem schodź za mną. Zejdziesz? Musisz mi to przysiąc.

— Zejdę — obiecała.

Ser Dontos zniknął. Słyszała, jak gramoli się w dół z głośnym sapaniem. Wsłuchała się w bicie dzwonów, licząc każde uderzenie. Gdy doszła do dziesięciu, z wielką ostrożnością zsunęła się z urwiska, poszukując nogami punktu oparcia. W górze majaczyły potężne mury zamku i przez chwilę niczego nie pragnęła tak mocno, jak wciągnąć się na górę i pobiec do swych ciepłych pokojów w Kuchennym Donżonie. *Bądź dzielna* — powtarzała sobie. *Bądź dzielna, jak dama w pieśni.*

Nie odważyła się patrzeć w dół. Wbiła spojrzenie w ścianę urwiska, uważnie badając stopą podłoże, nim postawiła kolejny krok. Skała była szorstka i zimna. Czasami Sansa czuła, że palce się jej ześlizgują, a do tego uchwyty nie były rozmieszczone tak równomiernie, jak by tego sobie życzyła. Ciągle bito w dzwony. Nim pokonała połowę drogi, ręce zaczęły jej drżeć. Wiedziała, że spadnie. *Jeszcze jeden krok* — powtarzała sobie. *Jeszcze jeden krok.* Nie mogła się zatrzymać. Gdyby to uczyniła, już nigdy nie odważyłaby się postawić następnego kroku i świt zastałby ją wiszącą na urwisku, sparaliżowaną ze strachu. *Jeszcze jeden krok i jeszcze jeden krok.*

Zaskoczyło ją zetknięcie z gruntem. Potknęła się i upadła. Serce waliło jej jak szalone. Gdy przewróciła się na plecy i spojrzała na urwisko, z którego zeszła, zakręciło się jej w głowie i wbiła kurczowo palce w ziemię. *Udało mi się. Udało. Nie spadłam. Zeszłam na dół i teraz wrócę do domu.*

Ser Dontos pomógł jej wstać.

— Tędy. Bądź teraz cicho, cicho. — Trzymał się głębokich cieni, które zalegały pod urwiskami. Na szczęście, nie musieli iść daleko. Pięćdziesiąt jardów w dół rzeki od miejsca zejścia czekał na nich mężczyzna w małej łódce, na wpół ukryty za szczątkami wielkiej galery, która osiadła tu na brzegu i spłonęła. Zdyszany Dontos pokuśtykał w jego stronę. — Oswell?

— Tylko bez imion — rzucił mężczyzna. — Do łodzi. — Siedział przygarbiony nad wiosłami. Był stary, wysoki i chudy, miał długie, białe włosy i wielki, haczykowaty nos. Oczy zasłaniał mu kaptur. — Pośpieszcie się — mruknął. — Musimy stąd zmiatać.

Gdy oboje weszli na łódź, zakapturzony mężczyzna wsunął wiosła w dulki i zaczął nimi poruszać, kierując się w stronę głównego nurtu. Za ich plecami dzwony wciąż głosiły zgon młodocianego króla. Mieli pogrążony w mroku Czarny Nurt tylko dla siebie.

Powolne, miarowe ruchy wioseł niosły ich w dół rzeki. Przepływali nad zatopionymi galerami, mijali połamane maszty, spalone kadłuby i rozerwane żagle. Wiosła owinięto szmatami, by stłumić plusk, posuwali się więc niemal bezgłośnie. Nad wodą unosiła się mgła. Sansa wypatrzyła majaczące w górze poobtłukiwane blanki jednej z wież Krasnala, wielki łańcuch był jednak opuszczony i przepłynęli bez przeszkód obok miejsca, w którym spłonęło tysiąc ludzi. Brzeg został za nimi, mgła była coraz gęstsza, a bicie w dzwony cichło już w oddali. Z czasem zniknęły nawet światła. Byli na Czarnej Zatoce i cały świat sprowadzał się do ciemnej wody, niesionej wiatrem mgły oraz ich milczącego towarzysza, pochylonego nad wiosłami.

— Jak daleko jeszcze? — zapytała.

— Nie gadać!

Wioślarz był stary, lecz silniejszy, niżby się na pozór zdawało, a jego głos brzmiał groźnie. W jego twarzy było coś dziwnie znajomego, choć Sansa nie potrafiła określić co.

— Niedaleko. — Ser Dontos ujął jej dłoń i pogłaskał ją delikatnie. — Twój przyjaciel jest blisko. Czeka na ciebie.

— Nie gadać! — warknął raz jeszcze wioślarz. — Głos niesie się nad wodą, ser błaźnie.

Zawstydzona Sansa przygryzła wargę i pogrążyła się w milczeniu. Resztę drogi wypełniło im poskrzypywanie wioseł.

Gdy w końcu wypatrzyła w mroku przed nimi widmowy kształt, na wschodnim niebie pojawiła się już pierwsza zapowiedź jutrzenki. Zmierzała ku nim kupiecka galera. Żagle miała zwinięte i płynęła powoli, poruszana tylko jednym szeregiem wioseł. Gdy się zbliżyli, Sansa ujrzała figurę dziobową, trytona w złotej koronie, dmącego w wielki róg z muszli. Ktoś krzyknął i galera obróciła się powoli.

Kiedy podpłynęli do jej burty, zrzucono przez reling sznurową drabinkę. Wioślarz wciągnął wiosła na łódź i pomógł Sansie się podnieść.

— A teraz na górę. Właź, dziewczyno, trzymam cię.

Sansa podziękowała mu za pomoc, lecz odpowiedział jej jedynie stęknięciem. Wchodzenie po drabince było znacznie łatwiejsze od schodzenia z urwiska. Wioślarz Oswell szedł tuż za nią, ser Dontos zaś został w łodzi.

Przy relingu czekali dwaj marynarze, którzy pomogli jej dostać się na pokład. Sansa dygotała.

— Zimno jej — usłyszała czyjś głos. Mężczyzna zdjął płaszcz i zarzucił go na jej ramiona. — Teraz lepiej, pani? Uspokój się, najgorsze masz już za sobą.

Znała ten głos. *Przecież on jest w Dolinie* — pomyślała. Obok niego stał z pochodnią ser Lothor Brune.

— Lordzie Petyrze — zawołał z łodzi Dontos. — Muszę wracać, nim przyjdzie im do głowy, żeby mnie poszukać.

Petyr Baelish wsparł dłoń na relingu.

— Ale najpierw z pewnością zechcesz otrzymać zapłatę. Dziesięć tysięcy smoków, czyż nie tak?

— Dziesięć tysięcy. — Dontos otarł usta grzbietem dłoni. — Tak jak obiecałeś, panie.

— Ser Lothorze, nagroda.

Lothor Brune opuścił pochodnię. Do nadburcia podeszło trzech ludzi, którzy unieśli kusze i wystrzelili. Jeden bełt trafił spoglądającego w górę Dontosa w pierś, przebijając lewą koronę na jego opończy. Pozostałe wbiły się w gardło i brzuch. Stało się to tak szybko, że ani Dontos, ani Sansa nie zdążyli krzyknąć. Następnie Lothor Brune rzucił pochodnię na trupa. Gdy galera się oddaliła, małą łódkę ogarnęły płomienie.

— Zabiliście go.

Uczepiona relingu Sansa odwróciła się i zwymiotowała. Czy uciekła przed Lannisterami tylko po to, by wpaść w ręce kogoś gorszego?

— Pani — wyszeptał Littlefinger — szkoda twej żałoby na kogoś takiego jak on. To był pijak, który nikomu nie był przyjacielem.

— Uratował mnie.

— Sprzedał cię za obietnicę dziesięciu tysięcy smoków. Twoje zniknięcie sprawi, że zaczną podejrzewać, iż jesteś winna śmierci Joffreya. Złote płaszcze będą cię szukać, a eunuch brzęknie sakiewką. Dontos... no cóż, słyszałaś go. Sprzedał cię za złoto, a gdy już by je przepił, sprzedałby cię po raz drugi. Mieszek smoków kupuje ludzkie milczenie na pewien czas, ale dobrze wymierzony bełt kupuje je na zawsze. — Uśmiechnął się ze smutkiem. — Wszystko to uczynił na moje polecenie. Nie odważyłem się otwarcie okazywać ci przyjaźni. Kiedy usłyszałem, że uratowałaś mu życie na turnieju Joffa, zrozumiałem, że będzie dla mnie znakomitym narzędziem.

Sansie zrobiło się niedobrze.

— Mówił, że jest moim Florianem.

— Czy może pamiętasz to, co ci rzekłem owego dnia, gdy twój ojciec siedział na Żelaznym Tronie?

Przypomniała sobie tę chwilę z wielką jaskrawością.

— Powiedziałeś, że życie nie jest pieśnią i że pewnego dnia przekonam się o tym na własnej skórze. — Czuła w oczach łzy, nie potrafiła jednak powiedzieć, czy płacze nad ser Dontosem Hollardem, Joffem, Tyrionem czy nad sobą. — To znaczy, że wszystko jest fałszem i wszyscy kłamią?

— Prawie wszyscy. Poza tobą i mną, oczywiście. — Uśmiechnął się. — „Jeśli chcesz wrócić do domu, przyjdź dziś w nocy do bożego gaju".

— Ten list... ty go napisałeś?

— To musiał być boży gaj. Żadne inne miejsce w Czerwonej Twierdzy nie jest bezpieczne przed ptaszkami eunucha... czy jego szczurkami, jak ja je nazywam. W bożym gaju są drzewa zamiast murów, nad głową niebo zamiast sufitu, a zamiast podłogi korzenie i ziemia. Szczurki nie mają się gdzie schować, a one muszą się ukrywać, żeby ludzie nie nadziali ich na miecze. — Lord Petyr ujął ją pod ramię. — Pozwól, że pokażę ci twoją kajutę. Wiem, że masz za sobą długi, ciężki dzień. Na pewno jesteś zmęczona.

Łódź zamieniła się już w plamę dymu i ognia, niemal niewidoczną na bezmiarze skąpanego w promieniach świtu morza. Sansa nie miała drogi odwrotu. Mogła jedynie podążać naprzód.

— Bardzo zmęczona — przyznała.

— Opowiedz mi o uczcie — poprosił, prowadząc ją pod pokład. — Królowa zadała sobie tyle trudu. Minstrele, żonglerzy, tańczący niedźwiedź... czy twemu małemu panu mężowi spodobali się moi karłowaci rycerze?

— Twoi?

— Musiałem wysłać po nich aż do Braavos i do dnia ślubu ukrywać ich w burdelu. To było równie kosztowne, co uciążliwe. Ukryć karła jest zaskakująco trudno, a Joffrey... można zaprowadzić króla do wody, ale w przypadku Joffa trzeba było nią popluskać, nim zrozumiał, że może ją wypić. Kiedy opowiedziałem mu o mojej małej niespodziance, Jego Miłość rzekł mi: „Po co na moim weselu jakieś brzydkie karły? Nienawidzę karłów". Musiałem ująć go za ramię i wyszeptać: „Pomyśl, jak będzie ich nienawidził twój wuj".

Pokład zakołysał się pod jej stopami. Sansie wydało się, że to cały świat utracił równowagę.

— Myślą, że to Tyrion zabił Joffreya. Ser Dontos powiedział, że go aresztowano.

— Z wdowieństwem będzie ci do twarzy — stwierdził z uśmiechem Littlefinger.

Poczuła na tę myśl lekkie ożywienie. Być może nigdy już nie będzie musiała dzielić łoża z Tyrionem. Tego właśnie chciała… nieprawdaż?

Kajuta była niska i ciasna, lecz na wąskiej koi rozłożono piernat, by uczynić ją wygodniejszą, na wierzch zaś rzucono grube futra.

— Wiem, że jest ciasna, ale nie powinno ci być zbyt niewygodnie. — Littlefinger wskazał na stojący pod bulajem cedrowy kufer. — Tam znajdziesz świeże ubrania. Suknie, bieliznę, ciepłe pończochy, płaszcz. Obawiam się, że tylko z wełny i płótna. To niegodne tak pięknej dziewczyny, ale przynajmniej będziesz sucha i czysta, dopóki nie znajdziemy ci czegoś odpowiedniejszego.

Wszystko z góry przygotował.

— Panie, nie… nie rozumiem… Joffrey dał ci Harrenhal, uczynił cię Najwyższym Lordem Tridentu… dlaczego…

— Dlaczego pragnąłem jego śmierci? — Littlefinger wzruszył ramionami. — Nie miałem motywu. Poza tym jestem parę tysięcy mil stąd, w Dolinie. Zawsze należy dbać o to, by wrogowie byli zbici z tropu. Jeśli nie są pewni, kim jesteś czy czego chcesz, nie będą wiedzieli, co zrobisz za chwilę. Czasem najlepiej jest ich wprawić w zakłopotanie poprzez posunięcia pozbawione celu albo nawet takie, które wydają się sprzeczne z twoimi interesami. Pamiętaj o tym, Sanso, gdy sama przyłączysz się do gry.

— Jakiej… jakiej gry?

— Jedynej. Gry o tron. — Odgarnął z jej czoła kosmyk włosów. — Jesteś już wystarczająco dorosła, by wiedzieć, że twoja matka i ja byliśmy czymś więcej niż przyjaciółmi. Był czas, że Cat była wszystkim, czego pragnąłem na tym świecie. Odważyłem się marzyć o życiu, jakie mogliśmy wieść razem, dzieciach, które mogła mi dać… była jednak córką Riverrun, córką Hostera Tully'ego. *Rodzina, Obowiązek, Honor,* Sanso. Rodzina, obowiązek i honor sprawiły, że nie mogłem otrzymać jej ręki. Dała mi jednak cenniejszy dar, który kobieta może oddać tylko raz. Jak mógłbym odwrócić się plecami do jej córki? W lepszym świecie mogłabyś być moim dzieckiem, nie Eddarda Starka. Moją lojalną, kochającą córką... zapomnij o Joffreyu, słodziutka. O Dontosie, o Tyrionie i o wszystkich. Nigdy już nie będą cię niepokoić. Liczy się tylko to, że jesteś bezpieczna. Jesteś bezpieczna u mojego boku i płyniesz do domu.

JAIME

Powiedzieli mu, że król nie żyje, nie wiedząc, że Joffrey był nie tylko jego suwerenem, lecz również synem.

— Krasnal poderżnął mu gardło sztyletem — usłyszeli od przekupnia w przydrożnej gospodzie, w której spędzili noc. — A potem wypił jego krew z wielkiego złotego kielicha.

Podobnie jak reszta gości, mężczyzna nie rozpoznał brodatego, jednorękiego rycerza z wielkim nietoperzem na tarczy. Gdyby wiedział, kto go słucha, z pewnością natychmiast połknąłby swe słowa.

— To trucizna go zabiła — sprzeciwił się oberżysta. — Twarz chłopaka zrobiła się ciemna jak śliwka.

— Niech Ojciec osądzi go sprawiedliwie — wyszeptał septon.

— Żona karła była wspólniczką zbrodni — zarzekał się łucznik w liberii lorda Rowana. — Kiedy zniknęła z komnaty, dał się poczuć zapach siarki, a potem widziano krążące po Czerwonej Twierdzy widmo wilkora, któremu z paszczy skapywała krew.

Jaime słuchał tego wszystkiego w milczeniu, pozwalając, by słowa spływały po nim. W jedynej dłoni trzymał zapomniany róg ale. *Joffrey. Moja krew. Mój pierworodny. Mój syn.* Spróbował przypomnieć sobie twarz chłopca, lecz ciągle zmieniała się ona w oblicze Cersei. *Na pewno jest w żałobie, włosy ma rozczochrane, oczy czerwone od płaczu, a usta jej drżą, gdy próbuje coś powiedzieć. Kiedy mnie zobaczy, znowu się rozpłacze, choć będzie się starała powstrzymać łzy.*

Jego siostra płakała prawie wyłącznie wtedy, gdy była z nim. Nie mogła znieść myśli, że inni uznają ją za słabą. Tylko bliźniaczemu bratu pokazywała swe rany. *Będzie mnie prosiła o pocieszenie i o zemstę.*

Następnego dnia, na naleganie Jaime'a, gnali naprzód ze wszystkich sił. Jego syn nie żył, a siostra go potrzebowała.

Gdy ujrzał przed sobą ciemne wieże strażnicze rysujące się na tle gęstniejącego mroku, podjechał galopem do Waltona Nagolennika, który podążał tuż za niosącym sztandar pokoju Nage'em.

— Co tak okropnie cuchnie? — poskarżył się człowiek z północy.

Śmierć — pomyślał Jaime, na głos jednak powiedział:

— Dym, pot i gówno. Krótko mówiąc, Królewska Przystań. Jeśli masz dobry nos, powinieneś wyczuć też zdradę. Nigdy nie czułeś zapachu miasta?

— Czułem zapach Białego Portu. On tak nie śmierdział.

— Biały Port ma się do Królewskiej Przystani tak, jak mój brat Tyrion do ser Gregora Clegane'a.

Nage poprowadził ich na niewysokie wzgórze. Podzielony na siedem pasów sztandar pokoju łopotał na wietrze. Polerowana, siedmioramienna gwiazda lśniła jasno na drągu. Wkrótce zobaczy się z Cersei, Tyrionem i ojcem. *Czy to możliwe, żeby mój brat zabił chłopaka?* Jaime'owi trudno było w to uwierzyć.

Był dziwnie spokojny. Wiedział, że mężczyźni powinni po śmierci swych dzieci wpadać w obłęd z żalu, wyrywać sobie włosy z korzeniami, przeklinać bogów i przysięgać krwawą zemstę. Dlaczego więc czuł tak niewiele? *Chłopak żył i umarł, wierząc, że jego ojcem był Robert Baratheon.*

To prawda, że Jaime był przy jego narodzinach, lecz zrobił to raczej dla Cersei niż dla dziecka. Nigdy nie trzymał go w ramionach.

— Jak by to wyglądało? — skarciła go, gdy kobiety wreszcie zostawiły ich samych. — Wystarczy, że Joff jest do ciebie podobny. Nie musisz się jeszcze nad nim rozczulać. — Jaime ustąpił niemal bez walki. Chłopiec był tylko piszczącym, różowym stworzeniem, które próbowało zagarnąć dla siebie czas, miłość i piersi Cersei. Robert mógł go sobie zatrzymać.

A teraz nie żyje. Wyobraził sobie nieruchome, zimne ciało Joffa z twarzą sczerniałą od trucizny, nadal jednak nic nie czuł. Być może rzeczywiście był potworem, za jakiego go uważano. Gdyby Ojciec Na Górze rzekł, że odda mu rękę albo syna, Jaime wiedział, co by wybrał. Ostatecznie miał też drugiego syna i wystarczy mu nasienia jeszcze na wielu. *Jeśli Cersei będzie pragnęła nowego dziecka, spełnię jej życzenie… i tym razem wezmę je w ramiona. I niech Inni porwą tych, którym się to nie spodoba.* Robert gnił w grobie, a Jaime miał już dosyć kłamstw.

Zawrócił nagle i pogalopował do Brienne. *Bogowie wiedzą, po co zadaję sobie trud. To najmniej towarzyskie stworzenie, jakie miałem pecha spotkać w życiu.* Dziewka jechała z tyłu kolumny, kilka stóp z boku, jakby chciała wszem wobec oznajmić, że nie jest jedną z nich. Skompletowali dla niej po drodze męski strój; tu bluzę, tam opończę, parę spodni, płaszcz z kapturem, a nawet stary żelazny napierśnik. Wydawało się, że Brienne lepiej się czuje ubrana jak mężczyzna, nic jednak nie mogło uczynić jej urodziwą. Ani szczęśliwą. Po odjeździe z Harrenhal szybko odzyskała typowy dla siebie upór.

— Oddajcie mi broń i zbroję — nalegała.

— Och, absolutnie — zgodził się Jaime. — Zwłaszcza hełm. Wszyscy poczujemy się szczęśliwsi, gdy zamkniesz gębę i opuścisz zasłonę.

To mogła uczynić, lecz jej ponure milczenie wkrótce zaczęło działać mu na nerwy równie mocno, jak nieustannie podejmowane przez Qyburna próby przypodobania się jemu. *Nigdy nie przypuszczałem, że będzie mi brak towarzystwa ser Cleosa Freya, bogowie zlitujcie się nade mną.* Zaczynał żałować, że nie zostawił jej temu niedźwiedziowi.

— Królewska Przystań — oznajmił, gdy już znalazł Brienne. — Nasza podróż skończona, pani. Dotrzymałaś słowa i dostarczyłaś mnie do miasta. Całego, poza dłonią i kilkoma palcami.

Spoglądała na niego apatycznie.

— To była tylko połowa mojej przysięgi. Obiecałam lady Catelyn, że przywiozę jej córki. Albo przynajmniej Sansę. A teraz… *Nigdy w życiu nie widziała Robba Starka na oczy, a mimo to czuje po nim głębszą żałobę niż ja po Joffie.* A może to lady Catelyn opłakiwała? Usłyszeli tę wieść w Brindlewood od grubego jak beka rycerza o czerwonej twarzy, który zwał się ser Bertram Beesbury, a na tarczy nosił trzy ule na polu w czarno-żółte pasy. Beesbury powiedział im, że nie dalej niż wczoraj przez Brindlewood przejechał oddział ludzi lorda Pipera, którzy również zmierzali do Królewskiej Przystani pod sztandarem pokoju.

— Po śmierci Młodego Wilka Piper nie widział sensu prowadzenia dalszej walki. Jego syn jest jeńcem w Bliźniakach.

Brienne rozdziawiła gębę jak krowa, która zadławiła się przeżuwanym sianem, Jaime'owi przypadło więc zadanie wyciągnięcia z rycerza opowieści o Krwawych Godach.

— Każdy wielki lord ma nieposłusznych chorążych, którzy zazdroszczą mu jego pozycji — tłumaczył jej później. — Mój ojciec miał Reyne'ów i Tarbecków, Tyrellowie mają Florentów, a Hoster Tully miał Waldera Freya. Takich ludzi można poskromić jedynie siłą. Gdy tylko zwęszą słabość... w Erze Herosów Boltonowie często obdzierali Starków ze skóry, by potem nosić ją jako płaszcz.

Miała tak przygnębioną minę, że Jaime omal nie zapragnął jej pocieszyć.

Od tego dnia Brienne przypominała półtrupa. Nie reagowała nawet wtedy, gdy nazywał ją „dziewką". Straciła całą siłę. Zrzuciła głaz na Robina Rygera, walczyła z niedźwiedziem turniejowym mieczem, odgryzła ucho Vargo Hoatowi i walczyła z Jaime'em jak równa z równym... teraz jednak była złamana.

— Poproszę ojca, by pozwolił ci wrócić do Tarthu, jeśli tego pragniesz — powiedział jej. — Albo, jeśli wolisz zostać, może znajdę ci jakieś miejsce na dworze.

— Damy do towarzystwa królowej? — zapytała głosem bez wyrazu.

Jaime przypomniał sobie, jak wyglądała w różowej atłasowej sukni. Wolał nie myśleć, co jego siostra powiedziałaby o takiej damie do towarzystwa.

— Może w Straży Miejskiej...

— Nie będę służyła z wiarołomcami i mordercami.

W takim razie, po co w ogóle brałaś do ręki miecz? — mógłby ją zapytać, przełknął jednak te słowa.

— Jak sobie życzysz, Brienne.

Zawrócił konia i zostawił ją samą.

Brama Bogów była otwarta, lecz na drodze czekały ze dwa tuziny wozów wyładowanych baryłkami jabłecznika, beczkami pełnymi jabłek, belami siana i największymi dyniami, jakie Jaime widział w życiu. Niemal przy każdym wozie stali strażnicy noszący godła pomniejszych lordów, najemnicy w kolczugach i utwardzanych skórach, a czasami jedynie różowolicy syn wieśniaka, ściskający w dłoniach włócznię własnej roboty o opalanym nad ogniskiem czubku. Jaime uśmiechał się do nich, mijając ich kłusem. Przy bramie złote płaszcze pobierały od każdego woźnicy opłatę, nim przepuścili go skinieniem dłoni.

— Co to jest? — zapytał Nagolennik.

— Muszą zapłacić za prawo handlu w obrębie murów miejskich. To rozkaz królewskiego namiestnika i starszego nad monetą.

Jaime popatrzył na długi szereg wozów i objuczonych koni.

— A mimo to ustawiają się w kolejce?

— Walki się skończyły i można tu teraz nieźle zarobić — wyjaśnił im radosnym tonem siedzący na najbliższym wozie młynarz. — W mieście panują teraz Lannisterowie, stary lord Tywin ze Skały. Powiadają, że on sra srebrem.

— Złotem — poprawił go spokojnie Jaime. — A Littlefinger wytapia je ze złotych rybek. Masz na to moje słowo.

— Starszym nad monetą jest teraz Krasnal — poprawił go kapitan bramy. — A przynajmniej był nim, dopóki nie aresztowali go za zamordowanie króla. — Popatrzył podejrzliwie na ludzi z północy. — A kim wy jesteście?

— Ludźmi lorda Boltona. Przyjechaliśmy zobaczyć się z królewskim namiestnikiem.

Kapitan zerknął na trzymającego sztandar pokoju Nage'a.

— Chciałeś powiedzieć, ugiąć kolan. Nie jesteście pierwsi. Jedźcie prosto do zamku i nie wplątajcie się po drodze w kłopoty.

Przepuścił ich skinieniem dłoni i ponownie zajął się wozami.

Jeśli nawet w Królewskiej Przystani panowała żałoba po śmierci młodocianego króla, Jaime nie zauważył żadnych jej oznak. Na Nasiennej żebrzący brat w wytartych szatach modlił się głośno za duszę Joffreya, lecz przechodnie poświęcali mu równie mało uwagi, co stukającej na wietrze okiennicy. Wszędzie kłębiły się tłumy, złote płaszcze spacerowały w czarnych kolczugach, piekarczykowie sprzedawali ciastka, chleb i gorące bułki, kurwy wychylały się z okien z rozsznurowanymi do połowy gorsecikami, a rynsztoki cuchnęły odchodami. Minęli pięciu mężczyzn, którzy próbowali wyciągnąć z wylotu zaułka padłego konia, a potem żonglera, który żonglował nożami ku uciesze tłumu pijanych żołnierzy Tyrellów oraz małych dzieci.

Jadąc znajomymi ulicami w towarzystwie dwustu ludzi z północy, pozbawionego łańcucha maestera i wyjątkowo paskudnej kobiety, Jaime przekonał się, że właściwie nie przyciąga niczyjej uwagi. Nie wiedział, czy powinno go to bawić, czy irytować.

— Nie poznają mnie — rzekł do Nagolennika, gdy jechali przez plac Szewski.

— Zmieniłeś się na twarzy i nosisz inny herb — odparł Walton. — Mają też nowego królobójcę.

Bramy Czerwonej Twierdzy zastali otwarte, strzegło ich jednak dwanaście uzbrojonych w piki złotych płaszczy. Opuścili broń, mierząc w Nagolennika, lecz Jaime poznał dowodzącego nimi białego rycerza.

— Ser Merynie.

Ser Meryn Trant wybałuszył spuszczone oczy.

— Ser Jaime?

— To miło, że mnie pamiętasz. Usuń mi z drogi tych ludzi.

Minęło wiele czasu, odkąd ostatnio ktoś tak pośpiesznie wykonał jego rozkaz. Jaime zapomniał już, jak bardzo lubił to wrażenie.

Na zewnętrznym dziedzińcu znaleźli dwóch następnych rycerzy Gwardii Królewskiej, którzy nie nosili białych płaszczy, gdy Jaime był tu ostatnio. *To bardzo podobne do Cersei. Mianowała mnie lordem dowódcą, a potem wybrała moich ludzi, nie pytając mnie o zdanie.*

— Widzę, że ktoś dał mi dwóch nowych braci — zauważył, zeskakując z konia.

— Spotkał nas ten zaszczyt, ser.

Rycerz Kwiatów w białej zbroi łuskowej i jedwabiu wydawał się tak piękny i czysty, że Jaime w porównaniu z nim poczuł się jak nędzny oberwaniec.

— Ser, wykazałeś się niedbalstwem w nauczaniu nowych braci ich obowiązków — rzekł do Meryna Tranta.

— Jakich obowiązków? — bronił się rycerz.

— Obrony królewskiego życia. Ilu monarchów straciliście, odkąd opuściłem miasto? Dwóch, zgadza się?

Nagle ser Balon zauważył kikut.

— Twoja ręka...

Jaime zmusił się do uśmiechu.

— Posługuję się teraz lewą. W ten sposób walka jest bardziej wyrównana. Gdzie znajdę pana ojca?

— W samotni, z lordem Tyrellem i księciem Oberynem.

Mace Tyrell i Czerwona Żmija łamią się chlebem? Coraz dziwniej i dziwniej.

— Czy królowa jest z nimi?

— Nie, panie — wyjaśnił ser Balon. — Znajdziesz ją w sepcie. Modli się nad królem Joff...

— To ty!

Ostatni ludzie z północy zsiedli już z koni i Rycerz Kwiatów zauważył Brienne.

— Ser Loras.

Stała jak głupia, trzymając w ręku uzdę.

Loras Tyrell podszedł do niej zamaszystym krokiem.

— Dlaczego? — zapytał. — Powiedz mi, dlaczego to zrobiłaś. Traktował cię dobrze, dał ci tęczowy płaszcz. Dlaczego go zabiłaś?

— Nie zrobiłam tego. Byłam gotowa za niego zginąć.

— I zginiesz.

Ser Loras wyciągnął miecz.

— To nie byłam ja.

— Emmon Cuy przysiągł przed śmiercią, że ty.

— Był na zewnątrz, nie widział…

— W namiocie nie było nikogo oprócz ciebie i lady Stark. Chcesz powiedzieć, że stara kobieta miała siłę przebić hartowaną stal?

— To był cień. Wiem, że to brzmi jak szaleństwo, ale… pomagałam Renly'emu wdziać zbroję, gdy nagle zgasły świece i wszędzie było pełno krwi. Lady Catelyn mówiła, że to był Stannis. Jego… jego cień. Nie miałam z tym nic wspólnego, przysięgam na honor…

— Nie masz honoru. Wyciągaj miecz. Nie chcę, by mówiono, że zabiłem cię, gdy nie miałaś oręża.

Jaime stanął między nimi.

— Schowaj miecz, ser.

Ser Loras wyminął go.

— Czy jesteś nie tylko morderczynią, lecz również tchórzem, Brienne? Czy dlatego uciekłaś z krwią na rękach? Wyciągaj miecz, kobieto.

— Lepiej módl się, by tego nie uczyniła. — Jaime ponownie zagrodził mu drogę. — Bo w przeciwnym razie to najpewniej twojego trupa stąd wyniesiemy. Dziewka jest silna jak Gregor Clegane, chociaż na pewno brzydsza od niego.

— To nie twoja sprawa.

Ser Loras odepchnął go na bok.

Jaime złapał go jedyną dłonią i obrócił nagłym szarpnięciem.

— Jestem lordem dowódcą Gwardii Królewskiej, ty arogancki szczeniaku. Twoim dowódcą, dopóki nosisz ten biały płaszcz. Schowaj ten cholerny miecz, bo inaczej wyrwę ci go i wsadzę w jakieś miejsce, którego nawet Renly nigdy nie znalazł.

Chłopak wahał się pół uderzenia serca, wystarczająco długo, by ser Balon Swann zdążył powiedzieć:

— Zrób, co ci kazał lord dowódca, Lorasie.

Niektórzy ze złotych płaszczy wyciągnęli miecze i ludzie z Dreadfort odpowiedzieli tym samym. *Znakomicie* — pomyślał Jaime. *Ledwie zdążyłem zleźć z konia, a już będziemy mieli jatkę na dziedzińcu.*

Ser Loras Tyrell wepchnął miecz do pochwy.

— To nie było takie trudne, prawda?

— Chcę, by ją aresztowano. — Wyciągnął rękę. — Lady Brienne, oskarżam cię o zamordowanie lorda Renly'ego Baratheona.

— Nie wiem, czy to coś znaczy, ale dziewka ma honor — odezwał się Jaime. — Więcej honoru, niż do tej pory zauważyłem u ciebie. Niewykluczone też, że mówi prawdę. Przyznaję, że nie jest za bystra, ale nawet mój koń potrafiłby wymyślić lepsze kłamstwo. Jeśli jednak nalegasz... ser Balonie, odprowadź lady Brienne do wieży i zamknij w celi pod strażą. Znajdź też odpowiednie kwatery dla Nagolennika i jego ludzi, by mieli gdzie zaczekać, aż mój ojciec będzie mógł ich przyjąć.

— Tak jest, panie.

Gdy Balon Swann i dwanaście złotych płaszczy odprowadzali Brienne, jej wielkie niebieskie oczy pełne były urazy. *Powinnaś słać mi całusy, dziewko* — chciał jej powiedzieć. Dlaczego, do cholery, wszystko, co robił, zawsze interpretowano błędnie? *Aerys. Wszystko zaczyna się od Aerysa.* Jaime odwrócił się plecami do dziewki i ruszył w swoją drogę.

Drzwi królewskiego septu strzegł inny rycerz w białej zbroi, wysoki, czarnobrody mężczyzna o szerokich barach i haczykowatym nosie. Na widok Jaime'a uśmiechnął się kwaśno.

— A dokąd to się wybierasz? — zapytał.

— Do septu — odparł Jaime, wskazując kikutem drzwi. — Tego tutaj. Chcę się zobaczyć z królową.

— Jej Miłość jest w żałobie. Zresztą dlaczego miałaby rozmawiać z takimi jak ty?

Dlatego, że jestem jej kochankiem i ojcem jej zamordowanego syna — miał ochotę odpowiedzieć.

— Kim jesteś, na siedem piekieł? — zapytał tylko.

— Rycerzem Gwardii Królewskiej. Lepiej naucz się szacunku, kaleko, bo utnę ci tę drugą łapę i będziesz musiał co rano ssać owsiankę z talerza.

— Jestem bratem królowej, ser.

Biały rycerz uznał to za zabawne.

— Uciekłeś, co? I przy okazji trochę podrosłeś, panie?

— Jej drugim bratem, przygłupie. I lordem dowódcą Gwardii Królewskiej. A teraz zejdź mi z drogi albo pożałujesz.

Tym razem przygłup przyjrzał mu się uważnie.

— Ależ to... ser Jaime. — Wyprostował się. — Wybacz, panie. Nie poznałem cię. Mam zaszczyt zwać się ser Osmund Kettleblack.

Co w tym zaszczytnego?

— Chcę spędzić trochę czasu sam na sam z siostrą. Dopilnuj, żeby nikt nie wchodził do septu, ser. Jeśli ktoś nam przeszkodzi, każę ci ściąć ten cholerny łeb.

— Tak jest, ser. Wedle rozkazu.

Ser Osmund otworzył drzwi.

Cersei klęczała przed ołtarzem Matki. Mary Joffreya ustawiono pod posągiem Nieznajomego, boga, który prowadził niedawno zmarłych do drugiego świata. Powietrze było przesycone intensywną wonią kadzidła. Paliło się sto świec, które słały w górę sto modlitw. *Joff będzie potrzebował każdej z nich.*

Jego siostra obejrzała się przez ramię.

— Kto to? — zapytała. — Jaime? — Wstała z oczyma pełnymi łez. — Czy to naprawdę ty? — Nie podeszła jednak do niego. *Nigdy do mnie nie przychodziła. Czekała, aż ja przyjdę do niej. Ulega mi, ale muszę ją o to prosić.* — Powinieneś był przybyć wcześniej — wyszeptała, gdy wziął ją w ramiona. — Dlaczego nie mogłeś przybyć wcześniej, by zapewnić mu bezpieczeństwo? Mój chłopiec...

Nasz chłopiec.

— Przybyłem tak szybko, jak tylko mogłem. — Uwolnił się z jej objęć i cofnął o krok. — Trwa wojna, siostro.

— Jesteś taki chudy. I twoje włosy, twoje złote włosy...

— Włosy odrosną. — Jaime uniósł kikut. Musi to zobaczyć. — To nie.

Wybałuszyła oczy.

— Starkowie...

— Nie. To była robota Vargo Hoata.

To nazwisko nic dla niej nie znaczyło.

— Czyja?

— Kozła, który włada Harrenhal. Choć jeszcze tylko przez krótki czas.

Cersei odwróciła się, by spojrzeć na mary Joffreya. Zmarłemu królowi nałożono pozłacaną zbroję, bardzo podobną do tej, która należała do Jaime'a. Zasłona hełmu była opuszczona, lecz blask świec odbijał się w metalu delikatną poświatą i martwy chłopak zdawał się promienieć odwagą. Światło budziło też ognie w rubinach zdobiących gorsecik żałobnej sukni Cersei. Rozczochrane włosy opadały jej na ramiona.

— To on go zabił, Jaime. Ostrzegał mnie, że to zrobi. Powiedział, że pewnego dnia, gdy będę się czuła bezpieczna i szczęśliwa, obróci radość w mych ustach w popiół.

— Tyrion tak powiedział?

Jaime nie potrafił w to uwierzyć. Zabójstwo krewnego było w oczach bogów i ludzi czynem jeszcze gorszym od królobójstwa. *Wiedział, że chłopak był mój. Kochałem Tyriona. Byłem dla niego dobry.* No cóż... pomijając ten jeden raz, ale Krasnal nie wiedział, jak było naprawdę. A może wiedział?

— Dlaczego miałby zabić Joffa?

— Z powodu kurwy. — Uścisnęła jego jedyną dłoń. — Powiedział mi, że to zrobi. Joff zdawał sobie z tego sprawę. Umierając, wskazał swego mordercę. Naszego pokręconego, potwornego brata. — Pocałowała palce Jaime'a. — Zabijesz go dla mnie, prawda? Pomścisz naszego syna.

Jaime odsunął się od niej.

— Nadal jest moim bratem. — Podsunął jej kikut pod twarz, na wypadek, gdyby go nie zauważyła. — A poza tym nie jestem już w stanie nikogo zabić.

— Masz jeszcze drugą rękę, prawda? Nie proszę cię o to, byś pokonał w pojedynku Ogara. Tyrion jest karłem i siedzi zamknięty w celi. Strażnicy cię wpuszczą.

Zrobiło mu się niedobrze na tę myśl.

— Muszę dowiedzieć się więcej o tej sprawie. O tym, jak do tego doszło.

— Dowiesz się — obiecała Cersei. — Będzie proces. Kiedy

usłyszysz o wszystkim, co uczynił, zapragniesz jego śmierci równie mocno jak ja. — Dotknęła jego twarzy. — Bez ciebie czułam się zagubiona, Jaime. Bałam się, że Starkowie przyślą mi twoją głowę. Nie potrafiłabym tego znieść. — Pocałowała go. Był to leciutki pocałunek, tylko muśnięcie warg, gdy jednak objął ją ramionami, poczuł jej drżenie. — Bez ciebie nie jestem pełna.

W pocałunku, którym ją obdarzył, nie było czułości, tylko głód. Otworzyła usta przed jego językiem.

— Nie — sprzeciwiła się słabo, gdy przesunął ustami wzdłuż jej szyi. — Nie tutaj. Septonowie...

— Niech Inni porwą septonów.

Pocałował ją znowu, pocałował bez słowa, pocałował, aż jęknęła. Potem strącił świece, podsadził ją na ołtarz Matki, uniósł spódnice i jedwabne giezło. Okładała słabo pięściami jego pierś, szepcząc coś o ryzyku, o niebezpieczeństwie, o ich ojcu, o septonach i o gniewie bogów. Nie słyszał tych słów. Rozwiązał spodnie, wspiął się na ołtarz i rozchylił jej gołe nogi. Przesunął dłonią po udzie siostry i sięgnął pod jej bieliznę. Kiedy ją rozerwał, zobaczył, że Cersei płynie miesięczna krew, nie przejął się tym jednak.

— Szybciej — zaczęła szeptać — szybciej, szybciej, teraz, zrób to teraz, weź mnie teraz. Jaime, Jaime, Jaime. — Poprowadziła go swymi dłońmi. — Tak — powtarzała, gdy zaczął pchać — mój bracie, mój słodki bracie, tak, właśnie tak, tak, mam cię, jesteś w domu, jesteś w domu, jesteś w domu.

Pocałowała go w ucho i pogłaskała po krótkich włosach. Jaime zatopił się w jej ciele. Czuł, jak jej serce bije razem z jego sercem, czuł wilgoć jej krwi mieszającej się z jego nasieniem.

Gdy tylko skończyli, królowa rzekła:

— Pozwól mi wstać. Jeśli nas tu przyłapią...

Stoczył się z niej niechętnie i pomógł jej zejść z ołtarza. Jasny marmur pokrywały ślady krwi. Jaime wytarł go do czysta rękawem, po czym schylił się i podniósł zrzucone wcześniej świece. Na szczęście, spadając, wszystkie zgasły. *Gdyby sept stanął w płomieniach, mógłbym tego nie zauważyć.*

— To było szaleństwo. — Cersei poprawiła suknię. — Ojciec jest w zamku... Jaime, musimy być ostrożni.

— Dość już mam ostrożności. Targaryenowie żenili braci z siostrami. Możemy zrobić to samo. Wyjdź za mnie, Cersei. Stań przed całym królestwem i powiedz, że mnie pragniesz. Urządzimy własne wesele i zrobimy sobie nowego syna na miejsce Joffreya.

Odsunęła się.

— To nie jest śmieszne.

— Słyszysz, żebym się śmiał?

— Czy zostawiłeś rozum w Riverrun? — zapytała ostrym tonem. — Przecież wiesz, że prawa Tommena do tronu pochodzą od Roberta.

— Będzie miał Casterly Rock, czy to nie wystarczy? Niech ojciec zasiądzie sobie na tronie. Ja pragnę tylko ciebie.

Chciał dotknąć jej policzka, lecz stare nawyki nie umierają łatwo i wyciągnął ku niej prawą rękę.

Wzdrygnęła się przed jego kikutem.

— Nie... nie mów tak. Boję się ciebie, Jaime. Nie bądź głupi. Jedno niewłaściwe słowo i stracimy wszystko. Co z tobą zrobili?

— Ucięli mi rękę.

— Nie, to coś więcej. Zmieniłeś się. — Cofnęła się o krok. — Porozmawiamy później. Jutro. Trzymam w wieży służące Sansy Stark. Muszę je przesłuchać... powinieneś porozmawiać z ojcem.

— Pokonałem tysiące mil, by do ciebie wrócić, i straciłem po drodze najlepszą część siebie. Nie każ mi odchodzić.

— Zostaw mnie — powtórzyła, odwracając się.

Jaime zasznurował spodnie i zrobił to, czego od niego chciała. Choć był bardzo zmęczony, nie mógł jeszcze udać się na spoczynek. Pan ojciec z pewnością wiedział już o jego powrocie.

Wieży Namiestnika strzegli domowi strażnicy Lannisterów, którzy natychmiast go poznali.

— Bogowie są łaskawi, skoro nam cię zwrócili — powiedział jeden z nich, otwierając przed nim drzwi.

— Bogowie nie mieli z tym nic wspólnego. To Catelyn Stark mnie zwróciła. Ona i lord Dreadfort.

Wspiął się na schody i bez pukania wszedł do samotni. Zastał ojca przy kominku. Lord Tywin był sam, co ucieszyło Jaime'a. Nie miał na razie ochoty pokazywać kikuta Mace'owi Tyrellowi albo Czerwonej Żmii, a już zwłaszcza im obu razem.

— Jaime — odezwał się lord Tywin, jakby ostatnio widzieli się przy śniadaniu. — Sądząc ze słów lorda Boltona, spodziewałem się ujrzeć cię wcześniej. Miałem nadzieję, że zdążysz na ślub.

— Natknąłem się na pewne przeszkody. — Jaime zamknął cicho drzwi. — Słyszałem, że moja siostra przeszła samą siebie. Siedemdziesiąt siedem dań i królobójstwo. Nigdy jeszcze nie było takiego wesela. Od jak dawna wiedziałeś, że jestem wolny?

— Eunuch powiadomił mnie kilka dni po twojej ucieczce. Wysłałem do dorzecza ludzi, którzy mieli cię poszukać. Gregora Clegane'a, Samwella Spicera i braci Plummów. Varys rozesłał wieści, ale dyskretnie. Zgodziliśmy się, że im mniej ludzi będzie wiedziało, że jesteś wolny, tym mniej będzie takich, którzy spróbują cię schwytać.

— A czy Varys wspomniał o tym?

Podszedł bliżej do kominka, by jego ojciec mógł zobaczyć. Lord Tywin zerwał się z krzesła, wypuszczając z sykiem powietrze przez zęby.

— Kto to uczynił? Jeśli lady Catelyn sądzi…

— Lady Catelyn przytknęła mi miecz do gardła i kazała przysiąc, że oddam jej córki. To robota twojego kozła. Vargo Hoata, lorda Harrenhal.

Lord Tywin odwrócił z niesmakiem wzrok.

— Już nie jest lordem, ser Gregor zdobył zamek. Najemnicy porzucili swego byłego kapitana niemal co do jednego. Niektórzy z dawnych ludzi lady Whent otworzyli boczną bramę. Clegane znalazł Hoata samego w Komnacie Stu Palenisk, na wpół obłąkanego z bólu i gorączki od paskudzącej się rany. Podobno chodziło o ucho.

Jaime nie zdołał się powstrzymać od śmiechu. *To zbyt słodkie! Ucho!* Nie mógł się doczekać, aż opowie o tym Brienne, choć dziewce z pewnością nie wyda się to tak zabawne jak jemu.

— Czy już odebrano mu życie?

— Wkrótce. Odrąbali mu dłonie i stopy, ale Clegane'a bawi seplenienie Qohorika.

Z twarzy Jaime'a zniknął uśmiech.

— A co z jego Dzielnymi Kompanionami?

— Nieliczni, którzy zostali w Harrenhal, zginęli. Pozostali rozpierzchli się na cztery wiatry. Idę o zakład, że ruszą w stronę portów albo spróbują zaszyć się w lasach. — Ponownie spojrzał na kikut Jaime'a i zacisnął usta w grymasie furii. — Zapłacą za to głową. Wszyscy. Czy potrafisz władać mieczem lewą ręką?

Ledwie mogę się ubrać co rano. Jaime uniósł jedyną dłoń, by jego ojciec ją sobie obejrzał.

— Ma pięć palców, tak samo jak tamta. Czemu nie miałaby być równie sprawna?

— To dobrze. — Lord Tywin usiadł. — Mam dla ciebie podarunek. By uczcić twój powrót. Kiedy Varys powiedział mi...

— Możesz z tym zaczekać, chyba że to nowa ręka. — Jaime usiadł na krześle naprzeciwko ojca. — Jak zginął Joffrey?

— Od trucizny. Miało to wyglądać tak, jakby udławił się kawałkiem jedzenia, ale maesterzy otworzyli jego gardło i nie znaleźli żadnej przeszkody.

— Cersei twierdzi, że winny jest Tyrion.

— Twój brat nalał królowi zatrutego wina na oczach tysiąca świadków.

— To byłby dość głupi postępek.

— Kazałem zatrzymać giermka Tyriona i służące jego żony. Zobaczymy, czy będą nam mieli coś do powiedzenia. Złote płaszcze ser Addama poszukują córki Starków, a Varys wyznaczył nagrodę. Królewska sprawiedliwość zostanie wymierzona.

Królewska sprawiedliwość.

— Każesz stracić własnego syna?

— Jest oskarżony o zabójstwo króla i krewnego. Jeśli jest niewinny, nie ma się czego obawiać. Najpierw musimy zbadać dowody świadczące o jego winie bądź niewinności.

Dowody. Jaime wiedział, jakie dowody można znaleźć w tym mieście kłamców.

— Renly również zginął w dziwnych okolicznościach, gdy było to potrzebne Stannisowi.

— Lorda Renly'ego zamordowała jedna z jego strażników, jakaś kobieta z Tarthu.

— To tylko dzięki owej kobiecie z Tarthu tu jestem. Kazałem ją wsadzić do celi, żeby uspokoić ser Lorasa, ale prędzej uwierzę, że Renly wrócił jako duch, niż w to, że mogłaby go skrzywdzić. Z drugiej strony, Stannis...

— Joffrey zginął od trucizny, nie od czarów. — Lord Tywin ponownie zerknął na kikut Jaime'a. — Nie możesz służyć w Gwardii Królewskiej bez ręki...

— Mogę — przerwał mu Jaime. — I będę. Jest precedens. Jeśli sobie życzysz, wyszukam go w Białej Księdze. Zdrowy czy kaleka, rycerz Gwardii Królewskiej służy dożywotnio.

— Cersei położyła temu kres, gdy usunęła ser Barristana z powodu zaawansowanego wieku. Odpowiedni dar dla Wiary przekona wielkiego septona, by zwolnił cię ze ślubów. Przyznaję, że twoja siostra postąpiła głupio, wyrzucając Selmy'ego, ale skoro otworzyła już drzwi...

— ...ktoś musi znowu je zamknąć. — Jaime wstał. — Mam już dość szlachetnie urodzonych dam, które przewracają na mnie wiadra pełne gówna, ojcze. Nikt mnie nigdy nie pytał, czy chcę zostać lordem dowódcą Gwardii Królewskiej, ale wygląda na to, że nim jestem. Mam obowiązki...

— Masz. — Lord Tywin również się podniósł. — Obowiązki wobec rodu Lannisterów. Jesteś dziedzicem Casterly Rock i tam właśnie powinieneś wrócić. Tommen będzie ci towarzyszył jako twój podopieczny i giermek. Na Skale nauczy się, jak być Lannisterem. Chcę też, żeby przebywał jak najdalej od matki. Mam zamiar znaleźć dla Cersei nowego męża. Może będzie to Oberyn Martell, jeśli tylko uda mi się przekonać lorda Tyrella, że to małżeństwo nie będzie stanowiło zagrożenia dla Wysogrodu. Już najwyższy czas, żebyś ty również się ożenił. Tyrellowie nalegają, by wydać Margaery za Tommena, ale gdybym zaoferował zamiast niego ciebie, to może...

— NIE! — Jaime był już u granicy wytrzymałości, a nawet ją przekroczył. Miał serdecznie dość lordów i kłamstw, ojca, siostry i całego tego cholerstwa. — Nie. Nie. Nie. Nie. Nie. Ile razy muszę powtarzać „nie", zanim mnie usłyszysz? Oberyn Martell? Otacza go zła sława, i to nie tylko dlatego, że zatruwa swój miecz. Spłodził więcej bękartów niż Robert, a do tego sypia również z chłopcami. A jeśli choć przez chwilę postało ci w głowie, że ożenię się z wdową po Joffreyu…

— Lord Tyrell przysięga, że dziewczyna nadal jest dziewicą.

— Jak dla mnie, może nią pozostać aż do śmierci. Nie chcę jej i nie chcę twojej Skały!

— Jesteś moim synem…

— Jestem rycerzem Gwardii Królewskiej. Lordem dowódcą Gwardii Królewskiej! I nie zamierzam zostać nikim innym.

Blask ognia odbijał się złociście w sztywnych bokobrodach lorda Tywina. Na jego szyi pulsowała żyłka, on jednak milczał. I milczał. I milczał.

Pełna napięcia cisza trwała tak długo, aż wreszcie Jaime nie mógł jej znieść.

— Ojcze… — zaczął.

— Nie jesteś moim synem. — Lord Tywin odwrócił twarz. — Sam powiedziałeś, że jesteś wyłącznie lordem dowódcą Gwardii Królewskiej. Proszę bardzo, ser. Wracaj do swych obowiązków.

DAVOS

Ich głosy unosiły się ku fioletowemu, wieczornemu niebu niczym rozżarzone węgielki.

— Wywiedź nas z ciemności, o mój Panie. Napełnij nam serca ogniem, byśmy mogli podążyć twą świetlistą ścieżką.

Nocne ognisko rozpraszało gęstniejący mrok niby wielka, lśniąca bestia. W jego migotliwym, pomarańczowym blasku ludzie rzucali na dziedziniec długie na dwadzieścia stóp cienie. Armia przycupniętych na murach Smoczej Skały chimer i maszkaronów zdawała się budzić do życia.

Davos spoglądał w dół z łukowatego okna galerii. Patrzył, jak Melisandre unosi ramiona, jakby chciała objąć mieniące się płomienie.

— R'hllorze — zaśpiewała czysto i głośno — tyś jest światłem w naszych oczach, ogniem w naszych sercach, gorącem w naszych lędźwiach. Twoje jest słońce, które ogrzewa nasze dni, twoje gwiazdy, które strzegą nas ciemną nocą.

— Panie Światła, broń nas. Noc jest ciemna i pełna strachów. — Chór prowadziła królowa Selyse, której koścista twarz pełna była ferworu. Obok niej stał król Stannis. Zaciskał mocno szczęki, a gdy poruszył głową, szpikulce jego czerwonozłotej korony migotały w blasku ognia. *Jest z nimi, ale nie jest jednym z nich* — pomyślał Davos. Była tam też księżniczka Shireen. Szare plamy na jej twarzy i szyi wydawały się w blasku ogniska niemal czarne.

— Panie Światła, osłaniaj nas — zaśpiewała królowa. Król nie przyłączył się do odpowiadającego jej chóru. Wpatrywał się w płomienie. Davos zadał sobie pytanie, co Stannis tam widzi. *Kolejną wizję przyszłej wojny? Czy może coś, co ma się zdarzyć bliżej domu?*

— R'hllorze, który obdarzyłeś nas oddechem, składamy ci dzięki — śpiewała Melisandre. — R'hllorze, który dałeś nam dzień, składamy ci dzięki.

— Dzięki ci za słońce, które nas ogrzewa — odpowiedziała królowa Selyse wraz z chórem wiernych. — Dzięki ci za gwiazdy, które nad nami czuwają. Dzięki ci za nasze ogniska i pochodnie, które rozpraszają straszliwą ciemność.

Davos miał wrażenie, że dziś słychać mniej głosów niż wczorajszej nocy, widać mniej skąpanych w pomarańczowym blasku twarzy. Czy jednak jutro będzie ich jeszcze mniej… czy raczej więcej?

Głos ser Axella Florenta brzmiał głośno jak trąba. Blask ognia muskał jego twarz, beczkowatą klatkę piersiową oraz krzywe nogi niczym monstrualny pomarańczowy jęzor. Davos zastanawiał się, czy ser Axell potem mu podziękuje. To, co miał zamiar uczynić dziś w nocy, mogło spełnić marzenia Florenta i uczynić go królewskim namiestnikiem.

— Dzięki ci za Stannisa, z twojej łaski naszego króla — zawołała Melisandre. — Dzięki ci za czysty, biały ogień jego dobroci, za czerwony miecz sprawiedliwości w jego dłoni i za miłość, którą darzy swych wiernych poddanych. Prowadź go i broń, R'hllorze, i daj mu siłę, by mógł zmiażdżyć wrogów.

— Daj mu siłę — odpowiedziała królowa Selyse, ser Axell, Devan i cała reszta zgromadzonych. — Daj mu odwagę. Daj mu mądrość.

Gdy Davos był chłopcem, septonowie nauczyli go modlić się do Staruchy o mądrość, do Wojownika o odwagę, a do Kowala o siłę. Teraz jednak wznosił modły do Matki o to, by obroniła jego słodkiego syna Devana przed bogiem-demonem kobiety w czerwieni.

— Lordzie Davosie? Lepiej bierzmy się do dzieła. — Ser Andrew dotknął lekko jego łokcia. — Wasza lordowska mość?

Ten tytuł nadal brzmiał dziwnie w jego uszach, lecz mimo to Davos odwrócił się od okna.

— Tak. Już czas.

Stannis, Melisandre i ludzie królowej poświęcą na modlitwy jeszcze przynajmniej godzinę. Czerwoni kapłani zapalali swe ogniska każdego dnia o zachodzie słońca, by podziękować R'hllorowi za dzień, który właśnie się skończył, i ubłagać go, by rankiem znowu przysłał swe słońce, które rozproszy gromadzącą się ciemność. Przemytnik musi wiedzieć, kiedy nadciągają pływy i jak je wykorzystać. Znowu musiał stać się przemytnikiem Davosem. Okaleczona dłoń powędrowała do szyi w poszukiwaniu amuletu, nic jednak nie znalazła. Opuścił ją gwałtownie i przyśpieszył nieco.

Jego towarzysze dotrzymali mu kroku. Bękart z Nocnej Pieśni miał twarz usianą śladami po francy i rozsiewał wokół aurę znużonej rycerskości. Ser Gerald Gower był prostolinijnym, szerokim w barach blondynem. Ser Andrew Estermont przerastał pozostałych o głowę, miał łopatowatą brodę i kosmate, brązowe brwi. Davos pomyślał, że wszyscy oni są na swój sposób dobrymi ludźmi. *A jeśli nam się nie uda, wszyscy niedługo będą martwi.*

— Ogień jest żywą istotą — wyjaśniała mu kobieta w czerwieni, gdy ją poprosił, by nauczyła go widzieć przyszłość w płomieniach. — Zawsze jest w ruchu, zawsze się zmienia... niczym książka, której litery tańczą i przybierają nową postać, gdy próbuje się je odczytać. Potrzeba lat praktyki, by dostrzec ukryte za płomieniami kształty, a jeszcze więcej czasu, by nauczyć się odróżniać wizje tego, co będzie, od wizji tego, co było czy co tylko może się stać. A nawet wtedy jest to trudne, bardzo trudne. Wy, ludzie z krain zachodzącego słońca, nie potraficie tego pojąć. — Davos zapytał ją wtedy, jak to możliwe, że ser Axell nauczył się tej sztuczki tak szybko. Uśmiechnęła się enigmatycznie i rzekła: — Każdy kot potrafi gapić się w ogień i widzieć, jak czerwone myszy harcują.

Nie ukrywał przed ludźmi króla grożącego im niebezpieczeństwa.

— Kobieta w czerwieni może zobaczyć, co zamierzamy — ostrzegł ich.

— W takim razie ją powinniśmy zabić na początku — stwierdził Lewys Rybaczka. — Znam miejsce, w którym moglibyśmy zaczaić się na nią we czterech z ostrymi mieczami...

— Zgubiłbyś nas wszystkich — przerwał mu Davos. — Maester Cressen próbował ją otruć i natychmiast się o tym dowiedziała. Pewnie z płomieni. Mam wrażenie, że bardzo szybko wyczuwa to, co może zagrozić jej osobiście, ale z pewnością nie widzi wszystkiego. Jeśli będziemy ją ignorować, być może uda się nam umknąć jej uwadze.

— Tylko ludzie pozbawieni honoru działają ukradkiem — sprzeciwił się ser Triston z Tally Hill, który służył Sunglassom, nim lorda Guncera pochłonął ogień Melisandre.

— Czy tak honorowo jest spłonąć? — zapytał go Davos. — Widziałeś, jak zginął lord Sunglass. Czy tego właśnie pragniesz? Nie potrzebuję teraz ludzi honoru. Potrzebuję przemytników. Jesteście ze mną czy nie?

Byli. Dobrzy bogowie, byli.

Gdy Davos otworzył drzwi, maester Pylos uczył Edrica Storma rachunków. Ser Andrew szedł tuż za namiestnikiem, a dwaj pozostali pilnowali schodów oraz wejścia do piwnic.

— Na dziś wystarczy, Edric — oznajmił maester.

Chłopca zdziwiła ich obecność.

— Lordzie Davosie, ser Andrew, uczyliśmy się rachunków.

Ser Andrew uśmiechnął się.

— Kiedy byłem w twoim wieku, szczerze ich nie znosiłem, kuzynku.

— Jak dla mnie, mogą być. Chociaż najbardziej lubię historię. Jest w niej pełno ciekawych opowieści.

— Edricu, biegnij po płaszcz — polecił chłopcu maester Pylos. — Musisz pójść z lordem Davosem.

— Naprawdę? — Edric wstał. — Ale dokąd? — Zacisnął uparcie usta. — Nie pójdę się modlić do Pana Światła. Należę do Wojownika, jak mój ojciec.

— Wiemy o tym — uspokoił go Davos. — Chodź, chłopcze, nie możemy zwlekać.

Edric włożył gruby płaszcz z kapturem, uszyty z niefarbowanej wełny. Maester Pylos pomógł mu go zapiąć i postawił kaptur, by ukryć twarz chłopaka.

— Pójdziesz z nami, maesterze? — zapytał Edric.

— Nie. — Pylos dotknął łańcucha o ogniwach z wielu metali, który nosił na szyi. — Moje miejsce jest tutaj, na Smoczej Skale. Idź z lordem Davosem i rób wszystko, co ci każe. Pamiętaj, że to królewski namiestnik. Co ci mówiłem o królewskim namiestniku?

— Namiestnik przemawia głosem króla.

Młody maester uśmiechnął się.

— Zgadza się. Idź już.

Davos nie był dotąd pewny Pylosa. Być może miał mu za złe to, że zajął miejsce starego Cressena. Teraz jednak nie mógł nie podziwiać odwagi młodzieńca. *Jego również może to kosztować życie.*

Przy schodach pod pokojami maestera czekał ser Gerald Gower. Edric Storm popatrzył na niego ciekawie.

— Dokąd idziemy, lordzie Davosie? — zapytał, gdy schodzili po schodach.

— Nad morze. Czeka na ciebie statek.

Chłopak zatrzymał się nagle.

— Statek?

— Należy do Salladhora Saana. Salla to mój dobry przyjaciel.

— Popłynę z tobą, kuzynie — zapewnił go ser Andrew. — Nie musisz się niczego bać.

— Nie boję się — oburzył się Edric. — Tylko... czy Shireen też płynie?

— Nie — odparł Davos. — Księżniczka musi zostać z ojcem i matką.

— To muszę się z nią zobaczyć. Żeby się pożegnać — wyjaśnił. — Jeśli tego nie zrobię, będzie jej smutno.

Jeśli zobaczy, jak płoniesz, będzie jej jeszcze smutniej.

— Nie mamy czasu — odparł Davos. — Powiem księżniczce, że o niej myślałeś. A kiedy już dotrzesz na miejsce, będziesz mógł do niej napisać.

Chłopiec zmarszczył brwi.

— Jesteś pewien, że muszę odpłynąć? Czemu stryj odsyła mnie ze Smoczej Skały? Czy jest ze mnie niezadowolony? Nie chciałem go niczym urazić. — Znowu zrobił tę swoją upartą minę. — Chcę się zobaczyć ze stryjem. Z królem Stannisem.

Ser Andrew i ser Gerald wymienili spojrzenia.

— Nie ma na to czasu, kuzynie — rzekł ser Andrew.

— Chcę się z nim zobaczyć! — powtórzył Edric, tym razem głośniej.

— On nie chce cię widzieć — odezwał się Davos. Musiał coś powiedzieć, by chłopak ruszył się z miejsca. — Jako namiestnik przemawiam jego głosem. Czy muszę pójść do króla i powiedzieć mu, że nie chcesz zrobić tego, co ci kazałem? Czy kiedyś widziałeś, jak twój stryj się gniewa? — Ściągnął rękawicę i pokazał chłopakowi cztery skrócone przez Stannisa palce. — Ja widziałem.

Wszystko to było kłamstwem. Skracając palce swego cebulowego rycerza, Stannis Baratheon nie czuł gniewu. Kierowało nim niezachwiane poczucie sprawiedliwości. Niemniej jednak Edric jeszcze się wtedy nie narodził i nie mógł o tym wiedzieć. Groźba przyniosła pożądany skutek.

— Nie powinien był tego robić — stwierdził chłopak, pozwolił jednak, by Davos ujął go za rękę i poprowadził w dół.

U drzwi do piwnicy dołączył do nich Bękart z Nocnej Pieśni. Przecięli szybko pogrążony w cieniu dziedziniec, a potem zeszli po kolejnych schodach i pod ogonem skamieniałego smoka. Lewys Rybaczka i Omer Blackberry czekali na nich przy tylnej bramie. U ich stóp leżeli dwaj związani wartownicy.

— Łódź? — zapytał Davos.

— Jest tam — odparł Lewys. — Czterej wioślarze. Galera kotwiczy tuż za cyplem. Nazywa się „Szalony Prendos".

Davos zachichotał. *Statek nazwany na cześć szaleńca. Tak, to świetnie pasuje.* Salla miał w sobie szczyptę pirackiego czarnego humoru.

Opadł na jedno kolano przed Edrikiem Stormem.

— Muszę cię już opuścić — zaczął. — Czeka na ciebie łódź, która zabierze cię na galerę. Potem popłyniesz za morze. Jesteś synem Roberta i wiem, że bez względu na to, co się stanie, potrafisz być odważny.

— Potrafię. Tylko...

Chłopak zawahał się.

— Traktuj to jak przygodę, panie. — Davos starał się, by jego głos brzmiał raźnie i wesoło. — To początek wielkiej przygody twego życia. Niech Wojownik cię osłania.

— I niech Ojciec osądzi cię sprawiedliwie, lordzie Davosie.

Chłopak wyszedł przez tylną bramę razem ze swym kuzynem, ser Andrew. Pozostali podążyli za nimi, wszyscy oprócz Bękarta z Nocnej Pieśni. *Niech Ojciec osądzi mnie sprawiedliwie* — pomyślał z żalem Davos. W tej chwili martwił się jednak o osąd króla.

— A ci dwaj? — zapytał ser Rolland, wskazując na strażników, kiedy już zamknął i zaryglował bramę.

— Zaciągnij ich do piwnicy — odparł Davos. — Możesz ich uwolnić, gdy Edric będzie w bezpiecznej odległości.

Bękart skinął krótko głową. Nie zostało nic więcej do powiedzenia. Łatwa część zadania była wykonana. Davos wciągnął rękawicę, żałując, że stracił swój amulet. Noszony na szyi woreczek kości czynił go lepszym i odważniejszym człowiekiem. Przebiegł skróconymi palcami po rzedniejących brązowych włosach, zastanawiając się, czy powinien je przyciąć. Musi wyglądać porządnie, kiedy stanie przed królem.

Smocza Skała nigdy dotąd nie wydawała mu się tak mroczna i straszna. Szedł powoli, a jego kroki odbijały się echem od murów i kamiennych smoków. *Modlę się o to, by nigdy się nie obudziły.* Majaczył przed nim ogromny Kamienny Bęben. Wartownicy stojący przy jego wrotach rozsunęli przed nim włócznie. *Nie przed cebulowym rycerzem, ale przed królewskim namiestnikiem.* Davos był namiestnikiem przynajmniej w chwili, gdy wchodził do środka. Zastanawiał się, kim będzie, wychodząc. *O ile w ogóle stąd wyjdę...*

Schody wydawały się dłuższe i bardziej strome niż przedtem, może jednak po prostu był zmęczony. *Matka nie stworzyła mnie do takich zadań.* Wzniósł się zbyt wysoko i zbyt szybko, a na szczycie powietrze było tak rzadkie, że nie mógł nim oddychać. W dzieciństwie marzył o bogactwach, to jednak było dawno temu. Później, kiedy dorósł, pragnął jedynie kilku akrów dobrej ziemi, dworu, w którym mógłby się zestarzeć, i lepszego życia dla synów. Ślepy Bękart mawiał mu, że mądry przemytnik nigdy nie sięga po zbyt wiele, nie przyciąga do siebie nadmiernej uwagi. *Kilka akrów, drewniany dach, „ser" przed imieniem. Powinienem się tym zadowolić.* Jeśli przeżyje dzisiejszą noc, zabierze Devana i pożegluje na Przylądek Gniewu, do swej dobrej Maryi. *Będziemy razem opłakiwać poległych synów, ocalałych wychowamy na dobrych ludzi i nigdy już nie wspomnimy ani słowem o żadnych królach.*

Gdy Davos wszedł do Komnaty Malowanego Stołu, w środku było ciemno i pusto. Król z pewnością był jeszcze przy nocnym ognisku, z Melisandre i ludźmi królowej. Ukląkł i rozpalił ogień na kominku, by przegnać chłód z okrągłej komnaty i zmusić cienie do ukrycia się po kątach. Potem obszedł salę wokół, podchodząc po kolei do każdego okna, odsuwając grube atłasowe zasłony i otwierając drewniane okiennice. Do środka wpadł niosący ze sobą zapach soli i morza wiatr, który szarpał jego prostym brązowym płaszczem.

Przy północnym oknie oparł się o parapet, by odetchnąć zimnym, nocnym powietrzem. Miał nadzieję, że uda mu się wypatrzyć rozwinięty żagiel „Szalonego Prendosa", morze jednak, jak okiem sięgnąć, wydawało się ciemne i puste. *Czyżby odpłynęli już tak daleko?* Mógł jedynie modlić się o to, by tak było, by chłopiec był bezpieczny. Księżyc w kwadrze to wyglądał zza rzadkich, unoszących się wysoko chmur, to znowu się za nimi skrywał. Davos widział znajome gwiazdozbiory: płynącą na zachód Galerę i Latarnię Staruchy — cztery jasne gwiazdy otoczone złotą mgiełką. Większą część Lodowego Smoka przesłaniały chmury, lecz niebieskie oko wskazujące północ było widoczne. *Na niebie pełno jest dziś przemytniczych gwiazd.* Wszystkie one były jego starymi przyjaciółkami. Davos miał nadzieję, że to szczęśliwy znak.

Gdy jednak opuścił wzrok i spojrzał na zamkowe mury, nie był już tego taki pewien. Skrzydła kamiennych smoków rzucały w blasku nocnego ogniska wielkie, czarne cienie. Próbował się przekonywać, że to tylko rzeźby, zimne i pozbawione życia. *To było ongiś ich miejsce. Miejsce smoków i smoczych władców, siedziba rodu Targaryenów.* W żyłach Targaryenów płynęła krew dawnej Valyrii...

Komnatę wypełnił poszum wiatru i ogień na kominku zamigotał nagle. Davos wsłuchał się w potrzaskiwanie płonących drew. Gdy odszedł od okna, jego cień podążył za nim, wysoki i chudy. Potem padł na Malowany Stół niczym miecz. Davos stał tak przez długi czas. Czekał. Wreszcie usłyszał zbliżające się po schodach kroki oraz głos króla.

— ...to nie trzech — mówił.

— Trzech to trzech — odparła Melisandre. — Przysięgam, Wasza Miłość. Widziałam, jak umierał, i słyszałam zawodzenie jego matki.

— W nocnym ognisku. — Stannis i Melisandre weszli do komnaty jednocześnie. — Płomienie są podstępne. Co jest, co będzie, co może się stać. Nie możesz być pewna...

— Wasza Miłość. — Davos podszedł do nich. — To, co widziała lady Melisandre, jest prawdą. Twój bratanek Joffrey nie żyje.

Jeśli nawet król był zaskoczony tym, że Davos czekał na niego przy Malowanym Stole, niczym tego po sobie nie okazał.

— Lordzie Davosie, on nie był moim bratankiem — sprzeciwił się. — Aczkolwiek przez wiele lat sądziłem, że nim jest.

— Zadławił się kąskiem na własnym weselu — ciągnął Davos. — Niewykluczone, że go otruto.

— To trzeci — wtrąciła Melisandre.

— Umiem liczyć, kobieto. — Stannis okrążył stół, mijając Stare Miasto i Arbor, i podszedł do Tarczowych Wysp oraz ujścia Manderu. — Wygląda na to, że wesela stały się bardziej niebezpieczne od bitew. Kto był trucicielem? Czy go odkryto?

— Powiadają, że winny jest jego wuj Krasnal.

Stannis zazgrzytał zębami.

— To niebezpieczny człowiek. Przekonałem się o tym nad Czarnym Nurtem. Skąd masz te wieści?

— Lyseńczycy nadal handlują z Królewską Przystanią. Salladhor Saan nie miał powodu mnie okłamywać.

— Pewnie masz rację. — Król przebiegł palcami po stole. — Joffrey... pamiętam taką kotkę z kuchni... kucharze lubili dawać jej ochłapy i rybie łby. Jeden z nich powiedział chłopcu, że kotka ma w brzuchu kocięta. Sądził, że może będzie chciał wziąć sobie jedno. Joffrey otworzył biedne zwierzę sztyletem, żeby się przekonać, czy to prawda. Kiedy znalazł kocięta, poszedł pokazać je ojcu. Robert uderzył chłopca tak mocno, że myślałem, iż go zabił. — Król zdjął koronę i położył ją na stole. — Karzeł czy pijawka, ten zabójca dobrze się przysłużył królestwu. Teraz to już z pewnością po mnie wyślą.

— Nie zrobią tego — zaprzeczyła Melisandre. — Joffrey ma brata.

— Tommena — przyznał z niechęcią król.

— Ukoronują go i będą sprawować rządy w jego imieniu.

Stannis zacisnął pięść.

— Tommen jest łagodniejszy od Joffreya, lecz zrodził się z tego samego kazirodztwa. On również zostanie potworem. Kolejną pijawką wysysającą krew z krainy. Westeros potrzebuje ręki mężczyzny, nie dziecka.

Melisandre podeszła bliżej.

— Ocal ich, panie. Pozwól mi obudzić kamienne smoki. Trzy to trzy. Daj mi chłopca.

— Edrica Storma — wtrącił Davos.

— Wiem, jak się nazywa — naskoczył na niego z zimną furią Stannis. — Oszczędź mi swych wyrzutów. Nie podoba mi się to, tak samo jak tobie, mam jednak obowiązki wobec królestwa. Obowiązki... — Spojrzał na Melisandre. — Przysięgasz, że nie ma innego sposobu? Przysięgnij na swe życie, bo zapewniam cię, że jeśli kłamiesz, zginiesz powolną śmiercią.

— Ty jesteś tym, który musi stanąć do boju z Innym. Tym, którego nadejście przewidziano pięć tysięcy lat temu. Twoim heroldem była czerwona kometa. Jesteś księciem, którego obiecano, a jeśli przegrasz, świat zginie wraz z tobą. — Melisandre podeszła do niego, rozchylając czerwone usta. Jej rubin lśnił pulsującym blaskiem. — Oddaj mi tego chłopca — wyszeptała. — A ja oddam ci królestwo.

— Nie może tego zrobić — odezwał się Davos. — Edrica Storma już tu nie ma.

— Nie ma? — Stannis odwrócił się. — Jak to nie ma?

— Jest bezpieczny na pokładzie lyseńskiej galery, daleko na morzu.

Davos patrzył na Melisandre, na jej bladą twarz w kształcie serca. Ujrzał w niej cień trwogi, nagłą niepewność. Nie widziała tego!

Oczy króla były ciemnoniebieskimi siniakami w zapadniętych jamach w jego twarzy.

— Bękarta zabrano ze Smoczej Skały bez mojego pozwolenia? Mówisz, galery? Jeśli temu lyseńskiemu piratowi wydaje się, że dzięki chłopcu wyciśnie ze mnie złoto...

— To robota twojego namiestnika, panie. — Melisandre obrzuciła Davosa wiele mówiącym spojrzeniem. — Sprowadzisz go z powrotem, mój panie. Możesz być tego pewien.

— Chłopiec jest już poza moim zasięgiem — odparł Davos. — I poza twoim też, pani.

Wzdrygnął się pod spojrzeniem jej czerwonych oczu.

— Powinnam była zostawić cię w ciemności, ser. Czy zdajesz sobie sprawę, co zrobiłeś?

— Spełniłem swój obowiązek.

— Niektórzy mogliby nazwać to zdradą. — Stannis podszedł do okna i wyjrzał w noc. *Czy szuka statku?* — Podniosłem cię z nizin, Davosie. — Wydawał się raczej znużony niż rozgniewany. — Czy nie miałem prawa liczyć w zamian na twą wierność?

— Czterech moich synów oddało za ciebie życie na Czarnym Nurcie. Ja również mogłem zginąć. Zawsze możesz liczyć na moją wierność. — Davos Seaworth zastanawiał się długo i intensywnie nad słowami, które powiedział potem. Wiedział, że zależy od nich jego życie. — Wasza Miłość, kazałeś mi przysiąc, że będę udzielał ci szczerych rad, słuchał cię bez zastrzeżeń, bronił królestwa przeciw wszystkim nieprzyjaciołom i osłaniał twoich poddanych. Czyż Edric Storm nie jest jednym z nich? Jednym z tych, których poprzysiągłem osłaniać? Dotrzymałem przysięgi. Jak można zwać to zdradą?

Stannis ponownie zazgrzytał zębami.

— Nie prosiłem o tę koronę. Złoto jest zimne i ciąży na głowie, dopóki jednak pozostaję królem, mam obowiązki... jeśli muszę złożyć w ofierze jedno dziecko, by uratować miliony przed ciemnością... ofiary nigdy nie przychodzą łatwo, Davosie. W przeciwnym razie nie byłyby prawdziwymi ofiarami. Wytłumacz mu to, pani.

— Azor Ahai zahartował Światłonoścę serdeczną krwią swej umiłowanej żony — zaczęła Melisandre. — Jeśli człowiek, który ma tysiąc krów, oddaje jedną z nich bogu, to nic nie znaczy. Jeśli jednak ktoś ofiaruje swą jedyną krowę...

— Ona mówi o krowach — rzekł królowi Davos — a ja o chłopcu. Przyjacielu twojej córki, synu twego brata.

— Synu króla, w którego żyłach płynie obdarzona mocą królewska krew. — Rubin Melisandre gorzał niczym czerwona gwiazda. — Wydaje ci się, że ocaliłeś tego chłopca, cebulowy rycerzu? Gdy zapadnie długa noc, Edric Storm zginie razem z innymi, bez względu na to, gdzie się ukryje. Twoi synowie również nie ujdą śmierci. Ziemię ogarną ciemność i chłód. Mieszasz się w sprawy, których nie rozumiesz.

— Nie rozumiem wielu rzeczy — przyznał Davos. — Nigdy nie twierdziłem, że jest inaczej. Znam się na morzach, rzekach i zarysie wybrzeży. Wiem, gdzie się czają skały i mielizny. Znam ukryte zatoczki, w których łódź może niepostrzeżenie przybić do brzegu. Wiem też, że król musi bronić swych ludzi, bo w przeciwnym razie przestaje być królem.

Twarz Stannisa pociemniała.

— Drwisz ze mnie prosto w oczy? Czy królewskich obowiązków ma mnie uczyć przemytnik cebuli?

Davos uklęknął.

— Jeśli cię uraziłem, zetnij mi głowę. Zginę tak, jak żyłem, jako twój wierny sługa. Najpierw jednak mnie wysłuchaj. Wysłuchaj mnie ze względu na cebulę, którą ci przywiozłem, i palce, które mi uciąłeś.

Stannis wydobył Światłonoścę z pochwy. Blask miecza wypełnił komnatę.

— Mów, co masz do powiedzenia, ale szybko.

Mięśnie na szyi króla uwydatniały się niczym sznury.

Davos wsadził rękę pod płaszcz i wydobył stamtąd zmięty pergamin. Karta była niewielka i cienka, nie miał jednak innej tarczy.

— Królewski namiestnik powinien umieć czytać i pisać. Maester Pylos uczył mnie tej sztuki.

Wygładził list na kolanie i zaczął czytać w świetle magicznego miecza.

JON

Śniło mu się, że wrócił do Winterfell i kuśtyka obok zasiadających na swych tronach kamiennych królów. Ich szare, granitowe oczy poruszały się, śledząc jego kroki, a szare, granitowe palce zaciskały się na rękojeściach zardzewiałych mieczy spoczywających na ich kolanach. *Nie jesteś Starkiem* — mamrotały ciężkimi, granitowymi głosami. *Nie ma tu dla ciebie miejsca. Odejdź.* Zapuszczał się coraz głębiej w ciemność.

— Ojcze? — zawołał. — Bran? Rickon? — Nikt mu nie odpowiadał. Czuł na karku zimny powiew. — Stryju? — nie ustępował. — Stryju Benjenie? Ojcze? Ojcze, proszę cię, pomóż mi. — Na górze słyszał bębny. *W Wielkiej Komnacie trwa uczta, ale nie jestem tam mile widzianym gościem. Nie jestem Starkiem i nie ma tu dla mnie miejsca.* Jego kula pośliznęła się i upadł na kolana. W kryptach było coraz ciemniej. *Światło gdzieś odeszło.* — Ygritte? — wyszeptał. — Wybacz mi. Proszę.

To jednak był tylko wilkor, szary i okropny, pokryty plamami krwi. Jego złociste ślepia lśniły w mroku smutnym blaskiem...

W celi panowała ciemność, a łoże było twarde. Przypomniał sobie, że to jego łoże, w celi zarządcy pod komnatami Starego Niedźwiedzia. Powinno mu zapewnić słodsze sny. Nawet pod futrem było mu zimno. Przed wyruszeniem na wyprawę celę dzielił z nim Duch, który grzał go w nocy. A w głuszy spała z nim Ygritte. *Straciłem ich oboje.* Ciało Ygritte spalił osobiście. Wiedział, że tego właśnie by chciała. Natomiast Duch... *Gdzie jesteś?* Czy wilkor również zginął, czy to właśnie znaczył ten sen, okrwawiony wilk, którego widział w kryptach? Zwierz, który mu się przyśnił, był jednak szary, nie biały. *Szary jak wilk Brana.* Czyżby Thennowie wytropili go i zabili po zdarzeniu w Koronie Królowej? Jeśli tak, Brana również utracił na zawsze.

Gdy Jon próbował zinterpretować swój sen, zabrzmiał róg.

Róg Zimy — pomyślał, wciąż nie do końca rozbudzony. Mance jednak nie znalazł rogu Joramuna, nie mogło to więc być prawdą. Potem rozległ się drugi sygnał, tak samo długi i niski jak pierwszy. Jon wiedział, że musi wstać i iść na Mur, wydawało mu się to jednak bardzo trudne...

Strącił z siebie futra i usiadł na łożu. Ból w nodze wydawał się teraz bardziej tępy. Mógł go jakoś wytrzymać. Spał w spodniach, bluzie i bieliźnie, żeby było mu cieplej, musiał więc tylko wciągnąć buty, wdziać skóry, kolczugę i płaszcz. Ponownie rozległy się dwa długie sygnały, wsunął więc Długi Pazur do pochwy na plecach, znalazł kulę i pokuśtykał w dół.

Noc była ciemna, zimna i pochmurna. Jego bracia wypadali z wież i donżonów, przypinając po drodze pasy i kierując się w stronę Muru. Jon szukał wzrokiem Pypa i Grenna, lecz nigdzie ich nie znalazł. Być może jeden z nich był wartownikiem, który zadął w róg. *To Mance* — pomyślał. *Wreszcie nadciągnął.* To była dobra wiadomość. *Stoczymy bitwę, a potem odpoczniemy. Żywi albo martwi, odpoczniemy.*

Tam, gdzie kiedyś były schody, zostało jedynie ogromne rumowisko, złożone z kawałów lodu i zwęglonego drewna. Kołowrót już działał, lecz klatka mogła zabrać na raz tylko dziesięciu ludzi, a gdy przyszedł Jon, była już w drodze na górę. Będzie musiał zaczekać na jej powrót. Towarzyszyli mu inni: Atłas, Mully, Zapasowy But, Baryła oraz wysoki blondyn o wystających zębach, który miał na imię Hareth, lecz wszyscy zwali go Koniem. Był chłopcem stajennym z Mole's Town, jednym z nielicznych mieszkańców osady, którzy zostali w Czarnym Zamku. Reszta wróciła do swych pól i chat albo łóżek w podziemnym burdelu. Ten dureń o wielkich zębach pragnął jednak przywdziać czerń. Została z nimi również Zei, dziwka, która tak biegle władała kuszą, a Noye zatrzymał również trzech osieroconych chłopców, których ojciec zginął na schodach. Byli bardzo młodzi — dziewięć, osiem i pięć lat — lecz nikt inny ich nie chciał.

Gdy czekali na powrót klatki, Clydas dał im po kubku grzanego wina z korzeniami, a Trzypalcy Hobb po kawałku razowego chleba. Jon wziął sobie piętkę i zatopił w niej zęby.

— Czy to Mance Rayder? — zapytał niespokojnie Atłas.

— Miejmy taką nadzieję.

W mroku kryli się wrogowie gorsi niż dzicy. Jon przypomniał sobie słowa, które Mance Rayder wypowiedział na Pięści Pierwszych Ludzi, gdy stali na różowym śniegu. „Ale kiedy umarli chodzą, mury, pale i miecze nic nie znaczą. Z umarłymi nie da się walczyć, Jonie Snow. Nikt nie wie tego nawet w połowie tak dobrze jak ja". Kiedy o tym pomyślał, wiatr wydał mu się odrobinę zimniejszy.

Wreszcie klatka opuściła się ze szczękiem, kołysząc się lekko na końcu długiego łańcucha. Weszli do niej bez słowa i zamknęli za sobą drzwi.

Mully szarpnął trzy razy za sznurek dzwonka. Po chwili ruszyli w górę, najpierw zrywami, potem bardziej gładko. Nikt się nie odzywał. Gdy dotarli na szczyt, klatka zakołysała się na boki i wszyscy wyleźli z niej po kolei. Koń podał rękę Jonowi, pomagając mu wyjść na lód. Zimno uderzyło go z siłą pięści.

Wzdłuż szczytu Muru płonął szereg ogni, zawieszonych w żelaznych koszach na tyczkach wyższych od mężczyzny. Mroźny nóż wiatru targał płomieniami i ich jasnopomarańczowe światło ani na moment nie przestawało migotać. Wszędzie stały pakunki z bełtami, strzałami, włóczniami i pociskami do skorpionów. Kamienie ułożono w wysokie na dziesięć stóp stosy, a obok nich ustawiono wielkie drewniane beczki ze smołą i olejem do lamp. Bowen Marsh zostawił Czarny Zamek dobrze zaopatrzony we wszystko oprócz ludzi. Czarne płaszcze stojących wzdłuż Muru z włóczniami w rękach strachów na wróble łopotały na wietrze.

— Mam nadzieję, że to nie któryś z nich zadął w róg — powiedział Jon do Donala Noye'a, który szedł obok niego.

— Słyszałeś to? — zapytał Noye.

Słychać było wiatr, konie oraz coś jeszcze.

— Mamut — odparł Jon. — To był mamut.

Oddech buchający z szerokiego, płaskiego nosa kowala zamarzał w powietrzu. Na północ od Muru ciągnęło się morze czerni, które zdawało się nie mieć końca. Jon dostrzegał słaby czerwony blask odległych żagwi posuwających się przez las. Było pewne jak wschód słońca, że to Mance. Inni nie palili pochodni.

— Jak mamy z nimi walczyć, jeśli ich nie widzimy? — zapytał Koń.

Donal Noye spojrzał na dwa wielkie trebusze, które Bowen Marsh przywrócił do stanu używalności.

— Dajcie mi światło! — ryknął.

W łyżki trebuszy załadowano pośpiesznie beczki smoły, które następnie podpalono pochodnią. Wiatr rozniecił płomienie, aż rozgorzały jaskrawoczerwoną furią.

— TERAZ! — wrzasnął Noye. Przeciwwagi opadły w dół, ramiona uniosły się, uderzając z łoskotem o wyściełane poprzeczne belki. Płonąca smoła pomknęła przez ciemność, rzucając na ziemię niesamowite, migotliwe światło. Jon ujrzał przelotnie mamuty, które wlokły się ociężale przez półmrok, po chwili jednak stracił je z oczu. Dwanaście, może więcej. Beczki uderzyły o ziemię i eksplodowały. Rozległo się dźwięczne, basowe trąbienie. Jakiś olbrzym ryknął coś w starym języku. Od jego brzmiącego jak starożytny grzmot głosu Jonowi przebiegły po plecach ciarki.

— Jeszcze raz! — krzyknął Noye i trebusze załadowano ponownie. Dwie kolejne beczki płonącej smoły pomknęły przez ciemność ku wrogom. Tym razem jedna z nich spadła na uschnięte drzewo, które stanęło w płomieniach. *Nie dwanaście mamutów, ale sto* — pomyślał Jon.

Podszedł do krawędzi Muru. *Ostrożnie* — powiedział sobie. *Droga na dół jest daleka.* Czerwony Alyn ponownie zadął w róg: *Aaaaahuuuuuuuuuuuuuuuuuuuuuuuuuuuu.* Dzicy odpowiedzieli nie jednym rogiem, lecz kilkunastoma, a także bębnami i piszczałkami. *Nadchodzimy* — zdawały się mówić. *Przyszliśmy zburzyć wasz Mur, zabrać wasze ziemie i ukraść wasze córki.* Wiatr zawodził, trebusze skrzypiały i strzelały, beczki leciały w górę. Jon zauważył, że za olbrzymami i mamutami maszerują w stronę Muru ludzie z łukami i toporami. Czy było ich dwudziestu czy dwadzieścia tysięcy? Po ciemku nie był w stanie tego ocenić. *To bitwa ślepców, ale Mance ma ich kilka tysięcy więcej niż my.*

— Brama! — krzyknął Pyp. — Są już pod bramą!

Mur był zbyt potężny, by można go było zdobyć konwencjonalnym szturmem; za wysoki dla drabin czy wież oblężniczych, nazbyt gruby dla taranów. Z żadnej katapulty nie dałoby się wystrzelić kamienia tak wielkiego, by zrobił w nim wyłom, a gdyby ktoś spróbował go podpalić, woda z topniejącego lodu ugasiłaby płomienie. Można było się nań wspiąć, tak jak zrobili to łupieżcy w pobliżu

Szarej Warty, lecz byli w stanie tego dokonać jedynie silni i sprawni ludzie o pewnych rękach, a nawet oni mogli skończyć nadziani na drzewo, jak Jarl. *Muszą zdobyć bramę. Inaczej nie przejdą.*

Brama była jednak krętym tunelem prowadzącym przez lód, węższym niż bramy zamkowe w Siedmiu Królestwach, tak ciasnym, że zwiadowcy musieli prowadzić przez nią konie gęsiego. Przejście tarasowały trzy żelazne kraty, każda z nich zamknięta na zamek oraz łańcuch i broniona przez machikuł. Zewnętrzne wrota były zrobione ze starej dębiny, miały dziewięć cali grubości i wzmacniały je żelazne okucia. Niełatwo będzie je rozbić. *Ale Mance ma mamuty i olbrzymów* — przypomniał sobie Jon.

— Na dole na pewno jest zimno — zauważył Noye. — Może byśmy ich trochę rozgrzali, chłopaki?

Na krawędzi ustawiono w szeregu dwanaście dzbanów z olejem do lamp. Pyp przebiegł obok nich z pochodnią, podpalając wszystkie. Podążający za nim Owen Przygłup strącił je jeden po drugim w przepaść. Po spadających naczyniach pełgały języki jasnożółtego ognia. Gdy ostatni z nich zniknął im z oczu, Grenn zwolnił kopniakiem kliny blokujące beczkę ze smołą, która również stoczyła się z Muru. Na dole rozległy się krzyki i wrzaski, słodka muzyka dla ich uszu.

Nadal jednak bito w bębny, trebusze strzelały z łoskotem, a przez noc przebijał się dźwięk piszczałek brzmiący niczym pieśń jakichś niezwykłych, gwałtownych ptaków. Septon Cellador również zaczął śpiewać drżącym, ochrypłym od wina głosem.

Dobra Matko, źródło łaski,
ocal naszych synów z wojny.
Uchroń ich od strzał i mieczy,
niechaj ujrzą...

— Jeśli ktoś tu spróbuje chronić tych na dole przed naszymi strzałami, wezmę go za pomarszczoną dupę i zrzucę z Muru... zaczynając od ciebie, septonie — naskoczył na niego Donal Noye. — Łucznicy! Czy mamy jakichś cholernych łuczników?

— Tutaj — odezwał się Atłas.

— I tutaj — dodał Mully. — Ale jak mam znaleźć cel? Jest ciemno jak w świńskim brzuchu. Gdzie oni są?

Noye wskazał na północ.

— Jeśli wypuścicie wystarczająco wiele strzał, część na pewno trafi w cel. A przynajmniej trochę ich nastraszycie. — Omiótł spojrzeniem krąg skąpanych w blasku pochodni twarzy. — Potrzebuję dwóch łuczników i dwóch włóczników, którzy broniliby tunelu, jeśli rozwalą bramę. — Wystąpiło ponad dziesięciu ludzi i kowal wybrał spośród nich czterech. — Jon, do mojego powrotu Mur należy do ciebie.

Przez chwilę Jonowi wydawało się, że się przesłyszał. Zabrzmiało to tak, jakby Noye przekazał mu dowództwo.

— Panie?

— Panie? Jestem kowalem. Powiedziałem, że Mur należy do ciebie.

Są tu starsi ludzie — chciał powiedzieć chłopak. *Więcej warci ode mnie. Nadal jestem zielony jak letnia trawa. Jestem ranny i wisi nade mną oskarżenie o dezercję.* W ustach miał sucho jak na pustyni.

— Tak jest — zdołał wykrztusić.

Potem Jonowi Snow wydawało się, że cała ta noc była tylko snem. Jego stojący w jednym szeregu ze słomianymi kukłami łucznicy wypuszczali ze ściskanych w na wpół odmrożonych dłoniach łuków i kusz setki salw wymierzonych w ludzi, których w ogóle nie widzieli. Od czasu do czasu docierała do nich w odpowiedzi jakaś wystrzelona przez dzikich strzała. Jon obsadził ludźmi mniejsze katapulty i wypełnił powietrze kamieniami wielkości pięści olbrzyma, ciemność połknęła jednak je wszystkie, tak jak człowiek mógłby połknąć garść orzeszków. W mroku słychać było trąbienie mamutów, dziwne głosy nawołujące w jeszcze dziwniejszych językach oraz pijanego septona Celladora, który modlił się o nadejście świtu tak głośno, że Jon również miał ochotę zrzucić go na dół. Słyszeli głos konającego mamuta i ujrzeli drugiego, którego futro ogarnęły płomienie. Bestia wlokła się przez las, tratując po drodze ludzi i drzewa. Wiatr był coraz zimniejszy. Hobb wjechał na górę z zupą cebulową, a Owen i Clydas zanieśli czarki łucznikom, by mogli wypić ciepły płyn w przerwach między salwami. Była wśród nich również Zei ze swą kuszą. Długie godziny nieustannych wstrząsów poluzowały coś w prawym trebuszu. Jego przeciwwaga zerwała się raptownie i ramię runęło na bok z głośnym trzaskiem. Lewy trebusz nie przestawał miotać pocisków, lecz dzicy szybko nauczyli się omijać miejsce, w które uderzały.

Powinniśmy mieć dwadzieścia trebuszy, nie dwa, i to zamontowanych na saniach i na obrotowych podstawach, żebyśmy mogli je przemieszczać. To była bezużyteczna myśl. Równie dobrze mógłby sobie zażyczyć tysiąca ludzi i być może także smoka, albo nawet trzech.

Donal Noye nie wrócił — ani on, ani żaden z ludzi, którzy zeszli z nim do czarnego, zimnego tunelu. *Mur należy do mnie* — powtarzał sobie Jon, gdy tylko czuł, że opuszczają go siły. On również wziął w ręce łuk, choć palce miał sztywne i obolałe, prawie odmrożone. Powróciła też gorączka, a od czasu do czasu noga drżała mu niepowstrzymanie, przeszywając ciało przypominającym rozgrzany do białości nóż bólem. *Jeszcze tylko jedna strzała i odpocznę* — powtarzał sobie z pięćdziesiąt razy. *Jeszcze tylko jedna.* Gdy kołczan robił się pusty, któraś z sierot z Mole's Town przynosiła mu następny. *Jeszcze tylko jeden kołczan i koniec.* Świt z pewnością był już blisko.

Gdy ranek wreszcie nastał, z początku nikt z nich nawet tego nie zauważył. Na świecie nadal było ciemno, lecz czerń przeszła w szarość, a z mroku zaczęły się wyłaniać niewyraźne kształty. Jon opuścił łuk i wpatrzył się w ciemne chmury zasłaniające niebo na wschodzie. Dostrzegał za nimi łunę jutrzenki, być może jednak był to jedynie sen. Nałożył na cięciwę kolejną strzałę.

Gdy wschodzące słońce rzuciło na pole bitwy blade snopy światła, Jon wstrzymał oddech z wrażenia. Na dole ciągnął się szeroki na pół mili pas ziemi dzielący Mur od skraju lasu. Wystarczyła połowa nocy, by obrócili go w pustkowie pełne spalonej trawy, gotującej się smoły, odłamków kamienia i trupów. Do padliny spalonego mamuta zlatywały się już wrony. Na ziemi leżały też martwe olbrzymy, lecz za nimi...

Po jego lewej stronie ktoś jęknął. Usłyszał też głos septona Celladora.

— Matko, zmiłuj się. Och, och, och, Matko zmiłuj się.

Pod drzewami czekali wszyscy dzicy na świecie. Łupieżcy i olbrzymy, wargowie i zmiennoskórzy, górale, słonowodni żeglarze, kanibale znad zamarzniętych rzek, jaskiniowcy o pomalowanych twarzach, psie rydwany znad Lodowego Brzegu, Rogostopi o podeszwach stóp twardych niczym wygarbowana skóra, wszystkie niezwykłe plemiona, które Mance zebrał razem, by przedrzeć się przez Mur. *To nie jest wasza ziemia* — chciał do nich krzyknąć Jon. *Nie ma tu dla was miejsca. Odejdźcie.* Potrafił sobie wyobrazić, jak Tormund Zabójca Olbrzyma zaśmiałby się na te słowa. Ygritte zaś powiedziałaby mu:

— Nic nie wiesz, Jonie Snow.

Poruszył dłonią, w której zwykł trzymać miecz, zginając i prostując palce, choć przecież dobrze wiedział, że na szczycie Muru nie dojdzie do walki na białą broń.

Przemarzł i dręczyła go gorączka. Nagle ciężar łuku wydał mu się zbyt wielki. Zdał sobie sprawę, że bitwa z magnarem była niczym, a nocna walka czymś jeszcze mniej ważnym, zaledwie próbnym atakiem, sztyletem w ciemności, który miał ich zaskoczyć nieprzygotowanych. Prawdziwy bój dopiero się zaczynał.

— Nie wiedziałem, że będzie ich tak wielu — odezwał się Atłas.

Jon wiedział. Widział ich już przedtem, aczkolwiek nieustawionych w bojowym szyku. Podczas marszu kolumna dzikich ciągnęła się długimi milami niczym jakiś ogromny robak. Nigdy nie widziało się wszystkich naraz. Teraz jednak…

— Nadchodzą — zabrzmiał czyjś ochrypły głos.

Centrum formacji dzikich tworzyły mamuty. Była ich z górą setka, a dosiadające ich olbrzymy ściskały w dłoniach drewniane młoty i wielkie kamienne topory. Za nimi biegły dalsze olbrzymy, pchające osadzony na wielkich drewnianych kołach pień drzewa o zaostrzonym w szpic końcu. *Taran* — pomyślał zrozpaczony Jon. Jeśli brama na dole nadal się trzymała, wystarczy kilka pocałunków tego monstrum, by zamieniła się w drzazgi. Po obu stronach grupy olbrzymów mknęła fala jeźdźców w strojach z utwardzanej skóry, którzy trzymali w rękach opalane nad ogniskiem piki, masa biegnących łuczników, setki pieszych wojowników z włóczniami, procami, maczugami i skórzanymi tarczami. Na flankach widać było kościane rydwany znad Lodowego Brzegu, które podskakiwały z klekotem na głazach i korzeniach, ciągnięte przez zaprzęgi wielkich, białych psów. *Wściekłość głuszy* — pomyślał Jon, słuchając pisku dud, szczekania psów, trąbienia mamutów, gwizdów i wrzasków wolnych ludzi, ryków krzyczących w starym języku olbrzymów. Łoskot ich bębnów odbijał się echem od lodu niby huk gromu.

Jon wyczuwał otaczającą go zewsząd rozpacz.

— Jest ich chyba ze sto tysięcy — zawodził Atłas. — Jak zdołamy powstrzymać taką masę?

— Mur ich powstrzyma — usłyszał własny głos Jon. Odwrócił się i powtórzył głośniej te same słowa. — Mur ich powstrzyma. Mur broni się sam. — To zapewnienie było pozbawione znaczenia, musiał jednak je wygłosić. Potrzebował go niemal równie mocno jak jego bracia. — Mance chce nas pozbawić odwagi liczebnością swych zastępów. Czy ma nas za głupich? — krzyczał, zapomniawszy o nodze. Wszyscy słuchali go z przejęciem. — Rydwany, jeźdźcy, wszyscy ci durnie z piechoty... co mogą nam zrobić, jeśli jesteśmy na górze? Czy któryś z was kiedyś widział, żeby mamut wspiął się na mur? — Wybuchnął śmiechem. Pyp, Owen i kilku innych podążyło za jego przykładem. — Wszyscy oni nic nie znaczą. Jeszcze mniej niż nasi słomiani bracia. Nie mogą nas dosięgnąć i nie mogą nam nic zrobić. Nie boimy się ich, prawda?

— NIE BOIMY! — ryknął Grenn.

— Oni są na dole, a my jesteśmy na górze — ciągnął Jon — i dopóki brama się trzyma, nie przejdą. Nie przejdą! — Wszyscy powtórzyli krzykiem jego słowa, wymachując mieczami i łukami w powietrzu, aż policzki im poczerwieniały. Jon zauważył Baryłę, który trzymał pod pachą róg. — Bracie — rozkazał mu — daj sygnał do bitwy.

Baryła uśmiechnął się szeroko, uniósł róg i zagrał dwa długie sygnały, znaczące „dzicy". Inne rogi powtórzyły jego zew, aż wydawało się, że sam Mur zadrżał, a echo potężnych, niskich jęków zagłuszyło wszystkie inne dźwięki.

— Łucznicy — zawołał Jon, gdy rogi już wybrzmiały — celujcie tylko w tych cholernych olbrzymów pchających taran. Strzelajcie na mój rozkaz, nie wcześniej. OLBRZYMY I TARAN. Chcę, żeby strzały sypały się na nich przy każdym kroku, ale zaczekajmy, aż wejdą w ich zasięg. Każdy, kto zmarnuje strzałę, będzie musiał zleźć na dół i przynieść ją z powrotem. Słyszycie mnie?

— Słyszę — krzyknął Owen Przygłup. — Słyszę cię, lordzie Snow.

Jon roześmiał się głośno jak pijak albo szaleniec. Jego ludzie śmiali się razem z nim. Zauważył, że rydwany i jeźdźcy na skrzydłach znacznie już wyprzedzili środek linii. Dzicy nie pokonali jeszcze nawet jednej trzeciej dzielącej ich od Muru połowy mili, a ich szyk już zaczynał się rozsypywać.

— Załadujcie trebusz kruczymi stopami — rozkazał Jon. — Owen, Baryła, nakierujcie katapulty na środek. Skorpiony, załadować ogniste włócznie i strzelać na mój rozkaz. — Wskazał na chłopaków z Mole's Town. — Ty, ty i ty, bierzcie w łapy pochodnie.

Dzicy łucznicy strzelali, biegli kawałek naprzód, zatrzymywali się, ponownie strzelali i pokonywali kolejne dziesięć jardów. Było ich tak wielu, że powietrze cały czas przeszywało pełno strzał, żadna z nich jednak nie była w stanie dosięgnąć celu. *To marnotrawstwo* — pomyślał Jon. *Daje się odczuć ich brak dyscypliny.* Małe, zrobione z rogu i drewna łuki wolnych ludzi nie mogły się równać zasięgiem z wielkimi, cisowymi łukami Nocnej Straży, a do tego dzicy usiłowali trafić ludzi, którzy znajdowali się siedemset stóp wyżej od nich.

— Niech sobie strzelają — powtarzał Jon. — Czekajcie. Spokój. — Ich płaszcze łopotały na wietrze. — Wiatr wieje nam w twarz, to zmniejszy zasięg. Zaczekajmy.

Bliżej, bliżej. Dudy zawodziły, bębny grzmiały, a strzały dzikich spadały na ziemię.

— NACIĄGNIJ. — Jon uniósł własny łuk i przyciągnął strzałę do ucha. Atłas podążył za jego przykładem, podobnie jak Grenn,

Owen Przygłup, Zapasowy But, Czarny Jack Bulwer, Arron oraz Emrick. Zei oparła sobie kuszę o bark. Jon śledził wzrokiem zbliżający się taran, wlokące się ociężale po obu jego bokach mamuty i olbrzymów. Wydawali się stąd tacy mali, że mógłby ich zgnieść w jednej dłoni. *Gdyby tylko była wystarczająco wielka.* Szli przez pole śmierci. Setka wron poderwała się z padliny mamuta, uciekając przed zbliżającymi się z łoskotem dzikimi. Coraz bliżej i bliżej, aż wreszcie...

— WYPUŚĆ!

Czarne strzały pomknęły ze świstem w dół niczym pierzastoskrzydłe węże. Jon nie czekał, by sprawdzić, w co trafiły, lecz natychmiast sięgnął po drugi pocisk.

— NAŁÓŻ. NACIĄGNIJ. WYPUŚĆ. — Gdy tylko strzała opuściła cięciwę, znalazł następną. — NAŁÓŻ. NACIĄGNIJ. WYPUŚĆ. — I znowu. I znowu. Jon krzyknął do załogi trebusza i usłyszał skrzypienie oraz ciężki łoskot. Sto zaostrzonych, stalowych kruczych stóp pomknęło w górę. — Katapulty — zawołał. — Skorpiony. Łucznicy, strzelać bez rozkazu.

Strzały dzikich uderzały teraz o Mur, sto stóp pod nimi. Drugi olbrzym zachwiał się nagle na nogach. *Nałóż, naciągnij, wypuść.* Jeden z mamutów wpadł na drugiego, obalając na ziemię szereg olbrzymów. *Nałóż, naciągnij, wypuść.* Jon zauważył, że taran runął na ziemię, a pchające go olbrzymy są martwe albo konające.

— Strzały zapalające — krzyknął. — Chcę, żeby ten taran spłonął.

Ryki rannych mamutów i basowe wrzaski olbrzymów mieszały się z dźwiękiem bębnów i piszczałek, tworząc straszliwą muzykę. Mimo to łucznicy nie przestawali strzelać, jakby byli głusi niczym nieżyjący Dick Follard. Mogli być mętami zakonu, pozostawali jednak ludźmi z Nocnej Straży albo czymś bardzo do nich zbliżonym. I właśnie dlatego dzicy nie przejdą.

Jeden z mamutów wpadł w amok. Zabijał ludzi trąbą i tratował łuczników. Jon po raz kolejny naciągnął łuk i wypuścił strzałę w kudłaty zad bestii, by jeszcze bardziej ją podjudzić. Na wschodzie i zachodzie szeregi dzikich bez przeszkód dotarły do Muru.

Rydwany zatrzymały się bądź zawróciły, natomiast jeźdźcy kręcili się bez celu u stóp potężnego lodowego urwiska.

— Pod bramą! — krzyknął ktoś, być może Zapasowy But. — Mamut pod bramą!

— Ogień — warknął Jon. — Grenn, Pyp.

Grenn odłożył łuk, przewrócił na bok beczkę oleju i podtoczył ją na samą krawędź Muru. Pyp wyrwał z niej szpunt i wsadził w to miejsce szmatę, którą następnie podpalił pochodnią. Obaj zepchnęli beczkę w dół. Sto stóp niżej odbiła się od ściany i rozpadła na kawałki, wypełniając powietrze połamanymi klepkami oraz płonącym olejem. Grenn toczył już do krawędzi drugą, a Baryła trzecią. Pyp podpalił obie.

— Dostał! — krzyknął Atłas, wysuwając głowę tak daleko, że Jon był pewien, iż chłopak spadnie. — Dostał, dostał, DOSTAŁ!

Słychać było ryk ognia. W zasięgu jego wzroku pojawił się płonący olbrzym, który padł na ziemię i zaczął się po niej tarzać.

I nagle mamuty rzuciły się do ucieczki, przerażone dymem i płomieniami. W swej panice wpadały na podążających z tyłu pobratymców. Ci również pierzchali. Olbrzymy i dzicy pośpiesznie schodzili im z drogi. W pół uderzenia serca cały środek armii Mance'a poszedł w rozsypkę. Jeźdźcy na skrzydłach dostrzegli, że towarzysze ich porzucają, i postanowili również się wycofać. Żaden z nich nie zdążył posmakować krwi. Nawet rydwany odtoczyły się w dal, nie dokonawszy niczego poza wzbudzeniem odrobiny strachu i narobieniem mnóstwa hałasu. *Jak już się załamują, to na dobre* — pomyślał Jon Snow, spoglądając na uciekających dzikich. Wszystkie bębny umilkły. *Jak ci się podoba ta muzyka, Mance? Jak ci się podoba smak żony Dornijczyka?*

— Czy ktoś jest ranny? — zapytał.

— Cholerne skurwysyny trafiły mnie w nogę. — Zapasowy But wyrwał sobie strzałę i pomachał nią nad głową. — Tę drewnianą!

Rozległ się ochrypły krzyk radości. Zei złapała Owena za ręce, zakręciła nim wkoło i na oczach wszystkich obdarzyła długim, wilgotnym pocałunkiem. Chciała pocałować również Jona, ten jednak złapał ją za ramię i odepchnął, delikatnie, ale stanowczo.

— Nie — sprzeciwił się. *Skończyłem już z całowaniem.* Nagle poczuł się zbyt zmęczony, by utrzymać się na nogach. Nogę od kolana aż po pachwinę ogarnął mu paraliżujący ból. Sięgnął po kulę. — Pyp, pomóż mi dojść do klatki. Grenn, Mur należy do ciebie.

— Do mnie? — zapytał Grenn.

— Do niego? — zawołał Pyp.

Trudno było określić, który z nich jest bardziej przerażony.

— Ale — wyjąkał Grenn — a... ale co mam zrobić, jeśli dzicy znowu zaatakują?

— Powstrzymać ich — odpowiedział Jon.

Gdy zjeżdżali w dół, Pyp zdjął hełm i otarł sobie czoło.

— Zamarznięty pot. Czy może być coś bardziej obrzydliwego niż zamarznięty pot? — Roześmiał się. — Bogowie, chyba nigdy w życiu nie byłem taki głodny. Przysięgam, że mógłbym zeżreć całego żubra. Myślisz, że Hobb upiecze dla nas Grenna? — Gdy jednak zobaczył minę Jona, uśmiech zniknął z jego twarzy. — Co się stało? Czy to twoja noga?

— Moja noga — zgodził się młodzieniec. Nawet te dwa słowa wypowiedział z wysiłkiem.

— Ale nie chodzi o bitwę? Bitwę wygraliśmy.

— Zapytaj mnie o to, kiedy już zobaczę bramę — odparł ponurym tonem Jon. *Potrzebny mi ogień, gorący posiłek, ciepłe łóżko i coś, co powstrzyma ten ból* — powiedział sobie. Najpierw jednak musiał sprawdzić tunel i dowiedzieć się, co się stało z Donalem Noye'em.

Po bitwie z Thennami potrzebowali niemal całego dnia, by usunąć spod wewnętrznej bramy lód i połamane belki. Pate Plama, Baryła i niektórzy z pozostałych budowniczych spierali się zawzięcie o to, czy nie powinni po prostu zostawić tam szczątków jako kolejnej przeszkody dla Mance'a. To jednak oznaczałoby rezygnację z obrony tunelu i Noye nie chciał o tym nawet słyszeć. Mając ludzi przy machikułach oraz łuczników i włóczników przy każdej z wewnętrznych krat, garstka zdeterminowanych braci mogła powstrzymać sto razy liczniejszy oddział dzikich i zatkać tunel ich trupami. Noye nie zamierzał dopuścić do tego, by Mance przedostał się na drugą stronę Muru za darmo. Dlatego wzięli kilofy, łopaty i sznury, usunęli szczątki schodów i dokopali się do bramy.

Jon zaczekał przy zimnej żelaznej kracie, aż Pyp przyniesie zapasowy klucz od maestera Aemona. Niespodziewanie nadszedł z nim sam maester, któremu towarzyszył niosący lampę Clydas.

— Kiedy skończycie, przyjdź do mnie — nakazał starzec Jonowi, gdy Pyp zmagał się z łańcuchami. — Muszę ci zmienić bandaże i zrobić świeży okład. Potrzeba ci też trochę sennego wina na ból.

Jon skinął słabo głową. Drzwi otworzyły się. Pierwszy do środka wszedł Pyp. Za nim podążał Clydas z lampą. Jon ledwie mógł dotrzymać kroku maesterowi Aemonowi. Ze wszystkich stron otaczał ich bliski na wyciągnięcie ręki lód. Młodzieniec czuł chłód, który przenikał mu do kości, oraz ciężar Muru nad głową. Było to tak, jakby wchodził do przełyku lodowego smoka. Tunel zakręcił nagle, jeden raz, a potem drugi. Pyp otworzył kolejną żelazną bramę. Ruszyli dalej, znowu skręcili i ujrzeli przed sobą przenikające przez lód słabe i blade światło. *To niedobrze* — zrozumiał natychmiast Jon. *To bardzo niedobrze.*

— Na podłodze jest krew — odezwał się nagle Pyp.

Wszyscy walczyli i zginęli w ostatnim, długim na dwadzieścia stóp odcinku tunelu. Zewnętrzne wrota ze wzmocnionej żelazem dębiny porąbano na kawałki, a potem wyrwano z zawiasów. Jeden z olbrzymów wczołgał się do środka przez ich szczątki. Lampa rzucała na makabryczną scenę posępne, czerwonawe światło. Pyp odwrócił się na bok, by zwymiotować, a Jon pozazdrościł maesterowi Aemonowi ślepoty.

Noye i jego ludzie czekali wewnątrz, za bramą z ciężkich, żelaznych krat, taką samą jak te, które otworzył Pyp. Dwie kusze zdążyły wystrzelić tuzin bełtów w posuwającego się naprzód olbrzyma. Potem zapewne na czoło wysunęli się włócznicy, którzy dźgali swą bronią przez kraty. Mimo to olbrzym miał jeszcze siłę sięgnąć do wewnątrz, urwać głowę Pate'owi Plamie, złapać za kraty i rozerwać je. Na podłodze leżały ogniwa roztrzaskanego łańcucha. Jeden olbrzym. *Wszystko to dzieło jednego olbrzyma.*

— Czy wszyscy zginęli? — zapytał cicho maester Aemon.

— Tak. Donal był ostatni. — Miecz Noye'a wbił się w gardło olbrzyma aż do połowy długości klingi. Płatnerz zawsze wydawał się Jonowi potężnym mężczyzną, lecz zamknięty w ogromnych ramionach przeciwnika wyglądał niemal jak dziecko. — Olbrzym złamał mu kręgosłup. Nie wiem, który z nich skonał pierwszy. — Wziął latarnię i podszedł bliżej, by się lepiej przyjrzeć. — Mag. — *Jestem ostatnim z olbrzymów.* Ogarnął go smutek, nie miał jednak czasu się roztkliwiać. — To był Mag Mocarny. Król olbrzymów.

Nagle zatęsknił za słońcem. W tunelu było zimno i ciemno. Dusił się tu od odoru krwi i śmierci. Zwrócił lampę Clydasowi, przecisnął się między zwłokami i wyłamanymi kratami, po czym wyszedł na zewnątrz, by zobaczyć, co się kryje za roztrzaskanymi wrotami.

Drogę częściowo przegradzało ogromne ścierwo mamuta. Jon zahaczył płaszczem o jeden z kłów bestii i rozdarł go sobie. Na zewnątrz leżały trzy trupy olbrzymów, na wpół pogrzebane pod zwałami kamieni, błota i stwardniałej smoły. Widział miejsca, w których ogień stopił Mur. Wielkie tafle lodu odpadły od ściany pod wpływem gorąca i roztrzaskały się na poczerniałym gruncie. Podniósł wzrok. *Stąd Mur wydaje się ogromny, gotowy zmiażdżyć patrzącego.*

Jon wrócił do tunelu, gdzie czekali na niego pozostali.

— Musimy naprawić zewnętrzną bramę najlepiej, jak potrafimy, a potem zablokować ten odcinek tunelu. Gruzem, odłamami lodu, czymkolwiek. Całą drogę aż do drugiej bramy, o ile tylko zdołamy. Ser Wynton będzie musiał przejąć dowództwo. Jest ostatnim rycerzem, który nam pozostał. Musi natychmiast przystąpić do działania. Olbrzymy wrócą, nim zdążymy się zorientować. Trzeba mu powiedzieć…

— Możesz mu mówić, co tylko chcesz — przerwał mu spokojnym głosem maester Aemon. — Uśmiechnie się, pokiwa głową i zaraz o wszystkim zapomni. Przed trzydziestu laty ser Wyntonowi Stoutowi zabrakło zaledwie dwunastu głosów do tego, by zostać lordem dowódcą. Był znakomitym kandydatem. Jeszcze dziesięć lat temu potrafiłby sobie poradzić. Ale nie teraz. Wiesz o tym równie dobrze jak Donal, Jon.

Była to prawda.

— A więc ty wydaj rozkaz — powiedział maesterowi Jon. — Spędziłeś na Murze całe życie i ludzie będą cię słuchać. Musimy zamknąć bramę.

— Jestem maesterem. Noszę łańcuch i złożyłem śluby. Mój zakon służy, Jon. Nie wydajemy rozkazów, lecz udzielamy rad.

— Ktoś musi…

— Ty. Ty musisz poprowadzić ludzi.

— Nie.

— Tak, Jon. To nie potrwa długo. Tylko do czasu powrotu garnizonu. Wybrał cię Donal, a przed nim Qhorin Półręki. Lord dowódca Mormont uczynił cię swym zarządcą. Jesteś synem Winterfell, bratankiem Benjena Starka. Albo ty, albo nikt. Mur należy do ciebie, Jonie Snow.

ARYA

Gdy budziła się co rano, zawsze czuła w swym wnętrzu pustkę. Nie był to głód, choć niekiedy on również ją nawiedzał, lecz puste miejsce tam, gdzie kiedyś miała serce, gdzie żyli jej bracia i rodzice. Głowa również ją bolała. Nie tak bardzo jak z początku, lecz nadal dość mocno. Arya przyzwyczaiła się już do tego. Dobrze przynajmniej, że guz już się zmniejszał. Pustka nie chciała jednak zniknąć. *Nigdy już nie zniknie* — powtarzała sobie, zasypiając.

W niektóre dni w ogóle nie miała ochoty się budzić. Kuliła się pod płaszczem i zaciskała mocno powieki w nadziei, że sen powróci. Gdyby tylko Ogar zostawił ją w spokoju, mogłaby spać cały dzień i noc.

Spać i śnić. Sny były w tym najlepsze. Prawie co noc śniły się jej wilki. Wielka wataha wilków, której przewodziła. Była większa od reszty. Silniejsza i szybsza. Potrafiła prześcignąć konia i pokonać lwa. Gdy szczerzyła kły, uciekali przed nią nawet ludzie, w brzuchu rzadko czuła pustkę, a gęste futro chroniło ją przed zimnym wiatrem. Towarzyszyli jej bracia i siostry, coraz więcej braci i sióstr. Byli gwałtowni, straszni i należeli do niej. Nigdy jej nie opuszczą.

Choć jednak jej noce pełne były wilków, dni należały do psa. Sandor Clegane co rano kazał jej wstawać, czy tego chciała czy nie. Przeklinał ją ochrypłym głosem albo podnosił na nogi i potrząsał. Raz wylał jej na głowę hełm pełen zimnej wody. Zerwała się drżąca i mokra, spróbowała go kopnąć, on jednak roześmiał się tylko.

— Wytrzyj się i nakarm te cholerne konie — rozkazał. Spełniła jego polecenie.

Mieli teraz dwa wierzchowce, Nieznajomego oraz małą, gniadą klacz, którą Arya nazwała Płoszką, gdyż Sandor powiedział, że z pewnością uciekła z Bliźniaków, tak samo jak oni. Znaleźli ją wałęsającą się bez jeźdźca po polu, nazajutrz po rzezi. Była całkiem niezłym koniem, lecz Arya nie potrafiła pokochać tchórza. *Nieznajomy by walczył.* Mimo to opiekowała się klaczą najlepiej, jak potrafiła. Lepsze to, niż jechać na jednym koniu z Ogarem. Poza tym klacz mogła być płochliwa, lecz była też młoda i silna. Arya sądziła, że gdyby okazało się to konieczne, mogłaby prześcignąć Nieznajomego.

Ogar nie pilnował jej już tak uważnie jak dawniej. Czasami wydawało się, że nie obchodzi go, czy z nim zostanie, czy ucieknie. Nocami nie wiązał jej w płaszczu. *Pewnej nocy zabiję go, gdy będzie spał* — powtarzała sobie, nie zrobiła tego jednak. *Pewnego dnia ucieknę na Płoszce i nie zdoła mnie dogonić* — myślała, lecz tego zamiaru również nie zrealizowała. Dokąd mogłaby się udać? Winterfell spłonęło. Brat jej dziadka przebywał w Riverrun, nie znał jej jednak, podobnie jak ona jego. Być może lady Smallwood pozwoliłaby jej zostać w Żołędziowym Dworze, lecz nie było to bynajmniej pewne. Poza tym Arya nie była do końca przekonana, czyby tam trafiła. Czasami myślała, że mogłaby wrócić do gospody Sharny, jeśli nie zmyła jej powódź. Mogłaby zostać z Gorącą Bułką albo może znalazłby ją tam lord Beric. Anguy nauczyłby ją strzelania z łuku. Byłaby z Gendrym i przystałaby do banitów jak Wenda Biała Łania z pieśni.

To był jednak głupi pomysł, godny Sansy. Gorąca Bułka i Gendry opuścili ją, gdy tylko nadarzyła się okazja, a lordowi Bericowi i jego banitom zależało tylko na okupie za nią, tak samo jak Ogarowi. Nikt z nich jej nie potrzebował. *Nigdy nie byli moją watahą. Nawet Gorąca Bułka i Gendry. Byłam głupia, że w to wierzyłam. Głupia, mała dziewczynka, a nie żadna wilczyca.*

Została więc z Ogarem. Codziennie jechali od świtu do zmierzchu, nigdy nie spali dwa razy w tym samym miejscu i o ile tylko było to możliwe, unikali miasteczek, wsi i zamków. Pewnego razu zapytała Sandora Clegane'a, dokąd właściwie się wybierają.

— Jak najdalej stąd — odpowiedział. — To wszystko, co musisz wiedzieć. W tej chwili nie jesteś dla mnie warta złamanego grosza i nie mam ochoty słuchać twojego skomlenia. Szkoda, że nie pozwoliłem ci uciec do tego cholernego zamku.

— Szkoda — zgodziła się, myśląc o matce.

— Gdybym ci na to pozwolił, już byś nie żyła. Powinnaś mi podziękować. Zaśpiewać mi jakąś ładną piosneczkę, tak jak twoja siostra.

— Czy ją też uderzyłeś toporem?

— Uderzyłem cię płazem topora, ty głupia, mała dziewucho. Gdybyś oberwała ostrzem, kawałki twojej głowy spłynęłyby Zielonymi Widłami. A teraz zamknij tę cholerną gębę. Gdybym miał choć odrobinę rozsądku, oddałbym cię milczącym siostrom. One wycinają języki dziewczynkom, które za dużo gadają.

To nie był prawdziwy zarzut. Poza tym jednym razem Arya nie odzywała się prawie w ogóle. Niekiedy całymi dniami nie wymieniali ani słowa. Wypełniająca Aryę pustka nie pozwalała jej nic mówić, a Ogar był na to zbyt rozgniewany. Wyczuwała jego wściekłość, widziała ją w jego twarzy, w grymasie zaciśniętych ust i spojrzeniach, którymi ją obrzucał. Gdy tylko brał topór i szedł narąbać drewna, ogarniał go zimny gniew. Rąbał wściekle drzewo, zwalony pień czy ułamany konar, aż mieli dwadzieścia razy więcej szczap, niż mogli ich potrzebować. Czasami czuł się po tym tak zmęczony i obolały, że kładł się i natychmiast zapadał w sen, nawet nie rozpalając ogniska. Arya nienawidziła go za to. Takimi nocami najdłużej wpatrywała się w topór. *Wydaje się okrutnie ciężki, ale idę o zakład, że dałabym radę go udźwignąć.* Z pewnością też nie uderzyłaby go płazem.

Niekiedy widywali innych ludzi, wieśniaków na polach, świniopasów ze świniami, dojarkę prowadzącą krowę, giermka wiozącego wiadomość zrytą koleinami drogą. Arya nie miała ochoty rozmawiać z żadnym z nich. Było to tak, jakby mieszkali w odległym kraju i mówili w jakimś dziwacznym, obcym języku. Nie mieli ze sobą nic wspólnego.

Poza tym bezpieczniej było pozostawać w ukryciu. Od czasu do czasu krętymi, wiejskimi drogami przejeżdżały kolumny jeźdźców z bliźniaczymi wieżami Freyów na chorągwiach.

— Szukają zbiegłych ludzi z północy — wyjaśnił Ogar, gdy ich minęli. — Gdy tylko usłyszysz tętent kopyt, natychmiast się chowaj, bo to raczej nie będą przyjaciele.

Pewnego dnia, w zagłębieniu pozostałym po korzeniach zwalonego dębu, natknęli się na innego uciekiniera z Bliźniaków. Mężczyzna nosił na piersi różową pannę, pląsającą w jedwabnych strojach. Powiedział im, że jest człowiekiem ser Marqa Pipera, łucznikiem, który stracił swój łuk. Lewy bark miał wykręcony i obrzmiały. Wyjaśnił, że to od ciosu buzdygana, który połamał mu kości i wbił głęboko w ciało ogniwa kolczugi.

— To był człowiek z północy — płakał mężczyzna. — Nosił na piersi okrwawionego człowieka, a kiedy zobaczył moje godło, zażartował, że czerwony mężczyzna powinien zatańczyć z różową panną. Wypiłem za jego lorda Boltona, on wypił za ser Marqa, później wypiliśmy razem za lorda Edmure'a, lady Roslin i króla północy. A potem mnie zabił.

Jego oczy błyszczały od gorączki i Arya zrozumiała, że powiedział prawdę. Bark mężczyzny był groteskowo obrzmiały, a cały lewy bok pokrywały plamy ropy i krwi. Bił też od niego smród. *Śmierdzi trupem.* Ranny błagał ich o łyk wina.

— Gdybym miał wino, sam bym je wypił — rzekł mu Ogar. — Mogę ci dać wody i dar łaski.

Łucznik wpatrywał się w niego przez dłuższą chwilę.

— Jesteś psem Joffreya — odezwał się wreszcie.

— Teraz swoim własnym. Chcesz tej wody?

— Tak. — Mężczyzna przełknął ślinę. — I dar. Proszę.

Niedługo przedtem mijali mały staw. Sandor podał Aryi swój hełm i kazał jej go napełnić. Gdy szła nad wodę, błoto mlaskało pod jej butami. Psi łeb posłużył jej jako wiadro. Woda wyciekała przez oczy, lecz na dnie hełmu zostało jej całkiem sporo.

Kiedy wróciła, łucznik uniósł twarz i zaczęła mu nalewać wody do ust. Przełykał ją natychmiast, a to, czego nie zdołał przełknąć, spływało po policzkach, zwilżając brązową zakrzepłą krew, która pokrywała zarost. Po chwili z brody zwisły mu jasnoróżowe łzy. Gdy woda się skończyła, złapał za hełm i oblizał stal.

— Dziękuję — powiedział. — Ale szkoda, że to nie wino. Chciałbym się napić wina.

— Ja też.

Ogar wbił mu sztylet w pierś niemal czułym gestem. Wsparł się na nożu całym ciężarem ciała, przebijając opończę, kolczugę i jej wyściółkę. Potem wyciągnął sztylet i wytarł go o zwłoki.

— Tu właśnie jest serce, dziewczynko — stwierdził, spoglądając na Aryę. — Tak się zabija człowieka.

To jeden ze sposobów.

— Pochowamy go?

— A po co? — odparł Sandor. — Jemu jest już wszystko jedno, a my nie mamy łopaty. Zostawimy go wilkom i dzikim psom. Twoim i moim braciom. — Przeszył ją twardym spojrzeniem. — Ale najpierw go okradniemy.

W sakiewce łucznika znaleźli dwa srebrne jelenie i prawie trzydzieści miedziaków, a sztylet miał wprawiony w rękojeść ładny, różowy kamień. Ogar zważył nóż w dłoni, a potem rzucił go Aryi. Złapała go za rękojeść i wsunęła za pas. Od razu poczuła się trochę lepiej. Nie była to Igła, zawsze jednak stal. Zabity miał też kołczan strzał, lecz bez łuku nie było z nich wielkiego pożytku. Jego buty były za duże dla Aryi i za małe dla Ogara, je również więc zostawili. Arya wzięła sobie jego garnkowy hełm, mimo że opadał jej na nos i musiała przechylać go do tyłu, żeby coś widzieć.

— Musiał mieć też konia, bo inaczej nie udałoby mu się zwiać — stwierdził Clegane — ale bydlę na pewno dawno uciekło w cholerę. Trudno wyczuć, jak długo tu leżał.

Gdy dotarli do podgórza Gór Księżycowych, deszcze ustały niemal całkowicie. Arya widziała teraz słońce, księżyc i gwiazdy. Miała wrażenie, że zmierzają na wschód.

— Dokąd się wybieramy? — zapytała znowu.

Tym razem Ogar jej odpowiedział.

— Masz w Orlim Gnieździe ciotkę. Może ona zapłaci mi okup za twoją kościstą dupę, chociaż bogowie wiedzą, dlaczego miałaby to zrobić. Kiedy znajdziemy górski trakt, pojedziemy nim pod samą Krwawą Bramę.

Ciotka Lysa. Ta myśl nic dla Aryi nie znaczyła. Tęskniła za matką, nie za jej siostrą. Nie znała jej, podobnie jak brata swego dziadka, Blackfisha. *Trzeba było przedostać się do zamku.* Nie mieli pewności, czy jej matka i Robb nie żyją. Przecież nie widzieli, jak ich zabito. Być może lord Frey wziął ich tylko do niewoli. Być może siedzieli skuci łańcuchami w jego lochu albo Freyowie zabrali ich do Królewskiej Przystani, żeby Joffrey mógł im uciąć głowy. Nie wiedzieli tego.

— Powinniśmy wrócić — oznajmiła nagle. — Wrócić do Bliźniaków po moją matkę. Na pewno żyje. Musimy ją uratować.

— Myślałem, że to twoja siostra ma głowę pełną pieśni — warknął Ogar. — To prawda, że Frey mógł oszczędzić twoją matkę z myślą o okupie, ale za całe siedem piekieł nie dam rady uwolnić jej stamtąd w pojedynkę.

— Poszłabym z tobą.

Wydał z siebie dźwięk, który był prawie śmiechem.

— Stary na pewno zlałby się ze strachu.

— Boisz się śmierci i tyle! — rzuciła z pogardą.

Tym razem Clegane naprawdę się roześmiał.

— Śmierci się nie boję. Tylko ognia. A teraz bądź cicho, bo inaczej sam wytnę ci język i oszczędzę milczącym siostrom wysiłku. Jedziemy do Doliny.

Arya nie wierzyła, by naprawdę miał to zrobić. Chciał ją tylko przestraszyć, tak jak Różowe Oko wtedy, gdy mówił, że zbije ją do krwi. Niemniej jednak nie zamierzała tego sprawdzać. Sandor Clegane nie był Różowym Okiem. Różowe Oko nie przerąbywał ludzi na pół ani nie uderzał ich toporami. Nawet płazem.

Gdy zasypiała, myślała o matce i zastanawiała się, czy nie powinna zabić Ogara we śnie i sama uratować lady Catelyn. Kiedy zamknęła oczy, ujrzała na wewnętrznej powierzchni powiek twarz matki. *Jest tak blisko, że prawie czuję jej zapach...*

...i nagle go poczuła. Ledwie przebijał się przez inne zapachy, przez woń mchu, błota i wody, smród gnijącej trzciny i rozkładających się ludzi. Podeszła powoli po miękkim gruncie aż do samego brzegu, wychłeptała trochę wody i uniosła łeb, by powęszyć. Niebo było szare i zachmurzone, a po zielonej rzece pływało mnóstwo najrozmaitszych przedmiotów. Na płyciznach pełno było ludzkich trupów. Niektóre z nich spływały z prądem, inne woda wyrzuciła na brzeg. Wokół tłoczyli się jej bracia i siostry szarpiące nadgniłe mięso.

Były tam też wrony, które skrzeczały na wilki, wypełniając powietrze swymi piórami. Ich krew była gorętsza i jedna z jej sióstr złapała przelatującego obok ptaka za skrzydło. Widząc to, sama nabrała ochoty na wronę. Chciała poczuć smak krwi, usłyszeć trzask miażdżonych zębami kości, wypełnić żołądek ciepłą, nie zimną strawą. Była głodna, a wszędzie wokół miała mnóstwo mięsa, wiedziała jednak, że nie może go jeść.

Zapach stawał się coraz silniejszy. Postawiła uszy, wsłuchując się w powarkiwanie swych towarzyszy, wrzask rozgniewanych wron, furkot skrzydeł i szum rzeki. Gdzieś z oddali dobiegało rżenie koni oraz krzyki żywych ludzi, oni jednak nie byli ważni. Liczył się tylko zapach. Raz jeszcze powęszyła. Tutaj. Ujrzała coś białego, co płynęło z prądem, obracając się, gdy otarło się o ukryty pod wodą pień. Trzciny rozstępowały się przed nim.

Pobiegła z pluskiem przez płycizny, po czym rzuciła się na głębszą wodę, mocno pracując nogami. Nurt był silny, lecz ona była silniejsza. Płynąc, kierowała się węchem. Rzeka pełna była intensywnych, wilgotnych zapachów, ale to nie one ją przyciągały. Wabiła ją ostra, czerwona woń zimnej krwi, słodki, mdły odór śmierci. Ścigała to coś tak, jak często ścigała czerwone jelenie pośród drzew. Na koniec dopadła je i zamknęła szczęki na bladym ramieniu. Potrząsnęła nim, by się poruszyło, lecz czuła wyłącznie smak śmierci i krwi. Była już jednak zmęczona i zdołała jedynie przyciągnąć to do brzegu. Kiedy wywlekła je na piasek, jeden z jej małych braci podszedł do niego, wywalając ozór. Musiała warknąć, by go przepędzić, bo w przeciwnym razie zacząłby jeść. Dopiero potem mogła otrzepać wodę z sierści. Białe coś leżało w błocie twarzą do dołu. Martwe ciało było blade i pomarszczone, a z gardła ciekła zimna krew. *Wstań* — pomyślała. *Wstań, jedz i biegaj z nami.*

Odwróciła głowę, słysząc konie. *Ludzie.* Zbliżali się pod wiatr, nie poczuła więc ich zapachu, byli już jednak prawie na miejscu. Dosiadali koni, ich czarne, żółte i różowe skrzydła powiewały na wietrze, a w dłoniach trzymali długie, lśniące pazury. Niektórzy z jej młodszych braci wyszczerzyli kły, chcąc bronić znalezionego pokarmu, przepędziła ich jednak. Tak stanowiło prawo głuszy. Jelenie, zające i wrony uciekały przed wilkami, a wilki pierzchały przed ludźmi. Zostawiła białą, zimną zdobycz w błocie i czmychnęła, nie czując z tego powodu wstydu.

Rankiem Ogar nie musiał krzyczeć na Aryę ani potrząsać nią, by ją obudzić. Tym razem to ona wstała pierwsza, a nawet napoiła konie. Śniadanie zjedli w milczeniu.

— Jeśli chodzi o twoją matkę... — odezwał się potem Ogar.

— To już nieważne — odparła pozbawionym wyrazu głosem Arya. — Wiem, że ona nie żyje. Widziałam ją we śnie.

Ogar wpatrywał się w nią przez długi czas, po czym skinął głową. Więcej już o tym nie mówili. Ruszyli w stronę gór.

Pośród wyższych wzgórz natknęli się na maleńką, izolowaną wioskę, otoczoną szarozielonymi drzewami strażniczymi oraz wysokimi, niebieskawymi żołnierskimi sosnami. Clegane postanowił, że podejmą ryzyko i zajrzą do niej.

— Potrzebne nam jedzenie — oznajmił. — I dach nad głową. Zapewne nie wiedzą tu jeszcze, co wydarzyło się w Bliźniakach, a jeśli będziemy mieli szczęście, to mnie nie poznają.

Wieśniacy wznosili właśnie drewnianą palisadę wokół swej osady, a gdy zobaczyli, jakie szerokie bary ma Ogar, zaoferowali im jedzenie, schronienie, a nawet pieniądze w zamian za pomoc w pracy.

— Zgodzę się, jeśli macie też wino — warknął Clegane, zadowolił się jednak ale, które wypijał co dzień przed snem.

Tu jednak skończyły się jego marzenia o przehandlowaniu Aryi lady Arryn.

— Nad nami leży szron, a na wysokich przełęczach śnieg — oznajmił mu starszy wioski. — Jeśli nawet nie zamarzniecie ani nie zginiecie z głodu, załatwią was cieniokoty albo niedźwiedzie jaskiniowe. A są tam jeszcze klany. Odkąd Timett Jednooki wrócił z wojny, Spaleni nie boją się niczego, a pół roku temu Gunthor, syn Gurna, poprowadził Kamienne Wrony do ataku na osadę leżącą niecałe osiem mil stąd. Zabrali wszystkie kobiety, całe zapasy zboża i wymordowali połowę mężczyzn. Mają teraz stal, dobre miecze i kolczugi i obserwują górski trakt. Kamienne Wrony, Mleczne Węże, Synowie Mgły, wszyscy. Może i udałoby ci się zabrać kilku ze sobą, ale w końcu zabiliby cię i porwali twoją córkę.

Nie jestem jego córką — mogłaby zawołać Arya, gdyby nie była tak zmęczona. Nie była już niczyją córką. Nie była nikim. Nie Aryą, nie Łasicą, nie Nan, nie Arrym i nie Gołąbkiem. Nawet nie Kostropatym Łbem. Była tylko jakąś dziewczynką, która za dnia wędrowała z psem, a nocami śniła o wilkach.

W wiosce panował spokój. Dostali wypchane słomą łóżka, w których nie było zbyt wiele wszy, jedzenie było proste, lecz sycące, a wszędzie czuło się zapach sosen. Mimo to Arya doszła do wniosku, że nienawidzi tego miejsca. Wieśniacy byli tchórzami. Bali się nawet spojrzeć na twarz Ogara albo zaraz odwracali od niej wzrok. Niektóre z kobiet próbowały ubrać ją w sukienki i zagonić do szycia, nie były jednak lady Smallwood, nie pozwoliła im więc na to.

Była też dziewczynka, która się do niej przyczepiła, córka starszego wioski. Choć nie ustępowała wiekiem Aryi, była okropnie dziecinna. Płakała, jeśli stłukła sobie kolano, i wszędzie nosiła ze sobą głupią, szmacianą lalkę. Nadano jej wygląd zbrojnego, dziewczynka nazwała ją więc „ser żołnierzem" i przechwalała się, że w razie czego zawsze ją obroni.

— Odczep się — powtarzała jej Arya pół setki razy. — Daj mi spokój.

Dziewczynka nie chciała jednak słuchać, Arya zabrała jej więc lalkę, rozerwała ją i palcem wyciągnęła szmatę z brzucha.

— Teraz naprawdę wygląda jak żołnierz! — zawołała i wrzuciła lalkę do strumienia. Potem dziewczynka się od niej odczepiła i Arya poświęcała cały swój czas na opiekę nad Płoszką i Nieznajomym albo włóczenie się po lesie. Czasami brała jakiś kij, żeby trochę poćwiczyć jak z Igłą, zawsze jednak przypominała sobie, co się wydarzyło w Bliźniakach, i waliła patykiem o drzewo, aż się złamał.

— Może powinniśmy tu zostać na jakiś czas — oznajmił jej Ogar, gdy już minęły dwa tygodnie. Wypił sporo ale, lecz zamiast zasnąć, wpadł tylko w ponury nastrój. — Nie mamy szans dotrzeć do Orlego Gniazda, a w dorzeczu Freyowie z pewnością nadal polują na niedobitków. Wygląda na to, że przydaliby się tu ludzie do walki z tymi klanami. Moglibyśmy trochę wypocząć i może znaleźć jakiś sposób, by wysłać list do twojej ciotki.

Twarz Aryi pociemniała na te słowa. Nie chciała zostawać w wiosce, nie miała też jednak dokąd pójść. Następnego ranka, gdy Ogar poszedł rąbać drzewo i nosić kłody, wlazła z powrotem do łóżka.

Gdy jednak wysoka drewniana palisada została ukończona, starszy wioski dał mu jasno do zrozumienia, że nie ma tu dla nich miejsca.

— Kiedy nadejdzie zima, trudno nam będzie wykarmić samych siebie — wyjaśnił. — A tacy ludzie jak ty... przyciągają do siebie krew.

Sandor zacisnął usta.

— To znaczy, że wiecie, kim jestem.

— Wiemy. To prawda, że wędrowcy tu nie docierają, ale jeździmy na targi i na festyny. Słyszeliśmy o psie króla Joffreya.

— Kiedy odwiedzą was te Kamienne Wrony, moglibyście się ucieszyć, że macie psa.

— To możliwe. — Mężczyzna zawahał się chwilę, po czym zebrał się na odwagę. — Ale mówią, że nad Czarnym Nurtem opuściła cię odwaga. Mówią...

— Wiem, co mówią. — Głos Sandora brzmiał jak dwie trące o siebie piły. — Zapłać mi i odjedziemy.

Gdy opuszczali wioskę, Ogar miał u pasa sakiewkę pełną miedziaków, bukłak kwaśnego ale i nowy miecz — właściwie to bardzo stary, dla niego jednak nowy. Oddał w zamian za niego topór, który zdobył w Bliźniakach, ten sam, którym nabił Aryi guza. Ale zniknęło jeszcze tego samego dnia, miecz Clegane ostrzył jednak co noc, przeklinając poprzedniego właściciela za każde zadrapanie i plamkę rdzy. *Jeśli opuściła go odwaga, to dlaczego mu zależy, żeby jego miecz był ostry?* Arya nie odważyła się zadać mu tego pytania, myślała jednak o tym bardzo często. Czy dlatego właśnie uciekł z Bliźniaków, zabierając ją ze sobą?

Po powrocie do dorzecza przekonali się, że deszcze ustały, a poziom wód zaczął opadać. Ogar zawrócił na południe, w stronę Tridentu.

— Pojedziemy do Riverrun — oświadczył Aryi, gdy piekli nad ogniskiem upolowanego zająca. — Może Blackfish zechce kupić sobie wilczycę.

— On mnie nie zna. Nawet nie będzie wiedział, czy to naprawdę ja. — Arya miała już dosyć wędrowania do Riverrun. Wyglądało na to, że zmierza tam już od lat i nigdy jakoś nie może dotrzeć do celu. Gdy tylko ruszała do Riverrun, za każdym razem trafiała w coraz gorsze miejsce. — Nie zapłaci ci okupu. Pewnie po prostu cię powiesi.

— Niech tylko spróbuje.

Obrócił zająca na rożnie.

Nie sprawia wrażenia człowieka, którego opuściła odwaga.

— Wiem, gdzie moglibyśmy się udać — odezwała się Arya. Został jej jeszcze jeden brat. *Jon mnie przyjmie, nawet jeśli nikt inny mnie nie chce. Powie do mnie „siostrzyczko" i zmierzwi mi włosy.* Droga była jednak daleka i Arya nie sądziła, by mogła tam dotrzeć sama. Nie udało się jej dostać nawet do Riverrun. — Moglibyśmy pojechać na Mur.

Śmiech Sandora brzmiał jak warknięcie.

— Mała wilczyca chce wstąpić do Nocnej Straży, tak?

— Na Murze jest mój brat — upierała się.

Wykrzywił usta w nagłym tiku.

— Mur leży trzy tysiące mil stąd. Najpierw musielibyśmy się przedrzeć przez tych cholernych Freyów, żeby dostać się na Przesmyk. Na tamtejszych bagnach żyją jaszczurolwy, które co dzień zjadają wilki na śniadanie. A nawet gdybyśmy dotarli żywi na północ, w połowie zamków siedzą tam żelaźni ludzie, a wszędzie roi się od cholernych północnych skurwysynów.

— Boisz się ich? — zapytała. — Czy opuściła cię odwaga?

Przez chwilę myślała, że ją uderzy. Zając upiekł się już jednak na brązowo, skórka na nim pękała, a tłuszcz skapywał do ognia. Sandor zdjął go z patyka, rozerwał wielkimi łapskami i rzucił połowę Aryi.

— Z moją odwagą wszystko w porządku — odrzekł, odrywając udziec — ale mam na samym dnie dupy ciebie i twojego brata. Ja też mam brata.

TYRION

— Tyrionie — mówił ze znużeniem w głosie ser Kevan Lannister — jeśli rzeczywiście nie jesteś winien śmierci Joffreya, bez trudu dowiedziesz tego podczas procesu.

Tyrion odwrócił się od okna.

— Kto ma mnie sądzić?

— Sprawiedliwość należy do tronu. Król nie żyje, lecz twój ojciec nadal pozostaje namiestnikiem. Ponieważ oskarżonym jest jego syn, a ofiarą zbrodni padł jego wnuk, poprosił lorda Tyrella i księcia Oberyna, by oni również weszli w skład sądu.

Tyriona raczej to nie uspokoiło. Mace Tyrell był dobrym ojcem Joffreya, choć tylko przez krótki czas, a Czerwona Żmija był... no cóż, żmiją.

— Czy będzie mi wolno zażądać próby walki?

— Nie radziłbym ci tego czynić.

— A to dlaczego? — Próba walki uratowała go w Dolinie, czemu by nie tutaj? — Odpowiedz mi, stryju. Czy będzie mi wolno zażądać próby walki i wyznaczyć reprezentanta, który dowiedzie mojej niewinności?

— Z pewnością, jeśli tego właśnie sobie zażyczysz. Powinieneś się jednak dowiedzieć, że gdyby doszło do takiej próby, twoja siostra zamierza wyznaczyć na swego reprezentanta ser Gregora Clegane'a.

Ta dziwka uprzedza wszystkie moje ruchy. Szkoda, że nie wybrała Kettleblacka. Bronn szybko załatwiłby się z każdym z trzech braci, lecz Góra Która Jeździ to zupełnie inna sprawa.

— Prześpię się z tym.

Muszę pogadać z Bronnem, i to szybko. Nie chciał nawet myśleć o tym, ile go to będzie kosztowało. Bronn miał wygórowane wyobrażenie o wartości własnej skóry.

— Czy Cersei ma przeciwko mnie jakichś świadków?

— Z dnia na dzień coraz więcej.

— W takim razie muszę znaleźć własnych.

— Wymień mi ich imiona, a ser Addam rozkaże Straży Miejskiej ich odnaleźć.

— Wolałbym zrobić to sam.

— Jesteś oskarżony o królobójstwo i zabicie krewnego. Naprawdę wydaje ci się, że przyznamy ci swobodę ruchów? — Ser Kevan wskazał ręką na stół. — Masz gęsie pióro, inkaust i pergamin. Wypisz imiona wszystkich świadków, których potrzebujesz, a uczynię, co tylko będzie leżało w mojej mocy, by ich odnaleźć. Masz na to moje słowo jako Lannistera. Ty jednak nie opuścisz tej wieży przed procesem.

Tyrion nie zamierzał zniżać się do błagania.

— A czy pozwolisz mojemu giermkowi na swobodne odwiedziny? Młodemu Podrickowi Payne'owi?

— Z pewnością, jeśli tego sobie życzysz. Przyślę go do ciebie.

— Zrób to. Lepiej wcześniej niż później i lepiej natychmiast niż wcześniej. — Tyrion ruszył w stronę stołu, gdy jednak usłyszał zgrzyt otwierających się drzwi, odwrócił się jeszcze. — Stryju?

Ser Kevan zatrzymał się.

— Słucham?

— Ja tego nie zrobiłem.

— Chciałbym w to uwierzyć, Tyrionie.

Gdy drzwi się zamknęły, Tyrion Lannister wlazł na krzesło, naostrzył gęsie pióro i sięgnął po czystą kartę pergaminu. *Kto zechce przemówić w mojej obronie?* Zanurzył pióro w inkauście.

Gdy po pewnym czasie zjawił się Podrick Payne, karta nadal pozostawała dziewicza.

— Panie — odezwał się chłopak.

Tyrion odłożył pióro.

— Znajdź Bronna i natychmiast go tu przyprowadź. Powiedz mu, że dostanie złoto, tyle złota, ile nigdy mu się nawet nie śniło. Nie waż się wracać bez niego.

— Tak, panie. To znaczy nie. Nie wrócę.

Wyszedł.

Nie pojawił się do zachodu słońca ani do wschodu księżyca. Tyrion zasnął na ławeczce w oknie wykuszowym i obudził się dopiero o świcie, sztywny i obolały. Sługa przyniósł mu na śniadanie owsiankę i jabłka oraz róg ale. Zjadł posiłek przy stole, spoglądając na czysty pergamin. Po godzinie sługa wrócił po miskę.

— Widziałeś mojego giermka? — zapytał Tyrion. Mężczyzna potrząsnął głową.

Karzeł odwrócił się z westchnieniem, po raz kolejny maczając pióro w inkauście. *Sansa* — napisał na górze karty. Potem wpatrzył się w to imię, zaciskając zęby tak mocno, że aż go rozbolały.

Zakładając, że Joffrey nie udławił się po prostu kęsem pasztetu, w co nawet Tyrionowi trudno było uwierzyć, z pewnością otruła go

Sansa. *Joff właściwie postawił jej puchar na kolanach. Dał jej też pod dostatkiem powodów.* Gdyby nawet Tyrion miał w tej sprawie wątpliwości, znikły one wraz ze zniknięciem jego żony. *Jedno ciało, jedno serce, jedna dusza.* Wykrzywił usta w grymasie goryczy. *Rychło dowiodła, ile dla niej znaczyła ta przysięga. Ale czego właściwie oczekiwałeś, karle?*

Niemniej jednak... skąd Sansa mogła zdobyć truciznę? Nie wierzył, by dziewczyna działała sama. *Czy rzeczywiście chcę, by ją odnaleziono?* Czy sędziowie uwierzą, że młodociana żona Tyriona otruła króla bez wiedzy męża? *Ja bym nie uwierzył.* Cersei z pewnością będzie utrzymywała, że oboje są winni.

Mimo to wręczył nazajutrz stryjowi pergamin. Ser Kevan zmarszczył brwi na jego widok.

— Lady Sansa to twój jedyny świadek?

— Z czasem pomyślę o innych.

— Lepiej się pośpiesz. Sędziowie zamierzają rozpocząć proces już za trzy dni.

— To zbyt szybko. Trzymacie mnie pod strażą. Jak mam znaleźć świadków swej niewinności?

— Twoja siostra bez trudu wyszukuje świadków twej winy. — Ser Kevan zwinął pergamin. — Ser Addam nakazał swym ludziom odnaleźć twoją żonę. Varys wyznaczył sto jeleni nagrody za informację o miejscu jej pobytu i sto smoków za samą dziewczynę. Jeśli w ogóle można ją znaleźć, zrobimy to i wtedy przyprowadzę ją do ciebie. Nie widzę nic złego w tym, by mąż i żona dzielili ze sobą celę, służąc sobie nawzajem pocieszeniem.

— Jesteś nazbyt uprzejmy. Czy widziałeś mojego giermka?

— Wysłałem go wczoraj do ciebie. Czyżby nie przyszedł?

— Przyszedł — przyznał Tyrion — a potem poszedł.

— Przyślę go do ciebie znowu.

Podrick Payne wrócił jednak dopiero rankiem następnego dnia. Gdy wszedł niepewnie do celi, na jego twarzy wyraźnie malował się strach. Za nim zmierzał Bronn. Rycerz-najemnik miał na sobie skórzaną kamizelkę nabijaną srebrnymi ćwiekami oraz gruby płaszcz do konnej jazdy, a za pas zatknął parę skórzanych rękawic pięknej roboty.

Jedno spojrzenie na jego twarz wystarczyło, by Tyrion poczuł nagły ucisk w żołądku.

— Nie śpieszyło ci się.

— Nie przyszedłbym w ogóle, gdyby nie to, że chłopak mnie błagał. Zaproszono mnie na kolację do zamku Stokeworth.

— Stokeworth? — Tyrion zeskoczył z łóżka. — A cóż tam na ciebie czeka?

— Narzeczona. — Bronn uśmiechnął się z miną wilka spoglądającego na bezbronne jagnię. — Pojutrze mam poślubić Lollys.

— Lollys. — *Wspaniale, po prostu wspaniale.* Głupkowata córka lady Tandy będzie miała męża rycerza i coś w rodzaju ojca dla bękarta, którego nosi w brzuchu, a ser Bronn znad Czarnego Nurtu wespnie się na kolejny szczebel społecznej drabiny. Śmierdziało to paluszkami Cersei. — Moja siostra dziwka sprzedała ci kulawego konia. Dziewczyna jest słaba na umyśle.

— Gdyby chodziło mi o rozum, ożeniłbym się z tobą.

— Lollys nosi w brzuchu dziecko innego mężczyzny.

— Kiedy już wyjdzie na zewnątrz, umieszczę tam własne.

— Nie jest nawet dziedziczką Stokeworth — nie ustępował Tyrion. — Ma starszą siostrę. Falyse. Zamężną siostrę.

— Zamężną od dziesięciu lat i jak dotąd bezdzietną — wskazał Bronn. — Pan mąż unika jej łoża. Podobno woli dziewice.

— Może sobie woleć nawet kozy. To i tak nic nie zmieni. Po śmierci lady Tandy ziemie i tak odziedziczy jego żona.

— Chyba żeby Falyse zmarła wcześniej niż jej matka.

Tyrion zastanawiał się, czy Cersei zdaje sobie sprawę, jakiego węża przystawiła do piersi lady Tandzie. A jeśli nawet zdaje, to czy ją to obchodzi?

— W takim razie po co tu przyszedłeś?

Bronn wzruszył ramionami.

— Obiecałeś mi kiedyś, że jeśli ktoś zaproponuje, bym cię sprzedał, zapłacisz mi dwa razy więcej od niego.

Rzeczywiście.

— Chcesz mieć dwie żony czy dwa zamki?

— Wystarczy mi po jednym. Jeśli jednak chcesz, żebym zabił

dla ciebie Gregora Clegane'a, to będzie musiał być cholernie wielki zamek.

W Siedmiu Królestwach pełno było szlachetnie urodzonych panien, lecz nawet najbardziej leciwa, najuboższa i najszpetniejsza stara panna w całym kraju wzdrygnęłaby się przed poślubieniem nisko urodzonego łotrzyka, takiego jak Bronn. *Chyba że jest tłusta i głupia, a w brzuchu nosi pamiątkę po gwałcie dokonanym przez pięćdziesięciu mężczyzn.* Lady Tanda szukała męża dla Lollys tak rozpaczliwie, że przez pewien czas zabiegała nawet o Tyriona, a było to jeszcze przed tym, nim jej córkę posiadła połowa Królewskiej Przystani. Z pewnością Cersei osłodziła jej w jakiś sposób tę propozycję, a poza tym Bronn był teraz rycerzem, co czyniło go odpowiednią partią dla młodszej córki mniej znaczącego rodu.

— Chwilowo nie mam na podorędziu zamków i szlachetnie urodzonych panien — przyznał Tyrion. — Mogę jednak oferować ci złoto i wdzięczność, tak jak dotychczas.

— Złoto mam, a cóż można kupić za wdzięczność?

— Zdziwiłbyś się. Lannister zawsze płaci swe długi.

— Twoja siostra również pochodzi z rodu Lannisterów.

— Moja pani żona jest dziedziczką Winterfell. Gdyby udało mi się zachować głowę na karku, pewnego dnia mogę władać północą w imieniu Sansy. Mógłbym wówczas wykroić dla ciebie niezgorszy kawałek swych włości.

— O ile do tego dojdzie — zbył go Bronn. — A poza tym jest tam cholernie zimno. Lollys jest miękka, ciepła i mam ją pod ręką. Już za dwa dni będę mógł ją pochędożyć.

— Niezbyt radosna perspektywa.

— Naprawdę? — Bronn wyszczerzył zęby w uśmiechu. — Bądź ze mną szczery, Krasnalu. Gdyby dali ci wybór między wyruchaniem Lollys a walką z Górą, ściągnąłbyś portki i wyciągnął kutasa prędzej, niż ktokolwiek zdążyłby mrugnąć.

Za dobrze mnie zna, niech go szlag. Tyrion postanowił spróbować innego podejścia.

— Słyszałem, że ser Gregor został ranny nad Czerwonymi Widłami, a potem ponownie w Duskendale. To na pewno go spowolni.

— Nigdy nie był szybki — odparł poirytowany Bronn. — Tylko nienaturalnie wielki i nienaturalnie silny. Przyznaję jednak, że jest szybszy, niż można by się spodziewać po kimś tych rozmiarów. Ma też monstrualnie wielki zasięg i wydaje się, że nie odczuwa ciosów tak jak normalny człowiek.

— Aż tak się go boisz? — zapytał Tyrion, licząc na to, że go sprowokuje.

— Gdybym się go nie bał, byłbym cholernym durniem. — Bronn wzruszył ramionami. — Może i zdołałbym go załatwić. Tańczyć wokół niego tak długo, aż zmęczyłby się wymachiwaniem tym swoim mieczem i nie mógłby go więcej dźwignąć. Zwalić go w jakiś sposób z nóg. Kiedy ktoś leży na plecach, jego wzrost przestaje być ważny. Niemniej to ryzykowne. Jeden błąd i byłbym trupem. Po co się narażać? Lubię cię, chociaż jesteś brzydkim, małym skurwysynem... ale jeśli zgodzę się za ciebie walczyć, tak czy inaczej przegram. Albo Góra wypruje mi flaki, albo zabiję go i w efekcie stracę Stokeworth. Sprzedaję swój miecz, ale nie oddaję go za darmo. Nie jestem twoim cholernym bratem.

— To prawda — zgodził się ze smutkiem Tyrion. — Nie jesteś. — Skinął dłonią. — Idź więc. Biegnij do Stokeworth i do lady Lollys. Życzę ci, byś znalazł w swym małżeńskim łożu więcej szczęścia niż ja.

Bronn zawahał się przy drzwiach.

— I co teraz poczniesz, Krasnalu?

— Sam zabiję Gregora. Czyż nie wyjdzie z tego wspaniała pieśń?

— Mam nadzieję, że ją usłyszę.

Bronn uśmiechnął się po raz ostatni, po czym opuścił celę, zamek i życie Tyriona.

Pod zaszurał nogami.

— Przykro mi.

— A dlaczego? Czy to twoja wina, że Bronn jest bezczelnym łotrzykiem o czarnym sercu? Za to go właśnie polubiłem.

Tyrion nalał sobie kielich wina i usiadł z nim na ławeczce w oknie wykuszowym. Choć dzień był pochmurny i deszczowy, widok rozpościerający się za oknem i tak był weselszy niż jego widoki. Pewnie mógłby wysłać Podricka Payne'a po Shaggę, lecz w głębi królewskiego lasu było tak wiele kryjówek, że banitom często udawało się tam uniknąć pojmania przez całe dziesięciolecia. *A Pod czasami ma trudności ze znalezieniem kuchni, kiedy wysyłam go po ser.* Timett, syn Timetta, zapewne wrócił już w Góry Księżycowe. A bez względu na to, co powiedział Bronnowi, gdyby osobiście stanął do walki z ser Gregorem Clegane'em, byłaby to farsa gorsza od występu karłów Joffreya. Nie zamierzał ginąć przy akompaniamencie huraganów śmiechu. *Nici z próby walki.*

Ser Kevan odwiedził go wieczorem i następnego dnia znowu. Poinformował go uprzejmie, że Sansy nie odnaleziono, podobnie jak błazna, ser Dontosa, który zaginął tej samej nocy. Czy Tyrion chciał powołać jakichś innych świadków? Nie chciał. *Jak, do cholery, mam udowodnić, że nie zatrułem wina, kiedy tysiąc ludzi widziało, jak napełniałem puchar?*

Nocą nie spał ani chwili. Leżał tylko, wpatrzony w baldachim, i liczył swe duchy. Widział uśmiechniętą Tyshę, która całowała się z nim, oraz Sansę, nagą i drżącą ze strachu. Widział Joffreya, który rozdrapywał sobie gardło. Krew spływała mu po szyi, a twarz miał zupełnie czarną. Widział oczy Cersei, wilczy uśmiech Bronna i łobuzerski Shae. Nawet myśl o dziewczynie nie zdołała go podniecić. Ujął w rękę kutasa, licząc na to, że jeśli go pobudzi i zaspokoi, będzie mógł potem zasnąć, w niczym mu to jednak nie pomogło.

Potem nastał świt i nadszedł czas procesu.

Rankiem nie przyszedł po niego ser Kevan, lecz ser Addam Marbrand w towarzystwie dwunastu złotych płaszczy. Tyrion zjadł na śniadanie jajka na twardo z boczkiem i grzankami, po czym przywdział swój najlepszy strój.

— Ser Addamie — rzekł. — Sądziłem, że ojciec przyśle po mnie rycerzy Gwardii Królewskiej. Nadal jestem członkiem panującej rodziny, nieprawdaż?

— Jesteś, panie, ale obawiam się, że większość ludzi z Gwardii Królewskiej będzie zeznawać przeciwko tobie. Lord Tywin sądził, że to nie byłoby właściwe, gdyby byli twoimi strażnikami.

— Bogowie, brońcie, byśmy zrobili coś niewłaściwego. No to prowadź.

Miano go sądzić w sali tronowej, tam, gdzie zginął Joffrey. Gdy ser Addam wprowadził go do środka przez wysokie drzwi z brązu i ruszył razem z nim po długim dywanie, Tyrion czuł, że wszyscy spoglądają na niego. Setki osób przybyły obejrzeć jego proces. Tyrion przynajmniej miał nadzieję, że to właśnie ich tu sprowadza. *To wszystko równie dobrze mogą być świadkowie Cersei.* Zauważył na galerii królową Margaery, bladą i piękną w żałobie. *Dwukrotnie wyszła za mąż i dwukrotnie owdowiała, a ma dopiero szesnaście lat.* U jednego jej boku stała wysoka matka, a u drugiego niska babka. Resztę galerii zajmowały jej damy dworu oraz domowi rycerze jej ojca.

Przed pustym Żelaznym Tronem nadal stało podwyższenie, choć z sali usunięto wszystkie stoły oprócz jednego. Zasiadał za nim tęgi lord Mace Tyrell w złotym płaszczu zarzuconym na zielone ubranie oraz szczupły książę Oberyn Martell w powłóczystych szatach w pomarańczowo-żółto-szkarłatne pasy. Lord Tywin Lannister zajął miejsce między nimi. *Być może jest jeszcze dla mnie nadzieja.* Dornijczyk i wysogrodzianin darzyli się wzajemną nienawiścią. *Gdyby udało mi się to w jakiś sposób wykorzystać...*

Wielki septon odmówił modlitwę, prosząc Ojca Na Górze, by powiódł ich ku sprawiedliwości. Gdy tylko skończył, ojciec na dole pochylił się nad stołem i zapytał:

— Tyrionie, czy zabiłeś króla Joffreya?

Nie zmarnował nawet uderzenia serca.

— Nie.

— To wielka ulga — zauważył z przekąsem Oberyn Martell.

— Czy więc uczyniła to Sansa Stark? — zapytał lord Tyrell.

Na jej miejscu z pewnością bym tak postąpił. Bez względu jednak na to, gdzie obecnie była Sansa i jaką rolę mogła odegrać w tej sprawie, nadal pozostawała jego żoną. Zarzucił jej na ramiona płaszcz opieki, choć musiał w tym celu wspiąć się na plecy błazna.

— Bogowie zabili Joffreya. Udławił się gołębim pasztetem.

Lord Tyrell poczerwieniał.

— Oskarżasz kucharzy?

— Ich albo gołębie. Tylko nie mieszajcie mnie do tego.

Usłyszał nerwowy śmieszek i zrozumiał, że popełnił błąd. *Uważaj, co mówisz, mały durniu, bo inaczej wykopiesz sobie językiem grób.*

— Są przeciwko tobie świadkowie — oznajmił lord Tywin. — Ich wysłuchamy najpierw. Potem będziesz mógł powołać własnych świadków. Możesz się odzywać jedynie za naszym przyzwoleniem.

Tyrionowi pozostało jedynie skinąć głową. Okazało się, że ser Addam mówił prawdę. Pierwszym świadkiem, którego wprowadzono, był ser Balon Swann z Gwardii Królewskiej.

— Lordzie namiestniku — zaczął, gdy wielki septon odebrał już od niego przysięgę, że będzie mówił tylko prawdę. — Miałem zaszczyt walczyć u boku twego syna na moście z okrętów. Mimo swego wzrostu jest odważnym człowiekiem i nie wierzę, by dopuścił się tego czynu.

W sali rozległ się szept. Tyrion zadał sobie pytanie, jaką szaloną grę prowadzi Cersei. *Po co powołała świadka, który uważa mnie za niewinnego?* Wkrótce przekonał się po co. Ser Balon opowiedział z niechęcią o tym, jak odciągnął Tyriona od Joffreya w dzień rozruchów.

— Uderzył Jego Miłość, ale to był tylko napad złości, nic więcej. Letnia burza. Tłuszcza omal nie zabiła nas wszystkich.

— W czasach Targaryenów każdemu, kto uderzył człowieka krwi królewskiej, ucinano rękę, którą dopuścił się tego czynu — zauważył Czerwona Żmija z Dorne. — Czy karłowi odrosła rączka, czy też Białe Miecze zapomniały o swym obowiązku?

— On również był człowiekiem krwi królewskiej — wyjaśnił ser Balon. — I do tego królewskim namiestnikiem.

— Nie — sprzeciwił się lord Tywin. — Pełnił tylko obowiązki królewskiego namiestnika, zastępując mnie.

Gdy ser Meryn Trant zajął miejsce dla świadka, z przyjemnością uzupełnił relację ser Balona.

— Obalił króla na ziemię i zaczął go kopać. Krzyczał, że to niesprawiedliwe, iż Jego Miłość uciekł bez szkody przed furią tłumu.

Tyrion zaczął pojmować plan siostry. *Zaczęła od człowieka znanego z uczciwości i wyciągnęła z niego tyle, ile tylko mogła. Każdy następny świadek przedstawi mnie w gorszym świetle, aż w końcu wydam się rów-*

nie zły, co Maegor Okrutny i Aerys Obłąkany razem wzięci, z domieszką Aegona Niegodnego do smaku.

Następnie ser Meryn opisał, w jaki sposób Tyrion przerwał Joffreyowi karanie Sansy Stark.

— Karzeł zapytał Jego Miłość, czy wie, co spotkało Aerysa Targaryena. Gdy ser Boros przemówił w obronie króla, Krasnal zagroził, że go zabije.

Następnie zjawił się Blount, który powtórzył tę samą opowieść. Jeśli nawet ser Boros wciąż miał do Cersei żal o to, że wyrzuciła go z Gwardii Królewskiej, nie przeszkodziło to mu w powtórzeniu słów, których od niego żądała.

Tyrion nie zdołał już dłużej zachować milczenia.

— Dlaczego nie powiesz sędziom, co wtedy robił Joffrey?

Wysoki mężczyzna o rumianych policzkach spojrzał na niego spode łba.

— Z chęcią im powiem, że kazałeś swoim dzikusom mnie zabić, jeśli odważę się otworzyć usta.

— Tyrionie — odezwał się lord Tywin. — Wolno ci odzywać się jedynie wtedy, gdy cię o coś zapytamy. Uznaj to za ostrzeżenie.

Tyrion umilkł, choć dławił go gniew.

Potem przyszła kolej na wszystkich trzech Kettleblacków. Osney i Osfryd opowiedzieli o kolacji u Cersei przed bitwą nad Czarnym Nurtem i groźbach, które wtedy wygłosił.

— Powiedział Jej Miłości, że wyrządzi jej krzywdę — oznajmił ser Osfryd.

— Że jej zaszkodzi — uzupełnił jego relację Osney. — Że zaczeka na dzień, gdy będzie szczęśliwa, i sprawi, że radość obróci się w jej ustach w popiół.

Żaden z nich nie wspomniał o Alayayi.

Ser Osmund Kettleblack, uosobienie szlachetnego rycerza w nieskazitelnej zbroi płytowej i białym płaszczu z wełny, przysiągł, że król Joffrey od dawna wiedział, iż wuj zamierza go zamordować.

— To było tego samego dnia, gdy dali mi biały płaszcz, szlachetni panowie — oznajmił sędziom. — Ten dzielny chłopak rzekł mi wówczas: „Strzeż mnie pilnie, dobry ser Osmundzie, gdyż wuj nie darzy mnie miłością. Pragnie zostać królem w moje miejsce".

Tego już Tyrion nie mógł przełknąć.

— Kłamca!

Zdążył postąpić dwa kroki naprzód, nim złote płaszcze zaciągnęły go z powrotem na miejsce. Lord Tywin zmarszczył brwi.

— Czy musimy zakuć cię w łańcuchy, jak pospolitego złoczyńcę?

Tyrion zazgrzytał zębami. *To twój drugi błąd, ty durny, durny, durny karle. Zachowaj spokój, bo inaczej będziesz zgubiony.*

— Nie musicie. Proszę o wybaczenie, szlachetni panowie. Rozgniewały mnie jego kłamstwa.

— Chciałeś powiedzieć, jego słowa prawdy — odezwała się Cersei. — Ojcze, błagam cię, każ go skuć, dla waszego własnego bezpieczeństwa. Widzisz, jaki on jest.

— Widzę, że jest karłem — wtrącił książę Oberyn. — Dnia, w którym przestraszę się gniewu karła, pójdę się utopić w beczce czerwonego wina.

— Nie potrzebujemy łańcuchów. — Lord Tywin spojrzał na okna i wstał. — Robi się już późno. Wznowimy rozprawę jutro.

Nocą, siedząc samotnie w celi nad czystą kartą pergaminu i kielichem wina, Tyrion zaczął myśleć o swej żonie. Nie o Sansie, lecz o pierwszej żonie, Tyshy. *Żonie kurwie, nie żonie wilczycy.* Tylko udawała, że go kocha, wierzył w to jednak i ta wiara sprawiała mu radość. *Dajcie mi słodkie kłamstwa i zabierzcie swe gorzkie prawdy.* Dopił wino i pomyślał o Shae. Potem, gdy ser Kevan przyszedł z nocną wizytą, Tyrion poprosił o spotkanie z Varysem.

— Sądzisz, że eunuch przemówi w twej obronie?

— Nie będę tego wiedział, dopóki z nim nie porozmawiam. Bądź tak dobry i przyślij go tu, stryju.

— Jak sobie życzysz.

Drugi dzień procesu otworzyli maesterzy Ballabar i Frenken. Przysięgli, że otworzyli również szlachetne zwłoki króla Joffreya i nie znaleźli w monarszym gardle kawałka gołębiego pasztetu ani żadnej innej potrawy.

— To trucizna go zabiła, szlachetni panowie — podsumował Ballabar. Frenken pokiwał z powagą głową.

Potem przyprowadzono wielkiego maestera Pycelle'a, który drżał i wspierał się ciężko na krzywej lasce. Na długiej, kurzej szyi rosła mu garstka białych włosów. Był już zbyt słaby, by stać o własnych siłach, sędziowie pozwolili więc, by przyniesiono dla niego krzesło. Razem z nim dostarczono stół, na którym ustawiono małe słoiczki. Pycelle z przyjemnością wymieniał nazwy umieszczonych w nich specyfików.

— Szary kapelusz — mamrotał drżącym głosem — produkowany z muchomora. Wilcza jagoda, senniczka, taniec demona. To jest ślepotka. A ten specyfik nazywa się wdowia krew, z uwagi na kolor. To bardzo okrutny środek. Paraliżuje pęcherz i kiszki, aż człowiek topi się we własnych truciznach. Tu mamy tojad, a tam jad bazyliszka. W tamtym słoiczku są lyseńskie łzy. Tak, znam je wszystkie. Krasnal Tyrion Lannister ukradł je z moich komnat, gdy uwięził mnie pod fałszywymi zarzutami.

— Pycelle — zawołał Tyrion, narażając się na gniew ojca. — Czy któraś z tych trucizn może udusić człowieka?

— Nie. Do tego potrzebny jest rzadziej spotykany jad. W latach mej młodości, w Cytadeli, moi nauczyciele zwali go dusicielem.

— Ale tego rzadko spotykanego jadu nie znaleziono, prawda?

— Nie. — Pycelle zamrugał powiekami. — Zużyłeś go w całości, by zabić najszlachetniejsze dziecko, jakie bogowie kiedykolwiek umieścili na tej dobrej ziemi.

Gniew pozbawił Tyriona rozsądku.

— Joffrey był okrutny i głupi, ale ja go nie zabiłem. Zetnijcie mi głowę, jeśli chcecie. Nie miałem nic wspólnego ze śmiercią mojego siostrzeńca.

— Cisza! — zawołał lord Tywin. — Ostrzegałem cię już trzykrotnie. Następnym razem zostaniesz zakuty w łańcuchy i zakneblowany.

Po Pycelle'u nadeszła nużąca procesja kolejnych świadków. Lordowie, damy i szlachetni rycerze, wysoko i nisko urodzeni, wszyscy byli obecni na weselu i widzieli, jak Joffrey się zakrztusił, a jego twarz zrobiła się czarna niczym dornijska śliwka. Lord Redwyne, lord Celtigar i ser Flement Brax słyszeli, jak Tyrion groził królowi; dwaj służący, żongler, lord Gyles, ser Hobber Redwyne i ser Philip Foote widzieli, jak nalewał wina do królewskiego pucharu; lady Merryweather przysięgła, że widziała, jak karzeł wrzucił coś do królewskiego trunku, gdy Joff i Margaery kroili pasztet; stary Estermont, młody Peckledon, minstrel Galyeon z Cuy oraz giermkowie Morros i Jothos Slynt zeznali, że gdy Joff konał, Tyrion wziął w rękę kielich i wylał resztkę zatrutego wina na podłogę.

Kiedy zdążyłem narobić sobie tylu wrogów? Lady Merryweather nie znał prawie w ogóle. Zadał sobie pytanie, czy jest ślepa czy przekupiona. Dobrze chociaż, że Galyeon z Cuy nie nadał swym zeznaniom formy pieśni, gdyż w takim przypadku mogliby być zmuszeni do wysłuchania siedemdziesięciu siedmiu cholernych zwrotek.

Gdy po kolacji odwiedził go stryj, był chłodny i trzymał się na dystans. *On również uważa, że jestem winny.*

— Czy masz dla nas świadków? — zapytał ser Kevan.

— Muszę przyznać, że nie. Chyba że znaleźliście moją żonę.

Jego stryj potrząsnął głową.

— Wygląda na to, że proces przybrał bardzo niekorzystny dla ciebie obrót.

— Och, naprawdę tak sądzisz? Nie zauważyłem. — Tyrion dotknął palcem blizny. — Varys nie przyszedł.

— I nie przyjdzie. Jutro ma zeznawać przeciwko tobie.

Cudownie.

— Rozumiem. — Przesunął się nerwowo na krześle. — Zaciekawiłeś mnie, stryju. Zawsze byłeś sprawiedliwym człowiekiem. Co cię przekonało?

— Po co kradłbyś trucizny Pycelle'a, gdybyś nie miał zamiaru ich użyć? — zapytał bez ogródek ser Kevan. — A lady Merryweather widziała...

— Nic nie widziała! Nie zrobiłem nic w tym rodzaju. Jak jednak mam tego dowieść, gdy siedzę tu zamknięty?

— Być może czas już, byś przyznał się do winy.

Choć otaczały go grube kamienne mury Czerwonej Twierdzy, Tyrion słyszał nieustanny szum deszczu.

— Powtórz to jeszcze raz, stryju. Mógłbym przysiąc, że namawiałeś mnie, bym przyznał się do winy.

— Gdybyś wyznał przed tronem swą zbrodnię i wyraził skruchę, twój ojciec powstrzymałby miecz. Pozwolono by ci przywdziać czerń.

Tyrion roześmiał mu się prosto w oczy.

— Te same warunki zaproponowała Cersei Eddardowi Starkowi. Wszyscy wiemy, czym się to skończyło.

— Twój ojciec nie miał z tym nic wspólnego.

To przynajmniej było prawdą.

— W Czarnym Zamku roi się od morderców, złodziei i gwałcicieli, ale nie przypominam sobie, bym spotkał tam jakichś królobójców — wskazał Tyrion. — Chcesz, bym uwierzył, że jeśli przyznam się do królobójstwa i zabójstwa krewnego, ojciec po prostu pokiwa głową, wybaczy mi i odeśle mnie na Mur z zapasem ciepłej, wełnianej bielizny na zmianę?

Zarechotał grubiańsko.

— Nikt nic nie mówił o wybaczaniu — odparł z powagą ser Kevan. — Gdybyś przyznał się do winy, moglibyśmy zamknąć sprawę. Dlatego właśnie twój ojciec polecił mi przedłożyć ci tę propozycję.

— Podziękuj mu uprzejmie w moim imieniu, stryju, ale powiedz też, że nie jestem w odpowiednim nastroju do wyznawania win.

— Na twoim miejscu zmieniłbym nastrój. Twoja siostra domaga się twej głowy, a przynajmniej lord Tyrell jest skłonny jej ją dać.

— A więc jeden z sędziów już mnie skazał, nie wysłuchawszy nawet jednego słowa w mojej obronie? — Tyriona wcale to nie zdziwiło. — Czy będzie mi wolno przemówić i przedstawić świadków?

— Nie masz świadków — przypomniał mu stryj. — Tyrionie, jeśli jesteś winny tej potwornej zbrodni, zasługujesz na gorszy los niż Mur. A jeśli jesteś niewinny… wiem, że na północy trwają walki, ale mimo to byłbyś tam bezpieczniejszy niż w Królewskiej Przystani, bez względu na ostateczny wynik twego procesu. Tłuszcza jest przekonana o twojej winie. Gdybyś był tak głupi, by pokazać się na ulicach, rozszarpano by cię na strzępy.

— Jak rozumiem, ta perspektywa bardzo cię przeraża.

— Jesteś synem mojego brata.

— Mógłbyś mu o tym przypomnieć.

— Sądzisz, że pozwoliłby ci przywdziać czerń, gdyby w twoich żyłach nie płynęła krew jego i Joanny? Wiem, że Tywin wydaje ci się twardym człowiekiem, nie jest jednak twardszy, niż to konieczne. Nasz ojciec był łagodny i sympatyczny, ale tak słaby, że jego chorążowie drwili zeń po pijanemu. Niektórzy uważali za stosowne otwarcie się mu przeciwstawiać. Inni lordowie pożyczali od nas złoto, ale jakoś nie chcieli go oddawać. Na dworze krążyły żarty o bezzębnych lwach. Nawet kochanka go okradała. Kobieta tylko o jeden stopień lepsza od kurwy przywłaszczyła sobie klejnoty mojej matki! Tywinowi przypadło w udziale zadanie przywrócenia rodowi Lannisterów należnego mu miejsca. Podobnie jak zadanie władania całym królestwem, gdy miał zaledwie dwadzieścia lat. Dźwigał to ciężkie brzemię przez dwa dziesięciolecia, a jedyne, co otrzymał w nagrodę, to zazdrość obłąkanego króla. Zamiast zasłużonych zaszczytów spotykały go niezliczone zniewagi. Mimo to dał Siedmiu Królestwom pokój, dobrobyt i sprawiedliwość. To sprawiedliwy człowiek. Gdybyś był rozsądny, zaufałbyś mu.

Tyrion zamrugał powiekami ze zdumienia. Ser Kevan zawsze był spokojnym, solidnym, praktycznym człowiekiem. Nigdy dotąd nie słyszał, by przemawiał z takim ferworem.

— Ty go kochasz.

— Jest moim bratem.

— Rozważę twe słowa.

— Rozważ je starannie. I szybko.

Całą noc rozmyślał prawie wyłącznie o tym, lecz rankiem wciąż nie miał pojęcia, czy może zaufać ojcu. Sługa przyniósł mu na śniadanie owsiankę z miodem, Tyrion jednak czuł tylko smak żółci na myśl o przyznaniu się do winy. *Aż po kres moich dni będą mnie zwać zabójcą krewnego. Jeśli za tysiąc lat będą jeszcze o mnie pamiętać, to jako o monstrualnym karle, który otruł swego młodocianego siostrzeńca na jego weselu.* Rozgniewało go to tak bardzo, że cisnął miską i łyżką o ścianę, zostawiając na niej plamę owsianki. Gdy ser Addam przyszedł odprowadzić go na proces, zerknął na to ciekawie, był jednak na tyle uprzejmy, że nie zadawał żadnych pytań.

— Lord Varys — oznajmił herold — starszy nad szeptaczami.

Upudrowany, wystrojony i pachnący wodą różaną Pająk, mówiąc, cały czas zacierał dłonie. *Zmywa z nich moje życie* — pomyślał Tyrion, słuchając eunucha, który żałobnym tonem zdał relację z tego, jak Krasnal uknuł spisek, by pozbawić Joffreya opieki Ogara, i rozmawiał z Bronnem o tym, że lepiej byłoby mieć za króla Tommena. *Półprawdy są warte więcej od kłamstw.* W przeciwieństwie do reszty świadków Varys przedstawił dokumenty. Pergaminy starannie wypełnione notatkami, szczegółami, datami, kompletnymi zapisami rozmów. Materiałów było tak wiele, że ich recytacja zajęła cały dzień. Większość z nich obciążała Tyriona. Varys potwierdził, że odwiedził on nocą komnaty wielkiego maestera Pycelle'a, by skraść mu trucizny i eliksiry, oraz że groził Cersei podczas ich wspólnej kolacji. Potwierdził właściwie wszystko poza samym faktem otrucia. Książę Oberyn zapytał go, skąd może o tym wszystkim wiedzieć, skoro nie był obecny przy żadnym z owych wydarzeń.

— Moje ptaszki mi powiedziały — odparł z chichotem eunuch. — Wiedzieć o wszystkim to ich i moje zadanie.

Jak mam o coś zapytać ptaszka? — pomyślał Tyrion. *Trzeba było ściąć Varysa już pierwszego dnia po przybyciu do Królewskiej Przystani. Niech go szlag trafi. I mnie też, za to, że mu ufałem.*

— Czy usłyszeliśmy już wszystko? — zapytał córkę lord Tywin, gdy Varys opuścił salę.

— Prawie — odparła Cersei. — Proszę o pozwolenie na przedstawienie jutro jeszcze jednego świadka.

— Jak sobie życzysz.

Cudownie — pomyślał rozwścieczony Tyrion. *Po tej farsie egzekucja przyniesie mi niemal ulgę.*

Nocą, gdy pił wino, siedząc przy oknie, usłyszał pod drzwiami czyjeś głosy. *Ser Kevan przybył po moją odpowiedź* — pomyślał natychmiast, lecz człowiekiem, który wszedł do celi, nie był jego stryj.

Tyrion wstał i przywitał księcia Oberyna drwiącym ukłonem.

— Czy sędziom wolno odwiedzać oskarżonych?

— Książętom wolno chodzić, dokąd tylko zechcą. Tak przynajmniej powiedziałem strażnikom.

Czerwona Żmija usiadł.

— Mój ojciec nie będzie z tego zadowolony.

— Zadowolenie Tywina Lannistera nigdy nie zajmowało wysokiego miejsca na liście moich priorytetów. Czy to dornijskie wino?

— Z Arbor.

Oberyn skrzywił się.

— Czerwona woda. Otrułeś go?

— Nie. A ty?

Książę uśmiechnął się.

— Czy wszystkie karły mają takie ostre języki jak twój? Pewnego pięknego dnia ktoś ci go utnie.

— Nie jesteś pierwszym, który mi to mówi. Być może powinienem uciąć go sobie sam, bo ciągle wpędza mnie w kłopoty.

— Zauważyłem to. Chyba jednak wypiję odrobinę soku z winogron lorda Redwyne'a.

— Jak sobie życzysz.

Tyrion nalał mu kielich.

Dornijczyk pociągnął łyk, przepłukał usta winem i przełknął płyn.

— Na razie może być. Jutro przyślę ci trochę mocnego, dornijskiego trunku. — Wypił kolejny haust. — Znalazłem tę złotowłosą kurwę, o której mówiłem.

— Trafiłeś do Chatayi?

— U Chatayi wybrałem sobie czarną dziewczynę. Chyba nazywa się Alayaya. Jest wspaniała, chociaż ma pręgi na plecach. Chodziło mi jednak o twoją siostrę.

— Czyżby już cię uwiodła? — zapytał Tyrion bez śladu zdziwienia.

Oberyn roześmiał się w głos.

— Nie, ale zrobi to, jeśli zapłacę żądaną cenę. Napomknęła nawet o małżeństwie. Jej Miłość potrzebuje nowego męża, a któż byłby lepszym kandydatem od księcia Dorne? Ellaria uważa, że powinienem się zgodzić. Ta niewyżyta dziewka robi się wilgotna na samą myśl o Cersei w naszym łożu. Nawet nie musielibyśmy płacić karlego grosika. Twoja siostra żąda ode mnie tylko jednej głowy, nieco przydużej, lecz za to pozbawionej nosa.

— I? — zapytał Tyrion.

Zamiast odpowiedzi, książę Oberyn zakręcił winem w kielichu.

— Gdy w dawnych czasach Młody Smok podbił Dorne — zaczął — po Hołdzie Słonecznej Włóczni wyznaczył na naszego władcę lorda Wysogrodu. Ów Tyrell jeździł od twierdzy do twierdzy ze swym orszakiem, ścigając buntowników i pilnując, by nasze kolana pozostały ugięte. Przybywał na czele licznego oddziału, zajmował cały zamek dla siebie, zatrzymywał się na cały księżyc, a potem ruszał do następnego zamku. Miał w zwyczaju wykopywać lordów z ich komnat i spać w ich łożach. Pewnej nocy miał nad głową ciężki, aksamitny baldachim, a u poduszek zwisała wstęga, za którą miał pociągnąć, gdyby zapragnął dziewki. Ten lord Tyrell gustował w dornijskich kobietach. Trudno mu się zresztą dziwić. Dlatego pociągnął za wstęgę i w tej samej chwili baldachim nad nim rozstąpił się, a na głowę spadła mu setka czerwonych skorpionów. Jego śmierć dała początek pożarowi, który wkrótce ogarnął całe Dorne. W ciągu dwóch tygodni wszystkie zwycięstwa Młodego Smoka obróciły się wniwecz. Klęczący podnieśli się z kolan i odzyskaliśmy wolność.

— Znam tę opowieść — stwierdził Tyrion. — I co z niej wynika?

— To, że gdybym kiedyś znalazł obok łoża szarfę i pociągnął za nią, wolałbym, żeby spadły na mnie skorpiony niż królowa w całej swej nagiej krasie.

Tyrion wyszczerzył zęby w uśmiechu.

— Mamy ze sobą przynajmniej tyle wspólnego.

— Szczerze mówiąc, mam za co dziękować twej siostrze. Gdyby cię wtedy na uczcie nie oskarżyła, bardzo możliwe, że teraz ty sądziłbyś mnie, a nie ja ciebie. — W ciemnych oczach księcia błysnęły iskierki wesołości. — Ostatecznie któż wie więcej o truciznach niż Czerwona Żmija z Dorne? Któż ma lepsze powody do tego, by trzymać Tyrellów jak najdalej od korony? A skoro Joffrey leży w grobie, zgodnie z dornijskim prawem Żelazny Tron powinien przypaść jego siostrze Myrcelli, a tak się składa, że dzięki tobie jest ona zaręczona z moim bratankiem.

— Dornijskie prawo nie ma tu zastosowania. — Tyrion był tak zaabsorbowany własnymi kłopotami, że w ogóle nie zastanawiał się nad kwestią sukcesji. — Możesz być pewien, że mój ojciec ukoronuje Tommena.

— W rzeczy samej, może ukoronować Tommena w Królewskiej Przystani, ale to wcale nie znaczy, że mój brat nie ukoronuje Myrcelli w Słonecznej Włóczni. Czy twój ojciec ruszy na wojnę z twą siostrzenicą w imieniu twojego siostrzeńca? A twoja siostra? — Oberyn wzruszył ramionami. — Być może powinienem jednak ożenić się z królową Cersei, pod warunkiem że poprze córkę przeciw synowi. Myślisz, że by na to przystała?

Nigdy w życiu — omal nie odpowiedział Tyrion, lecz te słowa uwięzły mu w gardle. Cersei zawsze oburzał fakt, że płeć pozbawiła ją praw do władzy. *Gdyby na zachodzie obowiązywało dornijskie prawo, to ona byłaby dziedziczką Casterly Rock.* Cersei i Jaime byli bliźniakami, ale to ona przyszła na świat pierwsza, a to wystarczało. Popierając sprawę Myrcelli, poparłaby również i własną.

— Nie mam pojęcia, czy moja siostra wybrałaby Tommena czy Myrcellę — przyznał. — To nie ma znaczenia. Mój ojciec nigdy jej nie pozwoli na taki wybór.

— Twój ojciec nie będzie żył wiecznie — wskazał książę Oberyn.

Ton, z jakim wypowiedział te słowa, sprawił, że włoski na karku Tyriona zjeżyły się nagle. Przypomniał sobie o Elii i o wszystkim, co mówił książę Oberyn, gdy jechali przez pole popiołów. *Chce głowy, która wydała rozkaz, nie tylko ręki, która trzymała miecz.*

— Nie jest rozsądne wypowiadać w Czerwonej Twierdzy słowa zdrady, mości książę. Ptaszki słuchają.

— Niech sobie słuchają. Czy to zdrada powiedzieć, że człowiek jest śmiertelny? *Valar morghulis*, jak mawiano w dawnej Valyrii. „Wszyscy muszą umrzeć". A potem nadeszła zagłada i dowiodła, że mieli rację. — Dornijczyk podszedł do okna i wbił wzrok w ciemność. — Powiadają, że nie masz dla nas świadków.

— Miałem nadzieję, że jedno spojrzenie na moją słodką twarz wystarczy, by przekonać was wszystkich o mej niewinności.

— Jesteś w błędzie, panie. Tłusty Kwiat z Wysogrodu jest święcie przekonany o twojej winie. Zdecydowanie pragnie twej śmierci. Jego wspaniała Margaery również piła z tego pucharu. Przypominał nam o tym pół setki razy.

— A co ty o tym sądzisz? — zapytał Tyrion.

— Ludzie rzadko są tym, kim się wydają. Wyglądasz na winnego tak bardzo, że jestem przekonany o twej niewinności. Niemniej jednak, zapewne zostaniesz skazany. Po tej stronie gór trudno o sprawiedliwość. Po dziś dzień nie otrzymaliśmy jej za Elię, Aegona czy Rhaenys. Czemu ty miałbyś mieć więcej szczęścia? Być może prawdziwego zabójcę Joffreya pożarł niedźwiedź. Podobno w Królewskiej Przystani zdarza się to bardzo często. Ach, chwileczkę, niedźwiedź był w Harrenhal. Teraz to sobie przypominam.

— Czy na tym ma polegać nasza gra? — Tyrion potarł bliznę na nosie. Mógł powiedzieć Oberynowi prawdę. Nie miał nic do stracenia. — W Harrenhal rzeczywiście był niedźwiedź, który naprawdę pożarł ser Amory'ego Lorcha.

— To bardzo smutne — stwierdził Czerwona Żmija. — Dla niego i dla ciebie. Zastanawiam się, czy ludzie bez nosa zawsze kłamią tak kiepsko?

— Nie kłamię. Ser Amory wyciągnął księżniczkę Rhaenys spod łóżka jej ojca i zabił ją nożem. Towarzyszyła mu grupa zbrojnych, ale nie znam ich imion. — Tyrion pochylił się. — Ale to ser Gregor Clegane rozwalił o ścianę głowę księcia Aegona i zgwałcił twą siostrę Elię, mając na rękach jego krew i mózg.

— A cóż to takiego? Prawda z ust Lannistera? — Oberyn uśmiechnął się zimno. — A rozkaz wydał twój ojciec, zgadza się?

— Nie.

Zełgał bez wahania, nawet nie zastanawiając się nad tym, dlaczego to uczynił.

Dornijczyk uniósł jedną cienką brew.

— Ależ z ciebie obowiązkowy syn. I cóż za nieprzekonujące kłamstwo. To lord Tywin przyniósł dzieci mojej siostry królowi Robertowi, owinięte w karmazynowe lannisterskie płaszcze.

— Być może powinieneś porozmawiać o tym z moim ojcem. On tam był. Ja przebywałem wówczas w Casterly Rock i byłem jeszcze taki mały, że myślałem, iż to, co mam między nogami, służy tylko do siusiania.

— To prawda, ale teraz jesteś tutaj i wydaje mi się, że masz pewne trudności. Twa niewinność może się rzucać w oczy jak blizna, którą masz na twarzy, to cię jednak nie uratuje. I twój ojciec również nie. — Dornijski książę rozciągnął usta w uśmiechu. — Tylko ja mogę to zrobić.

— Ty? — Tyrion przyjrzał się mu. — Jesteś tylko jednym sędzią z trzech. Jak możesz mnie uratować?

— Nie jako sędzia. Jako twój reprezentant.

JAIME

Biała księga leżała na białym stole w białym pokoju.

Pokój był okrągły, a na bielonych kamiennych ścianach wisiały białe wełniane gobeliny. Pomieszczenie tworzyło parter Wieży Białego Miecza, smukłej, trzypiętrowej budowli wpasowanej w załamanie zamkowych murów nad brzegiem zatoki. W piwnicy zgromadzono broń i zbroje, a na pierwszym i drugim piętrze znajdowały się skromne sypialnie sześciu braci z Gwardii Królewskiej.

Jedna z tych cel od osiemnastu lat należała do niego, dziś rano przeniósł jednak swe rzeczy na najwyższe piętro, które w całości zajmowały apartamenty lorda dowódcy. Te pokoje również były skromnie urządzone, choć przestronne, górowały jednak nad zewnętrznym murem, co oznaczało, że miał widok na morze. *To mi odpowiada* — pomyślał. *Widok i cała reszta.*

Blady jak ściany pomieszczenia Jaime zasiadł obok księgi, ubrany w biały strój Gwardii Królewskiej i czekał na swych zaprzysiężonych braci. U jego biodra wisiał miecz. *U niewłaściwego biodra.* Do tej pory zawsze nosił oręż z lewej strony i wyciągał go z pochwy prawą ręką. Dziś rano przeniósł miecz na prawą stronę, by wydobywać go lewą ręką w taki sam sposób. Przeszkadzał mu jednak ciężar broni u prawego boku, a gdy spróbował ją wyciągnąć, cały ruch wydał się niezgrabny i nienaturalny. Ubranie również na niego nie pasowało. Wdział zimowy strój Gwardii Królewskiej, bluzę i spodnie z farbowanej, białej wełny oraz gruby biały płaszcz. Wszystko to jednak było zbyt luźne.

Jaime spędził kilka ostatnich dni na procesie brata. Stał w głębi sali i Tyrion albo go nie zauważył, albo nie poznał. Nie było to niespodzianką. Nie poznawała go połowa dworu. *Jestem obcy we własnym domu.* Jego syn nie żył, ojciec go wydziedziczył, a siostra... po tym pierwszym dniu w królewskim sepcie, gdy Joffrey leżał wśród świec, ani razu nie pozwoliła, by Jaime został z nią sam na sam. Nawet gdy ich syna niesiono na miejsce ostatniego spoczynku w Wielkim Sepcie Baelora, trzymała się od niego na dystans.

Po raz kolejny rozejrzał się po Okrągłej Sali. Na ścianach wisiały białe gobeliny, a nad kominkiem biała tarcza i dwa skrzyżowane miecze. Za stołem stało stare krzesło z czarnej dębiny. Poduszka z białej bydlęcej skóry była już mocno wytarta. *Wygniotła ją koścista dupa Barristana Śmiałego, a przed nim ser Gerolda Hightowera, Aemona Smoczego Rycerza, ser Ryama Redwyne 'a, Demona z Darry, ser Duncana Wysokiego i Jasnego Gryfa Alyna Conningtona.* Co robił Królobójca w tak szlachetnym towarzystwie?

Znalazł się w nim jednak.

Sam stół wykonano ze starego czardrewna, białego jak kość, i ukształtowano na podobieństwo wielkiej tarczy podtrzymywanej przez trzy białe ogiery. Zgodnie z tradycją, w rzadkich przypadkach, gdy spotykało się wszystkich siedmiu braci, lord dowódca zasiadał u szczytu tarczy, a pozostali bracia po trzech po obu jej bokach. Spoczywająca u jego lewego łokcia księga była olbrzymia. Miała dwie stopy grubości i półtorej stopy szerokości. Tysiąc stronic ze wspaniałego, białego welinu oprawiono w barwioną na biało skórę i połączono złotymi klamrami oraz zawiasami. Jej oficjalna nazwa brzmiała *Księga Braci*, zwykle jednak zwano ją po prostu Białą Księgą.

Zawierała ona historię Gwardii Królewskiej. Każdy rycerz, który w niej służył, miał własną kartę, na której uwieczniono po wsze czasy jego imię i czyny. W górnym lewym rogu każdej strony przedstawiono tarczę, którą nosił dany mężczyzna w chwili, gdy go wybrano, namalowaną barwnym inkaustem. W dolnym prawym rogu przedstawiono tarczę Gwardii Królewskiej, pustą, czystą i białą jak śnieg. Tarcze na górze były najrozmaitsze, te na dole zaś wszystkie takie same. W przestrzeni między nimi zapisano fakty dotyczące życia i służby każdego z gwardzistów. Heraldyczne rysunki i iluminacje były dziełem septonów, trzy razy do roku przysyłanych tu z wielkiego septu Baelora, aktualizowanie notatek należało jednak do obowiązków lorda dowódcy.

Czyli do moich obowiązków. Najpierw jednak musiał nauczyć się pisać lewą ręką. Biała Księga była bardzo zapóźniona. Trzeba było umieścić w niej notatki o śmierci ser Mandona Moore'a i ser Prestona Greenfielda, a także krótką, krwawą historię służby Sandora Clegane'a. Należało też zapoczątkować strony ser Balona Swanna, ser Osmunda Kettleblacka i Rycerza Kwiatów. *Będę musiał wezwać septona, żeby narysował ich tarcze.*

Poprzednikiem Jaime'a na stanowisku lorda dowódcy był ser Barristan Selmy. Na tarczy na górze jego strony widniał herb rodu Selmych: trzy żółte źdźbła pszenicy na brązowym polu. Przed opuszczeniem zamku ser Barristan Selmy zdążył jeszcze opisać własne zwolnienie ze służby. Jaime'a rozśmieszyło to nieco, nie był jednak zaskoczony.

Ser Barristan z rodu Selmych. Pierworodny syn ser Lyonela Selmy'ego ze Żniwnego Dworu. Służył jako giermek ser Manfredowi Swannowi. Przydomek „Śmiały" zdobył w dziesiątym roku życia, gdy przywdział pożyczoną zbroję i wystąpił jako tajemniczy rycerz na turnieju w Blackhaven, gdzie pokonał go i pozbawił maski Duncan, Książę Ważek. Paso-

wany na rycerza w szesnastym roku życia przez króla Aegona V Targaryena, po tym, jak wyróżnił się dzielnością jako tajemniczy rycerz na zimowym turnieju w Królewskiej Przystani, pokonując księcia Duncana Niskiego oraz ser Duncana Wysokiego, lorda dowódcę Gwardii Królewskiej. Zabił Maelysa Monstrualnego, ostatniego z pretendentów z rodu Blackfyre'ów, stoczywszy z nim walkę w pojedynkę podczas wojny dziewięciogroszowych królów. Pokonał Lormelle'a Długą Kopię oraz Cedrika Storma, Bękarta ze Spiżowej Bramy. W dwudziestym trzecim roku życia wcielony do Gwardii Królewskiej przez lorda dowódcę ser Gerolda Hightowera. Pokonał wszystkich, którzy rzucili mu wyzwanie, podczas turnieju w Srebrnym Moście. Zwyciężył w walce zbiorowej w Stawie Dziewic. Przewiózł króla Aerysa II w bezpieczne miejsce podczas Rebelii w Duskendale, mimo że trafiono go strzałą w pierś. Pomścił zamordowanie swego zaprzysiężonego brata, ser Gwayne'a Gaunta. Uratował lady Jeyne Swann oraz jej septę z rąk Bractwa z Królewskiego Lasu, pokonując Simona Toyne'a i Uśmiechniętego Rycerza oraz zabijając pierwszego z nich. Na turnieju w Starym Mieście pokonał i pozbawił maski tajemniczego rycerza Czarną Tarczę, ujawniając, że był on Bękartem z Wyżyn. Był jedynym triumfatorem turnieju lorda Steffona w Końcu Burzy, podczas którego wysadził z siodła lorda Roberta Baratheona, księcia Oberyna Martella, lorda Leytona Hightowera, lorda Jona Conningtona, lorda Jasona Mallistera oraz księcia Rhaegara Targaryena. Odniósł rany od strzały, włóczni i miecza podczas bitwy nad Tridentem, gdy walczył u boku swych zaprzysiężonych braci oraz Rhaegara, księcia Smoczej Skały. Król Robert I Baratheon ułaskawił go i mianował lordem dowódcą Gwardii Królewskiej. Służył w honorowej straży, która przywiozła lady Cersei z rodu Lannisterów do Królewskiej Przystani, gdzie poślubiła króla Roberta. Podczas buntu Balona Greyjoya dowodził atakiem na Starą Wyk. W pięćdziesiątym siódmym roku życia zwyciężył w turnieju w Królewskiej Przystani. W sześćdziesiątym pierwszym roku życia zwolniony ze służby przez króla Joffreya I Baratheona, ze względu na zaawansowany wiek.

Pierwszą część relacji o karierze ser Barristana spisano dużym, zamaszystym pismem ser Gerolda Hightowera. Drobniejsze, bardziej eleganckie litery stawiane przez Selmy'ego zajmowały jego miejsce, poczynając od relacji z bitwy nad Tridentem.

Zapis na stronie Jaime'a był zdecydowanie krótszy.

Ser Jaime z rodu Lannisterów. Pierworodny syn lorda Tywina i lady Joanny z Casterly Rock. Walczył z Bractwem z Królewskiego Lasu jako giermek lorda Sumnera Crakehalla. Pasowany na rycerza w piętnastym roku życia przez ser Arthura Dayne'a z Gwardii Królewskiej, w nagrodę za dzielność. Również w piętnastym roku życia wybrany do Gwardii Królewskiej przez króla Aerysa II Targaryena. Podczas splądrowania Królewskiej Przystani zabił króla Aerysa II u stóp Żelaznego Tronu. Od tej pory znany jako „Królobójca". Ułaskawiony przez króla Roberta I Baratheona. Służył w honorowej straży, która przywiozła jego siostrę, lady Cersei Lannister, do Królewskiej Przystani, gdzie poślubiła króla Roberta. Zwyciężył w turnieju urządzonym w tym mieście z okazji ich ślubu.

Streszczone w ten sposób, jego życie wydawało się ubogie i nieciekawe. Ser Barristan mógłby uwzględnić jeszcze kilka turniejowych zwycięstw, a ser Gerold skreślić trochę więcej słów na temat czynów, których dokonał Jaime, gdy ser Arthur Dayne rozbił Bractwo z Królewskiego Lasu. Uratował wówczas życie lordowi Sumnerowi, gdy Brzuchaty Ben próbował roztrzaskać mu głowę, aczkolwiek banicie udało się zbiec. Stawił też czoło Uśmiechniętemu Rycerzowi, choć to ser Arthur go zabił. *Cóż to była za walka i co za przeciwnik.* Uśmiechnięty Rycerz był szaleńcem, mieszanką rycerskości i okrucieństwa, niemniej jednak nie wiedział, co znaczy strach. *A Dayne, ze Świtem w dłoni...* Pod koniec walki w mieczu banity było już tyle szczerb, że ser Arthur przerwał walkę, by pozwolić mu wziąć nowy.

— To ten twój biały oręż pragnę dostać — rzekł rycerz-rabuś, gdy wznowili bój, mimo że krwawił już z tuzina ran.

— I dostaniesz go, ser — odparł Miecz Poranka i zakończył pojedynek.

W tamtych czasach świat był prostszy — pomyślał Jaime. *A ludzi i miecze wykuwano z lepszej stali.* A może po prostu to on miał wówczas piętnaście lat? Wszyscy spoczywali już w grobach, Miecz Poranka i Uśmiechnięty Rycerz, Biały Byk i książę Lewyn, ser Oswell Whent ze swym czarnym humorem, poważny Jon Darry, Simon Toyne i jego Bractwo z Królewskiego Lasu, stary, prostolinijny Sumner Crakehall. *I ja, ten chłopak, którym wtedy byłem... ciekawe, w której chwili umarł? Kiedy przywdziałem biały płaszcz? Gdy poderżnąłem gardło Aerysowi?* Ów chłopak chciał się stać ser Arthurem Dayne'em, lecz gdzieś po drodze zamienił się w Uśmiechniętego Rycerza.

Usłyszawszy dźwięk otwieranych drzwi, zamknął Białą Księgę i wstał, by przywitać swych zaprzysiężonych braci. Pierwszy zjawił się ser Osmund Kettleblack, który uśmiechnął się do Jaime'a, jakby byli starymi towarzyszami broni.

— Ser Jaime — rzekł — gdybyś wtedy wyglądał tak jak teraz, poznałbym cię natychmiast.

— Naprawdę? — Jaime raczej w to wątpił. Służący wykąpali go, ogolili, a także umyli i uczesali mu włosy. Spoglądając w zwierciadło, nie widział już w nim człowieka, który przemierzył z Brienne dorzecze... lecz nie widział tam również siebie. Twarz miał wychudłą i zapadniętą, a pod oczyma bruzdy. *Wyglądam jak starzec.*
— Stań przy swoim krześle, ser.

Kettleblack wykonał polecenie. Pozostali zaprzysiężeni bracia weszli jeden po drugim do sali.

— Panowie — zaczął uroczystym tonem, gdy cała piątka zajęła już swe miejsca — kto strzeże króla?

— Moi bracia, ser Osney i ser Osfryd — odparł ser Osmund.

— I mój brat, ser Garlan — dodał Rycerz Kwiatów.

— Czy sprostają temu zadaniu?

— Sprostają, panie.

— Siądźcie więc.

Były to rytualne słowa. Nim siedmiu mogło rozpocząć naradę, trzeba było zapewnić królowi bezpieczeństwo.

Po prawej stronie Jaime'a siedzieli ser Boros i ser Meryn. Pośrodku zostawili puste krzesło dla ser Arysa Oakhearta, który przebywał w Dorne. Po lewej zasiedli ser Osmund, ser Balon i ser Loras.

Starzy i nowi. Jaime zadał sobie pytanie, czy ma to jakieś znaczenie. W historii Gwardii Królewskiej zdarzały się sytuacje, gdy dochodziło w niej do rozłamu. Szczególnie tragicznym przykładem był Taniec Smoków. Czy on również musiał się tego obawiać?

Czuł się dziwnie, zasiadając na miejscu lorda dowódcy, które przez tak wiele lat zajmował ser Barristan Śmiały. *A jeszcze dziwniej, siedząc na nim jako kaleka.* Niemniej jednak miejsce to należało teraz do niego i była to jego Gwardia Królewska. *Siedmiu Tommena.*

Z Merynem Trantem i Borosem Blountem Jaime służył od lat. Nieźle władali mieczem, Trant był jednak podstępny i okrutny, a Blount był nadętym pyszałkiem. Ser Balon Swann bardziej zasługiwał na płaszcz, a Rycerz Kwiatów rzecz jasna uchodził za wcielenie wszelkich rycerskich cnót. Piąty mężczyzna, ten Osmund Kettleblack, był dla niego tajemnicą.

Zastanawiał się, co powiedziałby o tej zgrai ser Arthur Dayne. *Pewnie zapytałby: „Jak to możliwe, że Gwardia Królewska upadla tak nisko?". Musiałbym mu wtedy odpowiedzieć: „To moja wina. Otworzyłem drzwi i nie uczyniłem nic, gdy do środka zaczęło wpełzać robactwo".*

— Król nie żyje — zaczął Jaime. — Syn mojej siostry, trzynastoletni chłopiec, został zamordowany na własnym weselu we własnej komnacie. Wszyscy byliście przy tym obecni. Wszyscy mieliście go bronić. A mimo to nie żyje. — Odczekał chwilę, by sprawdzić, co na to powiedzą, lecz żaden z nich nawet nie odchrząknął. *Chłopak Tyrellów jest wściekły, a Balon Swann się wstydzi* — uznał. U pozostałych trzech wyczuwał jedynie obojętność. — Czy to mój brat jest winien tego czynu? — zapytał prosto z mostu. — Czy Tyrion otruł mojego siostrzeńca?

Ser Balon poruszył się nerwowo na krześle. Ser Boros zacisnął pięść. Ser Osmund wzruszył leniwie ramionami. Jaime'owi odpowiedział tylko Meryn Trant.

— Napełnił puchar Joffreya winem. Na pewno wtedy właśnie wrzucił do niego truciznę.

— Jesteście pewni, że to właśnie wino było zatrute?

— A cóż by innego? — odparł ser Boros Blount. — Krasnal

wylał resztki na podłogę. Po cóż miałby to robić, jeśli nie po to, by pozbyć się trunku, który mógłby dowieść jego winy.

— Wiedział, że w winie jest trucizna — zgodził się ser Meryn.

Ser Balon Swann zmarszczył brwi.

— Krasnal bynajmniej nie był na podwyższeniu sam. Uczta trwała już od dawna. Ludzie wstawali, kręcili się po sali, zmieniali miejsca, wymykali się do wychodka, służący przychodzili i wychodzili… królewska para przed chwilą rozcięła weselny pasztet i wszyscy gapili się na te po trzykroć przeklęte gołębie. Nikt nie patrzył na puchar.

— Kto jeszcze znajdował się na podwyższeniu? — zapytał Jaime.

— Rodzina króla, rodzina królowej, wielki maester Pycelle, wielki septon… — zaczął ser Meryn.

— Oto twój truciciel — zasugerował ser Osmund Kettleblack z chytrym uśmieszkiem. — Staruszek jest stanowczo zbyt święty. Do tego od początku nie podobała mi się jego gęba — zakończył ze śmiechem.

— Nie — sprzeciwił się Rycerz Kwiatów, którego to wcale nie rozśmieszyło. — To Sansa Stark jest trucicielką. Wszyscy zapominacie, że moja siostra również piła z tego kielicha. Sansa Stark była jedyną osobą w sali, która miała powód, by pragnąć śmierci nie tylko króla, lecz również Margaery. Dodając trucizny do weselnego pucharu, mogła zabić ich oboje. Zresztą gdyby nie była winna, dlaczego by uciekała?

To ma sens. Może się jeszcze okazać, że Tyrion mimo wszystko jest niewinny. Nikomu jednak nie udało się trafić na żaden ślad dziewczyny. Być może Jaime sam powinien się zająć tą sprawą. Na początek dobrze byłoby się dowiedzieć, w jaki sposób udało się jej opuścić zamek. *Varys może mieć na ten temat jakieś sugestie.* Nikt nie znał Czerwonej Twierdzy lepiej od eunucha.

To jednak mogło zaczekać. Na razie Jaime miał na głowie pilniejsze zadania. Ojciec rzekł mu: „Powiedziałeś, że jesteś lordem dowódcą Gwardii Królewskiej. Wracaj do swych obowiązków". Gdyby zależało to od niego, nie wybrałby sobie tych pięciu ludzi na braci, był jednak na nich skazany i nadeszła pora, by wziąć ich w ryzy.

— Bez względu na to, kto jest winny — zaczął — Joffrey nie żyje i Żelazny Tron należy obecnie do Tommena. Chcę, by zasiadał na nim, aż włosy mu zbieleją, a zęby powypadają. I to nie od trucizny. — Jaime spojrzał na ser Borosa Blounta, który w ostatnich latach zrobił się tęgi, ale grube kości pozwalały mu udźwignąć zwiększony ciężar ciała. — Ser Borosie, wyglądasz mi na człowieka, który lubi sobie pojeść. Dlatego od dziś będziesz próbował wszystkiego, co je albo pije Tommen.

Ser Osmund Kettleblack roześmiał się w głos, a Rycerz Kwiatów rozciągnął usta w uśmiechu, lecz ser Boros zaczerwienił się jak burak.

— Nie jestem kosztującym potrawy! Jestem rycerzem Gwardii Królewskiej!

— To smutne, ale masz rację. — Cersei nie powinna była pozbawiać go białego płaszcza, lecz ich ojciec zwiększył tylko jego hańbę, przywracając mu pozycję. — Siostra opowiedziała mi, z jaką łatwością oddałeś jej syna najemnikom Tyriona. Mam nadzieję, że marchewka i groch nie wydadzą ci się równie groźne. Gdy twoi zaprzysiężeni bracia będą ćwiczyli na dziedzińcu z mieczami i tarczami, ty będziesz mógł ćwiczyć z łyżką i wydrążonym bochenkiem chleba. Tommen uwielbia szarlotkę. Pilnuj, by żadni najemnicy mu jej nie porywali.

— Śmiesz tak do mnie mówić? Ty?

— Powinieneś był zginąć w obronie Tommena.

— Tak jak ty zginąłeś, broniąc Aerysa? — Ser Boros zerwał się z krzesła i złapał za rękojeść miecza. — Nie... nie będę tego tolerował. To ty powinieneś kosztować potrawy. Co więcej może robić kaleka?

Jaime uśmiechnął się.

— Zgadzam się. Nie nadaję się do strzeżenia króla, tak samo jak ty. Dlatego wyciągnij ten miecz, który tak pieścisz. Zobaczymy, jak twoje dwie ręce poradzą sobie w starciu z moją jedną. Któryś z nas zginie, a Gwardia Królewska tylko na tym skorzysta. — Wstał. — Albo, jeśli wolisz, możesz wrócić do swych obowiązków.

— Też coś!

Ser Boros splunął zieloną flegmą pod stopy Jaime'a i wyszedł z sali, nie wyjmując miecza.

Całe szczęście, że to tchórz. Choć ser Boros był tłusty i podstarzały, a jego umiejętności nigdy nie wykraczały ponad przeciętną, i tak mógłby posiekać Jaime'a na kawałki. *Ale Boros o tym nie wie i reszta też nie może się dowiedzieć. Bali się człowieka, którym byłem. Dla człowieka, którym stałem się teraz, mieliby tylko litość.*

Jaime ponownie usiadł i spojrzał na Kettleblacka.

— Ser Osmundzie, nie znam cię. Wydaje mi się to osobliwe. Uczestniczyłem w turniejach, walkach zbiorowych i bitwach w całych Siedmiu Królestwach. Znam każdego wędrownego rycerza, wolnego i ambitnego giermka, który cokolwiek potrafi i choć raz ważył się kruszyć kopię w szrankach. Jak to możliwe, że nigdy o tobie nie słyszałem, ser Osmundzie?

— Nie mam pojęcia, panie. — Ser Osmund uśmiechał się szeroko, jakby on i Jaime byli dawnymi towarzyszami broni, grającymi w jakąś zabawną grę. — Jestem żołnierzem, nie turniejowym rycerzem.

— A gdzie służyłeś, nim znalazła cię moja siostra?

— Tu i ówdzie, panie.

— Byłem w Starym Mieście na południu i w Winterfell na północy. W Lannisporcie na zachodzie i w Królewskiej Przystani na wschodzie. Nigdy jednak nie byłem Tu. Ani Ówdzie. — Z braku palca Jaime wskazał kikutem na krogulczy nos ser Osmunda. — Pytam cię po raz ostatni. Gdzie służyłeś?

— Na Stopniach. Na Spornych Ziemiach. Tam zawsze trwają walki. Służyłem z Dzielnymi Ludźmi. Walczyliśmy dla Lys i czasem też dla Tyrosh.

Walczyliście dla każdego, kto wam zapłacił.

— Jak zdobyłeś tytuł rycerski?

— Na polu bitwy.

— Kto cię pasował?

— Ser Robert… Stone. On już nie żyje, panie.

— Oczywiście.

Ser Robert Stone mógł być jakimś bękartem z Doliny, który sprzedawał swój miecz na Spornych Ziemiach. Z drugiej strony, mógł też być tylko nazwiskiem, złożonym przez ser Osmunda z martwego króla i zamkowego muru. *Co Cersei strzeliło do głowy, że dała mu biały płaszcz?*

Niemniej Kettleblack zapewne umiał się posługiwać mieczem i tarczą. Najemnicy rzadko bywali szczególnie honorowymi ludźmi, musieli jednak mieć jakieś pojęcie o walce, by zachować życie.

— W porządku, ser — zakończył Jaime. — Możesz odejść.

Ser Osmund znowu się uśmiechnął i opuścił buńczucznym krokiem komnatę.

— Ser Merynie. — Jaime uśmiechnął się do skwaszonego rycerza, który miał rdzaworude włosy i worki pod oczyma. — Słyszałem, że Joffrey przy twojej pomocy ukarał Sansę Stark. — Odwrócił jedną ręką Białą Księgę. — Pokaż mi, proszę, gdzie tu jest napisane, że przysięgamy bić kobiety i dzieci.

— Zrobiłem to, co nakazał mi Jego Miłość. Przysięgamy posłuszeństwo.

— Od tej pory masz je nieco powściągać. Moja siostra jest królową regentką. Mój ojciec jest królewskim namiestnikiem. Ja jestem lordem dowódcą Gwardii Królewskiej. Słuchaj nas i nikogo więcej.

Ser Meryn zrobił zaciętą minę.

— Mówisz, że mamy nie wykonywać rozkazów króla?

— Król ma osiem lat. Waszym pierwszym obowiązkiem jest go bronić, co oznacza również obronę przed nim samym. Zrób użytek z tego brzydkiego przedmiotu, który trzymasz w hełmie. Jeśli Tommen będzie chciał, żebyś mu osiodłał konia, posłuchaj go. Jeśli każe ci zabić konia, przyjdź z tym do mnie.

— Tak jest. Wedle rozkazu, lordzie dowódco.

— Możesz odejść. — Gdy Trant wyszedł, Jaime zwrócił się do ser Balona Swanna. — Ser Balonie, wiele razy obserwowałem cię na turniejach i walczyłem w walkach zbiorowych po twojej stronie bądź przeciw tobie. Słyszałem też, że podczas bitwy nad Czarnym Nurtem po stokroć dowiodłeś swej odwagi. Swą osobą przynosisz zaszczyt Gwardii Królewskiej.

— To ja czuję się zaszczycony, panie.

W głosie ser Balona dało się słyszeć ostrożność.

— Chcę ci zadać tylko jedno pytanie. To prawda, że służyłeś nam wiernie... ale dowiedziałem się od Varysa, że twój brat walczył po stronie Renly'ego, a potem Stannisa, natomiast twój pan ojciec postanowił w ogóle nie zwoływać chorągwi i przez całą wojnę krył się za murami Stonehelm.

— Mój ojciec to stary człowiek, panie. Dawno przekroczył czterdziestkę. Wojaczka już nie dla niego.

— A twój brat?

— Donnel został ranny w bitwie i poddał się ser Elwoodowi Harte'owi. Potem zapłacono za niego okup i poprzysiągł wierność królowi Joffreyowi, tak jak wielu innych jeńców.

— To prawda — zgodził się Jaime. — Niemniej jednak... Renly, Stannis, Joffrey, Tommen... jak to się stało, że pominął Balona Greyjoya i Robba Starka? Mógłby być pierwszym rycerzem w królestwie, który poprzysiągł wierność wszystkim sześciu królom.

— Donnel popełniał błędy, ale teraz jest człowiekiem Tommena. Masz na to moje słowo — odparł wyraźnie zażenowany ser Balon.

— Nie martwię się o ser Donnela Stałego, lecz o ciebie. — Jaime pochylił się nad stołem. — Co uczynisz, jeśli dzielny ser Donnel odda swój miecz kolejnemu uzurpatorowi i pewnego dnia wtargnie do sali tronowej? Jeśli staniesz, cały w bieli, między królem a bratem? Co wtedy uczynisz?

— Ale... panie, to się nie zdarzy.

— Mnie się zdarzyło — wskazał Jaime.

Swann otarł czoło rękawem białej bluzy.

— Nie potrafisz mi odpowiedzieć?

— Panie. — Ser Balon wyprostował się. — Na miecz, na honor, na imię ojca przysięgam... że nie postąpię tak jak ty.

Jaime wybuchnął śmiechem.

— Znakomicie. Wracaj do swych obowiązków... i powiedz ser Donnelowi, by dodał do swej tarczy chorągiewkę.

Jaime został sam na sam z Rycerzem Kwiatów.

Smukły jak miecz, gibki i sprawny ser Loras Tyrell miał na sobie lnianą bluzę barwy śniegu, białe wełniane spodnie i złoty pas, a piękny jedwabny płaszcz spinała mu złota róża. Zadbane, brązowe włosy opadały mu falą na ramiona, a jego oczy miały taki sam kolor i lśniły zuchwałością. *Wydaje mu się, że to turniej i na niego przyszła kolej, by stanąć w szranki.*

— Masz dopiero siedemnaście lat i już zostałeś rycerzem Gwardii Królewskiej — zaczął Jaime. — Na pewno jesteś z tego dumny. Książę Aemon Smoczy Rycerz również miał siedemnaście lat, gdy został mianowany. Wiedziałeś o tym?

— Tak, panie.

— A czy wiedziałeś, że ja miałem piętnaście?

— O tym również, panie.

Uśmiechnął się.

Jaime nie znosił tego uśmiechu.

— Byłem od ciebie lepszy, ser Lorasie. Wyższy, silniejszy i szybszy.

— A teraz jesteś starszy — odparł chłopak. — Panie.

Jaime nie potrafił powstrzymać śmiechu. *To niedorzeczne. Tyrion wyśmiałby mnie bezlitośnie, gdyby zobaczył, jak spieram się z zielonym gołowąsem, który z nas ma dłuższego kutasa.*

— Starszy i mądrzejszy, ser. Powinieneś się ode mnie uczyć.

— Tak jak ty uczyłeś się od ser Borosa i ser Meryna?

Ta strzała trafiła zbyt blisko celu.

— Uczyłem się od Białego Byka i Barristana Śmiałego — warknął Jaime. — Od ser Arthura Dayne'a, Miecza Poranka, który mógłby zabić was pięciu lewą ręką, jednocześnie odlewając się z użyciem prawej. Uczyłem się od księcia Lewyna z Dorne, ser Oswella Whenta i ser Jonothora Darry'ego, a wszystko to byli wiele warci ludzie.

— A teraz wszyscy są martwi.

Rozmawiam ze sobą samym — zrozumiał Jaime. *Ze sobą samym z czasów młodości, buńczucznym i pełnym pustej rycerskości. To właśnie dzieje się z człowiekiem, który w zbyt młodym wieku robi się za dobry.*

W pojedynku na słowa, tak jak i na miecze, czasem najlepiej jest spróbować innego ataku.

— Powiadają, że wspaniale walczyłeś w bitwie... prawie tak

dzielnie, jak duch lorda Renly'ego, który ci towarzyszył. Zaprzysiężony brat nie może mieć tajemnic przed swoim lordem dowódcą. Powiedz mi, ser, kto nosił zbroję Renly'ego?

Przez chwilę wydawało się, że Loras Tyrell może odmówić, potem jednak przypomniał sobie, co przysięgał.

— Mój brat — odparł naburmuszony. — Renly był wyższy ode mnie i miał szerszą pierś. Jego zbroja była dla mnie za duża, ale na Garlana pasowała znakomicie.

— Czy to ty wpadłeś na pomysł tej maskarady czy on?

— To była sugestia lorda Littlefingera. Mówił, że to przestraszy zabobonnych zbrojnych Stannisa.

— Rzeczywiście ich przestraszyło. — *I niektórych rycerzy oraz lordów również.* — No cóż, dałeś minstrelom coś, o czym mogą składać rymy. To pewnie nie do pogardzenia. Co zrobiłeś z Renlym?

— Pochowałem go własnymi rękami, w miejscu, które sam mi wskazał, gdy byłem giermkiem w Końcu Burzy. Nikt go tam nie znajdzie i nie zakłóci jego spoczynku. — Spojrzał wyzywająco na Jaime'a. — Przysięgam, że będę bronił króla Tommena ze wszystkich sił. Jeśli będzie trzeba, oddam za niego życie. Nigdy jednak nie zdradzę Renly'ego, słowem ani czynem. To on powinien był zostać królem. Był z nich wszystkich najlepszy.

Być może najlepiej ubrany — pomyślał Jaime, choć raz jednak nic nie powiedział. Gdy tylko ser Loras zaczął mówić o Renlym, opuściła go arogancja. *Powiedział prawdę. Jest dumny, porywczy i zarozumiały, ale nie jest kłamcą. Jeszcze nie.*

— Skoro tak mówisz. Jeszcze jedna sprawa i będziesz mógł wrócić do swych obowiązków.

— Słucham, panie?

— Nadal trzymam Brienne z Tarthu w wieży.

Chłopak zacisnął usta w nieustępliwym grymasie.

— Bardziej odpowiednia byłaby ciemnica.

— Jesteś pewien, że na to zasłużyła?

— Zasłużyła na śmierć. Mówiłem Renly'emu, że dla kobiety nie ma miejsca w Tęczowej Gwardii. Wygrała w walce zbiorowej wyłącznie dzięki sztuczce.

— Chyba sobie przypominam innego rycerza, który też lubił sztuczki. Pewnego razu stanął na grzejącej się klaczy do walki z przeciwnikiem, który dosiadał złośliwego ogiera. Jakiego podstępu użyła Brienne?

Ser Loras zaczerwienił się.

— Skoczyła... to nieważne. Wygrała, przyznaję to. Jego Miłość zarzucił jej na ramiona tęczowy płaszcz. A ona go zabiła. Albo pozwoliła mu zginąć.

— To wielka różnica.

Różnica między moją zbrodnią a wstydem Borosa Blounta.

— Przysięgła go bronić. Ser Emmon Cuy, ser Robar Royce, ser Parmen Crane, wszyscy oni również złożyli taką przysięgę. Jak ktokolwiek mógł go skrzywdzić, jeśli ona była w jego namiocie, a pozostali czekali na zewnątrz? Chyba że mieli z tym coś wspólnego.

— Na weselu było was pięciu — wskazał Jaime. — Jak Joffrey mógł zginąć? Chyba że mieliście z tym coś wspólnego?

Ser Loras wyprostował się sztywno.

— Nie mogliśmy nic na to poradzić.

— Dziewka mówi to samo. Opłakuje Renly'ego równie mocno jak ty. Zapewniam cię, że ja nigdy nie płakałem po Aerysie. Brienne jest brzydka i uparta jak osioł, ale brak jej bystrości potrzebnej, by kłamać, a do tego jest lojalna poza wszelkie granice rozsądku. Złożyła przysięgę, że dostarczy mnie do Królewskiej Przystani, i oto tu jestem. Ta ręka, którą straciłem... no cóż, to w równym stopniu wina nas obojga. Biorąc pod uwagę wszystko, co uczyniła, by mnie bronić, nie wątpię, że stanęłaby w obronie Renly'ego, gdyby tylko był tam przeciwnik, z którym można walczyć. Ale cień? — Jaime potrząsnął głową. — Wyciągnij miecz, ser Lorasie, i pokaż mi, jak się walczy z cieniem. Z chęcią bym to zobaczył.

Ser Loras nie próbował wstać.

— Uciekła — powiedział. — Obie z Catelyn Stark zostawiły go w kałuży krwi i uciekły. Czemu miałyby to uczynić, gdyby to nie była ich robota? — Wbił wzrok w blat. — Renly oddał mi przednią straż. Gdyby nie to, ja pomagałbym mu wdziać zbroję. Często powierzał mi to zadanie. Tej nocy byliśmy... modliliśmy się razem.

Zostawiłem go z nią. Ser Parmen i ser Emmon pilnowali namiotu i był tam też ser Robar Royce. Ser Emmon przysięgał, że to Brienne... aczkolwiek...

— Słucham? — odezwał się Jaime, wyczuwając ton zwątpienia.

— Obojczyk folgowy zbroi był przecięty. Stal rozpłatano jednym, czystym ciosem. Zbroję Renly'ego wykonano z najlepszej stali. Jak Brienne mogłaby tego dokonać? Próbowałem to zrobić i nie dałem rady. Jest nienaturalnie silna, jak na kobietę, ale nawet Góra potrzebowałby ciężkiego topora. I po co miałaby najpierw nakładać mu zbroję, a potem podrzynać gardło? — Obrzucił Jaime'a zdziwionym spojrzeniem. — Jeśli jednak nie ona... jak to mógł być cień?

— Zapytaj ją — zdecydował Jaime. — Idź do jej celi. Wypytaj ją i wysłuchaj jej odpowiedzi. Jeśli potem nadal będziesz przekonany, że zamordowała lorda Renly'ego, dopilnuję, by odpowiedziała za swój czyn. Wybór będzie należał do ciebie. Oskarżysz ją albo zwrócisz jej wolność. Proszę cię tylko o to, byś osądził ją sprawiedliwie, tak jak wymaga honor rycerza.

Ser Loras wstał.

— Tak właśnie uczynię. Przysięgam na honor.

— To byłoby wszystko.

Młodszy mężczyzna ruszył w stronę drzwi, odwrócił się w nich jednak.

— Renly uważał, że to niedorzeczność, żeby kobieta ubierała się w męską kolczugę i udawała rycerza.

— Gdyby zobaczył ją w różowym atłasie i myrijskich koronkach, na pewno zmieniłby zdanie.

— Zapytałem go, dlaczego trzyma ją u swego boku, jeśli wydaje mu się tak groteskowa. Odpowiedział mi, że wszyscy inni rycerze czegoś od niego chcą, zamków, zaszczytów albo bogactw, a Brienne pragnie jedynie za niego zginąć. Kiedy zobaczyłem, że Renly leży we krwi, ona uciekła, a im trzem nic się nie stało... jeśli jest niewinna, to Robar i Emmon...

Nie mógł wykrztusić z siebie dalszych słów.

Jaime nie zastanawiał się nad tym aspektem sprawy.

— Ja postąpiłbym tak samo, ser.

Kłamstwo przyszło mu łatwo, lecz ser Loras wydawał się za nie wdzięczny.

Gdy Rycerz Kwiatów wyszedł, lord dowódca został sam w białej komnacie. Pogrążył się w myślach. Loras Tyrell wpadł po śmierci Renly'ego w taki szał, że zarąbał swych dwóch zaprzysiężonych braci, jemu zaś nawet nie przyszło do głowy, by tak samo potraktować pięciu, którzy zawiedli Joffreya. *Był moim synem, moim sekretnym synem... kim jestem, jeśli nie podniosę ręki, która mi została, by pomścić tego, kto wywodzi się z mojej krwi i nasienia?* Powinien zabić chociaż ser Borosa, by się od niego uwolnić.

Popatrzył na swój kikut i skrzywił się. *Muszę coś z tym zrobić.* Jeśli nieżyjący ser Jacelyn Bywater mógł nosić żelazną rękę, on mógłby sprawić sobie złotą. *To przypadłoby do gustu Cersei. Złota ręka, by głaskać jej złociste włosy i przytulić ją mocno.*

Ręka mogła jednak zaczekać. Najpierw musiał załatwić inne sprawy. Spłacić długi.

SANSA

Drabina wiodąca na kasztel dziobowy była stroma i łupliwa, Sansa pozwoliła więc, by pomógł jej Lothor Brune. *Ser Lothor* — przypomniała sobie. Za męstwo w bitwie nad Czarnym Nurtem pasowano go na rycerza. Co prawda, żaden rycerz godny tej nazwy nie nosiłby takich połatanych brązowych spodni i zdartych butów czy popękanej i pełnej plam od morskiej wody skórzanej kamizelki. Brune był krępym mężczyzną o kwadratowej twarzy, płaskim nosie oraz siwych, skołtunionych włosach, który rzadko się odzywał. *Jest jednak silniejszy, niżby się zdawało.* Podniósł ją tak swobodnie, jakby nic nie ważyła.

Przed dziobem „Króla Merlingów" ciągnął się jałowy, kamienisty brzeg, wietrzny, bezdrzewny i odstręczający. Niemniej jednak Sansa ucieszyła się z tego widoku. Minęło wiele czasu, nim zdołali wrócić na wyznaczony kurs. Ostatni sztorm zniósł ich daleko od lądu. Przez burty przelewały się fale tak potężne, że Sansa była pewna, iż wszyscy utoną. Słyszała, jak stary Oswell mówił, że dwaj mężczyźni wypadli za burtę, a trzeci spadł z masztu i złamał sobie kark.

Rzadko wychodziła na pokład. W jej małej kajucie było zimno i wilgotno, lecz Sansę przez większą część rejsu dręczyły strach, gorączka i choroba morska... nie potrafiła niczego utrzymać w brzuszku i nawet sen przychodził jej z trudnością. Gdy tylko zamknęła oczy, widziała Joffreya, który szarpał się za kołnierz, rozdzierał sobie paznokciami miękką skórę gardła, konał z okruchami pasztetu na wargach i plamami od wina na wamsie. Zawodzący pośród rej wiatr przypominał jej okropny, piskliwy odgłos, jaki wydawał Joff, próbując wessać powietrze do płuc. Czasami śnił się jej też Tyrion.

— On nic złego nie zrobił — powiedziała kiedyś Littlefingerowi, gdy złożył jej wizytę, by sprawdzić, czy poczuła się już lepiej.

— Nie zabił Joffreya, to prawda, ale jego ręce nie są bynajmniej czyste. Czy wiedziałaś, że miał już kiedyś żonę?

— Wspominał o tym.

— A czy mówił ci, że kiedy się nią znudził, podarował ją zbrojnym swego ojca? Ciebie mógłby z czasem potraktować tak samo. Nie roń łez nad Krasnalem, pani.

Sansa zadrżała, gdy słone palce wiatru potargały jej włosy. Nawet tak blisko brzegu kołysanie się statku drażniło jej brzuszek. Rozpaczliwie potrzebowała kąpieli i ubrania na zmianę. *Na pewno jestem wynędzniała jak trup i cuchnę wymiocinami.*

Podszedł do niej lord Petyr, radosny jak zawsze.

— Dzień dobry. Słone powietrze orzeźwia, nie uważasz? Zawsze pobudza mój apetyt. — Objął jej ramiona w geście współczucia. — Dobrze się czujesz? Jesteś okropnie blada.

— To tylko brzuszek. Choroba morska.

— Odrobina wina na pewno ci pomoże. Dostaniesz kielich, gdy tylko przybijemy do brzegu. — Petyr wskazał na starą kamienną wieżę rysującą się na tle posępnego, szarego nieba. O skały u jej stóp rozbijały się grzywacze. — Wesołe miejsce, nieprawdaż? Obawiam się, że nie ma tu bezpiecznego kotwicowiska. Popłyniemy na brzeg łodzią.

— Tutaj? — Nie chciała tu wychodzić na brzeg. Słyszała, że Paluchy są ponurym miejscem, a mała wieża wydawała się pełna smętku i melancholii. — Czy nie mogłabym zostać na statku, nim dopłyniemy do Białego Portu?

— „Król" płynie na wschód, do Braavos. Bez nas.

— Ale... panie, powiedziałeś, że płyniemy do domu.

— I oto on, choć przyznaję, że jest nędzny. Mój rodzinny dom. Siedziba wielkiego lorda powinna mieć nazwę, nie sądzisz? Winterfell, Orle Gniazdo, Riverrun, to są zamki. Lord Harrenhal, to brzmi słodko, kim jednak byłem przedtem? Lordem Owczego Łajna i władcą Smętnego Fortu? W tych tytułach czegoś brakuje. — Obrzucił ją niewinnym spojrzeniem szarozielonych oczu. — Wyglądasz na strapioną. Czy myślałaś, że płyniemy do Winterfell, słodziutka? Winterfell zostało zdobyte, spalone i splądrowane. Wszyscy, których znałaś i kochałaś, nie żyją. Ci z mieszkańców północy, którzy nie ulegli żelaznym ludziom, walczą między sobą. Nawet Mur zaatakowano. Winterfell było domem twego dzieciństwa, Sanso, nie jesteś już jednak dzieckiem, a dorosłą kobietą i musisz stworzyć dla siebie nowy dom.

— Ale nie tutaj... — sprzeciwiła się przerażona. — Ta wieża jest taka...

— ...mała, ponura i nędzna? Wszystko to prawda. Można jej też postawić wiele innych zarzutów. Paluchy to piękne miejsce, jeśli ktoś jest kamieniem. Nie obawiaj się jednak, zatrzymamy się tu najwyżej na dwa tygodnie. Spodziewam się, że twoja ciotka już wyjechała nam na spotkanie. — Uśmiechnął się. — Lady Lysa i ja mamy się pobrać.

— Pobrać? — zdumiała się Sansa. — Ty i moja ciotka?

— Lord Harrenhal i pani Orlego Gniazda.

Mówiłeś, że to moją matkę kochałeś. Rzecz jasna jednak, lady Catelyn nie żyła, jeśli więc nawet rzeczywiście kochała potajemnie Petyra i oddała mu dziewictwo, nie miało to już znaczenia.

— Milczysz, pani? — zapytał lord Petyr. — Byłem pewien, że zechcesz mnie pobłogosławić. Rzadko się zdarza, by chłopak, który urodził się jako dziedzic kamieni i owczych bobków, poślubił córkę Hostera Tully'ego i wdowę po Jonie Arrynie.

— Modlę... modlę się o to, byście przeżyli razem długie lata, mieli mnóstwo dzieci i byli bardzo szczęśliwi.

Minęły lata, odkąd ostatnio widziała ciotkę. *Na pewno będzie dla mnie dobra, z uwagi na moją matkę. W naszych żyłach płynie ta sama krew.* Ponadto wszystkie pieśni zgadzały się, że Dolina Arrynów jest piękna. Być może nie będzie tak strasznie pobyć tam przez jakiś czas.

Lothor i stary Oswell przewieźli ich łodzią na brzeg. Sansa skuliła się na dziobie, opatulona płaszczem. Uniosła kaptur, by osłonić się przed wiatrem, i zastanawiała się nad tym, co ją teraz czeka. Z wieży wyszła im na spotkanie grupa służby: dwie kobiety, jedna stara i chuda, a druga gruba i w średnim wieku, dwóch białowłosych staruszków oraz dwu- albo trzyletnia dziewczynka z jęczmieniem na oku. Gdy poznali lorda Petyra, uklękli na kamieniach.

— To moi domownicy — przedstawił ich. — Dziecka nie znam. To pewnie kolejny bękart Kelli. Rodzi je co kilka lat.

Obaj staruszkowie weszli po uda w wodę i wynieśli Sansę z łodzi, by nie zamoczyła sobie spódnic. Oswell i Lothor wyszli na brzeg, podobnie jak Littlefinger, który pocałował starszą kobietę w policzek i uśmiechnął się do młodszej.

— Kto tym razem jest ojcem, Kello?

Gruba kobieta parsknęła śmiechem.

— A skąd mi to wiedzieć, panie? Nie jestem z tych, co to lubią mówić „nie".

— Jestem pewien, że wszyscy chłopcy w okolicy są ci za to wdzięczni.

— Cieszę się, że wróciłeś do domu, panie — odezwał się jeden ze staruszków. Wyglądał na co najmniej osiemdziesiąt lat, lecz miał na sobie nabijaną ćwiekami brygantynę, a u boku długi miecz. — Jak długo się tu zatrzymasz?

— Nie obawiaj się, Bryenie, tak krótko, jak tylko będzie to możliwe. Czy dom nadaje się do zamieszkania?

— Gdybyśmy wiedzieli, że przybędziesz, rozrzucilibyśmy świeże sitowie, panie — odparła staruszka. — W palenisku pali się gnój.

— Zapach płonącego gnoju najskuteczniej sprawia, że człowiek czuje się jak w domu. — Petyr zwrócił się w stronę Sansy. — Grisel była moją mamką, a teraz jest ochmistrzynią mojego zamku. Umfred to mój zarządca, a Bryen... czy podczas poprzedniej wizyty nie mianowałem cię kapitanem zbrojnych?

— Mianowałeś, panie. Obiecałeś też, że przyślesz nam trochę nowych ludzi, ale nic z tego nie wyszło. Straż nadal pełnię tylko ja i psy.

— Jestem pewien, że znakomicie sobie radzicie z tym zadaniem. Widzę, że nikt nie ukradł żadnych kamieni ani owczych bobków. — Petyr wskazał na młodszą kobietę. — Kella pilnuje moich wielkich stad. Ile owiec obecnie posiadam, Kello?

Musiała się chwilę zastanowić.

— Dwadzieścia trzy, panie. Było ich dwadzieścia dziewięć, ale jedną zagryzły psy Bryena, a kilka zarżnęliśmy, żeby zasolić mięso.

— Ach, zimna, solona baranina. Chyba jestem w domu. Kiedy jeszcze dostanę na śniadanie mewie jaja i zupę z wodorostów, będę tego pewien.

— Jak sobie życzysz, panie — rzekła stara Grisel.

Lord Petyr wykrzywił twarz.

— Chodźmy sprawdzić, czy mój zamek rzeczywiście jest taki smętny, jak to pamiętam.

Poprowadził ich skalistym brzegiem, po śliskich od gnijących wodorostów kamieniach. U podstawy kamiennej wieży kręciła się garstka owiec, które skubały lichą trawę, rosnącą między owczarnią a krytą strzechą stajnią. Sansa musiała stąpać ostrożnie, gdyż wszędzie pełno było bobków.

Od środka wieża wydawała się jeszcze mniejsza. Po wewnętrznej ścianie wiły się odsłonięte kamienne schody, wiodące z piwnicy aż na dach. Każde z pięter zajmowała tylko jedna izba. Służba mieszkała i spała w kuchni na parterze, którą dzieliła z wielkim, moręgowatym mastifem i sześcioma owczarkami. Na pierwszym piętrze znajdował się skromny pokój, a wyżej sypialnia. Nie było tu okien, a jedynie wąskie strzelnice rozmieszczone w pewnej odległości od siebie wzdłuż schodów. Nad paleniskiem wisiał złamany miecz i poobijana dębowa tarcza, z której złuszczała się farba. Sansa nie znała wyobrażonego na niej herbu: szarej kamiennej głowy o ognistych oczach, na jasnozielonym tle.

— To herb mojego dziadka — wyjaśnił Petyr, gdy zauważył, że Sansa gapi się na tarczę. — Jego ojciec urodził się w Braavos i przybył do Doliny jako najemnik w służbie lorda Corbraya. Dlatego, gdy mój dziadek został rycerzem, wybrał sobie na herb głowę Tytana.

— Wygląda bardzo groźnie — zauważyła Sansa.

— Stanowczo zbyt groźnie dla tak sympatycznego człowieka jak ja. Zdecydowanie wolę swojego przedrzeźniacza.

Oswell jeszcze dwukrotnie wracał na „Króla Merlingów", by przywieźć wszystkie ich bagaże. Wśród nich było również kilka beczułek wina i Petyr nalał Sansie kielich, tak jak obiecywał.

— Proszę, pani. Mam nadzieję, że to ci pomoże na żołądek.

Gdy tylko Sansa poczuła pod nogami stały grunt, jej dolegliwości znacznie zelżały, ujęła jednak posłusznie kielich w obie dłonie i pociągnęła łyk. Wino było bardzo dobre, chyba z Arbor. Smakowało dębiną, owocami i gorącymi letnimi nocami. Owe aromaty zakwitły w jej ustach niczym kwiaty otwierające się w promieniach słońca. Modliła się tylko o to, by zdołała zatrzymać wino w brzuszku. Lord Petyr był bardzo uprzejmy i nie chciała tego zepsuć, wymiotując na niego.

Spoglądał na nią nad brzegiem własnego kielicha, a jego szarozielone oczy pełne były... czy to była wesołość? A może coś innego? Sansa nie była pewna.

— Grisel — zawołał do staruszki — przynieś coś do jedzenia. Coś lekkiego, bo moją panią boli żołądek. Może jakieś owoce. Oswell przywiózł z „Króla" trochę pomarańczy i granatów.

— Tak, panie.

— Czy mogłabym wziąć gorącą kąpiel? — zapytała Sansa.

— Każę Kelli przynieść wody ze studni, pani.

Sansa pociągnęła kolejny łyk, starając się wymyślić jakiś temat do uprzejmej rozmowy, lord Petyr wybawił ją jednak z kłopotu.

— Lysa nie przybędzie sama — powiedział, gdy Grisel i reszta służących wyszła. — Nim się tu zjawi, musimy ustalić, kim jesteś.

— Kim... nie rozumiem.

— Varys wszędzie ma szpicli. Gdyby w Dolinie zobaczono Sansę Stark, eunuch dowiedziałby się o tym przed upływem księżyca, a to doprowadziłoby do nieprzyjemnych... komplikacji. W tej chwili nie jest bezpiecznie być Starkiem. Dlatego powiemy ludziom Lysy, że jesteś moją naturalną córką.

— Naturalną? — Sansa była przerażona. — To znaczy bękartem?

— Raczej nie możesz być moją córką z prawego łoża, gdyż powszechnie wiadomo, że nigdy nie miałem żony. Jak chcesz mieć na imię?

— Naj... najlepiej po matce...

— Catelyn? To byłoby trochę zbyt oczywiste. Ale imię po mojej matce będzie w sam raz. Alayne. Podoba ci się?

— Bardzo ładne. — Sansa miała nadzieję, że je zapamięta. — Ale czy nie mogłabym być córką z prawego łoża jakiegoś rycerza w twojej służbie? Być może zginął dzielnie w bitwie i...

— Nie mam na służbie dzielnych rycerzy, Alayne. Podobna opowieść wywołałaby szereg niepożądanych pytań, tak jak trup przyciąga stado wron. A dopytywanie się o pochodzenie naturalnych dzieci jest nieuprzejme. — Uniósł głowę. — A więc, kim jesteś?

— Alayne... Stone, zgadza się? Ale kto jest moją matką? — zapytała, gdy skinął głową.

— Kella?

— Nie, proszę — sprzeciwiła się przerażona.

— Żartowałem. Twoja matka była szlachcianką z Braavos, córką magnata handlowego. Spotkaliśmy się w Gulltown, gdy zarządzałem tamtejszym portem. Umarła przy porodzie i powierzyła cię Wierze. Mam kilka pobożnych książek, które możesz przejrzeć. Naucz się kilku cytatów. Nic nie powstrzymuje niepożądanych pytań skuteczniej niż strumień nabożnych frazesów. Tak czy inaczej, kiedy dojrzałaś, doszłaś do wniosku, że nie chcesz być septą, i napisałaś do mnie. Dopiero wtedy dowiedziałem się o twoim istnieniu. — Dotknął brody. — Potrafisz zapamiętać to wszystko?

— Mam nadzieję. To będzie taka gra, prawda?

— Czy lubisz gry, Alayne?

Będzie musiało upłynąć trochę czasu, nim przyzwyczai się do nowego imienia.

— Gry? To pewnie zależy od...

Nim zdążyła powiedzieć coś więcej, pojawiła się Grisel niosąca wielką tacę, którą postawiła między nimi. Były tam jabłka, gruszki, granaty, trochę winogron o smętnym wyglądzie oraz wielka, malinowa pomarańcza. Staruszka przyniosła również kromkę chleba i garnuszek masła. Petyr przekroił owoc granatu sztyletem i podał połowę Sansie.

— Powinnaś spróbować coś zjeść, pani.

— Dziękuję, panie.

Od pestek granatu kleiły się palce, Sansa wybrała więc gruszkę i odgryzła kawałek. Owoc był bardzo dojrzały i sok spłynął jej po brodzie.

Lord Petyr wydobył pestkę czubkiem sztyletu.

— Wiem, że na pewno straszliwie brak ci ojca. Lord Eddard był odważnym, uczciwym i wiernym człowiekiem... ale beznadziejnym graczem. — Włożył sobie ziarno do ust. — W Królewskiej Przystani są tylko dwa rodzaje ludzi. Gracze i pionki.

— A ja byłam pionkiem?

Bała się usłyszeć odpowiedź.

— Tak, ale nie kłopocz się tym. Jesteś jeszcze prawie dzieckiem. Każdy, czy to mężczyzna czy kobieta, zaczyna jako pionek. Nawet część tych, którzy uważają się za graczy. — Zjadł kolejne ziarno. — Na przykład Cersei. Wyobraża sobie, że jest sprytna, lecz w rzeczywistości jest doskonale przewidywalna. Swą siłę zawdzięcza urodzie, urodzeniu i bogactwom. Tylko pierwsza z tych trzech rzeczy naprawdę należy do niej, a wkrótce Cersei ją utraci. Żal mi jej, gdy pomyślę, co ją wtedy czeka. Pragnie władzy, ale nie ma pojęcia, co z nią zrobić, gdy już ją zdobędzie. Każdy czegoś pragnie,

Alayne. A kiedy odkryjesz, czego człowiek pragnie, będziesz wiedziała, kim jest i jak nim pokierować.

— Tak jak ty pokierowałeś ser Dontosem, żeby otruł Joffreya? Doszła do wniosku, że to musiał być Dontos.

Littlefinger wybuchnął śmiechem.

— Ser Dontos Czerwony był bukłakiem wina na nogach. Nigdy nie powierzyłbym mu zadania o tak kolosalnym znaczeniu. Skopałby robotę albo by mnie zdradził. Nie, Dontos musiał jedynie wyprowadzić cię z zamku... i dopilnować, żebyś włożyła srebrną siatkę na włosy.

Czarne ametysty.

— Ale... jeśli nie Dontos, to kto? Czy masz też... inne pionki?

— Mogłabyś przewrócić Królewską Przystań do góry nogami i nie znalazłabyś w niej ani jednego człowieka z wyszytym na sercu przedrzeźniaczem. To jednak nie znaczy, że nie mam przyjaciół. — Petyr podszedł do schodów. — Oswellu, chodź tutaj. Niech lady Sansa ci się przyjrzy.

Stary zjawił się po paru chwilach i pokłonił jej z szerokim uśmiechem. Sansa popatrzyła nań niepewnie.

— Co mam zobaczyć?

— Znasz go? — zapytał Petyr.

— Nie.

— Przyjrzyj mu się uważniej.

Popatrzyła na pooraną bliznami, ogorzałą od wiatru twarz mężczyzny, na jego krogulczy nos, białe włosy i wielkie kościste dłonie. Rzeczywiście było w nim coś znajomego, potrząsnęła jednak głową.

— Nie. Jestem pewna, że pierwszy raz w życiu zobaczyłam go, kiedy wsiadłam do jego łodzi.

Oswell znowu się uśmiechnął, odsłaniając usta pełne krzywych zębów.

— To prawda, ale może spotkałaś moich trzech synów, pani.

„Trzech synów" i ten uśmiech rozstrzygnęły sprawę.

— Kettleblack! — Sansa wybałuszyła oczy. — Jesteś Kettleblackiem!

— Tak, pani, jeśli łaska.

— Łaskawość wręcz ją rozpiera. — Petyr odesłał go skinieniem dłoni i ponownie zajął się granatem. Oswell zszedł na dół, powłócząc nogami. — Powiedz mi, Alayne, co jest bardziej niebezpieczne, sztylet w ręku nieprzyjaciela czy ukryty sztylet, przyciśnięty ci do pleców przez kogoś, kogo nawet nie widzisz?

— Ukryty sztylet.

— Bystra dziewczyna. — Rozciągnął w uśmiechu wąskie wargi, jasnoczerwone od soku granatu. — Gdy Krasnal odesłał jej strażników, królowa kazała Lancelowi wynająć najemników. Lancel znalazł Kettleblacków, co zachwyciło twego małego pana męża, gdyż sam płacił chłopakom za pośrednictwem swego człowieka Bronna. — Zachichotał. — Ale to ja nakazałem Oswellowi wysłać synów do Królewskiej Przystani, gdy tylko się dowiedziałem, że Bronn chce wynająć zbrojnych. Trzy ukryte sztylety, Alayne, które teraz są idealnie ulokowane.

— A więc to jeden z Kettleblacków wrzucił truciznę do kielicha Joffreya?

Przypomniała sobie, że ser Osmund całą noc przebywał blisko króla.

— Czy tak powiedziałem? — Lord Petyr przeciął na dwoje malinową pomarańczę i podał połowę Sansie. — Chłopaki są stanowczo zbyt zdradzieckie, by wciągnąć ich w taki spisek... a odkąd Osmund wstąpił do Gwardii Królewskiej, w ogóle nie można mu ufać. Przekonałem się, że biały płaszcz dziwnie wpływa na ludzi. Nawet na takich ludzi jak on. — Odchylił głowę i wycisnął pomarańczę, tak że sok popłynął mu do ust. — Uwielbiam sok, ale nie znoszę mieć lepkich palców — poskarżył się, wycierając dłonie. — Czyste ręce, Sanso. Cokolwiek robisz, zawsze pamiętaj, żebyś miała czyste ręce.

Nabrała sobie łyżeczką trochę soku z własnej połowy owocu.

— Ale jeśli to nie byli Kettleblackowie ani ser Dontos... ciebie nawet nie było w mieście, a przecież nie mógł to być Tyrion...

— Nie masz więcej kandydatów, słodziutka?

Potrząsnęła głową.

— Nie...

Petyr uśmiechnął się.

— Idę o zakład, że podczas wesela w pewnej chwili ktoś ci powiedział, że masz przekrzywioną siatkę na włosy, a potem ci ją poprawił.

Sansa uniosła dłoń do ust.

— Chyba nie... chciała zabrać mnie do Wysogrodu i wydać za swojego wnuka...

— Łagodnego, pobożnego, dobrodusznego Willasa Tyrella. Ciesz się, że oszczędzono ci tego losu. Zanudziłby cię na śmierć. Muszę jednak przyznać, że stara nie jest nudna. To przerażająca wiedźma i wcale nie jest taka słaba, jaką udaje. Gdy przybyłem do Wysogrodu, targować się o rękę Margaery, pozwoliła synowi się przechwalać, a sama zadawała dociekliwe pytania na temat natury Joffreya. Rzecz jasna, wychwalałem go pod niebiosa... podczas gdy moi ludzie rozpuszczali niepokojące opowieści pośród służby lorda Tyrella. Tak właśnie prowadzi się tę grę. Również ja rzuciłem pomysł, by ser Loras przywdział biel. Rzecz jasna, nie zasugerowałem tego, to byłoby zbyt proste. Ludzie z mojej świty powtarzali makabryczne opowieści o tym, jak tłuszcza zabiła ser Prestona Greenfielda i zgwałciła lady Lollys, a także podrzucili trochę srebrników utrzymywanej przez lorda Tyrella armii minstreli, prosząc ich, by śpiewali pieśni o Ryamie Redwynie, Serwynie od Zwierciadlanej Tarczy oraz księciu Aemonie Smoczym Rycerzu. W odpowiednich rękach harfa bywa równie niebezpieczna jak miecz. Mace Tyrell był szczerze przekonany, że sam wpadł na pomysł, by uwzględnić w kontrakcie małżeńskim warunek przyjęcia ser Lorasa w poczet Gwardii Królewskiej. Któż lepiej strzegłby jego córki niż jej wspaniały, rycerski brat? Ponadto oszczędziło mu to niewdzięcznego zadania znalezienia włości i żony dla trzeciego syna, co nigdy nie jest łatwe, a w przypadku ser Lorasa podwójnie trudne. Tak czy inaczej, lady Olenna nie zamierzała dopuścić do tego, by Joff skrzywdził jej wspaniałą, ukochaną wnuczkę, w przeciwieństwie do swego syna zdawała sobie jednak sprawę, że mimo wszystkich tych kwiatów i pięknych łaszków ser Loras jest równie porywczy jak Jaime Lannister. Jeśli wrzucisz Joffreya, Margaery i Lorasa do jednego garnka, masz gotowy przepis na królobójczy gulasz. Staruszka zrozumiała również coś innego. Jej syn był zdeterminowany zrobić Margaery królową, a do tego potrzebował króla... ale nie musiał to być Joffrey. Przekonasz się, że niedługo będziemy mieli następne wesele. Margaery wyjdzie za Tommena. Zachowa koronę królowej oraz dziewictwo. Co prawda, na obu nieszczególnie jej zależy, ale co to ma za znaczenie? Wielki zachodni sojusz zostanie utrzymany... przynajmniej na pewien czas.

Margaery i Tommen. Sansa nie wiedziała, co powiedzieć. Polubiła Margaery Tyrell i jej maleńką babcię o ostrym języku. Pomyślała tęsknie o Wysogrodzie, z jego dziedzińcami i muzykami, o wycieczkowych barkach pływających po Manderze, tak różnym od tego posępnego brzegu. *Tu przynajmniej jestem bezpieczna. Joffrey nie żyje i nie może mnie już skrzywdzić, a ja jestem tylko córką z nieprawego łoża. Alayne Stone nie ma męża i nie jest dziedziczką żadnych włości.* Wkrótce przybędzie tu też jej ciotka. Zostawiła za sobą długi koszmar Królewskiej Przystani, a także parodię małżeństwa. Będzie mogła zbudować tu dla siebie nowy dom, tak jak powiedział Petyr.

Nim przybyła Lysa Arryn, minęło osiem długich dni. Pięć z nich było słotnych i Sansa siedziała, znudzona i niespokojna, przy palenisku obok starego, ślepego psa. Chory i bezzębny, nie mógł już pełnić straży razem z Bryenem, gdy jednak go pogłaskała, zaskomlał i polizał ją po ręce. Od tej chwili zostali przyjaciółmi. Kiedy przestało padać, Petyr oprowadził ją po swych włościach, co zajęło mu niespełna pół dnia. Tak jak mówił, był właścicielem mnóstwa kamieni. W pewnym miejscu fale morskie wytryskiwały z otworu jaskini na wysokość trzydziestu stóp, a w innym ktoś wykuł dłutem na głazie siedmioramienną gwiazdę nowych bogów. Petyr powiedział jej, że w ten sposób oznaczano miejsca lądowania Andalów, którzy przybyli zza morza, by odebrać Dolinę Pierwszym Ludziom.

W głębi lądu kilkanaście rodzin mieszkało w kamiennych chatach na brzegu torfowiska.

— To moi prostaczkowie — stwierdził Petyr, choć tylko najstarsi z nich zdawali się go poznawać. Na jego ziemiach znajdowała się również jaskinia pustelnika, lecz nie było w niej lokatora. — Teraz już nie żyje, ale kiedy byłem mały, ojciec mi go pokazał. Ten pustelnik nie mył się od czterdziestu lat, możesz więc sobie wyobrazić, jak śmierdział, ale za to podobno miał dar przepowiadania. Obmacał mnie i powiedział, że zostanę wielkim człowiekiem. Ojciec dał mu za to bukłak wina. — Petyr prychnął pogardliwie. — Ja powiedziałbym to samo za pół kielicha.

Wreszcie, pewnego pochmurnego, wietrznego popołudnia, do wieży przybiegł Bryen, za którym gnały poszczekujące psy. Staruszek oznajmił, że od południowego zachodu zbliżają się jeźdźcy.

— To Lysa — stwierdził lord Petyr. — Chodź, Alayne, pójdziemy ją przywitać.

Włożyli płaszcze i zaczekali na zewnątrz. Jeźdźców było najwyżej dwudziestu, co w przypadku pani Orlego Gniazda było bardzo skromną eskortą. Towarzyszyły jej trzy służące oraz dwunastu przybocznych rycerzy w kolczugach lub zbrojach płytowych. Przywiozła ze sobą również septona oraz przystojnego minstrela o rzadkich wąsikach i długich rudoblond lokach.

Czy to naprawdę moja ciotka? Choć Lysa była dwa lata młodsza od matki Sansy, wyglądała dziesięć lat starzej od niej. Grube kasztanowate warkocze opadały jej do bioder, lecz pod drogą, aksamitną suknią i ozdobionym klejnotami gorsecikiem kryło się otyłe ciało. Twarz miała różową i grubo umalowaną, piersi ciężkie, a kończyny masywne. Była wyższa i cięższa niż Littlefinger, a gdy zsunęła się niezgrabnie z konia, w jej ruchach nie było śladu gracji.

Petyr uklęknął i ucałował jej palce.

— Królewska mała rada rozkazała mi zdobyć twą rękę, pani. Czy sądzisz, że mogłabyś mnie sobie wziąć za pana i męża?

Lady Lysa wydęła wargi i podciągnęła Petyra w górę, by pocałować go w policzek.

— Och, może i dam się namówić. — Zachichotała. — Czy przywiozłeś dary, które zmiękczą moje serce?

— Królewski pokój.

— Och, kaka na pokój. A co jeszcze?

— Moją córkę. — Littlefinger wezwał Sansę skinieniem dłoni. — Pani, pozwól, bym ci przedstawił Alayne Stone.

Lysa Arryn nie sprawiała wrażenia zbytnio uradowanej jej widokiem. Sansa dygnęła nisko, pochylając głowę.

— Bękart? — usłyszała głos ciotki. — Petyrze, czy byłeś niegrzeczny? Kim jest jej matka?

— Dziewka umarła. Miałem nadzieję zabrać Alayne do Orlego Gniazda.

— A co mam z nią tam zrobić?

— Przychodzi mi do głowy kilka pomysłów — odparł lord Petyr. — Na razie jednak bardziej interesuje mnie pytanie, co ja mogę zrobić z tobą, pani.

Z okrągłej, różowej twarzy Lysy Arryn zniknęła wszelka surowość. Przez chwilę Sansa sądziła, że jej ciotka zaraz się popłacze.

— Słodki Petyrze, nie wiesz, jak za tobą tęskniłam, nawet nie możesz tego wiedzieć. Yohn Royce ciągle wywoływał kłopoty, domagając się, bym zwołała chorągwie i ruszyła na wojnę. I wszyscy inni też się wokół mnie kręcili, Hunter, Corbray i ten okropny Nestor Royce. Chcieli się ze mną ożenić i wziąć pod opiekę mojego syna, ale żaden z nich naprawdę mnie nie kocha. Tylko ty jeden mnie kochasz, Petyrze. Tak długo o tobie marzyłam.

— I ja o tobie, pani. — Objął ją ramieniem i pocałował w szyję. — Kiedy będziemy mogli się pobrać?

— Natychmiast — odparła z westchnieniem lady Lysa. — Przywiozłam septona, minstrela i miód na ucztę weselną.

— Tutaj? — Nie był z tego zadowolony. — Wolałbym poślubić cię w Orlim Gnieździe, na oczach całego twego dworu.

— Kaka na mój dwór. Czekałam tak długo, że nie wytrzymam już ani chwili. — Objęła go ramionami. — Chcę dziś dzielić z tobą łoże, mój słodki. Chcę, żebyśmy zrobili dziecko, braciszka dla Roberta albo słodką córeczkę.

— Ja również o tym marzę, słodziutka, ale dzięki wielkiemu, publicznemu ślubowi będziemy mogli sporo zyskać. Cała Dolina...

— Nie. — Tupnęła nogą. — Chcę cię teraz, dzisiejszej nocy. Muszę też cię ostrzec, że po wszystkich tych latach ciszy i szeptów zamierzam krzyczeć, kiedy będziesz mnie kochał. Będę krzyczała tak głośno, że usłyszą mnie aż w Orlim Gnieździe!

— Może teraz urządzimy tylko pokładziny, a ślub przełożymy na później?

Lady Lysa zachichotała jak mała dziewczynka.

— Och, Petyrze Baelish, jakiś ty niegrzeczny. Nie. Powiedziałam, że nie. Jestem panią Orlego Gniazda i rozkazuję ci, byś ożenił się ze mną natychmiast!

Petyr wzruszył ramionami.

— Wedle rozkazu, pani. Jak zwykle jestem wobec ciebie bezradny.

Przed upływem godziny wypowiedzieli słowa przysięgi, stojąc pod błękitnym baldachimem. Słońce chyliło się już ku zachodowi. Następnie pod małą kamienną wieżą ustawiono stoły i wyprawiono ucztę złożoną z przepiórek, dziczyzny oraz pieczonego dzika, które popijano pysznym, lekkim miodem. Gdy zapadł zmierzch, zapalono pochodnie. Minstrel Lysy zagrał *Niewypowiedzianą przysięgę*, *Pory mojej miłości* i *Dwa serca, które biją jak jedno*. Kilku młodszych rycerzy poprosiło nawet Sansę do tańca. Jej ciotka również tańczyła, kręcąc spódnicami, gdy Petyr obracał ją w ramionach. Miód i małżeństwo ujęły lady Lysie wiele lat. Dopóki trzymała męża za rękę, śmiała się ze wszystkiego, a gdy tylko na niego spojrzała, jej oczy zdawały się świecić.

Kiedy nadeszła pora pokładzin, rycerze zanieśli lady Lysę do wieży, rozbierając ją po drodze i wykrzykując rubaszne żarty. *Tyrion mi tego oszczędził* — przypomniała sobie Sansa. Nie byłoby tak strasznie być rozebraną dla ukochanego mężczyzny przez przyjaciół, którzy kochali ich oboje. *Ale przez Joffreya*... Zadrżała.

Jej ciotce towarzyszyły tylko trzy damy, które poprosiły Sansę, by pomogła im rozebrać lorda Petyra i odprowadzić go do małżeńskiego łoża. Wykazał się opanowaniem i ostrym językiem, odwdzięczając się pięknym za nadobne. Gdy wreszcie znalazł się nagi w wieży, pozostałe trzy kobiety były zaczerwienione, miały porozwiązywane koronki, a spódnice przekrzywione i potargane. Do Sansy Littlefinger jednak tylko się uśmiechał przez całą drogę do sypialni, gdzie czekała na niego pani żona.

Lady Lysa i lord Petyr mieli pomieszczenie na drugim piętrze tylko dla siebie... lecz wieża była mała, a ciotka Sansy dotrzymała słowa i krzyczała. Na dworze zaczęło padać i weselni goście schronili się w sali na dole, słyszeli więc niemal każde słowo.

— Petyrze — jęczała. — Och, Petyrze, Petyrze, słodki Petyrze, och, och, och. Tutaj, Petyrze, tutaj, to twoje miejsce.

Minstrel lady Lysy zaśpiewał sprośną wersję *Kolacji pani*, lecz nawet swym śpiewem i grą nie zdołał zagłuszyć tych krzyków.

— Zrób mi dziecko, Petyrze — wrzeszczała. — Zrób mi jeszcze jedno słodkie dzieciątko. Och, Petyrze, mój skarbie, mój skarbie, PEEEEEETYRZE!

Ostatni krzyk był tak donośny, że psy zaczęły szczekać, a dwie z towarzyszących lady Lysie dam ledwie mogły ukryć wesołość.

Sansa zeszła na dół i zanurzyła się w noc. Na resztki uczty padał lekki deszczyk, lecz w powietrzu unosił się świeży, czysty zapach. Dokładnie pamiętała swą noc poślubną z Tyrionem. Powiedział jej: „Po ciemku jestem Rycerzem Kwiatów. Mógłbym być dla ciebie dobrym mężem". To jednak było tylko kolejne lannisterskie kłamstwo. Ogar rzekł jej ongiś: „Wiesz przecież, że pies potrafi zwęszyć fałsz". Słyszała niemal jego ochrypły głos. „Rozejrzyj się wokół i poniuchaj uważnie. Wszyscy tu są łgarzami... i każdy z nich kłamie bieglej od ciebie". Zastanawiała się, co się stało z Sandorem Clegane'em. Czy wiedział o zabójstwie Joffreya? Czy go to obchodziło? Przez wiele lat był zaprzysiężonym obrońcą księcia.

Siedziała na dworze dość długo. Gdy wreszcie położyła się spać, ciemną salę rozjaśniał jedynie blady płomyk płonącego w palenisku torfu. Z góry nie dobiegały żadne dźwięki. Młody minstrel siedział w kącie, grając dla siebie powolną pieśń. Jedna ze służących jej ciotki całowała się z rycerzem, siedząc na krześle lorda Petyra. Oboje wsadzili sobie ręce pod ubrania. Kilku mężczyzn zapadło w pijacki sen, a jeden siedział w wychodku, wymiotując głośno. Sansa znalazła starego, ślepego psa Bryena w swej małej niszy pod schodami i położyła się obok niego. Zwierzę obudziło się i polizało ją po twarzy.

— Stary, smutny pies — powiedziała, mierzwiąc mu sierść.

— Alayne. — Stał nad nią minstrel ciotki. — Słodka Alayne. Jestem Marillion. Widziałem, że wróciłaś z deszczu. Noc jest zimna i wilgotna. Pozwól, bym cię ogrzał.

Stary pies podniósł łeb i warknął, lecz minstrel zdzielił go w ucho i zwierzę uciekło, skomląc.

— Marillion? — odezwała się niepewnie. — To... miło, że o mnie myślisz, ale... wybacz mi, proszę. Jestem bardzo zmęczona.

— I bardzo piękna. Całą noc układałem w głowie pieśni dla ciebie. Romancę dla twych oczu, balladę dla ust i duet dla piersi. Nie zaśpiewam ich jednak. To marne utwory, niegodne takiej urody. — Usiadł na łóżku i położył dłoń na jej nodze. — Pozwól, bym zaśpiewał dla ciebie swym ciałem.

Poczuła woń jego oddechu.

— Jesteś pijany.

— Nigdy się nie upijam. Miód tylko mnie rozwesela. Płonę. — Przesunął dłoń na jej udo. — I ty też.

— Puść mnie. Zapominasz się.

— Litości. Od wielu godzin śpiewałem pieśni miłosne. Moja krew wrze. I twoja też, wiem o tym... nie ma dziewek bardziej pożądliwych niż zrodzone z nieprawego łoża. Czy jesteś już wilgotna?

— Jestem dziewicą — sprzeciwiła się.

— Naprawdę? Och, Alayne, Alayne, moja piękna panno, daj mi więc dar swej niewinności. Jeśli to uczynisz, podziękujesz za to bogom. Będziesz śpiewała głośniej niż lady Lysa.

Sansa odsunęła się od niego przerażona.

— Jeśli mnie nie zostawisz, moja ci... mój ojciec każe cię powiesić. Lord Petyr.

— Littlefinger? — Zachichotał. — Lady Lysa darzy mnie swą miłością i jestem też ulubieńcem lorda Roberta. Jeśli twój ojciec mnie obrazi, zniszczę go pieśnią. — Ujął jej pierś w dłoń i ścisnął ją. — Pozwól, bym pomógł ci się wydostać z tego mokrego ubrania. Wiem, że nie chcesz, żebym je rozdarł. Chodź, słodka pani, posłuchaj głosu serca...

Sansa usłyszała cichy szelest stali ocierającej się o wygarbowaną skórę.

— Minstrelu — rozległ się ochrypły głos — zmiataj stąd, jeśli chcesz jeszcze kiedyś zaśpiewać.

Światło było słabe, dostrzegła jednak błysk ostrza.

Minstrel również go zauważył.

— Znajdź sobie inną dziewkę... — Nóż błysnął. — Skaleczyłeś mnie! — krzyknął Marillion.

— Jeśli się nie zmyjesz, nie skończy się na tym.

Śpiewak ulotnił się w jednej chwili. Drugi mężczyzna został na miejscu. Jego niewyraźna postać majaczyła w mroku.

— Lord Petyr kazał mi mieć na ciebie oko.

Zdała sobie sprawę, że to głos Lothora Brune'a. *To nie Ogar. Jak mógłby to być Ogar? Oczywiście, że to musiał być Lothor...*

Tej nocy Sansa nie spała prawie wcale. Rzucała się na łożu zupełnie jak na pokładzie „Króla Merlingów". Przyśnił się jej umierający Joffrey, gdy jednak szarpał sobie gardło pazurami i krew spływała mu po palcach, zauważyła z przerażeniem, że to wcale nie Joff, lecz jej brat Robb. Przyśniła się jej również noc poślubna i Tyrion, pożerający ją wzrokiem, gdy się rozbierała. Był jednak znacznie większy, niż miał prawo być jej karłowaty mąż, a gdy wszedł na łoże, miał na twarzy bliznę tylko z jednej strony.

— Chcę usłyszeć tę pieśń — wychrypiał. Sansa obudziła się i zobaczyła, że u jej boku znowu śpi stary, ślepy pies.

— Szkoda, że nie jesteś Damą — wyszeptała.

Rankiem Grisel wspięła się do sypialni, by zanieść panu i pani tacę ze śniadaniem złożonym z chleba, masła, miodu, owoców i śmietany. Wróciła na dół, by powiedzieć, że Alayne jest proszona na górę. Sansa nadal była rozespana i minęła chwila, nim sobie przypomniała, że Alayne to ona.

Lady Lysa leżała jeszcze w łożu, lecz lord Petyr już się ubrał.

— Ciotka chce z tobą porozmawiać — oznajmił Sansie, wciągając but. — Powiedziałem jej, kim naprawdę jesteś.

Dobrzy bogowie.

— Dzię... dziękuję, panie.

Petyr wciągnął drugi but.

— Mam już po dziurki w nosie rodzinnego domu. Po południu wyjeżdżamy do Orlego Gniazda.

Pocałował panią żonę i zlizał z jej ust odrobinę miodu, po czym zszedł na dół.

Sansa stanęła u podnóża łoża i ciotka przyjrzała się jej uważnie.

— Teraz to dostrzegam — stwierdziła lady Lysa, odkładając na bok ogryzek. — Jesteś bardzo podobna do Catelyn.

— To miło, że tak mówisz.

— To nie miał być komplement. Szczerze mówiąc, jesteś do niej zbyt podobna. Coś trzeba w tej sprawie zrobić. Myślę, że nim zabierzemy cię do Orlego Gniazda, przyciemnimy ci włosy.

Chce przyciemnić mi włosy?

— Jak sobie życzysz, ciociu Lyso.

— Nie mów tak do mnie. W Królewskiej Przystani nie mogą się dowiedzieć, że tu jesteś. Nie chcę, by mój syn znalazł się w niebezpieczeństwie. — Przygryzła plaster miodu. — Nie pozwoliłam wciągnąć Doliny w wojnę. Żniwa były obfite, chronią nas góry, a Orle Gniazdo jest niezdobyte. Mimo to lepiej nie ściągać na nas gniewu lorda Tywina. — Lysa odłożyła grzebień i zlizała miód z palców. — Petyr mówi, że poślubiłaś Tyriona Lannistera. Tego obmierzłego karła.

— Kazali mi to zrobić. Nie chciałam tego.

— Ja również nie — stwierdziła jej ciotka. — Jon Arryn nie był karłem, ale za to był stary. Widząc mnie teraz, możesz w to nie uwierzyć, ale w dzień ślubu wyglądałam tak pięknie, że twoja matka musiała się wstydzić. Ale Jon pożądał tylko mieczy mojego ojca, żeby pomóc swym ukochanym chłopakom. Powinnam była mu odmówić, ale był taki strasznie stary. Jak długo mógł jeszcze pożyć? Połowa zębów mu wypadła, a z ust śmierdziało mu zepsutym serem. Nie znoszę mężczyzn, którym cuchnie z ust. Petyrowi zawsze pachnie z ust świeżo... to on był pierwszym mężczyzną, z którym się całowałam. Ojciec mówił, że Petyr jest zbyt nisko urodzony, ale ja wiedziałam, że zajdzie wysoko. Jon dał mu komorę celną w Gulltown, żeby mnie zadowolić, ale kiedy Petyr dziesięciokrotnie zwiększył dochody, mój pan mąż zrozumiał, jaki to bystry chłopak, i załatwił mu kolejne nominacje, a w końcu przeniósł do Królewskiej Przystani, by został starszym nad monetą. To było trudne, widzieć go codziennie i nadal pozostawać żoną tego zimnego starca. Jon spełniał swój obowiązek w sypialni, ale nie potrafił dać mi przyjemności, tak samo jak nie potrafił dać mi dzieci. Jego nasienie było stare i słabe. Wszystkie moje dzieci umarły, oprócz Roberta. Trzy dziewczynki i dwóch chłopców. Moje maleństwa umierały, ale ten starzec o śmierdzącym oddechu nie dawał za wygraną. Widzisz więc, że ja również cierpiałam. — Lady Lysa pociągnęła nosem. — Czy wiesz, że twoja biedna matka nie żyje?

— Tyrion mi powiedział — przyznała Sansa. — Mówił, że Freyowie zamordowali ją w Bliźniakach, i Robba też.

W oczach lady Lysy wezbrały nagle łzy.

— Obie zostałyśmy same. Boisz się, dziecko? Bądź dzielna. Nigdy bym nie wygnała córki Cat. Łączą nas więzy krwi. — Skinęła na Sansę, każąc jej podejść bliżej. — Możesz mnie pocałować w policzek, Alayne.

Sansa podeszła posłusznie do łoża i uklękła obok niego. Jej ciotkę otaczała słodka woń, przez którą przebijał się jednak kwaśny odór mleka. Jej policzek smakował szminką i pudrem.

Gdy dziewczyna się odsunęła, lady Lysa złapała ją za nadgarstek.

— Powiedz mi — odezwała się ostro. — Czy jesteś w ciąży? Tylko mów prawdę. Będę wiedziała, jeśli mnie okłamiesz.

— Nie jestem — odpowiedziała zdumiona tym pytaniem Sansa.

— Ale jesteś już dojrzałą kobietą, prawda?

— Tak. — Wiedziała, że w Orlim Gnieździe nie ukryje długo tego faktu. — Tyrion nie... nigdy... — Poczuła, że na jej policzki wypełzł rumieniec. — Nadal jestem dziewicą.

— Czyżby karzeł był niezdolny do skonsumowania małżeństwa?

— Nie, nie. On tylko... był... — Dobry? Nie mogła tego powiedzieć, nie tutaj, nie tej ciotce, która tak go nienawidziła. — On... miał kurwy, pani. Tak mi powiedział.

— Kurwy? — Lysa puściła jej rękę. — Oczywiście, że miał. Jaka kobieta poszłaby do łóżka z takim potworem, gdyby jej nie zapłacił? Powinnam była zabić Krasnala, kiedy był w mojej mocy, ale on mnie oszukał. Ma w sobie mnóstwo podłego sprytu. Jego najemnik zabił mojego dobrego ser Vardisa Egena. Catelyn nie powinna była go tu przywozić. Powiedziałam jej to. Do tego zabrała mi naszego stryja. Tak się nie robi. Blackfish był moim Rycerzem Bramy i odkąd mnie opuścił, górskie klany robią się coraz zuchwalsze. No, ale Petyr wkrótce się z nimi policzy. Mianuję go lordem protektorem Doliny. — Jej ciotka uśmiechnęła się po raz pierwszy, niemal ciepło. — Może i nie jest taki wysoki i silny jak niektórzy mężczyźni, ale jest wart więcej od nich wszystkich. Ufaj mu i rób, co ci każe.

— Tak, ciociu... pani.

Lady Lysie spodobały się jej słowa.

— Znałam tego młodego Joffreya. Przezywał okrutnie mojego Roberta, a raz nawet uderzył go drewnianym mieczem. Mężczyźni powiedzą ci, że trucizna to niehonorowa broń, ale honor kobiety polega na czym innym. Matka stworzyła nas po to, byśmy opiekowały się dziećmi i zhańbić nas może tylko niepowodzenie. Zrozumiesz to, kiedy sama będziesz miała dziecko.

— Dziecko? — zapytała niepewnym głosem Sansa.

Lysa skinęła niedbale dłonią.

— To zdarzy się dopiero za wiele lat. Jesteś zbyt młoda, żeby być matką. Pewnego dnia zapragniesz jednak urodzić dzieci. I wyjść za mąż.

— Mam... mam już męża, pani.

— Tak, ale wkrótce zostaniesz wdową. Ciesz się, że Krasnal wolał kurwy. Nie godziłoby się, żeby mój syn brał sobie resztki po karle, ale skoro on cię nawet nie tknął... Czy chciałabyś wyjść za swego kuzyna lorda Roberta?

Ta myśl wypełniła Sansę znużeniem. Wiedziała o Robercie Arrynie tylko tyle, że to mały, chorowity chłopiec. *To nie mnie ma poślubić jej syn, ale moje prawa. Nikt nigdy nie ożeni się ze mną z miłości.* Kłamstwa przychodziły jej już jednak z łatwością.

— Nie... nie mogę się doczekać, kiedy go poznam, pani. Ale on jest jeszcze dzieckiem, prawda?

— Ma osiem lat. I nie jest silnego zdrowia. Ale to dobry chłopiec, bardzo bystry. Będzie wielkim człowiekiem, Alayne. „Nasienie jest silne". Tak powiedział mój pan mąż na łożu śmierci. To jego ostatnie słowa. W chwili, gdy umieramy, bogowie pozwalają nam czasem spojrzeć w przyszłość. Nie widzę powodu, dla którego nie mogłabyś wyjść za mąż, gdy tylko dowiemy się o śmierci twego lannisterskiego małżonka. Oczywiście, to będzie musiał być potajemny ślub. Lord Orlego Gniazda raczej nie może poślubić dziewczyny nieprawego pochodzenia. To by się nie godziło. Kruki powinny przynieść wiadomość z Królewskiej Przystani, gdy tylko spadnie głowa Krasnala. Już następnego dnia będziemy mogli urządzić wasz ślub. Czyż to nie wspaniałe? Przyda mu się towarzyszka zabaw. Kiedy wróciliśmy do Doliny, bawił się z chłopakiem Vardisa Egena i synami mojego zarządcy, ale oni okazali się stanowczo zbyt brutalni i byłam zmuszona ich odesłać. Dobrze czytasz, Alayne?

— Septa Mordane w swej dobroci zawsze mnie chwaliła.

— Robert ma słabe oczy, ale uwielbia, żeby mu czytać — wyznała lady Lysa. — Najbardziej lubi historie o zwierzętach. Czy znasz tę piosnkę o kurczaku, który przebrał się za lisa? Ciągle mu ją śpiewam i nigdy nie ma jej dosyć. Lubi też bawić się w skaczące żabki, kręcące się miecze i przybądź do mojego zamku, ale musisz zawsze dawać mu wygrać. Tak by się godziło, nie sądzisz? Ostatecznie jest lordem Orlego Gniazda. Nie wolno ci o tym zapominać. Jesteś szlachetnie urodzona, a Starkowie z Winterfell zawsze byli dumni, ale Winterfell upadło i jesteś teraz tylko żebraczką. Dlatego zapomnij o dumie. W twej obecnej sytuacji bardziej przystoi ci wdzięczność. Wdzięczność i posłuszeństwo. Mój syn będzie miał wdzięczną, posłuszną żonę.

JON

Topory uderzały dniem i nocą.

Jon nie pamiętał, kiedy ostatnio spał. Gdy zamknął oczy, śniła mu się walka, a kiedy się obudził, walczył. Nawet w Królewskiej Wieży słyszał nieustanny łoskot brązu, krzemienia i skradzionej stali uderzających o drewno. Hałas był jeszcze dokuczliwszy, gdy próbował odpocząć w ciepłej szopie na Murze. Mance miał również młoty kowalskie oraz długie piły o zębach z kości i krzemienia. Pewnego razu, gdy wycieńczony Jon zapadał już w sen, z nawiedzanego lasu dobiegł straszliwy huk. Drzewo strażnicze runęło na ziemię, wzbijając w górę obłok pyłu i szpilek.

Gdy przyszedł po niego Owen, Jon nie spał. Leżał niespokojny pod stertą futer na podłodze ciepłej szopy.

— Lordzie Snow — odezwał się Owen, potrząsając go za ramię — świta.

Podał Jonowi rękę, by pomóc mu wstać. Inni również już się budzili. Potrącali się nawzajem, wkładając buty i zapinając pasy w ciasnym wnętrzu szopy. Nikt się nie odzywał. Byli zanadto zmęczeni, żeby rozmawiać. Tylko niewielu z nich schodziło teraz z Muru. Podróż klatką w górę i w dół trwała za długo. Oddali Czarny Zamek maesterowi Aemonowi, ser Wyntonowi Stoutowi i kilku innym, zbyt starym czy chorym, żeby walczyć.

— Śniło mi się, że przybył król — oznajmił radośnie Owen. — Maester Aemon wysłał kruka i król Robert nadciągnął z całą swą siłą. Widziałem we śnie jego złote chorągwie.

Jon uśmiechnął się.

— Wszystkich nas ucieszyłby ten widok, Owenie.

Nie zważając na nagły ból w nodze, zarzucił sobie na ramiona czarne futro, złapał za kulę i wyszedł na Mur, by przeżyć kolejny dzień.

Gwałtowny podmuch wiatru zapuścił lodowate witki między jego długie, brązowe włosy. Pół mili na północ od Muru obóz dzikich budził się już do życia. Z ich ognisk wzbijały się w górę palce dymu, które drapały jaśniejące niebo. Na skraju lasu rozbili namioty z futer i niewyprawionych skór, a nawet zbudowali prymitywny długi dom z kłód i gałęzi. Na wschodzie przywiązano konie, na zachodzie stały mamuty, a wszędzie roiło się od ludzi, którzy ostrzyli miecze i proste włócznie albo wdziewali prowizoryczne zbroje ze skór, rogu i kości. Jon wiedział, że na każdego wroga, którego widzi, przypada dwudziestu ukrytych w lesie. Gąszcz dawał im pewne zabezpieczenie przed żywiołami i osłaniał ich przed spojrzeniem znienawidzonych wron.

Ich łucznicy skradali się już naprzód, tocząc przed sobą mantelety.

— Na śniadanie będą strzały — oznajmił z radością w głosie Pyp, tak jak robił to co rano. *Dobrze, że potrafi z tego żartować* — pomyślał Jon. *Ktoś musi to robić.* Przed trzema dniami jedna z tych śniadaniowych strzał trafiła w nogę Czerwonego Alyna z Różanego Lasu. Wciąż można było zobaczyć jego ciało u stóp Muru, jeśli tylko ktoś odważył się na tyle wychylić. Jon był zdania, że lepiej, by śmiali się z żartu Pypa, zamiast dumać nad trupem Alyna.

Mantelety były pochyłymi drewnianymi tarczami, tak dużymi, że za każdą z nich mogło się ukryć pięciu wolnych ludzi. Łucznicy podepchnęli je blisko, po czym uklękli za nimi, by szyć strzałami przez szczeliny w drewnie. Gdy dzicy podtoczyli je po raz pierwszy, Jon użył zapalających strzał i udało mu się podpalić sześć z nich, potem jednak Mance zaczął je pokrywać świeżo zdartymi skórami i wszystkie zapalające strzały na świecie nie mogły już nic zdziałać. Bracia zaczęli się nawet zakładać, które ze słomianych manekinów przyciągną danego dnia najwięcej strzał. Prowadził Edd Cierpiętnik z czterema, lecz Othell Yarwyck, Tumberjon i Watt z Długiego Jeziora mieli po trzy. To Pyp wprowadził zwyczaj nadawania strachom na wróble imion zaginionych braci.

— W ten sposób będzie się nam wydawało, że jest nas więcej — stwierdził.

— Więcej braci ze strzałami w bebechach — poskarżył się Grenn, wydawało się jednak, że ten zwyczaj dodaje obrońcom odwagi, Jon pozwolił więc na nadawanie imion i na zakłady.

Na krawędzi Muru stał zdobiony myrijski dalekowidz z mosiądzu, wsparty na trzech cienkich nogach. Maester Aemon używał go ongiś do patrzenia na gwiazdy, nim oczy odmówiły mu posłuszeństwa. Jon przesunął rurę w dół, żeby spojrzeć na wroga. Nawet z tej odległości łatwo było poznać wielki, biały namiot Mance'a Raydera, wykonany z pozszywanych skór śnieżnych niedźwiedzi. Myrijskie soczewki przybliżyły dzikich tak bardzo, że mógł rozróżnić ich twarze. Dziś rano nigdzie nie widział Mance'a, lecz jego kobieta Dalla krzątała się przy ognisku, a jej siostra Val doiła kozę obok namiotu. Brzuch Dalli był już tak wielki, że zakrawało na cud, iż w ogóle mogła się poruszać. *Dziecko lada dzień przyjdzie na świat* — pomyślał Jon. Przesunął dalekowidz na wschód, by odnaleźć wśród namiotów i drzew żółwia. *On też niedługo do nas przyjdzie.* Dzicy obdarli nocą ze skóry jednego z zabitych mamutów, a teraz rozkładali świeżą, okrwawioną skórę na dachu machiny, wzmacniając owcze skóry i futra dodatkową warstwą ochronną. Żółw miał zaokrąglony szczyt i osiem ogromnych kół. Pod skórami kryła się mocna drewniana konstrukcja. Kiedy dzicy zaczęli go montować, Atłas pomyślał, że budują statek. *Nie był daleki od prawdy.* Żółw był kadłubem odwróconym do góry dnem i otwartym na obu końcach, długim domem na kołach.

— Jest już gotowy, prawda? — zapytał Grenn.

— Prawie. — Jon odsunął dalekowidz na bok. — Zapewne ruszy na nas dziś. Wypełniliście beczki?

— Co do jednej. Przez noc zamarzły na kość. Pyp je sprawdzał.

Grenn bardzo się zmienił. Nie przypominał już wyrośniętego, niezgrabnego chłopaka o czerwonym karku, którym był, gdy zostali z Jonem przyjaciółmi. Urósł o pół stopy, pierś i barki miał potężniejsze, a odkąd opuścił Pięść Pierwszych Ludzi, nie ścinał włosów ani nie przystrzygał brody. Wydawał się z tego powodu wielki i kudłaty jak żubr, uzasadniając w ten sposób przezwisko, które nadał mu ser Alliser Thorne podczas szkolenia. Teraz jednak sprawiał wrażenie znużonego. Gdy Jon mu to powiedział, Grenn skinął głową.

— Całą noc słyszałem ich topory. Nie mogłem spać od tego rąbania.

— To idź się przespać teraz.

— Nie potrzebuję...

— Potrzebujesz. Chcę, żebyś był wypoczęty. Nie bój się, nie pozwolę ci przespać walki. — Jon zmusił się do uśmiechu. — Tylko ty dasz radę ruszyć z miejsca te cholerne beczki.

Grenn oddalił się, mamrocząc coś pod nosem, a Jon wrócił do obserwowania przez dalekowidz obozu dzikich. Od czasu do czasu nad głową przelatywała mu strzała, nauczył się jednak je ignorować. Odległość była znaczna, a kąt niekorzystny i szanse trafienia były minimalne. Nadal nie wypatrzył w obozie Mance'a Raydera, zauważył jednak przy żółwiu Tormunda Zabójcę Olbrzyma oraz dwóch jego synów. Synowie szarpali się ze skórą mamuta, natomiast Tormund ogryzał pieczony kozi udziec i wrzaskiem wydawał rozkazy. Jon dostrzegł również dzikiego zmiennoskórego, Varamyra Sześć Skór, który chodził między drzewami ze swym cieniokotem.

Gdy Jon usłyszał grzechot łańcuchów wciągarki i zgrzyt żelaznych zawiasów drzwi klatki, wiedział, że Hobb, jak co rano, przyniósł im śniadanie. Widok żółwia Mance'a pozbawił jednak Jona apetytu. Oleju niemal już im zabrakło, a ostatnią beczkę smoły stoczono z Muru dwie noce temu. Wkrótce miały się skończyć zapasy strzał, a nie mieli tu rzemieślników, którzy mogliby wykonać ich więcej. Do tego poprzedniej nocy przyleciał kruk z zachodu, od ser Denysa Mallistera. Wyglądało na to, że Bowen Marsh ścigał dzikich aż do Wieży Cieni, a potem dalej, aż do spowitej mrokiem Rozpadliny. Na Moście Czaszek napotkał Płaczkę z trzystoma dzikimi i rozbił ich w krwawej bitwie. Zwycięstwo okazało się jednak kosztowne. Zginęło ponad stu braci, między innymi ser Endrew Tarth i ser Aladale Wynch. Samego Starego Granata zawieziono z powrotem do Wieży Cieni. Odniósł poważne rany. Opiekował się nim maester Mullin, miało jednak minąć trochę czasu, nim będzie mógł wrócić do Czarnego Zamku.

Gdy Jon o tym przeczytał, wysłał Zei do Mole's Town na ich najlepszym koniu, każąc jej błagać wieśniaków o pomoc w obronie Muru. Kobieta nie wróciła. Posłał za nią Mully'ego, który jednak wkrótce zjawił się z wiadomością, że zastał wioskę zupełnie opuszczoną. Nawet w burdelu nikt nie został. Zapewne Zei, nie zwlekając, ruszyła za pozostałymi królewskim traktem. *Może wszyscy powinniśmy uczynić to samo* — pomyślał przygnębiony Jon.

Zmusił się do jedzenia, mimo że nie czuł się głodny. Wystarczało już, że nie mógł spać. Nie powinien w dodatku obywać się bez jedzenia. *Poza tym to może być dla mnie ostatni posiłek. Ostatni posiłek dla nas wszystkich.* Dlatego Jon wypełnił sobie brzuch chlebem, boczkiem, cebulą i serem, nim usłyszał Konia, który krzyknął: NADCHODZI!

Nikt nie musiał pytać, co nadchodzi. Jon nie potrzebował też myrijskiego dalekowidza, by zobaczyć wypełzającą spomiędzy namiotów i drzew machinę.

— Właściwie wcale nie przypomina żółwia — zauważył Atłas. — Żółwie nie mają futra.

— Większość z nich nie ma też kół — wskazał Pyp.

— Zadmijcie w róg — rozkazał Jon i Baryła zagrał dwa długie sygnały, by obudzić Grenna i innych śpiących, którzy nocą pełnili straż. Jeśli dzicy ruszali do szturmu, na Murze potrzebowano każdego człowieka. *Bogowie wiedzą, że mamy ich niewielu.* Jon popatrzył na Pypa, Baryłę i Atłasa, Konia, Owena Przygłupa, Tima Splątanego Języka, Mully'ego, Zapasowego Buta i całą resztę. Spróbował sobie wyobrazić, jak bronią się stłoczeni, ściskając w dłoniach miecze, przed setką wrzeszczących dzikich w ciemnym, mroźnym tunelu, oddzieleni od nich tylko kilkoma żelaznymi kratami. Do tego właśnie dojdzie, jeśli nie zdołają powstrzymać żółwia, nim rozwali bramę.

— Jest wielki — zauważył Koń.

Pyp oblizał wargi.

— Pomyśl, ile zupy z niego będzie.

Żart trafił w próżnię. Nawet w głosie Pypa pobrzmiewało zmęczenie. *Wygląda na półtrupa* — pomyślał Jon. *Tak jak my wszyscy.* Król za Murem miał tak wielu ludzi, że za każdym razem mógł rzucać przeciw nim świeżych, lecz każdy kolejny atak odpierała ta sama garstka czarnych braci, którzy byli już do cna wyczerpani.

Jon wiedział, że ukryci za drewnem i skórami ludzie ciągną żółwia ze wszystkich sił, dbając o to, by koła cały czas się kręciły, lecz gdy tylko machina zostanie ustawiona pod bramą, zamienią sznury na topory. Dobrze chociaż, że Mance nie wysłał dziś mamutów. Jon cieszył się z tego, gdyż straszliwa siła tych zwierząt marnowała się pod Murem, a wielkość czyniła z nich łatwe cele. Ostatnio jeden z nich konał półtora dnia, wypełniając powietrze straszliwym, żałobnym trąbieniem.

Żółw pełzł powoli po kamieniach, pniakach i chaszczach. Poprzednie ataki kosztowały wolnych ludzi co najmniej stu zabitych. Większość z nich nadal leżała w miejscach, w których padła. W okresach spokoju odwiedzały ich wrony, teraz jednak ptaki pierzchły z wrzaskiem. Widok żółwia podobał się im równie mało jak jemu.

Jon wiedział, że Atłas, Koń i pozostali nadal spoglądają na niego, czekając na rozkazy. Był tak zmęczony, że nie wiedział, co robić. *Mur należy do mnie* — powtarzał sobie.

— Owen, Koń, do katapult. Baryła, ty i Zapasowy But do skorpionów. Reszta niech szykuje łuki. Zobaczymy, czy uda się go spalić.

Wiedział, że zapewne okaże się to daremnym gestem, lepsze to jednak, niż stać z opuszczonymi rękami.

Powolny i nieruchawy żółw był łatwym celem, więc łucznicy oraz kusznicy szybko zamienili go w ociężałego, drewnianego jeża... którego jednak chroniły wilgotne skóry, tak jak w przypadku mantelet. Zapalające strzały gasły natychmiast po trafieniu w cel. Jon zaklął pod nosem.

— Skorpiony — rozkazał. — Katapulty.

Bełty wystrzelone ze skorpionów wbiły się głęboko w futra, lecz nie wyrządziły więcej szkody niż zapalające strzały. Kamienie odbijały się od dachu żółwia, zostawiając zagłębienia w grubych warstwach skór. Głaz wystrzelony z trebusza mógłby go rozbić, lecz machina nadal była uszkodzona, a dzicy omijali szerokim łukiem obszar, na który padały pociski drugiej.

— Jon, on nadal nadchodzi — odezwał się Owen Przygłup.

Nie musiał mu tego mówić. Cal za calem, jard za jardem, żółw ciągle się zbliżał, toczył z łoskotem i podskakiwał, pełznąc przez strefę śmierci. Gdy tylko dzicy ustawią go równolegle pod Murem, da im potrzebną osłonę i ich topory będą mogły rozwalić pośpiesznie naprawioną zewnętrzną bramę. Gdy już znajdą się wewnątrz, w kilka godzin usuną gruz z lodowego tunelu i przeszkodą dla nich będą tylko dwie żelazne kraty, kilka na wpół zamarzniętych trapów oraz ci bracia, których Jon zechce skierować na dół, by walczyli i ginęli w ciemności.

Po jego lewej stronie rozległ się głośny łoskot katapulty. W powietrze pomknęły wirujące kamienie, które odbiły się od żółwia niczym grad i potoczyły na boki, nie czyniąc mu szkody. Dzicy łucznicy nie przestawali strzelać zza swych osłon. Jedna ze strzał wbiła się z głośnym brzękiem w twarz słomianej kukły.

— Cztery dla Watta z Długiego Jeziora! — zawołał Pyp. — Mamy remis! — Następny pocisk przemknął jednak obok jego ucha. — A fuj! — krzyknął do dzikich. — Ja nie uczestniczę w turnieju.

— Skóry nie zajmą się ogniem — powiedział Jon, w równym stopniu do siebie, co do pozostałych. Ich jedyną nadzieją była próba zmiażdżenia żółwia, kiedy już dotrze do Muru. Do tego potrzebowali głazów. Bez względu na to, jak solidnie zbudowano machinę, wielki kamień zrzucony na nią z wysokości siedmiuset stóp z pewnością ją uszkodzi.

— Grenn, Owen, Baryła, już czas.

Obok ciepłej szopy ustawiono w szeregu dwanaście solidnych dębowych beczek. Wypełniono je tłuczonym kamieniem, żwirem, który czarni bracia zwykli rozsypywać na ścieżkach, by pewniej poruszać się po Murze. Wczoraj, gdy Jon zaobserwował, że wolni ludzie pokrywają żółwia owczymi skórami, rozkazał Grennowi nalać do beczek tyle wody, ile tylko się w nich zmieści. Ciecz wsiąkła w tłuczony kamień, a nocą zamarzła na kość. To była najlepsza imitacja głazu, jaką mogli tu zdobyć.

— Po co ta woda? — zapytał go wówczas Grenn. — Czemu po prostu nie stoczymy beczek, tak jak stoją?

— Gdyby zlatując, uderzyły o Mur, rozleciałyby się, sypiąc żwirem na wszystkie strony — wyjaśnił Jon. — Nie chodzi nam o to, żeby urządzić skurwysynom deszcz kamyków.

We dwóch z Grennem oparli się barkami o jedną z beczek. Z drugą walczyli Baryła i Owen. Rozhuśtali wspólnie beczkę, by skruszyć lód, który utworzył się wokół jej dna.

— To kurewstwo waży za dużo — poskarżył się Grenn.

— Przewróć ją i zacznij toczyć — rozkazał Jon. — Tylko ostrożnie, bo jeśli przygniecie ci nogę, skończysz jak Zapasowy But.

Gdy beczka wylądowała na boku, Jon złapał za pochodnię i poruszał nią tuż nad powierzchnią Muru, by stopić nieco lód. Dzięki cienkiej warstewce wody beczkę łatwiej było toczyć. Właściwie nawet zbyt łatwo, gdyż omal jej nie stracili. W końcu jednak, wspólnymi siłami całej czwórki, podturlali swój głaz do krawędzi i tam postawili go znowu.

Gdy nad bramą stały już cztery wielkie dębowe beczki, Pyp krzyknął:

— Mamy u drzwi żółwia!

Jon wsparł się mocno na rannej nodze i wyjrzał za krawędź, by go zobaczyć. *Parkany. Marsh powinien był zbudować parkany.* Nie pomyśleli o bardzo wielu rzeczach. Dzicy odciągali spod bramy zabitych olbrzymów. Koń i Mully zrzucali na nich kamienie i Jonowi wydawało się, że widział, jak jeden z ludzi padł na ziemię, pociski były jednak za małe, by uszkodzić żółwia. Zastanawiał się, co wolni ludzie zrobią z leżącym im na drodze martwym mamutem, teraz jednak zobaczył na własne oczy odpowiedź na to pytanie. Żółw prawie dorównywał rozmiarami długiemu domowi i po prostu przepchnęli go nad ścierwem. Noga pod Jonem zadrżała, lecz Koń złapał go za rękę i odciągnął w bezpieczne miejsce.

— Nie powinieneś się tak wychylać — zganił go chłopak.

— Szkoda, że nie zbudowaliśmy parkanów.

Jonowi wydawało się, że słyszy stukot rąbiących drewno toporów, ale to pewnie tylko strach wypełniał mu uszy swym echem. Popatrzył na Grenna.

— Ruszaj.

Potężny mężczyzna stanął za beczką, wsparł się o nią barkiem, stęknął z wysiłku i zaczął pchać. Owen i Mully pośpieszyli mu z pomocą. Przesunęli beczkę stopę, potem drugą. I nagle zniknęła.

Usłyszeli łoskot, z jakim odbiła się od ściany Muru, a potem dużo głośniejszy huk i trzask pękającego drewna oraz krzyki i wrzaski. Atłas krzyknął radośnie, Owen Przygłup zatańczył wkoło, a Pyp wychylił się za krawędź i zawołał:

— Pod żółwiem było pełno królików! Popatrzcie, jak zwiewają!

— Druga — warknął Jon. Grenn i Baryła oparli się o kolejną beczkę i zepchnęli ją w przepaść.

Kiedy skończyli, przód żółwia Mance'a zamienił się w roztrzaskane szczątki. Spod drugiego końca machiny gramolili się dzicy, którzy pierzchali do obozu. Atłas złapał kuszę i posłał za nimi kilka bełtów, by skłonić ich do przyśpieszenia kroku. Grenn uśmiechał się pod brodą, a Pyp żartował. Żaden z nich nie miał dzisiaj zginąć.

Ale jutro… Jon zerknął w stronę szopy. Zostało im osiem beczek żwiru, choć przed chwilą mieli ich dwanaście. Zdał sobie sprawę, jak bardzo jest zmęczony i jak bardzo doskwiera mu rana. *Muszę się przespać. Przynajmniej kilka godzin.* Mógłby pójść do maestera Aemona po senne wino. To by mu pomogło.

— Schodzę do Królewskiej Wieży — oznajmił. — Zawołajcie mnie, jeśli Mance wymyśli coś nowego. Pyp, Mur należy do ciebie.

— Do mnie? — zdziwił się Pyp.

— Do niego? — powtórzył pytanie Grenn.

Jon oddalił się z uśmiechem na ustach i zjechał na dół klatką.

Kielich sennego wina faktycznie mu pomógł. Gdy tylko Jon położył się na wąskim łóżku w swej celi, natychmiast zapadł w sen. Jego sny były dziwne i bezkształtne, pełne niezwykłych dźwięków, krzyków i wrzasków oraz buczenia rogu, który wygrywał jeden ton, przeciągły, niski i długo wybrzmiewający w powietrzu.

Kiedy Jon się ocknął, za otworem strzelnicy, który służył mu jako okno, było już ciemno. Stali nad nim czterej ludzie, których nie znał. Jeden z nich trzymał w ręku lampę.

— Jonie Snow — warknął najwyższy z mężczyzn. — Wkładaj buty i chodź z nami.

Pierwsza myśl, która pojawiła się w jego rozespanej głowie, brzmiała tak, że kiedy spał, Mur padł, że Mance Rayder wysłał pod bramę nowych olbrzymów albo kolejnego żółwia i zdołał się przez nią przebić. Gdy jednak przetarł oczy, zauważył, że wszyscy nieznajomi są ubrani na czarno. *To ludzie z Nocnej Straży* — zrozumiał.

— Dokąd mam iść? Kim jesteście?

Wysoki mężczyzna skinął dłonią. Dwaj jego towarzysze złapali Jona i wywlekli go z łóżka. Potem wyprowadzili go z celi i zaprowadzili po schodach do samotni Starego Niedźwiedzia. Jon zobaczył stojącego przy kominku maestera Aemona, który splótł dłonie na lasce z drewna tarniny. Septon Cellador jak zwykle był zdrowo podchmielony, a ser Wynton Stout spał w ławeczce w oknie wykuszowym. Pozostałych braci Jon nie znał. Oprócz jednego.

— To jest ten sprzedawczyk, panie. Bękart Neda Starka z Winterfell — rzekł ser Alliser Thorne, który miał na sobie nieskazitelny, obszyty futrem płaszcz oraz lśniące buty.

— Nie jestem sprzedawczykiem, Thorne — odparł zimno Jon.

— Przekonamy się. — W skórzanym fotelu, w którym Stary Niedźwiedź zwykł pisywać listy, zasiadł wysoki, barczysty rumiany mężczyzna, którego Jon nie znał. — Tak, przekonamy się — powtórzył nieznajomy. — Mam nadzieję, że nie przeczysz, iż jesteś Jonem Snow? Bękartem Starka?

— Lubi się zwać lordem Snow.

Ser Alliser był szczupłym, żylastym, silnie umięśnionym mężczyzną, a w jego ciemnoszarych oczach pojawił się nagły błysk wesołości.

— To ty mnie tak przezwałeś — odparł Jon. Gdy ser Alliser był dowódcą zbrojnych w Czarnym Zamku, uwielbiał wymyślać przezwiska dla szkolonych przez siebie chłopców. Potem Stary Niedźwiedź wysłał Thorne'a do Wschodniej Strażnicy. *To na pewno ludzie ze Wschodniej Strażnicy. Ptak doleciał do Pyke'a, który przysłał nam pomoc.*

— Ilu ludzi przyprowadziliście? — zapytał siedzącego za stołem nieznajomego.

— Ja tu zadaję pytania — warknął mężczyzna o rumianych policzkach. — Oskarżono cię o złamanie przysięgi, tchórzostwo i dezercję, Jonie Snow. Czy zaprzeczasz temu, że porzuciłeś swych braci, by zginęli na Pięści Pierwszych Ludzi, i przyłączyłeś się do dzikiego Mance'a Raydera, samozwańczego króla za Murem?

— Porzuciłem...

Jon omal się nie zadławił tym słowem.

— Panie — odezwał się maester Aemon. — Donal Noye i ja omówiliśmy tę sprawę, gdy Jon Snow do nas wrócił i usatysfakcjonowały nas jego wyjaśnienia.

— Ale ja nie jestem usatysfakcjonowany, maesterze — odparł rumiany mężczyzna. — Sam wysłucham tych wyjaśnień. Tak jest!

Jon stłumił gniew.

— Nikogo nie porzuciłem. Opuściłem Pięść wraz z Qhorinem Półrękim. Wyruszyliśmy na zwiady do Wąwozu Pisków. Przyłączyłem się do dzikich na rozkaz Półrękiego, który obawiał się, że Mance mógł znaleźć Róg Zimy...

— Róg Zimy? — Ser Alliser zachichotał. — A czy rozkazał ci też policzyć ich snarki, lordzie Snow?

— Nie, ale ich olbrzymy policzyłem najlepiej, jak potrafiłem.

— Ser — warknął rumiany mężczyzna. — Będziesz się zwracał do ser Allisera „ser", a do mnie „wasza lordowska mość". Jestem Janos Slynt, lord Harrenhal, i przejąłem dowództwo w Czarnym Zamku do czasu powrotu Bowena Marsha z garnizonem. Będziesz się do nas zwracał z należytym poszanowaniem. Nie pozwolę, by z namaszczonego rycerza, takiego jak nasz dobry ser Alliser, naigrawał się bękart zdrajcy. — Uniósł dłoń i podsunął pod twarz Jona mięsisty palec. — Czy przeczysz, że dzieliłeś łoże z dziką kobietą?

— Nie. — Żałoba po Ygritte była zbyt świeża, by Jon mógł się jej teraz wyprzeć. — Nie przeczę, wasza lordowska mość.

— Pewnie powiesz, że to Półręki kazał ci się pieprzyć z tą niemytą kurwą? — zapytał z drwiącym uśmieszkiem ser Alliser.

— Ser. Ona nie była kurwą, ser. Półręki kazał mi spełniać wszystkie ich polecenia, ale... nie zaprzeczam, że uczyniłem więcej, niż było to konieczne, że... czułem coś do niej.

— Czyli że przyznajesz, iż złamałeś przysięgę — skwitował Janos Slynt.

Jon wiedział, że połowa ludzi z Czarnego Zamku odwiedzała od czasu do czasu Mole's Town, by szukać tam zakopanych skarbów, nie zamierzał jednak hańbić pamięci Ygritte, porównując ją z tamtejszymi kurwami.

— Przyznaję, że złamałem przysięgę z kobietą. Tak.

— Tak, wasza lordowska mość!

Gdy Janos Slynt robił groźną minę, jego policzki się trzęsły. Był tak samo masywny jak Stary Niedźwiedź i jeśli dożyje wieku Mormonta, z pewnością całkiem wyłysieje. Już stracił połowę włosów, mimo że nie mógł liczyć sobie więcej niż czterdzieści lat.

— Tak, wasza lordowska mość — powtórzył Jon. — Jadłem i walczyłem razem z nimi, tak jak rozkazał Półręki, i dzieliłem też futra z Ygritte. Ale przysięgam wam, że nie zostałem renegatem. Uciekłem od magnara, kiedy tylko to było możliwe, i nigdy nie wystąpiłem zbrojnie przeciw mym braciom ani królestwu.

Lord Slynt skierował na niego małe oczka.

— Ser Glendonie — rozkazał — przyprowadź drugiego więźnia.

Ser Glendon był wysokim mężczyzną, który wywlókł Jona z łóżka. Czterech innych ludzi opuściło z nim pomieszczenie, wkrótce jednak wrócili, prowadząc więźnia — niskiego, posiniaczonego człowieczka o pożółkłej twarzy, którego ręce i nogi skuwały łańcuchy. Miał on tylko jedną brew, po obu stronach czoła niewielkie zakola oraz wąsy, które wyglądały jak plama brudu nad górną wargą. Twarz miał opuchniętą i pokrytą siniakami, a większość przednich zębów mu wybito.

Ludzie ze Wschodniej Strażnicy rzucili brutalnie jeńca na podłogę. Lord Slynt spojrzał na niego z zasępioną miną.

— Czy to ten człowiek, o którym mówiłeś?

Jeniec zamrugał powiekami żółtych oczu.

— Tak.

Jon dopiero w tej chwili poznał Grzechoczącą Koszulę. *Bez swej zbroi jest zupełnie innym człowiekiem* — pomyślał.

— Tak — powtórzył dziki. — To ten tchórz, co to zabił Półrękiego. To było wysoko w Mroźnych Kłach, jak już dopadliśmy resztę wron i wykończyliśmy je co do jednej. Tego też byśmy ukatrupili, ale błagał, żebyśmy darowali mu to bezwartościowe życie, i powiedział, że przyłączy się do nas, jeśli go przyjmiemy. Półręki przysiągł, że zabije tchórza, ale wilk rozszarpał Qhorina na strzępy, a ten tutaj poderżnął mu gardło.

Uśmiechnął się do Jona, odsłaniając nieliczne zęby, po czym splunął krwią na podłogę.

— I co? — zapytał Jona ochrypłym tonem Slynt. — Czy temu zaprzeczysz? Czy powiesz, że Qhorin rozkazał ci, żebyś go zabił?

— Powiedział mi... — Trudno mu było wykrztusić z siebie te słowa. — Powiedział mi, żebym spełniał wszystkie ich polecenia.

Slynt rozejrzał się po samotni, spoglądając na pozostałych ludzi ze Wschodniej Strażnicy.

— Czy temu chłopakowi wydaje się, że spadł mi na głowę wóz z rzepą?

— Kłamstwa cię nie ocalą, lordzie Snow — ostrzegł go ser Alliser Thorne. — Usłyszymy od ciebie prawdę, bękarcie.

— Powiedziałem wam prawdę. Nasze konie słabły, a Grzechocząca Koszula był tuż za nami. Qhorin kazał mi udawać, że chcę się przyłączyć do dzikich. Powiedział mi: „Musisz spełnić wszystkie ich polecenia". Wiedział, że każą mi go zabić. Wiedział też, że Grzechocząca Koszula i tak nie daruje mu życia.

— Teraz chcesz nam wmówić, że wielki Qhorin Półręki bał się tego stworzenia?

Slynt zerknął na Grzechoczącą Koszulę i prychnął pogardliwie.

— Wszyscy boją się Lorda Kości — poskarżył się dziki. Ser Glendon uciszył go kopniakiem.

— Tego nie powiedziałem — sprzeciwił się Jon.

Slynt walnął pięścią w stół.

— Wysłuchałem cię! Wygląda na to, że ser Alliser trafnie cię ocenił. Kłamiesz jak bezczelny bękart. Nie będę tego tolerował. Nie będę! Może udało ci się oszukać tego kalekiego kowala, ale nie Janosa Slynta. O nie. Janos Slynt nie da się tak łatwo wziąć na lep. Czy myślisz, że mam czaszkę wypchaną kapustą?

— Nie wiem, czym masz wypchaną czaszkę. Wasza lordowska mość.

— Lord Snow jest arogancki — zauważył ser Alliser. — Zamordował Qhorina, tak jak jego koledzy zdrajcy zabili lorda Mormonta.

Wcale by mnie nie zdziwiło, gdyby się okazało, że wszystko to są elementy tego samego podłego spisku. Równie dobrze mógł w nim uczestniczyć także Benjen Stark. Całkiem możliwe, że siedzi sobie teraz w obozie Mance'a Raydera. Znasz tych Starków, panie.

— Znam — odparł Janos Slynt. — Znam ich aż za dobrze.

Jon zdjął rękawicę i pokazał im poparzoną dłoń.

— Oparzyłem się, broniąc lorda Mormonta przed upiorem. A mój stryj był człowiekiem honoru. Nigdy by nie złamał przysięgi.

— Tak samo jak ty? — zadrwił ser Alliser.

Septon Cellador odchrząknął.

— Lordzie Slynt — odezwał się — ten chłopak nie chciał złożyć przysięgi w sepcie, jak należy, lecz udał się za Mur, by wypowiedzieć słowa przed drzewem sercem. Twierdził, że to bogowie jego ojca, ale to również bogowie dzikich.

— To bogowie północy, septonie. — Maester Aemon był uprzejmy, ale stanowczy. — Panowie, gdy Donal Noye zginął, to właśnie ten młody człowiek, Jon Snow, objął dowództwo nad Murem i obronił go przed furią całej północy. Okazał się odważny, wierny i zdolny. Gdyby nie on, zastałbyś w tym pokoju Mance'a Raydera, lordzie Slynt. Wyrządzacie mu wielką krzywdę. Jon Snow był zarządcą i giermkiem lorda Mormonta. Otrzymał tę pozycję dlatego, że lord dowódca uważał go za bardzo obiecującego młodzieńca. Podobnie jak ja.

— Obiecującego? — zapytał Slynt. — Obietnice mogą się okazać fałszywe. On ma na rękach krew Qhorina Półrękiego. Mówisz, że Mormont mu ufał, ale co z tego? Wiem, co to znaczy zostać zdradzonym przez ludzi, którym się ufa. Och, tak. Znam też zwyczaje wilków. — Wskazał na twarz Jona. — Jego ojciec zginął śmiercią zdrajcy.

— Mojego ojca zamordowano.

Jona przestało już obchodzić, co z nim zrobią. Nie zamierzał wysłuchiwać więcej kłamstw o ojcu.

Twarz Slynta nabrała purpurowego odcienia.

— Zamordowano? Ty bezczelny szczeniaku. Król Robert jeszcze nie zdążył ostygnąć, a lord Eddard już wystąpił przeciw jego synowi. — Wstał z fotela. Był niższy od Mormonta, lecz miał potężne ramiona i wielkie brzuszysko. Płaszcz na barku spinała mu brosza w kształcie małej złotej włóczni o czubku z czerwonej emalii. — Twój ojciec zginął od miecza, bo był wysoko urodzony i pełnił funkcję królewskiego namiestnika. Dla ciebie wystarczy pętla. Ser Alliserze, odprowadź tego renegata do celi.

— To mądra decyzja, wasza lordowska mość.

Ser Alliser złapał Jona za ramię.

Chłopak wyszarpnął się i pochwycił rycerza za gardło z taką gwałtownością, że podniósł go w górę. Udusiłby go, gdyby nie odciągnęli go ludzie ze Wschodniej Strażnicy. Thorne zatoczył się do tyłu, pocierając ślady, które palce Jona zostawiły na jego szyi.

— Sami widzicie, bracia. Ten chłopak to dziki.

TYRION

Kiedy wstał świt, przekonał się, że nie może znieść myśli o jedzeniu. *O zachodzie słońca mogę zostać skazany.* W brzuchu paliła go żółć, a w okolicy nosa czuł dotkliwe swędzenie. Tyrion podrapał się czubkiem noża. *Jeszcze tylko jeden świadek i przyjdzie kolej na mnie.* Co jednak miał zrobić? Zaprzeczyć wszystkiemu? Oskarżyć Sansę i ser Dontosa? Przyznać się do winy, w nadziei, że spędzi resztę życia na Murze? Zdać się na los szczęścia i liczyć na to, że Czerwona Żmija zdoła pokonać ser Gregora Clegane'a?

Dźgał apatycznie nożem szarą, tłustą kiełbasę, żałując, że to nie jego siostra. *Na Murze jest cholernie zimno, ale przynajmniej uwolniłbym się od Cersei.* Nie sądził, by był dobrym materiałem na zwiadowcę, lecz Nocna Straż potrzebowała nie tylko silnych, lecz również bystrych ludzi. Lord dowódca Mormont powiedział mu to, gdy Tyrion był w Czarnym Zamku. *Jest jeszcze ta niedogodna przysięga.* Oznaczałoby to koniec jego małżeństwa i ewentualnych pretensji do Casterly Rock, wyglądało jednak na to, że z obu tych rzeczy i tak przyjdzie mu zrezygnować. Miał też wrażenie, że w wiosce koło Muru znajdował się burdel.

Nie było to życie, o jakim by marzył, zawsze jednak życie. Musiał jedynie zaufać ojcu, stanąć na krótkich nogach i powiedzieć: „Tak, zrobiłem to. Przyznaję się".

Na myśl o tym ogarniały go jednak mdłości. Żałował niemal, że nie jest winny, gdyż wyglądało na to, że i tak będzie musiał z tego powodu ucierpieć.

— Panie? — odezwał się Podrick Payne. — Przyszli, panie. Ser Addam. I złote płaszcze. Czekają pod drzwiami.

— Pod, powiedz mi prawdę... myślisz, że jestem winny?

Chłopak zawahał się. Spróbował się odezwać, lecz wydał z siebie tylko słaby, nieartykułowany dźwięk.

Jestem zgubiony.

— Nie musisz mi odpowiadać. Byłeś dla mnie dobrym giermkiem. Lepszym, niż na to zasługiwałem. Bez względu na to, co się stanie, dziękuję ci za twą wierną służbę.

Ser Addam Marbrand czekał pod drzwiami w towarzystwie sześciu złotych płaszczy. Wyglądało na to, że dziś nie miał nic do powiedzenia. *Kolejny dobry człowiek, który uważa mnie za królobójcę.* Tyrion zebrał w sobie całą godność i ruszył kaczkowatym krokiem w dół. Gdy przechodził przez dziedziniec, czuł, że wszyscy na niego spoglądają: wartownicy na murach, chłopcy stajenni, pomywaczki, praczki i dziewki służebne. W sali tronowej rycerze i lordowie usuwali mu się z drogi, szepcząc coś do swych dam.

Gdy tylko Tyrion zasiadł naprzeciwko sędziów, kolejna grupa złotych płaszczy wprowadziła Shae.

Serce ścisnęła mu zimna dłoń. *Varys ją zdradził* — pomyślał. *Nie, sam ją zdradziłem. Trzeba było zostawić ją z Lollys. Nie mogli nie przesłuchać służących Sansy. Ja bym zrobił to samo.* Tyrion podrapał gładką bliznę przecinającą resztki nosa. Zastanawiał się, po co Cersei zadawała sobie trud. *Shae nie wie nic, co mogłoby mi zaszkodzić.*

— Uknuli to razem — zaczęła dziewczyna, którą kochał. — Krasnal i lady Sansa uknuli to po śmierci Młodego Wilka. Sansa chciała zemsty za brata, a Tyrion zamierzał zagarnąć tron. Potem planował zabić siostrę, a po niej pana ojca, żeby zostać namiestnikiem księcia Tommena. Ale po jakimś roku, nim Tommen zrobiłby się za duży, jego również by zabił, żeby włożyć koronę na własną głowę.

— A skąd ty to wszystko wiesz? — zainteresował się książę Oberyn. — Czemu Krasnal miałby zdradzać podobne plany pokojówce żony?

— Trochę podsłuchałam, panie — odparła Shae — i moja pani czasem się wygadywała. Ale najwięcej usłyszałam z jego własnych ust. Byłam nie tylko pokojówką lady Sansy, lecz również jego dziwką, przez cały czas, gdy przebywał w Królewskiej Przystani. Rankiem w dzień ślubu zaciągnął mnie na dół, tam gdzie trzymają smocze czaszki, i wyruchał między potworami. A kiedy się popłakałam, powiedział, że powinnam okazać więcej wdzięczności, bo nie każdej dziewczynie jest dane być królewską kurwą. Wtedy właśnie opowiedział mi, w jaki sposób zamierza zostać królem. Zapewnił, że biedny, mały Joffrey nigdy nie pozna swej żony tak, jak on poznał mnie. — Zaczęła łkać. — Nie chciałam zostać dziwką, szlachetni panowie. Miałam wyjść za mąż. Mój narzeczony był giermkiem, dobrym, odważnym chłopcem, szlachetnie urodzonym. Ale Krasnal zobaczył mnie nad Zielonymi Widłami i wysłał chłopca, za którego miałam wyjść, w pierwszym szeregu przedniej straży. A kiedy już zginął, Tyrion kazał swoim dzikim przyprowadzić mnie do swego namiotu. Shagdze, temu dużemu, i Timettowi, temu z wypalonym okiem. Powiedział, że jeśli go nie zadowolę, odda mnie im, więc musiałam być posłuszna. A potem sprowadził mnie do miasta, żebym była pod ręką, gdy tylko mnie zapragnie. Kazał mi robić haniebne rzeczy…

— A jakie? — zapytał książę Oberyn z nagłym zainteresowaniem na twarzy.

— Nie mogę o nich opowiadać. — Po ładnej twarzy Shae spływały łzy. Każdy mężczyzna w sali z pewnością pragnął wziąć dziewczynę w ramiona, by ją pocieszyć. — Ustami i… innymi częściami, panie. Wszystkimi częściami. Wykorzystywał mnie na wszelkie możliwe sposoby i… i kazał, żebym mu mówiła, jaki jest duży. Musiałam go zwać olbrzymem. Moim lannisterskim olbrzymem.

Pierwszy roześmiał się Osmund Kettleblack. Boros i Meryn podążyli za jego przykładem, a za nimi tylu lordów i tyle dam, że nie mógł ich wszystkich zliczyć. Nagły huragan śmiechu odbił się echem o krokwie i wstrząsnął Żelaznym Tronem.

— To prawda — zapewniała Shae. — Moim lannisterskim olbrzymem.

Tym razem śmiech był dwukrotnie głośniejszy. Ludzie śmiali się do rozpuku. Brzuchy trzęsły im się gwałtownie. Niektórzy rechotali tak bardzo, że aż z nosów leciały im smarki.

Ocaliłem was wszystkich — pomyślał Tyrion. *Uratowałem to obmierzłe miasto i wasze bezwartościowe życie.* W sali tronowej były setki ludzi i śmiali się wszyscy oprócz jego ojca. Tak to przynajmniej wyglądało. Nawet Czerwona Żmija chichotał, a Mace Tyrell sprawiał wrażenie, że brzuch mu zaraz pęknie. Lord Tywin Lannister siedział jednak między nimi jak wykuty z kamienia, wspierając podbródek na złączonych w piramidkę palcach.

Tyrion zerwał się z miejsca.

— SZLACHETNI PANOWIE! — zawołał. Musiał krzyczeć, by ktokolwiek go usłyszał.

Jego ojciec uniósł dłoń i w sali stopniowo zapadła cisza.

— Zabierzcie mi z oczu tę zakłamaną kurwę — rzekł Tyrion — a usłyszycie moje wyznanie.

Lord Tywin pokiwał głową. Na jego skinienie złote płaszcze otoczyły wystraszoną Shae. Gdy wyprowadzano ją z sali, ich spojrzenia spotkały się na moment. Czy to, co widział w jej oczach, to był wstyd, czy raczej strach? Zastanawiał się, co obiecała jej Cersei. *Dostaniesz wszystko, o co prosiłaś, złoto albo klejnoty* — pomyślał, spoglądając na jej plecy. *Ale, nim minie księżyc, Cersei każe ci zabawiać złote płaszcze w ich koszarach.*

Tyrion spojrzał w twarde, zielone oczy ojca, usiane plamkami zimnego złota.

— Jestem winny — rzekł. — Tak bardzo winny. Czy to właśnie chcieliście usłyszeć?

Lord Tywin milczał. Mace Tyrell skinął głową. Książę Oberyn wyglądał na nieco rozczarowanego.

— Przyznajesz, że otrułeś króla?

— Nic w tym rodzaju — zaprzeczył Tyrion. — Śmierci Joffreya nie jestem winien. Dopuściłem się bardziej monstrualnej zbrodni. — Postąpił krok w stronę ojca. — Urodziłem się. Żyję. Przyznaję, że jestem winny bycia karłem. I bez względu na to, jak często mój łaskawy ojciec mi wybaczał, uporczywie trwałem w swej hańbie.

— To szaleństwo, Tyrionie — oznajmił lord Tywin. — Mów do rzeczy. Nie jesteś oskarżony o bycie karłem.

— I tu właśnie się mylisz, panie. Byłem o to oskarżony przez całe życie.

— Czy nie masz nic do powiedzenia na swoją obronę?

— Nic poza jednym: ja tego nie zrobiłem. Ale teraz tego żałuję. — Odwrócił się w stronę sali, morza białych twarzy. — Chciałbym mieć tyle trucizny, żeby wystarczyło dla was wszystkich. Żal mi, że nie jestem potworem, za jakiego mnie uważacie. Fakt jednak pozostaje faktem. Jestem niewinny, ale nie znajdę tu sprawiedliwości. Nie zostawiliście mi innego wyboru, niż zwrócić się do bogów. Domagam się próby walki.

— Straciłeś rozum? — zapytał jego ojciec.

— Wprost przeciwnie. Właśnie go odzyskałem. Domagam się próby walki!

Jego słodka siostra nie mogłaby być bardziej zadowolona.

— Ma takie prawo, szlachetni panowie — przypomniała sędziom. — Niech bogowie wydadzą wyrok. Reprezentantem Joffreya będzie ser Gregor Clegane. Poprzedniej nocy wrócił do miasta, by oddać swój miecz na moje usługi.

Twarz lorda Tywina pociemniała tak bardzo, że przez pół uderzenia serca Tyrion zastanawiał się, czy jego ojciec również nie wypił zatrutego wina. Tywin walnął pięścią w stół, tak rozgniewany, że nie był w stanie mówić. To Mace Tyrell zwrócił się w stronę Tyriona, by zadać mu niezbędne pytanie:

— Czy masz reprezentanta, który będzie bronił twej niewinności?

— Ma, panie. — Książę Oberyn z Dorne wstał z krzesła. — Karzeł mnie przekonał.

Ryk był ogłuszający. Tyrionowi szczególną przyjemność sprawił nagły błysk niepewności w oczach Cersei. Potrzeba było stu złotych płaszczy walących tępymi końcami włóczni w podłogę, by w sali tronowej znowu zapadła cisza. Tymczasem lord Tywin Lannister odzyskał już panowanie nad sobą.

— Sprawa rozstrzygnie się jutro — oznajmił spiżowym tonem. — Umywam od niej ręce.

Przeszył karłowatego syna zimnym, gniewnym spojrzeniem i opuścił komnatę królewskimi drzwiami umieszczonymi za Żelaznym Tronem. Towarzyszył mu jego brat Kevan.

Gdy Tyrion wrócił do celi w wieży, nalał sobie kielich wina i wysłał Podricka Payne'a po ser, chleb i oliwki. Wątpił, by zdołał utrzymać w żołądku cięższy posiłek. *Myślałeś, że odejdę bez walki, ojcze?* — zapytał cień rzucany przez siebie na ścianę w blasku świec. *Mam w sobie zbyt wiele z ciebie.* Teraz, gdy wyrwał władzę nad swym życiem i śmiercią z rąk ojca, oddając ją bogom, czuł się dziwnie spokojny. *Zakładając, że bogowie istnieją i że obchodzi ich to więcej niż pierdnięcie komedianta. W przeciwnym razie jestem w rękach Dornijczyka.* Niemniej bez względu na to, co się stanie, miał tę satysfakcję, że udało mu się obrócić plany lorda Tywina wniwecz. Jeśli książę Oberyn zwycięży, pobudzi to jeszcze wściekłość Wysogrodu na Dornijczyków. Mace Tyrell zobaczy, jak człowiek, który okaleczył jego syna, pomoże karłowi, który omal nie otruł jego córki, ujść sprawiedliwej karze. Jeśli zaś zatriumfuje Góra, Doran Martell może się zainteresować, dlaczego jego brat znalazł w Królewskiej Przystani śmierć, zamiast sprawiedliwości, którą obiecał mu Tyrion. Niewykluczone, że w takim przypadku Dornijczycy rzeczywiście ukoronują Myrcellę.

Warto było niemal zginąć, wiedząc, że spowodował tyle kłopotów. *Czy przyjdziesz obejrzeć moją śmierć, Shae? Czy będziesz stała razem z resztą i przyglądała się, jak ser Ilyn ścina mój brzydki łeb? Czy będzie ci brakowało twego lannisterskiego olbrzyma?* Dopił wino, odrzucił kielich na bok i zaśpiewał głośno.

Jechał przez miejskie ulice
ze wzgórza na wysokości.
Po bruku, przez kręte zaułki
jechał do kobiecej czułości.
Była jego skarbem sekretnym
jego wstydem i nadzieją ratunku.
A twierdza i łańcuch były niczym
wobec jej pocałunków.

Tej nocy nie odwiedził go ser Kevan. Zapewne był z lordem Tywinem, próbując uspokoić Tyrellów. *Obawiam się, że nie zobaczę już tego stryja.* Nalał sobie kolejny kielich. Szkoda, że kazał zabić Symona Srebrnego Języka, nim zdążył poznać wszystkie słowa tej pieśni. Szczerze mówiąc, wcale nie była zła. Zwłaszcza w porównaniu z tymi, które będą układać o nim teraz.

— *Bo od złotych dłoni zawsze chłodem wionie, a dotyk kobiety jest ciepły* — zaśpiewał. Być może powinien sam napisać następne zwrotki. O ile pożyje wystarczająco długo.

Tej nocy, niespodziewanie, Tyrion Lannister spał długo i głęboko. Obudził się z pierwszym brzaskiem, wypoczęty i pełen apetytu. Posilił się smażonym chlebem, krwawą kiszką, szarlotką i podwójną porcją jajecznicy z cebulą oraz palącą dornijską papryką. Potem poprosił strażników, by zezwolili mu na spotkanie z jego reprezentantem. Ser Addam wyraził zgodę.

Książę Oberyn wkładał właśnie zbroję, trzymając w ręku puchar czerwonego wina. Pomagały mu cztery młode dornijskie paniątka.

— Życzę ci dobrego dnia, panie — przywitał Tyriona. — Wypijesz kielich wina?

— Czy powinieneś pić przed walką?

— Zawsze piję przed walką.

— Możesz przez to zginąć. Co gorsza, ja mogę przez to zginąć.

Książę Oberyn roześmiał się głośno.

— Bogowie bronią niewinnych. Mam nadzieję, że jesteś niewinny?

— Tylko zabójstwa Joffreya — podkreślił Tyrion. — A ja mam

nadzieję, że wiesz, z kim wkrótce się zmierzysz. Gregor Clegane jest...

— Wysoki? Słyszałem o tym.

— Ma prawie osiem stóp wzrostu i na pewno waży ze trzydzieści kamieni. W dodatku to same mięśnie. Walczy wielkim dwuręcznym mieczem, ale trzyma go w jednej ręce. Zdarzało się, że przecinał ludzi wpół jednym uderzeniem. Jego zbroja waży tak wiele, że żaden mniejszy mężczyzna nie może jej udźwignąć, nie mówiąc już o poruszaniu się w niej.

Na księciu Oberynie nie zrobiło to większego wrażenia.

— Zabijałem już potężnych ludzi. Sztuka polega na tym, żeby zwalić ich z nóg. Kiedy już padną, jest po nich. — Dornijczyk był tak beztrosko pewny siebie, że niemal uspokoił Tyriona. Nagle jednak odwrócił się i zawołał: — Daemonie, moja włócznia!

Ser Daemon rzucił mu broń, a Czerwona Żmija złapał ją w locie.

— Chcesz walczyć z Górą włócznią?

Tyriona znowu ogarnął niepokój. Podczas bitwy zwarte szeregi włóczni tworzyły nieprzebytą przeszkodę, lecz pojedynek z biegle władającym mieczem szermierzem to było coś zupełnie innego.

— W Dorne lubimy włócznie. Poza tym to jedyna recepta na jego zasięg. Przyjrzyj się uważnie, lordzie Krasnalu, ale nie dotykaj.

Włócznia była wykonana z toczonego jesionu i miała osiem stóp długości. Jej drzewce były gładkie, grube i ciężkie. Ostatnie dwie stopy oręża stanowiła stal: smukły grot o kształcie liścia zakończony straszliwym kolcem. Brzegi wyglądały na tak ostre, że można by się nimi golić. Gdy Oberyn obrócił w dłoniach drzewce, zalśniło na nich coś czarnego. *Smar? Czy trucizna?* Tyrion doszedł do wniosku, że woli tego nie wiedzieć.

— Mam nadzieję, że dobrze sobie z tym radzisz — rzekł z powątpiewaniem w głosie.

— Nie będziesz miał powodów się skarżyć. Choć ser Gregor może je mieć. Bez względu na to, jak grubą ma zbroję, w miejscach spoin będą luki. W łokciach i w kolanach, pod pachami... Zapewniam cię, że znajdę sposób, by go połaskotać. — Odłożył włócznię. — Powiadają, że Lannister zawsze płaci swe długi. Być może, gdy już upuścimy dziś krwi, wrócisz ze mną do Słonecznej Włóczni. Mój brat Doran z wielką radością pozna prawowitego dziedzica Casterly Rock… zwłaszcza jeśli będzie mu towarzyszyła jego piękna żona, pani Winterfell.

Czyżby Wąż myślał, że zakamuflowałem gdzieś Sansę, jak wiewiórka zbierająca orzechy na zimę? Tyrion nie miał zamiaru wyprowadzać go z błędu.

— Jeśli się nad tym zastanowić, wizyta w Dorne mogłaby się okazać bardzo przyjemna.

— Przygotuj się na dłuższy pobyt. — Książę Oberyn pociągnął łyk wina. — Będziecie mogli pogadać z Doranem o wielu interesujących was obu kwestiach. O muzyce, handlu, historii, winie, karlim grosiku… prawach dziedziczenia i sukcesji. Z pewnością rady wuja bardzo się przydadzą królowej Myrcelli w ciężkich czasach, które nas czekają.

Jeśli ptaszki Varysa słuchały, Oberyn dostarczył im wielu ciekawych informacji.

— Chyba jednak wypiję to wino — stwierdził Tyrion. *Królowa Myrcella?* Bardziej by go to kusiło, gdyby rzeczywiście miał schowaną gdzieś pod płaszczem Sansę. *Czy północ podążyłaby za nią, gdyby opowiedziała się za Myrcellą, a przeciw Tommenowi?* To, co sugerował Czerwona Żmija, było zdradą. Czy Tyrion mógłby stanąć z bronią w ręku przeciw Tommenowi, przeciw własnemu ojcu? *Cersei plułaby krwią.* Być może był to wystarczający powód, by tak postąpić.

— Pamiętasz tę historię, którą opowiedziałem ci podczas naszego pierwszego spotkania, Krasnalu? — zapytał książę Oberyn, gdy bękart z Bożejłaski przyklęknął przed nim, by zawiązać mu nagolenniki. — Moja siostra i ja przybyliśmy do Casterly Rock nie tylko po to, by zobaczyć twój ogon. Zlecono nam swego rodzaju misję, która zaprowadziła nas już wcześniej do Starfall, Arbor, Starego Miasta, na Tarczowe Wyspy, do Crakehall i w końcu do Casterly Rock… lecz naszym prawdziwym celem było małżeństwo. Doran był już zaręczony z lady Mellario z Norvos, został więc w Słonecznej Włóczni jako kasztelan. Moja siostra i ja nie zostaliśmy jeszcze obiecani nikomu. Elii wydawało się to ekscytujące. To przez jej wiek, a do tego słabe zdrowie nigdy nie pozwalało jej na podróże. Ja jednak wolałem zabawiać się kosztem zalotników siostry. Był wśród nich Leniwy Lord Legawiec, Giermek Gapowata Gęba, ten, którego nazwałem Wielorybem Wędrowniczkiem, takie tam rzeczy. Jedynym, który jako tako wyglądał, był młody Baelor Hightower. To był ładny chłopak i moja siostra prawie się w nim zakochała, ale pech chciał, że zdarzyło mu się pierdnąć w naszej obecności. Natychmiast przezwałem go Baelorem Bździelem. Od tej pory Elia nie mogła na niego patrzeć bez śmiechu. Za młodu byłem prawdziwym potworem. Szkoda, że ktoś nie wyciął mi tego obmierzłego języka.

Szkoda — zgodził się bezgłośnie Tyrion. Baelor Hightower nie był już młody, pozostawał jednak dziedzicem lorda Leytona. Był bogaty, przystojny i okrył się sławą jako rycerz. Zwano go teraz Baelorem Promiennym Uśmiechem. Gdyby Elia wyszła za niego, zamiast za Rhaegara Targaryena, mogłaby teraz żyć w Starym Mieście, otoczona gromadką dorastających dzieci. Zadał sobie pytanie, ilu ludzi zabiło to jedno pierdnięcie.

— Lannisport stanowił kres naszej podróży — ciągnął książę Oberyn, gdy ser Arron Qorgyle nałożył mu skórzaną bluzę z wyściółką i następnie zaczął zawiązywać ją od tyłu. — Czy wiedziałeś, że nasze matki były starymi przyjaciółkami?

— Chyba sobie przypominam, że jako dziewczęta przebywały razem na dworze. Jako damy do towarzystwa księżniczki Rhaelli?

— Zgadza się. Jestem przekonany, że to one wspólnie uknuły tę intrygę. Giermek Gapowata Gęba i jemu podobni, a także cała galeria pryszczatych panien, które paradowały przede mną, to były tylko migdały przed ucztą, mające pobudzić nasz apetyt. Główne danie miano podać w Casterly Rock.

— Cersei i Jaime'a.

— Bystry z ciebie karzeł. Oczywiście, Elia i ja byliśmy starsi. Twój brat i siostra mogli mieć osiem, najwyżej dziewięć lat, ale różnica pięciu czy sześciu lat to nie tak wiele. A na naszym statku była pusta kajuta, bardzo wygodnie urządzona, odpowiednia dla kogoś wysoko urodzonego. Tak jakbyśmy mieli zabrać kogoś do Słonecznej Włóczni. Być może młodego pazia. Albo damę do towarzystwa dla Elii. Twoja pani matka zamierzała zaręczyć Jaime'a z moją siostrą albo Cersei ze mną. A może i to, i to.

— Niewykluczone — zgodził się Tyrion — ale mój ojciec...

— ...władał Siedmioma Królestwami, lecz w domu zawsze słuchał pani żony. Tak przynajmniej mówiła moja matka. — Książę Oberyn uniósł ręce, by lord Dagos Manwoody i bękart z Bożejłaski mogli włożyć mu kolczugę przez głowę. — W Starym Mieście dowiedzieliśmy się o śmierci twojej matki i o monstrualnym dziecku, które wydała na świat. Mogliśmy wówczas zawrócić do domu, ale nasza matka postanowiła, że popłyniemy dalej. Opowiadałem ci już o powitaniu, jakie zgotowano nam w Casterly Rock, nie wspominałem jednak o tym, że moja matka odczekała pewien czas zgodnie z wymogami przyzwoitości, a potem poruszyła naszą kwestię w rozmowie z twym ojcem. Po latach, na łożu śmierci, wyznała nam, że lord Tywin odmówił jej obcesowo. Poinformował ją, że jego córka jest przeznaczona dla księcia Rhaegara. A gdy poprosiła o Jaime'a, zaoferował jej ciebie.

— Co uznała za zniewagę.

— Bo to miała być zniewaga. Z pewnością nawet ty to rozumiesz.

— Och, z pewnością. — *Wszystko to bierze początek w przeszłości* — pomyślał Tyrion. *Od naszych matek i ojców oraz od ich rodziców przed nimi. Jesteśmy marionetkami tańczącymi na sznurkach tych, którzy żyli przed nami, a pewnego dnia nasze dzieci przejmą po nas sznurki i będą tańczyły zamiast nas.* — Ale książę Rhaegar poślubił Elię z Dorne, nie Cersei Lannister z Casterly Rock. Wygląda na to, że to starcie wygrała twoja matka.

— Tak jej się zdawało — zgodził się książę Oberyn — tyle że twój ojciec nie zwykł zapominać podobnych afrontów. Niegdyś przekonali się o tym lord i lady Tarbeck oraz Reyne'owie z Castamere. A w Królewskiej Przystani przekonała się o tym moja siostra. Mój hełm, Dagosie. — Manwoody podał mu wysoki, złoty hełm, który miał na czole miedziany dysk, słońce Dorne. Zasłonę usunięto. — Elia i jej dzieci długo czekały na sprawiedliwość. — Książę

Oberyn wciągnął miękkie rękawiczki z czerwonej skóry i ponownie złapał za włócznię. — Dziś jednak ją otrzymają.

Na miejsce walki wybrano zewnętrzny dziedziniec. Tyrion musiał podskakiwać i biec, żeby nadążyć za długimi krokami księcia Oberyna. *Wąż pali się do walki* — pomyślał. *Miejmy nadzieję, że jest jadowity.* Dzień był pochmurny i wietrzny. Słońce zmagało się z chmurami, lecz wynik tego starcia był dla Tyriona równie nieodgadniony jak rezultat boju, który miał zadecydować o jego losie.

Chyba z tysiąc ludzi przybyło przekonać się, czy Tyrion ocali życie. Stali na zamkowych murach i przepychali się na schodach wież oraz donżonów. Przyglądali się z otwartych drzwi stajen, z okien i mostów, z balkonów i dachów. Na dziedzińcu było tak tłoczno, że złote płaszcze i rycerze Gwardii Królewskiej musieli odepchnąć nieco gapiów, by zrobić miejsce dla walczących. Niektórzy przywlekli ze sobą krzesła, by usiąść na nich wygodnie, inni zaś zasiedli na beczkach. *Trzeba było urządzić tę walkę w Smoczej Jamie* — pomyślał skwaszony Tyrion. *Moglibyśmy brać za wstęp po grosiku i zwróciłyby się nam koszty zarówno ślubu, jak i pogrzebu Joffreya.* Niektórzy przyprowadzili nawet małe dzieci, które siedziały im na ramionach, krzycząc głośno i wyciągając ręce na widok karła.

W zestawieniu z ser Gregorem Cersei wyglądała prawie jak dziecko. Zakuty w zbroję Góra wydawał się wielki ponad ludzką miarę. Pod długą żółtą opończą, ozdobioną trzema czarnymi psami Clegane'ów, miał ciężką zbroję płytową nałożoną na kolczugę. Jej matowoszarą stal pokrywały wgniecenia i zadrapania. Pod zbroją z pewnością miał utwardzaną skórę oraz warstwę wyściółki. Przyłbicę o płaskim szczycie przyśrubowano do naszyjnika zbroi, zostawiając otwory do oddychania obok nosa i ust oraz wąską szparę wzrokową. Szczyt hełmu zdobiła kamienna pięść.

Jeśli nawet ser Gregor ucierpiał od ran, stojący po drugiej stronie dziedzińca Tyrion nie widział żadnych tego oznak. *Wygląda jak wykuty ze skały.* Potężny miecz, sześć stóp pełnego rys metalu, wbił w ziemię przed sobą. Potężne dłonie ser Gregora, obleczone w stalowe rękawice, były zaciśnięte na gardzie po obu stronach rękojeści. Nawet faworyta księcia Oberyna pobladła na ten widok.

— Masz zamiar walczyć z tym czymś? — zapytała szeptem.

— Mam zamiar zabić to coś — odparł beztrosko jej kochanek.

Gdy przeciwnicy stanęli naprzeciwko siebie, Tyriona również ogarnęły wątpliwości. Spoglądając na księcia Oberyna, żałował, że jego obrońcą nie jest Bronn... albo, jeszcze lepiej, Jaime. Czerwona Żmija miał na sobie tylko lekką zbroję: nagolenniki, zarękawia, naszyjnik, nałokcice i stalową osłonę członka. Poza tym Oberyn był odziany w miękką skórę i fałdziste jedwabie. Na kolczą koszulę włożył łuskową zbroję z lśniącej miedzi, lecz razem nie zapewniały mu one nawet jednej czwartej osłony, jaką dawała Gregorowi ciężka, płytowa zbroja. Po zdjęciu zasłony książęcy hełm stał się praktycznie półhełmem, niemającym nawet nosala. Okrągła stalowa tarcza lśniła jasno. Widniały na niej słońce i włócznia z czerwonego złota, żółtego złota, białego złota i miedzi.

„Tańczyć wokół niego tak długo, aż zmęczyłby się wymachiwaniem tym swoim mieczem i nie mógłby go więcej dźwignąć. Zwalić go w jakiś sposób z nóg". Wyglądało na to, że Czerwona Żmija ma taki sam plan jak Bronn. Najemnik otwarcie jednak przyznawał, że podobna taktyka jest bardzo ryzykowna. *Na siedem piekieł, mam nadzieję, że wiesz, co robisz, wężu.*

Przed Wieżą Namiestnika, w połowie drogi między obydwoma przeciwnikami, zbudowano podwyższenie, na którym zasiadał lord Tywin ze swym bratem, ser Kevanem. Króla Tommena nigdzie nie było widać i z tego przynajmniej Tyrion się cieszył.

Lord Tywin zerknął przelotnie na karłowatego syna, po czym uniósł dłoń. Dwunastu trębaczy zagrało fanfarę, by uciszyć tłum. Wielki septon w wysokiej kryształowej koronie odmówił modlitwę do Ojca Na Górze, prosząc go o pomoc w wydaniu sprawiedliwego wyroku, oraz do Wojownika, by użyczył siły ramieniu mężczyzny, którego sprawa jest słuszna. *To znaczy mojemu* — omal nie krzyknął Tyrion, lecz wyśmialiby go tylko, a on miał już serdecznie dosyć śmieszności.

Ser Osmund Kettleblack podał Clegane'owi masywną dębową tarczę z okuciami z czarnego żelaza. Gdy Góra wsunął lewą rękę w rzemienie, Tyrion zauważył, że psy Clegane'ów zamalowano.

Dziś rano ser Gregor miał na tarczy siedmioramienną gwiazdę, którą przynieśli do Westeros Andalowie, gdy przepłynęli wąskie morze, by podbić Pierwszych Ludzi i ich bogów. *To bardzo pobożny gest, Cersei, ale wątpię, by bogowie się nim przejęli.*

Dzieliło ich od siebie pięćdziesiąt jardów. Książę Oberyn szedł naprzód szybko, natomiast Góra posuwał się ociężałym, złowieszczym krokiem. *Ziemia wcale się nie trzęsie pod jego stopami* — przekonywał sam siebie Tyrion. *To tylko serce mi tak wali.* Gdy obaj mężczyźni znaleźli się w odległości dziesięciu jardów od siebie, Czerwona Żmija zatrzymał się nagle.

— Czy powiedzieli ci, kim jestem? — zawołał.

— Jakimś trupem — wystękał ser Gregor w przerwie między oddechami, ani na moment nie zwalniając kroku.

Dornijczyk odsunął się na bok.

— Jestem Oberyn Martell, książę Dorne — oznajmił, gdy Góra obrócił się, by nie stracić go z oczu. — Księżna Elia była moją siostrą.

— Kto taki? — zapytał Gregor Clegane.

Oberyn uderzył długą włócznią, lecz ser Gregor odbił cios tarczą, odepchnął włócznię na bok i runął na księcia, wymachując ogromnym mieczem. Dornijczyk odskoczył na bok, nie ponosząc żadnej szkody. Włócznia uderzyła po raz drugi. Clegane ciął w nią mieczem, Martell cofnął broń i pchnął znowu. Metal zazgrzytał o metal, gdy grot ześliznął się po piersi Góry, rozdzierając opończę i zostawiając na stalowej powierzchni długą, jasną rysę.

— Elia Martell, księżna Dorne — wysyczał Czerwona Żmija. — Zgwałciłeś ją. Zamordowałeś ją. Zabiłeś jej dzieci.

Ser Gregor stęknął i rzucił się do ciężkiej szarży, próbując trafić Dornijczyka w głowę. Książę Oberyn umknął mu z łatwością.

— Zgwałciłeś ją. Zamordowałeś ją. Zabiłeś jej dzieci.

— Przyszedłeś tu gadać czy walczyć?

— Przyszedłem wysłuchać twojego wyznania.

Czerwona Żmija wyprowadził szybki cios na brzuch Góry, lecz bez rezultatu. Gregor ciął go mieczem, ale również chybił. Długa włócznia prześlizgiwała się nad jego mieczem, śmigała niczym wężowy język, pozorując atak nisko, by uderzyć wysoko, dźgała w pachwinę, tarczę, oczy. *Dobrze przynajmniej, że Góra to wielki cel* — pomyślał Tyrion. Książę Oberyn raczej nie mógł chybić, choć żaden z jego ciosów nie był w stanie przebić masywnej zbroi ser Gregora. Dornijczyk krążył wokół niego, uderzał włócznią i odskakiwał, zmuszając większego przeciwnika do kręcenia się w kółko. *Clegane traci go z oczu.* Hełm Góry miał wąską szczelinę, co znacznie ograniczało jego pole widzenia. Oberyn zręcznie wykorzystywał ten fakt, podobnie jak swą szybkość i długość włóczni.

Walka toczyła się w ten sposób przez dość długi czas. Przeciwnicy przemieszczali się w przód i w tył albo krążyli wokół siebie po spirali. Miecz ser Gregora przecinał powietrze, a włócznia Oberyna trafiła Górę w ramię, w nogę i dwa razy w skroń. Wielka drewniana tarcza ser Gregora również oberwała wielokrotnie. W jednym miejscu spod siedmioramiennej gwiazdy wyglądał psi łeb, w innym zaś widać było nagą dębinę. Clegane stękał od czasu do czasu, a w pewnej chwili Tyrion usłyszał, jak wymamrotał przekleństwo. Poza tym jednak Góra walczył w złowrogim milczeniu.

W przeciwieństwie do Oberyna Martella.

— Zgwałciłeś ją — zawołał Czerwona Żmija, uderzając włócznią. — Zamordowałeś ją — dodał, uchylając się przed przecinającym powietrze szerokim łukiem mieczem. — Zabiłeś jej dzieci — krzyknął, wymierzając cios w gardło olbrzyma. Grot odbił się z głośnym zgrzytem od stalowych folg obojczyka zbroi.

— Oberyn się z nim bawi — stwierdziła Ellaria Sand.

To zabawa głupca — pomyślał Tyrion.

— Ten cholerny Góra jest za wielki, żeby być czyjąkolwiek zabawką.

Tłum zbliżał się cal za calem do walczących. Ludzie tłoczyli się ze wszystkich stron, żeby lepiej widzieć. Gwardia Królewska próbowała im w tym przeszkadzać, odpychając widzów wielkimi białymi tarczami, gapiów były jednak setki, a ludzi w białych zbrojach tylko sześciu.

— Zgwałciłeś ją. — Książę Oberyn odbił straszliwy cios grotem włóczni. — Zamordowałeś ją. — Zamachnął się w kierunku oczu Clegane'a, tak szybko, że olbrzym aż się wzdrygnął. —

Zabiłeś jej dzieci. — Włócznia pomknęła na bok i w dół, drapiąc o napierśnik Góry. — Zgwałciłeś ją. Zamordowałeś ją. Zabiłeś jej dzieci. — Broń Dornijczyka była dwie stopy dłuższa niż oręż ser Gregora, co z nawiązką wystarczało, by zmusić go do zachowania niedogodnego dlań dystansu. Gdy tylko Oberyn rzucał się do ataku, Clegane próbował odrąbać grot włóczni, z równym jednak powodzeniem mógłby starać się odciąć skrzydła musze. — Zgwałciłeś ją. Zamordowałeś ją. Zabiłeś jej dzieci. — Gregor spróbował szarży, lecz Oberyn odskoczył na bok i znalazł się za jego plecami. — Zgwałciłeś ją. Zamordowałeś ją. Zabiłeś jej dzieci.

— Cisza. — Wydawało się, że ser Gregor rusza się już nieco wolniej, a jego miecz nie unosi się tak wysoko, jak na początku walki. — Zamknij tę cholerną gębę.

— Zgwałciłeś ją — odparł książę, przesuwając się w prawo.

— Dość tego! — Gregor postawił dwa wielkie kroki naprzód i zamachnął się mieczem, celując w głowę Oberyna. Dornijczyk jednak cofnął się po raz kolejny.

— Zamordowałeś ją — powtórzył.

— ZAMKNIJ SIĘ!

Gregor rzucił się do szarży, nadziewając się prosto na grot włóczni, który uderzył w jego pierś po prawej stronie, a potem ześliznął się w dół z ohydnym zgrzytem stali. Nagle Góra znalazł się wystarczająco blisko przeciwnika, by zadać cios. Jego olbrzymi miecz śmignął z niewiarygodną prędkością. Tłuszcza również krzyczała. Oberyn odbił pierwsze uderzenie i wypuścił z rąk włócznię, która na tak bliski dystans była bezużyteczna. Drugi cios Dornijczyk zatrzymał tarczą. Metal uderzył o metal z ogłuszającym brzękiem. Czerwona Żmija zatoczył się na nogach. Ser Gregor ścigał go z głośnym rykiem. *Nie używa słów, po prostu ryczy jak zwierzę* — pomyślał Tyrion. Odwrót Oberyna przerodził się w paniczną ucieczkę tyłem. Tylko cale dzieliły go od miecza, którym Góra próbował go trafić w pierś, ramiona i głowę.

Tuż za nim była stajnia. Widzowie przepychali się z wrzaskiem, chcąc zejść z drogi walczącym. Jeden z nich wpadł Oberynowi na plecy. Ser Gregor zamachnął się mieczem z całą swą straszliwą siłą.

Czerwona Żmija padł na ziemię i przetoczył się w bok. Pechowy chłopiec stajenny za jego plecami nie był taki szybki. Gdy uniósł rękę, by osłonić twarz, miecz Gregora uciął mu ją między łokciem a ramieniem.

— Zamknij SIĘ! — ryknął Góra, słysząc wrzask nieszczęśnika. Tym razem uderzył mieczem w bok i górna połowa głowy chłopaka pofrunęła w powietrze, tryskając wokół krwią i mózgiem. Setki widzów straciły nagle zainteresowanie kwestią winy bądź niewinności Tyriona Lannistera. Przepychali się jak szaleni, chcąc jak najszybciej umknąć z dziedzińca.

Czerwona Żmija z Dorne zdążył się już jednak zerwać na nogi i złapać w rękę długą włócznię.

— Elia — zawołał do ser Gregora. — Zgwałciłeś ją. Zamordowałeś ją. Zabiłeś jej dzieci. Powiedz jej imię.

Góra odwrócił się błyskawicznie. Hełm, tarcza, miecz, opończa; od stóp do głów cały był zbryzgany krwią.

— Za dużo gadasz — warknął. — Boli mnie od tego głowa.

— Chcę, żebyś je powiedział. Elia z Dorne.

Góra prychnął z pogardą i runął do ataku... i w tej samej chwili zza nisko wiszących chmur, które od świtu przesłaniały niebo, wyszło słońce.

Słońce Dorne — powiedział sobie Tyrion, lecz to Gregor Clegane zajął pozycję ze słońcem za plecami. *Jest tępy i brutalny, ale ma instynkty wojownika.*

Czerwona Żmija przykucnął, przymrużył oczy i znowu uderzył włócznią. Ser Gregor ciął w nią mieczem, lecz atak okazał się zmyłką. Góra stracił równowagę i zatoczył się krok do przodu.

Książę Oberyn przechylił poobijaną metalową tarczę. Snop słonecznych promieni odbił się od gładzonego złota i miedzi, trafiając prosto w wąską szparę hełmu jego przeciwnika. Clegane uniósł tarczę, by osłonić oczy. Włócznia księcia Oberyna uderzyła niczym błyskawica i znalazła lukę w ciężkiej zbroi, spoinę pod pachą. Grot przebił się przez kolczugę i utwardzaną skórę. Gdy Dornijczyk obrócił włócznię i wyrwał ją z rany, Gregor wydał z siebie stłumione stęknięcie.

— Elia! Powiedz to! Elia z Dorne! — Krążył wokół niego z włócznią gotową do zadania następnego ciosu. — Powiedz to!

Tyrion odmawiał inną modlitwę. *Padnij na ziemię i umrzyj. Padnij na ziemię i umrzyj, do cholery!* Krew płynąca spod pachy Góry należała teraz do niego. Z pewnością pod napierśnikiem krwawił jeszcze mocniej. Gdy spróbował postawić krok naprzód, ugięło się pod nim kolano. Tyrionowi wydawało się, że Clegane zaraz padnie.

Książę Oberyn zaszedł go od tyłu.

— ELIA Z DORNE! — wrzasnął. Ser Gregor zaczął się odwracać, lecz za wolno i zbyt późno. Grot włóczni tym razem wbił się w tył jego kolana. Przebił warstwy kolczugi i skóry, łączące ze sobą płyty na udzie i łydce. Góra zatoczył się, zachwiał i runął twarzą na ziemię. Ogromny miecz wypadł mu z dłoni. Ser Gregor przetoczył się na plecy, powoli i ociężale.

Dornijczyk odrzucił zniszczoną tarczę, ujął włócznię w obie dłonie i oddalił się niespiesznie. Góra stęknął i wsparł się na łokciu. Oberyn odwrócił się błyskawicznie i pobiegł ku leżącemu na ziemi wrogowi.

— EEEEELLLLLIIIIIAAAAA! — zawołał, wspierając uderzenie włóczni całym ciężarem ciała. Trzask pękającego jesionowego drzewca brzmiał niemal równie słodko jak wrzask furii, który wyrwał się z ust Cersei. Na moment książę Oberyn dostał skrzydeł. Wąż przeskoczył nad Górą. Z brzucha Clegane'a sterczały cztery stopy złamanej włóczni. Książę Oberyn przetoczył się, wstał i otrzepał z kurzu. Odrzucił na bok resztki włóczni i wziął w ręce miecz swego wroga.

— Jeśli skonasz, nim wypowiesz jej imię, ser, będę cię ścigał przez siedem piekieł — zapowiedział.

Ser Gregor spróbował się podnieść. Złamana włócznia przeszyła go na wylot i przyszpiliła do ziemi. Złapał obiema rękami za drzewce i stęknął z wysiłku, lecz nie był w stanie go wyciągnąć. Kałuża czerwieni pod nim robiła się coraz większa.

— Z każdą chwilą czuję się coraz bardziej niewinny — powiedział Tyrion do stojącej obok niego Ellarii Sand.

Książę Oberyn podszedł bliżej.

— Powiedz jej imię!

Postawił nogę na piersi Góry i uniósł miecz w obu dłoniach. Tyrion nigdy nie miał się dowiedzieć, czy Oberyn zamierzał odrąbać przeciwnikowi głowę, czy też wepchnąć sztych przez wizurę.

Clegane uniósł błyskawicznie rękę i złapał Dornijczyka poniżej kolana. Czerwona Żmija ciął jak szalony mieczem, stracił jednak równowagę i ostrze zrobiło tylko kolejne wgniecenie w zarękawiu zbroi Góry. Potem Dornijczyk zapomniał o mieczu. Gregor szarpnął gwałtownie ręką, obalając go na siebie. Siłowali się przez chwilę w kurzu i krwi, a złamana włócznia kołysała się na obie strony. Przerażony Tyrion zobaczył, że Góra otoczył księcia potężnym ramieniem i przycisnął go do piersi niczym kochanek.

— Elia z Dorne — usłyszeli głos ser Gregora, gdy przeciwnicy byli już tak blisko siebie, że mogliby się pocałować. Jego niski głos niósł się echem pod hełmem. — Zabiłem jej rozwrzeszczanego bachora. — Złapał wolną dłonią nieosłoniętą twarz Oberyna, wbijając mu stalowe palce w oczy. — Potem ją zgwałciłem. — Clegane walnął pięścią w usta Dornijczyka, gruchocząc mu zęby. — A potem rozwaliłem jej jebaną głowę. O tak.

Gdy uniósł potężną pięść, wydawało się, że krew na stalowej rękawicy zamieniła się w dym w zimnym porannym powietrzu. Później rozległ się przyprawiający o mdłości chrzęst. Ellaria Sand krzyknęła przerażona, a śniadanie Tyriona trysnęło mu strugą z ust. Padł na kolana, rzygając boczkiem, kiełbasą i szarlotką, a także podwójną porcją jajecznicy z cebulą i ostrą dornijską papryką.

Nie usłyszał, jak jego ojciec wypowiada słowa, które go skazały. Być może słowa nie były konieczne. *Złożyłem swe życie w ręce Dornijczyka, a on je wypuścił.* Przypomniał sobie poniewczasie, że węże nie mają rąk, i roześmiał się histerycznie.

Dopiero gdy znalazł się w połowie wysokości serpentynowych schodów, zdał sobie sprawę, że złote płaszcze nie prowadzą go z powrotem do wieży.

— Mam być zamknięty w ciemnicy — stwierdził. Nikt mu nie odpowiedział. *Po co marnować słowa na trupa?*

DAENERYS

Dany zjadła śniadanie pod hebanowcem rosnącym w ogrodzie na tarasie, obserwując smoki ścigające się wokół szczytu Wielkiej Piramidy, na której jeszcze niedawno stała olbrzymia harpia z brązu. W Meereen było też około dwudziestu mniejszych piramid, lecz żadna z nich nie była nawet w połowie tak wysoka. Z tego miejsca widać było całe miasto: wąskie, kręte zaułki, szerokie, wykładane cegłą ulice, świątynie i spichlerze, rudery i pałace, burdele i łaźnie, ogrody i fontanny oraz wielkie czerwone kręgi wpuszczonych w ziemię aren. Za murami ciągnęło się morze barwy ołowiu, kręty Skahazadhan, suche, brązowe wzgórza, spalone sady i poczerniałe pola. Tu, w swym ogrodzie, Dany czasami czuła się jak bóg mieszkający na szczycie najwyższej góry na świecie.

Czy wszyscy bogowie są tacy samotni? Niektórzy z pewnością. Missandei opowiadała jej o Panu Harmonii, którego czcili Ludzie Pokoju z Naath. Jej mała skryba zapewniała, że jest on jedynym prawdziwym bogiem, bogiem, który zawsze był i zawsze będzie, który stworzył księżyc, gwiazdy, ziemię i wszystkie stworzenia, jakie na nich żyją. *Biedny Pan Harmonii.* Dany litowała się nad nim. To musiało być okropne. Cały czas był sam, nie licząc hord kobiet-motyli, które mógł stworzyć lub unicestwić jednym słowem. W Westeros przynajmniej mieli siedmiu bogów, choć Viserys powiedział jej kiedyś, że niektórzy septonowie uważają, iż są oni jedynie aspektami tego samego boga, siedmioma fasetkami tego samego kryształu. Zbijało ją to z tropu. Słyszała też, że czerwoni kapłani wierzą w dwóch bogów, którzy toczą ze sobą wieczną wojnę. To podobało się jej jeszcze mniej. Nie chciałaby toczyć wiecznej wojny.

Missandei podała jej kacze jaja, kiełbasę z psa oraz pół kielicha słodzonego wina z sokiem limony. Miód przyciągał muchy, lecz odganiała je wonna świeca. Przekonała się, że tu, na górze, owady nie są tak dokuczliwe, jak w pozostałych częściach jej miasta. To była jeszcze jedna zaleta piramidy.

— Muszę pamiętać, żeby coś zrobić w sprawie much — stwierdziła Dany. — Czy na Naath jest ich dużo, Missandei?

— Na Naath są motyle — odpowiedziała dziewczynka w języku powszechnym. — Jeszcze wina?

— Nie. Niedługo będę musiała rozmawiać z ludźmi.

Dany bardzo polubiła Missandei. Mała skryba o wielkich, złocistych oczach była mądra ponad swój wiek. *Jest też odważna. Musiała być odważna, by przetrwać w takim miejscu.* Dany miała nadzieję, że pewnego dnia otrzyma szansę ujrzenia sławnej wyspy Naath. Missandei mówiła, że Ludzie Pokoju, zamiast wojować, oddają się muzyce. Nigdy nikogo nie zabijali, nawet zwierząt, i żywili się wyłącznie owocami, nie biorąc do ust mięsa. Motyle duchy, poświęcone ich bogu, chroniły wyspę przed wszystkimi, którzy chcieliby skrzywdzić jej mieszkańców. Wielu zdobywców przypływało na Naath, by zbroczyć miecze krwią, lecz wszyscy szybko padali ofiarą choroby. *Motyle im jednak nie pomagają, gdy przypływają statki łowców niewolników.*

— Pewnego dnia zabiorę cię do domu, Missandei — zapewniła Dany. *Gdybym obiecała to samo Jorahowi, to czy i tak by mnie sprzedał?* — Przysięgam.

— Ta osoba z zadowoleniem zostanie z tobą, Wasza Miłość. Naath nigdzie nie zniknie. Jesteś dobra dla tej… dla mnie.

— I ty dla mnie. — Dany ujęła dziewczynkę za rękę. — Chodź, pomożesz mi się ubrać.

Jhiqui i Missandei wykąpały ją wspólnie, a Irri przygotowała ubrania. Dany odziała się dziś w szatę z fioletowego brokatu ze srebrną szarfą, a na głowę włożyła koronę z trójgłowym smokiem, którą dostała w Qarthu od Turmalinowego Bractwa. Pantofelki również miała srebrne, o obcasach tak wysokich, że chodząc w nich, zawsze się bała, iż się przewróci. Gdy już się ubrała, Missandei podała jej zwierciadło z polerowanego srebra, by mogła się w nim przejrzeć. Dany przyjrzała się sobie w milczeniu. *Czy to twarz zdobywczyni?* Miała wrażenie, że nadal wygląda jak mała dziewczynka.

Na razie nikt nie zwał jej Daenerys Zdobywczynią, wkrótce jednak mogło się to zmienić. Aegon Zdobywca podbił Westeros dzięki trzem smokom, ona zaś zdobyła Meereen dzięki szczurom kanałowym i drewnianemu kutasowi. Zajęło jej to niespełna dzień. *Biedny Groleo.* Wiedziała, że kapitan nadal opłakuje swój statek. Jeśli wojenna galera mogła staranować drugi okręt, to czemu nie bramę? O tym właśnie myślała, gdy rozkazała kapitanom wyciągnąć statki na brzeg. Ich maszty stały się taranami, a tłumy wyzwoleńców rozebrały kadłuby, by zbudować z nich mantelety, żółwie, katapulty i drabiny. Najemnicy nadali każdemu z taranów wulgarną nazwę. To grotmaszt „Meraxesa", statku, który uprzednio nosił nazwę „Żart Josa", rozbił wschodnią bramę. Jej ludzie przezwali go Kutasem Josa. Przez prawie cały dzień i znaczną część nocy trwały zażarte, krwawe walki, aż wreszcie drewno zaczęło pękać i żelazna figura dziobowa „Meraxesa", roześmiana twarz błazna, przebiła się na drugą stronę.

Dany pragnęła poprowadzić atak osobiście, lecz jej kapitanowie jednomyślnie oznajmili, że byłoby to szaleństwem, choć na ogół nigdy nie mogli się ze sobą zgodzić w żadnej sprawie. Dlatego została na tyłach. Siedziała na Srebrzystej odziana w długą kolczą koszulę. Niemniej jednak nawet z odległości półtorej mili usłyszała, że miasto padło. Wojownicze okrzyki obrońców przerodziły się nagle we wrzask strachu. W tej samej chwili jej smoki ryknęły jak jeden, wypełniając noc płomieniem. *Niewolnicy powstali* — zrozumiała natychmiast. *Moje szczury kanałowe przegryzły ich łańcuchy.*

Gdy Nieskalani zmiażdżyli resztki oporu, a plądrowanie dobiegło końca, Dany wjechała do swego miasta. Trupy leżały pod roztrzaskaną bramą w stosie tak wysokim, że wyzwoleńcy potrzebowali prawie godziny, by utorować drogę srebrzystej. Kutas Josa i wielki drewniany żółw pokryty końskimi skórami, który go osłaniał, leżały porzucone za bramą. Mijała spalone budynki i powybijane okna, jechała przez wykładane cegłą ulice, których rynsztoki pełne były sztywnych, opuchniętych trupów. Krzyczący radośnie niewolnicy unosili na jej widok okrwawione dłonie, zwąc ją „matką".

Na placu przed Wielką Piramidą tłoczyli się zrozpaczeni Meereeńczycy. Wielcy Panowie w świetle poranka bynajmniej nie wyglądali na wielkich. Odarci z klejnotów i pięknie obszytych *tokarów*, budzili tylko wzgardę. Zgraja starców o wyschniętych jajach i pokrytej plamami skórze oraz śmiesznie ufryzowanych młodzieńców. Ich kobiety były albo miękkie i tłuste, albo suche jak stare kije. Łzy zmywały im z twarzy makijaż.

— Chcę dostać waszych przywódców — oznajmiła Dany. — Wydajcie ich, a oszczędzę resztę.

— Ilu? — zapytała łkająca staruszka. — Ilu musimy ci wydać, byś nas oszczędziła?

— Stu sześćdziesięciu trzech.

Kazała ich przybić do drewnianych słupów ustawionych wokół placu. Każdy wskazywał ręką na następnego. Gdy wydawała ten rozkaz, gorzał w niej wściekły, gorący gniew. Czuła się wtedy jak niosący pomstę smok. Potem jednak, gdy mijała konających na słupach mężczyzn, słyszała ich jęki, czuła smród ich krwi i odchodów…

Odstawiła zwierciadło, marszcząc brwi. *Postąpiłam sprawiedliwie. Zrobiłam to dla dzieci.*

Jej komnata audiencyjna mieściła się piętro niżej. Wysoką salę o ścianach z fioletowego marmuru wypełniały echa. Choć pomieszczenie wyglądało wspaniale, budziło w niej dreszcz. Kiedyś stał w nim tron, fantazyjnie wyrzeźbiony z pozłacanego drewna na kształt straszliwej harpii. Dany przyjrzała mu się uważnie, po czym kazała go porąbać na opał.

— Nie będę siedziała na kolanach harpii — oznajmiła im. Zastąpiła tron prostą hebanową ławą, która spełniała swe zadanie, choć słyszała, jak Meereeńczycy szeptali, że takie siedzenie nie przystoi królowej.

Czekali na nią jej bracia krwi. W ich natłuszczonych warkoczach pobrzękiwały srebrne dzwoneczki. Przyozdobili się też złotem i klejnotami zabitych wrogów. Meereen było niewiarygodnie bogate. Nawet jej najemnicy sprawiali wrażenie nasyconych, przynajmniej na razie. Po drugiej stronie sali stał Szary Robak. Miał na sobie prosty mundur Nieskalanych, a pod pachą trzymał spiczasty hełm z brązu. Na eunuchach mogła polegać. Przynajmniej miała taką nadzieję... na nich i na Brązowym Benie Plummie, solidnym Benie o siwobiałych włosach i ogorzałej twarzy, którego tak kochały jej smoki. Obok niego stał ociekający złotem Daario. Daario i Ben Plumm, Szary Robak, Irri, Jhiqui, Missandei... patrząc na swych ludzi, Dany złapała się na tym, że zadaje sobie pytanie, kto z nich zdradzi ją następny.

Trzy głowy ma smok. Na świecie jest dwóch mężczyzn, którym mogę zaufać, jeśli tylko ich znajdę. Wtedy nie będę sama. Będzie nas troje przeciwko całemu światu, jak Aegon i jego siostry.

— Czy noc rzeczywiście była taka spokojna, jak mi się zdawało? — zapytała.

— Wygląda na to, że tak, Wasza Miłość — odparł Brązowy Ben Plumm.

Ucieszyło ją to. Meereen straszliwie splądrowano, tak jak zawsze robiono ze zdobytymi miastami, Dany była jednak zdecydowana położyć temu kres. Miasto należało teraz do niej. Wydała dekret mówiący, że morderców będzie się karać powieszeniem, rabusiów ucięciem ręki, a gwałcicieli urżnięciem męskości. Na murach kołysało się już ośmiu zabójców, a Nieskalani wypełnili wielki kosz zakrwawionymi dłońmi i miękkimi, czerwonymi robakami, lecz za to w Meereen znowu zapanował spokój. *Ale na jak długo?*

Nad jej głową zabrzęczała mucha. Dany odpędziła ją poirytowana, lecz owad wrócił niemal natychmiast.

— W tym mieście jest za dużo much.

Ben Plumm ryknął ochrypłym śmiechem.

— Dziś rano miałem je w ale. Jedną nawet połknąłem.

— Muchy są zemstą umarłych. — Daario pogłaskał z uśmiechem środkową odnogę swej brody. — W trupach lęgną się czerwie, a z czerwi lęgną się muchy.

— W takim razie pozbądźmy się trupów. Zaczynając od tych na placu. Szary Robaku, zajmiesz się tym.

— Królowa rozkazuje, te osoby słuchają.

— Lepiej weźcie nie tylko łopaty, ale i worki, Robaku — poradził mu Brązowy Ben. — Te trupy nieźle już przegniły. Spadają ze słupów w kawałkach, w których roi się od...

— Wie o tym. Ja też.

Dany przypomniała sobie grozę, jaka ją ogarnęła na widok placu Kar w Astaporze. *Sama dopuściłam się równie strasznego czynu, ale oni przecież na to zasłużyli. Surowa sprawiedliwość pozostaje sprawiedliwością.*

— Wasza Miłość — odezwała się Missandei. — Ghiscarczycy chowają swych co bardziej znaczących zmarłych w kryptach pod posiadłościami. Gdybyś kazała wygotować kości do czysta i zwrócić je rodzinom, byłby to akt łaski.

Wdowy i tak nie przestaną mnie przeklinać.

— Niech tak się stanie. — Dany skinęła na Daaria. — Ilu ludzi pragnie dziś uzyskać audiencję?

— Zgłosiło się dwóch, którzy chcą się napawać blaskiem twych promieni. — Daario zdobył w Meereen nową garderobę i by dopasować trójzębną brodę i kręcone włosy do skradzionych strojów, przefarbował je na ciemnofioletowo. Dzięki temu jego oczy również wydawały się niemal fioletowe, jakby był jakimś cudem odnalezionym Valyrianinem. — Przybyli nocą na „Gwieździe Indygo", galerze handlowej z Qarthu.

Handlarze niewolników. Dany zmarszczyła brwi.

— Co to za ludzie?

— Kapitan „Gwiazdy" i ktoś, kto podaje się za posła z Astaporu.

— Najpierw przyjmę tego drugiego.

Poseł okazał się bladym mężczyzną o chytrej twarzy, który miał na szyi grube sznury pereł i sploty złotych nici.

— Czcigodna! — zawołał. — Moje imię brzmi Ghael. Przynoszę pozdrowienia dla Matki Smoków od króla Cleona z Astaporu. Cleona Wielkiego.

Dany zesztywniała.

— Powierzyłam rządy nad Astaporem radzie złożonej z uzdrowiciela, uczonego i kapłana.

— Czcigodna, te chytre łotrzyki zdradziły cię. Okazało się, że uknuły spisek mający przywrócić władzę Dobrym Panom i ponownie zakuć lud w kajdany. Wielki Cleon zdemaskował ich i ściął im głowy tasakiem. Wdzięczny lud Astaporu ukoronował go za ten dzielny czyn.

— Szlachetny Ghaelu — odezwała się Missandei w astaporskim dialekcie — czy to ten sam Cleon, który ongiś był własnością Grazdana mo Ullhor?

Choć w jej głosie pobrzmiewała absolutna niewinność, to pytanie wyraźnie zaniepokoiło posła.

— Ten sam — przyznał. — To wielki człowiek.

Missandei pochyliła się nad uchem Dany.

— Był rzeźnikiem w kuchni Grazdana — wyszeptała dziewczynka. — Opowiadano, że nikt w całym Astaporze nie potrafił zabić świni szybciej od niego.

Dałam Astaporowi króla rzeźnika. Dany zrobiło się niedobrze, wiedziała jednak, że nie może pozwolić, by poseł to zauważył.

— Będę się modliła o to, by król Cleon władał dobrze i mądrze. Czego pragnie ode mnie?

Ghael potarł usta.

— Być może powinniśmy porozmawiać na osobności, Wasza Miłość?

— Nie mam tajemnic przed moimi kapitanami i dowódcami.

— Jak sobie życzysz. Wielki Cleon polecił mi przekazać, że jest oddany Matce Smoków. Powiada, że twoi wrogowie są jego wrogami, a najgroźniejszymi z nich są Mądrzy Panowie z Yunkai. Proponuje zawarcie sojuszu między Astaporem a Meereen, skierowanego przeciw Yunkai'i.

— Przysięgłam, że jeśli wypuszczą niewolników, miasto zostanie oszczędzone — odparła Dany.

— Tym yunkijskim psom nie można ufać, czcigodna. Cały czas knują przeciwko tobie. Zwołali pospolite ruszenie, którego oddziały ćwiczą musztrę pod miejskimi murami, budują okręty, wysłali posłów do Nowego Ghis i na zachód, do Volantis, by zawarli sojusze i wynajęli najemników. Wysłali nawet jeźdźców do Vaes Dothrak, by ściągnąć ci na głowę *khalasar*. Wielki Cleon rozkazał, bym cię uspokoił. Astapor pamięta. Astapor cię nie opuści. By dowieść swej wierności, Wielki Cleon proponuje scementowanie sojuszu przez małżeństwo.

— Małżeństwo? Ze mną?

Ghael uśmiechnął się, odsłaniając brązowe, zepsute zęby.

— Wielki Cleon da ci wielu silnych synów.

Dany zabrakło słów, z pomocą przyszła jej jednak mała Missandei.

— A czy jego pierwsza żona dała mu synów?

Poseł popatrzył na nią z przygnębioną miną.

— Wielki Cleon ma z pierwszą żoną trzy córki. Dwie z jego nowszych żon spodziewają się dziecka. Jest jednak gotów je wszystkie odesłać, jeśli tylko Matka Smoków zgodzi się go poślubić.

— To bardzo szlachetnie z jego strony — stwierdziła Dany. — Rozważę wszystkie twe słowa, panie.

Rozkazała, by Ghaelowi przydzielono na noc pokoje gdzieś na dole piramidy.

Wszystkie zwycięstwa obracają mi się w rękach w proch — pomyślała. *Cokolwiek bym uczyniła, przynoszę tylko śmierć i grozę.* Gdy wieść o tym, co wydarzyło się w Astaporze, dotrze na ulice, co z pewnością wkrótce się stanie, dziesiątki tysięcy świeżo wyzwolonych meereeńskich niewolników niewątpliwie postanowią podążyć za nią na zachód, w obawie przed tym, co będzie im groziło, jeśli tu zostaną... możliwe jednak, że podczas marszu czeka ich jeszcze gorszy los. Nawet gdyby opróżniła wszystkie spichlerze w mieście, skazując Meereen na klęskę głodu, jak zdoła wykarmić tak wielu? Po drodze czekały ich trudy, rozlew krwi i liczne niebezpieczeństwa. Ostrzegał ją przed tym ser Jorah. Ostrzegał ją przed wieloma rzeczami... mówił... *Nie, nie będę myślała o Jorahu Mormoncie. Niech jeszcze trochę zaczeka.*

— Przyjmę teraz tego kapitana — oznajmiła.

Może on przyniesie jej lepsze wieści.

Jej nadzieje spełzły jednak na niczym. Kapitan „Gwiazdy Indygo" był Qartheńczykiem, gdy więc zapytała go o Astapor, płakał rzęsistymi łzami.

— Miasto krwawi. Trupy gniją niepochowane na ulicach, każda

piramida jest zbrojnym obozem, a na targowiskach nie można kupić żywności ani niewolników. I te biedne dzieci! Zbiry króla Tasaka wyłapały wszystkich szlachetnie urodzonych chłopców, żeby zrobić nowych Nieskalanych na sprzedaż, choć miną jeszcze lata, nim ich wyszkolą.

Dany najbardziej zdziwił fakt, że w ogóle nie była zdziwiona. Przypomniała sobie Eroeh, lhazareńską dziewczynkę, którą ongiś próbowała ratować, i los, jaki ją spotkał. *Kiedy wyruszę w drogę, w Meereen wydarzy się to samo* — pomyślała. Niewolnicy z aren, hodowani i szkoleni do walki, już teraz okazywali się nieposłuszni i kłótliwi. Zdawali się sądzić, że ich własnością jest teraz całe miasto, wszyscy mężczyźni i kobiety. Dwaj z nich znaleźli się wśród ośmiu, których powiesiła. *Nie mogę zrobić nic więcej* — powiedziała sobie.

— Czego ode mnie pragniesz, kapitanie?

— Niewolników — odparł. — Moje ładownie aż pękają od kości słoniowej, ambry, skór zorsów i innych cennych towarów. Chciałbym je zamienić na niewolników, których sprzedam w Lys i Volantis.

— Nie mamy niewolników na sprzedaż — odparła Dany.

— Królowo? — Daario podszedł bliżej. — Nad rzeką roi się od Meereeńczyków, którzy błagają o to, by pozwolono im sprzedać się temu Qartheńczykowi. Jest ich tam więcej niż much.

— Chcą zostać niewolnikami? — zapytała wstrząśnięta Dany.

— To szlachetnie urodzeni ludzie, którzy potrafią się wysłowić, słodka królowo. Tacy niewolnicy osiągają wysokie ceny. W Wolnych Miastach będą nauczycielami, skrybami, nałożnikami, a nawet uzdrowicielami i kapłanami. Będą spać w miękkich łożach, jeść kosztowne potrawy i mieszkać w rezydencjach. Tutaj stracili wszystko. Żyją w strachu i nędzy.

— Rozumiem. — Jeśli opowieści o Astaporze były zgodne z prawdą, być może wcale nie było to takie szokujące. — Każdy mężczyzna albo kobieta, która zechce sama się sprzedać w niewolę, może to uczynić. — Uniosła rękę. — Ale rodzicom nie wolno sprzedawać dzieci ani mężom żon.

— W Astaporze, gdy niewolnik przechodził z rąk do rąk, miasto zawsze pobierało jedną dziesiątą ceny — poinformowała ją Missandei.

— My zrobimy tak samo — postanowiła Dany. Wojny wygrywało się nie tylko mieczami, lecz również złotem. — Jedną dziesiątą. W złocie, srebrze albo kości słoniowej. Meereen nie potrzebuje szafranu, goździków ani skór zorsów.

— Stanie się tak, jak rozkazałaś, prześwietna królowo — zapewnił Daario. — Moje Wrony Burzy zbiorą dla ciebie tę jedną dziesiątą.

Dany wiedziała, że jeśli pobieraniem opłat zajmą się Wrony Burzy, przynajmniej połowa złota ulotni się po drodze w tajemniczy sposób. Jednakże Drudzy Synowie wcale nie byli lepsi, a Nieskalani byli nie tylko nieprzekupni, lecz również niepiśmienni.

— Trzeba będzie prowadzić księgi — oznajmiła. — Poszukajcie wśród wyzwoleńców ludzi, którzy potrafią czytać, pisać i rachować.

Audiencja dobiegła końca. Kapitan „Gwiazdy Indygo" pokłonił się i opuścił komnatę. Dany poruszyła się nerwowo na hebanowej ławie. Bała się tego, co miało się teraz wydarzyć, wiedziała jednak, że odwlekała to już zbyt długo. Yunkai i Astapor, groźby wojny, propozycje małżeństwa, wizja marszu na zachód... *Potrzebuję moich rycerzy. Potrzebuję ich mieczy i ich rad.* Na myśl o tym, że znów ujrzy Joraha Mormonta, poczuła się jednak tak, jakby połknęła łyżkę much: zła, poirytowana i zniesmaczona. Czuła niemal, jak bzyczą jej w brzuchu. *Jestem krwią smoka. Muszę być silna. Gdy się z nimi spotkam, muszę mieć w oczach ogień, nie łzy.*

— Powiedz Belwasowi, żeby przyprowadził moich rycerzy — rozkazała, nim zdążyła zmienić zdanie. — Moich dobrych rycerzy.

Gdy Silny Belwas wprowadził ich do komnaty, dyszał ciężko po długiej wspinaczce. Mocno zaciskał mięsiste łapska na ramionach obu mężczyzn. Ser Barristan trzymał głowę wysoko, lecz ser Jorah wpatrywał się w marmurową posadzkę. Jeden jest dumny, drugi czuje się winny. Stary zgolił białą brodę. Wydawał się bez niej dziesięć lat młodszy, za to jej łysiejący niedźwiedź wyraźnie się postarzał. Zatrzymali się przed ławą, po czym Silny Belwas odsunął się i stanął w pewnej odległości, krzyżując ramiona na piersi. Ser Jorah odchrząknął.

— *Khaleesi*...

Bardzo się stęskniła za jego głosem, musiała jednak być stanowcza.

— Bądź cicho. Powiem ci, kiedy będzie ci wolno mówić. — Wstała. — Wysyłając was do kanałów, częścią jaźni liczyłam na to, że już was więcej nie zobaczę. Wydawało mi się, że utonięcie w nieczystościach handlarzy niewolników to odpowiedni koniec dla kłamców. Sądziłam, że bogowie się z wami policzą, wróciliście jednak do mnie. Moi dzielni rycerze z Westeros, donosiciel i sprzedawczyk. Mój brat kazałby was obu powiesić. — Viserys z pewnością. Nie miała pojęcia, jak postąpiłby Rhaegar. — Przyznaję, że pomogliście mi zdobyć to miasto...

Ser Jorah zacisnął usta.

— Zdobyliśmy dla ciebie to miasto. My, szczury kanałowe.

— Bądź cicho — powtórzyła... choć jego słowa były prawdą. Gdy Kutas Josa i inne tarany bombardowały miejskie bramy, a jej łucznicy wypuszczali nad murami serie zapalających strzał, Dany pod osłoną ciemności wysłała nad rzekę dwustu ludzi, by podpalili stojące w porcie statki. Miało to jednak tylko ukryć ich prawdziwe zamiary. Gdy pożary przyciągnęły uwagę stojących na murach obrońców, garstka na wpół obłąkanych pływaków znalazła wyloty kanałów i usunęła przerdzewiałe żelazne kraty. Ser Jorah, ser Barristan, Silny Belwas i dwudziestu odważnych głupców zanurzyło się w brązową wodę i popłynęło do miasta ceglanym ściekiem. W skład grupy wchodzili najemnicy, Nieskalani i wyzwoleńcy. Dany powiedziała im, by wybierali tylko mężczyzn niemających rodzin... i najlepiej też zmysłu powonienia.

Nie tylko byli odważni, lecz również sprzyjało im szczęście. Od ostatniego porządnego deszczu minął już cały księżyc i woda w kanałach sięgała tylko do ud. Impregnowana tkanina, którą owinęli pochodnie, chroniła je przed zamoczeniem, mieli więc światło. Kilku wyzwoleńców bało się wielkich szczurów, lecz Silny Belwas wyleczył ich z tego, łapiąc takiego gryzonia i przegryzając go na dwoje. Jednego z ludzi zabiła wielka, blada jaszczurka, która wychynęła z ciemnej toni, pochwyciła go za nogę i wciągnęła pod wodę, gdy jednak na powierzchni znowu pojawiły się zmarszczki, ser Jorah zarąbał bestię mieczem. Kilkakrotnie gubili drogę, ale kiedy już dotarli na powierzchnię, Silny Belwas zaprowadził ich na najbliższą arenę, gdzie zaskoczyli kilku strażników i uwolnili niewolników z łańcuchów. Nim minęła godzina, za broń złapała już połowa walczących niewolników w Meereen.

— Pomogliście mi zdobyć miasto — powtórzyła z uporem. — I w przeszłości służyliście mi dobrze. Ser Barristan ocalił mnie przed Bękartem Tytana i w Qarthu przed Zasmuconym. Ser Jorah uratował mnie przed trucicielem w Vaes Dothrak, a potem przed braćmi krwi Droga, kiedy mój słońce i gwiazdy umarł. — Jej śmierci pragnęło tak wielu ludzi, że niekiedy traciła rachubę. — A mimo to okłamaliście mnie, oszukaliście, zdradziliście. — Zwróciła się do ser Barristana. — Przez wiele lat strzegłeś mojego ojca, walczyłeś u boku mojego brata nad Tridentem, ale porzuciłeś wygnanego Viserysa, by ugiąć kolana przed uzurpatorem. Dlaczego? Mów prawdę.

— Niektórych prawd trudno jest wysłuchać. Robert był... dobrym rycerzem... szlachetnym, odważnym... darował mi życie, podobnie jak wielu innym... książę Viserys był jeszcze chłopcem, minęłyby lata, nim byłby w stanie objąć władzę i... wybacz mi, królowo, lecz prosiłaś o prawdę... już jako dziecko Viserys często wydawał się synem swego ojca, co nigdy nie zdarzało się Rhaegarowi.

— Synem swego ojca? — Dany zmarszczyła brwi. — A cóż to ma znaczyć?

Stary rycerz nawet nie mrugnął.

— Twego ojca zwą w Westeros „Obłąkanym Królem". Czy nikt ci o tym nie mówił?

— Viserys mówił. — *Obłąkany Król.* — Uzurpator tak go nazwał, on i jego psy. — *Obłąkany Król.* — To było kłamstwo.

— Po co prosisz o prawdę — zapytał cicho ser Barristan — jeśli zamykasz na nią uszy? — Zawahał się chwilę, po czym mówił dalej:

— Powiedziałem ci przedtem, że przybrałem fałszywe imię po to, by Lannisterowie nie dowiedzieli się, że się do ciebie przyłączyłem. To była mniej niż połowa prawdy, Wasza Miłość. Cała prawda wygląda tak, że chciałem cię poobserwować przez pewien czas, nim przysięgnę ci służbę. Upewnić się, że nie jesteś...

— ...córką swego ojca?

Jeśli nie była córką swego ojca, to kim w takim razie była?

— ...obłąkana — dokończył. — Ale nie widzę w tobie skazy.

— Skazy? — obruszyła się Dany.

— Nie jestem maesterem, bym potrafił ci cytować przykłady z historii, Wasza Miłość. Treścią mego życia były miecze, nie księgi. Niemniej każde dziecko wie, że Targaryenowie zawsze tańczyli zbyt blisko obłędu. Twój ojciec nie był pierwszy. Król Jaehaerys rzekł mi kiedyś, że obłęd i wielkość są dwiema stronami tej samej monety. Powiedział, że za każdym razem, gdy rodzi się nowy Targaryen, bogowie rzucają w górę monetę i świat wstrzymuje oddech, by zobaczyć, na którą stronę ona spadnie.

Jaehaerys. Staruszek znał mojego dziadka. Ta myśl nieco ją ostudziła. Większość z tego, co wiedziała o Westeros, pochodziła od jej brata, a reszta od ser Joraha. Ser Barristan zdążył już zapomnieć więcej, niż ci dwaj w życiu wiedzieli. *Może mi powiedzieć, skąd przychodzę.*

— A więc jestem monetą w rękach jakiegoś boga. Czy to właśnie chcesz mi powiedzieć, ser?

— Nie — zaprzeczył ser Barristan. — Jesteś prawowitą dziedziczką Westeros. Jeśli uznasz, że jestem godny tego, by znowu wziąć w rękę miecz, aż po kres swych dni pozostanę twym wiernym rycerzem. W przeciwnym razie z zadowoleniem będę służył Silnemu Belwasowi jako giermek.

— A jeśli uznam, że jesteś godny tylko tego, by być moim błaznem? — zapytała ze wzgardą w głosie Dany. — Albo może kucharzem?

— To byłby dla mnie zaszczyt, Wasza Miłość — odparł Selmy, cicho i z godnością. — Potrafię piec jabłka i gotować wołowinę równie dobrze jak każdy. Nieraz też upiekłem kaczkę nad ogniskiem. Mam nadzieję, że lubisz ociekające tłuszczem kaczki z przypaloną skórką i niedopieczonym środkiem.

Uśmiechnęła się.

— Musiałabym naprawdę być obłąkana, żeby zjeść coś takiego. Benie Plumm, podaj ser Barristanowi swój miecz.

Białobrody nie chciał jednak go przyjąć.

— Rzuciłem swój oręż pod stopy Joffreya i od tego czasu nie dotknąłem miecza. Przyjmę go tylko z rąk mojej królowej.

— Jak sobie życzysz. — Dany wzięła broń od Brązowego Bena i podała go ser Barristanowi rękojeścią do przodu. Stary z czcią ujął oręż w dłoń. — Teraz klęknij — poleciła mu — i przysięgnij mi służbę.

Opadł na jedno kolano, położył przed nią miecz i wypowiedział słowa. Dany niemal ich nie słyszała. *On był łatwy* — pomyślała. *Drugi będzie trudniejszy.* Gdy ser Barristan skończył, zwróciła się w stronę Joraha Mormonta.

— Teraz ty, ser. Mów prawdę.

Szyja mężczyzny poczerwieniała, Dany nie wiedziała, czy z gniewu, czy ze wstydu.

— Próbowałem mówić ci prawdę pół setki razy. Powtarzałem, że Arstan jest kimś więcej, niżby się zdawało. Tłumaczyłem, że Xarowi i Pyatowi Pree nie wolno ufać. Ostrzegałem…

— Ostrzegałeś mnie przed wszystkimi poza sobą samym. — Rozgniewała ją jego bezczelność. *Powinien być bardziej pokorny. Powinien błagać o wybaczenie.* — Mówiłeś mi: nie ufaj nikomu poza Jorahem Mormontem… a cały ten czas byłeś narzędziem Pająka!

— Nie jestem niczyim narzędziem. To prawda, że brałem od Varysa złoto, nauczyłem się paru szyfrów i napisałem trochę listów, ale to wszystko…

— Wszystko? Szpiegowałeś mnie i sprzedawałeś moim wrogom!

— Przez pewien czas — przyznał z niechęcią. — Potem przestałem.

— Kiedy? Kiedy przestałeś?

— Napisałem jeden raport z Qarthu, ale…

— Z Qarthu? — Dany miała nadzieję, że to skończyło się dużo

wcześniej. — I co wtedy napisałeś? Że jesteś teraz moim człowiekiem i nie chcesz już więcej uczestniczyć w ich machinacjach? — Ser Jorah nie mógł spojrzeć jej w oczy. — Gdy zmarł *khal* Drogo, prosiłeś mnie, bym udała się z tobą do Yi Ti i nad Morze Nefrytowe. Czy to było twoje życzenie, czy raczej Roberta?

— Chciałem cię osłaniać — upierał się. — Zabrać cię jak najdalej od nich. Wiedziałem, jakie to żmije...

— Żmije? A kim ty jesteś, ser? — Przyszło jej do głowy coś niewyobrażalnego. — Poinformowałeś ich, że noszę dziecko Droga...

— *Khaleesi*...

— Nie próbuj temu przeczyć, ser — odezwał się ostrym tonem ser Barristan. — Byłem przy tym, jak eunuch zawiadomił radę, a Robert zdecydował, że Jej Miłość i dziecko muszą umrzeć. Ty byłeś informatorem, ser. Była nawet mowa o tym, że sam możesz dokonać tego czynu, w zamian za ułaskawienie.

— To kłamstwo. — Twarz ser Joraha pociemniała. — Nigdy bym... Daenerys, to ja nie pozwoliłem ci wypić tego wina.

— To prawda. A skąd wiedziałeś, że jest zatrute?

— Tylko... tylko podejrzewałem... karawana przywiozła list od Varysa, który ostrzegał mnie, że dojdzie do zamachów na twoje życie. Eunuch obserwował cię, ale nie chciał, by spotkała cię krzywda. — Mormont padł na kolana. — Gdybym ja nie przekazywał tych informacji, robiłby to ktoś inny. Przecież o tym wiesz.

— Wiem, że mnie zdradziłeś. — Dotknęła swego brzucha, miejsca, w którym zginął Rhaego. — Wiem, że przez ciebie truciciel próbował zabić mojego syna. Oto, co wiem.

— Nie... nie... — Potrząsnął głową. — Nie chciałem... wybacz mi. Musisz mi wybaczyć.

— Muszę? — Było już za późno. Powinien był zacząć od błagania o wybaczenie. Nie mogła go ułaskawić, co było jej zamiarem. Kazała wlec sprzedawcę wina za swym koniem, aż nic z niego nie zostało. Czy człowiek, który go sprowadził, nie zasłużył na taki sam los? *To jest Jorah, mój dziki niedźwiedź, prawa ręka, która nigdy mnie nie zawiodła. Bez niego bym zginęła, ale*... — Nie potrafię ci wybaczyć — rzekła. — Nie potrafię.

— Staremu wybaczyłaś...

— On przedstawił mi się fałszywym imieniem. Ty sprzedawałeś moje tajemnice ludziom, którzy zabili mojego ojca i skradli tron mojego brata.

— Broniłem cię. Walczyłem za ciebie. Zabijałem dla ciebie.

Pocałowałeś mnie — pomyślała. *Zdradziłeś mnie.*

— Zszedłem do kanałów jak szczur. Dla ciebie.

Chyba lepiej by było, gdybyś tam zginął. Dany milczała. Nie miała nic więcej do powiedzenia.

— Daenerys — odezwał się. — Kochałem cię.

W tym rzecz. „Trzy zdrady cię spotkają. Jedna za krew i jedna za złoto, i jedna z miłości".

— Powiadają, że bogowie niczego nie robią bez celu. Nie zginąłeś w walce, z pewnością więc jesteś im jeszcze do czegoś potrzebny. Ale mnie nie. Nie pozwolę, byś przebywał blisko mnie. Jesteś wygnany, ser. Wracaj do swych panów z Królewskiej Przystani i uzyskaj od nich obiecane ułaskawienie, jeśli zdołasz. Albo jedź do Astaporu. Król-rzeźnik z pewnością potrzebuje rycerzy.

— Nie. — Wyciągnął do niej rękę. — Daenerys, proszę, wysłuchaj mnie...

Odtrąciła jego dłoń.

— Nigdy więcej nie waż się mnie dotykać ani wypowiadać mojego imienia. Masz czas do świtu na zabranie swych rzeczy i opuszczenie miasta. Jeśli jutro po świcie zostaniesz złapany w Meereen, każę Silnemu Belwasowi urwać ci głowę. Lepiej w to uwierz. — Odwróciła się do niego plecami, zamiatając spódnicami. *Nie mogę patrzeć mu w twarz.* — Zabierzcie mi z oczu tego kłamcę — rozkazała. *Nie wolno mi płakać. Nie wolno. Jeśli zacznę płakać, na pewno mu wybaczę.* Silny Belwas złapał ser Joraha za ramię i wywlókł go z komnaty. Gdy Dany spojrzała w tamtą stronę, zobaczyła, że rycerz potyka się i chwieje na nogach jak pijany. Odwróciła wzrok, aż do chwili, gdy usłyszała, że drzwi otworzyły się, a potem zamknęły. Później osunęła się na hebanową ławę. *A więc odszedł. Ojciec, matka, bracia, ser Willem Darry, Drogo, który był moim słońcem i gwiazdami, syn, który skonał w moim ciele, a teraz ser Jorah...*

— Królowa ma dobre serce — zamruczał Daario, ledwie uchylając zakryte ciemnofioletowymi wąsami usta — ale ten człowiek jest bardziej niebezpieczny niż wszyscy Oznakowie i Merowie razem wzięci. — Jego mocne dłonie pieściły bliźniacze rękojeści dwóch oręży, nierządnice ze złota. — Nie musisz mówić ani słowa, moja światłości. Wystarczy najdrobniejsze skinienie głową, a twój Daario przyniesie ci jego brzydką głowę.

— Zostaw go. Szale się wyrównały. Niech wraca do domu. — Dany wyobraziła sobie Joraha pośród starych, sękatych dębów i wysokich sosen, kwitnących głogów, szarych, omszałych kamieni oraz małych, lodowatych strumyczków spływających ze stromych stoków. Wyobraziła sobie, jak wchodzi do dworu zbudowanego z wielkich kłód, gdzie psy śpią przy kominku, a w przesyconym dymem powietrzu unosi się silny zapach mięsa i miodu. — To by było wszystko — oznajmiła swym kapitanom.

Tylko najwyższym wysiłkiem woli powstrzymała się przed wbiegnięciem na szerokie marmurowe schody. Irri pomogła jej wysunąć się z dworskiego stroju i wdziać wygodniejsze ubranie: workowate, wełniane spodnie, luźną, filcową bluzę i malowaną, dothracką kamizelkę.

— Drżysz, *khaleesi* — powiedziała dziewczyna i uklękła, by zawiązać jej sandały.

— Zimno mi — skłamała. — Przynieś mi tę książkę, którą czytałam wczoraj. — Chciała zatopić się w słowach, w innych czasach i innych miejscach. Gruby, oprawny w skórę wolumin pełen był pieśni i opowieści z Siedmiu Królestw. Szczerze mówiąc, były to bajki dla dzieci, zbyt proste i pełne cudowności, by mogły mówić prawdę o historycznych wydarzeniach. Wszyscy bohaterowie byli wysocy i przystojni, a zdrajców można było poznać po przebiegłym spojrzeniu. Mimo to uwielbiała te powiastki. Ostatniej nocy czytała o trzech księżniczkach zamkniętych przez króla w czerwonej wieży. Ich zbrodnia polegała na tym, że były piękne.

Gdy służąca przyniosła jej książkę, Dany bez trudu znalazła stronę, na której przestała czytać, nie była jednak w stanie się skupić. Raz za razem czytała ten sam akapit. *Dostałam tę książkę w prezencie ślubnym od ser Joraha, w dniu, gdy poślubiłam* khala *Drogo. Daario ma rację. Z tym wygnaniem to nie był dobry pomysł. Trzeba go było zatrzymać albo zabić.* Chciała być królową, lecz czasami nadal zachowywała się jak mała, wystraszona dziewczynka. *Viserys zawsze powtarzał, że jestem strasznie głupia. Czy naprawdę był szaleńcem?* Zamknęła księgę. Gdyby tego zapragnęła, mogłaby jeszcze zatrzymać ser Joraha. Albo kazać Daariowi go zabić.

Dany uciekła przed tym wyborem na taras. Rhaegal spał obok basenu, grzejąc na słońcu swe zielono-brązowe sploty. Drogon przycupnął na szczycie piramidy, tam, gdzie jeszcze niedawno stała ogromna harpia z brązu, którą Dany kazała obalić. Gdy tylko smok zauważył dziewczynę, rozpostarł skrzydła z głośnym rykiem. Viseriona nigdzie nie było widać, gdy jednak podeszła do murku i omiotła wzrokiem horyzont, wypatrzyła w dali jasne skrzydła. Smok latał nad rzeką. *Poluje. Z każdym dniem robią się śmielsze.* Nadal jednak niepokoiła się, gdy odlatywały zbyt daleko. *Pewnego dnia któryś z nich może nie wrócić* — pomyślała.

— Wasza Miłość?

Odwróciła się i zobaczyła ser Barristana.

— Czego jeszcze ode mnie chcesz, ser? Oszczędziłam cię i przyjęłam na służbę. Daj mi chwilę odpocząć.

— Wybacz mi, Wasza Miłość. Ja tylko... teraz, kiedy już wiesz, kim jestem... — Stary zawahał się. — Rycerz Gwardii Królewskiej dzień i noc jest blisko króla. Z tego powodu nasza przysięga każe nam strzec jego tajemnic, tak samo jak jego życia. Sekrety twojego ojca powinny jednak należeć do ciebie, tak samo jak jego tron i... pomyślałem, że może masz do mnie jakieś pytania.

Pytania? Miała setki pytań, tysiące, dziesiątki tysięcy. Czemu żadne nie przychodziło jej w tej chwili do głowy?

— Czy mój ojciec naprawdę był obłąkany? — wygarnęła. *Dlaczego o to pytam?* — Viserys mówił, że te pogłoski o szaleństwie to był chwyt uzurpatora...

— Viserys był dzieckiem, a królowa osłaniała go na miarę swych możliwości. Teraz sądzę, że twój ojciec zawsze miał w sobie odrobinę obłędu. Był też jednak miły i szczodry, wybaczano mu więc drobne potknięcia. Jego panowanie zaczęło się bardzo obiecująco... lecz z upływem lat potknięcia stawały się coraz częstsze, aż wreszcie...

— Czy muszę słuchać tego akurat teraz? — przerwała mu Dany.

— Być może nie. Nie teraz — przyznał ser Barristan po chwili zastanowienia.

— Nie teraz — zgodziła się. — Pewnego dnia. Pewnego dnia opowiesz mi o wszystkim. O dobrym i o złym. Z pewnością o moim ojcu da się powiedzieć coś dobrego?

— Z pewnością, Wasza Miłość. O nim i o tych, którzy byli przed nim. Twoim dziadku Jaehaerysie, jego bracie, ich ojcu Aegonie, twojej matce... i o Rhaegarze. Przede wszystkim o nim.

— Żałuję, że nie mogłam go poznać.

W jej głosie pobrzmiewała tęsknota.

— A ja żałuję, że on nie mógł poznać ciebie — rzekł stary rycerz. — Kiedy będziesz gotowa, opowiem ci o wszystkim.

Pocałowała go w policzek na pożegnanie.

Wieczorem służące przyniosły jej jagnięcinę z sałatką z maczanych w winie rodzynków i marchewki oraz gorący, łuszczący się chleb ociekający miodem, Dany nie była jednak w stanie jeść. *Czy Rhaegar kiedykolwiek czuł się taki zmęczony?* — zadała sobie pytanie. *Albo Aegon, po podboju?*

Później, gdy nadszedł czas na sen, Dany po raz pierwszy od zdarzenia na statku wzięła do łóżka Irri. Ale w chwili, gdy zadrżała z rozkoszy, zaciskając palce na gęstych, czarnych włosach służącej, wyobrażała sobie, że obejmuje ją Drogo... tyle że jego twarz z jakiegoś powodu wciąż zmieniała się w oblicze *Daaria. Jeśli to Daaria pragnę, muszę tylko powiedzieć to na głos. Jego oczy wydawały się dziś prawie fioletowe...*

Nocą dręczyły ją mroczne sny i trzykrotnie budziła się z powodu na wpół zapamiętanych koszmarów. Za trzecim razem była zbyt niespokojna, by znowu zasnąć. Przez pochyłe okna wpadało światło księżyca, które srebrzyło marmurową posadzkę, a przez otwarte drzwi tarasu do środka przedostawał się chłodny wietrzyk. Irri spała głęboko obok niej z lekko rozchylonymi ustami. Spod jedwabnej koszuli nocnej wystawała jedna brązowa sutka. Przez chwilę Dany poczuła pokusę, pragnęła jednak Droga albo może Daaria. Nie Irri. Dziewczyna była słodka i zręczna, lecz jej pocałunki miały smak obowiązku.

Wstała, zostawiając Irri śpiącą w blasku księżyca. Jhiqui i Missandei leżały we własnych łóżkach. Dany włożyła szlafrok i wyszła boso na taras. Było chłodno, lecz lubiła dotyk trawy pod stopami i odgłos szemrzących do siebie liści. Po powierzchni małego basenu ścigały się zmarszczki, a odbicie tarczy księżyca tańczyło i migotało na tafli wody.

Oparła się o niski ceglany murek i spojrzała na rozpościerające się w dole miasto. Meereen również spało. Być może śnią mu się lepsze dni. Noc nakryła ulice niczym czarny koc, ukrywając trupy, szare szczury, które wychodziły z kanałów, by się nimi pożywić, oraz roje żądlących much. W oddali widać było czerwono-żółte pochodnie. To jej wartownicy pełnili służbę. Tu i ówdzie dostrzegała też słaby blask posuwających się wzdłuż zaułków lamp. Być może jedna z nich należała do ser Joraha, który prowadził powoli konia w stronę bramy. *Żegnaj, stary niedźwiedziu. Żegnaj, zdrajco.*

Była Daenerys Zrodzoną w Burzy, Niespaloną, *khaleesi* i królową, Matką Smoków, zabójczynią czarnoksiężników, kruszącą łańcuchy i na całym świecie nie było nikogo, komu mogłaby zaufać.

— Wasza Miłość? — U jej boku stała Missandei. Dziewczynka miała na sobie szlafrok, a na nogach drewniane chodaki. — Obudziłam się i zobaczyłam, że cię nie ma. Czy dobrze spałaś? Na co patrzysz?

— Na moje miasto — odpowiedziała Dany. — Szukałam domu z czerwonymi drzwiami, ale w nocy wszystkie drzwi są czarne.

— Z czerwonymi drzwiami? — zdziwiła się Missandei. — A co to za dom?

— Nie ma go. To nieważne. — Dany ujęła dziewczynkę za rękę. — Nigdy mnie nie okłam, Missandei. Nigdy mnie nie zdradź.

— Nie zrobię tego — obiecała. — Popatrz, wstaje świt.

Niebo od horyzontu aż po zenit przybrało kobaltową barwę. Za linią niskich wzgórz na wschodzie jaśniała zorza — blade złoto połączone z ostrygowym różem. Dany trzymała dłoń Missandei, spoglądając na wschód słońca. Wszystkie szare cegły stały się czerwone, żółte, niebieskie, zielone albo pomarańczowe. Szkarłatny piasek, którym wysypane były areny, nadawał im w jej oczach wygląd krwawiących wrzodów. Złota kopuła Świątyni Łask rozbłysła jasno, a na murach zapłonęły gwiazdy z brązu. To promienie słońca dotknęły hełmów Nieskalanych. Na tarasie poruszyło się ospale kilka much, a na hebanowcu zaczął ćwierkać ptak. Wkrótce dołączyły do niego dwa następne. Dany uniosła głowę, by wysłuchać ich pieśni, lecz po chwili zagłuszyły ją odgłosy budzącego się miasta.

Odgłosy mojego miasta.

Rankiem wezwała swych kapitanów i dowódców do ogrodu, zamiast schodzić do komnaty audiencyjnej.

— Aegon Zdobywca przyniósł do Westeros ogień i krew, potem jednak dał krajowi pokój, dostatek i sprawiedliwość. Ja sprowadziłam do Zatoki Niewolniczej jedynie śmierć i ruinę. Zachowywałam się raczej jak *khal* niż jak królowa. Niszczyłam i plądrowałam, a potem ruszałam w dalszą drogę.

— Nie ma tu po co zostawać — stwierdził Brązowy Ben Plumm.

— Wasza Miłość, handlarze niewolników sami ściągnęli na siebie zagładę — dodał Daario Naharis.

— Przyniosłaś tu również wolność — wskazała Missandei.

— Wolność głodowania? — zapytała ostrym tonem Dany. — Wolność umierania? Czy jestem smokiem czy harpią?

Czy jestem obłąkana? Czy jest we mnie skaza?

— Smokiem — odparł z pewnością w głosie ser Barristan. — Meereen to nie Westeros, Wasza Miłość.

— Jak jednak mam władać siedmioma królestwami, jeśli nie potrafię rządzić jednym miastem? — Nie umiał jej na to odpowiedzieć. Dany odwróciła się od nich, by znowu spojrzeć na miasto. — Moje dzieci potrzebują czasu na powrót do zdrowia i naukę, a moje smoki na to, by urosnąć i wypróbować swe skrzydła. Ja również potrzebuję czasu. Nie pozwolę, by to miasto spotkał taki sam los jak Astapor. Nie dopuszczę, by harpia z Yunkai znów zakuła w łańcuchy tych, których wyzwoliłam. — Ponownie spojrzała na nich. — Nie wyruszę w drogę.

— Cóż więc uczynisz, *khaleesi*? — zapytał Rakharo.

— Zostanę. Obejmę władzę. Będę królową.

JAIME

Król zasiadał na honorowym miejscu za stołem, kolejno podpisując podsuwane mu dokumenty. Pod tyłkiem miał stos poduszek.

— Jeszcze tylko kilka, Wasza Miłość — zapewnił go ser Kevan Lannister. — To jest akt pozbawienia praw lorda Edmure'a Tully'ego, odbierający mu wszystkie ziemie i dochody za bunt przeciw prawowitemu monarsze. A to jest podobny akt skierowany przeciw jego stryjowi ser Bryndenowi Tully'emu, zwanemu Blackfishem.

Tommen zatwierdził dokumenty jeden po drugim, ostrożnie maczając gęsie pióro w inkauście i wypisując swe imię wielkimi, dziecinnymi literami.

Jaime siedział u przeciwległego końca stołu, myśląc o wszystkich lordach, którzy aspirowali do miejsca w królewskiej małej radzie. *Mogą sobie wziąć moje, niech to szlag.* Jeśli to była władza, to czemu smakowała monotonią? Patrząc, jak Tommen po raz kolejny macza gęsie pióro w kałamarzu, nie czuł się szczególnie potężny, a jedynie znudzony.

I obolały. Bolał go każdy mięsień, a żebra i barki pokrywały mu siniaki pozostałe po ciosach ser Addama Marbranda. Skrzywił się na samą myśl o tym. Mógł tylko mieć nadzieję, że ser Addam będzie trzymał usta zamknięte. Jaime znał go od dzieciństwa, gdy Marbrand służył jako paź w Casterly Rock i ufał mu jak nikomu innemu. Wystarczająco, by poprosić go o wspólne ćwiczenia z tarczami i turniejowymi mieczami. Chciał się przekonać, czy potrafi walczyć lewą ręką.

I przekonałem się. Ta wiedza była boleśniejsza niż ciosy ser Addama, choć były one tak silne, że rankiem ledwie zdołał się ubrać. Gdyby była to prawdziwa walka, Jaime zginąłby ze dwadzieścia razy. Zamiana rąk wydawała się bardzo prostą sprawą, było to jednak tylko złudzenie. Wszystkie jego instynkty były błędne. Musiał zastanawiać się nad każdym ruchem, podczas gdy uprzednio po prostu je wykonywał. A kiedy on myślał, Marbrand go obijał. Lewą ręką nie umiał nawet trzymać miecza jak należy. Ser Addam trzykrotnie go rozbroił, wyrzucając jego oręż w powietrze.

— Ten akt przyznaje rzeczone ziemie, dochody i zamek ser Emmonowi Freyowi i jego pani żonie, lady Gennie. — Ser Kevan podsunął królowi następny pergamin. Tommen umoczył gęsie pióro i podpisał go. — A to dekret legitymizujący naturalnego syna lorda Roose'a Boltona z Dreadfort. Ten zaś mianuje lorda Boltona twoim namiestnikiem północy. — Tommen zamoczył pióro i podpisał, zamoczył i podpisał. — Ten zaś przyznaje Rolphowi Spicerowi prawa do zamku Castamere oraz mianuje go lordem. Tommen raz jeszcze nabazgrał swe imię.

Trzeba było pójść do ser Ilyna Payne'a — pomyślał Jaime. Królewski kat nie był jego przyjacielem, tak jak Marbrand, i mógłby go pobić do krwi... ale za to nie miał języka i wątpliwe, by mógł się tym potem przechwalać. Wystarczy jedna przypadkowa uwaga, rzucona przez ser Addama po pijanemu, a cały świat wkrótce się dowie, jak bezużyteczny się stał. *Lord dowódca Gwardii Królewskiej.* To był okrutny żart... choć może nie aż tak okrutny, jak dar, który przysłał mu ojciec.

— A to jest twe królewskie ułaskawienie dla lorda Gawena Westerlinga, jego pani żony i córki Jeyne, które przywraca ich w obręb królewskiego pokoju — ciągnął ser Kevan. — To jest ułaskawienie dla lorda Jonosa Brackena z Kamiennego Płotu. To jest ułaskawienie dla lorda Vance'a. To dla lorda Goodbrooka. To dla lorda Mootona ze Stawu Dziewic.

Jaime wstał z krzesła.

— Całkiem nieźle sobie z tym radzisz, stryju. Zostawię Jego Miłość w twych rękach.

— Jak sobie życzysz. — Ser Kevan również się podniósł. — Jaime, powinieneś pójść do ojca. Ten rozłam między wami…

— …jest jego winą. Nie naprawi go też, przysyłając mi szydercze dary. Możesz mu o tym wspomnieć, jeśli zdołasz wyrwać go na chwilę z rąk Tyrellów.

Jego stryj miał strapioną minę.

— Dar płynął ze szczerego serca. Sądziliśmy, że może zachęcić cię…

— …do wyhodowania sobie nowej ręki?

Jaime spojrzał na Tommena. Choć nowy król miał złote loki i zielone oczy jak Joffrey, poza tym prawie w niczym nie przypominał nieżyjącego brata. Był pulchny, miał okrągłą, różową buzię, a nawet lubił czytać. *Ten mój syn nie ma jeszcze dziewięciu lat. Chłopiec to nie mężczyzna.* Upłynie siedem lat, nim Tommen przejmie samodzielne rządy. Do tego czasu królestwo będzie mocno trzymał w dłoniach jego pan dziadek.

— Panie — zapytał chłopca Jaime — czy mogę odejść?

— Jak sobie życzysz, ser wuju. — Tommen przeniósł wzrok na ser Kevana. — Czy mogę je teraz zapieczętować, stryjeczny dziadku?

Jak dotąd, jego ulubionym królewskim obowiązkiem było wyciskanie pieczęci w gorącym laku.

Jaime opuścił salę rady. Pod drzwiami natknął się na ser Meryna Tranta, który stał na baczność w białej płytowej zbroi i płaszczu barwy śniegu. *Jeśli ten człowiek dowie się, jaki jestem słaby, albo usłyszą o tym Blount czy Kettleblack…*

— Zostań tu, dopóki Jego Miłość nie skończy — polecił. — A potem odprowadź go do Maegora.

Trant pochylił głowę.

— Wedle rozkazu, lordzie dowódco.

Na zewnętrznym dziedzińcu było dziś tłoczno i głośno. Jaime ruszył ku stajniom, gdzie liczna grupa ludzi siodłała konie.

— Nagolennik! — zawołał. — Ruszacie w drogę?

— Gdy tylko pani dosiądzie wierzchowca — odparł Walton Nagolennik. — Czeka na nas lord Bolton. A oto i ona.

Stajenny wyprowadził na dziedziniec piękną, siwą klacz, na której siedziała chuda dziewczynka o zapadniętych oczach, owinięta w gruby płaszcz. Był szary, podobnie jak jej sukienka, i obszyty białym atłasem. Zapinka na piersi dziewczynki miała kształt wilczej głowy o wąskich ślepiach z opali. Długie, brązowe włosy powiewały szaleńczo na wietrze. Miała ładną buzię, lecz jej oczy pełne były smutku i nieufności.

Na jego widok pochyliła głowę.

— Ser Jaime — odezwała się słabym, trwożliwym głosem. — To bardzo uprzejme, że przyszedłeś mnie pożegnać.

Jaime przyjrzał się jej uważnie.

— Znasz mnie?

Przygryzła wargę.

— Może o tym nie pamiętasz, panie, bo byłam wtedy mniejsza... ale miałam zaszczyt poznać cię w Winterfell, kiedy król Robert przybył w odwiedziny do mojego ojca, lorda Eddarda. Jestem Arya Stark — wymamrotała, spuszczając wielkie, brązowe oczy.

Jaime nigdy nie poświęcał zbyt wiele uwagi Aryi Stark, wydawało mu się jednak, że ta dziewczynka jest starsza.

— Jak rozumiem, masz wyjść za mąż.

— Mam poślubić syna lorda Boltona, Ramsaya. On był kiedyś Snowem, ale Jego Miłość zrobił go Boltonem. Podobno jest bardzo odważny. Jestem taka szczęśliwa.

To dlaczego tak się boisz?

— Życzę ci wiele radości, pani. — Jaime spojrzał na Nagolennika. — Dostaliście obiecane pieniądze?

— Tak. Podzieliliśmy je między sobą. — Mężczyzna wyszczerzył zęby w uśmiechu. — Lannister zawsze płaci swe długi.

— Zawsze — potwierdził Jaime, po raz ostatni spoglądając na dziewczynkę. Zastanawiał się, czy jest między nimi jakieś podobieństwo. Nie miało to jednak znaczenia. Prawdziwa Arya Stark najprawdopodobniej spoczywała w jakimś nieoznaczonym grobie w Zapchlonym Tyłku. Jej bracia i rodzice nie żyli, kto więc ośmieli się nazwać tę dziewczynkę oszustką?

— Życzę szczęścia — powiedział Nagolennikowi. Nage wzniósł

sztandar pokoju, ludzie z północy ustawili się w kolumnę równie nieporządną, co ich postrzępione futra, i wyjechali kłusem przez zamkową bramę. Chuda dziewczynka na siwej klaczy wydawała się pośród nich mała i opuszczona.

Niektóre konie nadal płoszyły się na widok ciemnej plamy na ubitym gruncie, widocznej w miejscu, gdzie ziemia wypiła krew chłopca stajennego, który w tak pechowy sposób zginął z rąk Gregora Clegane'a. Na ten widok Jaime'a znowu ogarnął gniew. Nakazał Gwardii Królewskiej trzymać tłum na dystans, ale ten głąb ser Boros zapatrzył się na pojedynek. Rzecz jasna, część winy spadała też na tego głupiego chłopaka i na zabitego Dornijczyka. A najwięcej na Clegane'a. Pierwszy cios, po którym chłopak stracił rękę, był przypadkowy, ale ten drugi...

No cóż, teraz Gregor za to płaci. Rannym opiekował się wielki maester Pycelle, lecz dobiegające z jego komnat wycie świadczyło, że uzdrawianie nie przebiega tak, jak by należało.

— Ciało ulega martwicy, a z ran sączy się ropa — oznajmił na spotkaniu rady Pycelle. — Takiego plugastwa nie chcą tknąć nawet czerwie. Targają nim konwulsje tak gwałtowne, że musiałem go zakneblować, żeby nie odgryzł sobie języka. Wyciąłem tyle tkanek, ile tylko się odważyłem, a zgniliznę potraktowałem gotującym winem i pleśnią z chleba, nic to jednak nie dało. Żyły w ramieniu robią się czarne. Kiedy przystawiłem pijawki, wszystkie zdechły. Szlachetni panowie, muszę się dowiedzieć, jaką trującą substancją wysmarował książę Oberyn swą włócznię. Zatrzymajmy tych Dornijczyków, aż staną się bardziej rozmowni.

Lord Tywin odrzucił jego sugestię.

— I tak już będziemy mieli kłopoty ze Słoneczną Włócznią z powodu śmierci księcia Oberyna. Nie zamierzam pogarszać sytuacji, biorąc do niewoli jego towarzyszy.

— W takim razie obawiam się, że ser Gregor może umrzeć.

— Umrze z całą pewnością. Przysiągłem to w liście, który wysłałem do księcia Dorana razem z ciałem jego brata. Musi jednak zabić go miecz królewskiego kata, a nie zatruta włócznia. Masz go uzdrowić.

Wielki maester Pycelle zamrugał zatrwożony powiekami.

— Panie...

— Masz go uzdrowić — powtórzył poirytowany lord Tywin. — Czy zdajesz sobie sprawę, że lord Varys wysłał rybaków na wody wokół Smoczej Skały? Donieśli nam, że na wyspie pozostał tylko symboliczny kontyngent. Lyseńczycy odpłynęli z zatoki, a wraz z nimi większa część sił lorda Stannisa.

— I bardzo dobrze — ucieszył się Pycelle. — Niech Stannis gnije sobie w Lys. Wreszcie uwolnimy się od niego i jego ambicji.

— Czy, odkąd Tyrion zgolił ci brodę, stałeś się kompletnym durniem? To jest Stannis Baratheon. Ten człowiek będzie walczył aż do gorzkiego końca, a nawet jeszcze dłużej. Jeśli odpłynął z wyspy, z pewnością oznacza to, że zamierza podjąć wojnę na nowo. Najprawdopodobniej wyląduje w Końcu Burzy i spróbuje zwołać lordów burzy. To oznaczałoby jego koniec. Śmielszy człowiek mógłby jednak spróbować szczęścia w Dorne. Gdyby zdobył dla swej sprawy Słoneczną Włócznię, mógłby przeciągnąć wojnę na długie lata. Dlatego nie ośmielimy się już więcej obrażać Martellów. Z żadnego powodu. Dornijczycy mogą odejść swobodnie, a ty masz uzdrowić ser Gregora.

I z tego właśnie powodu Góra krzyczał teraz dzień i noc. Wyglądało na to, że lord Tywin Lannister potrafi zastraszyć nawet Nieznajomego.

Wspinając się po krętych schodach Wieży Białego Miecza, Jaime usłyszał chrapiącego w swej celi ser Borosa. Drzwi pomieszczenia ser Balona również były zamknięte. Jego właściciel strzegł nocą króla i miał teraz spać cały dzień. Pomijając chrapanie Blounta, w wieży panowała cisza. Odpowiadało to Jaime'owi. *Ja też powinienem wypocząć.* Ostatniej nocy, po tańcach z ser Addamem, był tak obolały, że nie potrafił zasnąć.

Gdy jednak wszedł do sypialni, zastał tam siostrę.

Stała przy otwartym oknie, spoglądając na mur kurtynowy i ciągnące się za nim morze. Owiewał ją wiatr, który przyciskał suknię do jej ciała w sposób, od którego Jaime'owi szybciej zabiło serce. Suknia była biała, jak gobeliny na ścianach i draperie na łóżku.

Końce szerokich rękawów oraz gorsecik zdobiły spirale maleńkich szmaragdów. Większe wprawiono w złotą pajęczynę, która podtrzymywała jej złote włosy. Suknia miała głęboki dekolt, który odsłaniał ramiona i górną część piersi. *Jest taka piękna.* Niczego nie pragnął bardziej, niż wziąć ją w ramiona.

— Cersei. — Zamknął cicho drzwi. — Czemu tu przyszłaś?

— A dokąd miałam pójść? — Kiedy się odwróciła, w jej oczach błyszczały łzy. — Ojciec jasno powiedział, że nie jestem już mile widziana na radzie. Jaime, czemu z nim nie porozmawiasz?

Jaime zdjął płaszcz i powiesił go na kołku wbitym w ścianę.

— Rozmawiam z lordem Tywinem każdego dnia.

— Czy musisz być taki uparty? Jemu chodzi tylko o to…

— …żeby zmusić mnie do odejścia z Gwardii Królewskiej i odesłać do Casterly Rock.

— To nie musiałoby być takie straszne. Mnie też tam odsyła, żeby mieć wolną rękę z Tommenem. Tommen to mój syn, nie jego!

— Tommen to król.

— To chłopiec! Mały, przerażony chłopiec, który widział, jak jego brata zamordowano na własnym weselu. A teraz mówią mu, że on również musi się ożenić. Ta dziewczyna jest dwukrotnie starsza od niego i już dwa razy została wdową!

Jaime osunął się na krzesło, starając się ignorować ból w poobijanych mięśniach.

— Tyrellowie nalegają. Nie widzę w tym szkody. Odkąd Myrcella wyjechała do Dorne, Tommen czuł się samotny. Lubi towarzystwo Margaery i jej kobiet. Niech się pobiorą…

— To twój syn…

— Tylko moje nasienie. Nigdy nie zwał mnie ojcem. Ani on, ani Joffrey. Tysiąc razy powtarzałaś mi, żebym nie okazywał im zbytniego zainteresowania.

— Chodziło mi o ich bezpieczeństwo! I o twoje. Jak by to wyglądało, gdyby mój brat bawił się w ojca królewskich dzieci? Nawet Robert mógłby zacząć coś podejrzewać.

— No cóż, teraz już nie będzie nikogo podejrzewał. — Śmierć Roberta nadal wypełniała usta Jaime'a smakiem goryczy. *To ja powi-*

nienem był go zabić, nie Cersei. — Żałuję tylko, że nie zginął z moich rąk. — *Kiedy jeszcze miałem dwie.* — Gdybym pozwolił, by królobójstwo przeszło mi w nawyk, jak zwykł mawiać Robert, mógłbym wziąć sobie ciebie za żonę przed całym światem. Nie wstydzę się tego, że cię kocham, a tylko tego, co robiłem, by ukryć to uczucie. Ten chłopiec w Winterfell...

— Czy kazałam ci wyrzucić go przez okno? Gdybyś pojechał na to polowanie, tak jak cię prosiłam, nic by się nie wydarzyło. Ale nie, ty musiałeś mnie mieć, nie mogłeś zaczekać, aż wrócimy do miasta.

— Czekałem już wystarczająco długo. Dość miałem widoku Roberta, który walił się co noc do twego łoża, zastanawiania się, czy tym razem zechce skorzystać ze swych mężowskich praw. — Jaime przypomniał sobie nagle o jeszcze jednej niepokojącej go sprawie, która miała związek z Winterfell. — W Riverrun Catelyn Stark była przekonana, że wynająłem jakiegoś zbira, żeby poderżnął gardło jej synowi. Że dałem mu sztylet.

— Ach, to — rzuciła ze wzgardą. — Tyrion pytał mnie o to samo.

— Sztylet istniał naprawdę. Blizny na dłoniach lady Catelyn były jak najbardziej rzeczywiste. Pokazała mi je. Czy to ty...

— Och, nie gadaj głupstw. — Cersei zamknęła okno. — Tak, miałam nadzieję, że chłopiec umrze. Ty również. Nawet Robert uważał, że tak byłoby najlepiej. Powiedział mi: „Zabijamy konie, kiedy złamią nogę, i psy, kiedy oślepną, ale jesteśmy zbyt słabi, by udzielić tej samej łaski kalekim dzieciom". Sam był wówczas ślepy od wypitego trunku.

Robert? Jaime był strażnikiem króla wystarczająco długo, by wiedzieć, że Robert Baratheon nieraz wygadywał po pijanemu rzeczy, których następnego dnia gniewnie by się wyparł.

— Czy byłaś z nim wtedy sama?

— Chyba nie myślisz, że powiedział to Nedowi Starkowi? Oczywiście, że byliśmy sami. My i dzieci. — Zdjęła z włosów siatkę i powiesiła ją na słupku łoża, po czym potrząsnęła złocistymi lokami. — Może to Myrcella wynajęła tego człowieka, co?

Miała to być drwina, Jaime jednak natychmiast pojął, że jego siostra trafiła w samo sedno.

— Nie Myrcella. Joffrey.

Cersei zmarszczyła brwi.

— Joffrey nie darzył miłością Robba Starka, ale młodszy chłopiec nic dla niego nie znaczył. Zresztą sam był jeszcze dzieckiem.

— Dzieckiem spragnionym tego, by pogłaskał je po główce moczymorda, którego kazałaś mu uważać za ojca. — Przyszła mu do głowy nieprzyjemna myśl. — Tyrion omal nie zginął przez ten cholerny sztylet. Jeśli wiedział, że to wszystko robota Joffreya, to może dlatego…

— Nie obchodzi mnie, dlaczego to zrobił — warknęła Cersei. — Może zabrać swe powody ze sobą do piekła. Gdybyś widział, jak zginął Joff… on walczył, Jaime, walczył o każdy oddech, ale to było tak, jakby jakiś zły duch zacisnął mu ręce na gardle. W jego oczach było takie przerażenie… Kiedy był mały, jeśli się przestraszył albo uderzył, zawsze biegł do mnie i ja mu pomagałam. Tym razem jednak byłam bezradna. Tyrion zamordował go na moich oczach, a ja byłam bezradna. — Cersei opadła na kolana przed krzesłem Jaime'a i ujęła jego dłoń w swoje. — Joff nie żyje, a Myrcella wyjechała do Dorne. Został mi tylko Tommen. Nie pozwól ojcu mi go odebrać. Jaime, proszę.

— Lord Tywin nie pytał mnie o zdanie. Mogę z nim porozmawiać, ale mnie nie wysłucha…

— Wysłucha, jeśli zgodzisz się opuścić Gwardię Królewską.

— Nie zrobię tego.

Jego siostra powstrzymała łzy.

— Jaime, jesteś moim rycerzem w lśniącej zbroi. Nie możesz mnie porzucić wtedy, gdy najbardziej cię potrzebuję! Ojciec chce mi ukraść syna, odesłać mnie… a jeśli go nie powstrzymasz, zmusi mnie do ponownego zamążpójścia!

Jaime sam się dziwił, że go to zaskoczyło. Te słowa były jak cios w brzuch, silniejszy od tych, które zadał mu ser Addam Marbrand.

— Za kogo chce cię wydać?

— Czy to ważne? Za kogoś, kogo swym zdaniem potrzebuje. Wszystko mi jedno. Nie chcę nowego męża. Jedynym mężczyzną, którego pragnę w swym łożu, jesteś ty.

— Więc powiedz mu to!

Odsunęła dłonie.

— Znowu mówisz jak szaleniec. Czy chcesz, by nas rozdzielono, tak jak zrobiła to matka wtedy, gdy przyłapała nas na zabawie? Tommen straciłby tron, Myrcella małżeństwo... chciałabym zostać twoją żoną, należymy do siebie nawzajem, ale to nigdy się nie stanie, Jaime. Jesteśmy rodzeństwem.

— Targaryenowie...

— Nie jesteśmy Targaryenami!

— Ciszej — rzucił ze wzgardą. — Jeśli będziesz tak krzyczeć, możesz obudzić moich zaprzysiężonych braci. Nie wolno nam do tego dopuścić, prawda? Ludzie mogliby się dowiedzieć, że przyszłaś mnie zobaczyć.

— Jaime — łkała — czy nie wierzysz, że pragnę tego tak samo jak ty? Bez względu na to, za kogo mnie wydadzą, chcę cię mieć u swego boku, w swym łożu, w sobie. Nic się między nami nie zmieniło. Pozwól, bym ci tego dowiodła.

Uniosła jego bluzę i zaczęła rozwiązywać sznurówki spodni.

Jaime poczuł, że reaguje.

— Nie — sprzeciwił się. — Nie tutaj. — Nigdy nie robili tego w Wieży Białego Miecza, tym bardziej w komnatach lorda dowódcy. — Cersei, to nie jest miejsce...

— Wziąłeś mnie w sepcie. Co to za różnica?

Wyjęła jego kutasa i pochyliła nad nim głowę.

Jaime odepchnął ją kikutem prawej dłoni.

— Nie. Powiedziałem, nie tutaj.

Wstał.

Przez chwilę widział w jej jaskrawozielonych oczach zmieszanie i strach, potem jednak ich miejsce zajęła wściekłość. Cersei wzięła się w garść, wstała i poprawiła spódnice.

— Czy w Harrenhal ucięli ci rękę, czy raczej męskość? — Gdy potrząsała głową, włosy muskały jej nagie białe ramiona. — Byłam głupia, że tu przyszłam. Zabrakło ci odwagi, by pomścić Joffreya, czemu więc miałbyś bronić Tommena? Powiedz mi, czy gdyby Krasnal zabił ci całą trójkę dzieci, to raczyłbyś się na niego pogniewać?

— Tyrion nie zrobi krzywdy Tommenowi ani Myrcelli. Nadal nie jestem pewien, czy zabił Joffreya.

Wykrzywiła usta w grymasie gniewu.

— Jak możesz coś takiego powiedzieć? Po wszystkich jego groźbach…

— Groźby nic nie znaczą. Przysięga, że tego nie zrobił.

— Och, przysięga, naprawdę? Pewnie ci się wydaje, że karły nigdy nie kłamią?

— Mnie by nie okłamał. Podobnie jak ty.

— Ty wielki, złoty głupcze. Okłamał cię tysiąc razy i ja również. — Związała włosy i zdjęła siatkę ze słupka łoża. — Myśl sobie, co chcesz. Ten mały potwór siedzi w ciemnicy i wkrótce ser Ilyn utnie mu głowę. Może zechcesz zachować ją sobie na pamiątkę. — Zerknęła na poduszkę. — Będzie mógł sobie patrzeć, jak śpisz sam w tym zimnym, białym łożu. Dopóki oczy mu nie zgniją.

— Lepiej już idź, Cersei, bo się na ciebie rozgniewam.

— Och, rozgniewany kaleka. Jakie to straszne. — Wybuchnęła śmiechem. — Szkoda, że lord Tywin Lannister nigdy nie spłodził syna. Mogłabym być dziedzicem, którego pragnął, ale nie miałam kutasa. A jeśli już mowa o kutasach, lepiej schowaj swojego, bracie. Jest strasznie mały i smętny, kiedy tak zwisa ci z portek.

Gdy już wyszła, Jaime skorzystał z jej rady, męcząc się jedną ręką ze sznurówkami. Czuł w fantomowych palcach dojmujący ból. *Straciłem rękę, ojca, syna, siostrę i kochankę, a niedługo stracę też brata. A oni wciąż mi powtarzają, że ród Lannisterów wygrał wojnę.*

Jaime włożył płaszcz i zszedł na dół. We wspólnej sali znalazł ser Borosa Blounta, który popijał wino z pucharu.

— Kiedy już skończysz pić, zawiadom ser Lorasa, że mogę już ją przyjąć.

Ser Boros był zbyt wielkim tchórzem, by zrobić coś więcej, niż spojrzeć na niego wilkiem.

— A właściwie kogo?

— Po prostu powtórz mu moje słowa.

— Tak jest. — Ser Boros wychylił kielich. — Tak jest, lordzie dowódco.

Borosowi się nie śpieszyło albo też odnalezienie Rycerza Kwiatów przysporzyło mu trudności. Minęło kilka godzin, nim się zjawili — szczupły, przystojny młodzieniec i wyrośnięta, brzydka dziewczyna. Jaime siedział sam w okrągłej sali, kartkując machinalnie Białą Księgę.

— Lordzie dowódco — odezwał się Loras — chciałeś się widzieć z Dziewicą z Tarthu?

— Chciałem. — Przywołał ich skinieniem dłoni. — Rozmawiałeś z nią, jak rozumiem?

— Tak jak rozkazałeś, lordzie dowódco.

— I?

Chłopak napiął mięśnie.

— Możliwe... możliwe, że było tak, jak mówiła, ser. Że to był Stannis. Nie jestem pewien.

— Dowiedziałem się od Varysa, że kasztelan Końca Burzy również zginął w niewyjaśnionych okolicznościach — dorzucił Jaime.

— Ser Cortnay Penrose — zgodziła się ze smutkiem Brienne. — To był dobry człowiek.

— Z pewnością był uparty. Jednego dnia stanął na drodze królowi Smoczej Skały, a drugiego skoczył z wieży. — Jaime wstał. — Ser Lorasie, jeszcze o tym porozmawiamy. Na razie możesz zostawić mnie z Brienne.

Gdy Tyrell wyszedł, Jaime pomyślał, że dziewka wygląda tak samo brzydko i groteskowo jak zawsze. Znowu ktoś ubrał ją w kobiece stroje, lecz ta suknia pasowała na nią znacznie lepiej niż obrzydliwy, różowy łach, który kazał jej nosić kozioł.

— W niebieskim ci do twarzy, pani — zauważył. — Ten kolor pasuje do twoich oczu.

Oczy ma naprawdę zdumiewające.

Brienne spojrzała na siebie z zażenowaniem.

— Septa Donyse wypchała mi gorsecik, żeby nadać mu ten kształt. Powiedziała, że to ty ją do mnie przysłałeś. — Dziewczyna nadal stała przy drzwiach, jakby w każdej chwili gotowa była uciec. — Wyglądasz...

— Inaczej? — Jaime zdołał się uśmiechnąć półgębkiem. —

Mam więcej mięsa na żebrach i mniej wszy we włosach, to wszystko. Kikut pozostał kikutem. Zamknij te drzwi i podejdź bliżej.

Zrobiła to, o co ją prosił.

— Ten biały płaszcz...

— ...jest nowy, ale na pewno niedługo go zbrukam.

— Nie o to... chciałam powiedzieć, że jest ci w nim do twarzy.

Podeszła niepewnie do niego.

— Jaime, czy wierzysz w to, co powiedziałeś ser Lorasowi? O... o królu Renlym i o cieniu?

Wzruszył ramionami.

— Sam zabiłbym Renly'ego, gdybyśmy spotkali się na polu bitwy. Co mnie obchodzi, kto mu poderżnął gardło?

— Powiedziałeś, że mam honor...

— Jestem cholernym Królobójcą, pamiętasz? Kiedy powiedziałem, że masz honor, to było tak, jakby kurwa zaświadczyła, że jesteś dziewicą. — Odchylił się do tyłu. — Nagolennik wyjechał na północ. Wiezie Aryę Stark do Roose'a Boltona.

— Oddałeś mu ją? — krzyknęła przerażona. — Złożyłeś przysięgę lady Catelyn...

— Z mieczem na gardle, ale mniejsza o to. Lady Catelyn nie żyje. Nie mógłbym oddać jej córek, nawet gdybym je miał. A dziewczyna, którą mój ojciec wysłał z Nagolennikiem, nie jest Aryą Stark.

— Nie jest Aryą Stark?

— Słyszałaś mnie. Mój pan ojciec wyszukał jakąś chudą pannę z północy, która jest mniej więcej w tym samym wieku i ma mniej więcej taki sam kolor włosów. Ubrał ją w biało-szary strój, dał srebrną zapinkę w kształcie wilka i wysłał na północ, by poślubiła bękarta Boltona. — Jaime uniósł kikut, by wskazać nim na Brienne. — Chciałem ci o tym powiedzieć, zanim pogalopujesz jej na ratunek i dasz się niepotrzebnie zabić. Całkiem nieźle władasz tym mieczem, ale nie aż tak dobrze, by w pojedynkę pokonać dwustu ludzi.

Brienne potrząsnęła głową.

— Kiedy lord Bolton się dowie, że twój ojciec zapłacił mu fałszywą monetą...

— Och, on o tym wie. Lannisterowie kłamią, pamiętasz? To nie ma znaczenia. Ta dziewczyna posłuży jego celom równie dobrze. Kto powie, że ona nie jest Aryą Stark? Wszyscy bliscy Aryi zginęli, poza siostrą, która zniknęła.

— Jeśli to prawda, to dlaczego mi o tym opowiadasz? Zdradzasz tajemnice swego ojca.

Tajemnice królewskiego namiestnika — pomyślał. *Nie mam już ojca.*

— Zawsze płacę swe długi, jak każde dobre, małe lwiątko. Obiecałem lady Stark jej córki... a jedna z nich jeszcze żyje. Być może mój brat wie, gdzie się ukryła, ale nie chce tego wyjawić. Cersei jest przekonana, że Sansa pomogła mu zamordować Joffreya.

Dziewka zacisnęła wargi w grymasie uporu.

— Nie wierzę, by ta łagodna dziewczyna mogła być trucicielką. Lady Catelyn mówiła, że ona ma kochające serce. To był twój brat. Ser Loras mówił, że odbył się sąd.

— Nawet dwa sądy. Nie ocaliły go ani słowa, ani miecze. To była krwawa jatka. Widziałaś walkę z okna?

— Okna mojej celi wychodzą na morze. Słyszałam jednak krzyki.

— Książę Oberyn z Dorne nie żyje, ser Gregor Clegane leży konający, a Tyrion został uznany za winnego w oczach bogów i ludzi. Trzymają go w ciemnicy aż do dnia, gdy go zabiją.

Brienne spojrzała na niego.

— Nie wierzysz w jego winę.

Jaime uśmiechnął się bez śladu wesołości.

— Widzisz, dziewko? Za dobrze się znamy. Odkąd Tyrion postawił pierwszy krok, pragnął być mną, nigdy jednak nie naśladowałby mnie w królobójstwie. Joffreya zabiła Sansa Stark. Mój brat milczy, by ją osłaniać. Od czasu do czasu zdarzają mu się takie napady rycerskości. Poprzedni kosztował go nos. Ten będzie go kosztował głowę.

— Nie — sprzeciwiła się Brienne. — Córka mojej pani tego nie zrobiła. To niemożliwe.

— Znowu widzę upartą, głupią dziewkę, którą pamiętam.

Poczerwieniała.

— Nazywam się...

— Brienne z Tarthu. — Jaime westchnął. — Mam dla ciebie podarunek.

Sięgnął pod fotel lorda dowódcy i wyciągnął stamtąd owinięty w karmazynowy aksamit pakunek.

Brienne podeszła do niego tak ostrożnie, jakby mógł ją ugryźć, wyciągnęła wielką piegowatą dłoń i odsunęła tkaninę. Rubiny rozjarzyły się w świetle dnia. Ujęła ostrożnie skarb w dłoń, zaciskając palce na obitej skórą rękojeści, i powoli wysunęła miecz z pochwy. Na stali zalśniły krwawe i czarne zmarszczki.

— Czy to valyriańska stal? Nigdy nie widziałam takich kolorów.

— Ja też nie. Był czas, kiedy oddałbym prawą rękę, by dostać miecz taki jak ten. Teraz wygląda na to, że ją oddałem, więc miecz na nic mi się nie zda. Weź go sobie. Tak piękny oręż musi mieć nazwę — ciągnął, nim zdążyła przemyśleć sprawę i mu odmówić. — Byłbym rad, gdybyś nadała mu imię Wierny Przysiędze. I jeszcze jedno. Musisz za niego zapłacić pewną cenę.

Jej twarz pociemniała.

— Powiedziałam ci już, że nigdy nie zgodzę się służyć…

— …takim nikczemnikom jak my. Tak, przypominam to sobie. Wysłuchaj mnie, Brienne. Oboje złożyliśmy przysięgi dotyczące Sansy Stark. Cersei pragnie, by dziewczynę odnaleziono i zabito, bez względu na to, gdzie się ukryła…

Brzydka twarz Brienne wykrzywiła się w wyrazie wściekłości.

— Jeśli wydaje ci się, że skrzywdzę córkę mojej pani w zamian za miecz, ty…

— Wysłuchaj mnie — warknął, rozgniewany jej podejrzeniami. — Chcę, żebyś znalazła Sansę pierwsza i zabrała ją w jakieś bezpieczne miejsce. Jak inaczej zdołamy oboje wypełnić te głupie przysięgi, które złożyliśmy twojej wspaniałej, martwej lady Catelyn?

Dziewka zamrugała powiekami.

— Myślałam…

— Wiem, co myślałaś. — Jaime poczuł nagle, że ma dość jej widoku. *Beczy jak jakaś cholerna owca.* — Po śmierci Neda Starka jego dwuręczny miecz oddano królewskiemu katu — ciągnął. — Mój ojciec doszedł jednak do wniosku, że szkoda tak wspaniałego oręża dla zwykłego oprawcy. Podarował ser Ilynowi nowy miecz, a Lód kazał przekuć i przetopić. Metalu wystarczyło na dwa miecze. Trzymasz w ręku jeden z nich. Będziesz broniła córki Neda Starka jego własną stalą, jeśli ma to dla ciebie jakieś znaczenie.

— Ser, jestem... jestem ci winna przepro...

Przerwał jej.

— Zabieraj ten cholerny miecz i znikaj, zanim zmienię zdanie. W stajniach czeka gniada klacz, tak samo brzydka jak ty, ale trochę lepiej wychowana. Ścigaj Nagolennika, szukaj Sansy albo wracaj do domu, na swą wyspę szafirów, wszystko mi jedno. Nie chcę cię już więcej widzieć.

— Jaime...

— Królobójco — przypomniał jej. — Lepiej weź ten miecz i usuń sobie woskowinę z uszu, dziewko. To by było wszystko.

— Joffrey był twoim... — nie ustępowała.

— Moim królem. Poprzestańmy na tym.

— Mówisz, że Sansa go zabiła. Dlaczego chcesz ją osłaniać?

Dlatego, że Joff był dla mnie tylko kroplą nasienia w piździe Cersei. I dlatego, że zasłużył na śmierć.

— Wynosiłem królów na tron i obalałem ich. Sansa Stark jest dla mnie ostatnią nadzieją na odzyskanie honoru. — Jaime uśmiechnął się półgębkiem. — Poza tym królobójcy powinni trzymać się razem. Czy wreszcie sobie pójdziesz?

Mocno zacisnęła wielką dłoń na Wiernym Przysiędze.

— Pójdę. Znajdę dziewczynę i będę jej bronić. Ze względu na jej panią matkę. I na ciebie.

Pokłoniła się sztywno, odwróciła błyskawicznie i wyszła.

Jaime siedział sam za stołem, a w pokoju gromadziły się cienie. Gdy nadszedł zmierzch, zapalił świecę i otworzył Białą Księgę na własnej stronie. Gęsie pióro i inkaust znalazł w szufladzie. Pod ostatnią linijką pozostawioną przez ser Barristana napisał niezgrabnymi literami godnymi sześciolatka, który właśnie zaczął pobierać nauki pisania u maestera:

Pokonany w Szepczącym Lesie przez Młodego Wilka Robba Starka podczas wojny pięciu królów. Uwięziony w Riverrun i uwolniony w zamian za obietnicę, której nie spełnił. Ponownie pojmany przez Dzielnych Kompanionów i okaleczony na rozkaz ich kapitana, Vargo Hoata. Prawą dłoń odrąbał mu miecz Zoila Grubego. Dostarczony bezpiecznie do Królewskiej Przystani przez Brienne, Dziewicę z Tarthu.

Kiedy skończył, trzy czwarte strony między złotym lwem na karmazynowej tarczy na górze a białą tarczą na dole nadal pozostawało niezapełnione. Jego historię zaczął ser Gerold Hightower, a kontynuował ser Barristan Selmy, resztę jednak Jaime Lannister będzie musiał napisać sam. Od tej pory tylko od niego zależało, co w niej się znajdzie.

Tylko od niego...

JON

Ze wschodu dął gwałtowny wicher, tak silny, że ciężka klatka kołysała się przy każdym podmuchu. Wiatr unosił ze sobą kawałki lodu, a płaszcz Jona łopotał, uderzając o kraty. Niebo przybrało ciemnoszarą barwę, a słońce było jedynie słabą plamą jasności widoczną za chmurami. Po drugiej stronie strefy śmierci widział łunę tysiąca ognisk, wydawały się one jednak małe i bezbronne wobec mroku i zimna.

Posępny dzień. Jon Snow zacisnął urękawicznione dłonie na kratach, trzymając się mocno, gdy wiatr znowu potrząsnął klatką. Grunt na dole spowijał mrok i Jon czuł się tak, jakby opuszczano go w bezdenną otchłań. *Można powiedzieć, że śmierć jest bezdenną otchłanią, a kiedy ten dzień dobiegnie końca, moje imię na zawsze spowije cień.*

Ludzie powiadali, że bękarty rodzą się z żądzy oraz kłamstw

i dlatego są z natury rozpustne i zdradzieckie. Jon pragnął kiedyś udowodnić, że to nieprawda, pokazać panu ojcu, że może być dla niego równie dobrym synem jak Robb. *Spartaczyłem to zadanie.* Robb został bohaterskim królem, a jeśli o Jonie ludzie w ogóle będą pamiętać, to jako o renegacie, wiarołomcy i mordercy. Cieszył się, że lord Eddard nie żyje i nie widzi jego hańby.

Trzeba było zostać w tej jaskini z Ygritte. Jeśli po śmierci istniało życie, miał nadzieję, że jej to powie. *Rozorze mi twarz pazurami jak tamten orzeł i przeklnie mnie jako tchórza, ale i tak jej to powiem.* Zgiął prawą dłoń, tak jak uczył go maester Aemon. Ten nawyk zakorzenił się w nim bardzo głęboko. Jego palce muszą być giętkie, jeśli ma mieć choć najmniejszą szansę zamordowania Mance'a Raydera.

Rankiem wyciągnęli go na zewnątrz po czterech dnia spędzonych w lodowej celi o wymiarach pięć na pięć na pięć stóp, zbyt niskiej, żeby mógł stanąć, i za krótkiej, żeby mógł się położyć. Zarządcy dawno już odkryli, że żywność wytrzymuje dłużej w lodowych magazynach wykutych u podstawy Muru... ale za to więźniowie krócej.

— Umrzesz tu, lordzie Snow — zapowiedział ser Alliser, nim zatrzasnął ciężkie drewniane drzwi. Jon mu uwierzył. Dziś rano jednak wyciągnęli go stamtąd i powlekli, skurczonego i drżącego, do Wieży Królewskiej, by znowu stanął przed rumianym Janosem Slyntem.

— Stary maester mówi, że nie mogę cię powiesić — oznajmił Slynt. — Napisał do Cottera Pyke'a. Był nawet tak cholernie bezczelny, że pokazał mi ten list. Utrzymuje, że nie jesteś renegatem.

— Aemon żył zbyt długo, panie — stwierdził ser Alliser. — Rozum opuścił go tak samo jak wzrok.

— Tak jest — zgodził się Slynt. — Ślepiec z łańcuchem na szyi. Kto to właściwie jest?

Aemon Targaryen — pomyślał Jon. *Syn i brat króla, który sam mógł zostać królem.* Zachował jednak milczenie.

— Mimo to nie pozwolę, by mówiono, że Janos Slynt powiesił kogoś niesprawiedliwie — ciągnął mężczyzna o rumianych policzkach. — Nie pozwolę. Postanowiłem dać ci jeszcze jedną szansę udowodnienia, że rzeczywiście jesteś taki wierny, jak twierdzisz, lordzie Snow. Ostatnią szansę wykonania obowiązku, tak? — Wstał. — Mance Rayder chce z nami pertraktować. Ten cały król za Murem dobrze wie, że nie ma już szans, bo zjawił się Janos Slynt. To jednak tchórz i nie chce przybyć do nas. Na pewno wie, że natychmiast bym go powiesił. Powiesiłbym go za nogi na szczycie Muru, na sznurze długim na dwieście stóp! Ale on tu nie przyjdzie. Chce, żebyśmy wysłali do niego posła.

— Wysyłamy ciebie, lordzie Snow — oznajmił z uśmiechem ser Alliser.

— Mnie? — zapytał obojętnym głosem Jon. — Dlaczego mnie?

— Byłeś towarzyszem tych dzikich — odparł Thorne. — Mance Rayder cię zna. Będzie bardziej skłonny ci zaufać.

To było tak bardzo błędne, że Jon mógłby się roześmiać.

— Wprost przeciwnie. Mance podejrzewał mnie od samego początku. Jeśli pokażę się w jego obozie ubrany w czarny płaszcz jako poseł Nocnej Straży, będzie wiedział, że go zdradziłem.

— Prosił o posła i dostanie posła — odparł Slynt. — Jeśli jesteś zbyt tchórzliwy, by stawić czoło temu królowi-renegatowi, możesz wrócić do lodowej celi. Tym razem chyba bez futer. Tak jest.

— To nie będzie potrzebne, panie — zapewnił ser Alliser. — Lord Snow zrobi to, o co go prosimy. Chce udowodnić, że nie jest renegatem. Że dochował wierności Nocnej Straży.

Jon zdał sobie sprawę, że Thorne jest znacznie inteligentniejszy od Slynta. Ten plan śmierdział ser Alliserem. Znalazł się w pułapce.

— Pójdę — rzekł krótko i stanowczo.

— Wasza lordowska mość — przypomniał mu Janos Slynt. — Masz się do mnie zwracać...

— Pójdę, wasza lordowska mość. Ale popełniasz błąd, wasza lordowska mość. Wysyłasz niewłaściwego człowieka, wasza lordowska mość. Na mój widok Mance natychmiast wpadnie w gniew. Wasza lordowska mość miałby większą szansę wynegocjować korzystne warunki, gdyby wysłał...

— Warunki?

Ser Alliser zachichotał.

— Janos Slynt nie negocjuje z nieznającymi prawa dzikusami, lordzie Snow. Nie negocjuje.

— Nie masz rozmawiać z Mance'em Rayderem — poinformował go ser Alliser. — Masz go zabić.

Wiatr świstał między kratami, a Jon Snow drżał z zimna. Dręczył go pulsujący ból w nodze i w głowie. Nie byłby w stanie zabić nawet małego kotka, nie pozostawiono mu jednak wyjścia. *Pułapka miała zęby.* Maester Aemon upierał się, że Jon jest niewinny, lord Janos nie odważył się więc zostawić go w lodowej celi na śmierć. To był lepszy sposób. „Nasz honor znaczy nie więcej niż nasze życie. Liczy się tylko bezpieczeństwo królestwa". Tak powiedział mu Qhorin Półręki w Mroźnych Kłach. Musiał o tym pamiętać. Wolni ludzie zabiją go bez względu na to, czy zdoła zamordować Mance'a, czy też tylko spróbuje to uczynić. Dezercja również nie była możliwa, nawet gdyby był do niej skłonny, gdyż w oczach króla za Murem był kłamcą i zdrajcą.

Gdy klatka zatrzymała się z nagłym szarpnięciem, Jon zeskoczył na ziemię i potrząsnął rękojeścią Długiego Pazura, by poluzować w pochwie bastardowy miecz. Brama była kilka stóp na lewo od niego. Nadal blokowały ją resztki roztrzaskanego żółwia, między którymi gniło ścierwo mamuta. Były tam również inne trupy, walające się między resztkami beczek, stwardniałą smołą i połaciami wypalonej trawy. Na wszystko to padał cień Muru. Jon nie miał ochoty zatrzymywać się tu dłużej. Ruszył ku obozowi dzikich, mijając zabitego olbrzyma, któremu kamień rozwalił czaszkę. Kruk wyciągał mu z głowy kawałki mózgu. Kiedy młodzieniec przechodził obok, ptaszysko spojrzało na niego.

— Snow — zaskrzeczało głośno. — Snow, snow.

Potem rozpostarło skrzydła i odleciało.

Gdy tylko Jon podszedł nieco bliżej, z obozu dzikich wyłonił się samotny jeździec. Chłopak zadał sobie pytanie, czy Mance zamierza negocjować z nim na ziemi niczyjej. *To uczyniłoby moje zadanie łatwiejszym, choć nic nie uczyni go łatwym.* Gdy jednak jeździec się zbliżył, Jon zauważył, że jest on niski i krępy. Na jego potężnych ramionach lśniły złote obręcze, a na masywną pierś spływała biała broda.

— Ha! — zagrzmiał Tormund, gdy już się spotkali. — Jon Snow wrona. Bałem się, że już cię nie zobaczę.

— Nie wiedziałem, że potrafisz się bać, Tormund.

Dziki uśmiechnął się na te słowa.

— Ładnie to powiedziałeś, chłopcze. Widzę, że masz na sobie czarny płaszcz. Mance'owi to się nie spodoba. Jeśli chcesz znowu przejść na drugą stronę, to lepiej wdrap się z powrotem na ten swój Mur.

— Wysłali mnie tu po to, bym pertraktował z królem za Murem.

— Pertraktował? — Tormund roześmiał się głośno. — To ci dopiero wymyślne słowo. Ha! To prawda, że Mance chce rozmawiać. Ale nie mogę powiedzieć, żeby miał ochotę gadać z tobą.

— Przysłali właśnie mnie.

— Widzę to. W takim razie lepiej chodź ze mną. A może chcesz pojechać?

— Mogę iść.

— Dobrze walczyliście. — Tormund zawrócił konia w stronę obozu dzikich. — Ty i twoi bracia. Muszę to przyznać. Dwustu zabitych ludzi i dwanaście olbrzymów. Sam Mag wszedł do tej waszej bramy i już z niej nie wrócił.

— Zginął od miecza dzielnego człowieka, który zwał się Donal Noye.

— Tak? Czy ten Donal Noye był jakimś wielkim lordem? Jednym z tych waszych lśniących rycerzy w stalowej bieliźnie?

— Był kowalem. Miał tylko jedną rękę.

— Jednoręki kowal zabił Maga Mocarnego? Ha! To ci dopiero musiała być walka. Mance napisze o niej pieśń. Zobaczysz. — Tormund odpiął od siodła bukłak i wyciągnął zatyczkę. — To nas trochę ogrzeje. Za Donala Noye'a i Maga Mocarnego.

Pociągnął łyk i podał bukłak Jonowi.

— Za Donala Noye'a i Maga Mocarnego.

W bukłaku był miód, tak mocny, że oczy zaszły Jonowi łzami, a pierś przeniknęły mu płomyki ognia. Po pobycie w lodowej celi i jeździe klatką poprzez chłód ciepło sprawiło mu wielką przyjemność.

Tormund znowu wziął bukłak i wychylił kolejny łyk, po czym otarł usta dłonią.

— Magnar Thennu przysięgał, że otworzy przed nami bramę i będziemy mogli przejść przez nią ze śpiewem na ustach. Miał zamiar zwalić cały Mur.

— Część rzeczywiście zwalił — poinformował go Jon. — Sobie na głowę.

— Ha! — zawołał Tormund. — No cóż, nigdy nie przepadałem za Styrem. Kiedy ktoś nie ma brody, włosów ani uszu, nie ma go za co złapać podczas walki. — Jechał stępa, żeby utykający Jon mógł za nim nadążyć. — Co ci się stało w tę nogę?

— Oberwałem strzałą. Chyba od Ygritte.

— To ci dopiero kobieta. Jednego dnia cię całuje, a drugiego dnia szpikuje strzałami.

— Ona nie żyje.

— Tak? — Tormund potrząsnął ze smutkiem głową. — Szkoda. Gdybym był z dziesięć lat młodszy, sam bym ją sobie ukradł. Miała takie włosy. No, ale najgorętszy ogień wypala się najszybciej. — Uniósł bukłak. — Za Ygritte, pocałowaną przez ogień. — Pociągnął długi łyk.

— Za Ygritte, pocałowaną przez ogień — powtórzył Jon, gdy Tormund podał mu naczynie, i wypił jeszcze więcej.

— Czy to ty ją zabiłeś?

— Mój brat.

Jon nie wiedział który i miał nadzieję, że nigdy się tego nie dowie.

— Wy cholerne wrony. — Głos Tormunda był szorstki, lecz dziwnie pełen współczucia. — Ten Długa Włócznia ukradł moją córkę. Mundę, moje jesienne jabłuszko. Zabrał ją z namiotu na oczach czterech braci. Ten wielki głąb Toregg smacznie sobie spał, a Torwynd... no cóż, Torwynd Potulny, to mówi wszystko. Ale młodsi zmusili chłopaka do walki.

— A Munda? — zapytał Jon.

— To moja krew — oznajmił z dumą Tormund. — Rozkwasiła

mu wargę i odgryzła pół ucha, a plecy ma tak podrapane, że nie może nosić płaszcza. Ale spodobał się jej. Czemu miałby się nie spodobać? Przecież wiesz, że nie walczy włócznią. Nigdy nie walczył. No to skąd się wziął ten przydomek? Ha!

Jon musiał się roześmiać. Nawet tu, nawet teraz. Ygritte lubiła Rika Długą Włócznię. Miał nadzieję, że dziki znajdzie trochę radości z Mundą. Ktoś powinien gdzieś znaleźć radość.

— Nic nie wiesz, Jonie Snow — powiedziałaby mu Ygritte.

Wiem, że umrę — pomyślał. *Tyle przynajmniej wiem.*

— Wszyscy muszą umrzeć — słyszał niemal jej głos. — Mężczyźni, kobiety i wszystkie zwierzęta, które latają w powietrzu, pływają w wodzie albo chodzą po ziemi. Nie chodzi o to, kiedy umrzemy, Jonie Snow. Ważne tylko, jak to się stanie.

Łatwo ci mówić — odpowiedział jej w myśli. *Poległaś bohaterską śmiercią w bitwie, szturmując zamek nieprzyjaciela. Ja umrę jako renegat i morderca.* Jego śmierć nie będzie też szybka, chyba że zginie od miecza Mance'a.

Wkrótce znaleźli się pośród namiotów. Było to typowe obozowisko dzikich, chaotyczny labirynt ognisk i latryn, pełen swobodnie wałęsających się kóz i dzieci, owiec beczących między drzewami i końskich skór suszących się na kołkach. Nie było tu żadnego planu, porządku ani umocnień. Wszędzie jednak roiło się od mężczyzn, kobiet i zwierząt.

Część dzikich go ignorowała, lecz na każdego, kto zajmował się spokojnie swoimi sprawami, przypadało dziesięciu takich, którzy przerywali swe czynności, by gapić się na niego. Dzieci kucające przy ogniskach, stare kobiety w zaprzężonych w psy wózkach, jaskiniowcy o pomalowanych twarzach, łupieżcy ze szponami, wężami albo odciętymi głowami na tarczach — wszyscy śledzili go wzrokiem. Jon widział też włóczniczki, których długie włosy powiewały na niosącym ze sobą zapach sosen wietrze.

Nie było tu prawdziwych wzgórz, ale biały futrzany namiot Mance'a Raydera ustawiono na kamienistym wzniesieniu na samej granicy drzew. Król za Murem czekał na zewnątrz. Jego wystrzępiony czerwono-czarny płaszcz łopotał na wietrze. Towarzyszyła mu Harma Psi Łeb, która zaprzestała już nękających inne odcinki Muru wypadów, a także Varamyr Sześć Skór ze swym cieniokotem i dwoma chudymi, szarymi wilkami.

Kiedy zobaczyli, kogo przysłała Straż, Harma odwróciła głowę i splunęła, a jeden z wilków Varamyra wyszczerzył kły i warknął.

— Musisz być bardzo odważny albo bardzo głupi, Jonie Snow, jeśli przychodzisz do nas ubrany w czarny płaszcz — odezwał się Mance Rayder.

— A w co innego miałby się ubierać człowiek z Nocnej Straży?

— Zabij go — nalegała Harma. — Wyślij jego ciało na górę w tej ich klatce i zażądaj, żeby przysłali kogoś innego. Wezmę sobie jego głowę jako sztandar. Sprzedawczyk jest gorszy od psa.

— Ostrzegałem cię, że to kłamca. — Głos Varamyra brzmiał łagodnie, lecz wąskie, szare ślepia jego cieniokota spoglądały na Jona z wyrazem nieskrywanego głodu. — Nigdy mi się nie podobał jego zapach.

— Schowaj pazury, zwierzoludzie. — Tormund Zabójca Olbrzyma zeskoczył z konia. — Chłopak przybył tu nas wysłuchać. Jeśli chcesz położyć na nim łapę, to pamiętaj, że od dawna miałem ochotę na futro z cieniokota.

— Tormund Miłośnik Wron — zadrwiła Harma. — Potrafisz się tylko przechwalać, starcze.

Zmiennoskóry był niepozornym jak mysz, łysym mężczyzną o szarej twarzy, przygarbionych barkach i wilczych ślepiach.

— Gdy koń zostanie ujeżdżony, wszyscy mogą go dosiadać — oznajmił cichym głosem. — A gdy zwierzę raz połączy się z człowiekiem, każdy zmiennoskóry może się wśliznąć do jego wnętrza, żeby je opanować. Orell usychał już pod piórami, wziąłem więc jego orła dla siebie. Połączenie działa jednak w obie strony, wargu. Orell żyje teraz we mnie i szepcze mi, jak bardzo cię nienawidzi. Mogę też szybować nad Murem i widzieć go oczyma ptaka.

— Dlatego wszystko wiemy — dodał Mance. — Wiemy, jak mało was było, gdy zniszczyliście żółwia. Ilu ludzi przybyło ze Wschodniej Strażnicy. Jak niewiele zapasów wam zostało. Smoły, oleju, strzał, włóczni. Straciliście nawet schody, a klatka może zabrać tylko garstkę. Wiemy o tym wszystkim. A teraz wy wiecie, że o tym wiemy. — Uniósł połę namiotu. — Wejdź do środka. Reszta niech zaczeka tutaj.

— Co, nawet ja? — obruszył się Tormund.

— Zwłaszcza ty. Jak zawsze.

W środku było ciepło. Pod otworami odprowadzającymi dym płonęło niewielkie ognisko, a obok stosu futer, na którym leżała blada, spocona Dalla, paliło się w piecyku koksowym. Val trzymała siostrę za rękę.

— Przykro mi, że Jarl spadł z Muru — powiedział jej.

Omiotła go spojrzeniem jasnoszarych oczu.

— Zawsze wspinał się zbyt szybko.

Jej uroda pozostała niezmieniona. Szczupła dziewczyna o obfitych piersiach, nawet siedząc, była pełna wdzięku. Miała wyraźne, wysoko ustawione kości policzkowe i gruby warkocz barwy miodu, opadający aż do talii.

— Zbliża się czas rozwiązania — wyjaśnił Mance. — Dalla i Val zostaną tutaj. Wiedzą, co chcę ci powiedzieć.

Twarz Jona była zimna jak lód. *Zabić człowieka w jego własnym namiocie podczas rozejmu to wystarczająco ohydny postępek. Czy muszę zamordować go na oczach jego żony, w chwili gdy ich dziecko będzie przychodziło na świat?* Zacisnął palce prawej dłoni. Mance nie miał zbroi, lecz jego miecz wisiał w pochwie u lewego biodra. W namiocie było też sporo innej broni: liczne sztylety, łuk i kołczan pełen strzał, włócznia o grocie z brązu leżąca obok wielkiego czarnego… rogu.

Jon wessał powietrze w płuca.

To wojenny róg, cholernie wielki.

— Tak — potwierdził Mance. — Róg Zimy, w który ongiś zadął Joramun, by przebudzić śpiących w ziemi olbrzymów.

Róg był olbrzymi, osiem stóp długości, mierząc wzdłuż krzywizny, a u wylotu tak szeroki, że Jon mógłby włożyć do niego rękę po łokieć. Jeśli to róg tura, to największego, jaki kiedykolwiek żył. W pierwszej chwili pomyślał, że okucia są z brązu, gdy jednak podszedł bliżej, przekonał się, że zrobiono je ze złota. *Starego złota, raczej brązowego niż żółtego i pokrytego runami.*

— Ygritte mówiła, że nie znaleźliście rogu.

— Myślałeś, że tylko wrony potrafią kłamać? Polubiłem cię, chociaż jesteś bękartem... ale nigdy ci nie ufałem. Na moje zaufanie trzeba zasłużyć.

Jon spojrzał na niego.

— Jeśli macie Róg Joramuna, to czemu nie zrobiliście z niego użytku? Po co budować żółwie i wysyłać Thennów, żeby wymordowali nas podczas snu? Jeśli ten róg ma moc, o której mówią pieśni, to czemu po prostu w niego nie zadąć i tyle?

Odpowiedziała mu Dalla, która leżała, czekając na rozwiązanie, na stosie futer obok piecyka.

— My, wolni ludzie, wiemy rzeczy, o których klękacze zapomnieli. Czasami najkrótsza droga nie jest najbardziej bezpieczna, Jonie Snow. Rogaty Lord powiedział kiedyś, że czary są mieczem bez rękojeści. Nie da się nimi bezpiecznie władać.

Mance przebiegł dłonią wzdłuż krzywizny wielkiego rogu.

— Nikt nie wybiera się na łowy z jedną tylko strzałą w kołczanie — rzekł. — Miałem nadzieję, że Styrowi i Jarlowi uda się zaskoczyć twoich braci i otworzyć przed nami bramę. Odciągnąłem stąd wasz garnizon pozorowanymi atakami. Wiedziałem, że Bowen Marsh połknie tę przynętę, ale wasza banda kalek i sierot okazała się bardziej nieustępliwa, niż przewidywałem. Niech ci się jednak nie zdaje, że nas powstrzymaliście. Prawda wygląda tak, że was jest za mało, a nas zbyt wielu. Mógłbym kontynuować szturm w tym miejscu, a jednocześnie wysłać dziesięć tysięcy ludzi na tratwach przez Zatokę Fok, żeby zaatakowali Wschodnią Strażnicę od tyłu. Mógłbym wziąć szturmem Wieżę Cieni. Znam prowadzące do niej drogi jak nikt z żyjących. Mógłbym wysłać ludzi i mamuty, żeby odkopali spod ziemi bramy w zamkach, które opuściliście. We wszystkich naraz.

— To dlaczego tego nie zrobisz?

Jon mógłby w tej chwili wyciągnąć Długi Pazur, chciał jednak usłyszeć, co ma do powiedzenia dziki.

— Chodzi mi o krew — wyjaśnił Mance Rayder. — Prędzej czy później zwyciężyłbym, ale koszty byłyby poważne, a moi ludzie stracili już wystarczająco wiele krwi.

— Nie ponieśliście znowu tak wielkich strat.

— Z waszych rąk nie. — Mance przypatrzył się twarzy Jona. — Widziałeś Pięść Pierwszych Ludzi. Wiesz, co się tam wydarzyło. Wiesz, kto nam zagraża.

— Inni…

— Ich siły rosną, w miarę jak dni stają się coraz krótsze, a noce coraz zimniejsze. Najpierw zabijają naszych ludzi, a potem wysyłają przeciw nam ich trupy. Olbrzymy nie były w stanie się im oprzeć, podobnie jak Thennowie, klany znad zamarzniętych rzek, Rogostopi.

— Ani ty?

— Ani ja — przyznał głosem pełnym gniewu i goryczy zbyt wielkiej, by można ją było wyrazić słowami. — Raymun Rudobrody, Bael Bard, Gendel i Gorne, Rogaty Lord, wszyscy oni szli na południe jako zdobywcy, a ja przybywam z podkulonym ogonem, żeby ukryć się za waszym Murem. — Ponownie dotknął rogu. — Jeśli zadmę w Róg Zimy, Mur runie. Tak przynajmniej zapewniają pieśni. Niektórzy z moich ludzi nie pragną niczego bardziej…

— Ale kiedy Mur runie, co powstrzyma Innych? — zapytała Dalla.

Mance uśmiechnął się do niej czule.

— Znalazłem sobie mądrą kobietę. Prawdziwą królową. — Ponownie spojrzał na Jona. — Wróć i powiedz im, żeby otworzyli bramę i przepuścili nas na drugą stronę. Jeśli to zrobią, oddam im róg i Mur będzie stał aż po kres dni.

Otworzyć bramę i przepuścić ich. Łatwo powiedzieć, jakie jednak będą tego skutki? Olbrzymy obozujące w ruinach Winterfell? Kanibale w wilczym lesie, rydwany mknące przez krainę kurhanów, dzicy kradnący córki cieśli okrętowych i jubilerów z Białego Portu albo rybaczki z Kamiennego Brzegu?

— Czy jesteś prawdziwym królem? — zapytał nagle Jon.

— Nigdy nie włożyłem na głowę korony ani nie usadziłem tyłka na żadnym cholernym tronie, jeśli o to pytasz — odparł Mance. — Jestem urodzony tak nisko, jak to tylko możliwe, żaden septon nigdy nie namaścił mi łba olejkami, nie mam na własność ani jednego zamku, a moja królowa nosi futra i bursztyny, nie jedwabie i szafiry. Sam sobie jestem rycerzem, błaznem i harfiarzem. Nikt nie zostaje królem za Murem dlatego, że był nim jego ojciec. Wolni ludzie nie mają szacunku do imion i nie obchodzi ich, który brat urodził się pierwszy. Szanują wojowników. Kiedy opuściłem Wieżę Cieni, było pięciu mężczyzn, którzy chełpili się, że nadają się na królów. Jednym z nich był Tormund, drugim magnar. Pozostałych trzech zabiłem, gdy stało się jasne, że wolą walczyć, niż się podporządkować.

— Możesz zabijać wrogów, ale czy potrafisz wziąć w ryzy przyjaciół? — zapytał bez ogródek Jon. — Jeśli przepuścimy twoich ludzi, to czy starczy ci sił, by zmusić ich do przestrzegania praw i królewskiego pokoju?

— Czyich praw? Praw Winterfell i Królewskiej Przystani? — Mance parsknął śmiechem. — Jeśli będziemy potrzebowali praw, sami je sobie stworzymy. Możecie też sobie zachować swoją królewską sprawiedliwość i królewskie podatki. Oferuję wam róg, nie naszą wolność. Nie klękniemy przed wami.

— A co, jeśli odmówimy?

Jon nie wątpił, że tak się stanie. Stary Niedźwiedź mógłby go przynajmniej wysłuchać, choć z pewnością wzdrygnąłby się przed myślą o wpuszczeniu na obszar Siedmiu Królestw trzydziestu czy czterdziestu tysięcy dzikich. Alliser Thorne i Janos Slynt odrzucą tę propozycję bez chwili zastanowienia.

— Jeśli odmówicie — odparł Mance Rayder — za trzy dni o świcie Tormund Zabójca Olbrzyma zadmie w Róg Zimy.

Mógłby zanieść tę wiadomość do Czarnego Zamku i opowiedzieć im o Rogu Zimy, lecz jeśli zostawi Mance'a przy życiu, lord Janos i ser Alliser uznają to za dowód, że jest renegatem. Przez głowę Jona przemknęło tysiąc różnych myśli. *Gdybym zniszczył róg, rozbił go na kawałki...* nim jednak zdążył dokończyć tę myśl, jego uszu dobiegł niski jęk jakiegoś innego rogu, osłabiony przez skórzane ściany namiotu. Mance również go usłyszał. Zmarszczył brwi i podszedł do wyjścia. Jon podążył za nim.

Na zewnątrz dźwięk był głośniejszy. Zew rogu obudził cały obóz. Obok nich przebiegło trzech Rogostopych, dźwigających długie włócznie. Konie rżały i parskały, a olbrzymy ryczały coś w starym języku. Nawet mamuty były niespokojne.

— To róg zwiadowcy — powiedział Mance'owi Tormund.

— Coś się zbliża. — Varamyr siedział ze skrzyżowanymi nogami na po części zamarzniętej ziemi. Wilki krążyły niespokojnie wokół niego. Przemknął po nim cień. Jon uniósł głowę i ujrzał niebieskoszare skrzydła orła. — Ze wschodu.

„Kiedy umarli chodzą, mury, pale i miecze nic nie znaczą. Z umarłymi nie da się walczyć, Jonie Snow. Nikt nie wie tego nawet w połowie tak dobrze jak ja".

Harma skrzywiła się wściekle.

— Ze wschodu? Upiory powinny być gdzieś za nami.

— Ze wschodu — powtórzył zmiennoskóry. — Coś się zbliża.

— Inni? — zapytał Jon.

Mance potrząsnął głową.

— Inni nigdy nie przychodzą wtedy, gdy słońce stoi na niebie. — Przez strefę śmierci mknęły rydwany pełne ludzi wymachujących włóczniami z zaostrzonej kości. Król jęknął. — Dokąd się wybierają, niech ich szlag! Quenn, zapędź tych durniów z powrotem tam, gdzie jest ich miejsce. Niech ktoś przyprowadzi mojego konia. Klacz, nie ogiera. Przynieście mi też zbroję. — Mance zerknął podejrzliwie na Mur. Na jego szczycie stali przyciągający strzały słomiani żołnierze. Nic się tam nie ruszało. — Harma, niech twoi łupieżcy siadają na koń. Tormund, znajdź swoich synów i daj mi potrójną linię włóczni.

— Tak jest — rzucił Tormund i oddalił się.

— Widzę ich — odezwał się niepozorny zmiennoskóry, zamykając oczy. — Jadą wzdłuż strumieni i wydeptanymi przez zwierzynę ścieżkami.

— Kto?

— Ludzie. Ludzie na koniach. Ludzie w stali i ludzie w czerni.

— Wrony. — W ustach Mance'a to słowo brzmiało jak przekleństwo. Spojrzał na Jona. — Czyżby moi dawni bracia sądzili, że uda im się mnie zaskoczyć, jeśli zaatakują podczas rozmów?

— Jeśli planowali atak, to nic mi o tym nie powiedzieli.

Jon w to nie wierzył. Lord Janos miał za mało ludzi, by zaatakować obóz dzikich. Poza tym znajdował się po niewłaściwej stronie Muru, a brama była zatkana gruzem. *On uknuł inną zdradę. To nie może być jego robota.*

— Jeśli znowu mnie okłamałeś, nie wyjdziesz stąd żywy — ostrzegł go Mance. Wartownicy przyprowadzili mu konia i przynieśli zbroję. Jon zauważył, że w obozie zapanował chaos. Niektórzy dzicy próbowali ustawić się w szyk, jakby mieli zamiar szturmować Mur, inni uciekali do lasu, staruszki kierowały swe zaprzężone w psy wózki na wschód, a mamuty przesuwały się na zachód. Sięgnął ręką przez ramię i wyciągnął Długi Pazur dokładnie w tej samej chwili, gdy z odległego o trzysta jardów lasu wyłoniła się wąska linia zwiadowców. Mieli na sobie czarne kolczugi, półhełmy i płaszcze. Mance, który nie zdążył jeszcze nałożyć zbroi, wydobył miecz.

— Nic o tym nie wiesz, co? — zapytał zimno Jona.

Zwiadowcy płynęli na obóz dzikich powoli jak miód w zimny poranek, przedzierając się przez kępy janowca i skupiska drzew, przez korzenie i głazy. Dzicy ruszyli im na spotkanie z głośnymi bojowymi okrzykami. Wymachiwali maczugami, mieczami z brązu i toporami z krzemienia, galopując prosto na odwiecznego wroga. „Krzyk, cięcie i wspaniała, bohaterska śmierć". Jon nieraz słyszał, jak jego bracia tak właśnie opisywali sposób walki dzikich.

— Wierz sobie, w co chcesz — rzekł królowi za Murem — ale nic mi nie wiadomo o żadnym ataku.

Nim Mance zdążył mu odpowiedzieć, przemknęła obok nich Harma, a za nią trzydziestu łupieżców. Przed nią jechał jej sztandar, martwy pies nadziany na włócznię. Przy każdym kroku skapywała z niego krew.

— Możliwe, że mówisz prawdę — stwierdził Mance, obserwując atak jej oddziału na zwiadowców. — Ci tutaj wyglądają mi na ludzi ze Wschodniej Strażnicy. To marynarze na koniach. Cotter

Pyke zawsze miał więcej odwagi niż rozsądku. Załatwił Lorda Kości na Długim Kurhanie i pewnie wydawało mu się, że zrobi to samo ze mną. Jeśli mam rację, to jest głupcem. Brakuje mu ludzi, by...

— Mance! — rozległ się krzyk. To był zwiadowca, który wypadł spomiędzy drzew na spienionym koniu. — Mance, jest ich więcej, otaczają nas ze wszystkich stron, żelaźni ludzie, żelaźni, cały zastęp żelaznych ludzi.

Mance zaklął szpetnie i skoczył na siodło.

— Varamyr, zostań tu i pilnuj, żeby Dalli nic się nie stało. — Król za Murem wskazał mieczem na Jona. — A szczególnie miej na oku tę wronę. Jeśli spróbuje ucieczki, rozszarp jej gardło.

— Zrobię to. — Zmiennoskóry był o głowę niższy od Jona, a do tego tłusty i przygarbiony, lecz jego cieniokot mógłby wypruć chłopakowi flaki jednym uderzeniem łapy. — Nadchodzą też z północy — oznajmił Mance'owi Varamyr. — Lepiej już ruszaj.

Mance włożył hełm z kruczymi skrzydłami. Jego ludzie również dosiedli koni.

— Klin — rozkazał król za Murem — za moimi plecami.

Gdy jednak wbił pięty w boki klaczy i pomknął w stronę zwiadowców, ustawiona za nim grupa straciła wszelkie podobieństwo do jakiejkolwiek formacji.

Jon postąpił krok w stronę namiotu, myśląc o Rogu Zimy, drogę zagrodził mu jednak machający gniewnie ogonem cieniokot. Bestia rozdęła nozdrza, a z jej zakrzywionych kłów skapywała ślina. *Czuje woń mojego strachu.* Bardziej niż kiedykolwiek dotąd zatęsknił za Duchem. Dwa wilki zaszły go od tyłu, warcząc głośno.

— Chorągwie — usłyszał szept Varamyra. — Widzę złote sztandary, och... — Obok nich przeszedł trąbiący donośnie mamut. W drewnianej wieży na jego grzbiecie siedziało sześciu łuczników. — Król... nie...

Zmiennoskóry odrzucił głowę do tyłu i wydał z siebie przeraźliwy, rozdzierający, pełen bólu wrzask. Varamyr padł na ziemię, wijąc się konwulsyjnie. Kot również się szarpał z bólu... a wysoko na wschodnim niebie, na tle ściany chmur, widać było płonącego orła. Przez jedno uderzenie serca ptak świecił jaśniej niż gwiazda, otoczony łuną czerwieni, złota i oranżu. Tłukł szaleńczo skrzydłami, jakby próbował uciec przed bólem, wznosząc się coraz wyżej i wyżej.

Krzyk wywabił z namiotu Val. Kobieta miała zupełnie zbielałą twarz.

— Co się dzieje? Co mu się stało? — Wilki Varamyra walczyły ze sobą, a cieniokot umknął pomiędzy drzewa. Zmiennoskóry nadal wił się na ziemi. — Co mu jest? — dopytywała się przerażona Val. — Gdzie Mance?

— Tam — odparł Jon, unosząc rękę. — Pojechał na bitwę.

Król prowadził swój nieregularny klin do ataku na zwiadowców. W jego ręku błyszczał miecz.

— Pojechał? Nie mógł nigdzie pojechać. Zaczęło się.

— Bitwa?

Zwiadowcy pierzchli przed okrwawionym psim łbem Harmy. Łupieżcy ścigali uciekających między drzewa ludzi w czerni, krzycząc i wymachując mieczami. Z lasu wyłonili się jednak następni ludzie, kolumna konnicy. *Rycerze na bojowych rumakach* — pomyślał Jon. Harma musiała się przegrupować i zawrócić, by pomknąć im na spotkanie. Połowa jej ludzi zapuściła się już jednak zbyt daleko.

— Poród! — zawołała Val.

Ze wszystkich stron dobiegał go blaszany dźwięk trąb. *Dzicy nie mają trąb, tylko rogi.* Wolni ludzie również o tym wiedzieli. Ich szeregi ogarnęło zamieszanie. Jedni biegli w stronę walki, drudzy w przeciwnym kierunku. Jeden z mamutów stratował stadko owiec, które trzej ludzie próbowali zapędzić na zachód. Bito w bębny. Dzicy próbowali sformować linie i czworoboki, było już jednak na to za późno, a oni byli zbyt powolni i za słabo zorganizowani. Nieprzyjaciel nadciągał od strony lasu, ze wschodu, z północnego wschodu, z północy — trzy potężne kolumny ciężkiej konnicy, odzianej w ciemną, lśniącą stal i jaskrawe wełniane opończe. Nie byli to ludzie ze Wschodniej Strażnicy. Ci tworzyli jedynie linię zwiadowców. To była armia. *Król?* Jon był tak samo zdezorientowany jak dzicy. Czyżby wrócił Robb? A może to chłopiec zasiadający na Żelaznym Tronie raczył wreszcie się ruszyć?

— Lepiej wracaj do namiotu — polecił Val.

Po drugiej stronie pola jedna z kolumn zalała łupieżców Harmy Psi Łeb. Druga uderzyła we flankę włóczników Tormunda w tej samej chwili, gdy Zabójca Olbrzyma i jego synowie rozpaczliwie próbowali zawrócić oddział w jej stronę. Olbrzymy wdrapywały się już jednak na swe mamuty, co dosiadającym zakute w zbroje konie rycerzom nie spodobało się w najmniejszym stopniu. Ich rumaki kwiczały głośno i pierzchały w panice na sam widok ociężałych żywych gór. W szeregi dzikich jednak również zakradł się strach. Setki kobiet i dzieci umykały z pola bitwy, niekiedy wpadając wprost pod końskie kopyta. Jon zauważył zaprzężony w psy wózek jakiejś staruszki, który przeciął nagle drogę trzem rydwanom, doprowadzając do ich kolizji.

— Bogowie — wyszeptała Val — bogowie, dlaczego to robią?

— Wracaj do namiotu i zostań z Dallą. Tu nie jest bezpiecznie.

Wewnątrz niebezpieczeństwo nie będzie wiele mniejsze, lepiej jednak było jej o tym nie mówić.

— Pójdę poszukać położnej — nie ustępowała Val.

— Ty jesteś położną. Ja zostanę tutaj, dopóki nie wróci Mance.

Stracił na chwilę z oczu króla za Murem, teraz jednak wypatrzył go ponownie. Mance przebijał się przez grupę jeźdźców. Środkowa kolumna poszła w rozsypkę po ataku mamutów, dwie pozostałe zaciskały się jednak niczym szczypce. Na wschodniej granicy obozu grupa łuczników wypuszczała zapalające strzały w kierunku namiotów. Jeden z mamutów uniósł trąbą rycerza z siodła i cisnął go na odległość czterdziestu stóp. Obok namiotu Mance'a przebiegała coraz szersza struga dzikich. Kobiety i dzieci uciekały przed bitwą, niekiedy w towarzystwie mężczyzn. Niektórzy z nich obrzucali Jona złowrogimi spojrzeniami, młodzieniec trzymał jednak w dłoni Długi Pazur i nikt nie odważył się go zaczepić. Nawet Varamyr uciekł, czołgając się na rękach i kolanach.

Z lasu wynurzało się coraz więcej ludzi, nie tylko rycerzy, lecz również wolnych, konnych łuczników i zbrojnych w kurtkach bez rękawów oraz garnkowych hełmach. Dziesiątki, setki ludzi. Nad nimi powiewał las chorągwi. Wiatr targał nimi tak szaleńczo, że Jon nie widział większości herbów, zauważył jednak konika morskiego, pole ptaków, pierścień kwiatów. I żółć, tak dużo żółci. Żółte sztandary z czerwonym godłem, czyj to był herb?

Na wschodzie, północy i północnym wschodzie widział grupy dzikich, które próbowały stawiać opór. Napastnicy jednak zmiażdżyli je bez trudu. Wolni ludzie zachowali przewagę liczebną, ale ich wrogowie mieli stalowe zbroje i ciężkie rumaki. Jon wypatrzył Mance'a w najgęstszym wirze walki. Król za Murem stał w strzemionach, łatwy do rozpoznania dzięki czerwono-czarnemu płaszczowi oraz hełmowi ozdobionemu kruczymi skrzydłami. Uniósł wysoko oręż, by skupić wokół siebie ludzi, lecz nagle uderzył w nich klin rycerzy uzbrojonych w kopie, miecze i berdysze. Klacz Mance'a stanęła dęba, wierzgając wściekle, i włócznia trafiła ją w pierś. Potem króla dzikich zalała fala stali.

To koniec — pomyślał Jon. *Poszli w rozsypkę.* Dzicy pierzchli, rzucając broń. Rogostopi, jaskiniowcy i Thennowie w zbrojach z brązu, wszyscy rzucili się do ucieczki. Mance zniknął, ktoś wywijał głową Harmy zatkniętą na pice, a linie Tormunda załamały się. Tylko olbrzymy na mamutach jeszcze się trzymały niczym włochate wyspy w czerwonym morzu. Ogień przeskakiwał z namiotu na namiot. Niektóre z wysokich sosen również stanęły w płomieniach. Przez dym widać było kolejny klin pancernej konnicy. Nad jeźdźcami łopotały chorągwie znacznie większe od poprzednich, królewskie sztandary wielkie jak prześcieradła. Na jednym z nich widniały ostre, długie języki układające się w kształt płonącego serca, drugi zaś przypominał płytę kutego złota, na której tańczył czarny jeleń.

Robert — pomyślał Jon w chwili szaleństwa, przypominając sobie biednego Owena, gdy jednak trąby zagrały znowu i rycerze ruszyli do szarży, usłyszał, jak krzyczą:

— Stannis! Stannis! STANNIS!

Jon odwrócił się i wszedł do namiotu.

ARYA

Pod gospodą na zmurszałej szubienicy wisiały kości kobiety, które kołysały się i grzechotały przy każdym podmuchu wiatru.

Znam tę gospodę. Gdy spała w niej z siostrą pod czujnym okiem septy Mordane, nie było tu jednak szubienicy.

— Lepiej nie wchodźmy do środka — zdecydowała nagle. — Tu mogą być duchy.

— Czy wiesz, kiedy ostatnio miałem okazję wychylić kielich wina? — Sandor zeskoczył z siodła. — Poza tym musimy się dowiedzieć, kto panuje nad rubinowym brodem. Jeśli chcesz, możesz zostać z końmi. Mnie o to dupa nie boli.

— A jeśli cię poznają? — Sandor nie trudził się już zasłanianiem twarzy. Przestał się przejmować myślą, że ktoś może go rozpoznać. — Mogą cię wziąć do niewoli.

— Niech tylko spróbują.

Poluzował miecz w pochwie i wszedł do środka.

Arya wiedziała, że nigdy nie będzie miała lepszej szansy ucieczki. Mogłaby odjechać na Płoszce, zabierając ze sobą Nieznajomego. Przygryzła wargę, po czym wprowadziła konie do stajni i ruszyła za Ogarem.

Poznali go. Powiedziała jej to cisza. To jednak nie było jeszcze najgorsze. Ona również ich poznała. Nie chudego oberżystę, kobiety czy grzejących się przy kominku parobków. Żołnierzy. Poznała żołnierzy.

— Szukasz brata, Sandor?

Polliver zagłębił dłoń w gorsecik siedzącej mu na kolanach dziewczyny, teraz jednak wyszarpnął ją nagle.

— Szukam wina. Oberżysto, dzban czerwonego.

Clegane rzucił na podłogę garść miedziaków.

— Nie chcę żadnych kłopotów, ser — oznajmił oberżysta.

— To nie mów do mnie „ser". — Usta mu zadrżały. — Głuchy jesteś, durniu? Prosiłem o wino? Daj nam dwa kubki! —

krzyknął jeszcze za biegnącym mężczyzną. — Dziewczynce też chce się pić.

Jest ich tylko trzech — pomyślała Arya. Polliver spojrzał na nią przelotnie, a siedzący obok niego chłopak nie patrzył na nią w ogóle, trzeci z gości przypatrywał się jej jednak długo i intensywnie. Był to średnio zbudowany mężczyzna w średnim wieku, o twarzy tak pospolitej, że trudno było określić, ile ma lat. *Łaskotek. Łaskotek i Polliver razem.* Chłopak był giermkiem, sądząc po jego wieku i stroju. Miał z boku nosa wielki, biały pryszcz, a także trochę czerwonych krost na czole.

— Czy to ten zaginiony szczeniak, o którym mówił ser Gregor? — zapytał Łaskotka. — Ten, który zlał się w sitowie i zwiał?

Łaskotek położył mu dłoń na ramieniu w geście ostrzeżenia i potrząsnął krótko głową. Arya natychmiast zrozumiała, o co chodzi.

Chłopak tego nie pojął bądź też było mu wszystko jedno.

— Ser powiedział, że ten jego szczenięcy brat zwiał z podkulonym ogonem, gdy tylko w Królewskiej Przystani zrobiło się zbyt gorąco. Powiedział, że uciekł, skomląc.

Spojrzał na Ogara z głupim, drwiącym uśmiechem. Clegane przyjrzał się chłopcu bez słowa. Polliver zepchnął dziewczynę z kolan i podniósł się z krzesła.

— Chłopak jest pijany — rzucił. Zbrojny prawie dorównywał wzrostem Ogarowi, choć nie był tak silnie umięśniony. Szczęki i policzki porastała mu łopatowata broda, gęsta, czarna i równo przycięta, głowa była już jednak prawie łysa. — Ma słabą głowę i tyle.

— To nie powinien pić.

— Nie boję się szcze... — zaczął chłopak, lecz Łaskotek wykręcił mu nagle ucho, trzymając je od niechcenia między kciukiem a palcem wskazującym. Jego słowa przeszły w pisk bólu.

Oberżysta wrócił pośpiesznie z dwoma kamiennymi kubkami i dzbanem na cynowej tacy. Sandor uniósł dzban do ust. Arya widziała, jak mięśnie jego szyi poruszają się podczas przełykania. Gdy odstawił z trzaskiem dzban na stół, naczynie było w połowie puste.

— Teraz możesz nam nalać. Lepiej pozbieraj te miedziaki, bo to jedyne pieniądze, jakie dziś zobaczysz.

— Zapłacimy, kiedy skończymy pić — sprzeciwił się Polliver.

— Kiedy skończycie pić, połaskoczecie oberżystę, żeby się dowiedzieć, gdzie ukrył złoto. Zawsze tak robicie.

Karczmarz nagle przypomniał sobie o czymś, co zostawił w kuchni. Miejscowi również wychodzili, a dziewczyny zdążyły się już ulotnić. Jedynym dźwiękiem słyszalnym w gospodzie było słabe potrzaskiwanie płomieni na kominku. *My też powinniśmy stąd zniknąć* — pomyślała Arya.

— Jeśli szukasz sera, to się spóźniłeś — poinformował go Polliver. — Był w Harrenhal, ale już go tam nie ma. Wezwała go królowa. — Arya zauważyła, że człowiek Góry ma za pasem aż trzy oręże: u lewego biodra miecz, a u prawego sztylet i trzecią broń, zbyt długą na nóż, a za krótką na miecz. — Czy wiesz, że król Joffrey nie żyje? — dodał. — Otruto go na jego własnym weselu.

Arya poszła w głąb pomieszczenia. *Joffrey nie żyje.* Niemal widziała go przed sobą, jego blond loki, złośliwy uśmieszek i pulchne, miękkie wargi. *Joffrey nie żyje!* Wiedziała, że powinna się cieszyć, lecz z jakiegoś powodu nadal czuła się pusta wewnątrz. Joffrey zginął, lecz Robb również nie żył, co więc miało to za znaczenie?

— Brawo dla moich dzielnych braci z Gwardii Królewskiej. — Ogar prychnął z dojmującą pogardą. — Kto go zabił?

— Podobno Krasnal. On i jego mała żonka.

— Co za żonka?

— Zapomniałem, że ukrywałeś się pod kamieniem. Ta dziewczyna z pomocy. Córka Winterfell. Słyszeliśmy, że zabiła króla zaklęciem, a potem zamieniła się w wilka, który miał wielkie nietoperzowe skrzydła, i wyfrunęła przez okno w wieży. Ale karła zostawiła w mieście i Cersei ma zamiar uciąć mu łeb.

To głupota — pomyślała Arya. *Sansa zna tylko pieśni, nie zaklęcia, a poza tym nigdy by nie wyszła za Krasnala.*

Ogar siedział na ławie najbliższej wyjścia. Usta mu drżały, lecz tylko po poparzonej stronie.

— Powinna zamoczyć go w dzikim ogniu i upiec. Albo łaskotać go, aż księżyc zrobi się czarny.

Uniósł kubek do warg i opróżnił go jednym haustem.

Jest jednym z nich — pomyślała Arya na ten widok. Przygryzła wargę tak mocno, aż poczuła smak krwi. *Jest taki sam jak oni. Szkoda, że nie zabiłam go, kiedy spał.*

— Czy Gregor zdobył Harrenhal? — zapytał Sandor.

— Nie potrzeba było wiele zdobywania — odparł Polliver. — Najemnicy zwiali, gdy tylko usłyszeli, że się zbliżamy. Została tylko garstka. Jeden z kucharzy otworzył tylną bramę, żeby odegrać się na Hoacie za to, że uciął mu stopę — zachichotał. — Zostawiliśmy go, żeby nam gotował, i parę dziewek do grzania łoża, a resztę wyrżnęliśmy.

— Całą resztę? — nie wytrzymała Arya.

— No, ser zostawił sobie Hoata dla rozrywki.

— Blackfish nadal siedzi w Riverrun? — zapytał Sandor.

— Już niedługo — zapewnił Polliver. — Oblegają go. Jeśli nie podda zamku, stary Frey powiesi Edmure'a Tully'ego. Poważniejsze walki toczą się tylko wokół Raventree. Blackwoodowie biją się z Brackenami. Brackenowie są teraz nasi.

Ogar nalał Aryi i sobie po kubku wina, po czym wypił trunek, wpatrując się w płonący na kominku ogień.

— Ptaszyna uciekła, tak? No i bardzo dobrze. Nasrała Krasnalowi na głowę i odleciała.

— Znajdą ją — stwierdził Polliver. — Nawet jeśli będą musieli wydać połowę złota Casterly Rock.

— Słyszałem, że to ładna dziewczyna — odezwał się Łaskotek. — Słodka jak miód.

Oblizał wargi i uśmiechnął się.

— I uprzejma — zgodził się Ogar. — Prawdziwa mała dama. Nie to, co jej cholerna siostra.

— Ją też znaleźli — poinformował go Polliver. — Tę siostrę. Słyszałem, że jest przeznaczona dla bękarta Boltona.

Arya piła właśnie wino, nie widzieli więc jej ust. Nie rozumiała, o czym mówi Polliver. *Sansa nie ma żadnej innej siostry*. Clegane roześmiał się w głos.

— Co w tym takiego cholernie śmiesznego? — zapytał Polliver.

Ogar nawet kącikiem oka nie spojrzał na Aryę.

— Gdybym chciał, żebyś o tym wiedział, sam bym ci to wytłumaczył. Czy w Solankach cumują jakieś statki?

— W Solankach? A skąd mam wiedzieć? Słyszałem, że do Stawu Dziewic wrócili kupcy. Randyll Tarly zdobył miasto i uwięził Mootona w wieży. O Solankach nie słyszałem ani cholernego słówka.

Łaskotek pochylił się na krześle.

— Chcesz odpłynąć na morze, nie pożegnawszy się z bratem? — Gdy Arya usłyszała, jak zadaje to pytanie, przeszył ją dreszcz. — Ser wolałby, żebyś wrócił z nami do Harrenhal, Sandor. Założę się, że by wolał. Albo do Królewskiej Przystani…

— W dupę z tym. W dupę z nim. I w dupę z wami.

Łaskotek wzruszył ramionami, wyprostował się i sięgnął ręką za głowę, by się podrapać po karku. Wydawało się, że wszystko wydarzyło się jednocześnie. Sandor dźwignął się na nogi, Polliver wydobył miecz, a Łaskotek poruszył błyskawicznie ręką i jakiś srebrzysty przedmiot śmignął w powietrzu. Gdyby Ogar siedział spokojnie, nóż mógłby mu przebić grdykę, lecz Clegane wstał już, więc otarł mu się tylko o żebra i wbił z drżeniem w ścianę obok drzwi. Ogar wybuchnął śmiechem tak zimnym i pustym, jakby dobiegał z dna głębokiej studni.

— Miałem nadzieję, że spróbujecie czegoś głupiego.

Jego miecz wysunął się z pochwy akurat na czas, by sparować pierwsze uderzenie Pollivera.

Gdy zabrzmiała długa pieśń stali, Arya cofnęła się o krok. Łaskotek zerwał się z ławy z krótkim mieczem w jednej dłoni, a sztyletem w drugiej. Pulchny, brązowowłosy giermek również się podniósł, próbując wydobyć miecz. Arya porwała ze stołu swój kubek z winem i cisnęła mu nim w twarz. Tym razem rzut był celniejszy niż w Bliźniakach. Naczynie trafiło prosto w wielki, biały pryszcz i chłopak opadł ciężko na tyłek.

Polliver walczył zawzięcie i metodycznie, stopniowo spychając Sandora do tyłu. Jego masywny miecz poruszał się z brutalną precyzją. Uderzenia Ogara były mniej dokładne, jego zasłony zbyt pośpieszne, a nogi powolne i niezgrabne. *Jest pijany* — zrozumiała zatrwożona Arya. Wypił za dużo i zbyt szybko, a do tego na pusty żołądek. Łaskotek przesuwał się powoli wzdłuż ściany, chcąc zajść go od tyłu. Złapała drugi kubek i cisnęła nim w niego, był jednak szybszy od giermka i zdołał się uchylić na czas. W spojrzeniu, którym ją obrzucił, wyczytała zimną zapowiedź. *Czy w wiosce jest ukryte złoto?* — słyszała niemal jego słowa. Głupi giermek złapał za brzeg stołu i dźwignął się na kolana. Arya czuła w gardle początki paniki. *Strach tnie głębiej niż miecze. Strach tnie głębiej...*

Sandor stęknął z bólu. Po poparzonej stronie twarzy, od skroni po policzek, spływała mu krew. Stracił zdeformowane przez oparzenie ucho. Wydawało się jednak, że rozgniewało go to tylko. Jego wściekły atak zmusił Pollivera do odwrotu. Okładał przeciwnika starym, wyszczerbionym mieczem, który zdobył pośród wzgórz. Brodaty mężczyzna cofał się, lecz żadne z cięć nawet go nie drasnęło. Wtem Łaskotek przeskoczył ławę, szybki jak wąż, i zranił Ogara w szyję krótkim mieczem.

Zabijają go powoli. Arya nie miała już pod ręką więcej kubków, mogła jednak rzucić czymś lepszym. Wyciągnęła sztylet, który zabrali umierającemu łucznikowi, i spróbowała cisnąć nim w Łaskotka, tak jak on w Ogara. Było to jednak trudniejsze niż rzucanie kamieniem albo jabłkiem. Nóż obrócił się w locie i uderzył w cel rękojeścią. Nic nawet nie poczuł. Był zbyt skupiony na Cleganie.

Atakując, Ogar uskoczył gwałtownie na bok, co dało mu pół uderzenia serca wytchnienia. Krew zalewała mu twarz i płynęła też z rany na szyi. Obaj ludzie Góry naciskali nań zawzięcie. Polliver wyprowadzał ciosy na głowę i ramiona, a Łaskotek próbował go pchnąć w brzuch albo plecy. Na stole nadal stał ciężki kamienny dzban. Arya złapała naczynie w obie ręce, lecz gdy je podniosła, ktoś ją złapał za ramię. Dzban wyślizgnął się jej z dłoni i runął na podłogę. Obrócona brutalnie Arya znalazła się twarzą w twarz z giermkiem. *Zapomniałaś o nim, głupia.*

— Czy jesteś szczeniakiem szczeniaka?

W prawej dłoni trzymał miecz, a w lewej ściskał ramię Aryi, jej dłonie były jednak wolne, wyszarpnęła więc chłopakowi nóż z pochwy i wbiła mu go w brzuch, obracając gwałtownie rękojeść. Nie nosił kolczugi ani nawet utwardzanej skóry, ostrze weszło więc gładko w ciało, tak samo jak Igła, gdy Arya zabiła chłopca stajennego w Królewskiej Przystani. Giermek wybałuszył oczy i puścił jej ramię. Arya pobiegła ku drzwiom i wyrwała ze ściany nóż Łaskotka.

Obaj przeciwnicy zapędzili Ogara do kąta za ławą. Jeden z nich ciął go w udo, pozostawiając brzydką, czerwoną rysę. Sandor oparł się o ścianę. Krwawił i dyszał głośno. Wydawało się, że ledwie się trzyma na nogach.

— Rzuć miecz, to zabierzemy cię do Harrenhal — odezwał się Polliver.

— Żeby Gregor mógł mnie wykończyć osobiście?

— Może odda cię mnie — zauważył Łaskotek.

— Jeśli chcecie mnie dostać, to chodźcie.

Sandor odepchnął się od ściany i stanął pochylony za ławą, trzymając miecz poziomo przed sobą.

— Myślisz, że nie damy rady? — zapytał Polliver. — Jesteś pijany.

— Możliwe — przyznał Ogar. — Ale ty jesteś trupem.

Wysunął nagle nogę, zahaczył ławę i cisnął nią mocno w golenie Pollivera. Brodaty mężczyzna zdołał w jakiś sposób zachować równowagę, lecz Ogar pochylił się, unikając jego desperackiego ataku, a potem uniósł broń, wyprowadzając straszliwe cięcie. Krew trysnęła na sufit i ściany. Miecz ugrzązł w samym środku twarzy Pollivera. Gdy Ogar go wyrwał, jego przeciwnikowi odpadła połowa głowy.

Łaskotek cofnął się. Arya czuła odór jego strachu. Krótki miecz, który trzymał w dłoni, wydał się nagle zabawką w porównaniu ze znacznie dłuższym orężem Ogara. Do tego nie miał zbroi. Poruszał się szybko i stąpał lekko, ani na moment nie odrywając spojrzenia od Sandora Clegane'a. Nie mogłoby być nic łatwiejszego, niż zajść go od tyłu i wbić mu nóż w plecy.

— Czy w wiosce jest ukryte złoto? — krzyknęła Arya, zadając cios. — Srebro? Klejnoty? — Dźgnęła go jeszcze dwa razy. — Czy jest tu żywność? Gdzie się podział lord Beric? — Wdrapała się na niego, nie przestając zadawać ciosów. — Dokąd odjechał? Ilu ludzi ma ze sobą? Ilu rycerzy? Ilu łuczników? Ilu, ilu, ilu, ilu, ilu, ilu? Czy w wiosce jest złoto?

Gdy Sandor odciągnął ją od trupa, ręce miała czerwone i lepkie od krwi.

— Dość tego — powiedział tylko. Sam również krwawił jak zarżnięta świnia, a idąc, powłóczył nogą.

— Jest jeszcze jeden — przypomniała mu Arya.

Giermek wyrwał sobie nóż z brzucha i próbował powstrzymać krwawienie dłońmi. Gdy Ogar podniósł go na nogi, chłopak krzyknął i zaczął bełkotać jak małe dziecko.

— Łaski — płakał. — Proszę, nie zabijaj mnie. Matko, zmiłuj się.

— Czy wyglądam jak twoja cholerna matka? — Ogar w ogóle nie wyglądał jak człowiek. — Jego też zabiłaś — poinformował Aryę. — Dźgnęłaś go w bebechy i już po nim. Ale nie umrze tak szybko.

Wydawało się, że chłopak go nie słyszał.

— Przyszedłem tu po dziewczyny — jęczał — ...Polly mówił, że zrobią ze mnie mężczyznę... och, bogowie, proszę, zabierzcie mnie do zamku... do maestera, zabierzcie mnie do maestera, mój ojciec ma złoto... chodziło mi tylko o dziewczyny... łaski, ser.

Ogar spoliczkował go tak mocno, że chłopak znowu krzyknął.

— Nie mów do mnie „ser". — Znowu spojrzał na Aryę. — Jest twój, wilczyco. Ty to zrób.

Zrozumiała, o co mu chodzi. Podeszła do Pollivera i uklękła na chwilę w kałuży jego krwi, by rozpiąć mu pas. Obok sztyletu wisiał drugi oręż, który był za długi na nóż, a za krótki na męski miecz... lecz do jej dłoni pasował idealnie.

— Pamiętasz, gdzie jest serce? — zapytał Ogar.

Skinęła głową.

Giermek zatoczył oczyma.

— Łaski.

Igła wbiła się między żebra i przyznała mu łaskę.

— Dobrze. — Głos Ogara był ochrypły z bólu. — Jeśli przyszli tu na kurwy, to znaczy, że Gregor trzyma w rękach nie tylko Harrenhal, lecz również bród. W każdej chwili może się tu pokazać więcej jego pieszczochów, a my już zabiliśmy wystarczająco dużo tych cholernych skurwieli, jak na jeden dzień.

— Dokąd pojedziemy? — zapytała.

— Do Solanek. — Oparł wielką dłoń na jej barku, żeby się nie przewrócić. — Weź trochę wina, wilczyco. I wszystkie pieniądze, które mają przy sobie. Będą nam potrzebne. Jeśli w Solankach są jakieś statki, będziemy mogli dotrzeć do Doliny drogą morską. — Wykrzywił usta w gwałtownym grymasie. Z rany po odciętym uchu wciąż ciekła mu krew. — Może lady Lysa wyda cię za swego małego Roberta. To by dopiero był związek.

Zaczął się śmiać, lecz śmiech zaraz przerodził się w jęk bólu.

Gdy nadszedł czas odjazdu, potrzebował pomocy Aryi, by wdrapać się na Nieznajomego. Owiązał sobie szyję pasmem tkaniny i zdjął z kołka przy drzwiach płaszcz giermka. Strój był zielony, z zieloną strzałą na białym pasie, lecz gdy Ogar zmiął go w kłąb i przycisnął sobie do ucha, szybko zrobił się czerwony. Arya bała się, że Clegane zemdleje, gdy tylko ruszą w drogę, jakoś jednak zdołał utrzymać się w siodle.

Nie mogli ryzykować spotkania z ludźmi, którzy panowali nad rubinowym brodem, zamiast więc podążyć królewskim traktem, ruszyli na skróty na południowy wschód, poprzez porośnięte zielskiem pola, lasy i moczary. Minęło wiele godzin, nim dotarli do brzegów Tridentu. Arya zauważyła, że rzeka potulnie wróciła do swego zwykłego kanału. Jej mokry, brązowy gniew minął razem z ulewami. *Ona też jest zmęczona* — pomyślała dziewczynka.

Nieopodal brzegu znaleźli wierzby porastające rumowisko zwietrzałych głazów. Kamienie i drzewa tworzyły wspólnie coś w rodzaju naturalnej kryjówki, w której nikt nie mógł ich zobaczyć ani z rzeki, ani z drogi.

— To miejsce będzie w sam raz — stwierdził Ogar. — Napój konie i zbierz trochę drew na ognisko.

Kiedy zsunął się z siodła, musiał się złapać drzewa, żeby się nie przewrócić.

— A czy nikt nie zauważy dymu?

— Jeśli ktoś będzie chciał nas dorwać, wystarczy, jak pojedzie śladem mojej krwi. Konie i drwa. Ale najpierw przynieś mi bukłak z winem.

Sandor rozpalił ognisko, zawiesił nad nim hełm, wlał do niego pół bukłaka wina i osunął się na omszałą skalną wyniosłość tak ciężko, jakby już nigdy nie miał zamiaru z niej wstać. Kazał Aryi wyprać płaszcz giermka i pociąć go na pasy, które również wrzucił do hełmu.

— Gdybym miał więcej wina, upiłbym się tak, żeby o wszystkim zapomnieć. Może powinienem cię wysłać do tej cholernej gospody po jeszcze parę bukłaków.

— Nie — sprzeciwiła się Arya. *Chyba tego nie zrobi, prawda? Jeśli każe mi tam wracać, po prostu zostawię go i ucieknę.*

Roześmiał się na widok strachu na jej twarzy.

— To był żart, mała wilczyco. Cholerny żart. Znajdź mi patyk, mniej więcej takiej długości i nie za gruby. Tylko spłucz z niego błoto. Nienawidzę smaku błota.

Pierwsze dwa znalezione przez nią patyki nie przypadły mu do gustu. Kiedy znalazła taki, który mu odpowiadał, płomienie osmaliły już psi pysk aż po oczy, a wino gotowało się jak szalone.

— Weź kubek z mojego posłania i napełnij go do połowy — polecił jej. — Tylko ostrożnie. Jeśli przewrócisz to cholerstwo, naprawdę wyślę cię do tej gospody. Nabierz wina i wylej je na moje rany. Potrafisz to zrobić? — Arya skinęła głową. — No to na co czekasz? — warknął.

Gdy za pierwszym razem napełniała kubek, otarła się kostkami dłoni o stal i oparzyła tak mocno, że zrobiły się jej pęcherze. Musiała przygryźć wargi, żeby nie krzyknąć. Ogar wykorzystał patyk do tego samego celu, ściskając go między zębami, gdy wylewała wino. Najpierw zajęła się raną na udzie, a potem płytszą szramą na karku. Gdy lała wino na nogę, zacisnął prawą dłoń w pięść i tłukł nią o ziemię. Kiedy przeszła do szyi, wgryzł się w patyk tak mocno, że ten aż się złamał i musiała wyszukać mu nowy. Widziała w jego oczach przerażenie.

— Odwróć głowę.

Wylała strużkę płynu na krwawiącą, czerwoną ranę w miejscu, gdzie było ucho. Strumyki brązowej krwi i czerwonego wina spłynęły mu po szczęce. Tym razem naprawdę krzyknął, mimo patyka. Potem zemdlał z bólu.

Arya sama się domyśliła, co robić dalej. Wyłowiła z dna hełmu pasy, które zrobili z płaszcza giermka, i zabandażowała nimi rany. Gdy zajęła się uchem, musiała owiązać połowę głowy, żeby powstrzymać krwawienie. Nad Tridentem zapadł już zmierzch. Arya pozwoliła koniom się paść, a później spętała je na noc i ułożyła się, najwygodniej jak mogła, w niszy między dwiema skałami. Ognisko paliło się jeszcze przez pewien czas, a potem zgasło. Dziewczynka wpatrywała się w księżyc, świecący na niebie nad zasłoną z gałęzi.

— Ser Gregor Góra — zaczęła cicho. — Dunsen, Raff Słodyczek, ser Ilyn, ser Meryn, królowa Cersei.

Czuła się dziwnie, nie wymieniając Pollivera i Łaskotka. I Joffreya też. Radowała się z jego śmierci, żałowała jednak, że nie mogła być jej świadkiem, czy nawet zabić go sama. *Polliver mówił, że wykończyli go Sansa i Krasnal.* Czy to mogło być prawdą? Krasnal był Lannisterem, a Sansa... *Gdybym tylko mogła zamienić się w skrzydlatego wilka i odlecieć.*

Jeśli Sansa również nie żyła, nie było już żadnych Starków oprócz niej. Jon przebywał na Murze, trzy tysiące mil stąd, on jednak był Snowem, a wszyscy ci wujowie i ciotki, którym chciał ją sprzedać Ogar, również nie byli Starkami. Nie byli wilkami.

Sandor jęknął. Przetoczyła się na bok, by na niego spojrzeć. Zdała sobie sprawę, że jego imię również pominęła. Dlaczego to zrobiła? Próbowała pomyśleć o Mycahu, lecz trudno jej było sobie przypomnieć, jak wyglądał. Znała go tylko przez krótką chwilę. *On tylko bawił się ze mną mieczem.*

— Ogar — wyszeptała. — *Valar morghulis.*

Może rano będzie już martwy...

Gdy jednak przez gałęzie przesączyło się blade światło świtu, to on obudził ją czubkiem buta. Znowu śniło się jej, że jest wilczycą. Ścigała pozbawionego jeźdźca konia, który uciekał w górę zbocza.

Za nią pędziła cała wataha. Gdy jednak mieli już dopaść zwierzę, Ogar wyrwał ją ze snu.

Nadal jeszcze był słaby. Poruszał się powoli i niezgrabnie. Siedział bezwładnie w siodle, zlany potem, a przez opatrunek na uchu znowu sączyła się krew. Potrzebował całej swej siły po to tylko, by nie spaść z Nieznajomego. Gdyby doścignęli ich ludzie Góry, zapewne nie zdołałby nawet wydobyć miecza. Arya obejrzała się za siebie, lecz nie dostrzegła tam nic poza przelatującą z drzewa na drzewo wroną. Słychać było jedynie szum rzeki.

Już na długo przed południem Sandor Clegane chwiał się w siodle z wyczerpania. Zarządził postój, choć zostało jeszcze wiele godzin dnia.

— Muszę odpocząć — powiedział tylko. Tym razem zsiadając, naprawdę się przewrócił. Zamiast spróbować wstać, poczołgał się z trudem pod drzewo i oparł o pień.

— Niech to szlag — zaklął. — Niech to szlag. Obdarłbym cię żywcem ze skóry za kubek wina, dziecko — dodał, ujrzawszy gapiącą się na niego Aryę.

Przyniosła mu wody. Wypił odrobinę, poskarżył się, że smakuje błotem, i zapadł w niespokojny sen. Kiedy go dotknęła, poczuła, że jego skóra płonie. Arya powąchała bandaże, tak jak robił to maester Luwin, gdy opatrywał jej skaleczenia albo zadrapania. Najbardziej krwawił z ucha, lecz wydawało się jej, że to rana na udzie ma dziwny zapach.

Zastanawiała się, jak daleko stąd leżą te Solanki i czy potrafi znaleźć je sama. *Nie musiałabym go zabijać. Mogłabym po prostu odjechać i zostawić go, żeby umarł sam. Wykończy go gorączka i będzie tu leżał pod drzewem aż po kres dni.* Może jednak lepiej by było, gdyby uczyniła to osobiście. Załatwiła przecież giermka w gospodzie, a on nie zrobił nic poza złapaniem jej za ramię. Ogar zabił Mycaha. *Mycaha i innych. Założę się, że zamordował stu Mycahów.* Z nią zapewne zrobiłby to samo, gdyby nie szansa na okup.

Wyciągnęła Igłę, która zalśniła w promieniach słońca. Trzeba przyznać, że Polliver dbał o broń. Bez zastanowienia wykręciła ciało w bok, przybierając postawę wodnego tancerza. Zeschłe liście chrzęściły jej pod nogami. *Szybka jak wąż* — pomyślała. *Gładka jak letni jedwab.*

Otworzył oczy.

— Pamiętasz, gdzie jest serce? — zapytał ochrypłym szeptem.

Zamarła, nieruchoma jak kamień.

— Ja... ja tylko...

— Nie kłam — warknął. — Nienawidzę kłamców. A tchórzliwych oszustów jeszcze bardziej. No, zrób to. — Arya nawet nie drgnęła. — Zabiłem twojego chłopaka od rzeźnika — dodał. — Prawie przeciąłem go na pół, a potem się z tego śmiałem. — Wydał z siebie dziwny dźwięk. Dopiero po chwili zdała sobie sprawę, że to było łkanie. — A jeśli chodzi o ptaszynę, twoją siostrę, stałem spokojnie w swym białym płaszczu i pozwoliłem im ją bić. Wziąłem sobie od niej tę cholerną piosenkę. Nie dała mi jej dobrowolnie. Ją też chciałem wziąć. Szkoda, że tego nie zrobiłem. Powinienem ją wyruchać w cholerę, a potem wyrwać jej serce, zamiast zostawiać ją karłowi. — Skrzywił twarz w spazmie bólu. — Chcesz, żebym cię błagał, ty suko? Zrób to! Dar łaski... pomścij swojego małego Michaela...

— Mycaha. — Arya odsunęła się od niego. — Nie zasługujesz na dar łaski.

Ogar przypatrywał się lśniącymi od gorączki oczyma, jak Arya dosiada Płoszki. Nawet nie próbował się podnieść, by ją powstrzymać.

— Prawdziwy wilk dobiłby ranne zwierzę — powiedział jednak, gdy już siedziała w siodle.

Może znajdą cię prawdziwe wilki — pomyślała. *Może cię zwęszą, kiedy zajdzie słońce.* Wtedy się przekona, co wilki robią z psami.

— Nie trzeba było mnie bić tym toporem — odparła. — Trzeba było uratować moją matkę.

Zawróciła klacz i oddaliła się, ani razu nie oglądając się za siebie.

Pogodnym porankiem, sześć dni później, znalazła się w miejscu, gdzie Trident zaczynał się rozszerzać, a zapach soli stawał się silniejszy niż woń drzew. Trzymała się blisko wody, mijając pola i gospodarstwa rolne, a nieco po południu ujrzała przed sobą miasteczko. *Solanki* — pomyślała z nadzieją. Nad osadą górował niewielki zamek, właściwie tylko warownia, składająca się z wysokiego, kwadratowego donżonu z dziedzińcem i murem kurtynowym. Większość wzniesionych w pobliżu portu sklepów, gospód i piwiarni splądrowano albo spalono, choć niektóre z nich wyglądały na zamieszkane. Port jednak pozostał na miejscu i na wschód od niego ciągnęła się Zatoka Krabów. Jej wody lśniły niebieskozielono w blasku słońca.

I były tu statki.

Trzy — policzyła Arya. Są trzy. Dwa z nich były tylko małymi rzecznymi galerami, płaskodennymi łodziami służącymi do pływania po Tridencie. Trzeci jednak był większy. Pełnomorska handlowa galera miała dwa rzędy wioseł, pozłacany dziób i trzy wysokie maszty, na których wisiały zwinięte fioletowe żagle. Kadłub pomalowano na taki sam kolor. Arya wjechała do portu na Płoszce, by lepiej się przyjrzeć. Obcy nie byli tu taką rzadkością jak w małych wioskach. Nikogo nie obchodziło, kim jest i skąd się tu wzięła.

Potrzebne mi srebro. Przygryzła wargę na tę myśl. Przy Polliverze znaleźli jelenia i dwanaście miedziaków, przy pryszczatym giermku, którego zabiła, osiem srebrników, a w mieszku Łaskotka tylko parę grosików. Ogar kazał jej jednak ściągnąć mu buty i rozciąć zbroczone krwią ubrania. W każdym bucie znalazła jelenia, a pod podszewką kurtki trzy złote smoki, lecz Sandor zatrzymał wszystkie pieniądze dla siebie. *To było niesprawiedliwe. Miałam do nich takie samo prawo jak on.* Gdyby przyznała mu dar łaski… ale tego nie zrobiła. Nie mogła już wrócić i nie mogła też błagać o pomoc. *Błaganie nic nigdy nie daje.* Będzie musiała sprzedać Płoszkę, licząc na to, że dostanie wystarczająco wiele.

W porcie dowiedziała się od jakiegoś chłopca, że stajnia spłonęła, lecz kobieta, która była jej właścicielką, nadal prowadzi handel za septem. Arya znalazła ją bez trudu. Była wysoka i tęga. Otaczał ją przyjemny, koński zapach. Płoszka spodobała się jej na pierwszy rzut oka. Zapytała Aryę, skąd wzięła takiego konia, i uśmiechnęła się, słysząc jej odpowiedź.

— Od razu widać, że to koń szlachetnej krwi, i nie wątpię, że należał do rycerza, słodziutka — powiedziała. — Ale ten rycerz nie był twoim poległym bratem. Już wiele lat handluję z zamkiem i wiem, jak wyglądają szlachetnie urodzeni. Kobyła jest szlachetnej krwi, ale ty nie. — Wskazała palcem na pierś Aryi. — Znalazłaś ją albo ukradłaś, wszystko jedno. Tylko dzięki temu taki chuderlawy wypłosz jak ty może jeździć na rycerskiej klaczy.

Arya przygryzła wargę.

— To znaczy, że jej nie kupisz?

Kobieta zachichotała.

— To znaczy, że weźmiesz tyle, ile ci dam, słodziutka. Bo inaczej pójdziemy do zamku i może nie dostaniesz nic. Albo nawet cię powieszą za to, że ukradłaś konia jakiemuś dobremu rycerzowi.

W pobliżu kręciło się chyba z sześciu miejscowych, Arya wiedziała więc, że nie może zabić kobiety. Musiała przygryźć wargę i dać się oszukać. Sakiewka, którą otrzymała, była żałośnie chuda, a gdy Arya zażądała dodatkowej zapłaty za siodło, uzdę i derkę, kobieta tylko ją wyśmiała.

Ogara na pewno by nie oszukała — pomyślała dziewczynka podczas długiej pieszej wędrówki do portu. Wydawało się jej, że odległość zwiększyła się o wiele mil od chwili, gdy jechała tędy konno.

Fioletowa galera wciąż tam stała. Gdyby statek odpłynął, kiedy ją okradano, nie potrafiłaby tego znieść. Kiedy się zbliżyła, po trapie wtaczano właśnie beczkę miodu. Spróbowała wejść na pokład, a wtedy stojący na pokładzie marynarz krzyknął do niej coś w języku, którego nie rozumiała.

— Chcę pomówić z kapitanem — powiedziała mu. Krzyknął w odpowiedzi jeszcze głośniej, lecz przyciągnęło to uwagę tęgiego, siwowłosego mężczyzny w fioletowym wełnianym płaszczu, który znał język powszechny.

— Ja tu jestem kapitanem — oznajmił. — Czego sobie życzysz? Tylko się śpiesz, dziecko, bo muszę zdążyć na odpływ.

— Chcę popłynąć na północ, na Mur. Mogę zapłacić. — Podała mu sakiewkę. — Nocna Straż ma zamek nad morzem.

— Wschodnią Strażnicę. — Kapitan wysypał srebro na dłoń i zmarszczył brwi. — Czy to wszystko, co masz?

To za mało. Nie musiał jej tego mówić. Wyczytała to z jego twarzy.

— Niepotrzebna mi kajuta ani nic — nie ustępowała. — Mogłabym spać w ładowni albo...

— Przyjmij ją jako dziewczynkę okrętową — rzucił przechodzący obok wioślarz, który dźwigał na ramieniu belę wełny. — Może spać ze mną.

— Nie gadaj świństw — warknął kapitan.

— Mogłabym pracować — ciągnęła Arya. — Szorować pokłady. Szorowałam kiedyś podłogi w zamku. Albo mogłabym wiosłować...

— Nie — przerwał jej — nie mogłabyś. — Zwrócił jej monety. — A nawet gdybyś mogła, i tak nic by to nie zmieniło, dziecko. Na północy nie ma nic dla nas. Tylko lód, wojna i piraci. Mijając Przylądek Szczypcowy, zauważyliśmy chyba z tuzin pirackich statków, które płynęły na północ. Nie mam ochoty spotkać się z nimi znowu. Wybieramy się do domu i radzę ci, żebyś uczyniła to samo.

Nie mam domu — pomyślała Arya. *Nie mam watahy. A teraz nie mam nawet konia.*

— Co to za statek, panie? — zapytała, gdy kapitan już się odwracał.

Zatrzymał się na chwilę, by obdarzyć ją znużonym uśmiechem.

— Galeas „Córka Tytana" z Wolnego Miasta Braavos.

— Zaczekaj — odezwała się nagle. — Mam coś jeszcze. — Wepchnęła ją w bieliznę, żeby jej nie zgubić, i musiała teraz głęboko wsadzić rękę. Wioślarze ryknęli śmiechem, a kapitan spoglądał na nią z wyraźnym zniecierpliwieniem.

— Jeden srebrnik więcej nic nie zmieni, dziecko — rzekł po chwili.

— To nie srebrnik. — Zacisnęła na niej palce. — Jest z żelaza. Proszę.

Wsunęła mu w dłoń małą czarną monetę, którą dał jej Jaqen H'ghar. Pieniążek był tak wytarty, że na twarzy wyobrażonego na nim mężczyzny nie można było dostrzec żadnych rysów. *Pewnie nie jest nic wart, ale...*

Kapitan obrócił monetę w palcach, zamrugał powiekami i ponownie spojrzał na Aryę.

— To... skąd...

Jaqen mówił, że trzeba też powiedzieć słowa. Arya skrzyżowała ręce na piersi.

— *Valar morghulis* — rzekła tak głośno, jakby wiedziała, co to znaczy.

— *Valar dohaeris* — odpowiedział, dotykając czoła dwoma palcami. — Oczywiście, że dostaniesz kajutę.

SAMWELL

— Ssie mocniej niż mój.

Goździk pogłaskała dziecko po główce i przystawiła je do piersi.

— Jest głodny — wyjaśniła blondynka, Val, ta, którą czarni bracia zwali dziką księżniczką. — Do tej pory żywił się tylko kozim mlekiem i eliksirami tego ślepego maestera.

Chłopiec nie miał jeszcze imienia, podobnie jak dziecko Goździk. Takie były zwyczaje dzikich. Wyglądało na to, że nawet syn Mance'a Raydera zasłuży na imię dopiero w trzecim roku życia, choć Sam słyszał już, jak bracia zwą go „małym księciem" albo „zrodzonym w bitwie".

Popatrzył na ssące pierś niemowlę, a potem na przyglądającego się temu Jona. *On się uśmiecha.* Był to smutny uśmiech, z pewnością jednak uśmiech. *Po raz pierwszy, odkąd wróciłem, widzę, by się uśmiechał.*

Pokonali pieszo drogę z Nocnego Fortu do Głębokiego Jeziora, a potem z Głębokiego Jeziora do Bramy Królowej, wędrując wąską ścieżką z jednego do drugiego zamku, tak by ani na moment nie stracić z oczu Muru. W odległości półtora dnia drogi od Czarnego Zamku, gdy wlekli się na pokrytych stwardniałą skórą stopach,

Goździk usłyszała gdzieś z tyłu konie. Kiedy się odwrócili, zobaczyli zmierzającą z zachodu kolumnę czarnych jeźdźców.

— To moi bracia — uspokoił ją Sam. — Tej drogi nie używa nikt poza Nocną Strażą.

Okazało się, że był to ser Denys Mallister z Wieży Cieni razem z rannym Bowenem Marshem i braćmi, którzy uszli z życiem z bitwy na Moście Czaszek. Gdy Sam zobaczył Dywena, Giganta i Edda Cierpiętnika Tolletta, rozpłakał się żywymi łzami.

To od nich dowiedział się o bitwie pod Murem.

— Stannis wylądował ze swymi rycerzami we Wschodniej Strażnicy. Cotter Pyke poprowadził go ścieżkami zwiadowców, by mógł zaskoczyć dzikich — opowiadał Gigant. — Rozgromił ich. Mance Rayder dostał się do niewoli, a tysiąc jego najlepszych ludzi zginęło, między innymi Harma Psi Łeb. Reszta ponoć rozpierzchła się niczym liście na burzy.

Bogowie są łaskawi — pomyślał Sam. Gdyby nie zabłądził, gdyby ruszyli z Twierdzy Crastera prosto na południe, mogliby z Goździk wpaść prosto na bitwę… a przynajmniej do obozu Mance'a Raydera, co mogłoby być dobre dla Goździk i dziecka, z pewnością jednak nie dla niego. Sam słyszał wiele opowieści o tym, co robią dzicy z pojmanymi wronami. Zadrżał.

Nic z tego, co usłyszał od braci, nie przygotowało go jednak na to, co zastał w Czarnym Zamku. Wspólna sala spłonęła doszczętnie, a wielkie drewniane schody obróciły się w stos kawałków lodu i połamanych desek. Donal Noye zginął, podobnie jak Rast, Głuchy Dick, Czerwony Alyn i wielu innych, a mimo to Sam nigdy nie widział, by w zamku przebywało tylu ludzi. Nie czarnych braci, lecz królewskich żołnierzy. Było ich z górą tysiąc. W Królewskiej Wieży po raz pierwszy, odkąd żywi sięgali pamięcią, zamieszkał król, a na Kopii, Wieży Hardina, Szarym Donżonie, Sali Tarcz i wielu innych budynkach, które od wielu lat stały opustoszałe, powiewały chorągwie.

— Ta wielka, złota z czarnym jeleniem to królewski proporzec rodu Baratheonów — wyjaśnił Goździk, która nigdy jeszcze nie widziała chorągwi. — Lis wśród kwiatów to ród Florentów. Żółw to

Estermontowie, miecznik Bar Emmonowie, a skrzyżowane trąby to herb Wensingtonów.

— Są kolorowe jak kwiaty — zauważyła Goździk. — Podobają mi się te żółte, z ogniem. Spójrz, niektórzy z wojowników noszą taki sam znak na bluzach.

— Gorejące serce. Nie wiem, czyj to herb.

Wkrótce się tego dowiedział.

— Ludzi królowej... — wyjaśnił mu Pyp, chwilę po tym, jak krzyknął głośno z radości i zawołał: „Ryglujcie drzwi, chłopaki, Sam Zabójca wrócił z grobu", a Grenn uściskał Sama tak mocno, że chłopak bał się, iż popękają mu żebra. — ...ale lepiej nie pytaj, gdzie jest ta królowa. Stannis zostawił ją we Wschodniej Strażnicy, razem ze swą córką i flotą. Towarzyszy mu tylko jedna kobieta. Kobieta w czerwieni.

— W czerwieni? — zapytał niepewnie Sam.

— Melisandre z Asshai — wyjaśnił Grenn. — Królewska czarodziejka. Powiadają, że na Smoczej Skale spaliła żywcem człowieka, żeby Stannisowi sprzyjały wiatry podczas rejsu na północ. Walczyła też u jego boku i dała mu magiczny miecz. Zwą go Światłonoścą. Tylko zaczekaj, aż go zobaczysz. Świeci się tak, jakby miał w sobie kawałek słońca. — Ponownie popatrzył na Sama i wyszczerzył zęby w szerokim, głupim, bezradnym uśmiechu. — Wciąż nie mogę uwierzyć, że cię widzę.

Jon Snow również uśmiechnął się na jego widok, lecz był to uśmiech pełen znużenia, jedyny, jaki można było teraz obejrzeć na jego twarzy.

— A więc udało ci się wrócić — stwierdził. — I przyprowadziłeś Goździk. Świetnie się spisałeś, Sam.

Sądząc po słowach Grenna, Jon spisał się nawet lepiej niż świetnie. Zdobycie Rogu Zimy i wzięcie do niewoli księcia dzikich nie wystarczyło jednak ser Alliserowi Thorne'owi i jego przyjaciołom, którzy nadal zwali go renegatem. Choć maester Aemon zapewniał, że jego rana goi się dobrze, Jon miał też inne blizny, niewidoczne dla oka. *To żałoba za braćmi i za tą jego dziką dziewczyną.*

— To dziwne — powiedział Samowi. — Craster nie darzył

miłością Mance'a ani Mance Crastera, a teraz córka Crastera karmi piersią syna Mance'a.

— Mam pokarm — wyjaśniła Goździk cichym, nieśmiałym głosem. — Mój mały ssie tylko trochę. Nie jest taki żarłoczny jak ten.

Val zwróciła się ku nim.

— Słyszałam, jak ludzie królowej mówili, że kobieta w czerwieni zamierza oddać Mance'a płomieniom, gdy tylko będzie wystarczająco silny.

Jon obrzucił ją znużonym spojrzeniem.

— Mance zdezerterował z Nocnej Straży, a ten czyn karany jest śmiercią. Gdyby to Straż go pojmała, już by wisiał, jest jednak jeńcem króla, a jego zamiarów nie zna nikt poza kobietą w czerwieni.

— Chcę się z nim zobaczyć — oznajmiła Val. — Pokazać mu jego syna. Zasługuje przynajmniej na to, zanim go zabijecie.

— Nie wolno go odwiedzać nikomu poza maesterem Aemonem — próbował jej wyjaśnić Sam.

— Gdyby to było w mojej mocy, Mance mógłby uściskać syna. — Z twarzy Jona zniknął uśmiech. — Przykro mi, Val. — Odwrócił się. — Musimy z Samem wracać do swych obowiązków. A przynajmniej Sam musi. Zapytamy, czy pozwolą ci zobaczyć się z Mance'em. To wszystko, co mogę obiecać.

Sam zaczekał jeszcze chwilę, by uścisnąć dłoń Goździk i obiecać jej, że wróci zaraz po kolacji. Potem popędził za Jonem. Pod drzwiami pokoju stali wartownicy, ludzie królowej z włóczniami w rękach. Jon był już w połowie wysokości schodów, zatrzymał się jednak, słysząc sapanie Sama.

— Bardzo polubiłeś Goździk, prawda?

Sam poczerwieniał.

— Ona jest dobra. Naprawdę dobra. — Cieszył się, że długi koszmar dobiegł już końca, że wrócił do Czarnego Zamku i do swych braci… lecz czasem w nocy, gdy leżał samotnie w celi, myślał o tym, jak ciepła była Goździk, gdy leżeli pod futrami z dzieckiem między sobą. — Dzięki… dzięki niej stałem się odważniejszy, Jon. Nie odważny, ale… odważniejszy.

— Wiesz, że nie możesz jej zatrzymać — ostrzegł go z wyrozumiałością w głosie Jon — tak samo, jak ja nie mógłbym zostać z Ygritte. Powiedziałeś słowa, Sam, tak jak ja. Tak jak my wszyscy.

— Wiem. Goździk mówiła, że będzie dla mnie żoną, ale... powiedziałem jej o słowach i o tym, co one znaczą. — Przełknął nerwowo ślinę. — Jon, czy w kłamstwie może być honor? — ciągnął. — Gdybym skłamał... w dobrym celu?

— To pewnie zależy od kłamstwa i od celu. — Jon popatrzył na niego. — Ale nie radziłbym ci tego. Nie jesteś stworzony na kłamcę, Sam. Czerwienisz się, jąkasz i zacinasz.

— To prawda — przyznał Sam — ale w liście umiałbym skłamać. Z gęsim piórem w ręku radzę sobie lepiej. Wpadłem na... pewien pomysł. Pomyślałem, że kiedy już się tu trochę uspokoi, najlepiej dla Goździk byłoby... pomyślałem, że mógłbym ją wysłać do Horn Hill. Do mojej matki i sióstr i... o... o... ojca. Gdyby Goździk powiedziała, że dziecko jest m... moje... — Znowu się zarumienił. — Wiem, że matka by je przyjęła. Znalazłaby jakieś miejsce dla Goździk. Jakieś zajęcie lżejsze niż służba Crasterowi. A lord R... Randyll, on... on nigdy by tego nie przyznał, ale mógłby się nawet ucieszyć z tego, że zrobiłem bękarta jakiejś dzikiej dziewczynie. To by przynajmniej dowiodło, że jestem wystarczająco męski, żeby spać z kobietą i spłodzić dziecko. Powiedział mi kiedyś, że na pewno umrę jako prawiczek, że żadna kobieta nigdy... no wiesz... Jon, gdybym to zrobił, napisał to kłamstwo... to, czy to byłoby dobre? Życie, jakie mógłby mieć ten chłopak...

— Jako bękart w zamku swego dziadka? — Jon wzruszył ramionami. — To przede wszystkim zależy od twojego ojca i od tego, jaki będzie ten chłopak. Gdyby okazał się podobny do ciebie...

— Nie okaże się. Przecież jego prawdziwym ojcem był Craster. Widziałeś go. Był twardy jak stary pniak, a Goździk też jest silniejsza, niżby się zdawało.

— Jeśli chłopak wykaże choć trochę zdolności do miecza i kopii, powinien znaleźć miejsce przynajmniej w straży przybocznej twego ojca — stwierdził Jon. — Zdarza się, że bękarty zostają giermkami, a potem zdobywają tytuł rycerski. Musisz jednak się upewnić, że Goździk potrafi przekonująco kłamać. Sądząc z tego, co mi opowiadałeś o lordzie Randyllu, wątpię, by okazał wyrozumiałość, gdyby się dowiedział, że go oszukano.

Na stopniach pod wieżą stali kolejni wartownicy. To jednak byli ludzie króla. Sam szybko się dowiedział, na czym polega różnica. Ludzie króla byli tak samo ordynarni i bezbożni jak inni żołnierze, podczas gdy ludzie królowej okazywali namiętne oddanie Melisandre z Asshai i jej Panu Światła.

— Znowu idziesz na dziedziniec ćwiczebny? — zapytał Sam. — Czy to rozsądne ćwiczyć tak dużo, kiedy noga jeszcze ci się nie zagoiła?

Jon wzruszył ramionami.

— A co innego mam do roboty? Marsh odsunął mnie od wszelkich obowiązków. Boi się, że nadal jestem renegatem.

— Tylko nieliczni w to wierzą — zapewnił go Sam. — Ser Alliser i jego przyjaciele. Większość braci wie, że to nieprawda. Idę o zakład, że król Stannis też o tym wie. Przyniosłeś mu Róg Zimy i pojmałeś syna Mance'a Raydera.

— Po prostu obroniłem Val i dziecko przed grabieżcami, kiedy dzicy uciekali, a potem pilnowałem namiotu aż do chwili, gdy znaleźli nas zwiadowcy. Nikogo nie pojmałem. Król Stannis twardo trzyma swych ludzi w garści. Pozwolił im na odrobinę grabieży, ale słyszałem tylko o trzech gwałtach na dzikich kobietach i wszystkich winnych wykastrowano. Pewnie powinienem był zabijać uciekających dzikich. Ser Alliser powtarza, że wydobyłem miecz tylko po to, by bronić naszych wrogów. Mówi, że nie zabiłem Mance'a Raydera dlatego, że byłem z nim w zmowie.

— To tylko ser Alliser — odparł Sam. — Wszyscy wiedzą, jaki on jest.

Szlachetne urodzenie, tytuł rycerski i długoletnia służba na Murze mogłyby uczynić z ser Allisera Thorne'a poważnego kandydata na lorda dowódcę, lecz niemal wszyscy, których szkolił jako dowódca zbrojnych, szczerze go nie znosili. Rzecz jasna, wysunięto jego kandydaturę, ale pierwszego dnia zajął szóste miejsce z niewielką liczbą głosów, a drugiego otrzymał ich jeszcze mniej, wycofał się więc i poparł lorda Janosa Slynta.

— Wszyscy wiedzą, że ser Alliser jest rycerzem ze szlachetnego rodu i pochodzi z prawego łoża, a ja jestem bękartem, który zabił Qhorina Półrękiego i spał z włóczniczką. Słyszałem, jak zwali mnie wargiem. Powiedz mi, jak mogę być wargiem, jeśli nie mam wilka? — Wykrzywił usta. — Nawet w snach nie widuję już Ducha. Śnią mi się tylko krypty, kamienni królowie na tronach. Czasami słyszę głosy Robba i ojca, jakby byli na uczcie. Ale dzieli nas od siebie mur i wiem, że dla mnie nie ma na niej miejsca.

Dla żywych nie może być miejsca na ucztach umarłych. Sam zachował milczenie, choć rozdzierało mu to serce. *Bran nie zginął, Jon* — pragnął mu powiedzieć. *Jest z przyjaciółmi. Jadą na północ na olbrzymim łosiu, żeby odnaleźć trójoką wronę w głębi nawiedzanego lasu.* Brzmiało to jak bredzenie szaleńca i Sam Tarly czasami myślał, że wszystko to było snem, zwidami zrodzonymi z gorączki, strachu i głodu… i tak jednak opowiedziałby o tym Jonowi, gdyby nie dał słowa.

Trzykrotnie poprzysiągł dochować tajemnicy: Branowi, temu dziwnemu chłopcu Jojenowi Reedowi i na koniec Zimnorękiemu.

— Świat sądzi, że chłopak nie żyje — oznajmił mu jego wybawca. — Niech jego kości spoczywają w pokoju. Nie chcemy, żeby ruszyli za nami poszukiwacze. Przysięgnij, Samie z Nocnej Straży. Przysięgnij na życie, które mi zawdzięczasz.

— Lord Janos na pewno nie zostanie lordem dowódcą — zapewnił przyjaciela przygnębiony Sam, przestępując z nogi na nogę. To była najlepsza pociecha, jaką mógł dać Jonowi. Jedyna pociecha. — To się nie stanie.

— Sam, jesteś słodkim durniem. Otwórz oczy. To dzieje się już od wielu dni. — Jon odgarnął włosy z oczu. — Może rzeczywiście nic nie wiem, ale tyle przynajmniej wiem. Wybacz mi, proszę. Mam ochotę bardzo mocno przyłożyć komuś mieczem.

Sam mógł jedynie śledzić wzrokiem druha, który ruszył zamaszystym krokiem w stronę zbrojowni i dziedzińca ćwiczebnego. Tam właśnie Jon Snow spędzał większą część każdego dnia. W Czarnym Zamku nie było dowódcy zbrojnych, jako że ser Endrew zginął, a ser Alliser stracił zainteresowanie tą pozycją, Jon wziął więc na siebie obowiązek szkolenia co bardziej zielonych rekrutów, takich jak Atłas, Koń, Skoczek o szpotawej stopie, Arron i Emrick. A gdy mieli służbę, godzinami ćwiczył w pojedynkę z mieczem, tarczą i włócznią, gotowy stawić czoło każdemu, kto odważyłby się go zaczepić.

Wracając do wieży maestera, grubas cały czas słyszał słowa przyjaciela. „Sam, jesteś słodkim durniem. Otwórz oczy. To dzieje się już od wielu dni". Czy Jon mógł mieć rację? By zostać lordem dowódcą Nocnej Straży, trzeba było otrzymać głosy dwóch trzecich zaprzysiężonych braci. Po dziewięciu dniach i takiej samej liczbie głosowań nikt nawet się do tego nie zbliżył. To prawda, że lord Janos zyskiwał głosy, wyprzedzając najpierw Bowena Marsha, a potem Othella Yarwycka, nadał jednak był daleko za ser Denysem Mallisterem z Wieży Cieni i Cotterem Pyke'em ze Wschodniej Strażnicy. *Z pewnością któryś z nich zostanie nowym lordem dowódcą* — przekonywał się Sam.

Stannis ustawił wartowników również pod drzwiami maestera. W należących do niego pomieszczeniach było gorąco i tłoczno. Leżeli tam ranni, czarni bracia, ludzie króla i ludzie królowej. Między pryczami powłóczył nogami Clydas, który trzymał w rękach dzbany z kozim mlekiem i sennym winem. Maester Aemon jeszcze nie wrócił z porannej wizyty u Mance'a Raydera. Sam zawiesił płaszcz na kołku i ruszył pomóc Clydasowi. Nawet gdy napełniał kubki i zmieniał bandaże, nie dawały mu spokoju słowa Jona. „Sam, jesteś słodkim durniem. Otwórz oczy. To dzieje się już od wielu dni".

Minęła dobra godzina, nim mógł opuścić Clydasa i iść nakarmić kruki. Po drodze do ptaszarni zatrzymał się na chwilę, chcąc sprawdzić sporządzony przez siebie zapis ostatniego głosowania. Na początku zgłoszono ponad trzydzieści imion, większość kandydatów wycofała się jednak, gdy tylko stało się jasne, że nie mają szans. Wczorajszej nocy zostało ich siedmiu. Ser Denys Mallister otrzymał dwieście trzynaście głosów, Cotter Pyke sto osiemdziesiąt siedem, lord Slynt siedemdziesiąt cztery, Othell Yarwyck sześćdziesiąt, Bowen Marsh czterdzieści dziewięć, Trzypalcy Hobb pięć, a Edd Cierpiętnik Tollett jeden. *Pyp i jego głupie żarty.* Sam przerzucił zapisy poprzednich głosowań. Ser Denys, Cotter Pyke i Bowen Marsh tracili głosy już od trzeciego dnia, a Othell Yarwyck od szóstego. Tylko Janos Slynt dzień po dniu wspinał się coraz wyżej.

Usłyszał głośne *quork*, dobiegające z ptaszarni, złożył więc papiery i wlazł na górę nakarmić ptaki. Z zadowoleniem zauważył, że przyleciały trzy kolejne kruki.

— Snow — krzyczały do niego. — Snow, snow, snow.

To on je tego nauczył. Nawet z nowo przybyłymi krukami ptaszarnia wydawała się prawie pusta. Tylko nieliczne z wysłanych przez Aemona ptaków zdążyły powrócić. *Ale jeden z nich dotarł do Stannisa. Jeden z nich odnalazł Smoczą Skałę i króla, którego to jeszcze obchodziło.* Sam wiedział, że trzy tysiące mil na południe stąd jego ojciec przyłączył się wraz z rodem Tarlych do sprawy zasiadającego na Żelaznym Tronie chłopca, lecz ani król Joffrey, ani mały król Tommen nie ruszył się z miejsca, gdy Straż błagała ich o pomoc. *Jaki jest pożytek z króla, który nie chce bronić królestwa?* — pomyślał rozgniewany Sam, przypominając sobie noc na Pięści Pierwszych Ludzi i straszliwą wędrówkę do Twierdzy Crastera przez ciemność, strach i sypiący śnieg. To prawda, że patrząc na ludzi królowej, czuł się nieswojo, przynajmniej jednak przybyli na wezwanie.

Wieczorem, przy kolacji, Sam szukał Jona Snow, nie znalazł go jednak nigdzie w ogromnej kamiennej sali, w której bracia spożywali obecnie posiłki. Po chwili zajął miejsce na ławie obok przyjaciół. Pyp opowiadał Eddowi Cierpiętnikowi o tym, jak zakładali się, który ze słomianych żołnierzy przyciągnie najwięcej strzał.

— Prowadziłeś prawie przez cały czas, ale ostatniego dnia Watt z Długiego Jeziora zarobił trzy i cię wyprzedził.

— Nigdy w niczym nie wygrywam — poskarżył się Edd Cierpiętnik. — Za to do Watta bogowie zawsze się uśmiechali. Kiedy dzicy zrzucili go z Mostu Czaszek, jakimś cudem wylądował w ładnym, głębokim jeziorku. Powiedz mi, ile szczęścia musiał mieć, żeby ominąć te wszystkie skały?

— Czy to było wysoko? — zainteresował się Grenn. — Czy upadek do wody uratował mu życie?

— Nie — zaprzeczył Edd Cierpiętnik. — I tak już nie żył, bo z głowy sterczał mu topór. Ale miał kupę szczęścia, że nie walnął o te skały.

Trzypalcy Hobb obiecał dziś braciom pieczony udziec mamuta, być może licząc na to, że dzięki temu zdobędzie kilka dodatkowych głosów. *Jeśli o to mu chodziło, to powinien był znaleźć młodszą sztukę* — pomyślał Sam, wyciągając spomiędzy zębów kawałek ścięgna. Odsunął z westchnieniem talerz.

Wkrótce miało się odbyć kolejne głosowanie i w powietrzu utrzymywała się aura napięcia gęstsza niż dym. Cotter Pyke siedział przy kominku, otoczony przez zwiadowców ze Wschodniej Strażnicy, a ser Denys Mallister przy drzwiach, z mniejszą grupą ludzi z Wieży Cieni. *Janos Slynt ma najlepsze miejsce* — zrozumiał Sam. *W połowie drogi między ogniem a przeciągiem.* Z głębokim zaniepokojeniem zauważył, że obok Slynta siedzi Bowen Marsh. Twarz miał bladą i wynędzniałą, a jego głowę wciąż spowijały płócienne bandaże, lecz mimo to uważnie słuchał wszystkiego, co miał do powiedzenia lord Janos. Gdy zwrócił na to uwagę przyjaciół, Pyp powiedział:

— A tam dalej ser Alliser szepcze z Othellem Yarwyckiem.

Po posiłku maester Aemon wstał i zapytał, czy któryś z braci zechce przemówić, nim sztony zostaną wrzucone. Pierwszy zgłosił się Edd Cierpiętnik.

— Chcę tylko powiedzieć temu, kto na mnie głosuje, że z pewnością byłbym beznadziejnym lordem dowódcą — oznajmił z typową dla siebie ponurą, nieprzeniknioną miną. — Ale wszyscy pozostali kandydaci również.

Potem wstał Bowen Marsh, który wsparł się jedną dłonią na ramieniu lorda Slynta.

— Bracia i przyjaciele, proszę was o wycofanie mnie z listy kandydatów. Nadal dolega mi rana i obawiam się, że to zadanie przerastałoby moje możliwości... ale nie możliwości lorda Janosa, który przez wiele lat dowodził złotymi płaszczami w Królewskiej Przystani. Proponuję, byśmy wszyscy udzielili mu poparcia.

Sam usłyszał gniewne pomruki dobiegające z kąta zajmowanego przez Cottera Pyke'a. Ser Denys popatrzył na jednego ze swych towarzyszy i potrząsnął głową. *Za późno, szkoda już się stała.* Zadał sobie pytanie, gdzie jest Jon i dlaczego tu nie przychodzi.

Większość braci była niepiśmienna, tradycyjnie więc głosowano, wrzucając sztony do wielkiego, brzuchatego, żelaznego kociołka, który Trzypalcy Hobb i Owen Przygłup przydźwigali z kuchni. Beczki ze sztonami stały w kącie za ciężką zasłoną, by głosujący mogli dokonywać wyboru ukryci przed spojrzeniami braci. Przyjaciele mogli wrzucać sztony w imieniu tych, którzy pełnili akurat służbę, a ser Denys i Cotter Pyke głosowali za całe swe garnizony.

Gdy wreszcie zostali w sali sami, Sam i Clydas opróżnili kociołek przed maesterem Aemonem. Na stół wysypała się kaskada muszelek, kamyków i miedziaków. Pomarszczone dłonie Aemona sortowały je z zaskakującą szybkością, przesuwając muszelki tu, kamyki tam, a grosiki na bok. Trafiające się niekiedy groty strzał, gwoździe i żołędzie składał na wspólny stosik. Potem Sam i Clydas policzyli głosy. Każdy z nich prowadził odrębny zapis.

Dziś pierwszy wyniki podawał Sam.

— Dwieście trzy na ser Denysa Mallistera — oznajmił. — Sto sześćdziesiąt dziewięć na Cottera Pyke'a. Sto trzydzieści siedem na lorda Janosa Slynta, siedemdziesiąt dwa na Othella Yarwycka, pięć na Trzypalcego Hobba i dwa na Edda Cierpiętnika.

— Mnie wyszło sto sześćdziesiąt osiem głosów na Pyke'a — stwierdził Clydas. — Według mojej rachuby brakuje nam dwóch głosów, a według rachuby Sama jednego.

— Sam policzył prawidłowo — stwierdził maester Aemon. — Jon Snow nie wrzucił sztonu. Ale to nieważne. Nikt nie zbliżył się do wymaganej liczby głosów.

Sam czuł raczej ulgę niż rozczarowanie. Nawet z poparciem Bowena Marsha lord Janos był tylko trzeci.

— Kim jest tych pięciu ludzi, którzy wciąż głosują na Trzypalcego Hobba? — zadał pytanie.

— Może to bracia, którzy chcą się go pozbyć z kuchni? — zasugerował Clydas.

— Ser Denys stracił od wczoraj dziesięć głosów — wskazał Sam. — A Cotter Pyke prawie dwadzieścia. To niedobrze.

— Niedobrze dla ich nadziei na zostanie lordem dowódcą — skorygował go maester Aemon. — Dla Nocnej Straży może się to w ostatecznym rozrachunku okazać korzystne. Nie nam o tym decydować. Dziesięć dni to niezbyt długi okres. Były kiedyś wybory, które trwały prawie dwa lata. Trzeba było urządzić jakieś siedemset głosowań. W swoim czasie bracia podejmą decyzję.

Tak — pomyślał Sam. *Ale jaką?*

Później, nad kubkami rozwodnionego wina w celi Pypa, Samowi rozwiązał się język. Zaczął zastanawiać się na głos.

— Cotter Pyke i ser Denys Mallister ciągle tracą głosy, ale łącznie nadal mają prawie dwie trzecie — oznajmił Pypowi i Grennowi. — I jeden, i drugi byłby dobrym lordem dowódcą. Ktoś musi przekonać któregoś z nich, żeby się wycofał i poparł drugiego.

— Ktoś? — zapytał z powątpiewaniem Grenn. — Ale kto?

— Grenn jest taki głupi, że wydaje mu się, iż ten ktoś to może być on — stwierdził Pyp. — Może kiedy ten ktoś poradzi już sobie z Pyke'em i Mallisterem, mógłby też przekonać króla Stannisa, żeby się ożenił z królową Cersei.

— Król Stannis jest już żonaty — sprzeciwił się Grenn.

— I co ja mam z nim zrobić, Sam? — westchnął Pyp.

— Cotter Pyke i ser Denys nie przepadają za sobą zbytnio — upierał się Grenn. — Kłócą się prawie o wszystko.

— Tak, ale tylko dlatego, że mają inne wyobrażenia na temat tego, co jest dobre dla Straży — nie ustępował Sam. — Gdybyśmy im wytłumaczyli...

— My? — zapytał Pyp. — Jak to się stało, że „ktoś" zmienił się w „my"? Ja jestem komediancką małpą, pamiętasz? A Grenn to, hmm, Grenn. — Uśmiechnął się do Sama i poruszył uszami. — Ale ty... ty jesteś synem lorda i zarządcą maestera...

— I Samem Zabójcą — dodał Grenn. — Zabiłeś Innego.

— To smocze szkło go zabiło — powtórzył Sam po raz setny.

— Syn lorda, zarządca maestera i Sam Zabójca — zastanawiał się Pyp. — Może gdybyś z nimi porozmawiał...

— Mógłbym to zrobić — zgodził się Sam głosem równie ponurym jak głos Edda Cierpiętnika — gdybym nie był na to zbyt wielkim tchórzem.

JON

Jon krążył powoli wokół Atłasa z mieczem w ręku, zmuszając go do obracania się wkoło.

— Podnieś tarczę — polecił.

— Jest za ciężka — poskarżył się chłopak ze Starego Miasta.

— Musi być ciężka, żeby zatrzymać cios miecza — wyjaśnił Jon. — Podnieś ją.

Podszedł bliżej i uderzył z całej siły. Atłas uniósł tarczę akurat na czas, by cios odbił się od jej brzegu, a potem zamachnął się swoim orężem, mierząc w żebra Jona.

— Dobrze — pochwalił go nauczyciel, gdy poczuł na tarczy siłę ciosu. — To było dobre, ale musisz wesprzeć uderzenie ciężarem ciała. Jeśli to zrobisz, twój cios wyrządzi więcej szkody niż wtedy, gdy włożysz w niego tylko siłę ręki. No, chodź, spróbuj jeszcze raz. Zaatakuj mnie, ale trzymaj tarczę w górze, bo inaczej przywalę ci w głowę jak w dzwon…

Atłas cofnął się jednak o krok i uniósł zasłonę hełmu.

— Jon — odezwał się pełnym lęku głosem.

Kiedy się odwrócił, stała tuż za nim. Otaczało ją sześciu ludzi królowej. *Nic dziwnego, że na dziedzińcu zrobiło się tak cicho.* Widywał już Melisandre przy jej nocnych ogniskach i niekiedy również w zamku, nigdy jednak z tak bliska. *Jest piękna* — pomyślał… ale w jej czerwonych oczach było coś zdecydowanie niepokojącego.

— Pani.

— Król chce z tobą pomówić, Jonie Snow.

Jon wbił w ziemię ćwiczebny miecz.

— Czy będzie mi wolno się przebrać? Nie mogę stanąć przed królem w takim stroju.

— Będziemy na ciebie czekać na szczycie Muru — odpowiedziała Melisandre. *My* — pomyślał Jon. *Nie król. To jest jego prawdziwa królowa, nie ta kobieta, którą zostawił we Wschodniej Strażnicy.*

Zostawił kolczugę i zbroję w zbrojowni, wrócił do swej celi, zdjął przepocone ubranie i włożył świeży czarny strój. Wiedział, że w klatce będzie wiał zimny wiatr, a na Murze jeszcze zimniejszy, wybrał więc gruby płaszcz z kapturem. Na koniec wziął w rękę Długi Pazur i zawiesił go sobie na plecach.

U stóp Muru czekała na niego Melisandre. Odesłała ludzi królowej i była sama.

— Czego chce ode mnie Jego Miłość? — zapytał Jon, gdy wchodzili do klatki.

— Wszystkiego, co masz do dania, Jonie Snow. Jest królem.

Zatrzasnął drzwi i pociągnął za sznur dzwonka. Kołowrót zaczął się obracać i ruszyli w górę. Dzień był pogodny i Mur płakał. Po jego powierzchni spływały długie strużki wody, które lśniły w blasku słońca. W ciasnej żelaznej klatce bardzo dobitnie zdał sobie sprawę z bliskości kobiety w czerwieni. *Nawet jej zapach jest czerwony.* Przypominał mu kuźnię Mikkena, woń rozgrzanego do czerwoności żelaza, odór dymu i krwi. *Pocałowana przez ogień* — pomyślał, wspominając Ygritte. Wiatr szarpał długimi czerwonymi szatami Melisandre, które tłukły o nogi stojącego obok Jona.

— Nie jest ci zimno, pani? — zapytał.

— Nigdy nie marznę — odparła ze śmiechem. Rubin, który nosiła pod brodą, zdawał się pulsować w rytm uderzeń jej serca. — Żyje we mnie ogień Pana, Jonie Snow. Poczuj go. — Dotknęła dłonią jego policzka i przytrzymała ją na chwilę, by mógł poczuć, jaka jest ciepła. — Takie właśnie powinno być życie — oznajmiła. — Tylko śmierć jest zimna.

Stannis Baratheon stał samotnie na krawędzi Muru, spoglądając z zasępioną miną na pole zwycięskiej bitwy i wielką zieloną puszczę, która ciągnęła się dalej. Miał na sobie czarne spodnie, bluzę i buty, strój, jaki mógłby nosić brat z Nocnej Straży. Odróżniał go od nich jedynie ciężki złocisty płaszcz, obszyty czarnym futrem i spięty broszą w kształcie płonącego serca.

— Przyprowadziłam ci bękarta z Winterfell, Wasza Miłość — rzekła Melisandre.

Stannis odwrócił się, by się mu przyjrzeć. Czoło miał wydatne, a jego oczy przypominały bezdenne, błękitne sadzawki. Zapadnięte policzki i mocną żuchwę porastała krótko przycięta, czarnogranatowa broda, która nie była w stanie zamaskować wynędzniałego wyglądu. Król mocno zaciskał szczęki, podobnie jak mięśnie szyi i barków oraz prawą dłoń. Jon przypomniał sobie coś, co powiedział mu kiedyś Donal Noye o braciach Baratheonach. „Robert był wykuty z prawdziwej stali. Stannis przypomina czyste żelazo, czarne, twarde i mocne, ale kruche. Prędzej się złamie, niż ugnie". Ukląkł pełen niepokoju, zadając sobie pytanie, czego chce od niego ten łamliwy król.

— Wstań. Bardzo wiele o tobie słyszałem, lordzie Snow.

— Nie jestem lordem, panie. — Jon wstał. — Wiem, co słyszałeś. Że jestem tchórzem i renegatem. Że zabiłem swego brata Qhorina Półrękiego, by dzicy darowali mi życie. Że przyłączyłem się do Mance'a Raydera i wziąłem sobie dziką kobietę za żonę.

— Tak, to wszystko, a nawet więcej. Powiadają też, że jesteś wargiem, zmiennoskórym, który nocą wędruje jako wilk. — Uśmiech króla Stannisa był surowy. — Ile z tego jest prawdą?

— Miałem wilkora. Nazywał się Duch. Zostawiłem go, kiedy wspiąłem się na Mur pod Szarą Wartą, i od tej pory go nie widziałem. Qhorin Półręki rozkazał mi przyłączyć się do dzikich. Wiedział, że będą chcieli, bym dowiódł swej szczerości, zabijając go, i powiedział, że mam spełniać wszystkie ich polecenia. Kobieta nazywała się Ygritte. Złamałem z nią śluby, ale przysięgam na imię ojca, że nigdy nie byłem renegatem.

— Wierzę ci — odparł król.

— Dlaczego? — zapytał zdumiony Jon.

Stannis żachnął się.

— Znam Janosa Slynta. I znałem też Neda Starka. Twój ojciec nie był mi przyjacielem, ale tylko głupiec wątpiłby w jego honor albo uczciwość. Jesteś do niego podobny. — Stannis Baratheon był wysokim mężczyzną, znacznie wyższym od Jona, lecz tak wychudzonym, że wyglądał na dziesięć lat starszego niż w rzeczywistości. — Wiem więcej, niż pewnie ci się zdaje, Jonie Snow. Wiem, że to ty znalazłeś sztylet ze smoczego szkła, którym syn Randylla Tarly'ego zabił Innego.

— To Duch go znalazł. Nóż był owinięty w płaszcz zwiadowcy i zakopany w pobliżu Pięści Pierwszych Ludzi. Były tam też inne noże... i groty strzał albo włóczni, wszystkie ze smoczego szkła.

— Wiem, że to ty obroniłeś bramę — dodał król Stannis. — Gdyby nie ty, przybyłbym za późno.

— Donal Noye obronił bramę. Zginął w tunelu, walcząc z królem olbrzymów.

Stannis skrzywił się.

— Noye wykuł mój pierwszy miecz, a także młot Roberta. Gdyby bogowie uznali za stosowne go oszczędzić, byłby lepszym lordem dowódcą dla waszego zakonu niż wszyscy ci głupcy, którzy użerają się teraz ze sobą o ten tytuł.

— Cotter Pyke i ser Denys Mallister nie są głupcami, panie — sprzeciwił się Jon. — To dobrzy ludzie, którzy znają się na rzeczy. Othell Yarwyck również, na swój sposób. Lord Mormont ufał im wszystkim.

— Wasz lord Mormont był zbyt ufny. Dlatego właśnie zginął w taki sposób. Mówiliśmy jednak o tobie. Nie zapomniałem, że to ty przyniosłeś nam ten magiczny róg, a także pojmałeś żonę i syna Mance'a Raydera.

— Dalla umarła. — Jon nadal smucił się z tego powodu. — Val to jej siostra. Nie musiałem się zbytnio trudzić, żeby pojmać ją i dziecko, Wasza Miłość. Zmusiłeś dzikich do ucieczki, a ten zmiennoskóry, któremu Mance kazał pilnować królowej, oszalał, gdy spłonął jego orzeł. — Jon popatrzył na Melisandre. — Niektórzy mówią, że to twoja robota.

Uśmiechnęła się, potrząsając długimi miedzianymi włosami.

— Pan Światła ma płomienne szpony, Jonie Snow.

Jon skinął głową i ponownie spojrzał na króla.

— Wasza Miłość, wspomniałeś o Val. Prosiła, by pozwolono jej zobaczyć się z Mance'em Rayderem, pokazać mu syna. To byłby… akt łaski.

— Ten człowiek jest dezerterem z waszego zakonu. Wszyscy twoi bracia domagają się jego śmierci. Czemu miałbym okazywać mu łaskę?

Jon nie potrafił na to odpowiedzieć.

— Jeśli nie dla niego, to dla Val. Z uwagi na jej siostrę, matkę dziecka.

— Polubiłeś tę Val?

— Prawie jej nie znam.

— Słyszałem, że jest urodziwa.

— Bardzo — przyznał Jon.

— Uroda potrafi być zdradliwa. Mój brat przekonał się o tym na przykładzie Cersei Lannister. Możesz być pewien, że to ona go zamordowała. Twojego ojca i Jona Arryna również. — Skrzywił się. — Znasz tych dzikich. Jak sądzisz, czy wiedzą, co to znaczy honor?

— Wiedzą — odparł Jon. — Ale to jest ich własny rodzaj honoru, panie.

— Mance Rayder?

— Sądzę, że tak.

— A Lord Kości?

Jon zawahał się.

— Zwaliśmy go Grzechoczącą Koszulą. Jest zdradliwy i krwiożerczy. Jeśli ma honor, ukrywa go głęboko pod tym strojem z kości.

— A ten trzeci, ten Tormund o wielu imionach, który umknął nam po bitwie? Mów prawdę.

— Tormund Zabójca Olbrzyma sprawił na mnie wrażenie człowieka, którego dobrze mieć za przyjaciela, a źle za wroga, Wasza Miłość.

Stannis skinął krótko głową.

— Twój ojciec był człowiekiem honoru. Nie był mi przyjacielem, ale wiedziałem, ile jest wart. Twój brat był buntownikiem i zdrajcą, który chciał mi skraść połowę królestwa, nikt jednak nie mógłby odmówić mu odwagi. A ty?

Czy chce, żebym powiedział, że go kocham?

— Jestem człowiekiem z Nocnej Straży — odparł Jon sztywnym, uprzejmym tonem.

— Słowa. Słowa to wiatr. Jak sądzisz, dlaczego opuściłem Smoczą Skałę i pożeglowałem na Mur, lordzie Snow?

— Nie jestem lordem, panie. Mam nadzieję, że przybyłeś dlatego, iż prosiliśmy cię o pomoc. Nie wiem tylko, czemu trwało to tak długo.

Nieoczekiwanie Stannis uśmiechnął się na te słowa.

— Jesteś śmiały jak prawdziwy Stark. To prawda, że powinienem był przybyć wcześniej. Gdyby nie mój namiestnik, mógłbym nie uczynić tego w ogóle. Lord Seaworth jest człowiekiem skromnego pochodzenia, lecz to właśnie on przypomniał mi o mych obowiązkach, podczas gdy ja myślałem tylko o swych prawach. Davos powiedział mi, że stawiam wóz przed koniem. Próbowałem zdobyć tron, żeby uratować królestwo, a powinienem uratować królestwo, by zdobyć tron. — Stannis wskazał na północ. — Tam znajdę wroga, do walki z którym się narodziłem.

— Jego imienia nie wolno wypowiadać — dodała cicho Melisandre. — Jest Bogiem Nocy i Strachu, Jonie Snow, a te postacie w śniegu to jego stworzenia.

— Powiedziano mi, że zabiłeś jednego z tych chodzących trupów, żeby uratować życie lorda Mormonta — ciągnął Stannis. — Możliwe, że to również twoja wojna, lordzie Snow. Gdybyś tylko zechciał mi pomóc.

— Mój miecz jest zaprzysiężony Nocnej Straży, Wasza Miłość — odparł ostrożnie Jon Snow.

Te słowa nie przypadły królowi do gustu.

— Potrzebuję od ciebie czegoś więcej niż miecz — stwierdził Stannis, zgrzytając zębami.

— Panie? — zapytał zbity z tropu Jon.

— Potrzebuję północy.

Północy.

— Mój... mój brat Robb był królem północy.

— Twój brat był prawowitym lordem Winterfell. Gdyby został

w domu i spełnił swój obowiązek, zamiast ogłosić się królem i ruszyć na podbój dorzecza, mógłby żyć do dziś. No, ale co się stało, to się nie odstanie. Nie jesteś Robbem, tak samo jak ja nie jestem Robertem.

Te brutalne słowa wyzuły Jona z wszelkiej sympatii do Stannisa.

— Kochałem brata.

— Ja swojego również. Obaj jednak byli tym, kim byli, podobnie jak my. Ja jestem jedynym prawowitym królem Westeros, północy i południa. A ty jesteś bękartem Neda Starka. — Stannis skierował na niego spojrzenie ciemnoniebieskich oczu. — Tywin Lannister mianował Roose'a Boltona swym namiestnikiem północy, by nagrodzić go za to, że zdradził twego brata. Żelaźni ludzie od śmierci Balona Greyjoya walczą między sobą, lecz mimo to nadal panują nad Fosą Cailin, Deepwood Motte, Torrhen's Square i większą częścią Kamiennego Brzegu. Ziemie twego ojca krwawią, a ja nie mam sił ani czasu, by opatrzyć ich rany. Potrzebny mi lord Winterfell. Lojalny lord Winterfell.

Patrzy na mnie — pomyślał oszołomiony Jon.

— Winterfell już nie istnieje. Theon Greyjoy puścił je z dymem.

— Granit nie płonie tak łatwo — wskazał Stannis. — Zamek można będzie z czasem odbudować. To nie mury czynią człowieka lordem, lecz on sam. Ludzie z północy nie znają mnie i nie mają powodu mnie miłować, będę jednak potrzebował ich siły w zmaganiach, które nadejdą. Potrzebny mi syn Eddarda Starka, który przyciągnie ich pod moje sztandary.

Chce mnie zrobić lordem Winterfell. Wiatr wciąż się wzmagał, a Jonowi kręciło się w głowie tak bardzo, że bał się, iż następny podmuch strąci go z muru.

— Wasza Miłość, zapominasz, że jestem Snowem, nie Starkiem.

— To ty o czymś zapominasz — poprawił go Stannis.

Melisandre położyła ciepłą dłoń na ramieniu Jona.

— Król może jednym podpisem zmyć skazę bękarctwa, lordzie Snow.

Lord Snow. Ser Alliser przezwał go tak po to, by drwić z jego bękarciego pochodzenia. Wielu braci przejęło od niego ten przydomek. Jedni zwali go tak z sympatią, inni chcieli go zranić. Nagle jednak przezwisko nabrało w uszach Jona innego brzmienia. Stało się... czymś realnym.

— To prawda — zaczął z wahaniem — zdarzało się, że królowie legitymizowali bękartów, ale... nadal pozostaję bratem z Nocnej Straży. Ukląkłem przed drzewem sercem i przysiągłem, że nie będę miał ziemi i nie spłodzę dzieci.

— Jon. — Melisandre stała tak blisko, że czuł ciepło jej oddechu. — Jedynym prawdziwym bogiem jest R'hllor. Przysięga złożona drzewu nie ma większej mocy niż ta, którą złożyłbyś własnym butom. Otwórz swe serce i wpuść do niego światło Pana. Spal te czardrzewa i przyjmij Winterfell jako dar Pana Światła.

Kiedy Jon był bardzo mały, za mały, żeby rozumieć, co to znaczy być bękartem, marzył o tym, że pewnego dnia Winterfell może należeć do niego. Potem, kiedy był większy, wstydził się owych rojeń. Winterfell miało przypaść Robbowi, a potem jego synom, albo Branowi bądź Rickonowi, gdyby Robb umarł bezpotomnie. Następne w kolejce były Sansa i Arya. Nawet marzyć o tym, że stanie się inaczej, wydawało mu się nielojalnością. To było tak, jakby zdradził ich w sercu, jakby pragnął ich śmierci. *Nie chciałem tego* — myślał, stojąc przed niebieskookim królem i kobietą w czerwieni. *Kochałem Robba, kochałem ich wszystkich... Nie chciałem, żeby któremukolwiek z nich stała się krzywda. Ale się stała i teraz zostałem tylko ja.* Wystarczy, by powiedział jedno słowo, a ze Snowa stanie się Jonem Starkiem. Wystarczy, by przysiągł temu królowi wierność, a Winterfell będzie należało do niego. Wystarczy, by... znowu złamał przysięgę.

I tym razem nie byłby to fortel. By zdobyć zamek ojca, musiałby się zwrócić przeciw jego bogom.

Król Stannis ponownie spojrzał na północ. Złoty płaszcz powiewał mu na ramionach.

— Możliwe, że mylę się co do ciebie, Jonie Snow. Obaj wiemy, co się opowiada o bękartach. Może brak ci honoru ojca albo wojennych zdolności brata. Ty jednak jesteś bronią, którą dał mi Pan. Znalazłem cię tutaj, tak jak ty znalazłeś pod Pięścią schowek ze smoczym szkłem, i zamierzam zrobić z ciebie użytek. Nawet Azor

Ahai nie wygrał wojny w pojedynkę. Zabiłem tysiąc dzikich, drugie tyle wziąłem do niewoli, a resztę zmusiłem do ucieczki, obaj jednak wiemy, że oni wrócą. Melisandre widziała to w płomieniach. Ten Tormund Piorunowa Pięść zapewne już w tej chwili przegrupowuje swe siły i planuje nowy atak. A im bardziej wykrwawimy się nawzajem, tym słabsi wszyscy będziemy, gdy uderzy na nas prawdziwy wróg.

Jon doszedł do takiego samego wniosku.

— Masz rację, Wasza Miłość.

Zastanawiał się, do czego zmierza ten król.

— Gdy twoi bracia próbowali zdecydować, kto będzie nimi dowodził, ja rozmawiałem z tym Mance'em Rayderem. — Zazgrzytał zębami. — To uparty i pyszny człowiek. Nie zostawi mi innego wyboru, jak oddać go płomieniom. Wzięliśmy też jednak do niewoli innych wodzów. Tego, który każe się zwać Lordem Kości, niektórych z naczelników klanów, nowego magnara Thennu. Twoim braciom na pewno się to nie spodoba, podobnie jak lordom twojego ojca, ale zamierzam przepuścić dzikich za Mur… tych, którzy złożą mi hołd, przysięgną przestrzegać królewskiego pokoju i królewskich praw oraz uznają Pana Światła za swego boga. Nawet olbrzymy, jeśli te ich wielkie kolana potrafią się zginać. Osiedlę ich w Darze, gdy tylko jakoś go wyciągnę od waszego nowego lorda dowódcy. Kiedy nadejdą zimne wiatry, ocalejemy albo zginiemy razem. Pora, byśmy zawarli sojusz przeciw wspólnemu wrogowi. — Popatrzył na Jona. — Zgadzasz się?

— Mój ojciec marzył o ponownym zasiedleniu Daru — przyznał młodzieniec. — Często rozmawiali o tym ze stryjem Benjenem. — *Tyle że nie planował osiedlić tam dzikich… ale z drugiej strony, nigdy ich nie poznał.* Jon nie miał złudzeń. Wiedział, że wolni ludzie okażą się nieposłusznymi poddanymi i niebezpiecznymi sąsiadami, gdy jednak zestawił w myślach rude włosy Ygritte z zimnymi, niebieskimi oczyma upiorów, wybór był łatwy. — Zgadzam się.

— To dobrze — ciągnął król Stannis — bo najpewniejszym sposobem na scementowanie nowego sojuszu jest małżeństwo. Zamierzam ożenić swego lorda Winterfell z tą dziką księżniczką.

Być może Jon zbyt długo przebywał pośród dzikich, gdyż nie mógł powstrzymać się od śmiechu.

— Wasza Miłość — rzekł — może i wziąłeś Val do niewoli, ale jeśli wydaje ci się, że możesz ją mi po prostu oddać, to musisz się jeszcze bardzo wiele nauczyć o dzikich kobietach. Ktokolwiek zechce ją poślubić, powinien być przygotowany na to, że najpierw będzie musiał wspiąć się po tej wieży do okna i zabrać dziewczynę z celi pod groźbą miecza…

— Ktokolwiek? — Stannis przeszył go ostrym spojrzeniem. — Czy to znaczy, że nie chcesz się z nią ożenić? Ostrzegam cię, że to część ceny, którą musisz zapłacić, by dostać nazwisko i zamek ojca. To małżeństwo jest konieczne, by zagwarantować lojalność naszych nowych poddanych. Odmawiasz mi, Jonie Snow?

— Nie — odpowiedział zbyt pośpiesznie. Król mówił o Winterfell, a Winterfell nie było czymś, co można odrzucić tak lekko. — To znaczy… wszystko to wydarzyło się bardzo nagle, Wasza Miłość. Czy mogę prosić o trochę czasu na zastanowienie?

— Jak sobie życzysz. Ale zastanawiaj się szybko. Nie jestem cierpliwy. Twoi czarni bracia wkrótce się o tym przekonają. — Stannis oparł na ramieniu Jona wychudłą dłoń. — Nie mów nikomu ani słowa o tym, o czym tu dziś rozmawialiśmy. Kiedy wrócisz, wystarczy, jak zegniesz kolano, położysz miecz u mych stóp i przysięgniesz mi służbę, a wstaniesz jako Jon Stark, lord Winterfell.

TYRION

Gdy Tyrion Lannister usłyszał za grubymi drewnianymi drzwiami celi jakieś hałasy, przygotował się na śmierć.

Już najwyższy czas — pomyślał. *No, szybciej, szybciej, skończmy z tym wreszcie.* Podniósł się z podłogi. Nogi miał odrętwiałe, gdyż zbyt długo trzymał je podwinięte pod siebie. Pochylił się, by rozmasować mięśnie. *Nie mam zamiaru iść na spotkanie z katem, potykając się i człapiąc jak kaczka.*

Zastanawiał się, czy zabiją go tutaj, w ciemnicy, czy też powloką przez całe miasto, by ser Ilyn Payne mógł mu uciąć głowę. Po tej komedianckiej farsie, jaką był proces, jego słodka siostra i kochający ojciec mogli postanowić pozbyć się go po cichu, zamiast ryzykować publiczną egzekucję. *Gdyby pozwolili mi przemówić, mógłbym powiedzieć tłumowi kilka ciekawych rzeczy.* Czy jednak zrobią coś tak głupiego?

Klucze zgrzytnęły w zamku i drzwi jego celi, skrzypiąc, otworzyły się do środka. Tyrion oparł się plecami o wilgotną ścianę. Żałował, że nie ma broni. *Mogę jeszcze gryźć i kopać. Zginę, czując w ustach smak krwi.* To zawsze coś. Żałował tylko, że nie potrafił wymyślić jakichś poruszających ostatnich słów. „Pierdolę was wszystkich" raczej nie zapewni mu miejsca w kronikach.

Na jego twarz padło światło pochodni. Osłonił oczy dłonią.

— No jazda, boisz się karła? Zrób to, ty synu francowatej kurwy.

Jego głos ochrypł od długiego nieużywania.

— Czy to ładnie tak mówić o naszej pani matce? — Mężczyzna wszedł do środka, trzymając pochodnię w lewej dłoni. — Tu jest jeszcze gorzej niż w mojej celi w Riverrun, chociaż nie tak wilgotno.

Na chwilę Tyrionowi zaparło dech w piersiach.

— To ty?

— No, przynajmniej większa część mnie. — Jaime był wychudły, a włosy miał krótko obcięte. — Dłoń zostawiłem w Harrenhal. Sprowadzenie Dzielnych Kompanionów zza wąskiego morza nie należało do najlepszych pomysłów ojca.

Uniósł rękę i Tyrion zobaczył kikut. Z ust wyrwał mu się histeryczny śmiech.

— O bogowie — zaczął. — Jaime, tak mi przykro, ale... bogowie, bądźcie łaskawi. Spójrz na nas dwóch. Chłopaki Lannisterów, Bezręki i Beznosy.

— Były dni, gdy moja ręka śmierdziała tak paskudnie, że wolałbym nie mieć nosa. — Jaime opuścił pochodnię nieco niżej, by blask padł na twarz brata. — Masz imponującą bliznę.

Tyrion odwrócił wzrok od światła.

— Kazali mi stanąć do bitwy bez starszego brata, który by mnie bronił.

— Słyszałem, że omal nie spaliłeś miasta.

— To ohydne kłamstwo. Spaliłem tylko rzekę. — Nagle Tyrion przypomniał sobie, gdzie się znajduje. — Przyszedłeś mnie zabić?

— Cóż za niewdzięczność. Jeśli masz zamiar być tak nieuprzejmy, to może lepiej będzie, jeśli cię zostawię, żebyś tu zgnił.

— Gnicie nie jest losem, który przewidziała dla mnie Cersei.

— Szczerze mówiąc, to rzeczywiście nie. Mają cię jutro ściąć na starych gruntach turniejowych.

Tyrion znowu się roześmiał.

— Czy podadzą przekąski? Będziesz mi musiał pomóc z ostatnimi słowami, bo w tej piwnicy mój umysł biega w kółko jak szczur.

— Nie będziesz potrzebował ostatnich słów. Przyszedłem cię uratować.

Głos Jaime'a brzmiał niezwykle poważnie.

— A kto powiedział, że potrzebuję ratunku?

— Wiesz co? Prawie już zapomniałem, jaki z ciebie irytujący człowieczek. Ale skoro już mi o tym przypomniałeś, to chyba jednak pozwolę Cersei uciąć ci głowę.

— Nie, nie pozwolisz. — Tyrion opuścił kaczkowatym krokiem celę. — Czy na górze jest dzień czy noc? Straciłem tu poczucie czasu.

— Trzy godziny po północy. Miasto śpi.

Jaime ponownie wsunął pochodnię w uchwyt umieszczony na ścianie między celami.

Korytarz był tak słabo oświetlony, że Tyrion omal się nie potknął o leżącego na zimnej kamiennej posadzce strażnika.

— Nie żyje? — zapytał, trącając go czubkiem stopy.

— Śpi. Pozostali trzej też. Eunuch dosypał im do wina senniczki, ale nie tyle, żeby ich zabić. Tak przynajmniej przysięga. Czeka na schodach, przebrany w szatę septona. Zejdziecie do kanałów, a stamtąd udacie się nad rzekę. W zatoce czeka galera. Varys ma w Wolnych Miastach agentów, którzy dopilnują, by nie zabrakło ci pieniędzy... lepiej jednak nie rzucaj się w oczy. Cersei z pewnością wyśle za tobą ludzi. Dobrze byłoby, gdybyś używał innego nazwiska.

— Innego nazwiska? Oczywiście. A kiedy przyjdą po mnie Ludzie Bez Twarzy, powiem im: „Nie, pomyliliście się, jestem innym karłem z obrzydliwą blizną na twarzy".

Obaj Lannisterowie roześmiali się na ten absurdalny pomysł. Potem Jaime opadł na jedno kolano i pocałował szybko Tyriona w oba policzki, muskając wargami powierzchnię blizny.

— Dziękuję ci, bracie — rzekł Krasnal. — Za moje życie.

— To był... dług, który musiałem ci spłacić.

Głos Jaime'a brzmiał dziwnie.

— Dług? — Tyrion uniósł głowę. — Nie rozumiem.

— To dobrze. Niektóre drzwi lepiej jest zostawić zamknięte.

— Ojej. Czy kryje się za nimi jakaś paskudna, złowroga tajemnica? Czy to możliwe, że ktoś kiedyś powiedział o mnie coś okrutnego? Spróbuję się nie rozpłakać. Powiedz mi.

— Tyrionie...

Jaime się boi.

— Powiedz mi — powtórzył Tyrion.

Jaime odwrócił wzrok.

— Tysha — rzekł cicho.

— Tysha? — Poczuł nagły ucisk w żołądku. — Co z nią?

— Nie była kurwą. Wcale jej dla ciebie nie kupiłem. Ojciec kazał mi cię okłamać. Tysha była... była tym, kim się wydawała. Córką zagrodnika przypadkowo spotkaną na drodze.

Tyrion słyszał słaby świst swego oddechu wydostającego się przez bliznę na nosie. Jaime nie mógł mu spojrzeć w oczy. *Tysha.* Spróbował sobie przypomnieć, jak wyglądała. *Była młodą dziewczyną, nie starszą od Sansy.*

— Moja żona — wychrypiał. — Wyszła za mnie.

— Ojciec powiedział, że dla złota. Ona była nisko urodzona, a ty byłeś Lannisterem z Casterly Rock. Chodziło jej tylko o złoto, więc w sumie niczym się nie różniła od kurwy i... to właściwie nie byłoby kłamstwo... stwierdził, że potrzebna ci surowa nauczka. Że zrozumiesz swój błąd i potem mi za to podziękujesz...

— Podziękuję? — zawołał zdławionym głosem Tyrion. — Oddał ją zbrojnym. Całym koszarom. Kazał mi się przyglądać. *I nie tylko przyglądać. Ja też ją wziąłem... własną żonę...*

— Nie wiedziałem, że to zrobi. Musisz mi uwierzyć.

— Och tak, muszę? — warknął Tyrion. — Czemu miałbym wierzyć w choć jedno twoje słowo? Była moją żoną!

— Tyrionie...

Uderzył go. Zadał cios na odlew, otwartą dłonią, lecz włożył w to całą swą siłę, cały strach, wściekłość i ból. Jaime, który przykucnął obok niego, łatwo stracił równowagę i runął na plecy.

— Pewnie... pewnie na to zasłużyłem.

— Och, zasłużyłeś na znacznie więcej, Jaime. Ty, moja słodka siostra i nasz kochający ojciec. Nawet nie potrafię ci powiedzieć, na ile zasłużyliście. Przysięgam jednak, że dostaniecie to, co się wam należy. Lannister zawsze płaci swe długi.

Tyrion ruszył przed siebie, w swym pośpiechu omal znowu nie potykając się o strażnika. Nim zdążył pokonać więcej niż dziesięć jardów, wpadł na zamykającą przejście żelazną kratę. *O bogowie.* Z najwyższym wysiłkiem powstrzymał się od krzyku.

Jaime zatrzymał się tuż za nim.

— Ja mam klucze.

— To zrób z nich użytek.

Tyrion odsunął się na bok.

Jaime przekręcił klucz w zamku, otworzył kratę i przeszedł za nią.

— Idziesz?

— Nie z tobą. — Tyrion wyszedł na zewnątrz. — Daj mi klucze i idź. Sam znajdę Varysa. — Uniósł głowę, kierując na brata spojrzenie różnobarwnych oczu. — Jaime, czy potrafisz walczyć lewą ręką?

— Gorzej od ciebie — przyznał z goryczą jego brat.

— Świetnie. W takim razie, jeśli jeszcze się kiedyś spotkamy, szanse będą równe. Kaleka i karzeł.

Jaime wręczył mu klucze.

— Powiedziałem ci prawdę. Jesteś mi winien to samo. Czy ty to zrobiłeś? Zabiłeś go?

To pytanie było kolejnym nożem wbitym w jego brzuch.

— Jesteś pewien, że chcesz to wiedzieć? — zapytał Tyrion. — Joffrey byłby jeszcze gorszym królem od Aerysa. Ukradł ojcu sztylet i dał go zbirowi, któremu kazał poderżnąć gardło Brandona Starka. Wiedziałeś o tym?

— Podejrzewałem.

— No cóż, jaki ojciec, taki syn. Joff również by mnie zabił, gdy tylko przejąłby władzę. Za to, że jestem niski i brzydki, której to zbrodni zawsze byłem tak niezaprzeczalnie winny.

— Nie odpowiedziałeś na moje pytanie.

— Ty nieszczęsny, durny, ślepy, kaleki głupcze. Czy muszę ci tłumaczyć każdy drobiazg jak dziecku? Proszę bardzo. Cersei jest kurwą i kłamczuchą. Pierdoliła się z Lancelem, Osmundem Kettleblackiem, a całkiem możliwe, że również z Księżycowym Chłopcem. A ja jestem potworem, za którego wszyscy mnie uważają. Tak, zabiłem twojego obmierzłego syna.

Zmusił się do uśmiechu. W słabym blasku pochodni musiał to być naprawdę ohydny widok.

Jaime odwrócił się bez słowa i odszedł.

Tyrion śledził wzrokiem brata, który oddalał się od niego na długich, silnych nogach. Częścią jaźni pragnął go zawołać, zapewnić, że to nieprawda, błagać o wybaczenie. Przypomniał sobie jednak Tyshę i zachował milczenie. Słuchał cichnących kroków tak długo, aż wreszcie umilkły w oddali. Potem poszedł poszukać Varysa.

Eunuch czaił się w cieniu krętych schodów, odziany w brązową, nadgryzioną przez mole szatę z ukrywającym bladą twarz kapturem.

— To trwało tak długo, że już się bałem, iż coś się stało — odezwał się na widok Tyriona.

— Och, bynajmniej — odparł Krasnal jadowitym tonem. — Cóż mogłoby się stać? — Odchylił głowę, by spojrzeć w górę. — Wysłałem po ciebie podczas procesu.

— Nie mogłem przyjść. Królowa kazała mnie obserwować dzień i noc. Nie odważyłem się ci pomóc.

— Ale teraz mi pomagasz.

— Czyżby? Ach. — Varys zachichotał. Ów dźwięk wydawał się dziwnie nie na miejscu pośród chłodnych murów i pełnej ech ciemności. — Twój brat ma wielki dar perswazji.

— Varysie, czy ktoś ci kiedyś powiedział, że jesteś zimny i śliski jak glista? Ze wszystkich sił starałeś się pozbawić mnie życia. Być może powinien odpłacić ci pięknym za nadobne.

Eunuch westchnął.

— Wiernego psa spotykają kopniaki, a bez względu na to, jaką pajęczynę tka pająk, nikt go nigdy nie kocha. Gdybyś jednak mnie teraz zabił, obawiałbym się o ciebie, panie. Mógłbyś nigdy nie odnaleźć drogi na górę. — Jego oczy lśniły w migotliwym świetle pochodni ciemnym, wilgotnym blaskiem. — W tych tunelach pełno jest pułapek dla nieostrożnych.

Tyrion prychnął pogardliwie.

— Nieostrożnych? Dzięki tobie stałem się najostrożniejszym człowiekiem, jaki kiedykolwiek żył. — Potarł nos. — Powiedz mi, czarodzieju, gdzie jest moja niewinna, dziewicza żona?

— Z przykrością cię zawiadamiam, że nie wpadłem w Królewskiej Przystani na żaden trop lady Sansy. Podobnie jak ser Dontosa Hollarda, który powinien się już gdzieś znaleźć pijany. W noc jej zniknięcia widziano ich razem na serpentynowych schodach. Potem ślad po nich zaginął. Panowało wówczas straszliwe zamieszanie. Moje ptaszki milczą. — Varys pociągnął lekko karła za rękaw, kierując go w stronę schodów. — Musimy ruszać, panie. Twoja droga prowadzi w dół.

To przynajmniej nie jest kłamstwem. Tyrion podążył za eunuchem, skrobiąc obcasami szorstkie kamienne stopnie. Na schodach było bardzo zimno. Wilgotny, przenikliwy chłód sprawił, że natychmiast zaczął drżeć.

— Jaka to część podziemi? — zapytał.

— Maegor Okrutny nakazał wykopać pod zamkiem cztery poziomy lochów — odparł Varys. — Na najwyższym znajdują się duże cele, w których można grupowo przetrzymywać pospolitych przestępców. Są tam wąskie okna, usytuowane wysoko w ścianach. Na drugim poziomie mamy mniejsze cele, w których zamyka się szlachetnie urodzonych jeńców. Nie ma tam okien, lecz pochodnie na ścianach rzucają światło przez kraty. Na trzecim poziomie cele są jeszcze mniejsze i mają drewniane drzwi. To właśnie ludzie nazywają ciemnicą. Tam siedziałeś ty, a przed tobą Eddard Stark. Istnieje jednak jeszcze głębszy poziom. Ten, którego zabrano na czwarty poziom, nigdy już nie ujrzy słońca, nie usłyszy ludzkiego głosu i ani na jeden oddech nie uwolni się od potwornego bólu. Maegor zbudował te cele po to, by służyły męczarniom. — Dotarli do końca schodów. — To jest czwarty poziom. Podaj mi rękę, panie. Bezpieczniej jest wędrować tu po ciemku. Są tu rzeczy, których wolałbyś nie widzieć.

Tyrion zatrzymał się na chwilę. Varys raz już go zdradził. Kto wie, jakie plany snuł eunuch? Gdzie łatwiej byłoby mu kogoś zamordować niż w ciemności, w miejscu, o którego istnieniu nikt nie wiedział? Możliwe, że jego ciała nigdy by nie odnaleziono.

Z drugiej jednak strony, jaki miał wybór? Wrócić na górę i wyjść główną bramą? Nie, to był kiepski pomysł.

Jaime by się nie bał — pomyślał, potem jednak przypomniał sobie, co uczynił mu brat. Ujął eunucha za rękę i pozwolił, by ten poprowadził go przez ciemność, drapiąc cicho skórzanymi podeszwami o kamień. Varys szedł szybko, od czasu do czasu szepcząc: „Ostrożnie, przed nami trzy stopnie" albo: „Tunel skręca teraz w dół, panie". *Przybyłem tu jako królewski namiestnik, wjechałem przez bramy na czele swych zaprzysiężonych ludzi, a opuszczam miasto jak szczur umykający przez mrok, trzymając za rękę pająka.*

Przed nimi pojawiła się plama jasności, zbyt słaba, by mogła być światłem dnia. W miarę jak zdążali w jej stronę, robiła się coraz wyrazistsza. Po chwili Tyrion dostrzegł, że to łuk bramy, zamknięty kolejną żelazną kratą. Varys wydobył klucz i weszli do małego, okrągłego pomieszczenia. Prowadziło do niego pięcioro drzwi pozamykanych żelaznymi kratami. W suficie również było wyjście, a w ścianę wprawiono szereg prowadzących w górę szczebli. Z boku stał bogato zdobiony piecyk węglowy, ukształtowany na podobieństwo smoczej głowy. Węgielki w otwartej paszczy bestii wypaliły się już niemal do cna, nadal jednak żarzyły się posępnym, pomarańczowym blaskiem. Nawet tak słabe światło stanowiło miłą odmianę po całkowitym mroku tunelu.

Poza tym pomieszczenie było puste, jego podłogę pokrywała jednak złożona z czerwonych i czarnych płytek mozaika, wyobrażająca trójgłowego smoka. Coś w tym widoku zaniepokoiło Tyriona. Nagle sobie przypomniał. *To jest miejsce, o którym opowiadała mi Shae. Tędy Varys prowadził ją do mojego łoża.*

— Jesteśmy pod Wieżą Namiestnika.

— To prawda. — Zardzewiałe zawiasy skrzypnęły głośno, gdy Varys otworzył dawno nieużywane drzwi. Na podłogę posypały się płatki rdzy. — Ta droga prowadzi nad rzekę.

Tyrion podszedł powoli do drabiny i przebiegł dłonią po najniższym szczeblu.

— A ta do mojej sypialni.

— Teraz sypialni twojego pana ojca.

Spojrzał w górę szybu.

— Jak wysoko muszę się wspiąć?

— Panie, jesteś za słaby na podobne szaleństwo, a poza tym nie ma czasu. Musimy iść.

— Mam na górze pewną sprawę. Jak wysoko?

— Dwieście trzydzieści szczebli, ale bez względu na to, co zamierzasz...

— Dwieście trzydzieści szczebli i co potem?

— Tunelem w lewo. Wysłuchaj mnie...

— Jak daleko do sypialni?

Tyrion postawił stopę na najniższym szczeblu drabiny.

— Nie więcej niż sześćdziesiąt stóp. Idąc, dotykaj dłonią ściany. Poczujesz drzwi. Do sypialni prowadzą trzecie. — Eunuch westchnął. — To szaleństwo, panie. Twój brat zwrócił ci życie. Czy chcesz je teraz zmarnować, a moje razem z nim?

— Varysie, jedyną rzeczą, którą w tej chwili cenię niżej od własnego życia, jest twoje życie.

Odwrócił się plecami do eunucha i ruszył w górę, licząc po drodze bezgłośnie.

Szczebel po szczeblu, zapuszczał cię coraz dalej w mrok. Z początku widział niewyraźny zarys każdego kolejnego szczebla i szarą powierzchnię kamienia, w miarę jednak, jak wspinał się w górę, ciemność stawała się coraz głębsza. *Trzynaście, czternaście, piętnaście, szesnaście.* Gdy doszedł do trzydziestu, ramiona drżały mu już z wysiłku. Zatrzymał się na moment, by odetchnąć i spojrzeć w dół. Ujrzał tam blady krąg światła, częściowo przesłonięty przez jego stopy. Ponownie ruszył w górę. *Trzydzieści dziewięć, czterdzieści, czterdzieści jeden.* Przy pięćdziesięciu poczuł się tak, jakby nogi stanęły mu w ogniu. Wspinaczka nie miała końca. Mięśnie mu drętwiały. *Sześćdziesiąt osiem, sześćdziesiąt dziewięć, siedemdziesiąt.* Przy osiemdziesięciu całe plecy Tyriona ogarnął tępy ból. Mimo to nie przestawał się wspinać. *Sto trzynaście, sto czternaście, sto piętnaście.*

Gdy doszedł do dwustu trzydziestu, w szybie nadal panowała nieprzenikniona ciemność, czuł jednak napływający z tunelu po lewej stronie ciepły powiew, który przypominał oddech jakiejś wielkiej bestii. Tyrion pomacał niezgrabnie nogą i zszedł z drabiny. W tunelu było jeszcze ciaśniej niż w szybie. Człowiek normalnego wzrostu musiałby się tu czołgać na rękach i kolanach, on jednak był tak niski, że mógł iść wyprostowany. *Nareszcie miejsce zbudowane dla karłów.* Podeszwy jego butów szurały cicho o kamień. Szedł powoli, licząc kroki. Dotykał ręką ściany, by wyczuć w niej luki. Po chwili usłyszał głosy, z początku stłumione, potem coraz wyraźniejsze. Wsłuchał się uważnie. Dwóch zbrojnych jego ojca przerzucało się żartami o kurwie Krasnala. Mówili, że słodko byłoby ją wyruchać i że na pewno jest bardzo spragniona prawdziwego kutasa zamiast skurczonego wisiorka karła.

— Na pewno też jest krzywy — stwierdził Lum. To zaprowadziło ich do rozmowy o tym, w jaki sposób umrze jutro Tyrion. — Będzie płakał jak kobieta i błagał o litość. Sam się przekonasz — zapewniał Lum. Lester był zdania, że jako Lannister Tyrion odważnie stawi czoło toporowi. Był gotów założyć się o nowe buty. — Sram na nie — burknął Lum. — I tak za nic nie wcisnąłbym ich na nogi. Wiesz co? Jeśli wygram, będziesz mógł przez dwa tygodnie czyścić moją kolczugę.

Na przestrzeni kilku stóp Tyrion słyszał każde słowo ich sprzeczki, potem jednak głosy szybko ucichły. *Nic dziwnego, że Varys nie chciał, bym się wdrapywał na tę cholerną drabinę* — pomyślał. *Ptaszki, dobre sobie.*

Dotarł do trzecich drzwi i obmacywał je przez dłuższą chwilę, nim wreszcie trafił palcami na żelazny haczyk wprawiony między dwa kamienie. Gdy szarpnął go w dół, rozległ się cichy łoskot, który jednak w panującej w korytarzu ciszy wydawał się głośny niczym lawina. Stopę na lewo od niego pojawił się kwadrat słabego, pomarańczowego blasku.

Kominek! Omal się nie roześmiał. Na palenisku leżał gorący popiół oraz zwęglona kłoda, w której jarzyło się jeszcze gorące serce. Szedł bardzo ostrożnie, stąpając szybko, by nie przypalić butów. Ciepłe popioły chrzęściły cicho pod jego stopami. Gdy znalazł się w pomieszczeniu, które ongiś było jego sypialnią, zatrzymał się na chwilę, zakłócając swym oddechem ciszę. Czy ojciec go usłyszał? Czy sięgnie po miecz, podniesie alarm?

— Panie? — usłyszał kobiecy głos.

Kiedyś, gdy jeszcze czułem ból, mogłoby mnie to zaboleć. Najtrudniejszy był pierwszy krok. Tyrion dotarł do łoża, odsunął zasłony i zobaczył ją. Odwróciła się ku niemu z sennym uśmiechem na ustach. Kiedy go zobaczyła, uśmiech zniknął w jednej chwili. Uniosła koc pod brodę, jakby mogło ją to osłonić.

— Spodziewałaś się kogoś wyższego, słodziutka?

Jej oczy wypełniły wielkie, wilgotne łzy.

— Nie chciałam mówić tego wszystkiego. Królowa mnie zmusiła. Proszę. Tak się boję twojego ojca.

Usiadła, pozwalając, by koc opadł jej na kolana. Pod spodem nie miała na sobie nic oprócz łańcucha na szyi. Łańcucha z połączonych ze sobą złotych dłoni.

— Lady Shae — rzekł cicho Tyrion. — Cały czas, gdy siedziałem w ciemnicy, czekając na śmierć, wspominałem, jak bardzo jesteś piękna. W jedwabiu czy w wełnie albo bez niczego...

— Zaraz wróci jego lordowska mość. Lepiej uciekaj albo... czy przyszedłeś po mnie?

— Czy w ogóle kiedyś to lubiłaś? — Ujął w dłoń jej policzek, wspominając wszystkie chwile, gdy robił to poprzednio. Gdy obejmował jej talię, ściskał małe, jędrne piersi, głaskał krótkie, ciemne włosy, dotykał ust, policzków, uszu. Wszystkie chwile, gdy otwierał ją palcem, by dotknąć jej sekretnej słodyczy, aż jęczała z rozkoszy. — Czy kiedykolwiek lubiłaś mój dotyk?

— Bardziej niż cokolwiek na świecie — zapewniła — mój lannisterski olbrzymie.

To najgorsze, co mogłaś powiedzieć, słodziutka. Tyrion wsunął dłoń pod ojcowski łańcuch i pociągnął. Ogniwa zacisnęły się, wpijając się w szyję.

— Bo od złotych dłoni zawsze chłodem wionie, a dotyk kobiety jest ciepły — mruknął. Pociągnął raz jeszcze za chłodne dłonie, podczas gdy te ciepłe okładały go po zlanej łzami twarzy.

Potem znalazł sztylet lorda Tywina na nocnym stoliku i zatknął go sobie za pas. Na ścianach wisiały buzdygan z głowicą w kształcie lwiego łba, halabarda oraz kusza. Halabarda byłaby nieporęczna w zamkniętym pomieszczeniu, a buzdygan wisiał zbyt wysoko, by zdołał go dosięgnąć, lecz tuż pod kuszą przy ścianie stał wielki drewniany kufer z żelaznymi okuciami. Wdrapał się nań, zdjął kuszę i skórzany kołczan pełen bełtów, wsadził stopę w strzemię i pociągnął mocno, aż cięciwa się napięła. Potem nałożył bełt.

Jaime wielokrotnie udzielał mu wykładów na temat wad kuszy. Gdyby Lum i Lester weszli tu nagle z miejsca, w którym toczyli swą rozmowę, nie miałby szans załadować broni po raz drugi, przynajmniej jednak zabrałby ze sobą do piekła jednego z nich. Luma, gdyby miał szansę wybrać. *Będziesz musiał sam sobie czyścić kolczugę, Lum. Przegrałeś.*

Poczłapał ku drzwiom, nasłuchiwał przez chwilę, a potem otworzył je powoli. W kamiennej niszy paliła się lampa, która zalewała pusty korytarz bladym, żółtym blaskiem. Poruszał się jedynie jej płomień. Tyrion wyślizgnął się na zewnątrz, trzymając kuszę przy nodze.

Znalazł ojca tam, gdzie spodziewał się go zastać. Lord Tywin siedział w ciemnej wieży wychodka ze szlafrokiem owiniętym wokół bioder. Na dźwięk kroków podniósł wzrok.

Tyrion przywitał go płytkim, drwiącym ukłonem.

— Panie.

— Tyrionie. — Jeśli Tywin Lannister się bał, nie okazał tego w żaden sposób. — Kto uwolnił cię z celi?

— Z radością bym ci to powiedział, ale złożyłem świętą przysięgę.

— To był eunuch — zdecydował jego ojciec. — Zapłaci mi za to głową. Czy to moja kusza? Odłóż ją.

— Ukarzesz mnie, jeśli cię nie posłucham, ojcze?

— Ta ucieczka to szaleństwo. Nie zostaniesz stracony, jeśli tego właśnie się obawiasz. Nadal jest moim zamiarem wysłać cię na Mur, nie mogłem jednak tego uczynić bez zgody lorda Tyrella. Odłóż kuszę, to pójdziemy do moich pokojów i porozmawiamy o tym.

— Możemy porozmawiać tutaj. A może ja nie chcę jechać na Mur, ojcze? Tam jest cholernie zimno, a ja już mam dość chłodu od ciebie. Powiedz mi jedną rzecz i ruszę w drogę. Jedno proste pytanie. Jesteś mi to winien.

— Nic nie jestem ci winien.

— Całe życie dostawałem od ciebie mniej niż nic, to jednak mi dasz. Co zrobiłeś z Tyshą?

— Z Tyshą?

Nawet nie pamięta jej imienia.

— Z dziewczyną, z którą się ożeniłem.

— Ach, tak. Z twoją pierwszą kurwą.

Tyrion wycelował w pierś ojca.

— Jeśli jeszcze raz powiesz to słowo, zabiję cię.

— Brak ci odwagi.

— Sprawdzimy to? To krótkie słowo i wygląda na to, że bardzo łatwo pojawia się na twoich wargach. — Tyrion skinął niecierpliwie kuszą. — Tysha. Co z nią zrobiłeś, kiedy już udzieliłeś mi tej małej nauczki?

— Nie przypominam sobie.

— Pomyśl. Czy kazałeś ją zabić?

Jego ojciec wydął usta.

— Nie było potrzeby. Nauczyła się już, gdzie jest jej miejsce... i dobrze jej zapłacono za całodzienną pracę, jak sobie przypominam. Pewnie zarządca ją odesłał. Nie przyszło mi do głowy go o to zapytać.

— Odesłał dokąd?

— Tam, dokąd odsyła się kurwy.

Tyrion nacisnął spust. Kusza wystrzeliła z głośnym brzękiem w tej samej chwili, gdy lord Tywin zaczął się podnosić. Usiadł z głośnym stęknięciem, kiedy bełt wbił mu się w brzuch nad pachwiną, głęboko aż po pierzysko. Wzdłuż drzewca spłynęła krew, która skapywała na włosy łonowe i nagie uda.

— Strzeliłeś do mnie — stwierdził z niedowierzaniem w głosie. Oczy zaszkliły mu się na skutek szoku.

— Zawsze potrafiłeś szybko ocenić sytuację, panie — zauważył Tyrion. — Pewnie dlatego jesteś królewskim namiestnikiem.

— Nie... nie jesteś moim synem.

— I tu się właśnie mylisz, ojcze. Sądzę, że jestem po prostu miniaturką ciebie. Bądź tak uprzejmy i umrzyj szybko. Śpieszę się na statek.

Choć raz ojciec uczynił to, o co prosił go Tyrion. Dowodem na to był nagły smród. Jego kiszki rozluźniły się w momencie zgonu. *No cóż, siedział akurat w odpowiednim miejscu* — pomyślał Tyrion. Fetor, który wypełnił wychodek, świadczył jednak dobitnie, że często powtarzany żart o jego ojcu był tylko kolejnym kłamstwem.

Okazało się, że Tywin Lannister wcale nie srał złotem.

SAMWELL

Sam natychmiast zauważył, że król jest rozgniewany.

Gdy czarni bracia wchodzili do środka jeden po drugim i klękali przed nim, Stannis odsunął na bok śniadanie złożone z sucharów, solonej wołowiny oraz jaj na twardo, po czym przeszył ich zimnym wzrokiem. Siedząca obok niego kobieta w czerwieni, Melisandre, sprawiała wrażenie, że uważa tę scenę za zabawną.

Tu nie ma dla mnie miejsca — pomyślał zaniepokojony Sam, gdy spojrzenie jej czerwonych oczu spoczęło na nim. *Ktoś musiał pomóc maesterowi Aemonowi wejść na schody. Nie patrz na mnie. Jestem tylko zarządcą maestera.* Pozostali ubiegali się o pozycję zwolnioną przez Starego Niedźwiedzia, wszyscy poza Bowenem Marshem, który wycofał swą kandydaturę, pozostawał jednak kasztelanem i lordem zarządcą. Sam nie miał pojęcia, dlaczego Melisandre tak się interesuje akurat nim.

Król Stannis kazał czarnym braciom klęczeć niezwykle długo.

— Wstańcie — rzucił wreszcie. Samwell posłużył maesterowi Aemonowi ramieniem, by pomóc mu się podnieść.

Pełną napięcia ciszę zmącił lord Janos Slynt, który odchrząknął głośno.

— Wasza Miłość, pozwól, bym rzekł, że bardzo się cieszymy, iż nas tu wezwałeś. Gdy tylko ujrzałem z Muru twe chorągwie, zrozumiałem, że królestwo jest uratowane. Powiedziałem dobremu ser Alliserowi: „To jest człowiek, który nigdy nie zapomina o obowiązku. Silny człowiek i prawdziwy król". Czy mogę ci pogratulować zwycięstwa nad tymi dzikusami? Jestem pewien, że minstrele ułożą na ten temat wspaniałe pieśni...

— Minstrele mogą sobie robić, co chcą — warknął Stannis. — Oszczędź mi tych pochlebstw, Janosie. Na nic ci się nie zdadzą. — Wstał z krzesła i spojrzał na przybyłych z zasępioną miną. — Lady Melisandre powiedziała mi, że jeszcze nie wybraliście lorda dowódcy. Nie jestem z tego zadowolony. Jak długo jeszcze musi trwać to szaleństwo?

— Panie — bronił się Bowen Marsh — nikt dotąd nie otrzymał dwóch trzecich głosów. Minęło dopiero dziesięć dni.

— O dziewięć za dużo. Muszę zdecydować, co zrobić z jeńcami, jak rządzić królestwem i toczyć wojnę. Podjąć decyzje, które dotyczą Muru i Nocnej Straży. Wasz lord dowódca powinien mieć prawo głosu w tych kwestiach.

— Powinien, tak jest — zgodził się Janos Slynt. — Muszę coś jednak powiedzieć. My, bracia, jesteśmy tylko prostymi żołnierzami. Żołnierzami, tak jest! A Wasza Miłość wie, że żołnierze najlepiej się czują, wykonując rozkazy. Wydaje mi się, że przydałoby im się twe królewskie przewodnictwo. Dla dobra królestwa winieneś pomóc im w dokonaniu mądrego wyboru.

Ta sugestia oburzyła niektórych z obecnych.

— Może jeszcze zechcesz, żeby król podcierał nam tyłek? — zapytał rozgniewany Cotter Pyke.

— Prawo wyboru lorda dowódcy przysługuje wyłącznie zaprzysiężonym braciom — sprzeciwił się ser Denys Mallister.

— Jeśli będą wybierali mądrze, nie wybiorą mnie — jęknął Edd Cierpiętnik.

— Wasza Miłość, już od czasów, gdy Brandon Budowniczy wzniósł Mur, Nocna Straż sama wybierała swego dowódcę — odezwał się jak zawsze spokojny maester Aemon. — Wliczając Jeora Mormonta, mieliśmy nieprzerwaną sukcesję dziewięciuset dziewięćdziesięciu siedmiu lordów dowódców i każdego z nich wybierali ludzie, których miał prowadzić. Ta tradycja liczy sobie tysiąclecia.

Stannis zazgrzytał zębami.

— Nie jest moim życzeniem ingerować w wasze prawa i tradycje. Jeśli zaś chodzi o królewskie przewodnictwo, Janos, to skoro uważasz, że powinienem zasugerować twym braciom, by wybrali ciebie, to miej odwagę powiedzieć to wprost.

To nieco zmieszało lorda Janosa. Slynt uśmiechnął się niepewnie, a na jego twarzy pojawił się pot.

— Kto byłby lepszym dowódcą czarnych płaszczy niż człowiek, który dowodził złotymi, panie? — odezwał się jednak stojący obok niego Bowen Marsh.

— Każdy z was, jak sądzę. Nawet kucharz. — Król przeszył Slynta przeciągłym, zimnym spojrzeniem. — Przyznaję, że Janos z pewnością nie był pierwszym złotym płaszczem, który przyjął łapówkę, mógł jednak być pierwszym dowódcą, który pomnażał zawartość swej sakiewki, sprzedając nominacje i awanse. Pod koniec chyba z połowa oficerów Straży Miejskiej musiała mu oddawać część swej pensji. Nieprawdaż, Janos?

Szyja Slynta nabrała purpurowej barwy.

— Kłamstwo! Wszystko to kłamstwo! Wasza Miłość najlepiej wie, że silny człowiek zawsze robi sobie wrogów, którzy opowiadają kłamstwa za jego plecami. Niczego mi nigdy nie dowiedziono, nikt mnie nie oskarżył...

— Dwaj mężczyźni, którzy byli gotowi zeznawać, zginęli nagle, pełniąc służbę. — Stannis przymrużył oczy. — Nie próbuj ze mnie żartować, mój panie. Widziałem dowód, który przedstawił małej radzie Jon Arryn, i zapewniam cię, że gdybym to ja był królem, straciłbyś wówczas coś więcej niż pozycję, Robert jednak zbył twe drobne potknięcia wzruszeniem ramion. Przypominam sobie, że rzekł wówczas: „Wszyscy kradną. Lepszy złodziej, którego znamy, od nieznanego. Następny mógłby okazać się gorszy". Idę o zakład, że to lord Petyr włożył te słowa w usta mojemu bratu. Littlefinger zawsze potrafił wywęszyć złoto i jestem pewien, że załatwił sprawy tak, by korona czerpała z twej korupcji równie wielkie zyski, co ty sam.

Policzki lorda Slynta zadrżały gwałtownie, nim jednak zdążył sformułować kolejny protest, odezwał się maester Aemon.

— Wasza Miłość, zgodnie z prawem, wszelkie przeszłe zbrodnie i występki ulegają zatarciu, gdy człowiek wypowiada słowa i staje się zaprzysiężonym bratem Nocnej Straży.

— Zdaję sobie z tego sprawę. Gdyby się okazało, że lord Janos jest najlepszym, co Nocna Straż ma do zaoferowania, przełknę go z zaciśniętymi zębami. Wszystko mi jedno, kogo wybierzecie, pod warunkiem, że wreszcie to zrobicie. Czeka nas wojna.

— Wasza Miłość — odezwał się ser Denys Mallister z ostrożną uprzejmością w głosie. — Jeśli masz na myśli dzikich...

— Nie mam. I świetnie o tym wiesz, ser.

— Ty za to musisz się dowiedzieć, że choć jesteśmy ci wdzięczni za pomoc, jakiej nam udzieliłeś w walce z Mance'em Rayderem, nie możemy cię wesprzeć w twych zabiegach o tron. Nocna Straż nie bierze udziału w wojnach toczonych w Siedmiu Królestwach. Od ośmiu tysięcy lat…

— Znam historię, ser Denysie — burknął król. — Masz moje słowo, że nie będę was prosił o to, byście podnieśli miecz przeciw buntownikom i uzurpatorom, którzy wciąż mnie prześladują. Oczekuję od was jedynie tego, byście bronili Muru, tak jak zawsze.

— Będziemy go bronić do ostatniego człowieka — zapewnił Cotter Pyke.

— To zapewne będę ja — dodał Edd Cierpiętnik pełnym rezygnacji tonem.

Stannis skrzyżował ramiona.

— Zamierzam zażądać od was jeszcze paru rzeczy. Rzeczy, których zapewne nie będziecie skłonni mi dać. Chcę waszych zamków. I chcę Daru.

Te wypowiedziane bez ogródek słowa podziałały na czarnych braci jak garniec dzikiego ognia rzucony na piecyk węglowy. Marsh, Mallister i Pyke zaczęli mówić jednocześnie. Król Stannis pozwolił im na to. Kiedy skończyli, oznajmił:

— Mam trzykrotnie więcej ludzi od was. Jeśli zechcę, mogę wam zabrać te ziemie, wolałbym jednak zrobić to legalnie, za waszą zgodą.

— Dar przekazano Nocnej Straży w wieczne władanie, Wasza Miłość — nie ustępował Bowen Marsh.

— To znaczy, że nie można go zgodnie z prawem odebrać, zagarnąć czy skonfiskować. To jednak, co zostało dane, można przekazać komuś innemu.

— A po co ci potrzebny Dar? — zapytał Cotter Pyke.

— Zrobię z niego lepszy użytek niż wy. Jeśli chodzi o zamki, Wschodnia Strażnica, Czarny Zamek i Wieża Cieni pozostaną w waszych rękach. Obsadzicie je swoimi ludźmi, tak jak zawsze, jeśli jednak mamy utrzymać Mur, muszę w pozostałych zamkach umieścić własne garnizony.

— Masz za mało ludzi — wskazał Bowen Marsh.

— Niektóre z opuszczonych zamków to niewiele więcej niż ruiny — dodał Othell Yarwyck, pierwszy budowniczy.

— Ruiny można odbudować.

— Odbudować? — obruszył się Yarwyck. — A kto wykona tę pracę?

— To już moja sprawa. Chcę, byście sporządzili raport opisujący aktualny stan każdego zamku i środki, które będą niezbędne do jego odbudowy. Zamierzam przed upływem roku obsadzić je wszystkie i rozpalić przed ich bramami nocne ogniska.

— Nocne ogniska? — Bowen Marsh spojrzał niepewnie na Melisandre. — Mamy palić nocne ogniska?

— Tak jest. — Kobieta podniosła się, zamiatając szkarłatnym jedwabiem. Długie miedziane włosy opadały jej kaskadą na ramiona. — Tej ciemności nie da się powtrzymać samymi mieczami. Może tego dokonać jedynie światło Pana. Nie miejcie złudzeń, dobrzy rycerze i waleczni bracia, wojna, którą przybyliśmy tu stoczyć, nie jest jakąś drobną utarczką o ziemie i zaszczyty. To bój o samo życie i jeśli przegramy, świat zginie razem z nami.

Sam widział, że przywódcy Nocnej Straży nie wiedzą, co sądzić o tych słowach. Bowen Marsh i Othell Yarwyck wymienili pełne powątpiewania spojrzenia, Janos Slynt był poirytowany, a Trzypalcy Hobb sprawiał wrażenie, że najchętniej wróciłby do krojenia marchewki. Wszyscy jednak usłyszeli szept maestera Aemona.

— Mówisz o wojnie o świat, pani. Gdzie jednak jest książę, którego obiecano?

— Stoi przed tobą — oznajmiła Melisandre — Choć nie masz oczu, by go ujrzeć. Stannis Baratheon jest Azorem Ahai narodzonym na nowo, wojownikiem ognia. To w nim wypełniły się proroctwa. Na niebie pojawiła się czerwona kometa zwiastująca jego nadejście, a u swego boku nosi Światłonoścę, czerwony miecz bohaterów.

Sam zauważył, że król jest rozpaczliwie skrępowany jej słowami.

— Wezwaliście mnie i przybyłem, panowie — oświadczył Stannis, zgrzytając zębami. — Teraz musimy żyć razem albo razem zginąć. Lepiej przyzwyczajcie się do tej myśli. — Skinął zdawkowo dłonią. — To wszystko. Maesterze, zostań na chwilę. I ty też, Tarly. Reszta może odejść.

Ja? — pomyślał przerażony Sam, gdy pozostali kłaniali się i wychodzili. *Czego chce ode mnie?*

— To ty zabiłeś tego śnieżnego stwora — stwierdził król Stannis, gdy zostali tylko we czworo.

— Sam Zabójca — dodała z uśmiechem Melisandre.

Poczuł, że na twarz wypełza mu rumieniec.

— Nie, pani. Wasza Miłość. To znaczy tak. Tak, jestem Samwell Tarly.

— Twój ojciec to dobry żołnierz — ciągnął król Stannis. — Pokonał kiedyś mojego brata pod Ashford. Mace Tyrell chętnie przypisuje sobie zasługę za to zwycięstwo, ale to lord Randyll rozstrzygnął sprawę, nim jeszcze Tyrell zdążył znaleźć pole bitwy. Zabił lorda Cafferena tym swoim wielkim valyriańskim mieczem i odesłał jego głowę Aerysowi. — Król potarł palcem podbródek. — Nie takiego syna spodziewałbym się po podobnym człowieku.

— Nie… nie takiego syna pragnął, panie.

— Gdybyś nie przywdział czerni, byłbyś użytecznym zakładnikiem — ciągnął Stannis.

— Ale ją przywdział, panie — wskazał maester Aemon.

— Wiem o tym — odparł król. — Wiem więcej, niż ci się zdaje, Aemonie Targaryen.

Starzec pochylił głowę.

— Jestem tylko Aemonem, panie. Gdy wykuwamy łańcuch maestera, wyrzekamy się rodowych nazwisk.

Król skinął krótko głową, jakby chciał powiedzieć, że wie o tym i nic go to nie obchodzi.

— Słyszałem, że zabiłeś to stworzenie obsydianowym sztyletem — powiedział do Sama.

— T… tak, Wasza Miłość. Dał mi go Jon Snow.

— Smocze szkło. — Śmiech kobiety w czerwieni brzmiał jak muzyka. — W języku dawnej Valyrii zwie się zamrożonym ogniem. Nic dziwnego, że niesie zgubę tym zimnym dzieciom Innego.

— Na Smoczej Skale, gdzie miałem siedzibę, w starych tunelach pod górą można znaleźć mnóstwo tego obsydianu — oznajmił Samowi król. — Odłamy, głazy, całe skalne półki. Przypominam sobie, że na ogół był czarny, ale widziało się czasem też zielony, czerwony, a nawet fioletowy. Wysłałem wiadomość do mojego kasztelana, ser Rollanda, każąc mu, by zaczął go wydobywać. Obawiam się, że Smocza Skała nie pozostanie w moich rękach zbyt długo, być może jednak, zanim zamek upadnie, Pan Światła pozwoli nam zgromadzić wystarczająco dużo tego zamrożonego ognia, byśmy mogli uzbroić się przeciw owym stworzeniom.

Sam odchrząknął.

— P... panie. Sztylet... kiedy zaatakowałem nim upiora, smocze szkło się rozprysło.

— Te upiory ożywia nekromancja, lecz nadal pozostają tylko martwymi ciałami — wyjaśniła z uśmiechem Melisandre. — Wystarczą na nie stal i ogień. Ci, których zwiecie Innymi, są czymś więcej.

— Demonami stworzonymi ze śniegu, lodu i zimna — dodał Stannis Baratheon. — Pradawnym wrogiem. Jedynym wrogiem, który się liczy. — Ponownie przyjrzał się Samowi. — Słyszałem też, że przeszedłeś z tą dziką dziewczyną pod Murem przez jakąś magiczną bramę.

— To Cz... czarna Brama — wyjąkał Sam. — Pod Nocnym Fortem.

— Nocny Fort to najstarszy i największy z zamków na Murze — ciągnął król. — Tam właśnie zamierzam urządzić swą siedzibę na czas tej wojny. Pokażesz mi tę bramę.

— Po... pokażę — zgodził się Sam. — Jeżeli...

Jeżeli jeszcze istnieje. Jeżeli otworzy się przed człowiekiem, który nie przywdział czerni. Jeżeli...

— Pokażesz — warknął Stannis. — Powiem ci kiedy.

Maester Aemon uśmiechnął się.

— Wasza Miłość — zaczął — czy mógłbyś, zanim odejdziemy, uczynić nam ten wielki zaszczyt i zademonstrować ten cudowny miecz, o którym tak wiele słyszeliśmy?

— Ty chcesz zobaczyć Światłonoścę? Ślepiec?

— Sam będzie moimi oczyma.

Król zmarszczył brwi.

— Wszyscy już widzieli to cholerstwo. Czemu by nie ślepiec?

Pas i pochwa wisiały na kołku w pobliżu kominka. Stannis zdjął pas i wydobył miecz. Stal zgrzytnęła o drewno oraz skórę i samotnię wypełniła jasność, migotliwy, niespokojny taniec blasku złotego, pomarańczowego i czerwonego, wszystkich kolorów ognia.

— Opowiadaj, Samwell.

Maester Aemon dotknął jego ramienia.

— On się świeci — zaczął Sam przyciszonym głosem. — Jakby płonął. Nie widać płomieni. Sama stal jest żółta, czerwona i pomarańczowa. Błyszczy się i migocze. Wygląda jak blask słońca odbijający się w wodzie, tylko ładniej. Szkoda, że nie możesz tego zobaczyć, maesterze.

— Widzę to, Sam. Miecz pełen słonecznego blasku. To cudowny widok. — Starzec pokłonił się sztywno. — Wasza Miłość. Pani. Byliście dla mnie bardzo łaskawi.

Gdy król Stannis schował świecący miecz, w samotni zrobiło się nagle okropnie ciemno, mimo że przez okno do środka wpadało światło słońca.

— Proszę bardzo, zobaczyłeś go. Możesz wrócić do swych obowiązków. I zapamiętaj, co ci powiedziałem. Twoi bracia mają dziś wybrać nowego lorda dowódcę albo pożałują.

Gdy Sam sprowadzał maestera Aemona po wąskich, krętych schodach, stary zatopił się w myślach. Kiedy jednak szli przez dziedziniec, rzekł:

— Nie czułem ciepła. A ty, Sam?

— Ciepła? Od miecza? — Cofnął się myślą do samotni. — Powietrze wokół niego migotało jak wokół gorącego piecyka.

— Ale nie czułeś ciepła, prawda? A pochwa, w której trzyma ten miecz, jest wykonana ze skóry i drewna, zgadza się? Słyszałem dźwięk, gdy Jego Miłość go wyciągał. Czy skóra była przypalona, Sam? Czy widziałeś na drewnie czarne plamy?

— Nie — przyznał chłopak. — Nic takiego nie zauważyłem.

Maester Aemon skinął głową. Gdy wrócili do jego komnat, poprosił Sama, by rozniecił ogień i zaprowadził go na krzesło przed kominkiem.

— Ciężko jest być starym — rzekł, sadowiąc się na nim z westchnieniem. — A jeszcze ciężej ślepym. Brakuje mi słońca. I książek. Ich brakuje mi najbardziej. — Aemon skinął dłonią. — Do chwili wyborów nie będziesz już mi potrzebny.

— Wybory... maesterze, czy mógłbyś coś zrobić? To, co król powiedział o lordzie Janosie...

— Pamiętam — przerwał mu maester Aemon. — Jestem jednak maesterem, Sam. Zaprzysiężonym i noszącym łańcuch. Moim obowiązkiem jest doradzanie lordowi dowódcy, ktokolwiek by nim był. Nie godzi się, bym popierał jednego kandydata przeciw innemu.

— Ja nie jestem maesterem — wskazał Sam. — Czy mógłbym coś zrobić?

Aemon skierował na niego ślepe, białe oczy i uśmiechnął się łagodnie.

— Nie wiem, Samwell. Mógłbyś?

Mógłbym — pomyślał Sam. *Muszę*. I to natychmiast. Jeśli się zawaha, na pewno straci odwagę. *Jestem człowiekiem z Nocnej Straży* — powtarzał sobie, biegnąc przez dziedziniec. *Naprawdę nim jestem. Potrafię tego dokonać.* Jeszcze nie tak dawno drżał i jąkał się, gdy tylko lord Mormont choć na niego spojrzał, to jednak był dawny Sam, z czasów przed Pięścią Pierwszych Ludzi i Twierdzą Crastera, przed upiorami, Zimnorękim i Innym na martwym koniu. Teraz był odważniejszy. Powiedział Jonowi, że dzięki Goździk stał się odważniejszy. To była prawda. To musiała być prawda.

Groźniejszym z dwóch dowódców był Cotter Pyke, Sam skierował się więc najpierw do niego, gdy jego odwaga była jeszcze świeża. Znalazł go w starej Sali Tarcz, gdzie Pyke grał w kości z trzema ludźmi ze Wschodniej Strażnicy oraz rudym sierżantem, który przybył ze Stannisem ze Smoczej Skały.

Gdy Sam poprosił o chwilę rozmowy, Pyke warknął rozkaz i pozostali wyszli, zabierając kości oraz monety.

Nikt nie mógłby nazwać Cottera Pyke'a przystojnym, choć ciało ukryte pod nabijaną ćwiekami brygantyną i wełnianymi spodniami było twarde, żylaste i silne. Oczy miał małe i blisko osadzone, nos złamany, a na czole dwa symetryczne zakola. Franca paskudnie oszpeciła mu twarz, a broda, którą zapuścił, by ukryć blizny, była rzadka i kosmata.

— Sam Zabójca! — przywitały go słowa. — Jesteś pewien, że to Innego zabiłeś, a nie śnieżnego rycerza ulepionego przez jakiegoś dzieciaka?

To nie jest dobry początek.

— To smocze szkło go zabiło, panie — wyjaśnił słabym głosem Sam.

— Nie wątpię w to. No to gadaj, Zabójco. Maester cię przysłał?

— Maester? — Sam przełknął ślinę. — Przed... przed chwilą od niego wyszedłem, panie.

Nie było to właściwie kłamstwo. Jeśli Pyke źle zinterpretuje jego słowa, może będzie bardziej skłonny go wysłuchać. Sam zaczerpnął głęboko tchu i zaczął przemowę.

Pyke przerwał mu, nim zdołał wypowiedzieć dwadzieścia słów.

— Chcesz, żebym uklęknął i pocałował rąbek pięknego płaszcza Mallistera, tak? Mogłem się tego domyślić. Paniątka zawsze chodzą stadami, jak owce. Powiedz Aemonowi, żeby oszczędził sobie wysiłków, a mnie czasu. Jeśli ktoś ma się wycofać, to powinien to być Mallister. Skurczybyk jest za stary na to stanowisko. Może tak byś mu to wytłumaczył? Jeśli go wybierzemy, za rok będziemy musieli głosować ponownie.

— Jest stary — zgodził się Sam — ale i do... doświadczony.

— Chyba w siedzeniu w wieży i oglądaniu map. Co ma zamiar robić, słać do upiorów listy? To pięknie, że jest rycerzem, ale żaden z niego wojownik. Nie dam kociołka szczyn za to, kogo wysadził z siodła w jakimś głupim turnieju pięćdziesiąt lat temu. Półręki sam walczył we wszystkich swych bitwach. Nawet stary ślepiec powinien to widzieć. A teraz, kiedy mamy na głowie tego cholernego króla, bardziej niż kiedykolwiek potrzebujemy wojownika. Dzisiaj Jego Miłość zażądał od nas ruin i pustych pól, kto jednak wie, czego zapragnie jutro? Myślisz, że Mallister będzie miał odwagę przeciwstawić się Stannisowi Baratheonowi i tej czerwonej wiedźmie? — Roześmiał się. — Ja tak nie myślę.

— A więc go nie poprzesz? — zapytał zrozpaczony Sam.

— Czy jesteś Samem Zabójcą czy Głuchym Dickiem? Nie, nie poprę go. — Pyke podsunął mu palec pod twarz. — Zrozum jedno, chłopcze. Wcale nie zależy mi na tej cholernej robocie. Nigdy mi na niej nie zależało. Wolę walczyć, mając pod sobą pokład, nie konia, a Czarny Zamek leży zbyt daleko od morza. Prędzej jednak dam się wyruchać w dupę rozgrzanym do czerwoności mieczem, nim oddam Nocną Straż temu wymuskanemu orzełkowi z Wieży Cieni. A ty możesz wracać do starego i powtórzyć mu, co powiedziałem, jeśli cię o to zapyta. — Wstał. — Zejdź mi z oczu.

— A... jeśli znajdzie się ktoś inny? — zapytał Sam, zbierając w sobie całą odwagę, która mu została. — Cz... czy poparłbyś kogoś innego?

— Ale kogo? Bowena Marsha? On się nadaje tylko do liczenia łyżek. Othell to wykonawca. Robi to, co mu kazać, i robi to dobrze, ale na tym koniec. Slynt... no cóż, przyznaję, że jego ludzie go lubią i przyjemnie byłoby wepchnąć go w królewskie gardło, żeby zobaczyć, czy Stannis się porzyga, ale nie. Jest w nim za dużo z Królewskiej Przystani. Ropusze wyrosły skrzydła i wyobraża sobie, że jest cholernym smokiem. — Pyke ryknął śmiechem. — Kto zostaje? Hobb? Pewnie moglibyśmy go wybrać, ale kto wtedy gotowałby ci baraninę, Zabójco? Wyglądasz mi na człowieka, który lubi cholerną baraninę.

Samowi nie zostało nic więcej do powiedzenia. Był pokonany. Mógł jedynie wyjąkać podziękowanie i wyjść. *Z ser Denysem poradzę sobie lepiej* — przekonywał się, idąc przez zamkowe korytarze. Ser Mallister był szlachetnie urodzonym rycerzem, umiał się wysłowić i potraktował Sama z wielką uprzejmością, gdy spotkał go z Goździk na drodze. *Ser Denys mnie wysłucha. Musi mnie wysłuchać.*

Dowódca Wieży Cieni urodził się pod Grzmiącą Wieżą w Seagardzie i w każdym calu wyglądał na Mallistera. Kołnierz i rękawy czarnego aksamitnego wamsu obszyte miał sobolowym futrem, a fałdy płaszcza spinały mu szpony srebrnej broszy w kształcie orła. To prawda, że jego broda była biała jak śnieg, prawie nie miał już włosów, a twarz pokrywały mu głębokie bruzdy, nadal jednak poruszał się z gracją i zachował zęby. Upływ czasu nie pozbawił też bystrości jego niebieskoszarych oczu ani nie sprawił, że zapomniał o uprzejmości.

— Mości Tarly — przywitał Sama, gdy jego zarządca wprowadził go do Kopii, gdzie zatrzymali się ludzie z Wieży Cieni. — Cieszę się, że wróciłeś już do siebie po tych wszystkich przejściach. Czy mogę cię poczęstować kielichem wina? Chyba sobie przypominam, że twoja pani matka pochodzi z Florentów. Pewnego dnia muszę ci opowiedzieć o tym, jak wysadziłem z siodeł obu twych dziadków w tym samym turnieju. Ale nie dzisiaj. Wiem, że mamy pilniejsze sprawy. Z pewnością przysyła cię maester Aemon. Czy może mi udzielić jakiejś rady?

Sam pociągnął łyk wina i odpowiedział mu, starannie dobierając słowa.

— Jest zaprzysiężonym, noszącym łańcuch maesterem… i nie godziłoby, gdyby widziano, że próbuje wpłynąć na wybór lorda dowódcy.

Stary rycerz rozciągnął usta w uśmiechu.

— I właśnie dlatego nie przyszedł do mnie osobiście. Rozumiem to, Samwell. Aemon i ja jesteśmy starymi ludźmi i znamy się na takich sprawach. Mów, co przyszedłeś mi powiedzieć.

Wino było słodkie, a ser Denys w przeciwieństwie do Cottera Pyke'a wysłuchał przemowy Sama z powagą i uprzejmością. Gdy jednak chłopak skończył, stary rycerz potrząsnął głową.

— Zgadzam się, że to byłby czarny dzień w naszej historii, gdyby król miał zdecydować, kto będzie naszym lordem dowódcą. Zwłaszcza ten król. Nie jest prawdopodobne, by zachował koronę zbyt długo. Ale szczerze mówiąc, Samwell, to Pyke powinien się wycofać. Mam większe poparcie niż on i jestem lepszym kandydatem od niego.

— To prawda — zgodził się Sam — ale Cotter Pyke też mógłby się nadać. Powiadają, że często wykazywał swą wartość w bitwach.

Nie chciał obrazić ser Denysa, wychwalając jego rywala, jak jednak inaczej mógł go skłonić do wycofania się?

— Wielu braci wykazało swą wartość w bitwach. To nie wystarczy. Niektórych spraw nie da się rozstrzygnąć toporem. Maester Aemon na pewno to zrozumie, choć Cotter Pyke nie potrafi tego pojąć. Lord dowódca Nocnej Straży przede wszystkim jest lordem. Musi być w stanie konwersować z innymi lordami… i z królami też. Musi być człowiekiem godnym szacunku. — Ser Denys pochylił się. — My dwaj jesteśmy synami wielkich lordów. Znamy wartość pochodzenia, krwi i tych odebranych w dzieciństwie nauk, których nic nie może zastąpić. W wieku dwunastu lat zostałem giermkiem, gdy miałem osiemnaście lat rycerzem, a w wieku dwudziestu dwóch lat zwyciężyłem w turnieju. Jestem dowódcą Wieży Cieni od trzydziestu trzech lat. Krew, urodzenie i odebrane nauki pozwalają mi rozmawiać z królami. Pyke… no cóż, słyszałeś go dziś rano, jak zapytał, czy Jego Miłość ma podcierać mu tyłek? Samwell, nie mam w zwyczaju mówić źle o swych braciach, ale bądźmy szczerzy… ludzie z żelaznego rodu to rasa piratów i złodziei, a Cotter Pyke gwałcił i mordował, kiedy był jeszcze prawie chłopcem. Maester Harmune już od lat pisze i czyta mu listy. Nie, choć bardzo bym nie chciał rozczarować maestera Aemona, honor nie pozwala mi ustąpić miejsca Pyke'owi ze Wschodniej Strażnicy.

Tym razem Sam był przygotowany.

— A czy mógłbyś ustąpić komuś innemu? Komuś, kto byłby bardziej odpowiedni?

Ser Denys zastanawiał się nad tym chwilę.

— Nigdy nie pragnąłem tego zaszczytu dla niego samego. Podczas poprzednich wyborów wycofałem się bez oporów, gdy zgłoszono kandydaturę lorda Mormonta, tak samo jak we wcześniejszych wyborach na rzecz lorda Qorgyle'a. Ale Bowen Marsh nie poradzi sobie na tym stanowisku, podobnie jak Othell Yarwyck, a ten tak zwany lord Harrenhal to syn rzeźnika wyniesiony przez Lannisterów. Nic dziwnego, że jest skorumpowany i sprzedajny.

— Jest jeszcze ktoś inny — zaczął Sam. — Ufał mu lord dowódca Mormont. Ufali mu Donal Noye i Qhorin Półręki. Choć nie może się poszczycić tak szlachetnym urodzeniem jak twoje, w jego żyłach płynie stara krew. Urodził się i wychował w zamku, władania mieczem i kopią uczył się od rycerza, a czytania i pisania od maestera z Cytadeli. Jego ojciec był lordem, a brat królem.

Ser Denys pogłaskał się po długiej białej brodzie.

— Być może — przyznał po długiej chwili. — Jest bardzo młody, ale... być może. Przyznaję, że mógłby się nadać, choć nie wątpię, że jestem lepszym kandydatem. Lepiej by było, gdyby bracia wybrali mnie.

Jon powiedział, że w kłamstwie może być honor, jeśli powie się je dla dobrego celu — pomyślał Sam.

— Jeśli nie wybierzemy dziś w nocy lorda dowódcy, król Stannis zamierza mianować Cottera Pyke'a. Powiedział to dziś rano mnie i maesterowi Aemonowi, kiedy już wyszliście.

— Rozumiem. — Ser Denys wstał. — Muszę się nad tym zastanowić. Dziękuję ci, Samwell. Przekaż też moje pozdrowienia maesterowi Aemonowi.

Wychodząc z Kopii, Sam dygotał. *Co ja zrobiłem?* — myślał. *Co powiedziałem?* Jeśli złapią go na kłamstwie... *To co właściwie mogą mi zrobić? Wyślą mnie na Mur? Wyprują mi flaki? Zamienią mnie w upiora?* Wszystko to nagle wydało mu się absurdalne. Jak mógł tak bardzo bać się Cottera Pyke'a i ser Denysa Mallistera, jeśli widział, jak kruk wydziobywał twarz Małego Paula?

Pyke nie był zadowolony z jego powrotu.

— To znowu ty? Pośpiesz się, bo zaczynasz mnie drażnić.

— To potrwa tylko chwilę — obiecał Sam. — Powiedziałeś, że nie wycofasz się na rzecz ser Denysa, ale może, gdyby chodziło o kogoś innego?

— A kto to ma być tym razem, Zabójco? Ty?

— Nie. To wojownik. Gdy nadeszli dzicy, Donal Noye powierzył mu Mur. Był też giermkiem Starego Niedźwiedzia. Kłopot tylko w tym, że to bękart.

Cotter Pyke ryknął śmiechem.

— Niech cię cholera. To by wsadziło włócznię w dupę Mallistera, co? Może to wystarczający powód, by się zgodzić. W końcu, jak bardzo zły może być ten chłopak? — Żachnął się. — Ale ja byłbym lepszy. To mnie potrzebuje Straż. Każdy głupi by to zrozumiał.

— Każdy głupi — zgodził się Sam. — Nawet ja. Ale... nie powinienem ci tego mówić, ale... jeśli dziś w nocy kogoś nie wybierzemy, król Stannis zamierza nam narzucić Mallistera. Słyszałem, jak powiedział to maesterowi Aemonowi, kiedy już was odesłał.

JON

Żelazny Emmett był wysokim, chudym, młodym zwiadowcą, którego wytrzymałość, siła i biegłość we władaniu mieczem były dumą Wschodniej Strażnicy. Jon zawsze wracał z ich wspólnych ćwiczeń obolały, a następnego dnia budził się z siniakami. Był jednak z tego zadowolony. Nigdy nie nauczy się nic nowego, ćwicząc z takimi jak Atłas, Koń, czy nawet Grenn.

Jon chciał wierzyć, że w większość dni odpłaca się Emmettowi pięknym za nadobne, dziś jednak z pewnością tak nie było. Nocą nie spał prawie w ogóle. Jakąś godzinę rzucał się nerwowo na łóżku, po czym dał za wygraną, ubrał się i wjechał na szczyt Muru, by zaczekać tam na wschód słońca. Cały czas szarpał się w myślach z propozycją Stannisa Baratheona. Teraz odczuwał brak snu, a Emmett okładał go bezlitośnie, zmuszał do odwrotu jednym szerokim zamachem miecza po drugim. Od czasu do czasu walił go na dodatek tarczą. Ramię Jona zesztywniało od wstrząsów, a tępy miecz turniejowy z każdą chwilą wydawał się coraz cięższy.

Był już niemal gotów opuścić broń i poprosić o przerwę, gdy Emmett zamachnął się nisko mieczem, a potem walnął go na odlew tarczą w skroń. Jon zachwiał się na nogach. W hełmie i w głowie dzwoniło mu od siły uderzenia. Na pół uderzenia serca świat za szparą hełmu przerodził się w zamazaną plamę.

Cofnął się nagle o wiele lat, znalazł z powrotem w Winterfell. Nie miał na sobie zbroi ani kolczugi, a tylko wyściełany, skórzany płaszcz. Trzymał w ręku drewniany miecz, a naprzeciw niego stał nie Żelazny Emmett, lecz Robb.

Ćwiczyli razem co rano, odkąd tylko nauczyli się chodzić. Snow i Stark zataczali kręgi i wymieniali uderzenia na dziedzińcach Winterfell, krzyczeli i śmiali się, a czasami, gdy nikt ich nie widział, płakali. Kiedy walczyli, nie byli małymi chłopcami, lecz rycerzami i potężnymi bohaterami.

— Jestem księciem Aemonem Smoczym Rycerzem — krzyczał Jon.

— A ja Florianem Błaznem — odpowiadał Robb.

— Jestem Młodym Smokiem — wołał kiedy indziej Robb.

— A ja ser Ryamem Redwyne'em — odpowiadał Jon.

Tego ranka on krzyknął pierwszy.

— Jestem lordem Winterfell! — zawołał, tak jak robił to już sto razy. Tym razem jednak Robb odpowiedział mu:

— Nie możesz być lordem Winterfell. Jesteś bękartem. Pani matka powiedziała, że nigdy nie będziesz lordem Winterfell.

Zdawało mi się, że o tym zapomniałem. Czuł w ustach smak krwi po otrzymanym uderzeniu.

W końcu Halder i Koń musieli odciągnąć Jona od Emmetta, trzymając go za ramiona. Zwiadowca siedział oszołomiony na ziemi. Tarczę miał porąbaną niemal na kawałki, hełm przekrzywiony, a jego miecz leżał w odległości sześciu stóp.

— Jon, przestań — krzyczał Halder. — Padł na ziemię, rozbroiłeś go. Wystarczy!

Nie, nie wystarczy. Nigdy nie wystarczy.

Opuścił miecz.

— Przepraszam — wymamrotał. — Emmett, nic ci się nie stało?

Żelazny Emmett ściągnął poobtłukiwany hełm.

— Czego nie zrozumiałeś w słowach „poddaję się", lordzie Snow? — W jego głosie brzmiała jednak sympatia. Emmett był sympatycznym człowiekiem i kochał muzykę mieczy. — Wojowniku, broń mnie — jęknął. — Teraz rozumiem, jak musiał się czuć Qhorin Półręki.

Tego już było za wiele. Jon wyrwał się przyjaciołom i poszedł sam do zbrojowni. W uszach nadal mu dzwoniło po ciosie Emmetta. Usiadł na ławie i skrył twarz w dłoniach. *Czemu jestem taki zły?* — zapytał sam siebie, było to jednak głupie pytanie. *Lord Winterfell. Mogę zostać lordem Winterfell. Dziedzicem ojca.*

Nie widział jednak przed sobą twarzy lorda Eddarda, tylko oblicze lady Catelyn. Ze swymi ciemnoniebieskimi oczyma i zaciśniętymi twardo ustami przypominała trochę Stannisa. *Żelazo* — pomyślał. *Ale kruche.* Patrzyła na niego tak, jak kiedyś w Winterfell, gdy tylko okazał się lepszy od Robba w walce na miecze, w rachunkach czy w czymkolwiek. *Kim jesteś?* — zawsze zdawało się pytać jej spojrzenie. *To nie twoje miejsce. Dlaczego tu przebywasz?*

Jego przyjaciele wciąż jeszcze ćwiczyli na dziedzińcu, nie był jednak w stanie z nimi rozmawiać. Opuścił zbrojownię tylnym wejściem i zszedł po stromych kamiennych schodach do robaczych korytarzy, podziemnych tuneli, które łączyły ze sobą donżony i wieże zamku. Po krótkiej chwili dotarł do łaźni, gdzie zanurzył się w zimnej wodzie, by zmyć z siebie pot, a potem wziął gorącą kąpiel w kamiennej wannie. Ciepło choć częściowo wyciągnęło ból z jego mięśni. Mocząc się, myślał o błotnistych sadzawkach w bożym gaju Winterfell, buchających parą i pełnych ciepłej, musującej wody. *Winterfell* — myślał. *Theon spalił je i zniszczył, ale ja mógłbym je odbudować.* Z pewnością ojciec i Robb byliby z tego zadowoleni. Na pewno nie chcieliby, żeby zamek zamienił się w ruiny.

Ponownie usłyszał głos Robba. *Nie możesz być lordem Winterfell. Jesteś bękartem.* Kamienni królowie również warczeli na niego, poruszając granitowymi językami. *Nie powinieneś tu przebywać. To nie twoje miejsce.* Gdy Jon zacisnął powieki, ujrzał drzewo serce o jasnych konarach, czerwonych liściach i poważnej twarzy. Lord Eddard zawsze mówił, że czardrzewo jest sercem Winterfell... ale, by uratować zamek, Jon musiałby wyrwać owo serce ze starożytnymi korzeniami i rzucić je na pożarcie głodnemu ognistemu bogu kobiety w czerwieni. *Nie mam prawa tego zrobić* — pomyślał. *Winterfell należy do starych bogów.*

Dźwięk odbijających się echem od kopulastego sufitu głosów przywołał go z powrotem do Czarnego Zamku.

— No, nie wiem — mówił ktoś pełnym powątpiewania głosem. — Może gdybym znał go lepiej... nie można też zapominać, że lord Stannis nie miał o nim do powiedzenia wiele dobrego.

— Kiedy to Stannis Baratheon miał o kimś coś dobrego do powiedzenia? — Twardy głos ser Allisera łatwo było rozpoznać. — Jeśli pozwolimy, by Stannis wybrał naszego lorda dowódcę, staniemy się jego chorążymi we wszystkim oprócz nazwy. Tywin Lannister na pewno o tym nie zapomni, a przecież wiecie, że to lord Tywin w końcu zwycięży. Raz już pokonał Stannisa, nad Czarnym Nurtem.

— Lord Tywin popiera Slynta — zgodził się Bowen Marsh niespokojnym, zalęknionym głosem. — Mogę ci pokazać jego list, Othell. Nazywa go w nim „wiernym przyjacielem i sługą".

Jon Snow usiadł nagle. Trzej mężczyźni zamarli w bezruchu, słysząc plusk.

— Panowie — przywitał ich z zimną kurtuazją.

— Co tu robisz, bękarcie? — zapytał Thorne.

— Kąpię się. Nie bójcie się, nie będę wam przeszkadzał w knuciu.

Jon wyszedł z wanny, wytarł się, ubrał i zostawił spiskowców samym sobie.

Gdy wyszedł na dwór, przekonał się, że nie ma pojęcia, dokąd iść. Minął wypaloną skorupę Wieży Lorda Dowódcy, gdzie ongiś uratował Starego Niedźwiedzia przed trupem; miejsce, w którym Ygritte skonała ze smutnym uśmiechem na twarzy; Królewską Wieżę, na której szczycie w towarzystwie Atłasa i Głuchego Dicka Follarda czekali na magnara i jego Thennów; stertę nadpalonych szczątków wielkich drewnianych schodów. Wewnętrzna brama była otwarta, Jon wszedł więc do prowadzącego pod Murem tunelu. Czuł otaczający go ze wszystkich stron chłód oraz ogromny ciężar lodu nad głową. Minął miejsce, w którym Donal Noye i Mag Mocarny stoczyli ze sobą bój i zginęli, a potem wyszedł przez nową zewnętrzną bramę w blade światło słońca.

Dopiero wtedy zatrzymał się na chwilę, by zaczerpnąć tchu i zastanowić się. Othell Yarwyck nie był człowiekiem silnych przekonań, chyba że chodziło o drewno, kamień i zaprawę murarską. Stary Niedźwiedź był tego świadomy. *Thorne i Marsh go przekabacą. Yarwyck poprze lorda Janosa, i to jego wybiorą na lorda dowódcę. Co mi wtedy zostanie, jeśli nie Winterfell?*

U podnóża Muru rozpętał się nagle wiatr, który targał płaszczem Jona. Chłopak czuł zimno, które promieniowało od lodu niby ciepło od ognia. Postawił kaptur i ruszył dalej. Popołudnie przechodziło już w wieczór i słońce wisiało nisko na zachodnim niebie. W odległości stu jardów znajdował się obóz, w którym król Stannis umieścił wziętych do niewoli dzikich. Otaczał go pierścień rowów, zaostrzone pale oraz wysokie drewniane płoty. Po lewej wykopano trzy wielkie doły, w których zwycięzcy spalili ciała wszystkich poległych pod Murem dzikich, od wielkich, pokrytych futrem olbrzymów, aż po małych Rogostopych. Strefę śmierci nadal pokrywało wypalone zielsko i stwardniała smoła, wszędzie jednak widać było ślady pozostawione przez ludzi Mance'a: rozdartą skórę, która mogła być kiedyś częścią namiotu, drewniany młot porzucony przez jakiegoś olbrzyma, koło rydwanu, złamaną włócznię, stos mamuciego łajna. Na skraju nawiedzanego lasu, gdzie przedtem stały namioty, Jon znalazł pniak dębu i usiadł na nim.

Ygritte chciała, żebym został dzikim. Stannis domaga się, żebym stał się lordem Winterfell. Czego jednak pragnę ja? Słońce schodziło coraz niżej, aż wreszcie zniknęło za Murem w miejscu, gdzie zataczał on łuk, biegnąc przez wzgórza na zachodzie. Jon przyglądał się, jak wyniosła lodowa ściana rozbłyskuje czerwienią i różem zachodu. *Czy wolałbym, żeby lord Janos powiesił mnie jako renegata, czy prędzej byłbym skłonny złamać przysięgę, ożenić się z Val i zostać lordem Winterfell?* Jeśli tak to ująć, wybór wydawał się łatwy... choć, gdyby Ygritte jeszcze żyła, mógłby okazać się łatwiejszy. Nie znał Val. Z pewnością przyjemnie było na nią popatrzeć, a do tego była siostrą królowej Mance'a Raydera, niemniej jednak...

Gdybym pragnął miłości Val, musiałbym ją ukraść, lecz z drugiej strony mogłaby dać mi dzieci. Mógłbym któregoś dnia trzymać w ramionach syna zrodzonego z mojej krwi. Syn był czymś, o czym Jon Snow nie śmiał nawet marzyć, odkąd zaczął życie na Murze. *Może dałbym mu na imię Robb. Val z pewnością pragnęłaby wychować syna siostry. Moglibyśmy wziąć go pod opiekę w Winterfell i chłopaka Goździk też. Sam nie musiałby kłamać. Znaleźlibyśmy też miejsce dla Goździk i Sam mógłby ją odwiedzać, może z raz na rok. Synowie Mance'a i Crastera dorastaliby jako bracia, tak jak ja i Robb.*

Jon wiedział, że tego pragnie. Pragnął tego mocniej niż czegokolwiek dotąd. *Zawsze tego pragnąłem* — pomyślał, dręczony wyrzutami sumienia. *Niech bogowie mi wybaczą.* Był to rozdzierający go od wewnątrz głód, ostry jak nóż ze smoczego szkła. Głód... czuł go. Potrzebował żywności, zwierzyny, czerwonego jelenia, który cuchnął strachem, albo wielkiego łosia, dumnego i gotowego do walki. Musiał zabić zdobycz, wypełnić żołądek świeżym mięsem i ciepłą, ciemną krwią. Ślinka podeszła mu do ust na tę myśl.

Minęła dłuższa chwila, nim się zorientował, co się dzieje. Zerwał się nagle na nogi.

— Duch? — Odwrócił się w stronę lasu i zobaczył go. Wilkor stał bezgłośnie na tle zielonego mroku. Z jego otwartej paszczy buchał ciepły, biały oddech. — Duch! — zawołał Jon i zwierz zerwał się do biegu. Był teraz chudszy, lecz również większy. Nie wydawał żadnego dźwięku poza chrzęstem suchych liści pod łapami. Kiedy zobaczył chłopaka, skoczył na niego i obaj zaczęli się tarzać po zbrązowiałej trawie. Cienie były coraz dłuższe, a na niebie pojawiały się już pierwsze gwiazdy. — Bogowie, wilku, gdzie się podziewałeś? — zawołał Jon, gdy Duch przestał tarmosić jego przedramię. — Myślałem, że mi umarłeś, jak Robb, Ygritte i cała reszta. Kiedy wspiąłem się na Mur, przestałem cię wyczuwać, nawet w snach.

Wilkor nie potrafił mu odpowiedzieć, polizał jednak twarz Jona wilgotnym, szorstkim ozorem. Gdy w jego ślepiach odbiło się światło dogasającego dnia, zalśniły jak dwa wielkie czerwone słońca.

Czerwone oczy — pomyślał Jon. *Ale nie takie jak oczy Melisandre. To były oczy czardrzewa. Czerwone oczy, czerwona paszcza, białe futro. Krew i kość, jak drzewo serce. On należy do starych bogów.* Duch jako jedyny z wilkorów był biały. Znaleźli z Robbem w późnoletnim śniegu sześć szczeniaków. Pięć szarych, czarnych albo brązowych, dla pięciorga Starków i jednego białego, jak jego nazwisko.

To była odpowiedź, na którą czekał.

Pod Murem ludzie królowej rozpalali nocne ognisko. Zauważył Melisandre, która wyszła z tunelu z królem u boku, by poprowadzić modlitwy, mające według jej wiary powstrzymać ciemność.

— Chodź, Duch — powiedział wilkowi Jon. — Chodź ze mną. Wiem, że jesteś głodny. Wyczułem to.

Pobiegli razem ku bramie, omijając szerokim łukiem nocne ognisko, które wyciągało płomienne pazury ku czarnemu brzuchowi nocy.

Na dziedzińcach Czarnego Zamku roiło się od ludzi króla. Wszyscy zatrzymywali się na widok Jona, wytrzeszczając oczy z wrażenia. Młodzieniec zdał sobie sprawę, że żaden z nich nigdy nie widział wilkora. Duch był dwukrotnie większy od zwykłych wilków, które grasowały w zielonych kniejach południa. Kierując się ku zbrojowni, Jon spojrzał w górę i ujrzał Val wyglądającą przez okno wieży. *Przykro mi* — pomyślał. *Ja cię stamtąd nie ukradnę.*

Na dziedzińcu ćwiczebnym natknął się na dwunastu ludzi króla, którzy trzymali w rękach pochodnie i długie włócznie. Ich sierżant popatrzył spode łba na Ducha, a paru jego ludzi pochyliło broń.

— Pozwólcie im przejść — rozkazał jednak dowodzący nimi rycerz. — Spóźniłeś się na kolację — dodał, zwracając się do Jona.

— To zejdź mi z drogi, ser — odparł chłopak. Rycerz go usłuchał.

Nim jeszcze Jon dotarł do podstawy schodów, usłyszał dobiegający z sali harmider: podniesione głosy, przekleństwa, walenie pięścią w stół. Wszedł do krypty niemal niezauważony. Jego bracia tłoczyli się na ławach i stołach, więcej jednak było stojących i krzyczących niż tych, którzy siedzieli. Nikt nic nie jadł. *Co tu się dzieje?* Lord Janos ryczał coś o renegatach i zdradzie, Żelazny Emmett stał na stole, ściskając w ręku nagi miecz, Trzypalcy Hobb przeklinał zwiadowcę z Wieży Cieni… jakiś człowiek ze Wschodniej Strażnicy raz za razem walił pięścią w stół. Choć domagał się ciszy, zwiększał tylko panujący w pomieszczeniu hałas.

Pierwszy Jona zobaczył Pyp. Uśmiechnął się na widok Ducha, włożył dwa palce w usta i gwizdnął tak, jak potrafi gwizdać tylko komediancki uczeń. Przenikliwy dźwięk przebił się przez rwetes niczym miecz. Gdy Jon szedł w stronę stołów, zauważało go coraz więcej braci. Zapadła cisza, która rozszerzyła się na całą piwnicę. Po chwili słychać było tylko stukot butów Jona uderzających o kamienną posadzkę oraz ciche buzowanie płonących na kominku kłód.

Ciszę zmącił ser Alliser Thorne.

— Renegat w końcu zaszczycił nas swoją obecnością.

Twarz lorda Janosa poczerwieniała. Policzki mu drżały.

— Bestia — wydyszał. — Spójrzcie! To jest bestia, która odebrała życie Półrękiemu! Jest wśród nas warg, bracia. WARG! Ten… ten stwór nie zasługuje na to, by nami dowodzić! Nie zasługuje na to, by żyć!

Duch obnażył zęby, lecz Jon położył mu rękę na głowie.

— Panie — rzekł — czy zechcesz mi wyjaśnić, co tu się stało?

Odpowiedział mu siedzący na końcu sali maester Aemon.

— Zgłoszono twoją kandydaturę na lorda dowódcę, Jon.

To było tak absurdalne, że chłopak musiał się uśmiechnąć.

— Kto to zrobił? — zapytał, spoglądając na przyjaciół. To z pewnością był jeden z dowcipów Pypa. Pyp jednak wzruszył tylko ramionami, a Grenn potrząsnął głową. Tym, który wstał, był Edd Cierpiętnik Tollett.

— Ja. Wiem, że to straszne okrucieństwo uczynić coś takiego przyjacielowi, ale lepiej ty niż ja.

Lord Janos znowu się zapluł.

— To, to skandal. Powinniśmy powiesić tego chłopaka. Tak! Powiesić, powiadam, powiesić go jako renegata i warga razem z jego kamratem Mance'em Rayderem. Lord dowódca? Nie zgodzę się na to, nie będę tego tolerował!

Cotter Pyke wstał z krzesła.

— Nie będziesz tego tolerował? Może i nauczyłeś te cholerne złote płaszcze lizać ci dupę, ale teraz nosisz czarny płaszcz.

— Każdy brat może zgłosić dowolne imię, pod warunkiem że

kandydat złożył przysięgę — poinformował Slynta ser Denys Mallister. — Tollett jest w prawie, panie.

Kilkunastu ludzi zaczęło mówić jednocześnie. Każdy starał się zagłuszyć pozostałych i po chwili znowu krzyczała połowa sali. Tym razem to ser Alliser Thorne skoczył na stół i uniósł ręce, by uciszyć pozostałych.

— Bracia! — zawołał. — W ten sposób nic nie osiągniemy. Głosujmy. Ten cały król, który wprowadził się do Królewskiej Wieży, ustawił pod wszystkimi drzwiami ludzi, którzy nie pozwolą nam stąd wyjść, dopóki nie dokonamy wyboru. Niech będzie i tak! Będziemy głosować raz za razem, nawet całą noc, jeśli okaże się to konieczne, dopóki nie wybierzemy lorda dowódcy... nim jednak wrzucimy sztony, pierwszy budowniczy ma nam coś do powiedzenia.

Othell Yarwyck podniósł się powoli, marszcząc brwi, i potarł długą wystającą żuchwę.

— No więc, ja się wycofuję. Gdybyście chcieli mnie na lorda dowódcę, już dziesięć razy mieliście szansę mnie wybrać. Nie chcieliście jednak na mnie głosować, a przynajmniej tych, którzy chcieli, było za mało. Miałem zamiar powiedzieć, że ci, którzy mnie popierali, powinni zagłosować na lorda Janosa...

Ser Alliser pokiwał głową.

— Lord Slynt to najlepszy możliwy...

— Jeszcze nie skończyłem, Alliser — poskarżył się Yarwyck. — Wszyscy wiemy, że lord Slynt dowodził Strażą Miejską w Królewskiej Przystani i był lordem Harrenhal...

— Nigdy nawet nie widział Harrenhal — krzyknął Cotter Pyke.

— To prawda — zgodził się Yarwyck. — Zresztą, teraz, kiedy tu stoję, jakoś nie mogę sobie przypomnieć, czemu właściwie uważałem Slynta za takiego dobrego kandydata. To byłoby tak, jakbyśmy dali królowi Stannisowi kopa w zęby. Nie widzę, w czym by to mogło nam pomóc. Może i Snow byłby lepszy. Dłużej jest na Murze, jest bratankiem Bena Starka i służył Staremu Niedźwiedziowi jako giermek. — Yarwyck wzruszył ramionami. — Wybierzcie, kogo chcecie, pod warunkiem że to nie będę ja — zakończył i usiadł.

Jon Snow zauważył, że kolor twarzy Janosa Slynta przeszedł

z czerwonego w purpurowy, lecz ser Alliser Thorne zrobił się zupełnie blady. Dowódca Wschodniej Strażnicy znowu walił pięścią w stół, tym razem domagając się kociołka. Niektórzy z jego przyjaciół podjęli ten okrzyk.

— Kociołek! — ryknęli jak jeden mąż. — Kociołek, kociołek, KOCIOŁEK!

Kociołek stał w kącie przy kominku. Był duży, czarny i brzuchaty, miał dwie wielkie rączki i masywną pokrywę. Maester Aemon szepnął słówko Samowi i Clydasowi, którzy złapali za uchwyty i wtaszczyli ciężki przedmiot na stół. Kilku braci ustawiało się już w kolejkę przy beczkach ze sztonami. Gdy Clydas uniósł pokrywę, omal nie upuścił jej sobie na nogi. Z ochrypłym wrzaskiem i łopotem skrzydeł z kociołka wyleciał wielki kruk. Ptaszysko pofrunęło w górę, być może szukając krokwi albo okna, przez które mogłoby uciec, w krypcie nie było jednak krokwi ani okien. Kruk znalazł się w pułapce. Kracząc głośno, okrążył salę raz, drugi i trzeci. Wtem Jon usłyszał krzyk Samwella Tarly'ego.

— Znam tego ptaka! To kruk lorda Mormonta!

Ptak wylądował na blacie najbliżej Jona.

— Snow — zakrakał. Był stary, brudny i przemoczony. — Snow — powtórzył. — Snow, snow, snow.

Podszedł do końca stołu, rozpostarł skrzydła i przefrunął na ramię Jona.

Lord Janos Slynt usiadł tak ciężko, że rozległ się głośny łoskot, ser Alliser wypełnił jednak salę drwiącym śmiechem.

— Ser Świnka ma nas wszystkich za głupców. To on nauczył ptaka tej sztuczki. One wszystkie potrafią mówić „snow". Wejdźcie do ptaszarni i posłuchajcie sami. Ptak Mormonta znał więcej słów.

Ptak uniósł łebek i popatrzył na Jona.

— Ziarno? — zapytał z nadzieją. — *Quork!* — zawołał, gdy nie doczekał się ani ziarna, ani odpowiedzi. — Kociołek? Kociołek? Kociołek?

Potem były już tylko groty strzał, ulewa grotów, potop grotów, tyle grotów, że zatopiły resztkę kamyków i muszelek, a potem również miedziaki.

Gdy policzono głosy, Jona zewsząd otoczyli ludzie. Niektórzy poklepywali go po plecach, inni zaś opadali przed nim na jedno kolano, jakby był prawdziwym lordem. Tłoczyli się wokół niego Atłas, Owen Przygłup, Halder, Ropucha, Zapasowy But, Gigant, Mully, Ulmer z królewskiego lasu, Słodki Donnel Hill i pół setki innych.

— Bogowie, bądźcie łaskawi, nasz lord dowódca nosi jeszcze pieluchy — oznajmił Dywen, kłapiąc drewnianymi zębami.

— Mam nadzieję, że to nie znaczy, iż przy następnych ćwiczeniach nie będę cię mógł zbić na kwaśne jabłko, wasza lordowska mość — dodał Żelazny Emmett.

Trzypalcy Hobb chciał się dowiedzieć, czy Jon nadal będzie jadał z ludźmi, czy też woli, by zanoszono mu posiłki do samotni. Nawet Bowen Marsh podszedł do niego i oznajmił, że z chęcią nadal będzie pełnił obowiązki lorda zarządcy, jeśli takie jest życzenie lorda Snow.

— Lordzie Snow — zawołał Cotter Pyke — jeśli schrzanisz robotę, wyrwę ci wątrobę i zjem ją na surowo z cebulą.

Ser Denys Mallister był bardziej uprzejmy.

— Młody Samwell zażądał ode mnie niełatwej rzeczy — wyznał stary rycerz. — Kiedy wybrano lorda Qorgyle'a, powiedziałem sobie: „Nic nie szkodzi. On był dłużej na Murze niż ty. Twój czas jeszcze nadejdzie". Gdy przyszła kolej na lorda Mormonta, pomyślałem: „Jest silny i wojowniczy, ale również stary. Twój czas może jeszcze nadejść". Ty jednak jesteś jeszcze prawie chłopcem, lordzie Snow, i muszę teraz wrócić do Wieży Cieni, wiedząc, że mój czas nigdy nie nadejdzie. — Uśmiechnął się ze znużeniem. — Spraw, bym nie umarł przepełniony żalem. Twój stryj był wielkim człowiekiem. Twój pan ojciec i jego ojciec również. Od ciebie będę oczekiwał tego samego.

— Tak jest — zgodził się z nim Cotter Pyke. — Możesz zacząć od tego, że powiesz tym ludziom króla, iż już po wszystkim i chcemy dostać cholerną kolację.

— Kolację — rozdarł się kruk. — Kolację, kolację.

Gdy ludzie króla dowiedzieli się, że wybory skończone, natychmiast pozwolili im wyjść. Trzypalcy Hobb i grupka jego pomocników potruchtali do kuchni po kolację. Jon nie czekał na posiłek.

Opuścił salę, zastanawiając się, czy wszystko to był tylko sen. Kruk siedział mu na ramieniu, a Duch podążał tuż za nim. Z tyłu szli Pyp, Grenn i Sam. Cały czas ze sobą gadali, lecz Jon nie słyszał ani słowa, aż do chwili, gdy Grenn wyszeptał:

— To dzieło Sama.

— To dzieło Sama! — powtórzył głośniej Pyp. Chłopak miał ze sobą bukłak wina, który podniósł sobie teraz do ust i zaśpiewał: — Sam, Sam, Sam czarodziej, niezwykły Sam, Sam, Sam, cudowny Sam, to jego dzieło. Nie mam tylko pojęcia, kiedy schowałeś tego kruka w kociołku, Sam, i skąd, do siedmiu piekieł, wiedziałeś, że poleci do Jona? Gdyby ptaszysko postanowiło przysiąść na łysym łbie Janosa Slynta, wszystko szlag by trafił.

— Nie miałem nic wspólnego z tym ptakiem — upierał się Sam. — Kiedy wyfrunął z kociołka, o mało się nie zlałem.

Jon roześmiał się, lekko zdziwiony tym, że nadal potrafi to robić.

— Czy wiecie, że jesteście bandą postrzelonych durniów?

— My? — obruszył się Pyp. — Nazywasz nas durniami? To nie my daliśmy się wybrać na dziewięćset dziewięćdziesiątego ósmego lorda dowódcę Nocnej Straży. Lepiej wypij trochę wina, lordzie Jonie. Chyba będziesz go potrzebował bardzo dużo.

Jon Snow wziął bukłak z jego dłoni i pociągnął łyk. Ale tylko jeden. Mur należał do niego, noc była ciemna, a jego czekała jeszcze rozmowa z królem.

SANSA

Obudziła się w jednej chwili, czując mrowienie we wszystkich nerwach. Przez moment nie potrafiła sobie przypomnieć, gdzie się znajduje. Śniło jej się, że jest małą dziewczynką i nadal dzieli sypialnię ze swą siostrą Aryą. Na sąsiednim łożu rzucała się jednak jej służąca, nie siostra, i to nie było Winterfell, lecz Orle Gniazdo. *A ja jestem Alayne Stone, bękart.* W izbie było zimno i ciemno, choć koce zapewniały jej ciepło. Czasami śnił się jej ser Ilyn Payne i budziła się wtedy z walącym sercem, ten sen jednak był inny. *Śnił mi się dom.*

Orle Gniazdo nie było jej domem. Nie przerastało rozmiarami Twierdzy Maegora, a za jego stromymi białymi murami była jedynie góra i długa, zdradliwa ścieżka, schodząca przez Niebo, Śnieg i Kamień ku Księżycowym Bramom, które leżały na dnie doliny. Nie było tu dokąd pójść i nie można było znaleźć żadnego zajęcia. Starsi słudzy opowiadali, że kiedyś, gdy jej ojciec i Robert Baratheon byli podopiecznymi Jona Arryna, w tutejszych komnatach ciągle rozbrzmiewał śmiech, te dni dawno już jednak minęły. Jej ciotka miała niewiele służby i rzadko wpuszczała gości za Księżycowe Bramy. Poza podstarzałą służącą jedynym towarzyszem Sansy był lord Robert, który miał osiem lat, lecz zachowywał się, jakby miał trzy.

I Marillion. Zawsze jest jeszcze Marillion. Gdy młody minstrel grał dla nich przy kolacji, często odnosiła wrażenie, że śpiewa tylko dla niej. Jej ciotka nie była bynajmniej z tego zadowolona. Lady Lysa szalała za Marillionem i wygnała już dwie służące, a nawet jednego pazia za opowiadanie kłamstw o nim.

Lysa czuła się równie samotna jak Sansa. Jej nowy mąż zdawał się spędzać więcej czasu na dole niż na górze. Nie było go już od czterech dni. Pojechał spotkać się z Corbrayami. Z urywków podsłuchanych rozmów Sansa wniosła, że chorążowie Jona Arryna nie byli zadowoleni z małżeństwa lady Lysy i z niechęcią spoglądali na fakt, że Petyr sprawuje nad nimi władzę jako lord protektor Doliny. Starsza gałąź rodu Royce'ów była bliska otwartego buntu z powodu tego, że jej ciotka nie przyłączyła się do wojny po stronie Robba, a Waynwoodowie, Redfortowie, Belmore'owie i Templetonowie udzielali Royce'om wszelkiego możliwego wsparcia. Górskie klany również były niespokojne, a stary lord Hunter zmarł tak nagle, że dwaj jego młodsi synowie oskarżali swego starszego brata o zamordowanie go. Być może Dolinę Arrynów ominęła wojna, nie była ona jednak tak idyllicznym miejscem, jak chciała to przedstawić lady Lysa.

Już nie zasnę — zrozumiała Sansa. *W głowie mi się kłębi.* Odsunęła z niechęcią poduszkę, odrzuciła na bok koce, podeszła do okna i otworzyła okiennice.

Na Orle Gniazdo padał śnieg.

Płatki sypały się z nieba, ciche i delikatne niczym wspomnienie. *Czy to właśnie mnie obudziło?* Ogród pokrywała już gruba warstwa śniegu, który zasypał trawę, zabarwił na biało krzaki oraz posągi i obciążał konary drzew. Ten widok przypomniał Sansie zimne noce długiego lata jej dzieciństwa.

Ostatni raz widziała śnieg w dzień odjazdu z Winterfell. *Wtedy padało go mniej niż teraz* — przypomniała sobie. *Robb miał topniejące płatki we włosach, kiedy mnie ściskał, a śnieżka, którą próbowała ulepić Arya, wciąż rozpadała się jej w dłoniach.* Poczuła ból na wspomnienie, jak szczęśliwa była owego ranka. Hullen pomógł jej wdrapać się na siodło i otoczona płatkami śniegu ruszyła poznać szeroki świat. *Myślałam wówczas, że moja pieśń dopiero się zaczyna, a ona dobiegała już końca.*

Sansa zostawiła okiennice otwarte i ubrała się. Wiedziała, że na dworze będzie zimno, choć wieże Orlego Gniazda otaczały ogród ze wszystkich stron, osłaniając go przed najbardziej porywistymi górskimi wichrami. Włożyła jedwabną bieliznę i płócienne giezło, na to ciepłą, niebieską sukienkę z jagnięcej wełny, potem dwie pary rajtuz, buty sznurowane do kolan, grube, skórzane rękawice i na koniec futro z białych lisów z kapturem.

Gdy przez okno zaczął wpadać śnieg, służąca owinęła się ciaśniej kocem. Sansa opuściła pokój i zeszła na dół po krętych schodach. Kiedy odemknęła drzwi, ogród, który ujrzała przed sobą, wyglądał tak pięknie, że aż wstrzymała oddech, nie chcąc mącić podobnej doskonałości. Śnieg ciągle sypał w niesamowitym milczeniu, pokrywając ziemię nieprzerwaną białą warstwą. Ze świata umknęły wszystkie kolory, pozostawiając jedynie biel, czerń i szarość. Białe wieże, biały śnieg i białe posągi, czarne cienie i czarne drzewa, a nad tym wszystkim ciemnoszare niebo. *To czysty świat* — pomyślała Sansa. *Nie ma tu dla mnie miejsca.*

Wyszła jednak na zewnątrz. Jej buty zapadały się po kostki

w gładkiej, białej powierzchni, pozostawiając głębokie ślady. Kroczyła zupełnie bezgłośnie, mijając pokryte szronem krzewy i cienkie czarne drzewka. Zadała sobie pytanie, czy wszystko to nadal sen. Płatki śniegu muskały jej twarz delikatnie niczym pocałunki kochanka, a potem topiły się na policzkach. Pośrodku ogrodu, obok posągu płaczącej kobiety, rozbitego i na wpół pogrzebanego w ziemi, Sansa uniosła twarz ku niebu i zamknęła oczy. Czuła dotyk śniegu na rzęsach, jego smak na wargach. To był smak Winterfell. Smak niewinności. Smak marzeń.

Kiedy otworzyła oczy, zauważyła, że klęczy. Nie pamiętała, kiedy opadła na kolana. Miała wrażenie, że niebo przybrało nieco jaśniejszy odcień szarości. *Świt* — pomyślała. *Nowy dzień. Znów wstaje nowy dzień.* Ona jednak pragnęła dawnych dni. Modliła się o nie. Do kogo mogłaby się modlić tutaj? Wiedziała, że ogród niegdyś zaplanowano jako boży gaj, lecz warstwa gleby okazała się zbyt cienka i kamienista, by mogło w niej zapuścić korzenie czardrzewo. *Boży gaj bez bogów, tak samo pusty jak ja.*

Zebrała garść śniegu i ścisnęła go między palcami. Był ciężki, wilgotny i łatwo się lepił. Zaczęła robić śnieżki, kształtując je i wygładzając, aż robiły się białe, okrągłe i doskonałe. Przypomniała sobie, jak kiedyś w Winterfell, gdy spadł letni śnieg, Arya i Bran zaczaili się na nią, gdy wychodziła rano z donżonu. Oboje przygotowali sobie po kilkanaście śnieżek, a ona nie miała ani jednej. Bran przycupnął na dachu zakrytego mostu, poza jej zasięgiem, Aryę jednak Sansa ganiała po stajniach, a potem wokół kuchni, aż wreszcie obie straciły dech w piersiach. Mogłaby nawet ją złapać, ale poślizgnęła się i przewróciła. Siostra podeszła wtedy do niej i zapytała, czy nic jej się nie stało. Gdy odpowiedziała, że nie, Arya uderzyła ją w twarz kolejną śnieżką. Sansa jednak złapała ją za nogę, obaliła na ziemię i zaczęła jej wcierać śnieg we włosy. Wtedy nadszedł Jory i rozdzielił je ze śmiechem.

Po co mi śnieżki? Spojrzała na swój mały, smętny arsenał. *Nie mam w kogo nimi rzucać.* Wypuściła z dłoni tę, którą właśnie lepiła. *Mogłabym ulepić śnieżnego rycerza* — pomyślała. *Albo nawet...*

Złączyła ze sobą dwie śnieżki, dodała trzecią, otoczyła je ze wszystkich stron śniegiem i uklepała całość na kształt cylindra. Gdy był gotowy, postawiła go na sztorc i koniuszkiem małego palca wydłubała w śniegu okna. Otaczające szczyt blanki wymagały nieco więcej wysiłku, gdy jednak były gotowe, miała wieżę. *Teraz potrzebne mi mury* — pomyślała. A potem donżon. Zabrała się do roboty.

Śnieg nie przestawał sypać, a zamek robił się coraz większy. Dwa sięgające kostek mury, wewnętrzny wyższy od zewnętrznego. Wieże i baszty, donżony i schody, okrągła kuchnia, kwadratowa zbrojownia, stajnie zlokalizowane po wewnętrznej stronie muru od zachodu. Kiedy zaczynała, był to po prostu zamek, lecz nim minęła długa chwila, Sansa zdała sobie sprawę, że to Winterfell. Znalazła pod śniegiem ułamane gałęzie i z ich koniuszków zrobiła drzewa bożego gaju. Nagrobkami na cmentarzu były kawałki kory. Jej rękawiczki i buty wkrótce pokryła biała skorupa, w dłoniach czuła mrowienie, a w przemoczonych stopach chłód, Sansa nie przejmowała się tym jednak. Liczył się tylko zamek. Niektóre rzeczy trudno jej było sobie przypomnieć, inne jednak przywoływała z łatwością, jakby była tam nie dalej niż wczoraj. Wieża Biblioteczna ze stromymi kamiennymi schodami wijącymi się na zewnątrz wokół jej murów. Wieża bramna, dwa wielkie bastiony, łukowata brama między nimi, blanki na szczycie...

Śnieg cały czas padał, otaczając wznoszone przez nią budynki wysokimi zaspami. Gdy uklepywała smołowany dach Wielkiej Komnaty, usłyszała czyjś głos. Podniosła głowę i zobaczyła, że z okna woła ją służąca. Czy pani dobrze się czuje? Czy ma ochotę zjeść śniadanie? Sansa potrząsnęła głową i ponownie zabrała się do roboty, umieszczając komin na dachu Wielkiej Komnaty, z tej strony, gdzie w środku było palenisko.

Świt zakradł się do jej ogrodu niczym złodziej. Szare niebo cały czas jaśniało, a osypane śniegiem drzewa i krzaki nabrały ciemnozielonej barwy. Kilku służących wyszło na dwór i przyglądało się jej przez pewien czas, nie zwracała jednak na nich uwagi, szybko więc wrócili do środka, gdzie było cieplej. Sansa zobaczyła lady Lysę, która spoglądała na nią z balkonu, spowita w niebieską aksamitną szatę obszytą lisim futrem, gdy jednak zerknęła tam po raz drugi, jej ciotki już nie było. Maester Colemon wystawił głowę z ptaszarni i przyglądał się przez chwilę Sansie, chudy i drżący z zimna, lecz zaciekawiony.

Mosty wciąż się jej zawalały. Jeden kryty most łączył zbrojownię z głównym donżonem, a drugi trzecie piętro wieży dzwonnej z pierwszym piętrem ptaszarni. Bez względu na to, jak starannie je lepiła, nie chciały się trzymać. Gdy zawaliły się po raz trzeci, zaklęła głośno i usiadła z bezradnej złości.

— Oblep śniegiem patyk, Sanso.

Nie wiedziała, jak długo ją obserwował, ani nawet, że wrócił już z Doliny.

— Patyk? — zapytała.

— Wtedy most powinien być wystarczająco mocny — wyjaśnił Petyr. — Czy mogę przybyć do twego zamku, pani?

— Tylko go nie zniszcz — odparła nieufnie Sansa. — Bądź...

— Ostrożny? — Uśmiechnął się. — Winterfell opierało się już wrogom gwałtowniejszym ode mnie. Bo to jest Winterfell, prawda?

— Tak — przyznała.

Obszedł mury wokół.

— Często o nim śniłem w tych latach, gdy Cat wyjechała na północ z Eddardem Starkiem. W moich snach zawsze było to mroczne, zimne miejsce.

— Nie jest takie. Zawsze było tam ciepło, nawet gdy padał śnieg. W murach są rury, którymi płynie woda z gorących źródeł, a w szklarniach zawsze panował żar jak w najbardziej upalny dzień lata. — Wstała, spoglądając z góry na wielki biały zamek. — Nie wiem, jak zrobić dach nad szklarniami.

Littlefinger potarł nagi podbródek. Lysa poprosiła go, by zgolił brodę.

— Szkło było umieszczone w ramach, prawda? Najlepsze będą małe gałązki. Obedrzyj je z kory, a potem pozwiązuj nią w kratownicę. Pokażę ci, jak to zrobić. — Zaczął chodzić po ogrodzie, zbierając patyki oraz gałązki i strzepując z nich śnieg. Gdy miał ich już wystarczająco wiele, postawił długi krok, przechodząc nad obydwoma murami, i przykucnął pośrodku dziedzińca. Sansa podeszła bliżej, żeby przyjrzeć się jego poczynaniom. Dłonie miał pewne i zręczne. Po chwili sporządził z gałązek kratownicę bardzo podobną do tej, która tworzyła dach szklarni Winterfell. — Niestety, szkło będziemy musieli sobie wyobrazić — stwierdził, podając jej swe dzieło.

— Jest taki, jaki powinien być — pochwaliła go Sansa.

— Tak samo jak to — odparł, dotykając jej twarzy.

Nie zrozumiała go.

— Jak co? — zapytała.

— Jak twój uśmiech, pani. Czy mam zrobić drugi dach?

— Jeśli będziesz tak uprzejmy.

— Nic nie mogłoby uradować mnie bardziej.

Zbudowała ściany szklarni, a Littlefinger nakrył je dachami. Kiedy uporali się z tym zadaniem, pomógł jej przedłużyć mury i zbudować Komnatę Strażników. Kiedy zrobiła kryte mosty z patyków, okazało się, że są trwałe, tak jak zapowiedział Petyr. Pierwsza Wieża — stara, okrągła baszta — nie sprawiła jej trudności, lecz Sansa znowu znalazła się w kropce, gdy trzeba było umieścić na jej szczycie chimery. Ponownie rozwiązanie podszepnął jej Littlefinger.

— Na twój zamek padał śnieg, pani — wskazał. — Jak wyglądają chimery, kiedy są pokryte śniegiem?

Sansa zamknęła oczy, by przywołać obraz z pamięci.

— To po prostu białe bryły.

— No właśnie. Chimery trudno zrobić, ale białe bryły nie powinny ci sprawić kłopotu.

Miał rację.

Zburzona Wieża okazała się jeszcze łatwiejsza. Ulepili wysoką iglicę, klęcząc obok siebie, by ją wygładzić, a potem ustawili ją pionowo. Sansa wbiła palce w szczyt wieży, zaczerpnęła garść śniegu i sypnęła nim Petyrowi prosto w twarz. Pisnął głośno, gdy biały pył wpadł mu za kołnierz.

— To nie był rycerski uczynek, pani.

— Tak samo, jak przywiezienie mnie tutaj. Obiecałeś, że zabierzesz mnie do domu.

Zastanawiała się, skąd wzięła odwagę, by przemówić do niego

tak otwarcie. *To Winterfell mi ją dało* — pomyślała. *Wewnątrz jego murów jestem silniejsza.*

Spoważniał nagle.

— Tak, okłamałem cię w tej sprawie... i jeszcze w jednej.

Sansa poczuła nagły ucisk w brzuszku.

— W jakiej?

— Powiedziałem, że nic nie mogłoby uradować mnie bardziej, niż pomóc ci w budowie zamku. Obawiam się, że to również było kłamstwem. Jest coś, co sprawiłoby mi jeszcze większą radość. — Podszedł bliżej. — To.

Próbowała się cofnąć, lecz wziął ją w ramiona i nagle zaczął całować. Szarpała się słabo, lecz w rezultacie przytuliła się tylko do niego jeszcze mocniej. Dotknął ustami jej ust, połykając jej słowa. Smakował miętą. Na pół uderzenia serca poddała się jego pocałunkowi... potem jednak odwróciła twarz i wyrwała się z jego uścisku.

— Co ty wyprawiasz?

Petyr poprawił płaszcz.

— Całuję śnieżną pannę.

— To ją powinieneś całować. — Sansa spojrzała na balkon Lysy, który był w tej chwili pusty. — Swą panią żonę.

— Robię to. Lysa nie ma powodu się skarżyć. — Uśmiechnął się. — Szkoda, że siebie nie widzisz, pani. Wyglądasz tak pięknie. Jesteś cała obsypana śniegiem, jak jakieś małe niedźwiedziątko, ale twarz masz zaczerwienioną i ledwie możesz oddychać. Jak długo już tu siedzisz? Na pewno bardzo zmarzłaś. Pozwól, żebym cię ogrzał, Sanso. Zdejmij te rękawiczki. Daj, niech potrzymam twe dłonie.

— Nie. — Mówił prawie tak samo jak Marillion, tej nocy, gdy upił się na weselu. Tym razem jednak Lothor Brune nie przyjdzie jej z pomocą. Był człowiekiem Petyra. — Nie powinieneś mnie całować. Mogłabym być twoją córką...

— Mogłabyś — przyznał z pełnym żalu uśmiechem. — Ale nie jesteś, prawda? Jesteś córką Eddarda Starka i Cat. Mam wrażenie, że jesteś jeszcze piękniejsza niż matka, kiedy była w twoim wieku.

— Petyrze, proszę. — Jej głos brzmiał bardzo słabo. — Proszę...

— Zamek!

Głos był donośny, przenikliwy i dziecinny. Littlefinger odwrócił się od Sansy.

— Lordzie Robercie. — Pokłonił się zdawkowo. — Nie powinieneś wychodzić na śnieg bez rękawiczek.

— Czy to ty zbudowałeś ten śnieżny zamek, lordzie Littlefinger?

— Większą część zbudowała Alayne, panie.

— To ma być Winterfell — wyjaśniła Sansa.

— Winterfell?

Robert był mały, jak na osiem lat, i chudy jak patyk. Skórę miał pokrytą plamami, a oczy wiecznie mu łzawiły. Pod pachą ściskał wytartą szmacianą lalkę, którą wszędzie ze sobą nosił.

— Winterfell jest siedzibą rodu Starków — wyjaśniła swemu przyszłemu mężowi. — To wielki zamek na północy.

— Nie jest taki wielki. — Chłopiec uklęknął przed wieżą bramną. — Popatrz, olbrzym przyszedł go rozwalić. — Postawił lalkę na śniegu i zaczął ją przesuwać szarpanymi ruchami. — Tup, tup, jestem olbrzymem, jestem olbrzymem — zaśpiewał. — Ho ho ho, otwierajcie bramy albo je zwalę i rozwalę.

Machając trzymaną za nogi lalką, strącił szczyt najpierw pierwszej, a potem drugiej wieży bramnej. Tego już Sansa nie mogła znieść.

— Robercie, przestań.

Zamiast jej usłuchać, znowu machnął lalką i mur zawalił się na długości całej stopy. Sansa spróbowała złapać go za rękę, lecz chwyciła tylko lalkę. Cienka tkanina rozdarła się z głośnym trzaskiem. Sansa została z głową lalki w rękach, a Robert trzymał nogi i tułów. Szmaty i trociny wysypały się na śnieg.

Usta lorda Roberta zadrżały gwałtownie.

— Zabiiiiiiiiiiłaś go — zawył. Potem zaczął dygotać. W pierwszej chwili było to tylko lekkie drżenie, lecz po kilku uderzeniach serca padł na zamek, wierzgając gwałtownie kończynami. Białe wieże i śnieżne mosty rozsypywały się w pył. Sansa stała przerażona, lecz Petyr Baelish złapał jej kuzyna za nadgarstki i zawołał maestera.

Po paru chwilach zjawili się strażnicy i służące, które pomogły unieruchomić chłopca. Wkrótce nadszedł również maester Colemon. Padaczka Roberta Arryna nie była dla ludzi z Orlego Gniazda żadną nowością. Lady Lysa nauczyła ich wszystkich przychodzić mu z pomocą już na pierwszy krzyk. Maester uniósł głowę małego lorda i kazał mu wypić pół kubka sennego wina, szepcząc przy tym uspokajające słowa. Gwałtowność ataku malała powoli, aż wreszcie zostało tylko słabe drżenie dłoni.

— Zaprowadźcie go do moich komnat — polecił Colemon strażnikom. — Pijawki go uspokoją.

— To była moja wina. — Sansa pokazała im głowę lalki. — Rozerwałam jego lalkę na dwoje. Nie chciałam tego zrobić, ale...

— Jego lordowska mość niszczył zamek — dokończył Petyr.

— To był olbrzym — wyszeptał zapłakany chłopiec. — To nie byłem ja. To olbrzym rozwalał zamek. Zabiła go! Nienawidzę jej! Jest bękartem i nienawidzę jej! Nie chcę pijawek!

— Panie, twoja krew wymaga rozrzedzenia — tłumaczył mu maester Colemon. — To zła krew budzi w tobie gniew, a wściekłość wywołuje drgawki. Chodź.

Zaprowadzili chłopaka na górę. *Mój pan mąż* — pomyślała Sansa, spoglądając na ruiny Winterfell. Śnieg przestał padać i było zimniej niż przedtem. Zastanawiała się, czy lord Robert będzie miał drgawki również podczas ślubu. *Joffrey przynajmniej był zdrowy na ciele.* Ogarnęła ją szalona wściekłość. Podniosła ułamaną gałąź, nadziała na nią głowę lalki i zatknęła ją na zniszczonej wieży bramnej swego śnieżnego zamku. Służba spoglądała na to z przerażonymi minami, lecz Littlefinger wybuchnął śmiechem na ten widok.

— Jeśli wierzyć opowieściom, to nie pierwszy olbrzym, którego głowa skończyła na murach Winterfell.

— To tylko legendy — odparła i zostawiła go.

Po powrocie do sypialni zrzuciła futro i mokre buty, a potem usiadła przy ogniu. Nie wątpiła, że zostanie pociągnięta do odpowiedzialności za atak lorda Roberta. *Może lady Lysa mnie odeśle.* Jej ciotka chętnie karała wygnaniem każdego, kto wzbudził jej niezadowolenie, a najbardziej ze wszystkiego nie lubiła ludzi, których podejrzewała o maltretowanie syna.

Sansa ucieszyłaby się z wygnania. Księżycowe Bramy były znacznie większe i przyjemniejsze niż Orle Gniazdo. Lord Nestor Royce sprawił na niej wrażenie ponurego, gburowatego mężczyzny, lecz zamkiem zarządzała jego córka Myranda, o której wszyscy mówili, że jest bardzo wesoła. Na dole nawet rzekomo nieprawe pochodzenie Sansy nie byłoby zbyt wielkim obciążeniem. Jedna z bękarcich córek króla Roberta była na służbie u lorda Nestora. Podobno były z lady Myrandą najlepszymi przyjaciółkami, bliskimi sobie jak siostry.

Powiem ciotce, że nie chcę wyjść za Roberta. Nawet sam wielki septon nie mógł ogłosić kobiety czyjąś żoną, jeśli nie chciała wypowiedzieć słów przysięgi. Bez względu na to, co mówiła ciotka, nie była żebraczką. Miała trzynaście lat, była dojrzałą, zamężną kobietą, dziedziczką Winterfell. Czasami litowała się nad swym małym kuzynem, nie potrafiła sobie jednak wyobrazić, by kiedykolwiek zapragnęła za niego wyjść. *Wolałabym już znowu zostać żoną Tyriona.* Jeśli lady Lysa się o tym dowie, z pewnością ją odeśle... daleko od gniewnych grymasów, drgawek i łzawiących oczu Roberta, od lubieżnych spojrzeń Marilliona i pocałunków Petyra. *Powiem jej to. Powiem!*

Lady Lysa wezwała ją późnym popołudniem. Sansa zbierała odwagę przez cały dzień, lecz gdy tylko u jej drzwi pojawił się Marillion, wątpliwości powróciły.

— Lady Lysa nakazuje, byś stawiła się w Górnej Komnacie.

Minstrel rozbierał ją wzrokiem, do tego zdążyła się już jednak przyzwyczaić.

Marillion z pewnością był przystojny. Miał szczupłą, chłopięcą figurę, gładką skórę, włosy rudoblond i czarujący uśmiech. Mimo to wszyscy w Dolinie, poza ciotką Sansy i małym lordem Robertem, zdążyli go już znienawidzić. Sądząc z tego, co mówili służący, Sansa nie była pierwszą panną, która musiała znosić jego awanse, a inne nie miały do obrony Lothora Brune'a. Lady Lysa nie chciała jednak słuchać żadnych skarg na niego. Od chwili przybycia do Orlego Gniazda minstrel był jej ulubieńcem. Co noc usypiał swym śpiewem lorda Roberta i ośmieszał zalotników lady Lysy drwiącymi z ich słabostek kupletami. Ciotka Sansy obsypywała go złotem i darami. Otrzymał od niej drogie stroje, złoty naramiennik, pas nabijany księżycowymi kamieniami oraz pięknego konia. Dała mu nawet ulubionego sokoła zmarłego męża. Dlatego właśnie Marillion był nienagannie uprzejmy w obecności lady Lysy i w tym samym stopniu arogancki, gdy jej nie było.

— Dziękuję — odparła sztywno Sansa. — Znam drogę.

Nie ruszył się z miejsca.

— Pani kazała mi cię przyprowadzić.

Przyprowadzić? To jej się nie spodobało.

— Czy zostałeś teraz strażnikiem?

Littlefinger usunął kapitana straży Orlego Gniazda, zastępując go ser Lothorem Brune'em.

— A czy potrzebujesz strażnika? — zapytał od niechcenia Marillion. — Powinnaś się dowiedzieć, że układam właśnie nową pieśń. Nadam jej nazwę *Przydrożna róża.* Będzie opowiadała o pochodzącej z nieprawego łoża dziewczynie, tak pięknej, że rzucała urok na każdego mężczyznę, który na nią spojrzał.

Jestem córką Starków z Winterfell — pragnęła mu powiedzieć, skinęła jednak tylko głową i pozwoliła, by poprowadził ją na dół po schodach, a potem przez most. Przez cały czas jej pobytu w Orlim Gnieździe Górna Komnata była zamknięta. Sansa zastanawiała się, po co ciotka ją otworzyła. Lady Lysa na ogół wolała swą wygodną samotnię albo przytulną, ciepłą komnatę audiencyjną lorda Arryna, z której roztaczał się widok na wodospad.

Po obu stronach rzeźbionych drewnianych drzwi Górnej Komnaty stali dwaj wartownicy w płaszczach koloru nieba. W dłoniach trzymali włócznie.

— Nikt nie może wejść do środka, dopóki Alayne będzie z lady Lysą — oznajmił im Marillion.

— Tak jest.

Mężczyźni przepuścili ich, po czym skrzyżowali włócznie. Marillion zatrzasnął drzwi i zablokował je trzecią włócznią, dłuższą i grubszą od tych, które mieli wartownicy.

Sansę przeszył dreszcz niepokoju.

— Dlaczego to zrobiłeś? — zapytała.

— Pani na ciebie czeka.

Rozejrzała się niepewnie wokół. Lady Lysa siedziała na ustawionym na podwyższeniu krześle o wysokim oparciu z rzeźbionego czardrewna. Była sama. Po jej prawej stronie stało drugie krzesło, na którym leżał stos niebieskich poduszek, lorda Roberta jednak nie było. Sansa miała nadzieję, że chłopiec czuje się już dobrze, Marillion jednak z pewnością by jej tego nie powiedział.

Sansa ruszyła po niebieskim jedwabnym dywanie, rozłożonym między dwoma szpalerami cienkich jak kopie kolumn. Posadzkę i ściany Górnej Komnaty wykonano z mlecznego marmuru z niebieskimi żyłkami. Przez wąskie łukowate okna we wschodniej ścianie do środka wpadały snopy bladego, słonecznego blasku. Między oknami, w wysokich żelaznych uchwytach, umieszczono pochodnie, lecz żadna z nich nie płonęła. Dywan tłumił odgłos kroków Sansy. Z zewnątrz dobiegało smętne zawodzenie zimnego wichru.

Pośród tak wielkiej ilości białego marmuru nawet blask słońca wydawał się zimny... choć nawet nie w połowie tak zimny, jak jej ciotka. Lady Lysa przywdziała suknię z kremowego aksamitu i nałożyła naszyjnik z szafirów i kamieni księżycowych. Kasztanowate włosy splotła w gruby warkocz, który opadał jej na ramię. Siedziała na krześle, spoglądając na zbliżającą się siostrzenicę. Pod warstwą różu i pudru twarz miała czerwoną i obrzmiałą. Na ścianie za jej plecami wisiała wielka chorągiew ozdobiona księżycem i sokołem rodu Arrynów w kremowo-błękitnych barwach.

Sansa zatrzymała się przed podwyższeniem i dygnęła.

— Pani. Wysłałaś po mnie.

Nadal słyszała wycie wichru i ciche akordy wygrywane przez stojącego na drugim końcu sali Marilliona.

— Widziałam, co zrobiłaś — oznajmiła lady Lysa.

Sansa wygładziła fałdy spódnicy.

— Mam nadzieję, że lord Robert czuje się już lepiej? Nie chciałam rozerwać jego lalki. Niszczył mój śnieżny zamek. Ja tylko...

— Masz zamiar udawać cnotkę? — zapytała jej ciotka. — Nie mówię o lalce Roberta. Widziałam, jak się z nim całowałaś.

Sansa miała wrażenie, że w Górnej Komnacie zrobiło się trochę zimniej. Czuła się tak, jakby ściany, posadzka i kolumny obróciły się nagle w lód.

— To on mnie pocałował.

Lysa rozdęła nozdrza.

— A niby dlaczego miałby to robić? Ma żonę, która go kocha. Dorosłą kobietę, nie małą dziewczynkę. Nie potrzebuje takich jak ty. Przyznaj się, dziecko. Rzuciłaś się na niego. Tak to właśnie wyglądało.

Sansa cofnęła się o krok.

— Nieprawda.

— Dokąd idziesz? Boisz się? Za tak rozpustne zachowanie trzeba karać, ale nie będę dla ciebie surowa. Trzymamy dla Roberta chłopca do bicia. To zwyczaj Wolnych Miast. Jego zdrowie jest zbyt delikatne, by mógł znieść rózgę. Znajdę jakąś nisko urodzoną dziewczynę i zbijemy ją za ciebie, ale najpierw musisz się przyznać. Nie będę tolerowała kłamczuchy, Alayne.

— Budowałam zamek ze śniegu — tłumaczyła się Sansa. — Lord Petyr pomagał mi, a potem mnie pocałował. To właśnie widziałaś.

— Czy nie masz honoru? — zapytała ostro jej ciotka. — A może uważasz mnie za głupią? O to chodzi, co? Tak jest, uważasz mnie za głupią. Teraz to rozumiem. Ale ja nie jestem głupia. Myślisz, że skoro jesteś młoda i piękna, to możesz mieć każdego mężczyznę, którego zapragniesz. Wydaje ci się, że nie widziałam, jak patrzysz na Marilliona? Wiem o wszystkim, co się dzieje w Orlim Gnieździe, mała damo. Znałam już też przedtem takie jak ty. Jeśli wydaje ci się, że wielkie oczy i lubieżne uśmieszki wystarczą, żeby zdobyć Petyra, to jesteś w błędzie. On jest mój. — Zerwała się z krzesła. — Wszyscy próbowali mi go odebrać. Mój pan ojciec, mój mąż, twoja matka... przede wszystkim Catelyn. Ona też lubiła się całować z Petyrem, och, tak, bardzo lubiła.

Sansa cofnęła się o kolejny krok.

— Moja matka?

— Tak, twoja matka, twoja wspaniała matka, moja słodka siostra Catelyn. Nie próbuj udawać niewiniątka, ty mała, przebrzydła kłamczucho. Przez wszystkie te lata w Riverrun igrała z Petyrem, jakby był jej zabawką. Podpuszczała go uśmiechami, czułymi słówkami i lubieżnymi spojrzeniami, aż noce stawały się dla niego udręką.

— Nie. — *Moja matka nie żyje* — pragnęła krzyknąć. *Była twoją siostrą, a teraz nie żyje.* — To nieprawda. Nie zrobiłaby tego.

— Skąd wiesz? Byłaś tam? — Lysa zeszła z podwyższenia, zamiatając spódnicami. — Może przyjechałaś z lordem Brackenem i lordem Blackwoodem, kiedy przybyli do mojego ojca, żeby rozstrzygnął ich spór? Grał dla nas minstrel lorda Brackena. Catelyn tańczyła z Petyrem sześć razy. Sześć, wiem, bo liczyłam. Kiedy lordowie wszczęli kłótnię, ojciec zabrał ich na górę, do swej komnaty audiencyjnej i nie było nikogo, kto mógłby nas powstrzymać przed piciem. Edmure się schlał, chociaż był jeszcze chłopcem… a Petyr spróbował pocałować twoją matkę, ale ona go odepchnęła. Wyśmiała go. Miał taką zrozpaczoną minę, że myślałam, iż serce mi pęknie ze współczucia. Potem upił się tak, że aż wpadł pod stół. Stryj Brynden zaniósł go do łóżka, żeby ojciec nie widział go w takim stanie. Ale ty tego nie pamiętasz, prawda? — Przeszyła ją gniewnym spojrzeniem. — Prawda?

Upiła się czy oszalała?

— Nie było mnie jeszcze wtedy na świecie, pani.

— Nie było cię jeszcze na świecie. Ale ja już byłam, więc nie próbuj mi mówić, co jest prawdą, a co nie. Całowałaś się z nim!

— To on mnie pocałował — upierała się Sansa. — Nie chciałam…

— Cisza. Nie pozwoliłam ci mówić. Skusiłaś go, tak samo jak twoja matka owej nocy w Riverrun, swoimi uśmiechami i swoim tańcem. Wydaje ci się, że mogłabym o tym zapomnieć? Tej nocy zakradłam się do jego łoża, by go pocieszyć. Akurat krwawiłam, lecz ból był słodki. Zapewnił, że mnie kocha, ale tuż przed zaśnięciem szepnął do mnie „Cat". Mimo to zostałam z nim aż do chwili, gdy niebo zaczęło jaśnieć. Twoja matka nie zasługiwała na niego. Nie chciała mu nawet ofiarować wstążki, kiedy pojedynkował się z Brandonem Starkiem. Ja bym mu dała wstążkę. Oddałam mu wszystko. Należy do mnie. Nie do Catelyn i nie do ciebie.

W obliczu furii ciotki Sansę opuściła cała odwaga. Bała się Lysy Arryn równie mocno jak królowej Cersei.

— Należy do ciebie, pani — przyznała, starając się, by jej głos był łagodny i pełen skruchy. — Czy mogę już odejść?

— Nie możesz. — Oddech jej ciotki cuchnął winem. — Gdybyś była kimś innym, wygnałabym cię. Odesłałabym cię do lorda Nestora w Księżycowych Bramach albo na Paluchy. Jakby ci się to spodobało, gdybyś miała spędzić resztę życia na tym ponurym wybrzeżu otoczona przez kocmołuchy i owcze bobki? Na taki właśnie los mój ojciec chciał skazać Petyra. Wszyscy myśleli, że to przez ten głupi pojedynek z Brandonem Starkiem, ale to nie była prawda. Ojciec powiedział, że powinnam dziękować bogom, iż tak wielki lord jak Jon Arryn zgodził się przyjąć mnie zbrukaną, ja jednak wiedziałam, że chodziło mu tylko o miecze. Musiałam wyjść za Jona, bo w przeciwnym razie ojciec by mnie wygnał, tak jak wygnał własnego brata, ja jednak byłam przeznaczona Petyrowi. Opowiadam ci to wszystko po to, żebyś zrozumiała, jak bardzo się kochamy, jak długo cierpieliśmy i marzyliśmy o sobie nawzajem. Zrobiliśmy razem dziecko, małe, wspaniałe dzieciątko. — Lysa rozpostarła dłonie na brzuchu, jakby nadal nosiła tam dziecko. — Kiedy mi go ukradli, obiecałam sobie, że nigdy już nie pozwolę, by coś takiego się stało. Jon zamierzał odesłać mojego słodkiego Roberta na Smoczą Skałę, a ten zapijaczony król chciał go oddać Cersei Lannister, ale ja im na to nie pozwoliłam... tak samo, jak nie pozwolę, żebyś mi ukradła Petyra Littlefingera. Słyszałaś mnie, Alayne, Sanso czy jak tam wolisz się zwać? Słyszałaś, co ci powiedziałam?

— Tak, przysięgam, że nigdy już nie będę go całować ani... ani kusić.

Sansa sądziła, że to właśnie chce usłyszeć jej ciotka.

— A więc się przyznajesz? To byłaś ty, tak jak myślałam. Jesteś taką samą nierządnicą jak twoja matka. — Lysa chwyciła ją za nadgarstek. — Chodź ze mną. Chcę ci coś pokazać.

— To mnie boli. — Sansa spróbowała się wyrwać. — Proszę, ciociu Lyso. Nie zrobiłam nic złego. Przysięgam.

Ciotka zignorowała jej sprzeciwy.

— Marillionie! — zawołała. — Jesteś mi potrzebny, Marillionie! Jesteś mi potrzebny!

Minstrel do tej pory stał dyskretnie przy końcu komnaty, lecz na krzyk lady Arryn podszedł do niej natychmiast.

— Pani?

— Zagraj nam pieśń. *Prawdy i kłamstwa.*

Palce Marilliona musnęły struny.

— Lord jechał sobie w deszczowy dzień, hej-nonny, hej-nonny, hej-nonny-hej...

Lady Lysa pociągnęła Sansę za rękę. Mogła za nią pójść albo pozwolić się wlec. Szły ku białym drzwiom z czardrewna wprawionym w marmurowy mur. Zamykały je trzy ciężkie zasuwy z brązu, lecz mimo to Sansa słyszała hulający na zewnątrz wicher.

Gdy ujrzała wyrzeźbiony w drewnie półksiężyc, zaparła się obiema stopami.

— Księżycowe Drzwi. — Spróbowała się wyrwać. — Dlaczego pokazujesz mi Księżycowe Drzwi?

— Teraz piszczysz jak myszka, ale w ogrodzie byłaś śmiała, co? W śniegu byłaś śmiała.

— Dama szyła sobie w deszczowy dzień — śpiewał Marillion. — Hej-nonny, hej-nonny, hej-nonny-hej.

— Otwieraj drzwi — rozkazała Lysa. — Powiedziałam, otwieraj. Albo to zrobisz, albo poślę po strażników. — Popchnęła Sansę. — Twoja matka przynajmniej była odważna. Odciągaj zasuwy.

Jeśli jej posłucham, na pewno mnie puści. Sansa złapała jedną z zasuw z brązu, wyszarpnęła ją i rzuciła na podłogę. Za nią na marmur runęła z łoskotem druga, a potem trzecia. Sansa ledwie zdążyła dotknąć klamki, gdy ciężkie drewniane drzwi odskoczyły do środka i uderzyły o ścianę z głośnym trzaskiem. Framugę pokrywała warstwa śniegu, który osypał obie kobiety, niesiony przez wiatr tak zimny, że Sansa zaczęła dygotać. Spróbowała się cofnąć, lecz ciotka stała za nią. Lysa chwyciła ją za nadgarstek, a drugą dłoń oparła między łopatkami, popychając dziewczynę z całej siły ku otwartym drzwiom.

Za nimi było białe niebo, sypiący śnieg i nic więcej.

— Popatrz w dół — rozkazała lady Lysa. — Popatrz w dół.

Sansa znowu spróbowała się wyrwać, lecz palce ciotki wpiły się w jej ramię niczym pazury. Lysa pchnęła ją raz jeszcze i Sansa krzyknęła głośno. Jej lewa stopa przebiła warstwę śniegu, strącając ją w dół. Przed nią nie było nic poza pustką oraz przydrożnym zamkiem, który przylepiał się do stoku sześćset stóp poniżej.

— Nie! — krzyczała Sansa. — Boję się.

Marillion nie przestawał grać na harfie.

— Hej-nonny, hej-nonny, hej-nonny-hej — śpiewał.

— Czy nadal chcesz, żebym pozwoliła ci odejść?

— Nie. — Sansa znalazła punkt oparcia dla stóp i spróbowała się cofnąć, lecz jej ciotka nie ustąpiła ani o krok. — Nie tędy. Proszę...

Uniosła rękę, drapiąc palcami po framudze, nie zdołała się jej jednak złapać, a jej nogi ślizgały się na mokrej marmurowej posadzce. Lady Lysa nieubłaganie popychała ją naprzód, a była od niej cięższa o jakieś trzy kamienie.

— Dama całowana legła na stogu siana — śpiewał Marillion. Sansa szarpnęła ciałem w bok opętana histerycznym strachem. Jedna jej stopa ześliznęła się nad pustkę. Krzyknęła. — Hej-nonny, hej-nonny, hej-nonny-hej — kontynuował pieśń minstrel.

Wiatr szarpał spódnicami Sansy, wbijając zimne kły w jej gołe nogi. Czuła topniejące na policzkach płatki śniegu. Zamachała jak szalona rękami, złapała gruby kasztanowaty warkocz Lysy i uczepiła się go mocno.

— Moje włosy! — wrzasnęła jej ciotka. — Puszczaj moje włosy!

Drżała i łkała. Obie chwiały się na krawędzi przepaści. Sansa usłyszała w oddali strażników, którzy łomotali włóczniami w drzwi, domagając się wpuszczenia do środka. Marillion przestał śpiewać.

— Lyso! Co to ma znaczyć? — Krzyk przebił się przez łkanie i wysilone oddechy. W Górnej Komnacie poniosły się echem kroki.

— Cofnij się! Lyso, co ty wyprawiasz?

Wartownicy nadal dobijali się do drzwi. Littlefinger dostał się do środka przez lordowskie wejście za podwyższeniem.

Gdy Lysa się odwróciła, jej uchwyt osłabł na tyle, że Sansa zdołała się wyrwać. Opadła na kolana. Petyr Baelish zauważył ją i zatrzymał się nagle.

— Alayne? W czym problem?

— W niej. — Lady Lysa złapała Sansę za włosy. — Problem jest w niej. Całowała się z tobą.

— Powiedz jej — błagała Sansa. — Powiedz jej, że tylko budowaliśmy zamek.

— Cicho! — wrzasnęła na nią ciotka. — Nie pozwoliłam ci się odzywać. Nikogo nic nie obchodzi twój zamek.

— Ona jest jeszcze dzieckiem, Lyso. Córką Cat. Co chciałaś jej zrobić?

— Miałam zamiar wydać ją za Roberta! Ona nie wie, co to wdzięczność! Nie wie, co to… co to przyzwoitość. Nie wolno jej się z tobą całować. Nie wolno! Chciałam tylko dać jej nauczkę.

— Taaak. — Pogłaskał podbródek. — Myślę, że już to zrozumiała. Prawda, Alayne?

— Tak — łkała Sansa. — Zrozumiałam.

— Nie chcę jej tutaj. — Oczy jej ciotki lśniły od łez. — Czemu przywiozłeś ją do Doliny, Petyrze? Nie potrzebujemy jej tutaj. Tu nie ma dla niej miejsca.

— W takim razie ją odeślemy. Nawet do Królewskiej Przystani, jeśli tego sobie życzysz. — Zbliżył się do nich o krok. — Puść ją. Pozwól jej odejść od drzwi.

— NIE! — Lysa raz jeszcze szarpnęła głowę Sansy. Śnieg zawirował wokół obu kobiet, a ich spódnice zafurkotały głośno na wietrze. — Nie możesz jej pragnąć. Nie możesz. To głupia, pustogłowa dziewczynka. Nie kocha cię tak jak ja. Zawsze cię kochałam. Dowiodłam tego, prawda? — Po jej zapuchniętej, czerwonej twarzy spływały łzy. — Oddałam ci swe dziewictwo. Dałabym ci też syna, ale zamordowali go miesięczną herbatą z ruty, wrotyczu i piołunu z dodatkiem łyżki miodu i kropli mięty polnej. Ja tego nie zrobiłam. O niczym nie wiedziałam, po prostu wypiłam to, co dał mi ojciec...

— To już dawne dzieje, Lyso. Lord Hoster nie żyje i jego stary maester też. — Littlefinger podszedł bliżej. — Czy znowu piłaś wino? Nie powinnaś tyle mówić. Nie chcemy, żeby Alayne dowiedziała się więcej, niżby należało, prawda? Albo Marillion?

Lady Lysa zignorowała jego słowa.

— Cat nic ci nigdy nie dała. To ja załatwiłam ci pierwszą posadę, spowodowałam, że Jon sprowadził cię na królewski dwór, byśmy mogli być blisko siebie. Obiecałeś mi, że nigdy o tym nie zapomnisz.

— I nie zapomniałem. Jesteśmy razem, tak jak zawsze pragnęłaś. Jak zawsze planowaliśmy. Puść włosy Sansy...

— Nie puszczę! Widziałam, jak się całowaliście na śniegu. Jest taka sama jak jej matka. Catelyn całowała się z tobą w bożym gaju, ale nie traktowała cię poważnie. Nigdy naprawdę cię nie pragnęła. Dlaczego to ją kochałeś bardziej? To byłam ja, zawsze jaaaa!

— Wiem, kochanie. — Postawił następny krok. — I jestem z tobą. Wystarczy, że ujmiesz moją dłoń. No, chodź. — Wyciągnął rękę. — Po co te wszystkie łzy?

— Łzy, łzy, łzy. — Łkała histerycznie. — Po co te łzy... ale w Królewskiej Przystani mówiłeś co innego. Powiedziałeś, żebym dodała Jonowi łez do wina i spełniłam twoje życzenie. Dla Roberta i dla nas! Napisałam też do Catelyn, że Lannisterowie zabili mojego pana męża, tak jak mi kazałeś. To było takie sprytne... zawsze byłeś sprytny, mówiłam o tym ojcu, powtarzałam mu, że Petyr jest sprytny i zajdzie wysoko, na pewno zajdzie, jest słodki i delikatny, a ja noszę w brzuchu jego dzieciątko... dlaczego ją pocałowałeś? Dlaczego? Jesteśmy teraz razem, jesteśmy razem po tak długim czasie, po tak bardzo długim czasie, czemu miałbyś chcieć całować jąąąąąą?

— Lyso — westchnął Petyr — po wszystkich burzach, które przeżyliśmy, mogłabyś bardziej mi ufać. Przysięgam, że pozostanę u twego boku, dopóki oboje będziemy żyli.

— Naprawdę? — zapytała ze łzami. — Och, naprawdę?

— Naprawdę. A teraz puść dziewczynę i chodź mnie pocałować.

Łkająca Lysa rzuciła się w ramiona Littlefingera. Gdy padli sobie w objęcia, Sansa odczołgała się od Księżycowych Drzwi na rękach i kolanach, a potem objęła ramionami najbliższą kolumnę. Czuła, jak serce jej wali. Na włosach miała śnieg i zgubiła gdzieś prawy but. Na pewno spadł. Zadrżała i objęła kolumnę jeszcze mocniej.

Littlefinger pozwolił, by Lysa łkała przez chwilę, przytulona do jego piersi, po czym wsparł dłonie o jej ramiona i pocałował ją.

— Moja słodka, głupia, zazdrosna żona — powiedział z chichotem. — Zapewniam cię, że kochałem w życiu tylko jedną kobietę.

Lysa Arryn uśmiechnęła się drżąco.

— Tylko jedną? Och, Petyrze, przyrzekasz mi? Tylko jedną?

— Tylko Cat.

Pchnął ją nagle i mocno.

Lysa zatoczyła się do tyłu. Jej stopy poślizgnęły się na mokrym marmurze. Potem zniknęła, nie wydając z siebie krzyku. Przez bardzo długi czas słychać było jedynie zawodzenie wiatru.

— Zabiłeś... zabiłeś... — wydyszał Marillion.

Wartownicy po drugiej stronie drzwi krzyczeli głośno, łomocząc w deski ciężkimi włóczniami. Lord Petyr pomógł Sansie wstać.

— Nic ci się nie stało? — Potrząsnęła głową. — To pobiegnij wpuścić strażników. Szybko, nie mamy czasu do stracenia. Ten minstrel zamordował moją panią żonę.

EPILOG

Droga do Starych Kamieni okrążała dwukrotnie wzgórze, nim dotarła na szczyt. Była zarośnięta zielskiem i kamienista, nawet w najlepszych warunkach trudno byłoby nią wędrować, a wczoraj spadł śnieg i trakt na domiar złego zrobił się błotnisty. *Śnieg jesienią w dorzeczu. To nienaturalne* — pomyślał przygnębiony Merrett. Co prawda, śniegu nie napadało zbyt wiele. Pokrywał ziemię tylko cienką warstewką i gdy wzeszło słońce, stopniał prawie całkowicie. Mimo to Merrett uznał to za zły omen. Deszcze, powodzie, pożary i wojna zniszczyły już dwa kolejne plony i znaczącą część trzeciego. Wczesna zima mogła oznaczać klęskę głodu w całym dorzeczu. Dla bardzo wielu ludzi zabraknie jedzenia, a część z nich umrze. Merrett mógł jedynie mieć nadzieję, że nie okaże się jednym z nich. *To jednak całkiem możliwe. Przy moim pechu to całkiem możliwe. Zawsze miałem pecha.*

Na szczycie wzgórza stały ruiny zamku, a jego stoki porastał las tak gęsty, że swobodnie mogłoby się w nim ukryć stu banitów. *Niewykluczone, że cały czas mnie obserwują.* Merrett rozejrzał się wokół, nie zobaczył jednak nic poza jałowcem, orlicami, ostami, turzycą i jeżynami, nad którymi górowały sosny i szarozielone drzewa strażnicze. Gdzieniegdzie rosły też bezlistne już wiązy i jesiony oraz karłowate dęby. Nigdzie nie widział banitów, to jednak nie znaczyło wiele. Tacy jak oni potrafili się ukrywać lepiej niż uczciwi ludzie.

Szczerze mówiąc, Merrett nienawidził lasu, a banitów jeszcze bardziej.

— Banici ukradli mi życie — uskarżał się nieraz, gdy był pijany. Jego ojciec co chwila głośno powtarzał, że Merrettowi zdarza się to zbyt często. *Czysta prawda* — pomyślał z żalem. W Bliźniakach człowiek potrzebował czegoś, czym by się wyróżniał, gdyż w przeciwnym razie inni zapomnieliby, że żyje. Przekonał się jednak, że sława największego pijaka w zamku raczej nieszczególnie poprawiła jego perspektywy. *Kiedyś miałem nadzieję, że zostanę największym rycerzem, jaki kiedykolwiek trzymał w ręku kopię. Bogowie odebrali mi tę szansę. Czemu nie miałbym sobie od czasu do czasu wychylić kielicha wina? To mi pomaga na ból głowy. Poza tym moja żona to sekutnica, ojciec mną gardzi, a moje dzieci są nic niewarte. Co mi przyjdzie z trzeźwości?*

Teraz jednak był trzeźwy. Co prawda, przy śniadaniu wychylił dwa rogi ale, a wyruszając w drogę, nieduży kielich czerwonego wina, to jednak było tylko lekarstwo na ból głowy. Czuł, jak narasta on za jego oczyma, i wiedział, że jeśli da mu choć cień szansy, za chwilę poczuje się tak, jakby pod jego czaszką szalała burza z piorunami. Czasami ból bywał tak straszliwy, że Merrett nie był w stanie nawet płakać. Mógł wówczas jedynie leżeć w zaciemnionym pokoju z mokrą szmatką na oczach i przeklinać własnego pecha oraz bezimiennego banitę, który mu to uczynił.

Już sama myśl o tym wzbudziła w nim niepokój. W żadnym wypadku nie mógł sobie teraz pozwolić na ból głowy. *Jeśli przywiozę Petyra do domu żywego, karta może się dla mnie odwrócić.* Miał złoto, wystarczy więc, że dotrze na szczyt Starych Kamieni, spotka się z tymi cholernymi banitami w ruinach zamku i dokona wymiany. To było zwykłe dostarczenie okupu. Nawet on nie zdoła skopać takiego zadania… chyba że dopadnie go ból głowy tak silny, iż nie będzie w stanie utrzymać się w siodle. Miał stawić się w ruinach o zachodzie słońca, a nie płakać gdzieś w przydrożnych zaroślach. Potarł skroń dwoma palcami. *Jeszcze jeden obrót wokół wzgórza i będę na miejscu.* Gdy przysłano wiadomość i zgłosił się na ochotnika do dostarczenia okupu, ojciec popatrzył tylko na niego, mrużąc powieki.

— Ty, Merrett? — zapytał i roześmiał się przez nos, wydając z siebie to swoje obrzydliwe he, he, he. Merrett musiał go błagać, nim wreszcie zgodził się powierzyć mu ten cholerny mieszek złota.

Coś poruszyło się w przydrożnych chaszczach. Merrett ściągnął mocno wodze i sięgnął po miecz, okazało się jednak, że to tylko wiewiórka.

— Nie bądź głupi — powiedział sobie, chowając miecz do pochwy, nim jeszcze całkiem go wyciągnął. — Banici nie mają ogonów. Do cholery, uspokój się, Merrett.

Serce tłukło mu tak mocno, jakby był jakimś zielonym chłopakiem, który pierwszy raz wyruszył na wojnę. *Zupełnie jakby to był królewski las i czekało na mnie stare Bractwo, a nie lord błyskawica i jego żałosna banda wyjętych spod prawa wyrzutków.* Przez chwilę kusiło go, by zjechać kłusem na dół i poszukać najbliższej piwiarni. Za mieszek złota mógłby kupić mnóstwo ale, wystarczająco wiele, by zapomnieć o Petyrze Pryszczu. *Niech go sobie wieszają. Sam ściągnął na siebie ten los. Polazł za jakąś cholerną markietanką, jakby był jeleniem w rui.*

Poczuł pulsujący ból w głowie. Na razie był on słaby, Merrett wiedział jednak, że będzie coraz gorzej. Potarł grzbiet nosa. Nie miał właściwie prawa tak źle myśleć o Petyrze. *Kiedy byłem w jego wieku, robiłem to samo.* W jego przypadku skończyło się tylko na francy, nie powinien jednak potępiać chłopaka. Kurwy miały swój urok, zwłaszcza dla człowieka z taką gębą jak Petyr. Co prawda, biedny chłopak miał żonę, lecz stanowiła ona połowę problemu. Nie tylko była dwa razy od niego starsza, lecz również — jeśli wierzyć plotkom — sypiała z jego bratem Walderem. Po Bliźniakach zawsze krążyło mnóstwo plotek, lecz w tym przypadku Merrett był skłonny dać im wiarę. Czarny Walder był człowiekiem, który brał sobie to, czego chciał, nawet żonę brata. Wszyscy wiedzieli, że miał również małżonkę Edwyna, od czasu do czasu jego łoże odwiedzała piękna Walda, a niektórzy szeptali również, że poznał siódmą lady Frey znacznie lepiej, niżby uchodziło. Nic dziwnego, że nie chciał się żenić. Po co kupować krowę, jeśli wszędzie wokół pełno jest czekających na wydojenie wymion?

Przeklinając pod nosem, Merrett wbił pięty w końskie boki i ruszył w górę. Choć myśl o przepiciu złota była kusząca, wiedział, że jeśli miałby wrócić bez Petyra Pryszcza, to równie dobrze może nie wracać w ogóle.

Lord Walder niedługo miał skończyć dziewięćdziesiąt dwa lata. Zaczynał tracić słuch, niemal stracił wzrok, a podagra dokuczała mu tak bardzo, że wszędzie trzeba go było nosić. Wszyscy jego synowie zgadzali się, że na pewno nie pożyje już długo. *A po jego śmierci wszystko się zmieni, i to nie na lepsze.* Jego ojciec był kłótliwy i uparty, miał żelazną wolę i kąśliwy język, uważał jednak, że o rodzinę należy dbać. O wszystkich członków rodziny, nawet o tych, którzy go rozczarowali i rozgniewali. Nawet o tych, których imion nie pamięta. Ale gdy już go nie będzie…

Kiedy dziedzicem był ser Stevron, sprawy wyglądały inaczej. Staruszek przygotowywał Stevrona od sześćdziesięciu lat i wbił mu w głowę, że krew to krew. Stevron jednak zginął na zachodzie, walcząc u boku Młodego Wilka („Na pewno zabiło go czekanie" — zażartował Kulawy Lothar, gdy kruk przyniósł tę wieść.), a jego synowie i wnuki byli Freyami zupełnie innego rodzaju. Dziedzicem był teraz syn Stevrona, ser Ryman, człowiek tępy, uparty i chciwy. Następni za ser Rymanem byli jego synowie, Edwyn i Czarny Walder, którzy byli jeszcze gorsi. Kulawy Lothar rzekł kiedyś: „Na szczęście nienawidzą siebie nawzajem jeszcze bardziej niż nas".

Merrett nie był bynajmniej pewien, czy jest się z czego cieszyć. Szczerze mówiąc, Lothar mógł się okazać jeszcze bardziej niebezpieczny niż oni. Rozkaz wyrżnięcia Starków na weselu Roslin wydał lord Walder, ale to Kulawy Lothar zaplanował wszystko wraz z Roose'em Boltonem — łącznie z tym, jakie pieśni mają być wykonywane. Lothar był bardzo zabawnym kompanem do kielicha, lecz Merrett nigdy nie byłby taki głupi, by odwrócić się do niego plecami. W Bliźniakach człowiek bardzo szybko się uczył, że ufać można wyłącznie pełnemu rodzeństwu, a i to nie do końca.

Kiedy stary umrze, zapewne każdy syn będzie musiał dbać tylko o siebie, każda córka zresztą również. Nowy lord Przeprawy z pewnością pozwoli zostać w Bliźniakach części swych stryjów, bratanków i kuzynów, tych, których lubił albo którym ufał, a najpewniej tym, którzy mogliby się okazać dla nich użyteczni. *Reszta będzie musiała się wynieść i poszukać szczęścia gdzie indziej.*

Ta perspektywa niepokoiła Merretta tak bardzo, że nie potrafił wyrazić tego słowami. Za niespełna trzy lata miał skończyć czterdziestkę i był już za stary, by zaczynać życie wędrownego rycerza... nawet gdyby był rycerzem, a tak się składało, że nim nie był. Nie miał ziemi ani własnego majątku. Był właścicielem ubrania, które miał na sobie, ale nie posiadał nic więcej. Nawet koń, na którym jechał, nie należał do niego. Nie był wystarczająco bystry, by wyuczyć się na maestera, na tyle pobożny, by zostać septonem, czy dostatecznie gwałtowny, by wieść żywot najemnika. *Bogowie nie przyznali mi żadnego daru poza urodzeniem, a i w tym przypadku nie okazali się zbyt hojni.* Co za pożytek ze statusu syna bogatego i potężnego rodu, jeśli jest się dziewiątym synem? Jeśli liczyć wnuków i prawnuków, Merrett miał większe szanse zostać wielkim septonem niż dziedzicem Bliźniaków.

Mam pecha — pomyślał z goryczą. *Zawsze miałem cholernego pecha.* Był silnym mężczyzną o potężnej klatce piersiowej i ramionach, choć niezbyt wysokim. Wiedział, że przez ostatnie dziesięć lat się roztył i mięśnie mu zwiotczały, w młodości jednak niemal dorównywał krzepą ser Hosteenowi, swemu najstarszemu rodzonemu bratu, którego powszechnie uważano za najsilniejszego z całego pomiotu lorda Waldera Freya. Za młodu Merretta wysłano do Crakehall, by służył rodzinie swej matki jako paź. Gdy stary lord Sumner zrobił go giermkiem, wszyscy byli przekonani, że za kilka lat zostanie ser Merrettem. Banici z Bractwa z Królewskiego Lasu naszczali jednak na te plany. Jaime Lannister, który był giermkiem razem z nim, okrył się chwałą, Merrett zaś najpierw zaraził się francą od markietanki, a potem dał się wziąć do niewoli kobiecie, tej, którą zwali Białą Łanią. Lord Sumner zapłacił za niego okup, lecz w następnej walce Merretta powalił cios buzdyganem w głowę. Hełm pękł, a on na dwa tygodnie stracił przytomność. Potem opowiadano mu, że wszyscy byli przekonani, iż umrze.

Merrett nie umarł, nie był już jednak zdolny do walki. Nawet najlżejszy cios w głowę wywoływał paraliżujący ból i zmuszał go do łez. Lord Sumner oznajmił ze współczuciem, że w tej sytuacji nie ma mowy, by został rycerzem. Odesłano go do Bliźniaków, gdzie musiał stawić czoło jadowitej wzgardzie lorda Waldera.

Potem dręczył go coraz większy pech. Ojciec zdołał jakoś załatwić dla niego korzystne małżeństwo. Jego żona była jedną z córek lorda Darry'ego, a w owych czasach Darry'owie cieszyli się względami króla Aerysa. Gdy tylko jednak rozdziewiczył swą małżonkę, Aerys stracił tron. W przeciwieństwie do Freyów, Darry'owie do końca dochowali wierności Targaryenom i stracili połowę ziem, większość majątku oraz niemal całe wpływy. Jeśli zaś chodzi o jego panią żonę, już od samego początku poczuła się nim bardzo rozczarowana i przez wiele lat uparcie wydawała na świat tylko dziewczynki. Trzy żyły, jedna urodziła się martwa, a jedna zmarła w wieku niemowlęcym. Dopiero potem Merrett wreszcie doczekał się syna. Jego najstarsza córka okazała się dziwką, a druga żarłokiem. Gdy Ami przyłapano w stajni aż z trzema stajennymi jednocześnie, był zmuszony wydać ją za cholernego wędrownego rycerza. Merrett sądził, że już nie może być gorzej… aż do chwili, gdy ser Pate doszedł do wniosku, że może okryć się sławą, pokonując ser Gregora Clegane'a. Ami wróciła do domu jako wdowa, ku przerażeniu Merretta, ale z pewnością ku zachwytowi wszystkich stajennych w Bliźniakach.

Merrett miał nadzieję, że karta wreszcie się odwróciła, gdy Roose Bolton poślubił jego Waldę, zamiast którejś z jej szczuplejszych, ładniejszych kuzynek. Sojusz z Boltonami był ważny dla rodu Freyów, a Walda pomogła w jego zawarciu, Merrett sądził więc, że musi to coś znaczyć. Stary jednak szybko wyprowadził go z błędu.

— Wybrał ją dlatego, że jest gruba — oznajmił lord Walder. — To, czyim jest bachorem, obchodzi go tyle, co pierdnięcie komedianta. Wydaje ci się, że pomyślał: „He, Merrett Matoł, to będzie dla mnie najlepszy dobry ojciec"? Twoja Walda to maciora ubrana w jedwabie. Dlatego właśnie zdecydował się na nią, a ja nie mam zamiaru ci za to dziękować. Moglibyśmy zawrzeć ten sojusz za połowę ceny, gdyby ta tuczna świnia od czasu do czasu raczyła odłożyć łyżkę.

Ostatni raz upokorzono go z uśmiechem na ustach. Kulawy Lothar wezwał go, by omówić rolę, jaką ma do odegrania w weselu Roslin.

— Każdemu z nas zostanie wyznaczone zadanie stosowne do jego darów — oznajmił mu przyrodni brat. — Ty musisz zrobić jedno i tylko jedno, Merrett. Chcę, żebyś upił Greatjona Umbera tak, by nie mógł się utrzymać na nogach, nie mówiąc już o walce.

I nawet to mi się nie udało. Potężny człowiek z północy wlał w gardło wystarczająco wiele wina, by zabić trzech normalnych mężczyzn, lecz mimo to po pokładzinach Roslin zdołał jeszcze wyrwać miecz pierwszemu człowiekowi, który go zaatakował i do tego złamać mu rękę. Potrzeba było ośmiu ludzi, by zakuć go w łańcuchy. Dwóch z nich zostało rannych, jeden zginął, a biedny, stary ser Leslyn Haigh stracił połowę ucha. Gdy skuto mu ręce, Umber walczył zębami.

Merrett zatrzymał się na chwilę i zamknął oczy. W głowie dudniło mu tak mocno, że przez chwilę wydawało mu się, iż znowu słyszy ten cholerny bęben, w który bito na weselu. Ledwie zdołał utrzymać się w siodle. *Muszę jechać dalej* — powtarzał sobie. Jeśli zdoła przywieźć Petyra Pryszcza, z pewnością wkupi się w łaski ser Rymana. Petyr mógł nie grzeszyć urodą, nie był jednak tak zimny jak Edwyn ani tak gorący jak Czarny Walder. *Na pewno będzie mi wdzięczny, a jego ojciec zrozumie, że jestem lojalnym człowiekiem, którego warto zatrzymać.*

Najpierw jednak musi o zachodzie słońca dostarczyć złoto. Merrett spojrzał na niebo. *Akurat na czas.* Chcąc uspokoić drżące dłonie, odpiął wiszący u siodła bukłak, wyjął korek i pociągnął długi łyk. Wino było mocne i słodkie, tak ciemne, że niemal wydawało się czarne, lecz mimo to, bogowie, smakowało naprawdę wspaniale.

Mur kurtynowy Starych Kamieni otaczał ongiś szczyt wzgórza niczym korona czubek królewskiej głowy. Zostały z niego jedynie fundamenty oraz kilka sięgających pasa stosów zmurszałych głazów upstrzonych plamami porostów. Merrett podążał wzdłuż linii muru, aż dotarł do miejsca, w którym ongiś zapewne znajdowała się brama. Ruiny były tu trudniejsze do sforsowania, musiał więc zsiąść z konia, by przeprowadzić go między głazami. Wiszące nisko nad horyzontem słońce znikło za ławicą chmur. Stoki porastały janowiec i orlice. Gdy znalazł się w obrębie nieistniejących murów, zielsko sięgało mu do pasa. Poluzował miecz w pochwie i rozejrzał się czujnie wokół, nie wypatrzył jednak żadnych banitów. *Czyżbym przybył niewłaściwego dnia?* Zatrzymał się i potarł skronie kciukami, nie złagodziło to jednak ucisku pod czaszką. *Do siedmiu cholernych piekieł…*

Gdzieś w głębi ruin, za zasłoną drzew, słychać było cichą muzykę.

Merrett zadrżał, choć miał na sobie ciepły płaszcz. Otworzył bukłak i pociągnął kolejny łyk wina. *Mógłbym wsiąść na konia, poje-*

chać do Starego Miasta i przepić całe to złoto. Z układów z banitami nigdy nie wynikło nic dobrego. Ta mała, wredna suka Wenda wypaliła mu na pośladku łanię. Nic dziwnego, że żona nim gardziła. *Muszę to zrobić. Petyr Pryszcz może pewnego dnia zostać lordem Przeprawy. Edwyn nie ma synów, a Czarny Walder płodzi tylko bękarty. Petyr nie zapomni, kto przybył mu na ratunek.* Merrett pociągnął kolejny łyk, zakorkował bukłak i poprowadził konia między roztrzaskanymi głazami, janowcem oraz mizernymi, smaganymi wiatrem drzewkami. Kierując się ku dźwiękom, dotarł w miejsce, które ongiś było zamkowym dziedzińcem.

Spadłe z drzew liście pokrywały tu ziemię grubą warstwą niczym żołnierze po jakiejś straszliwej rzezi. Na zwietrzałym, kamiennym grobowcu siedział ze skrzyżowanymi nogami mężczyzna w zielonym stroju, połatanym i wyblakłym. W ręku trzymał harfę, na której brzdąkał cicho smutną pieśń. Merrett ją znał. Wysoko w komnatach królów dawnych, Jenny z duchami wiodła tany...

— Wstawaj — odezwał się Merrett. — Siedzisz na królu.

— Staremu Tristiferowi nie przeszkadza moje kościste dupsko. Zwali go Młotem Sprawiedliwości. Minęło wiele czasu, odkąd ostatnio słyszał nową pieśń. — Banita spojrzał na niego z góry. Był szczupły i schludny, miał wąską, lisią twarz, lecz za to usta tak szerokie, że jego uśmiech zdawał się sięgać uszu. Na czoło opadało mu kilka kosmyków przerzedzonych brązowych włosów. Odgarnął je wolną ręką i zapytał:

— Pamiętasz mnie, panie?

— Nie. — Merrett zmarszczył brwi. — A czemu miałbym pamiętać?

— Śpiewałem na weselu twojej córki. I mam wrażenie, że nieźle. Ten Pate, za którego wyszła, był moim kuzynem. W Siedmiu Strumieniach wszyscy jesteśmy kuzynami. Ale to mu nie przeszkodziło okazać się skąpcem, gdy przyszła pora mi zapłacić. — Mężczyzna wzruszył ramionami. — Dlaczego twój pan ojciec nigdy nie zaprosił mnie do Bliźniaków? Czy moja gra jest za mało hałaśliwa dla jego lordowskiej mości? Słyszałem, że on lubi głośną muzykę.

— Przywiozłeś złoto? — rozległ się inny, bardziej ochrypły głos za jego plecami.

Merrettowi zaschło w gardle. *Cholerni banici, zawsze ukrywają się w krzakach.* W królewskim lesie było tak samo. Wydawało im się, że złapali pięciu, a nagle znikąd wyskakiwało dziesięciu dalszych.

Kiedy się odwrócił, zobaczył, że ze wszystkich stron otacza go szpetna zgraja starych, pomarszczonych mężczyzn i chłopaków o gładkich policzkach, młodszych niż Petyr Pryszcz. Odziani byli w wełniane łachmany, utwardzaną skórę oraz fragmenty zbroi zdarte z zabitych rycerzy. Była wśród nich jedna kobieta, opatulona w płaszcz z kapturem, który był na nią trzy razy za duży. Merrett był zbyt wzburzony, by ich policzyć, wydawało mu się jednak, że jest ich co najmniej tuzin, a być może nawet dwudziestu.

— Zadałem ci pytanie. — Mówiący był rosłym, brodatym mężczyzną o krzywych, zielonych zębach i złamanym nosie, wyższym od Merretta, lecz nie tak brzuchatym. Na głowie miał półhełm, a na szerokich ramionach mocno połatany żółty płaszcz. — Gdzie jest nasze złoto?

— W moich jukach. Sto złotych smoków. — Merrett odchrząknął. — Dostaniecie je, kiedy się upewnię, że Petyr...

Nim zdążył dokończyć, z grupy wystąpił przysadzisty, jednooki mężczyzna, który bezczelnie złapał za juki i znalazł mieszek. Merrett chciał go złapać za rękę, powstrzymał się jednak w ostatniej chwili. Banita rozwiązał sznurki, wyciągnął jedną monetę i ugryzł ją.

— Smak jest w porządku. — Podrzucił woreczek w dłoni. — Waga też.

Zabiorą złoto i nie wypuszczą Petyra — pomyślał Merrett w napadzie nagłej paniki.

— To cały okup. Tyle, ile żądaliście. — Wytarł o spodnie spocone dłonie. — Który z was jest Berikiem Dondarrionem?

Nim Dondarrion został banitą, był lordem i być może nadal pozostawał człowiekiem honoru.

— To będę ja — oznajmił jednooki.

— Jesteś cholernym kłamcą, Jack — zganił go wysoki, brodaty

mężczyzna w żółtym płaszczu. — To na mnie przypada dziś kolej być lordem Berikiem.

— Czy to znaczy, że ja muszę być Thorosem? — Minstrel wybuchnął śmiechem. — Panie, z przykrością cię zawiadamiam, że lord Beric był potrzebny gdzie indziej. Czasy są trudne i musimy toczyć wiele bitew. Nie bój się jednak, dostaniesz od nas dokładnie to samo, co dostałbyś od niego.

Merrett bał się coraz bardziej. Serce mu waliło. Jeśli dalej tak pójdzie, zaraz się rozpłacze.

— Przywiozłem wam złoto — oznajmił. — Oddajcie mi bratanka i zaraz sobie pojadę.

Petyr był w rzeczywistości wnukiem jego brata, nie miało jednak sensu wdawanie się teraz w szczegóły.

— Jest w bożym gaju — poinformował go mężczyzna w żółtym płaszczu. — Zaprowadzimy cię do niego. Notch, przypilnuj jego konia.

Merrett z niechęcią wręczył uzdę banicie. Nie widział wyboru.

— Mój bukłak — usłyszał własne słowa. — Łyczek wina, żeby uspokoić…

— Nie pijemy z takimi jak ty — przerwał mu szorstko żółty płaszcz. — Tędy. Chodź za mną.

Liście chrzęściły im pod stopami, a przy każdym kroku skroń Merretta przeszywał ból. Szli w milczeniu, a wokół nich hulał wiatr. Gdy weszli na omszałe wzgórki, które były wszystkim, co zostało z donżonu, ujrzał przed sobą ostatni blask zachodzącego słońca. Dalej ciągnął się boży gaj.

Petyr Pryszcz wisiał na gałęzi dębu, z pętlą mocno zaciśniętą na długiej, chudej szyi. Twarz miał czarną, a wytrzeszczone oczy spoglądały oskarżycielsko na Merretta. *Przybyłeś za późno* — zdawały się mu mówić. To jednak nie było prawdą. *Nie było.* Zjawił się w umówionym czasie!

— Zabiliście go — wychrypiał.

— Jest bystry jak górski potok — zauważył jednooki.

W głowie Merretta łomotał kopytami galopujący tur. *Matko, zmiłuj się* — pomyślał.

— Przywiozłem złoto.

— To bardzo miło z twojej strony — rzucił z sympatią w głosie minstrel. — Zużyjemy je w dobrym celu.

Merrett odwrócił twarz od Petyra. Czuł w gardle smak żółci.

— Nie... nie mieliście prawa.

— Ale za to mieliśmy sznur — wskazał żółty płaszcz.

Dwaj banici złapali Merretta za ramiona i związali mu mocno ręce za plecami. Szok był zbyt głęboki, by zdobył się na stawianie oporu.

— Nie — zdołał tylko wykrztusić. — Ja tylko przywiozłem okup za Petyra. Powiedzieliście, że jeśli dostaniecie złoto do zachodu słońca, nic mu się nie stanie...

— No cóż — odparł minstrel. — Tu nas masz, panie. Tak się składa, że to było kłamstwo.

Jednooki podszedł do niego z długim konopnym sznurem w rękach. Owinął jeden koniec wokół szyi Merretta, zacisnął go mocno i zawiązał mu pod uchem solidny węzeł. Drugi koniec przerzucił przez konar dębu. Złapał zań rosły mężczyzna w żółtym płaszczu.

— Co chcecie zrobić? — Merrett wiedział, że to wyjątkowo głupie pytanie, nadal jednak nie potrafił uwierzyć własnym oczom. — Nie odważycie się powiesić Freya.

Żółty płaszcz ryknął śmiechem.

— Ten pierwszy, ten pryszczaty chłopak, powiedział to samo.

Nie zrobią tego. Nie mogą tego zrobić.

— Mój ojciec wam zapłaci. Jestem wart spory okup. Większy niż Petyr. Dwa razy większy.

Minstrel westchnął.

— Lord Walder jest już prawie ślepy i dręczy go podagra, ale nie jest taki głupi, żeby dać się dwa razy złapać na tę samą przynętę. Obawiam się, że następnym razem zamiast stu smoków przysłałby tu stu zbrojnych.

— Zrobi to! — Merrett starał się zabrzmieć groźnie, lecz głos go zdradził. — Przyśle tysiąc zbrojnych i zabije was wszystkich.

— Najpierw musiałby nas złapać. — Minstrel zerknął na biednego Petyra. — I przecież nie może nas powiesić dwa razy, prawda? — Zagrał na drewnianej harfie melancholijny akord. — No dobra, nie zwal się w portki. Wystarczy, że odpowiesz mi na jedno pytanie, a powiem im, żeby cię puścili.

Dla ratowania życia Merrett wyznałby im wszystko.

— Czego chcecie się dowiedzieć? Przysięgam, że powiem prawdę.

Banita uśmiechnął się zachęcająco.

— Tak się składa, że uciekł nam pies.

— Pies? — zdziwił się Merrett. — Co to za pies?

— Wabi się Sandor Clegane. Thoros mówi, że wybierał się do Bliźniaków. Znaleźliśmy przewoźników, którzy przeprawili go przez Trident i biednego wieśniaka, którego obrabował na królewskim trakcie. Czy może widziałeś go na weselu?

— Na Krwawych Godach? — Merrett miał wrażenie, że czaszka zaraz mu pęknie, lecz mimo to ze wszystkich sił starał się sobie przypomnieć. Zamieszanie było ogromne, gdyby jednak pies Joffreya węszył w Bliźniakach, z pewnością ktoś by o tym wspomniał. — W zamku go nie było. Nie na głównej uczcie... mógł być na bękarciej albo w obozach, ale... nie, ktoś by o tym wspomniał...

Towarzyszyło mu dziecko — ciągnął minstrel. — Chuda dziesięcioletnia dziewczynka. Albo może chłopiec w tym samym wieku.

— Nie wydaje mi się — odparł Merrett. — Nic mi o tym nie wiadomo.

— Nie? Wielka szkoda. No dobra, w górę z nim.

— Nie — pisnął głośno Merrett. — Nie, nie róbcie tego, przecież mówiłeś, że mnie puścicie.

— Wydaje mi się, że mówiłem, iż powiem im, żeby cię puścili. — Minstrel popatrzył na żółtego płaszcza. — Cytryn, puśćcie go.

— Pocałuj mnie w dupę — rzucił dosadnie rosły banita.

Minstrel popatrzył na Merretta, wzruszając bezradnie ramionami, i zaczął grać *Dzień, w którym powiesili Czarnego Robina*.

— Proszę. — Resztka odwagi Merretta spływała mu po nodze. — Nie zrobiłem wam nic złego. Przywiozłem złoto, tak jak chcieliście. Odpowiedziałem na wasze pytania. Mam dzieci.

— Młody Wilk już nie będzie ich miał — odparł jednooki.

Ból głowy był tak straszny, że Merrett ledwie mógł myśleć.

— Zawstydził nas, śmiało się z nas całe królestwo, musieliśmy zmyć plamę na naszym honorze.

Jego ojciec powiedział to wszystko, a nawet jeszcze więcej.

— Może i tak. Co zgraja cholernych wieśniaków może wiedzieć o lordowskim honorze? — Żółty płaszcz owinął sobie trzykrotnie koniec sznura wokół dłoni. — Ale za to wiemy co nieco o morderstwie.

— To nie było morderstwo. — Jego głos brzmiał przenikliwie. — To była zemsta. Mieliśmy prawo do zemsty. To była wojna. Aegon, zwaliśmy go Dzwoneczkiem, biedny głupek, nigdy nikogo nie skrzywdził, a lady Stark poderżnęła mu gardło. Straciliśmy w obozach pięćdziesięciu ludzi. Ser Garse'a Goodbrooka, męża Kyry, i ser Tytosa, syna Jareda... ktoś rozwalił mu głowę toporem... wilkor Starka rozszarpał cztery nasze wilczarze i urwał psiarczykowi rękę w ramieniu, mimo że naszpikowaliśmy go bełtami...

— I dlatego potem przyszyliście jego głowę do ramion Robba Starka — stwierdził żółty płaszcz.

— To mój ojciec. Ja tylko piłem. Nie można zabić człowieka za to, że pił. — Merrett przypomniał sobie nagle coś, co mogło go uratować. — Mówią, że lord Beric zawsze urządza ludziom proces, że nie zabije nikogo, komu nie można nic udowodnić. Nie możecie mi dowieść żadnej przewiny. Krwawe Gody to była robota mojego ojca, Rymana i lorda Boltona. Lothar ustawił namioty tak, żeby się przewróciły, i umieścił kuszników na galerii, wymieszanych z muzykami. Atakiem na obozy dowodził Walder Bękart... to o nich wam chodzi, nie o mnie, ja tylko wypiłem trochę wina... nie macie świadków.

— Tak się składa, że się mylisz. — Minstrel spojrzał na zakapturzoną kobietę. — Pani?

Gdy ruszyła w jego stronę, banici rozstąpili się bez słowa. Kiedy opuściła kaptur, coś zacisnęło się mocno w piersi Merretta. Przez chwilę nie był w stanie zaczerpnąć oddechu. *Nie. Nie. Widziałem, jak zginęła. Była już martwa całą dobę, nim rozebrali ją do naga i wrzucili ciało do rzeki. Raymund poderżnął jej gardło od ucha do ucha. Nie żyła.*

Bliznę pozostawioną przez ostrze jego brata ukrywały płaszcz i kołnierz, lecz jej twarz wyglądała jeszcze gorzej, niż ją zapamiętał. Od długiego przebywania w wodzie ciało stało się miękkie niczym budyń, a skóra nabrała koloru zsiadłego mleka. Połowa włosów jej wypadła, a druga połowa stała się biała i krucha jak u zgrzybiałej staruchy. Rozoraną paznokciami twarz pokrywały strzępy skóry i czarna krew. Najstraszliwsze jednak były oczy. Widziały go i były pełne nienawiści.

— Nie może mówić — oznajmił mężczyzna w żółtym płaszczu. — Zbyt głęboko poderżnęliście jej gardło, cholerne skurwysyny. Ale pamięta. — Spojrzał na martwą kobietę. — Czy on tam był, pani? — zapytał. — Czy brał w tym udział?

Lady Catelyn ani na chwilę nie spuszczała z niego oczu. Skinęła głową.

Merrett Frey otworzył usta, chcąc błagać, lecz słowa zdusiła pętla. Jego stopy uniosły się nad ziemię, sznur wpił się mocno w miękkie ciało poniżej podbródka. Wznosił się wciąż w górę, szarpiąc się i wierzgając nogami.

DODATEK

KRÓLOWIE I ICH DWORY

KRÓL NA ŻELAZNYM TRONIE

JOFFREY BARATHEON, Pierwszy Tego Imienia, trzynastoletni chłopiec, najstarszy syn króla Roberta I Baratheona i królowej Cersei z rodu Lannisterów

— jego matka, KRÓLOWA CERSEI, królowa regentka i protektorka królestwa
  — zaprzysiężeni ludzie Cersei:
    — SER OSFRYD KETTLEBLACK, młodszy brat ser Osmunda Kettleblacka z Gwardii Królewskiej
    — SER OSNEY KETTLEBLACK, młodszy brat ser Osmunda i ser Osfryda

— jego siostra, KSIĘŻNICZKA MYRCELLA, dziewięcioletnia dziewczynka, podopieczna księcia Dorana Martella w Słonecznej Włóczni

— jego brat, KSIĄŻĘ TOMMEN, ośmioletni chłopiec, pierwszy w linii sukcesji do Żelaznego Tronu

— jego dziadek, TYWIN LANNISTER, lord Casterly Rock, namiestnik zachodu i królewski namiestnik

— jego stryjowie i kuzyni ze strony ojca:
  — brat jego ojca, STANNIS BARATHEON, zbuntowany lord Smoczej Skały, używający tytułu król Stannis Pierwszy
    — córka Stannisa, SHIREEN, jedenastoletnia dziewczynka
  — brat jego ojca {RENLY BARATHEON}, zbuntowany lord Końca Burzy, zamordowany w samym środku swej armii
  — brat jego babki, SER ELDON ESTERMONT
    — syn ser Eldona, SER AEMON ESTERMONT
      — syn ser Aemona, SER ALYN ESTERMONT
— jego wujowie i kuzyni ze strony matki:
  — brat jego matki, SER JAIME LANNISTER, zwany KRÓLOBÓJCĄ, jeniec w Riverrun
  — brat jego matki, TYRION LANNISTER, zwany KRASNALEM, ranny w bitwie nad Czarnym Nurtem
    — giermek Tyriona, PODRICK PAYNE
    — kapitan straży Tyriona, SER BRONN ZNAD CZARNEGO NURTU, były najemnik
    — konkubina Tyriona, SHAE, markietanka, obecnie służąca jako pokojówka Lollys Stokeworth
— brat jego dziadka, SER KEVAN LANNISTER
  — syn ser Kevana, SER LANCEL LANNISTER, dawniej giermek króla Roberta, ranny w bitwie nad Czarnym Nurtem, bliski śmierci
— brat jego dziadka {TYGETT LANNISTER), zmarły na francę
  — syn Tygetta, TYREK LANNISTER, giermek zaginiony podczas wielkich zamieszek
    — żona Tyreka, LADY ERMESANDE HAYFORD, niemowlę
— jego rodzeństwo z nieprawego łoża, bękarty króla Roberta
  — MYA STONE, dziewiętnastoletnia dziewczyna, służąca lorda Nestora Royce'a w Księżycowych Bramach
  — GENDRY, uczeń kowalski, zbieg ukrywający się w dorzeczu, nieświadomy swego dziedzictwa
  — EDRIC STORM, jedyny oficjalnie uznany bękart króla Roberta, podopieczny swego stryja Stannisa na Smoczej Skale

— jego Gwardia Królewska:
  — SER JAIME LANNISTER, lord dowódca
  — SER MERYN TRANT
  — SER BALON SWANN
  — SER OSMUND KETTLEBLACK
  — SER LORAS TYRELL, Rycerz Kwiatów
  — SER ARYS OAKHEART

— jego mała rada:
  — LORD TYWIN LANNISTER, królewski namiestnik
  — SER KEVAN LANNISTER, starszy nad prawami
  — LORD PETYR BAELISH, zwany LITTLEFINGEREM, starszy nad monetą
  — VARYS, eunuch, zwany PAJĄKIEM, starszy nad szeptaczami
  — LORD MACE TYRELL, starszy nad okrętami
  — WIELKI MAESTER PYCELLE

— jego dwór i domownicy.
  — SER ILYN PAYNE, królewski kat
  — LORD HALLYNE PIROMAN, mądrość Cechu Alchemików
  — KSIĘŻYCOWY CHŁOPIEC, błazen i trefniś
  — ORMOND ZE STAREGO MIASTA, królewski harfiarz i bard
  — DONTOS HOLLARD, błazen i pijak, dawniej rycerz, zwany SER DONTOSEM CZERWONYM
  — JALABHAR XHO, książę Doliny Czerwonych Kwiatów, wygnaniec z Wysp Letnich
  — LADY TANDA STOKEWORTH
    — jej córka, FALYSE, żona ser Balmana Byrcha
    — jej córka, LOLLYS, trzydziestoczteroletnia kobieta, niezamężna i słaba na umyśle, ciężarna wskutek gwałtu
    — jej uzdrowiciel i doradca, MAESTER FRENKEN
  — LORD GYLES ROSBY, stary, schorowany mężczyzna
  — SER TALLAD, młody, obiecujący rycerz
  — LORD MORROS SLYNT, giermek, najstarszy syn byłego dowódcy Straży Miejskiej

— JOTHOS SLYNT, jego młodszy brat, giermek
— DANOS SLYNT, jeszcze młodszy, paź
— SER BOROS BLOUNT, były rycerz Gwardii Królewskiej, usunięty za tchórzostwo przez królową Cersei
— JOSMYN PECKLEDON, giermek, bohater bitwy nad Czarnym Nurtem
— SER PHILIP FOOTE, uczyniony lordem Pogranicza za odwagę podczas bitwy nad Czarnym Nurtem
— SER LOTHOR BRUNE, nazwany LOTHOREM JABŁKOŻERCĄ za swe czyny podczas bitwy nad Czarnym Nurtem, dawniej wolny w służbie lorda Baelisha

— inni lordowie i rycerze z Królewskiej Przystani:
— MATHIS ROWAN, lord Goldengrove
— PAXTER REDWYNE, lord Arbor
— bliźniaczy synowie lorda Paxtera, SER HORAS I SER HOBBER, o przezwiskach HORROR I BOBER
— uzdrowiciel lorda Redwyne'a, MAESTER BALLABAR
— ARDRIAN CELTIGAR, lord Szczypcowej Wyspy
— LORD ALESANDER STAEDMON, zwany GROSZOLUBEM
— SER BONIFER HASTY, zwany DOBRYM, sławny rycerz
— SER DONNEL SWANN, dziedzic Stonehelmu
— SER RONNET CONNINGTON, zwany CZERWONYM RONNETEM, rycerz z Gniazda Gryfów
— AURANE WATERS, bękart z Driftmarku
— SER DERMOT Z DESZCZOWEGO LASU, sławny rycerz
— SER TIMON SKROBIMIECZ

— ludzie z Królewskiej Przystani:
— Straż Miejska („złote płaszcze")
— {SER JACELYN BYWATER, zwany ŻELAZNĄ RĘKĄ}, dowódca Straży Miejskiej, zabity przez własnych ludzi podczas bitwy nad Czarnym Nurtem
— SER ADDAM MARBRAND, dowódca Straży Miejskiej, następca ser Jacelyna
— CHATAYA, właścicielka drogiego burdelu

— ALAYAYA, jej córka
— DANCY, MAREI, JAYDE, dziewczyny Chatayi
— TOBHO MOTT, mistrz płatnerski
— IRONBELLY, kowal
— HAMISH HARFIARZ, sławny minstrel
— COLLIO QUAYNIS, tyroshijski minstrel
— BETHANY PIĘKNOPALCA, kobieta-minstrel
— ALARIC Z EYSEN, minstrel, który podróżował po odległych krajach
— GALEON Z CUY, minstrel słynący z długości swych pieśni
— SYMON SREBRNY JĘZYK, minstrel

Na chorągwi króla Joffreya widnieje jeleń w koronie, herb Baratheonów, czarny na złotym tle, oraz lew Lannisterów, złoty na karmazynowym tle, zwrócone ku sobie.

KRÓL PÓŁNOCY

KRÓL TRIDENTU

ROBB STARK, lord Winterfell, król północy i król Tridentu, najstarszy syn Eddarda Starka, lorda Winterfell, i lady Catelyn z rodu Tullych

— jego wilkor, SZARY WICHER
— jego matka, LADY CATELYN z rodu Tullych, wdowa po lordzie Eddardzie Starku
— jego rodzeństwo:
  — jego siostra, KSIĘŻNICZKA SANSA, dwunastoletnia dziewczyna, przetrzymywana w Królewskiej Przystani
    — wilkorzyca Sansy {DAMA}, zabita w zamku Darrych
  — jego siostra, KSIĘŻNICZKA ARYA, dziesięcioletnia dziewczynka, zaginiona i uważana za zmarłą
    — wilkorzyca Aryi, NYMERIA, zaginiona w pobliżu Tridentu

— jego brat, KSIĄŻĘ BRANDON, zwany BRANEM, dziedzic Winterfell i północy, dziewięcioletni chłopiec, uważany za zmarłego
  — wilkor Brana, LATO
  — towarzysze i opiekunowie Brana:
    — MEERA REED, szesnastoletnia dziewczyna, córka lorda Howlanda Reeda ze Strażnicy nad Szarą Wodą
    — JOJEN REED, jej brat, trzynastoletni chłopak
    — HODOR, słaby na umyśle chłopiec stajenny wzrostu siedmiu stóp
— jego brat, KSIĄŻĘ RICKON, czteroletni chłopiec, uważany za zmarłego
  — wilkor Rickona, KUDŁACZ
  — towarzyszka i opiekunka Rickona:
    — OSHA, wzięta do niewoli dzika kobieta, która służyła w Winterfell jako pomywaczka
— jego przyrodni brat, JON SNOW, zaprzysiężony brat z Nocnej Straży
  — wilkor Jona, DUCH

— jego stryjowie i ciotki:
  — starszy brat jego ojca {BRANDON STARK}, zabity na rozkaz króla Aerysa II Targaryena
  — siostra jego ojca {LYANNA STARK}, zmarła w górach Dorne podczas buntu Roberta
  — młodszy brat jego ojca, BENJEN STARK, człowiek z Nocnej Straży, zaginiony za Murem
— jego wujowie, ciotki i kuzyni od strony matki
  — młodsza siostra jego matki, LYSA ARRYN, pani Orlego Gniazda i wdowa po lordzie Jonie Arrynie
    — ich syn, ROBERT ARRYN, lord Orlego Gniazda
  — młodszy brat jego matki, SER EDMURE TULLY, dziedzic Riverrun
  — brat jego dziadka, SER BRYNDEN TULLY, zwany BLACKFISHEM

— jego zaprzysiężeni ludzie i towarzysze walki:
— jego giermek, OLYVAR FREY
— SER WENDEL MANDERLY, drugi syn lorda Białego Portu
— PATREK MALLISTER, dziedzic Seagardu
— DACEY MORMONT, najstarsza córka lady Maege Mormont i dziedziczka Wyspy Niedźwiedziej
— JON UMBER, zwany SMALLJONEM, dziedzic Ostatniego Domostwa
— DONNEL LOCKE, OWEN NORREY, ROBIN FLYNT, ludzie z północy

— jego lordowie chorążowie, kapitanowie i dowódcy:
— (z armią Robba na Ziemiach Zachodnich)
— SER BRYNDEN TULLY, zwany BLACKFISHEM, dowódca zwiadowców
— JON UMBER, zwany GREATJONEM, dowódca straży przedniej
— RICKARD KARSTARK, lord Karholdu
— GALBART GLOVER, pan Deepwood Motte
— MAEGE MORMONT, pani Wyspy Niedźwiedziej
— {SER STEVRON FREY}, najstarszy syn lorda Waldera Freya i dziedzic Bliźniaków, zabity pod Oxcross
— najstarszy syn ser Stevrona, SER RYMAN FREY
— syn ser Rymana, CZARNY WALDER FREY
— MARTYN RIVERS, bękarci syn lorda Waldera Freya

— (z zastępem Roose'a Boltona w Harrenhal)
— ROOSE BOLTON, lord Dreadfort
— SER AENYS FREY, SER JARED FREY, SER HOSTEEN FREY, SER DANWELL FREY
— ich przyrodni bękarci brat, RONEL RIVERS
— SER WYLIS MANDERLY, dziedzic Białego Portu
— SER KYLE CONDON, rycerz w jego służbie
— RONNEL STOUT
— VARGO HOAT z Wolnego Miasta Qohor, kapitan kompanii najemników, zwanej Dzielnymi Kompanionami

— jego porucznik, URSWYCK, zwany Wiernym
— jego porucznik, SEPTON UTT
— TIMEON Z DORNE, RORGE, IGGO, GRUBY ZOLLO, KĄSACZ, TOGG JOTH z Ibbenu, PYG, TRZYPALCA NOGA, jego ludzie
— QYBURN, pozbawiony łańcucha maester parający się niekiedy nekromancją, jego uzdrowiciel

— (z północną armią atakującą Duskendale)
— ROBETT GLOVER z Deepwood Motte
— SER HELMAN TALLHART z Torrhen's Square
— HARRION KARSTARK, jedyny ocalały syn lorda Rickarda Karstarka, dziedzic Karholdu

— (jadą na północ z kośćmi lorda Eddarda)
— HALLIS MOLLEN, kapitan straży Winterfell
— JACKS, QUENT, SHADD, jego ludzie

— jego lordowie chorążowie i kasztelani, na północy:
— WYMAN MANDERLY, lord Białego Portu
— HOWLAND REED, lord Strażnicy nad Szarą Wodą, wyspiarz
— MORS UMBER, zwany WRONOJADEM, i HOTHER UMBER, zwany KURWISTRACHEM, stryjowie Greatjona Umbera, wspólnie piastujący funkcję kasztelana Ostatniego Domostwa
— LYESSA FLINT, pani Wdowiej Strażnicy
— ONDREW LOCKE, lord Starego Zamku, starzec
— {CLEY CERWYN}, lord Cerwyn, czternastoletni chłopiec, zabity w bitwie pod Winterfell
— jego siostra, JONELLE CERWYN, trzydziestodwuletnia panna, obecnie lady Cerwyn
— {LEOBALD TALLHART}, młodszy brat ser Helmana, kasztelan Torrhen's Square, zabity w bitwie pod Winterfell
— żona Leobalda, BERENA z rodu Hornwoodów

— syn Leobalda, BRANDON, czternastoletni chłopiec
— syn Leobalda, BEREN, dziesięcioletni chłopiec
— syn ser Helmana {BENFRED}, zabity przez żelaznych ludzi na Kamiennym Brzegu
— córka ser Helmana, EDDARA, dziewięcioletnia dziewczynka, dziedziczka Torrhen's Square

— LADY SYBELLE, żona Robetta Glovera, jeniec Ashy Greyjoy w Deepwood Motte
— syn Robetta, GAWEN, trzyletni chłopiec, prawowity dziedzic Deepwood Motte, jeniec Ashy Greyjoy
— córka Robetta, ERENA, roczne niemowlę, jeniec Ashy Greyjoy w Deepwood Motte
— LARENCE SNOW, bękarci syn lorda Hornwooda, podopieczny Galbarta Glovera, trzynastoletni chłopak, jeniec Ashy Greyjoy w Deepwood Motte

Chorągiew króla północy wygląda tak samo, jak przed tysiącami lat: szary wilkor Starków z Winterfell biegnący po białym lodowym polu.

KRÓL NA WĄSKIM MORZU

STANNIS BARATHEON, Pierwszy Tego Imienia, drugi syn lorda Steffona Baratheona i lady Cassany z rodu Estermontów, dawniej lord Smoczej Skały

— jego żona, KRÓLOWA SELYSE z rodu Florentów

— KSIĘŻNICZKA SHIREEN, ich jedyne dziecko, jedenastoletnia dziewczynka

— jej głupkowaty błazen, PLAMA

— jego bratanek z nieprawego łoża, EDRIC STORM, dwunastoletni chłopiec, bękarci syn króla Roberta i Deleny Florent

— jego giermkowie, DEVAN SEAWORTH i BRYEN FARRING

— jego dwór i domownicy:

— LORD ALESTER FLORENT, lord Jasnej Wody i królewski namiestnik, stryj królowej

— SER AXELL FLORENT, kasztelan Smoczej Skały i przywódca ludzi królowej, stryj królowej

— LADY MELISANDRE Z ASSHAI, zwana KOBIETĄ W CZER-

WIENI, kapłanka R'hllora, Pana Światła, Boga Płomieni i Cienia

— MAESTER PYLOS, uzdrowiciel, nauczyciel i doradca

— SER DAVOS SEAWORTH, zwany CEBULOWYM RYCERZEM, a niekiedy KRÓTKORĘKIM, były przemytnik

— jego żona LADY MARYA, córka cieśli

— ich siedmiu synów:

— {DALE}, zaginiony na Czarnym Nurcie

— {ALLARD}, zaginiony na Czarnym Nurcie

— {MATTHOS}, zaginiony na Czarnym Nurcie

— {MARIC}, zaginiony na Czarnym Nurcie

— DEVAN, giermek króla Stannisa

— STANNIS, dziewięcioletni chłopiec

— STEFFON, sześcioletni chłopiec

— SALLADHOR SAAN z Wolnego Miasta Lys, samozwańczy Książę Wąskiego Morza i lord Czarnej Zatoki, dowódca „Valyrianina" i floty jego siostrzanych galer

— MEIZO MAHR, eunuch na jego służbie

— KHORANE SATHMANTES, kapitan jego galery „Taniec Shayali"

— „OWSIANKA" i „MINÓG", dwaj strażnicy więzienni

— jego lordowie chorążowie:

— MONTERYS VELARYON, Lord Pływów i władca Driftmarku, sześcioletni chłopiec

— DURAM BAR EMMON, lord Ostrego Przylądka, piętnastoletni chłopak

— SER GILBERT FARRING, kasztelan Końca Burzy

— LORD ELWOOD MEADOWS, zastępca ser Gilberta

— MAESTER JURNE, doradca i uzdrowiciel ser Gilberta

— LORD LUCOS CHYTTERING, zwany MAŁYM LUCOSEM, szesnastoletni chłopak

— LESTER MORRIGEN, lord Wroniego Gniazda

— jego rycerze i zaprzysiężeni ludzie:

— SER LOMAS ESTERMONT, wuj króla
    — jego syn, SER ANDREW ESTERMONT
— SER ROLLAND STORM, zwany BĘKARTEM Z NOCNEJ PIEŚNI, syn z nieprawego łoża zmarłego lorda Bryena Carona
— SER PARMEN CRANE, zwany PARMENEM FIOLETOWYM, jeniec w Wysogrodzie
— SER ERREN FLORENT, młodszy brat królowej Selyse, jeniec w Wysogrodzie
— SER GERALD GOWER
— SER TRISTON Z TALLY HILL, dawniej na służbie lorda Guncera Sunglassa
— LEWYS, zwany RYBACZKĄ
— OMER BLACKBERRY

Król Stannis wybrał sobie na herb gorejące serce Pana Światła — czerwone serce otoczone pomarańczowymi promieniami na żółtym tle. W jego wnętrzu umieszczono czarnego jelenia w koronie, herb rodu Baratheonów.

KRÓLOWA ZA WODĄ

DAENERYS TARGARYEN, Pierwsza Tego Imienia, *khaleesi* Dothraków, zwana DAENERYS ZRODZONĄ W BURZY, NIESPALONĄ i MATKĄ SMOKÓW, jedyna ocalała dziedziczka króla Aerysa II Targaryena, wdowa po Drogu, *khalu* Dothraków

— jej dorastające smoki, DROGON, VISERION, RHAEGAL
— jej Gwardia Królowej:
  — SER JORAH MORMONT, wygnany rycerz, ongiś lord Wyspy Niedźwiedziej
  — JHOGO, *ko* i brat krwi, bicz
  — AGGO, *ko* i brat krwi, łuk
  — RAKHARO, *ko* i brat krwi, *arakh*
  — SILNY BELWAS, eunuch, dawniej niewolnik walczący na arenach Meereen
    — jego wiekowy giermek, BIAŁOBRODY, człowiek z Westeros
— jej służące:
  — IRRI, piętnastoletnia Dothraczka

— JHIQUI, czternastoletnia Dothraczka
— GROLEO, kapitan wielkiej kogi „Balerion", pentoshijski żeglarz na służbie Illyrio Mopatisa

— jej nieżyjący bliscy:
— {RHAEGAR}, jej brat, książę Smoczej Skały i dziedzic Żelaznego Tronu, zabity przez Roberta Baratheona nad Tridentem
— {RHAENYS}, córka Rhaegara i Elii z Dorne, zamordowana podczas splądrowania Królewskiej Przystani
— {AEGON}, syn Rhaegara i Elii z Dorne, zamordowany podczas splądrowania Królewskiej Przystani
— {VISERYS}, jej brat, każący się tytułować królem Viserysem, Trzecim Tego Imienia, zwany ŻEBRACZYM KRÓLEM, zabity w Vaes Dothrak przez khala Drogo
— {DROGO}, jej mąż, wielki *khal* Dothraków, niepokonany w walce, zmarł z powodu rany
— {RHAEGO}, jej martwo urodzony syn z *khalem* Drogo, zabity w macicy matki przez Mirri Maz Duur

— jej znani wrogowie:
— KHAL PONO, dawniej *ko* Droga
— KHAL JHAQO, dawniej *ko* Droga
— MAGGO, jego brat krwi
— NIEŚMIERTELNI Z QARTHU, grupa czarnoksiężników
— PYAT PREE, qartheński czarnoksiężnik
— ZASMUCENI, qartheńska gildia skrytobójców

— jej niepewni sojusznicy, dawni i obecni:
— XARO XHOAN DAXOS, magnat handlowy z Qarthu
— QUAITHE, nosząca maskę władczyni cieni z Asshai
— ILLYRIO MOPATIS, magister z Wolnego Miasta Pentos, który zaaranżował jej małżeństwo z *khalem* Drogo

— w Astaporze:
— KRAZNYS MO NAKLOZ, bogaty handlarz niewolników

— jego niewolnica, MISSANDEI, dziesięcioletnia dziewczynka wywodząca się z Ludzi Pokoju z Naathu
— GRAZDAN MO ULLHOR, stary handlarz niewolników, bardzo bogaty
— jego niewolnik, CLEON, rzeźnik i kucharz
— SZARY ROBAK, eunuch, jeden z Nieskalanych

— w Yunkai:
— GRAZDAN MO ERAZ, poseł i szlachcic
— MERO Z BRAAVOS, zwany BĘKARTEM TYTANA, kapitan Drugich Synów, wolnej kompanii
— BRĄZOWY BEN PLUMM, sierżant w Drugich Synach, najemnik niepewnego pochodzenia
— PRENDAHL NA GHEZN, ghiscarski najemnik, kapitan Wron Burzy, wolnej kompanii
— SALLOR ŁYSY, qartheński najemnik, kapitan Wron Burzy
— DAARIO NAHARIS, ekstrawagancki tyroshijski najemnik, kapitan Wron Burzy

— w Meereen:
— OZNAK ZO PAHL, bohater miasta

Chorągwią Targaryenów jest sztandar Aegona Zdobywcy i założonej przez niego dynastii: trójgłowy smok, czerwony na czarnym tle.

KRÓL WYSP I PÓŁNOCY

BALON GREYJOY, Dziewiąty Tego Imienia Od Czasów Szarego Króla, każący się tytułować królem Żelaznych Wysp i północy, Król Morza i Skały, Syn Morskiego Wichru, Lord Kosiarz Pyke

— jego żona, KRÓLOWA ALANNYS z rodu Harlawów
— ich dzieci:
  — {RODRIK}, ich najstarszy syn, zabity w Seagardzie podczas buntu Greyjoyów
  — {MARON}, ich drugi syn, zabity w Pyke podczas buntu Greyjoyów
  — ASHA, ich córka, kapitan „Czarnego Wichru" i zdobywczyni Deepwood Motte
  — THEON, ich najmłodszy syn, kapitan „Morskiej Dziwki" i przez krótki czas książę Winterfell
    — giermek Theona, WEX PYKE, bękart przyrodniego brata lorda Botleya, niemy dwunastoletni chłopak
    — załoga Theona, ludzie z „Morskiej Dziwki":

— URZEN, MARON BOTLEY, zwany RYBIM WĄSEM, STYGG, GEVIN HARLAW, CADWYLE

— jego bracia:
  — EURON, zwany WRONIM OKIEM, kapitan „Ciszy", osławiony, wyjęty spod prawa pirat i rozbójnik
  — VICTARION, lord kapitan Żelaznej Floty, kapitan „Żelaznego Zwycięstwa"
  — AERON, zwany MOKRĄ CZUPRYNĄ, kapłan Utopionego Boga
— jego domownicy w Pyke:
  — MAESTER WENDAMYR, uzdrowiciel i doradca
  — HELYA, ochmistrzyni zamku
— jego wojownicy i zaprzysiężeni ludzie:
  — DAGMER, zwany ROZCIĘTĄ GĘBĄ, dowódca „Pijącego Pianę"
  — BLUETOOTH, kapitan drakkaru
  — ULLER, SKYTE, wioślarze i wojownicy
  — ANDRIK NIEUŚMIECHNIĘTY, mężczyzna olbrzymiego wzrostu
  — QARL, zwany QARLEM PANIENKĄ, pozbawiony zarostu, lecz śmiertelnie groźny

— ludzie z Lordsportu:
  — OTTER GIMPKNEE, właściciel oberży i burdelu
  — SIGRIN, cieśla okrętowy

— jego lordowie chorążowie:
  — SAWANE BOTLEY, lord Lordsportu na Pyke
  — LORD WYNCH z Iron Holt na Pyke
  — STONEHOUSE, DRUMM i GOODBROTHER ze Starej Wyk
  — LORD GOODBROTHER, SPARR, LORD MERLYN i LORD FARWYND z Wielkiej Wyk

— LORD HARLAW z Harlaw
— VOLMARK, MYRE, STONETREE i KENNING z Harlaw
— ORKWOOD I TAWNEY z Orkmontu
— LORD BLACKTYDE z Blacktyde
— LORD SALTCLIFFE i LORD SUNDERLY z Saltcliffe

RÓŻNE RODY, DUŻE I MAŁE

RÓD ARRYNÓW

Arrynowie pochodzą od królów Góry i Doliny, jednego z najstarszych i najczystszych rodów andalskiej szlachty. Ród Arrynów nie wziął udziału w wojnie pięciu królów, lecz wycofał swe siły, by bronić Doliny Arrynów. Ich herbem jest księżyc i sokół, biały na jasnobłękitnym tle. Dewiza Arrynów brzmi *Wysoko Jak Honor*.

ROBERT ARRYN, lord Orlego Gniazda, Obrońca Doliny, namiestnik wschodu, chorowity ośmioletni chłopiec
- — jego matka, LADY LYSA z rodu Tullych, trzecia żona lorda Jona Arryna, byłego namiestnika królewskiego, i wdowa po nim, siostra Catelyn Stark
- — ich domownicy:
  - — MARILLION, młody, przystojny minstrel, ulubieniec lady Lysy
  - — MAESTER COLEMON, doradca, uzdrowiciel i nauczyciel

— SER MARWYN BELMORE, kapitan straży
— MORD, brutalny strażnik więzienny
— jego lordowie chorążowie, rycerze i świta:
— LORD NESTOR ROYCE, wielki zarządca Doliny i kasztelan Księżycowych Bram, z młodszej gałęzi rodu Royce'ów
— syn lorda Nestora, SER ALBAR
— córka lorda Nestora, MYRANDA
— MYA STONE, dziewczyna na jego służbie, naturalna córka króla Roberta I Baratheona
— LORD YOHN ROYCE, zwany SPIŻOWYM YOHNEM, lord Runestone, ze starszej gałęzi rodu Royce'ów, kuzyn lorda Nestora
— najstarszy syn lorda Yohna, SER ANDAR
— drugi syn lorda Yohna {SER ROBAR}, rycerz Tęczowej Gwardii Renly'ego Baratheona, zabity pod Końcem Burzy przez ser Lorasa Tyrella
— najmłodszy syn lorda Yohna {SER WAYMAR}, człowiek z Nocnej Straży, zaginiony za Murem
— SER LYN CORBRAY, zalotnik lady Lysy
— MYCHEL REDFORT, jego giermek
— LADY ANYA WAYNWOOD
— najstarszy syn i dziedzic lady Anyi, SER MORTON, zalotnik lady Lysy
— drugi syn lady Anyi, SER DONNEL, Rycerz Bramy
— EON HUNTER, lord Longbow Hall, starzec i zalotnik lady Lysy
— HORTON REDFORT, lord Redfort

RÓD FLORENTÓW

Florentowie z Jasnej Wody są chorążymi Tyrellów, mimo że mają lepsze od nich prawa do Wysogrodu z uwagi na więzy pokrewieństwa z rodem Gardenerów, dawnymi królami Reach. Po wybuchu wojny pięciu królów lord Alester Florent w ślad za Tyrellami opowiedział się za królem Renlym, lecz jego brat ser Axell wybrał króla Stannisa, któremu służył od lat jako kasztelan Smoczej Skały. Ich bratanica Selyse była i jest żoną króla Stannisa. Gdy Renly zginął pod Końcem Burzy, Florentowie jako pierwsi z chorążych Renly'ego przeszli z całymi siłami do Stannisa. Florentowie w herbie mają lisią głowę otoczoną wieńcem kwiatów.

ALESTER FLORENT, lord Jasnej Wody
— jego żona, LADY MELARA z rodu Crane'ów
— ich dzieci:

— ALEKYNE, dziedzic Jasnej Wody
— MELESSA, żona lorda Randylla Tarly'ego
— RHEA, żona lorda Leytona Hightowera
— jego rodzeństwo:
— SER AXELL, kasztelan Smoczej Skały
— {SER RYAM}, zginął po upadku z konia
— córka ser Ryama, KRÓLOWA SELYSE, żona króla Stannisa Baratheona
— najstarszy syn i dziedzic ser Ryama {SER IMRY}, dowodził flotą Stannisa Baratheona na Czarnym Nurcie, zaginiony razem z „Furią"
— drugi syn ser Ryama, SER ERREN, jeniec w Wysogrodzie
— SER COLIN
— córka ser Colina, DELENA, żona SER HOSMANA NORCROSSA
— syn Deleny, EDRIC STORM, bękart króla Roberta I Baratheona, dwunastoletni chłopiec
— syn Deleny, ALESTER NORCROSS, ośmioletni chłopiec
— syn Deleny, RENLY NORCROSS, dwuletni chłopiec
— syn ser Colina, MAESTER OMER, na służbie w Starym Dębie
— syn ser Colina, MERRELL, giermek w Arbor
— jego siostra, RYLENE, żona ser Rycherda Crane'a

RÓD FREYÓW

Potężni, bogaci i liczni Freyowie są chorążymi rodu Tullych. Poprzysięgli służbę Riverrun, lecz nie zawsze pilnie wypełniali ten obowiązek. Gdy Robert Baratheon starł się z Rhaegarem Targaryenem nad Tridentem, Freyowie zjawili się dopiero po bitwie i od tej pory lord Hoster Tully zawsze zwał lorda Waldera „lordem Freyem Spóźnialskim". Lord Frey poparł pretensje króla północy tylko pod warunkiem, że Robb Stark zgodzi się po wojnie poślubić którąś z jego córek lub wnuczek. Powiadają, że Walder Frey jest jedynym lordem w Siedmiu Królestwach, który mógłby wystawić armię z własnych lędźwi.

Po wybuchu wojny pięciu królów Robb Stark zdobył poparcie lorda Waldera, przysięgając poślubić jedną z jego córek albo wnuczek. Dwóch wnuków lorda Waldera oddano na wychowanie do Winterfell.

WALDER FREY, lord Przeprawy

— jego dziedzice po pierwszej żonie {LADY PERRZE z rodu Royce'ów}:

— {SER STEVRON}, ich najstarszy syn, zmarł po bitwie pod Oxcross
  — żona {Corenna Swann, zmarła na wyniszczającą chorobę}
  — najstarszy syn Stevrona, SER RYMAN, dziedzic Bliźniaków
    — syn Rymana, EDWYN, ożeniony z Janyce Hunter
      — córka Edwyna, WALDA, ośmioletnia dziewczynka
    — syn Rymana, WALDER, zwany CZARNYM WALDEREM
    — syn Rymana, PETYR, zwany PETYREM PRYSZCZEM
      — żona Mylenda Caron
      — córka Petyra, PERRA, pięcioletnia dziewczynka
  — żona {Jeyne Lydden, zmarła po upadku z konia}
  — syn Stevrona, AEGON, półgłówek zwany DZWONECZKIEM
  — córka Stevrona {MAEGELLE, zmarła w połogu), mąż ser Dafyn Vance
    — córka Maegelle, MARIANNE, dziewica
    — syn Maegelle, WALDER VANCE, giermek
    — syn Maegelle, PATREK VANCE
  — żona {Marsella Waynwood}, zmarła w połogu
  — syn Stevrona, WALTON, żona Deana Hardyng
    — syn Waltona, STEFFON, zwany SŁODKIM
    — córka Waltona, WALDA, zwana PIĘKNĄ WALDĄ
    — syn Waltona, BRYAN, giermek
— SER EMMON, żona Genna z rodu Lannisterów
  — syn Emmona, SER CLEOS, żona Jeyne Darry
    — syn Cleosa, TYWIN, jedenastoletni giermek
    — syn Cleosa, WILLEM, dziewięcioletni paź w Ashemarku
  — syn Emmona, SER LYONEL, żona Melesa Crakehall
  — syn Emmona, TION, w niewoli w Riverrun
  — syn Emmona, WALDER, zwany CZERWONYM WALDEREM, czternastoletni chłopak, giermek w Casterly Rock

— SER AENYS, żona {Tyana Wylde, zmarła w połogu)
— syn Aenysa, AEGON ZRODZONY Z KRWI, człowiek wyjęty spod prawa
— syn Aenysa, RHAEGAR, żona Jeyne Beesbury
— syn Rhaegara, ROBERT, trzynastoletni chłopiec
— córka Rhaegara, WALDA, dziesięcioletnia dziewczynka, zwana BIAŁĄ WALDĄ
— syn Rhaegara, JONOS, ośmioletni chłopiec
— PERRIANE, mąż ser Leslyn Haigh
— syn Perriane, SER HARYS HAIGH
— syn Harysa, WALDER HAIGH, czteroletni chłopiec
— syn Perriane, SER DONNEL HAIGH
— syn Perriane, ALYN HAIGH, giermek

— po drugiej żonie {LADY CYRENNIE z rodu Swannów}:
— SER JARED, ich najstarszy syn, żona {Alys Frey}
— syn Jareda, SER TYTOS, żona Zhoe Blanetree
— córka Tytosa, ZIA, czternastoletnia dziewczyna
— syn Tytosa, ZACHERY, dwunastoletni chłopiec, uczy się w sepcie w Starym Mieście
— córka Jareda, KYRA, mąż ser Garse Goodbrook
— syn Kyry, WALDER GOODBROOK, dziewięcioletni chłopiec
— córka Kyry, JEYNE GOODBROOK, sześcioletnia dziewczynka
— SEPTON LUCEON, służący w Wielkim Sepcie Baelora w Królewskiej Przystani

— po trzeciej żonie {LADY AMAREI z rodu Crakehallów}:
— SER HOSTEEN, ich najstarszy syn, żona Bellena Hawick
— syn Hosteena, SER ARWOOD, żona Ryella Royce
— córka Arwooda, RYELLA, pięcioletnia dziewczynka
— bliźniaczy synowie Arwooda, ANDROW i ALYN, trzyletni chłopcy
— LADY LYTHENE, mąż lord Lucias Vypren

— córka Lythene, ELYANA, mąż ser Jon Wylde
— syn Elyany, RICKARD WYLDE, czteroletni chłopiec
— syn Lythene, SER DAMON VYPREN
— SYMOND, żona Betharios z Braavos
— syn Symonda, ALESANDER, minstrel
— córka Symonda, ALYX, siedemnastoletnia panna
— syn Symonda, BRADAMAR, dziesięcioletni chłopiec, oddany na wychowanie do Braavos Oro Tendyrisowi, tamtejszemu kupcowi
— SER DANWELL, żona Wynafrei Whent
— {wiele poronień i martwo urodzonych dzieci}
— MERRETT, żona Mariya Darry
— córka Merretta, AMEREI, zwana AMI, szesnastoletnia wdowa, mąż {ser Pate znad Niebieskich Wideł}
— córka Merretta, WALDA, zwana GRUBĄ WALDĄ, piętnastoletnia żona lorda Roose'a Boltona
— córka Merretta, MARISSA, trzynastoletnia panna
— syn Merretta, WALDER, zwany MAŁYM WALDEREM, siedmioletni chłopiec, wzięty do niewoli w Winterfell, gdzie przebywał jako podopieczny lady Catelyn Stark
— {SER GEREMY, utonął}, żona Carolei Waynwood
— syn Geremy'ego, SANDOR, dwunastoletni chłopiec, giermek ser Donnela Waynwooda
— córka Geremy'ego, CYNTHEA, dziewięcioletnia dziewczynka, podopieczna lady Anyi Waynwood
— SER RAYMUND, żona Beony Beesbury
— syn Raymunda, ROBERT, szesnastoletni chłopiec szkolący się w Cytadeli Starego Miasta
— syn Raymunda, MALWYN, piętnastoletni chłopiec, uczeń alchemika w Lys
— bliźniacze córki Raymunda, SERRA i SARRA, czternastoletnie panny
— córka Raymunda, CERSEI, sześcioletnia dziewczynka zwana PSZCZÓŁKĄ

— po czwartej żonie {LADY ALYSSIE z rodu Blackwoodów}:
— LOTHAR, ich najstarszy syn, zwany KULAWYM LOTHAREM, żona Leonella Lefford
— córka Lothara, TYSANE, siedmioletnia dziewczynka
— córka Lothara, WALDA, czteroletnia dziewczynka
— córka Lothara, EMBERLEI, dwuletnia dziewczynka
— SER JAMMOS, żona Sallei Paege
— syn Jammosa, WALDER, zwany DUŻYM WALDEREM, ośmioletni chłopiec wzięty do niewoli w Winterfell, gdzie przebywał jako podopieczny lady Catelyn Stark
— bliźniaczy synowie Jammosa, DICKON i MATHIS, pięcioletni chłopcy
— SER WHALEN, żona Sylwa Paege
— syn Whalena, HOSTER, dwunastoletni chłopiec, giermek ser Damona Paege'a
— córka Whalena, MERIANNE, zwana MERRY, jedenastoletnia dziewczynka
— LADY MORYA, mąż ser Flement Brax
— syn Moryi, ROBERT BRAX, dziewięcioletni chłopiec, oddany na wychowanie do Casterly Rock, gdzie służy jako paź
— syn Moryi, WALDER BRAX, sześcioletni chłopiec
— syn Moryi, JON BRAX, trzyletni chłopiec
— TYTA, zwana TYTĄ DZIEWICĄ, dwudziestodziewięcioletnia panna

— po piątej żonie {LADY SARYI z rodu Whentów}:
— bez potomstwa

— po szóstej żonie {LADY BETHANY z rodu Rosbych}:
— SER PERWYN, ich najstarszy syn
— SER BENFREY, żona Jyanna Frey, kuzynka
— córka Benfreya, DELLA, zwana GŁUCHĄ DELLĄ, trzyletnia dziewczynka
— syn Benfreya, OSMUND, dwuletni chłopiec

— MAESTER WILLAMEN, na służbie w Longbow Hall
— OLYVAR, giermek służący Robbowi Starkowi
— ROSLIN, szesnastoletnia panna

— po siódmej żonie {LADY ANNARZE z rodu Farringów}:
— ARWYN, czternastoletnia panna
— WENDEL, ich najstarszy syn, trzynastoletni chłopiec, oddany na wychowanie do Seagardu jako paź
— COLMAR, obiecany Wierze, jedenastoletni chłopiec
— WALTYR, zwany TYREM, dziesięcioletni chłopiec
— ELMAR, uprzednio zaręczony z Aryą Stark, dziewięcioletni chłopiec
— SHIREI, sześcioletnia dziewczynka

— jego ósma żona, LADY JOYEUSE z rodu Erenfordów
— jak dotąd bez potomstwa

— naturalne dzieci lorda Waldera z rozmaitymi matkami:
— WALDER RIVERS, zwany WALDEREM BĘKARTEM
— syn Waldera Bękarta, SER AEMON RIVERS
— córka Waldera Bękarta, WALDA RIVERS
— MAESTER MELWYS, na służbie w Rosby
— JEYNE RIVERS, MARTYN RIVERS, RYGER RIVERS, RONEL RIVERS, MELLARA RIVERS i inni.

RÓD LANNISTERÓW

Lannisterowie z Casterly Rock pozostają najważniejszą siłą wspierającą pretensje króla Joffreya do Żelaznego Tronu. Chełpią się pochodzeniem od Lanna Sprytnego, legendarnego spryciarza z Ery Herosów. Złoto Casterly Rock i Złotego Zęba uczyniło z nich najbogatszy z wielkich rodów. Ich herbem jest złoty lew na karmazynowym polu, a dewiza brzmi *Słuchajcie Mojego Ryku!*

TYWIN LANNISTER, lord Casterly Rock, namiestnik zachodu, Tarcza Lannisportu, namiestnik królewski

— jego syn, SER JAIME, zwany KRÓLOBÓJCĄ, bliźniaczy brat królowej Cersei, lord dowódca Gwardii Królewskiej, namiestnik wschodu, jeniec w Riverrun

— jego córka, KRÓLOWA CERSEI, bliźniacza siostra Jaime'a, wdowa po królu Robercie I Baratheonie, królowa regentka sprawująca rządy w imieniu swego syna Joffreya

— jej syn, KRÓL JOFFREY BARATHEON, trzynastoletni chłopiec
— jej córka, KSIĘŻNICZKA MYRCELLA BARATHEON, dziewięcioletnia dziewczynka, podopieczna księcia Dorana Martella w Dorne
— jej syn, KSIĄŻĘ TOMMEN BARATHEON, ośmioletni chłopiec, dziedzic Żelaznego Tronu
— jego karłowaty syn, TYRION, zwany KRASNALEM albo PÓŁMĘŻCZYZNĄ, ranny i naznaczony blizną podczas bitwy nad Czarnym Nurtem
— jego rodzeństwo:
— SER KEVAN, najstarszy brat lorda Tywina
— żona ser Kevana, DORNA z rodu Swyftów
— ich syn, SER LANCEL, dawniej giermek króla Roberta, ranny i bliski śmierci
— ich syn, WILLEM, bliźniaczy brat Martyna, giermek, jeniec w Riverrun
— ich syn, MARTYN, bliźniaczy brat Willema, jeniec Robba Starka
— ich córka, JANEI, dwuletnia dziewczynka
— GENNA, jego siostra, żona ser Emmona Freya
— ich syn, SER CLEOS FREY, jeniec w Riverrun
— ich syn, SER LYONEL
— ich syn, TION FREY, giermek, jeniec w Riverrun
— ich syn, WALDER, zwany CZERWONYM WALDEREM, giermek w Casterly Rock
— {SER TYGETT}, jego drugi brat, zmarł na francę
— wdowa po Tygetcie, DARLESSA z rodu Marbrandów
— syn Tygetta, TYREK, giermek króla, zaginiony
— {GERION}, jego najmłodszy brat, zaginiony na morzu
— bękarcia córka Geriona, JOY, jedenastoletnia dziewczynka

— jego kuzyn {SER STAFFORD LANNISTER}, brat zmarłej lady Joanny, zabity pod Oxcross
— córki ser Stafforda, CERENNA i MYRIELLE

— syn ser Stafforda, SER DAVEN
— jego kuzyni:
— SER DAMION LANNISTER, żona lady Shiera Crakehall
— jego syn, SER LUCION
— jego córka, LANNA, mąż lord Antario Jast
— MARGOT, mąż lord Titus Peake

— jego domownicy:
— MAESTER CREYLEN, uzdrowiciel, nauczyciel i doradca
— VYLARR, kapitan straży
— LUM i CZERWONY LESTER, strażnicy
— WAT BIAŁOZĘBY, minstrel
— SER BENEDICT BROOM, dowódca zbrojnych

— jego lordowie chorążowie:
— DAMON MARBRAND, lord Ashemarku
— SER ADDAM MARBRAND, jego syn i dziedzic
— ROLAND CRAKEHALL, lord Crakehall
— jego brat {SER BURTON CRAKEHALL}, zabity przez lorda Berica Dondarriona i jego ludzi
— jego syn i dziedzic, SER TYBOLT CRAKEHALL
— jego drugi syn, SER LYLE CRAKEHALL, zwany SILNYM DZIKIEM, jeniec w zamku Pinkmaiden
— jego najmłodszy syn, SER MERLON CRAKEHALL
— {ANDROS BRAX}, lord Hornvale, utonął podczas bitwy obozów
— jego brat {SER RUPERT BRAX}, zabity pod Oxcross
— jego najstarszy syn, SER TYTOS BRAX, obecnie lord Hornvale, jeniec w Bliźniakach
— jego drugi syn {SER ROBERT BRAX}, zginął w bitwie u brodów
— jego trzeci syn, SER FLEMENT BRAX, obecnie dziedzic
— {LORD LEO LEFFORD}, utonął pod Kamiennym Młynem
— REGENARD ESTREN, lord Wyndhall, jeniec w Bliźniakach
— GAWEN WESTERLING, lord Turni, jeniec w Seagardzie

— jego żona, LADY SYBELL z rodu Spicerów
— jej brat, SER ROLPH SPICER
— jej kuzyn, SER SAMWELL SPICER
— ich dzieci:
— SER RAYNALD WESTERLING
— JEYNE, szesnastoletnia panna
— ELEYNA, dwunastoletnia dziewczyna
— ROLLAM, dziewięcioletni chłopiec
— LEWYS LYDDEN, lord Głębokiej Jaskini
— LORD ANTARIO JAST, jeniec w zamku Pinkmaiden
— LORD PHILIP PLUMM
— jego synowie, SER DENNIS PLUMM, SER PETER PLUMM i SER HARWYN PLUMM, zwany TWARDYM KAMIENIEM
— QUENTEN BANEFORT, lord Banefort, jeniec lorda Jonosa Brackena
— jego rycerze i kapitanowie:
— SER HARYS SWYFT, dobry ojciec ser Kevana Lannistera
— syn ser Harysa, SER STEFFON SWYFT
— córka ser Steffona, JOANNA
— córka ser Harysa, SHIERLE, mąż ser Melwyn Sarsfield
— SER FORLEY PRESTER
— SER GARTH GREENFIELD, jeniec w Raventree Hall
— SER LYMOND VIKARY, jeniec w Wayfarer's Rest
— LORD SELMOND STACKSPEAR
— jego syn, SER STEFFON STACKSPEAR
— jego młodszy syn, SER ALYN STACKSPEAR
— TERRENCE KENNING, lord Kayce
— SER KENNOS Z KAYCE, rycerz w jego służbie
— SER GREGOR CLEGANE, Góra Która Jeździ
— POLLIVER, CHISWYCK, RAFF SŁODYCZEK, DUNSEN i ŁASKOTEK, żołnierze w jego służbie
— {SER AMORY LORCH}, rzucony na pożarcie niedźwiedziowi przez Vargo Hoata po upadku Harrenhal

RÓD MARTELLÓW

Dorne jako ostatnie z Siedmiu Królestw poprzysięgło wierność Żelaznemu Tronowi. Krew, obyczaje i historia różnią je od pozostałych królestw. Gdy wybuchła wojna pięciu królów, Dorne nie przyłączyło się do niej. Po zaręczynach Myrcelli Baratheon z księciem Trystane'em Słoneczna Włócznia poparła króla Joffreya i zwołała chorągwie. Na sztandarze Martellów widnieje czerwone słońce przebite złotą włócznią. Ich dewiza brzmi *Niezachwiani, Nieugięci, Niezłomni*.

DORAN NYMEROS MARTELL, lord Słonecznej Włóczni, książę Dorne
- — jego żona, MELLARIO z Wolnego Miasta Norvos
- — ich dzieci:
  - — KSIĘŻNICZKA ARIANNE, ich najstarsza córka, dziedziczka Słonecznej Włóczni
  - — KSIĄŻĘ QUENTYN, ich starszy syn

— KSIĄŻĘ TRYSTANE, ich młodszy syn, zaręczony z Myrcellą Baratheon
— jego rodzeństwo:
— jego siostra {KSIĘŻNA ELIA}, żona księcia Rhaegara Targaryena, zabita podczas splądrowania Królewskiej Przystani
— ich dzieci:
— córka Elii {KSIĘŻNICZKA RHAENYS}, dziewczynka zamordowana podczas splądrowania Królewskiej Przystani
— syn Elii {KSIĄŻĘ AEGON}, niemowlę zamordowane podczas splądrowania Królewskiej Przystani
— jego brat, KSIĄŻĘ OBERYN, zwany CZERWONĄ ŻMIJĄ
— faworyta księcia Oberyna, ELLARIA SAND
— nieślubne córki księcia Oberyna, OBARA, NYMERIA, TYENE, SARELLA, ELIA, OBELLA, DOREA, LOREZA, zwane BĘKARCIMI ŻMIJKAMI
— towarzysze księcia Oberyna:
— HARMEN ULLER, lord Hellholtu
— brat Harmena, SER ULWYCK ULLER
— SER RYON ALLYRION
— naturalny syn ser Ryona, SER DAEMON SAND, bękart z Bożejłaski
— DAGOS MANWOODY, lord Królewskiego Grobu
— synowie Dagosa, MORS i DICKON
— brat Dagosa, SER MYLES MANWOODY
— SER ARRON QORGYLE
— SER DEZIEL DALT, rycerz z Cytrynowego Lasu
— MYRIA JORDAYNE, dziedziczka Tor
— LARRA BLACKMONT, pani Blackmont
— jej córka, JYNESSA BLACKMONT
— jej syn, PERROS BLACKMONT, giermek
— jego domownicy:
— AREO HOTAH, norvoshijski najemnik, kapitan straży
— MAESTER CALEOTTE, doradca, uzdrowiciel i nauczyciel

— jego lordowie chorążowie:
— HARMEN ULLER, lord Hellholtu
— EDRIC DAYNE, lord Starfall
— DELONNE ALLYRION, pani Bożejłaski
— DAGOS MANWOODY, lord Królewskiego Grobu
— LARRA BLACKMONT, pani Blackmont
— TREMOND GARGALEN, lord Słonego Brzegu
— ANDERS YRONWOOD, lord Yronwood
— NYMELLA TOLAND

RÓD TULLYCH

Lord Edmyn Tully z Riverrun jako jeden z pierwszych lordów dorzecza poprzysiągł wierność Aegonowi Zdobywcy. Zwycięski Aegon nagrodził go, czyniąc Tullych seniorami całego dorzecza. Herbem Tullych jest skaczący pstrąg, srebrny na polu pokrytym czerwono-niebieskimi zmarszczkami. Ich dewiza brzmi *Rodzina, Obowiązek, Honor*.

HOSTER TULLY, lord Riverrun
- — jego żona {LADY MINISA z rodu Whentów}, zmarła przy porodzie
- — ich dzieci:
  - — CATELYN, wdowa po lordzie Eddardzie Starku z Winterfell
    - — jej najstarszy syn, ROBB STARK, lord Winterfell, król północy i król Tridentu
    - — jej córka, SANSA STARK, dwunastoletnia panna, jeniec w Królewskiej Przystani

— jej córka, ARYA STARK, dziesięcioletnia dziewczynka, zaginiona od roku
— jej syn, BRANDON STARK, ośmioletni chłopiec, uważany za zmarłego
— jej syn, RICKON STARK, czteroletni chłopiec, uważany za zmarłego
— LYSA, wdowa po Jonie Arrynie z Orlego Gniazda
— jej syn, ROBERT, lord Orlego Gniazda i Obrońca Doliny, chorowity siedmioletni chłopiec
— SER EDMURE, jego jedyny syn, dziedzic Riverrun
— przyjaciele i towarzysze ser Edmure'a:
— SER MARQ PIPER, dziedzic Pinkmaiden
— LORD LYMOND GOODBROOK
— SER RONALD VANCE, zwany ZŁYM, oraz jego bracia, SER HUGO, SER ELLERY i KIRTH
— PATREK MALLISTER, LUCAS BLACKWOOD, SER PERWYN FREY, TRISTAN RYGER, SER ROBERT PAEGE
— jego brat, SER BRYNDEN, zwany BLACKFISHEM
— jego domownicy:
— MAESTER VYMAN, doradca, uzdrowiciel i nauczyciel
— SER DESMOND GRELL, dowódca zbrojnych
— SER ROBIN RYGER, kapitan straży
— DŁUGI LEW, ELWOOD, DELP, strażnicy
— UTHERYDES WAYN, zarządca Riverrun
— RYMUND RYMOPIS, minstrel
— jego lordowie chorążowie:
— JONOS BRACKEN, lord Kamiennego Płotu
— JASON MALLISTER, lord Seagardu
— WALDER FREY, lord Przeprawy
— CLEMENT PIPER, lord Zamku Pinkmaiden
— KARYL VANCE, lord Wayfarer's Rest
— NORBERT VANCE, lord Atranty
— THEOMAR SMALLWOOD, lord Żołędziowego Dworu
— jego żona, LADY RAVELLA z rodu Swannów

— ich córka, CARELLEN

— WILLIAM MOOTON, lord Stawu Dziewic

— SHELLA WHENT, pozbawiona dziedzictwa pani Harrenhal

— SER HALMON PAEGE

— TYTOS BLACKWOOD, lord Raventree

RÓD TYRELLÓW

Tyrellowie zdobyli znaczenie jako namiestnicy królów Reach, którzy władali żyznymi równinami położonymi na południowy zachód od Dornijskiego Pogranicza i Czarnego Nurtu, aż po brzegi morza zachodzącego słońca. Po kądzieli pochodzą od Gartha Zielonorękiego, króla ogrodnika Pierwszych Ludzi, który nosił koronę z pnączy i kwiatów i zamienił swą krainę w kwitnący ogród. Gdy król Mern IX, ostatni z dynastii Gardenerów, zginął na Polu Ognia, jego namiestnik Harlen Tyrell poddał Wysogród Aegonowi Zdobywcy i poprzysiągł mu wierność. Aegon przyznał mu zamek oraz panowanie nad Reach. Herbem Tyrellów jest złota róża na trawiastozielonym polu, a ich dewiza brzmi *Zbieramy Siły*.

Lord Mace Tyrell na początku wojny pięciu królów poparł Renly'ego Baratheona i oddał mu rękę swej córki Margaery. Po śmierci Renly'ego Wysogród zawarł sojusz z rodem Lannisterów, a Margaery została zaręczona z królem Joffreyem.

MACE TYRELL, lord Wysogrodu, namiestnik południa, Obrońca Pogranicza i Wielki Marszałek Reach

— jego żona, LADY ALERIE z rodu Hightowerów ze Starego Miasta

— ich dzieci:

— WILLAS, ich najstarszy syn, dziedzic Wysogrodu

— SER GARLAN, zwany DZIELNYM, ich drugi syn

— jego żona, LADY LEONETTE z rodu Fossowayów

— SER LORAS, RYCERZ KWIATÓW, ich najmłodszy syn, zaprzysiężony rycerz Gwardii Królewskiej

— MARGAERY, ich córka, piętnastoletnia wdowa, zaręczona z królem Joffreyem I Baratheonem

— towarzyszki i damy dworu Margaery:

— jej kuzynki, MEGGA, ALLA i ELINOR TYRELL

— narzeczony Elinor, ALYN AMBROSE, giermek

— LADY ALYSANNE BULWER, ośmioletnia dziewczynka

— MEREDYTH CRANE, zwana MERRY

— TAENA Z MYR, żona LORDA ORTONA MERRYWEATHERA

— LADY ALYCE GRACEFORD

— SEPTA NYSTERICA, siostra Wiary

— jego owdowiała matka, LADY OLENNA z rodu Redwyne'ów, zwana KRÓLOWĄ CIERNI

— strażnicy lady Olenny, ARRYK i ERRYK, zwani LEWYM i PRAWYM

— jego siostry:

— LADY MINA, żona Paxtera Redwyne'a, lorda Arbor

— ich dzieci:

— SER HORAS REDWYNE, bliźniaczy brat Hobbera, noszący przezwisko HORROR

— SER HOBBER REDWYNE, bliźniaczy brat Horasa, noszący przezwisko BOBER

— DESMERA REDWYNE, szesnastoletnia dziewczyna

— LADY JANNA, żona ser Jona Fossowaya

— jego stryjowie i kuzyni:
— jego stryj, GARTH, zwany SPROŚNYM, lord seneszal Wysogrodu
— bękarci synowie Gartha, GARSE I GARRETT FLOWERS
— jego stryj, SER MORYN, lord dowódca Straży Miejskiej Starego Miasta
— syn Moryna {SER LUTHOR}, żona lady Elyn Norridge
— syn Luthora, SER THEODORE, żona lady Lia Serry
— córka Theodore'a, ELINOR
— syn Theodore'a, LUTHOR, giermek
— syn Luthora, MAESTER MEDWICK
— córka Luthora, OLENE, mąż ser Leo Blackbar
— syn Moryna, LEO, zwany LEO LENIWYM
— jego stryj, MAESTER GORMON, uczony z Cytadeli
— jego kuzyn {SER QUENTIN}, zginął pod Ashford
— syn Quentina, SER OLYMER, żona lady Lysa Meadows
— synowie Olymera, RAYMUND i RICKARD
— córka Olymera, MEGGA
— jego kuzyn, MAESTER NORMUND, na służbie w Blackcrown
— jego kuzyn {SER VICTOR}, zabity przez Uśmiechniętego Rycerza z Bractwa z Królewskiego Lasu
— córka Victora, VICTARIA, mąż {lord Jon Bulwer}, zmarł na letnią gorączkę
— ich córka, LADY ALYSANNE BULWER, ośmioletnia dziewczynka
— syn Victora, SER LEO, żona lady Alys Beesbury
— córki Leo, ALLA i LEONA
— synowie Leo, LYONEL, LUCAS i LORENT

— jego domownicy w Wysogrodzie:
— maester LOMYS, doradca, uzdrowiciel i nauczyciel
— IGON VYRWEL, kapitan straży
— SER VORTIMER CRANE, dowódca zbrojnych
— BUTTERBUMPS, błazen i trefniś, straszliwie otyły

— jego lordowie chorążowie:
  - — RANDYLL TARLY, lord Horn Hill
  - — PAXTER REDWYNE, lord Arbor
  - — ARWYN OAKHEART, pani Starego Dębu
  - — MATHIS ROWAN, lord Goldengrove
  - — ALESTER FLORENT, lord Jasnej Wody, buntownik popierający Stannisa Baratheona
  - — LEYTON HIGHTOWER, głos Starego Miasta, Lord Portu
  - — ORTON MERRYWEATHER, lord Długiego Stołu
  - — LORD ARTHUR AMBROSE

— jego rycerze i zaprzysiężeni ludzie:
  - — SER MARK MULLENDORE, okaleczony podczas bitwy nad Czarnym Nurtem
  - — SER JON FOSSOWAY, z Fossowayów pieczętujących się zielonym jabłkiem
  - — SER TANTON FOSSOWAY, z Fossowayów pieczętujących się czerwonym jabłkiem

BUNTOWNICY, WYRZUTKI I ZAPRZYSIĘŻENI BRACIA

ZAPRZYSIĘŻENI BRACIA Z NOCNEJ STRAŻY

na wypadzie za Mur:

JEOR MORMONT, zwany STARYM NIEDŹWIEDZIEM, lord dowódca Nocnej Straży,

— JON SNOW, bękart z Winterfell, jego zarządca i giermek, zaginiony podczas wyprawy do Wąwozu Pisków

— DUCH, biały, milczący wilkor Jona

— EDDISON TOLLETT, zwany EDDEM CIERPIĘTNIKIEM, jego giermek

— THOREN SMALLWOOD, dowódca zwiadowców

— DYWEN, DIRK, CICHA STOPA, GRENN, BEDWYCK, zwany GIGANTEM, OLLO OBCIĘTA RĘKA, GRUBBS, BERNARR, zwany BRĄZOWYM BERNARREM, drugi BERNARR, zwany CZARNYM BERNARREM, TIM STONE, ULMER z KRÓLEWSKIEGO

LASU, GARTH, zwany SZARYM PIÓREM, GARTH Z GREENAWAY, GARTH ZE STAREGO MIASTA, ALAN Z ROSBY, RONNEL HARCLAY, AETHAN, RYLES, MAWNEY, zwiadowcy

— JARMEN BUCKWELL, dowódca zwiadowców

— BANNEN, KEDGE BIAŁE OKO, TUMBERJON, FORMO, GOADY, zwiadowcy

— SER OTTYN WYTHERS, dowódca tylnej straży

— SER MALADOR LOCKE, dowódca taborów

— DONNEL HILL, zwany SŁODKIM DONNELEM, jego giermek i zarządca

— HAKE, zarządca i kucharz

— CHETT, brzydki zarządca opiekujący się psami

— SAMWELL TARLY, gruby zarządca opiekujący się krukami, drwiąco przezywany SER ŚWINKĄ

— LARK, zwany SIOSTRZANINEM, jego kuzyn ROLLEY z SISTERTON, KARL SZPOTAWA STOPA, MASLYN, MAŁY PAUL, PILARZ, LEWORĘCZNY LEW, OSS SIEROTA, MAMROCZĄCY BILL, zarządcy

— {QHORIN PÓŁRĘKI}, dowódca zwiadowców z Wieży Cieni, zabity w Wąwozie Pisków

— {GIERMEK DALBRIDGE, EGGEN}, zwiadowcy zabici w Wąwozie Pisków

— KAMIENNY WĄŻ, zwiadowca i wspinacz, zaginiony w Wąwozie Pisków, dokąd wyruszył bez konia

— BLANE, prawa ręka Qhorina Półrękiego, dowódca ludzi z Wieży Cieni na Pięści Pierwszych Ludzi

— SER BYAM FLINT

w Czarnym Zamku:

BOWEN MARSH, lord zarządca i kasztelan

— MAESTER AEMON (TARGARYEN), uzdrowiciel i doradca, stuletni ślepiec

— jego zarządca, CLYDAS

— BENJEN STARK, pierwszy zwiadowca, zaginiony za Murem, uważany za zmarłego

— SER WYNTON STOUT, zwiadowca od osiemdziesięciu lat
— SER ALADALE WYNCH, PYPAR, GŁUCHY DICK FOLLARD, KUDŁATY HAL, CZARNY JACK BULWER, ELRON, MATTHAR, zwiadowcy
— OTHELL YARWYCK, pierwszy budowniczy
— ZAPASOWY BUT, MŁODY HENLY, HALDER, ALBETT, BARYŁA, PATE PLAMA ZE STAWU DZIEWIC, budowniczowie
— DONAL NOYE, zbrojmistrz, kowal i zarządca, jednoręki
— TRZYPALCY HOBB, zarządca i główny kucharz
— TIM SPLĄTANY JĘZYK, LUŹNY, MULLY, STARY HENLY, CUGEN, CZERWONY ALYN Z RÓŻANEGO LASU, JEREN, zwiadowcy
— SEPTON CELLADOR, zapijaczony duchowny
— SER ENDREW TARTH, dowódca zbrojnych
— RAST, ARRON, EMRICK, ATŁAS, SKOCZEK, rekruci w trakcie szkolenia
— CONWY, GUEREN, werbownicy

we Wschodniej Strażnicy:
COTTER PYKE, dowódca Wschodniej Strażnicy
— MAESTER HARMUNE, uzdrowiciel i doradca
— SER ALLISER THORNE, dowódca zbrojnych
— JANOS SLYNT, były dowódca Straży Miejskiej Królewskiej Przystani, przez krótki czas lord Harrenhal
— SER GLENDON HEWETT
— DAREON, zarządca i minstrel
— ŻELAZNY EMMETT, zwiadowca słynący z siły

w Wieży Cieni:
SER DENYS MALLISTER, dowódca Wieży Cieni
— jego zarządca i giermek, WALLACE MASSEY
— MAESTER MULLIN, uzdrowiciel i doradca

BRACTWO BEZ CHORĄGWI

KOMPANIA LUDZI WYJĘTYCH SPOD PRAWA

BERIC DONDARRION, lord Blackhaven, zwany LORDEM BŁYSKAWICĄ, o którego śmierci często napływają meldunki
- jego prawa ręka, THOROS Z MYR, czerwony kapłan
- jego giermek, EDRIC DAYNE, lord Starfall, dwunastoletni chłopiec
- jego ludzie:
    - CYTRYN, zwany CYTRYNOWYM PŁASZCZEM, dawny żołnierz
    - HARWIN, syn Hullena, dawniej w służbie lorda Eddarda Starka z Winterfell
    - ZIELONOBRODY, tyroshijski najemnik
    - TOM Z SIEDMIU STRUMIENI, minstrel o wątpliwej reputacji, zwany TOMEM SIEDEM STRUN albo TOMEM SIÓDEMKĄ

— ANGUY ŁUCZNIK, mistrz łuku z Dornijskiego Pogranicza
— JACK SZCZĘŚCIARZ, poszukiwany mężczyzna o jednym oku
— SZALONY ŁOWCA, z Kamiennego Septu
— KYLE, NOTCH, DENNETT, łucznicy
— MERRIT Z KSIĘŻYCOWEGO MIASTA, WATTY MŁYNARZ, LUDZKI LUKE, MUDGE, BEZBRODY DICK, banici z jego bandy

— w gospodzie „Pod Klęczącym Mężczyzną":
— SHARNA, oberżystka, kucharka i położna
— jej mąż, zwany MĘŻEM
— CHŁOPIEC, wojenna sierota

— w burdelu „Pod Brzoskwinią" w Kamiennym Sepcie
— RUTA, rudowłosa właścicielka
— ALYCE, CASS, LANNA, JYZENE, HELLY, DZWONKA, niektóre z jej brzoskwiń

— w Żołędziowym Dworze, siedzibie rodu Smallwoodów:
— LADY RAVELLA, z domu Swann, żona lorda Theomara Smallwooda

— tu i ówdzie:
— LORD LYMOND LYCHESTER, starzec o słabującym umyśle, który ongiś powstrzymał na moście ser Maynarda
— jego młody opiekun, MAESTER ROONE
— duch z Wysokiego Serca
— Pani Liści
— septon z Sallydance

DZICY ALBO WOLNI LUDZIE

MANCE RAYDER, król za Murem
— DALLA, jego ciężarna żona
— VAL, jej młodsza siostra

— jego wodzowie i kapitanowie:
— HARMA, zwana PSIM ŁBEM, dowódca jego przedniej straży
— LORD KOŚCI, drwiąco przezywany GRZECHOCZĄCĄ KOSZULĄ, wódz hufca wojowników
— YGRITTE, młoda włóczniczka z jego hufca
— RIK, zwany DŁUGĄ WŁÓCZNIĄ, członek jego hufca
— RAGWYLE, LENYL, członkowie jego hufca
— jego jeniec, JON SNOW, wrona-renegat
— DUCH, wilkor Jona, biały i milczący
— STYR, magnar Thennu
— JARL, młody łupieżca, kochanek Val
— GRIGG KOZIOŁ, ERROK, QUORT, BODGER, DEL, WIELKI CZYRAK, KONOPNY DAN, HENK HEŁM, LENN, CHWYTNA STOPA, KAMIENNY KCIUK, łupieżcy
— TORMUND, Król Miodu z Rumianego Dworu, zwany ZA-

BÓJCĄ OLBRZYMA, SAMOCHWAŁĄ, DMĄCYM W RÓG, ŁAMACZEM LODU, PIORUNOWĄ PIĘŚCIĄ, MĘŻEM NIEDŹWIEDZIC, MÓWIĄCYM Z BOGAMI i OJCEM ZASTĘPÓW, wódz hufca wojowników
— jego synowie, TOREGG WYSOKI, TORWYND POTULNY, DORMUND i DRYN, jego córka MUNDA
— {ORELL, zwany ORELLEM ORŁEM}, zmiennoskóry zabity przez Jona Snow w Wąwozie Pisków
— MAG MAR TUN DOH WEG, zwany MAGIEM MOCARNYM, olbrzym
— VARAMYR, zwany SZEŚĆ SKÓR, zmiennoskóry panujący nad trzema wilkami, cieniokotem i śnieżnym niedźwiedziem
— PŁACZKA, łupieżca i wódz hufca wojowników
— {ALFYN WRONOBÓJCA}, łupieżca zabity przez Qhorina Półrękiego z Nocnej Straży

CRASTER z Twierdzy Crastera, który nie klęka przed nikim
— GOŹDZIK, jego córka i żona, w zaawansowanej ciąży
— DYAH, PAPROTKA, NELLA, trzy z jego dziewiętnastu żon

PODZIĘKOWANIA

Jeśli cegły nie są dobrze zrobione, mur się zawali.

Mur, który buduję, jest okropnie wielki i dlatego potrzebuję mnóstwa cegieł. Na szczęście znam wielu ludzi, którzy je produkują, a także posiadają sporo innych użytecznych umiejętności.

Po raz kolejny przekazuję wyrazy wdzięczności wszystkim wiernym przyjaciołom, którzy tak życzliwie pozwolili mi korzystać ze swej wiedzy (a niekiedy nawet z książek), by moje cegły były solidne i wyglądały jak trzeba — Sage Walker, która jest moim arcymaesterem, pierwszemu budowniczemu Carlowi Keimowi oraz Melindzie Snodgrass, koniuszemu.

I, jak zawsze, Parris.

Północ
LODOWY
BRZEG
Nawiedzony
Las
MUR
Strażnica
Cieni
Czarny
Zamek
Wschodnia
Strażnica
ZATOKA
FOK
LODOWA ZATOKA
Wyspa Niedźwiedzia
Ostatnia Rzeka
Karhold
Wilczy Las
Dreadfort
N
Winterfell
Biały Nóż
Torrhen's Square
Królewski Trakt
KRAINA KURHANÓW
Biały Port
Wdowia Strażnica
Fosa
Cailin
PRZESMYK
ZIMNA WODA
Strażnica nad
Szarą Wodą
Trzy Siostry
Paluchy
Bliźniaki
Żelazne Wyspy
Seagard
Orle Gniazdo
DOLINA ARRYNÓW
Zielone Widły
Niebieskie Widły
Krwawa
Brama
Rysował
James Sinclair
Riverrun
Czerwone Widły

Południe
Trzy Siostry
Paluchy
Królewski Trakt
Żelazne Wyspy
Seagard
Zielone Widły
Niebieskie Widły
Orle Gniazdo
Krwawa Brama
DOLINA ARRYNÓW
Gulltown
Pyke
Trident
Czerwone Widły
Kamienny Nurt
Riverrun
Zatoka Krabów
Harrenhal
Złoty Ząb
Oko Boga
Królewski Trakt
Smocza Wyspa
Casterly Rock
Lannisport
Złoty Trakt
Królewska Przystań
Czarny Nurt
REACH
N
Morski Trakt
Królewski Las
Tarth
Różany Trakt
Mander
Koniec Burzy
ZATOKA ROZBITKÓW
Wysogród
Deszczowy Las
Pogranicze
Przylądek Gniewu
MORZE DORNÓW
Stare Miasto
Starfall
DORNE
Złamane Ramię
Słoneczna Włócznia
Arbor
Rysował James Sinclair

KRAINA ZA MUREM
– Zamek
– Ruiny zamku
Twierdze Północy
1. Zachodnia Strażnica
2. Wieża Cieni
3. Bastion Strażników
4. Szara Warta
5. Kamienne Drzwi
6. Szronowe Wzgórze
7. Icemark
8. Nocny Fort
9. Głębokie Jezioro
10. Brama Królowej
11. Czarny Zamek
12. Dębowa Tarcza
13. Leśna Strażnica
14. Sobolowy Dwór
15. Szronowa Brama
16. Długi Kurhan
17. Pochodnie
18. Zielona Warta
19. Wschodnia Strażnica
Krainy Wiecznej Zimy (nie zbadane)
Thenn
MORZE DRESZCZY
Hardhome
Mleczna Woda
Wąwóz Pisków
MROŹNE KŁY
Pięść Pierwszych Ludzi
Przylądek Storrolda
Twierdza Crastera
Białedrzewo
MUR
ROZPADLINA
ZATOKA FOK
SKAGOS
DAR BRANDONA
LODOWA ZATOKA
Korona Królowej
NOWY DAR
Królewski Trakt
Rysował James Sinclair

Miasto
Ruiny miasta
Skahazadhan
Meereen
Yunkai
Mantarys
CZARNE URWISKO
ZATOKA NIEWOLNICZA
Tolos
MORZE WESTCHNIEŃ
Elyria
Wyspa Cedrów
KRAINY DŁUGIEGO LATA
Astapor
Robak
GHISCAR
DYMIĄCE MORZE
Oros
Tyria
Stare Ghis
ZATOKA ŻAŁOBY
CIEŚNINA GHISCARSKA
Valyria
Ghaen
Nowe Ghis
Westeros
QARTH I MORZE NEFRYTOWE
MORZE LETNIE
Wyspy Letnie
Wyspy Bazyliszkowe
Wyspa Toporowa
Zamettar
Wyspa Ropuch
Naath
Yeen
Wyspa Łez
Przylądek Bazyliszkowy
SOTHORYOS
Rysował James Sinclair

GEORGE R.R. MARTIN
GRA O TRON
SERIAL JUŻ W TELEWIZJI HBO

GEORGE R.R. MARTIN
STARCIE
KRÓLÓW
SEZON 2 SERIALU *GRA O TRON*
JUŻ W TELEWIZJI
HBO

George R.R. Martin

Nawałnica mieczy

Stal i śnieg

Sezon 3 serialu *Gra o tron*℠ już w telewizji HBO